チャペック戯曲全集

田才 益夫　訳

八月舎

チャペック兄弟（手前カレル、後方ヨゼフ）

第1部　カレル・チャペック著戯曲

愛の盗賊

―― 喜劇 ――

初版へのまえがき

この劇のアイディアと最初のヴァージョンは一九一一年、パリで出来あがった。それは望郷の思いと、パリ生活のむずかしさ、外国生活から来る神経的な苦痛から生まれた。それにまた青春時代、自由、故郷の風景や友人たちへの想い出によって、要するに郷愁によって成長した。しかし、それはたんなる想い出だけではなく、離別でもあった。

かつての友人たちよ、著者に証言してくれ、この『愛の盗賊』は少なくとも、ちょっとは君たち自身の似姿ではないか。静物画のなかで踊っていた君たちはどの娘にも触り、バラの花を摘み、同時に、現在流行の芸術の趣味に反旗をひるがえして立ち上がった。

当時、若者の目を幻惑させたこの陽気な勝手気まま、元気のよさは、記憶のなかでさえその力を失っていない。自分を若い世代と、また人生の革新家と、征服者と、盗賊と自覚するのは何たる喜び、何たる後ろめたさだろう！　無法とは何たる精気、無責任の重荷を背負うとは何たる英雄らしさだろう！

しかし作者がこの作品の第一稿をポケットに入れてあなた方のところに戻ってきたとしたら、あなた方だってあの若さと決別したことがわかるでしょう。盗賊は敗北し、それによってドラマは終わる。

作者はさらに二度「盗賊」のところへ戻ってくる。最初は、コンデンサーのように行動的なエネルギーのつまったアメリカ人的征服者に変身させて、次は盗賊を象徴的人物に、また原始的神のあらゆる神秘的な徴候をもった青春の神に変身させるためだ。幸いなことにその両方の計画《プロジェクト》は失敗する。戦争（第一次世界大戦）のあいだに離別の思いへの憧れが戻ってくる。この大きく頑強な男を戦場に送り出さなければならないかもしれないという事態に直面した瞬間、この「盗賊」にかんする物語がまったく信憑性に欠けていることがわかった。

そんなわけでそれから八年を経て、著者は最初のプランにあった主人公の若さの性格をできるかぎり変えることなく、構成のしなおしを試みた。ただ、かつて二十歳だった盗賊そのものは、いまや年を取り三十歳になっていた。

人　物

教授　およそ六十歳の小柄な老人。ぼさぼさの白髪、白ひげ、金縁の小型のメガネ。
夫人　その妻。およそ五十歳代の上品で、おだやかな顔の女性。
ミミ　教授夫妻の娘で、二十歳前後。明るく、温かみのある雰囲気。
盗賊　三十歳前の若い、大柄な男。ひげは生やしていない。すごくエレガント、髪はアメリカ風に刈っている。気取りも、大げさな身振りもない。
ファンカ　教授宅の女中。背が高く、棒杭のようにひょろっとしている。はだしで、やや男っぽい。
ヴェールをかぶった女　乞食の衣裳を着ている。
ジプシー女　太った年寄りの女。派手な柄のプリント地のぼろをまとっている。
狩猟家　緑色の紳士服を着た、色黒の、気むずかしそうな若者。
シェフル　汚らしい、小柄な老人。職業不明。
村長　大柄で、騒々しい、丸顔の農場経営者。ブーツを履いている。
近所の人　痩せた土地もち百姓。下着に、幅広のズボン。はだし。
教師　やや赤毛のあごひげ。鼻メガネに薄いグレーの服。
鍛冶屋　騒々しく、色黒、毛深く、汚れている。
炭鉱夫　黒く汚れた、もの悲しげな表情、たれさがったごま塩の鼻ひげ、それにダヴィー式構内灯をつけている。
伍長　若者、兵隊。
フランタ　若者、兵隊。
前口上語り　太った地主
鳥1
鳥2
鳥3
鳥4
(その他)
森番、兵隊たち、退役軍人たち、武装した市民たち、少年たち等

ドラマの舞台は北東チェヒ〔チャペックの生まれ故郷のあたり〕

舞台（すべての場面）は森のなかの緑地をあらわしている。舞台下手（客席から見て左手）には、バルコニーつきの、なんの飾りもない白い狩猟館の二階建ての家、その窓には鉄の柵がほどこされている。その上、家のまわりには、さらに高い塀がめぐらされ、鉄製の頑丈な門扉がついている。周囲は森であり、上手（右手）には木製のベンチ。上手は町に通じ、中央は村に通じている。

第一幕

前口上役（盗賊の肘をつかんで引っ張りながら、森のなかから出てくる）さて、ごらんのとおり、こやつめを、この盗賊めをつかまえてまいりましたぞ。お客様方、これで一安心というところでございます。（汗を拭く）あなた方はこのことをどう思われます？　朝早く、門のところまで来るやいなや、こいつが私の大粒のサクランボの実を摘んでいるのを見たのです。そう、で、私はやつのほうに歩み寄りました。ところがなんと、こいつの言い草がいいやね、さあ、急いでこっちへいらっしゃい、そして自分でお摘みなさい、まるで蜜みたいだ、だと。みなさん、たとえ、こいつが礼儀正しくその数個のサクランボについて語ったとしても、いずれにしろ、私はことわったでしょうな。ところが、こいつときたら、なおも私にサクランボをすすめるのですよ、この私に、この持主に！　これは、まあ、ちょっと厚かましいと言えませんか、ねえ？

盗賊　ぼくは……

前口上役　黙ってろ、こいつ！　そこで私はこやつの帽子を取り上げました。そしたらどうしたと思います？　やつは私の帽子を取って、そいつをかぶって、行ってしまったのです。まあ、いいとしましょう。それから一時間ほどたったころ、ふと見ると、うちの娘たちと草の上に寝っころがって、楽しそうに、戯れているじゃありませんか。

盗賊　ぼくは娘さんたちの手助けをしたんだ。

前口上役　結構な手助けだ！　私はこやつを追っ払い、森へ行きました。すると、案の定だ！　こやつは向こうの若い苗木の林のなかで、私の木の枝を削って杖を作っていたんです！　私はそいつに犬をけしかけようと思いました。三百コルンもしたやつです。で、どう思われます？「スルターン、こっち へ来い」。犬の獣《けだもの》めはすぐに、こやつのところへ飛んでいきました。そして、彼にお手をしたのです！

盗賊　ぼくはこの犬を連れて行きたいな。あなたは、どっちみち、この犬をぶつでしょう。

前口上役　ほうら、ごらんなさい、この盗賊を！　いや、だめだ、いまとなっては、もはや、おまえは何も自分のものにはできん。行け、ここの領主のところへ。だがな、もう二度とわしの農園に姿を見せるんじゃないぞ。おまえのためには鞭と猟銃が用意してある。さあ、これがおまえの帽子だ。さっさとどことなりと行ってしまえ、そこでなら、くすねるなり、盗むなり、意のままにするがいい。摘むなら摘むで、よそんちのサクランボにしてくれ。だがな、すぐにおまえの正体は知れてしまう。

ですが、観客のみなさまに申し上げておきましょう。こいつには十分用心なさいますよう。こいつは危険で、どんなことでもやらかすやつです。お宅で飼っておられる鶏どもを囲いのなかに追い返し、門という門はみんな鍵をおかけなさい。そして、まだ何も起こっていないことを確かめ

る。そして、今度は、こやつにたいして十分な注意を怠らぬこと！（退場）

（盗賊はベンチに腰をおろす。門の中からファンカが出てくる）

ミミ（二階の窓から）ちょっと待って、ファンカ……（窓の奥に消える）

盗賊　少し待たなくちゃなりませんね。

ファンカ　いったい、あんた、誰？

盗賊　いったい、ここにはどなたがお住まいで？

ファンカ　ご主人様よ。何かご用？

盗賊　なんにも。それであんたのご主人様はどこだい？

ファンカ　ご主人様になんのご用？

盗賊　なんにも。で、ご在宅？

ファンカ　どこにいたって関係ないでしょ。なんの用なのよ？

盗賊　なんにも。奥様はどこに？

ファンカ　ご主人様とご一緒よ。ここで何をさがしているの？

盗賊　イチゴだよ。

ファンカ　ここにイチゴなんか植わっていないわよ。それなら向こうのほう、すごく遠いところよ。

盗賊　そう。ありがとう、ファンカさん。

ファンカ　どういたしまして。

（ミミ、姿を現す）

ミミ　町に着いたら、ファンカ、指ぬきを買ってきてよ。それと糸。それと便箋。

ファンカ　つい本音をもらしましたね、ミミお嬢さん。

ミミ　どうか、忘れないでね。糸と、それと……それとヘア・ピン。

ファンカ　はい、承知しました。ただ、ちゃんと鍵をかけておいてくださいね。いろんなやつが徘徊《はいかい》していますから——

ミミ　わかってるわよ。じゃあ、針も、それから鍵、それから——指ぬき。

ファンカ　お嬢さん、指ぬきはおもちじゃありませんか。

ミミ　きっとなくしたのよ。忘れないでよ！

ファンカ（去る）忘れませんよ。とうとう白状したわ。

ミミ（ファンカの後姿に向かって叫ぶ）忘れないでよ！

（ミミ、もどる）

盗賊　首には十字架、ベルトにはさんだバラの花——なんで、これが忘れられよう！

（ミミ、無言）

盗賊　——ぼくは森からここにやってきたんですよ、お嬢さん。

（ミミ、無言）

盗賊　ぼくはここが気に入りました。

（ミミ、肩をすくめる）

盗賊　お宅に間借りすることできませんか？

ミミ　駄目よ。

盗賊　じゃあ、ぼくにそのバラいただけませんか？

ミミ　駄目。

盗賊　じゃあ、さようなら、ミミさん。鍵をかけて。でないと、いろんな種類の……

ミミ　あたし、こわくなんかないわよ。

盗賊　ぼくだってさ。ただ、鍵をもっているところ、それがまるで母さんの手みたいだ。

ミミ　（ドアのノブを放す）あたし、もう、行かなくちゃ。

盗賊　その必要はないよ。君は家で独りなんだろう。

ミミ　そんなことないわよ。

盗賊　ここに長いこと住んでいるの？

ミミ　毎年、夏にはね。

盗賊　ここにすわっていいかい？

ミミ　どうぞ、ご遠慮なく。

盗賊　ここに来たとき、ぼくはすごくびっくりした。まるで誰かが眠っているみたい。まるで森のなかを通るみたいに静かだった。そして突然、草のなかに横になって眠っている娘を発見した。いいんだ、ぼくは君の眠りをさまたげない。でも、もしぼくが君に背を向けたら、目を細くしてぼくのほうを見ながら、笑うだろう。

ミミ　どうして？

盗賊　ぼくにはわからないさ。あのおばかさんが行っちゃった。ふん、何よ、あんな人、目をくれてやるだけの値打ちもないわって君は思うだろうね。

ミミ　さようなら。

盗賊　さようなら、ミミ。もし君がぼくを見つめたら、ぼくは石になってしまうかもね。

ミミ　（ずっと盗賊に背を向けたままでいる）あなたの背中にさがっているもの何？

盗賊　ぼくの？　どこだ？　ああ、帽子の、これ、リボンさ。ずうっとさがっていた？

ミミ　さがっていたわ。

盗賊　どうしてそのこと、すぐに言ってくれなかったんだい？

ミミ　何のために？

盗賊　ぼくが君の目の前に現れずにすんだだろうからさ。これ、あいつが引きちぎったんだ。

ミミ　誰が？

盗賊　木の枝さ。これ縫いつけてくれないかな。

ミミ　駄目。

盗賊　もっともだ。（リボンを帽子から引きちぎって、頭にかぶる）こんなのどうだい？

ミミ　（とうとう盗賊のほうに向き直る）駄目。

盗賊　君の言うとおりだ。（帽子とリボンを放り出し、ミミのほうに歩み寄る）じゃあ、ミミ、どうしたらいい？
ミミ　それ、こっちへちょうだい！
盗賊　何を？
ミミ　帽子よ。あたしが直してあげる。
盗賊　ここで？
ミミ　いいえ、うちで。
盗賊　だめだよ。帽子なんかどうでもいい！
ミミ　待って。（門のなかへ消える）
盗賊　ねえ、ミミ！　どこへ行くんだい？（門のなかに頭を突っ込む。背後を見回し、それから彼女のあとを追う）
小鳥1（木の梢にとまって）チチチッ、チットエ、チットエ、あれ、何ごと？
小鳥2　チリー、クルックゥ、チリー、チリー、ゲンキ、イーッ。ビーッチ、ビッチビッチ。
小鳥3　クルックー、クルックー、クルックー、コドモネ！
ミミ（糸と針をもって、戻ってくる）その帽子見せて。あんた、どこにいるの？　――行っちゃったの？　――ばかねえ、もう、いなくなっちゃった。（帽子とリボンを拾い上げる。帽子の外から内側まで眺めまわし、鼻にしわを寄せ、最後に自分でかぶる）
小鳥1　見た？　見た？　フィー、フイ、フイー！　あのなかで育てるの？
小鳥2　なんにも知らないのね。ズディッチュ、チュイット、おふざけ、おふざけ、おふざけ。

盗賊の声（家のなかから）ミミ、どこだい？　ヘイ！
ミミ（すぐに帽子を脱ぐ）出ていらっしゃい！
盗賊（二階の窓から）ぼく、ここで君を探してたんだ――――
ミミ　お願いだから、出てきてちょうだい！　もし、誰か来たら――――
盗賊　これが君の部屋かい、そう？　じゃあ、この写真は誰？
ミミ　それはロラよ、姉の。どうか、お願い――
盗賊　すぐ行くよ。（消える）
小鳥1　チッツ？　チッツ？　ミミ、よその男が家のなかを歩きまわってる、歩きまわってる！
小鳥3　クオッコ！　クオッコ。
ミミ　あそこで何をしてたの!?
小鳥2　ビット、ビッチ、ビット、ビッチ。
小鳥4　パートロラ、パートラト、探し物。
ミミ　ああ、小鳥さんたち、あたしこの人をどうすればいい？
小鳥2　ニイッツ、ニイッツ、なあんにも、気に入ったんだね、ビイッチ？
小鳥4　チー、チー、パーレク、お似合いね。
小鳥1　ニイッツ、ニイッツ、余計な世話はやかない。トット、ネ、トット、ネ！　無駄なこと！
ミミ（顔を上げ、小鳥たちに語りかける）フュー、フユー、フユー――
小鳥1　ここだよ、ぼく。トゥー、トゥー、トゥー。ビーディー、ビーディー、わかるかい？

小鳥2　ディーキ、ディーキ、おはよう！

小鳥4　――おっはよう！

ミミ　カラスだわ。不吉な知らせ。なんのことかしら？

小鳥3　（飛び去りながら）ムッカ、ムッカ、ムッカ……なやみごと、なやみごと……ムッカ、ムッカ、ムッカ……

ミミ　もう、たくさんよ！

小鳥4　（すぐ近くまで来て）アッフ、アーノ、アッフ、アーノ、でも、ほんとよ！

盗賊　（門から出てくる）ここはすてきだなあ。君って、しょっちゅう独りなの？

ミミ　独りのことなんて絶対ない。今日、はじめてよ。

盗賊　それは残念。年上の人たちは出かけたの？

ミミ　明日、帰ってくるわ。

盗賊　残念だなあ、せっかくここがすごく気に入ったのにな。君の家に忍び込んだとき、まったく息が止まりそうだったよ。いたるところでが何かはじけたように音がするんだもの。時計は息も絶え絶えみたいな咳をしはじめるし、ガラス・コップは自分で笑って、カチャカチャ音を鳴らすし、それに、カーテンまでが、ヘッ！　翼のように両袖を広げて飛び出そうとする。

ミミ　風のせいだわ。

盗賊　たぶん風のせいだろうね。それとも羽かな。するとそのとき突然、鉄砲のように破裂した。

ミミ　何かのお告げよ！

盗賊　たしかに、あれは銃声だった。ぼくは二階に駆け上がった。そこが君の部屋だった。でも、君の部屋は静かだった。物音ひとつしない。ただ、静かに息をしていた。あそこで君は窓に鼻を押し付けて、そこで便箋に、フベルト、フベルト、フベルトと書いていた――そのフベルトって誰だい？

ミミ　誰でもないわ。あたしは……ただ、ペンの試し書きをしてただけよ。

盗賊　へえ、そしてその横に口ひげを生やした狩猟家を描いていた。そしてクッションの下に、読みかけの暦※を隠していた。真実の愛についての小説。ミミ、君はここで退屈してるんだね。〔訳注・日本の「高島易断」のようなものだが、カレンダーのあとに色々な短い読物がついている〕

ミミ　退屈なんかしてないわ。

盗賊　ぼくはもう、君の全家族のことがわかったよ。その一、家庭の父、誠実で、あまり世慣れをしていない老人――

ミミ　あなた、父をご存じなの？

盗賊　知らない。少し心臓が悪い。命令をするのが好きで、心配性。何も理解できない。そのあげく、あらゆることに干渉する。人間的弱みと原則に満ち満ちた典型的な老紳士だ。どう？　第二、母親、興味深いご婦人だ。賢明で、分別があり、ロマンチックな令夫人。君みたいな明るい色の髪。そして、いまにしてまだ若いと自分では感じている。

ミミ　どうしてそんなことがわかるの？

盗賊　簡単さ。櫛と本。しかし、本当のこの家の主人は第三番目の人物。ファンカだ。
ミミ どうして、そんなことまでわかるの？
盗賊 ぼくには何でもわかるんだ。彼女は犬みたいにあくどく、誰の言うことにも従わない。ちょこちょこと動きまわり、誰かさんには忠実で、おしゃべりで、ヤギのように頑固だ。この格子を張りめぐらせたこの家のなかで、正常な分別をもっているのは、まったく、この女だけだ。
ミミ 失礼ですけど、どんなふうに――
盗賊 ちょっと待った。それで、この家には何か秘密がある。君のうちでなくなった人いる？
ミミ 誰も。
盗賊 でも、この家族のなかで、何かわるいことが起こったはずだ。
ミミ そうよ。
盗賊 なーるほど、それでだ。この君の家には何というか愛の悲しみとでも言うようなものがただよっている。まるで、いつも心のなかでひそかに誰かのことを思い出しているかのようだ――よくはわからないけど。でもね、君のお姉さんのロラさんは意志堅固で、すばらしいひとだね。ミミ、君ははっきり言って、お姉さんを崇拝しているね。
ミミ ええ。
盗賊 当然だね。君はまるで祭壇を飾るようにお姉さんの写真を花輪で飾っている。彼女はあそこに、なんとなく、タフで、気性も激しく、恋をして、絶対に妥協しないというような、なんとなくそんなふうに見える―― ――
ミミ あなた、気に入った？
盗賊 すごーく。
ミミ ミミ、ねえ、きれいでしょう？　ああ、あなたがお姉さんにお会いになったらいいのに！
盗賊 第五に、だから、かけがえのない唯一の愛人にたいして、まるで子供のように振舞った。お姉さんは独り占めにされた。何をするのも、どこかへいくのも駄目。自分がすでに十分おとなになったということを知るのも駄目。そして、たぶん、そのことを知らないのかもしれない――
ミミ 何てことよ、知ってるわよ！
盗賊 じゃあ、それは君の秘密だ。みんなにもらしちゃだめだ。君はご両親に見張られ、だまされている小さな子供だ。夜はベッドに寝かされ、朝になると顎の下をこちょこちょとくすぐられて目を覚ます。それがふと止むと、みんなは君を祝福し、説教をする。あーあ、ミミ、どこかへ落っこちないように、むやみに出あるかないことだ。散歩にはファンカと一緒に行くんだな。そして、君が誰か他の人と話をするのを神さまがさまたげてくださるように。
ミミ あたしをそんなふうに見ないでよ？
盗賊 信心深いミミちゃん、君はここで退屈している。
ミミ あたし、何をしたらいいの？（帽子を放り出す）
盗賊 （盗賊、帽子を拾う）――でも、君のもつれた生活は次の段階に進むべきだよ！
ミミ じゃあ、あたし、そのもつれを解《ほど》くわ――それにしても、どうして、あなた……そんないろんなこと……おわかりなの？

盗賊　探偵のごとき目を光らせてさ。何もかも見たよ。君がなくした例の指ぬきは、実は、窓枠の上に置き忘れたのだ。

ミミ　置き忘れたんじゃないわ。

盗賊　ねえ、悪いんだけど教えてくれる？　どうして君のうちにはいたるところ、格子が張りめぐらされているの？

ミミ　とくに理由ないわ――要するに、ここは離れの一軒家だからよ。こんなの変かしら？

盗賊　なーるほど、そういうわけか。じゃあ、今日は一日中、何をするの？

ミミ　刺繍よ。

盗賊　午後、君は外に出ないの？

ミミ　出ないわ。あたし出ちゃいけないことになってるの。

盗賊　じゃあ、家のなかで刺繍をするわけか。そしてファンカも君と一緒に。

ミミ　もちろんよ。

盗賊　もちろんねえ。そのうち眠気が君を襲ってくる。で、あっという間に君は心臓を突き刺す。ああ、ファンカ、あたし針で刺してしまったわ。ちょっと外の空気を吸ってこなくちゃ、と言って、出てくればいい。

ミミ　駄目よ、出ないわ。

盗賊　ねえ、いいかい。仮に、君が出てきたとしても、君の目にふいに見えるのは、誰かが重い息をしているように、高くなったり低くなったりする古墳だけだ。これは変だわ、誰かが生きたまま埋められているのかしら、と君は思う。ところが、それは古墳ではないんだ。そこには死んだ人間が横たわり、その人間の胸からは血が流れ出している。おお、神さま、なんてたくさんな血なんでしょう！　君はびっくりする。すると、そのとき「それは血ではない、愛だ」という天の声が聞こえてくる。

ミミ　それ、なあに？

盗賊　夢さ。それでね、君はその声をもう一度聞きたいと熱望する。だって、君を勇気づけてくれるからね。さあ、目を開けて、よく見なさいもう外はいい天気だよ。そこでぼくは窓の下に立って叫ぶんだ。「おはよう、ミミ。出ておいでよ」って。すると、「駄目よ、だってあたし、まだ、はだしなんだもん」と君は言う。そして指を刺す。

ミミ　そんなこと言わないわ。

盗賊　こんなの、みんな夢さ。そしてまた夢が現われるはずだがな――いったい、どうしたんだ？　まてよ、いま、君がぼくの夢を壊したんだ。もう、ぼく、そのこと、忘れてしまった。たったいま、その本物の夢が現われるはずだったのに。

ミミ　どんな？

盗賊　なにか愛にかんすること。でも、もう忘れてしまった、なんだったか。ええと、君の胸を刺すんだ。それで、叫び声をあげて、目を覚ます。ああ、ファンカ、どうしてあたしの胸を刺すのよ！　それ、どういう意味？　――ファンカは何も言わない。ただ、縫い物を抱えたまま、うとうとっとしただけだ、二十まで数えるあいだくらい。そして針で指を刺す。やれやれ、血がただの一滴。嫁に行く前に、時は過ぎてしまう。
ミミ　いったい昼の日中に、あたしがどんな夢を見るっていうの？
盗賊　たとえば、急に、頭が痛み出す——
舞台裏の声　ああ、ああ、頭が痛いよー。
ミミ　（飛び上がる）何、あれ？
盗賊　こだまだろう。
舞台裏の声　ムロ・デローロ、ムロ・デローロ！　メ・プフーリ・ロームニ、ドゥクハル・ムロ・シェーロ。メ・ソム・ツェロ・オプスティメン・ナネ・マン・ダト、ナネ・マン・ダイ・ナネ・マン・ニコ。シェギティン・マン・オ・グーロ・デル！（わが神よ、わが神よ！　われ老いさらばえしジプシー女、頭痛に悩む。われに頼るものとてなく、父もなく、母もなし、誰一人なし。われを救いたまえ、いとしき神！〔ジプシー語〕）
盗賊　（立ち上がる）なんだ、ありゃあ？
ミミ　（盗賊のほうに身を寄せる）ああ、なんてこと——

（森のなかからジプシーの女、登場）

ジプシー女　エーイ・シュカール・ラヨーロ！（ほい、美しい若奥さん）主イエス・キリストさま、全能の主よ！　テルノ・ラヨーロ・ムリ・グーリ・ラーニ、デ・マン・ヴァレソ。ネボ・ソン・チョーリ！（お若いだんなさま、わたしの優しい奥様、わたくしに何かお恵みください。なぜならわたしは貧しいからです）年寄りのジプシー女、ギゼラ、七十歳、慈悲深きわが主よ、わしにゃ、一人の身寄りもおりません。夫も子供も死にました。この世にたった一人、取り残されたです！
ミミ　あの人に何かあげてよ。
ジプシー女　これはこれは、おやさしい奥様！　この方々とお子方に、神のお恵みのあらんことを。
ミミ　あたしたちは夫婦じゃあないわ、ジプシーのおばあさん！
ジプシー女　そうなりなさるじゃよ。ジプシー、占う。似合いの夫婦。きれいなおぼこ娘だ、かわいいお嬢ちゃん！
ミミ　何、おぼこって？
ジプシー女　ははは、かわいい娘っ子さん、これはあんたのボーイフレンドかい。なかなかいい男まえだわ。わしがもっと若かったら、とっ捕まえてやったのに！　だがな、もしあんたらが、わしにちょっと手をみせてくれなさるなら、あんたらの未来がどうなるか占ってあげるがな。
ミミ　あたし、いやよ！
ジプシー女　なに、こわがるかね、ジプシー、占い師、手のひらに書かれていること、みんな本当。結婚であれ、死であれ、幸せであれ、悩みであれ、病気であれ、友達のことであれ、みーんな占のうて、本当のことだけ言いますじゃ。さあ、お見せなさい、お嬢ちゃん。
盗賊　さあ、手相を観てもらってごらんよ、ミミ。
ミミ　いやよ！

ジプシー女　さあ、手をお出しなさい、お嬢ちゃん。だって幸せになれるかどうかわかるだよ。（ミミは急に意を決して、手を差し出す）お嬢ちゃん、こりゃ、もう、病気にかかっているねえ。ひどく落ち込んでいなさる。感じやすい心をもっておいでじゃ。急に陽気になったかとかと思うと。急にふさぎ込みなさる。誰かさんがあんたのあとを追い回していなさる――　――ありゃりゃあ、うゆゆゆう！

ミミ　何なの？

ジプシー女　お嬢ちゃん、なんもかんも、みーんな、ほんとのことを言いますじゃよ。あんたはひどく悲しい思いをされる。ほかの人が、あんたさんにすごく惚れ込んでいなさる。だがな、あんたさんにはほかの誰かさんのほうがただ一人、恋しいお人になるじゃろう。それを用心せにゃいかん。そうでないと、あんたはその誰かさんのためにくやみなさることになりますぞ。

ミミ　くやみなさるって？

盗賊　後悔するってこと。

ジプシー女　なあ、お嬢ちゃんや、その恋はあきらめなさるがいい。親御さんが、まず、反対しなさる。だが、あんたさんは言うことを聞きなさらんじゃろうな。はじめは、幸せが何かわかんなさる。それから待ち望んだものを、授かるじゃろう。一度は、これが幸せだとわかりなさる。で、今度は、それ、まるで目を開かれたように、悲しさがわかってくる。それはな、大きな悲しみじゃ、それに、大きな嘆きじゃ。もう、楽しいことは何ひとつない。そりゃあな、母さんが家に連れて帰りなさるからじゃ。手紙が来るのを待つじゃろう。な、お嬢ちゃん。だけどもな、そんな手紙なんか来やせんのじゃよ。

ミミ　へえ、ジプシーのお婆さん、そのほかに何があるの？

ジプシー女　ないよ。恋は忘れる。それはな、ながーいことかかる。それから来るのがお葬式じゃ。

ミミ　それだけ？

ジプシー女　それだけ。

（ミミ、　腰をおろす）

盗賊　ぼくのを見てくれ！（ジプシー女のほうに手を差し出す）

ジプシー女　お若い旦那さん、あんたはひどく陽気なお方じゃ。アハ・トゥ・サル・ビバフ。〔だが、あんたは不幸をもたらしなさる〕

盗賊　なんだい、そりゃあ？

ジプシー女（盗賊の手を放す）あんたは不幸なお嬢さんだ！

ミミ　どうして、あたしのこと、もっと言ってくださいませんの？

ジプシー女（退場しようとする）娘さんはわかるよ、やがて不幸な目に会うよ、そうなったらわかる！

盗賊　なんだ、おれはどうなんだ？

ミミ　**ジプシー女**（去りながら）あんたは盗賊の悪党じゃ！

ミミ　どうしてあたしのこともっと言ってくれないの？

盗賊　ほっとけって！

ジプシー女の声　娘の盗人じゃ！

ミミ　ああ！
盗賊　どうかしたんだい？
ミミ　胸を刺したわ——（うつむく）あたし、もっと聞きたかったのに——
盗賊　何を？
ミミ　あたしの未来よ。
盗賊　ジプシー女なんかにわかるもんか。
ミミ　ああ、きっと知ってるわ。でも、どうしてあたしに悲しさが身にしみてわかるって言ったのかしら。どんな悲しさなの？
盗賊　なんでもないよ。ジプシー女は何も知りゃしないのさ。
ミミ　でも、あたしが悲しみを知るって言ったわ！　まるで、いままでそんなこと知らなかったみたい。まるで、なんにも——あたしが幸せで、そんなこと、まるっきり経験したことがなかったみたいに言ったわ——　——
盗賊　あのジプシー女はうそをついてたんだ。
ミミ　でも、どうして、あたしにもう一つのことを言ったのかしら？
盗賊　何を？
ミミ　あたしが、ある一人の人を愛するだろうって。
盗賊　なあに、ジプシー女がでたらめを言ったのさ。
ミミ　まるであたしが、一人だけじゃなくて、大勢の人と恋をするみたいだわ！　もしもあたしが誰かを好きになったら、そしたら、きっと——　——その人と一緒に行くわ。そして……けっして……

盗賊　ほら、君はいま針を刺した。
ミミ　そんなことどうでもいいわ。どうしてあたしが、好きな人のことを忘れるなんてことあるはずないわ！　あたしそんな女じゃない——　——
盗賊　あいつはジプシー女だぜ！
ミミ　親の許しのない恋人があるなんて、そんな女じゃないわよ。そんなこと——そんなことできるはずがないわ。
盗賊　——そんなに悪い女なの、え？
ミミ　いいえ、でも勇気があるのよ。あたしの姉さんは勇気があったのよ。
盗賊　親の許さない恋人がいたの？
ミミ　いたわ。両親は反対したの。でも彼の後を追って出て行った。夜、窓から。ちょうどここよ。だから、お姉さんが家出したとき、お父さんが窓という窓にみんな柵をはめたの——あなた、それを悪いことと思う？
盗賊　いいや、思わない。
ミミ　あたしもよ。
盗賊　反対に、ぼくには気に入ったよ。
ミミ　あたしも……たぶん……同じよ。どっちみち、あたしにはどうせそんなことできはしないもの。
盗賊　君のお姉さんって、すごい人だね。強くて、激しく、そして、すごい。写真を見て、ぼく、すぐに気に入ったもの。
ミミ　お姉さんに会わせたかったわ！　でも、あたしはそんなんじゃないの。あたしにはできない——　——

盗賊　君だって監視されているんだよ。
ミミ　されているわ。でも、監視されていなくても、あたしにはきっとできない。それにそんなことい やよ。どうすればいいのかもわからない。いや、絶対にいや。あたしにはできない――
盗賊　どうして、ご両親は反対したの？
ミミ　だって、その人ったら、なんていうのかしら……あたしにはわからない。いまじゃ、お姉さんのことまったくわからないの。お父さんたちが禁じたのは当然よ。忠告したこともよかったし、お父さんたちの言うことが正しかったわ――ああ、どうしてあたし、手相をちゃんと見てもらわなかったのかしら！
盗賊　どうして君は悩んでいるの？
ミミ　もっと知りたいからよ――（歯で糸を切る）出来たわ。
盗賊　何が？
ミミ　帽子。それで、あなたのことは何て言ったの？
盗賊　ぼくのこと？　実質的には、なんにも。ごく一般的なことさ。
ミミ　あたし、聞いていなかった。
盗賊　ぼくにはライバルがいるとか、なんとか。
ミミ　（自分の手のひらを見つめる）愛情線ってどれかしら？
盗賊　そのいちばんきれいに出ているやつさ。
ミミ　あなたの手、見せて。――変ね、あなたの手のひらの線、あたしのとぜんぜん違うわ！　まるで刻んだみたい。この線、トルコ人の剣みたい。これ、何を意味するのかしら？
盗賊　知らないね。
ミミ　変な手！　ここには大文字のMがある――こんな線って、何を意味するの？
盗賊　それは傷跡だよ。今度は君の手を見せてごらん。真っ白な手のひらだ――
ミミ　どういう意味？
盗賊　美だ。きっと、これが愛情線だ。
ミミ　この太い線？
盗賊　違うよ、この美しいピンクの線さ。
ミミ　違うわ。きっとこのいちばん深い線よ。
盗賊　違うって、このいちばん深い線が生命線だよ。君の手を握りしめたら――痛いかい？
ミミ　いいえ。
盗賊　君をみんな手のひらのなかに包み込んでいるみたいだ。君の心臓に触れているみたいな気持ちだ。ねえ、君に話がある。
ミミ　放してよ！　誰かが来たらどうするのよ！
盗賊　来やしないさ。もし、いつか、君がすごーく大きな喜びを感じたとしたら、君は夢を見ているみたいな気がするだろうね？
ミミ　だと思うわ。
盗賊　そのとき、息か大きな鳥が羽ばたいたような風が、君の髪のなかに吹き込む。こんな喜びを、君は知っているかい？
ミミ　知ってるわ。
盗賊　じゃあ、言うけど。――ほら、血がたれている！　ここ、君は針で指を刺したんだ。
ミミ　（立つ）ああ、放してよ！
盗賊　（手を放す）ほうら、少し血が出てる！　吸いなさいよ、甘いよ。
ミミ　（指で彼の手を突く）血の指輪よ。じゃあ、さようなら。

（門のなかに逃げ込む）

盗賊　（立つ）待てよ！
ミミ　（門のなかから）もう、行かなくちゃ。さようなら。
盗賊　じゃあ、ぼくが行くぞ。
ミミ　駄目よ。絶対に、ここに来ちゃ駄目よ。あんたを狩猟家が待っているかもよ――
盗賊　えっ、なんだって
ミミ　だめ、来ちゃ駄目よ。さようなら。どこかの誰かさん、今度会ったときには、あなたは誰なのか言ってちょうだい。それから――どっちみちお別れね、さようなら！（門のなかに消え、鍵をかける）
盗賊　（門のところへ駆けて行き、確かめる）鍵がかかっている！　おーい、待ってくれよ！（ジャンプして壁の上にひじをかけて、中をのぞく）ここにはいない。（飛び降りて、ベンチのところに行って、腰をおろす）じゃあ、言うよ。フベルトだ。どこかのフベルト。

（狩猟家、登場）

盗賊　（まっすぐ彼のほうに向いて）すみません！
狩猟家　なんでしょう？
盗賊　ここは誰のお宅です？
狩猟家　プラハの某先生のお宅ですよ。あんたさん！
盗賊　ええ？
狩猟家　この森に入ることは禁じられています。あなたはこの人ですか？
盗賊　いいえ。
狩猟家　誰かを探しておいでで？
盗賊　いいえ。
狩猟家　じゃあ、この森から出て行ってください！
盗賊　ぼくにはそんな気、まるっきりないね。
狩猟家　じゃあ、あたしがあんたをここから追い出します！
盗賊　そうはいかないね。
狩猟家　出て行け！　ここは立ち入り禁止だ！
盗賊　わかってる。
狩猟家　いいか、おれは貴様をひっとらえてやる！　おれ様を誰だと心得ているんだ？
盗賊　フベルト。
狩猟家　どうして……おれのことを知っているんだ？
盗賊　知るもんか。
狩猟家　おれだってさ……。貴様、おれのことを知っているみたいじゃないか。貴様は……貴様は……

盗賊　誰でもない。

狩猟家　じゃあ、貴様、おれと一緒に来い。

盗賊　どこへ？

狩猟家　森林管理事務所へだ。

盗賊　ああ、そうかい。（ベンチに腰をおろす）君……フベルト君！　その野イチゴの花束、どうするんだい？　誰に贈るんだ？

狩猟家　失礼ながら、君——

盗賊　別にかまわんよ、君！　このトンチンカン、松かさ野郎の、どんぐりカラスめ。貴様、ミミが独りで家にいると思ってるのか？　きみい、今日は、ここに、オレがいる。

狩猟家　君、どうか友人として……家に帰ったほうがいいと思うがね。

盗賊　このひょっとこめ、なんにもわかっちゃいないんだな！　もし、友達ならな、鍵のかかった門の前に、おれがこんなふうに頑張っていると思うかい？　さあどうだ？

狩猟家　君——

盗賊　なんだい、君！　貴様はおれがここに頑張っているのが気に入らんのだろう？　おれだって、貴様をここで見たくないな。君はここのお嬢さんを追いかけて来たのか？　彼女は貴様に来てくれと言ったのか？

狩猟家　それが貴様に何の関係がある？

盗賊　あるとも多少な。本当だとも。

狩猟家　貴様は何者だ？

盗賊　なんだい、おれの何が知りたい？　貴様の森番小説にはライバルはいないのか？　おれは小説の主人公じゃない、この雷鳥野郎！

狩猟家　おれがなんだと？

盗賊　森番だ。さあ、いまはこの森から、とっとと出て行け。今日、おれはここで狩猟をする！　どうだ、このホウレンソウの、芋虫野郎——

狩猟家　ええい、こん畜生！　もう我慢ならん！　これがこの場所でなかったらな、貴様なんぞ——　——

盗賊　——ほざいてみろ、コウライウグイス！　案山子《かかし》！　イチゴをぶらさげた三枚目！　——

狩猟家　——ようし、貴様をふん縛ってやる！

盗賊　（門のなかに飛び込む）やれるもんなら、やってみな！

狩猟家　出て来い、さもないと——

盗賊　貴様のためなら、お断りだね！　おれが怖がっているとでも思っているのか、貴様を、それとも、おもちゃの鉄砲を？

狩猟家　気をつけろよ！

盗賊　こりゃあ、なんと！　貴様はここに毎日、通ってるのか？　ハゲイトウとブドウをぶらさげて？　貴様は自分で自分を撃つと言ったのか？　そんなら、彼女のために、夜な夜な角笛でも吹くがいい。どうだ？　そして彼女の涙でも誘うがいい！

狩猟家　貴様、彼女を侮辱するのか——

盗賊　ほほう、騎士どの！　おれは、おれの好きなように彼女を侮辱する。貴様におれが止められると思っているのか？　このへっぽこ猟師？

狩猟家　このう……貴様を撃ち殺してやる！

盗賊　落ち着けって、おれの手はまだポケットのなかだ。猟師君、君の試みは無駄だよ。いまここで、貴様を一瞬のうちに鞍から引きずり下ろしてやる。ここはおれの猟場だ。だから、おれは――

狩猟家（声をつまらせながら）もし、彼女を侮辱するようなことがあったら、おれは貴様を殺す！　貴様を撃ち殺す！　犬みたいに貴様を地面に這いつくばらしてやる！

盗賊（ポケットから両手を出し、腕まくりする）おれは彼女を口説きおとす。邪魔するなよ。おれは彼女をものにする――というわけだ、わかったか？　ちょっとウインクするだけで、ＯＫ！　今日中に彼女はおれのところに来る。そして今日中に――おれのものになる。そして、今日中に――貴様を馬鹿にして笑うだろう――

狩猟家（猟銃を肩からおろす）この悪党め！　おれは……おれは……

盗賊（猟師の銃をつかむ）そのおもちゃの鉄砲をもって、ゆっくりと（猟師を揺さぶりながら、背景のほうへ押しもどす）これがおれ流のやり方だ、わかったか！　どうだ？　また来るつもりか？　今日のうちに、彼女をものにする。そして今日のうちに、おまえのことを馬鹿にして笑うだろう。だから、ここに来て、邪魔をするな。行け！（狩猟家を押し返し、まくった袖をおろす）

狩猟家　撃ち殺してやる……撃ち殺してやる……（銃に弾を込める）絶対に許さん……もう、我慢できん……彼女を侮辱するのをこれ以上は許せん……誰にも……

盗賊（ポケットに手を突っ込む）きみい、君はまったくの臆病者だな！　その連発銃をもって何をしようというんだ？　見ろ、まるで木の葉みたいに震えてるぞ。

狩猟家（手が震え、思うように弾を込められない）貴様、おれを馬鹿にしたな……もう、勘弁ならん……貴様をぶっ殺してやる……この野良犬め！

盗賊　野良犬であろうが、なかろうがな、お兄さん、いずれお返しはする、おれの気が向いたときにな。（声を荒げる）とっとと失せろ！

狩猟家（銃を頬に当てて構える）撃つぞ……！　いち……ここから出て行け！

盗賊　彼女をものにしたらな。

狩猟家　にい！

盗賊　十まで数える気かい。

狩猟家　もし、これが……ここでなかったらなあ！

盗賊　貴様は馬鹿だよ！

狩猟家　じゃあ、待ってろ……痛い目に会わせてやる……臆病者……野良犬みたいに追っ払ってやる……（森のほうに向き、呼子を吹く）

盗賊　ほほう、貴様はそのために、森番たちを呼ぼうというんだな？

狩猟家　悪党め……貴様をひっとらえて、ぶちのめしてやる……

盗賊　おい、猟師君、そいつはちょっとフェアーじゃないぞ。おれは一人だ。
狩猟家　貴様に彼女がものにできるもんか……おれが渡さん……おれは最後の最後まで戦うぞ！
盗賊　よし、いいだろう。（盗賊は駆け出し、塀の上に飛び上がる）つかまえられるものなら、つかまえてみろ。
狩猟家　止まれ！
盗賊　（塀の上で）あばよ、忠実な魔弾の射手君！〔訳注・ウェーバーに同じタイトルのオペラがある〕
狩猟家　この野郎！（かっとなって猟銃を発射する）

（盗賊の体がゆらゆらとして、塀の上から落下する）

ミミ　（二階の窓に姿を見せる）あなた、どうなさったの？
狩猟家　（後ずさりしながら）ぼくが……ぼくが……
ミミ　あなたはいったい何をしたの？
狩猟家　ぼくが撃ったんだ！（逃げ出す）
ミミ　誰か、助けて！（姿を隠す）
ファンカの声　（舞台裏で）誰が撃ったんだい？
シェフルの声　（舞台裏で）誰だ、叫んでいるのは？
ファンカ　ああ、どうしたんだろう。シェフルの爺さん急いで！

（ファンカとシェフル駆け込んでくる）

ファンカ　誰かそこに倒れているわ！
シェフル　ようし、おれが見てみよう。
ファンカ　まあ、どうしよう、死んでるわ！　こんなことってあるかしら！
ミミ　（門のなかで、涙を浮かべ、真っ青な顔をしている）ファンカ、ファンカ、早く！
ファンカ　（ミミのほうへ駆け寄る）おお、ミミお嬢さん、何があったの？
ミミ　ここよ、見て——
シェフル　（盗賊のそばに膝をつく）やや、撃たれている。
ミミ　息はあるの？
シェフル　とんでもない！
ミミ　死んでるの？
シェフル　おお、聖母マリア様！　それにしても、ミミお嬢さん、あの人は何ですか？
盗賊　ええ？
シェフル　お嬢ちゃん、こいつ、もう、息を吹き返したよ。
ファンカ　あれ、この人は、たしか、ベンチにすわっていた人だ！　ミミお嬢さんここでいったい何があったんです？
盗賊　ミミは……何も……知らないよ。
シェフル　すぐに水だ。それと強い酒！

（ミミ、駆けていく）

ファンカ　シェフル爺さん、この人、ここに置いとこう、これはお役所の仕事よ。
シェフル　だがな、こいつ死ぬかもしれんぞ。
ファンカ　かも知れないけど、こんなことに手出ししないほうがいいわよ。あたしなら、あんな人に触りたくないね——

——

ミミの声（家のなかから）ファンカ、お願い！

ファンカ すぐ、行きますよ。——あれはあの人よ！ あれはあの人だわ！（去る）

シェフル これからどうするね、若いお兄さん？

盗賊 ぼくは石の上に落ちたんじゃないのかい？

シェフル そうとも！ 頭のここのところが切れている。

盗賊 ぼくはすぐに感じたよ。

シェフル で、誰があんたを撃ったんかね？

盗賊 言うもんか、でも、わかるだろう？ それとも——

シェフル わしにはわからん。まあ、横になっていなされ。

（ファンカが水を運び、ミミはラム酒をもってくる）

ファンカ 死にかけているというのに、なんでラム酒なのよ？ そんなもの、そこに置いておきなさいよ、ミミお嬢さん！

シェフル タオルみたいなものがいる！

ファンカ そうだわ！ 清潔な布切れよ！

ミミ そうね、ファンカ！（タオルを取りに駆けていく）

シェフル ちょっと、頭をもちあげてくれんかね、そうそう！（盗賊にラム酒を飲ませる）

盗賊 おいおい、ラム酒を首のほうにたらさないでくれよ。

ファンカ いますぐに、証人になって裁判所へ行きましょう。ねえ、あんた、誰がやったの？

盗賊 ぼくがつまずいただけだよ、ファンカさん、それに——

——

ファンカ 撃ったのは誰よ？

盗賊 誰でもない。

シェフル いいかい、これはな、こういうこともあるという話だがな、わしも狩猟場でよろめいたことがある。だがな、わしはそいつを背中に受けた。わかるか？ まさしく散弾の弾をじゃよ。

ミミ（花嫁衣裳の半分ほど腕に抱えてくる）シェフルさん、このなかから、どれでもいいから取って。あの人に包帯をしてください。あの人を救って！

シェフル そうだな、助かるかどうか、わしにもわからんがな。ちょっと頭を支えていてくれんか、ファンカ。

ファンカ 知るもんか！ 何のために、どうやってここにきたのかもさっぱりわからないのよ。

ミミ あたしがささえている。（盗賊のそばにひざまずく、そして彼の頭を手で支える）

ファンカ 汚れますよ、ミミお嬢さん！

盗賊 ああ、君だったのかい？

ミミ 静かに、横になっているのよ——ここ、痛い？

盗賊 いいや。

シェフル（彼の頭を水で洗う）そんなに頭を動かすなって！

盗賊 古墳だ——

ミミ 何なの？

盗賊 古墳だ——

シェフル　また、気を失った。ちょっと支えていなさい、お嬢ちゃん、わしは――すぐに――
ミミ　シェフルさん、死んじゃったの？
シェフル　なあに、死ぬもんか！　縛るのに使うんじゃが、こいつを裂いていいかね？
ファンカ　厚かましいわね！
ミミ　好きなように裂いていいわ――みんな裂いたっていいのよ！
ファンカ（ミミがもってきたもののなかから、古い布切れを引き抜く）これなら裂いてもいいわ。まだ、つくろって使えるかもしれないけど、でも――
ミミ　早くして、シェフルさん！
シェフル（長い帯状に布切れを裂く）すぐ、おわるよ。
ファンカ　ああ、もったいない、あんな美しい布切れなのに！
シェフル　お嬢ちゃんの指があんなに震えている！　うーん、いずこも同じか――（縛る）よーしっと、こいつは念には念をいれんとな。さて、今度は、ここんところにタオルを巻こう。それで、おしまい。
ミミ　でも、シェフルさん、まだ、ここに――
シェフル　何がまだだと？
ミミ　ここ、胸のところに、血が――
シェフル　ほう、そりゃ撃たれたところだ。わしには治せん。それから服を脱がせて、ベッドに寝かせたほうがいい。
ミミ　うちでその人の介抱するわ！
ファンカ　まあ、そんなこと、知らない男の人ですよ！　どこの誰だかわかりもしないのに！　あんた、この人知ってるんですか？　この人、いったい誰？
ミミ　だって、ファンカ、この人、ここに置きっぱなしというわけにはいかないわ！
ファンカ　お嬢さん、それはいけません。これがちゃんとした人なら、こんな目には会いませんよ。それに場所がありません。
ミミ　父のベッドがあるわ。
ファンカ　旦那様は明日おもどりになります。そんなことはできません。これでおわかりでしょう。
ミミ　じゃあ、あたしのベッドがあるわ！　ファンカ、お願いよ、どうかお願い！
ファンカ　駄目です、お嬢さん。結局、あたしたちのうちで、この人を死なせることになるんですよ！　そんなこと、あたくしが許しません！
ミミ（涙ぐみ）あんたには心ってものがないのね！
シェフル　だがな、お嬢ちゃん。たしかに、そんなことをしちゃいかんよ。あそこで近所の人がクローバーを運んでいる。だから、羽布団の上に載せて運ぶようにして病院へ連れて行ける。あの人はそうしてくれる。わしが連れて来よう。（退場）
ファンカ（石鹸、タオル、ラム酒などを拾い集める）そんなこと気に病むことはありませんよ、ミミお嬢さん！　こんなやつを家のなかに入れたいとおっしゃるなんて！　ですがね、あたしはお母様にこのこと言いつけますよ！
ミミ　あんたには心ってものがないんだわ！
ファンカ　でも、分別があります。もう、あの男はここに放っておきましょう。体中血だらけですよ。おかげであの男は頭にタオル二枚と布巾《ふきん》を駄目にしてしまいましたよ。それを誰が返してくれるんでしょうね？　どうせ、うちの損になるんですよ！　放っておきましょう、ね？（家のなかに入っていく）
ミミ（依然として、盗賊の頭のそばに膝をついたままである）聞こえる？　あたしミミよ。どうしてなの……、どうしてあたしのことあんなふうに言ったの？　ああ、あたしって不幸だわ！（彼の頬に膝をぴったり寄せる）あなた、何をおっしゃったの？　あたしのことをどう思っていらっしゃるの？　どうして、あなた、あたしの言うことを聞いていらっしゃらないの？　――ああ、あたしって不幸だわ！ねえ、しっかりしてよ！
盗賊（体を動かす）ああっ！
ミミ　どうしたの？
盗賊　君はミミかい？
ミミ　痛いの？
盗賊　いいや、何が起こったんだい？
ミミ　あなたと狩猟家が――
盗賊　ああ、思い出した。あいつがぼくを――
ミミ　そうよ。
盗賊　どこにいる？
ミミ　逃げたわ。
盗賊　あれはね……ほんのちょっとしたはずみさ、どうだい？　あいつはぼくにただ猟銃を見せようとしたのさ、そしたら……
ミミ　あたし聞いたわよ、みんな。
盗賊（苦労しながら、立ち上がろうとする）なんてこったい！君が聞いているとは知らなかった！
ミミ　おとなしく横になってらっしゃい！
盗賊　怒ったのかい？
ミミ　怒ってはいないわ。ちゃんと、横になってらっしゃい。お願いよ……
盗賊　何を？
ミミ　……おねがいよ、あたしが……、狩猟家が……、あんなこと言う資格なんかないわ。まるで、あたしに……、あの人のことがさも大事なことででもあるかみたいに！　あんなふうに言うなんて、とんでもないわ！
盗賊　わかっているよ。
ミミ　そのことが、あたし、すごく嫌なの。すごく気分を害されたわ。
盗賊　ぼくにかい？
ミミ　あんたじゃないわ、あの人によ。静かに、誰か来るわ。（立ち上がる）

（二人の森番、登場）

森番1　こんにちは、お嬢さん。ここに森林監視官殿はいらっしゃいませんでしょうか?
森番2 呼子の音が聞こえましたので。
ミミ (スカートで盗賊を隠す)もう、行かれましたわ。
森番1 じゃあ、鉄砲を撃ったのは誰です?
ミミ あの方、密猟者を追っていかれました。むこうのほうに。あの方を追っていかれたほうがいいですわよ。
森番2 いやあ、ありがとうございました。さあ、行こう!
(去る)
ミミ ああ、頭が痛くなってきたわ!
盗賊 ミミ、言っておきたいことがある。
ミミ いまは、黙ってて。あなたを連れに来たわ。
盗賊 ぼくは嫌だ。
舞台裏の声 どう、どう!
ミミ でも、やっぱり、あなたはお医者さんのところへ行かなくちゃならないわ——
盗賊 お医者なんて、嫌だよ。
ミミ あなたは横になっていなくちゃならないわ!
盗賊 ぼくはここに寝てるよ。
ミミ お願い、ここは駄目。あなたは、早くよくならなくちゃ。そしたら——
盗賊 うん。
(舞台裏で、近所の人の馬車の音)
近所の人の声 はい、どう、どう——
ミミ じゃあ、どんな気分かあたしに言って、すぐにあたしに!
シェフル(近所の人を連れてくる)さあ、ここに、その男はいる。
近所の人 あはー、たしかに鉄砲の音がしたよ。しかし、わたしはリスを撃ったんだと思っていた。じゃあ、そのとき——
シェフル そのときこの男はただよろめいただけだった。そうとも、こいつは事件だぞ。
近所の人 あー、お嬢さん。やあ、お早う。
ミミ お願いです。この人のお世話お願いできませんか?
近所の人 ご心配にはおよびません。神父様のようにゆっくりまいりますよ。
盗賊 ちょっと待ってください。ぼく、自分ですぐにおきます。
シェフル ただ、じっとよこになっていなされ。わたしら、あんたを馬車で運びます。
近所の人 この人の足をもってくだされ、シェフルさん。
シェフル この野郎——なんて重さだ——こいつめ!(盗賊を馬車のほうに運ぶ)
ミミ 用心してね、お願いだから。
近所の人 わかっている——ちゃんと用心——してるよ。
盗賊 エレンの町の酒場はごめんだぜ。おれは今朝、あそこにいたんだ。もう一つのほうは何て名前だい?
近所の人 べ——べ——べ——ベラーネク——そこには——うっふ——うっふ——
シェフル うっ——うっ——うっつ——

盗賊　美しい娘がいるってんだろう、とっくにご存知さ。

近所の人　ち、ちがう——てっ——ていっ——

盗賊　亭主のかみさんだっていうのか？　かまわんさ。

ミミ　でも、——エレンのすぐ近くよ！

盗賊　ぼくはどこへ行けばいいんだい、ミミ？

ミミ　どこでも、お好きなところへよ。エレンの町の。

盗賊　それも、いいかもね。午後は何してる？

ミミ　わからない。言《こと》づけくれる？

盗賊　当然さ。君はもう家にかえるのかい？　いててて、おい、シェフルの爺さん！

ミミ（盗賊のほうに手を出す）さようなら。言づけ、忘れないでね。

盗賊　さようなら、ミミ。すぐに言づけ頼むよ。

ミミ　さようなら。

盗賊　さようなら。じゃあ、行こう、シェフルの爺さん。ヒーッ！

シェフル　こいつ——まるで——うっふ、うっふ——鉛の塊だ！

近所の人　こんな——おもっ——重たい——やつは——うっふ——うっふ——

（一同、去る）

ミミ（独りぼっちで、彼らの後を見送る）私のために——どうか、わたくしのために——（振り返り、盗賊が倒れていた場所を見つめる）おお、なんてこと、こんなに血が！

天上からの声　それは血ではない。愛じゃ！

ミミ　頭が痛くなってきた！

——幕——

第二幕

（真っ暗な夜。頭に白い包帯を巻いた盗賊登場）

盗賊　ありがとうよ、ホタルちゃん。おおい、聞こえるかい、君！　――まだ光っている――ハロー、ハロー！　おおい、二階にいる君！

ファンカ（明かりのついていない窓から、頭を突き出す）そこにいらっしゃるのはご主人様ですか？

盗賊　いいや、ぼくだよ、ファンカ。

ファンカ　どちらの、ぼくでいらっしゃいますか？

盗賊　ぼくだよ、昨日の朝、ここにいた。

ファンカ　あの撃たれた人？　それが、もう、ここへ駆けつけてきたの？　いつも言っていることとよ。朝まで待てないの？　何の用なの？

盗賊　ぼくはもうよくなったって、言いに来たんだ。

ファンカ　そりゃ、よかったわね。あのタオル、もってきた？

盗賊　明日、もってくるよ。

ファンカ　じゃあ、行って休みなさい。せめて夜だけでも静かにしてよ！

盗賊　お嬢さんは何している？

ファンカ　決まってるじゃないか、おやすみですよ。あんたも自分の寝床へ行ったらどう、え？　人を眠らせないつもりかい！（大きな音を立てて窓を閉める）

盗賊　眠っているか。どうして眠ってなんかいられるんだ！

（ミミ、明かりのついた窓に姿を見せる）

盗賊　こんばんは、ミミ。

ミミ　あなたなの？　もう、よくなったの？　どこにいるの？　あたしには見えないわ！

盗賊　見えるはずないよ。ぼくは黒い森のなかを来たから、こんなに黒いのさ。

ミミ　どうして、ベッドの上に寝ていないの？　どうしてここまで来れたの？　あなたは自分で自分の具合を悪くしているのよ！

盗賊　ぼくは眠りたくないんだ。夜空の星のように目を覚ましていたいんだ。何をしているの？

ミミ　あたし、待ってたの――　――もっと近くに来て、あたし、あなたが見えないわ！　どこにいるの？

盗賊　ここさ、ミミ、ぼくの声のするところ。

ミミ　どうしてベッドに寝ていないの？　どうして、もっと早くいらっしゃらなかったの？　もっと近くへ来て！

盗賊　どっちへ？

ミミ　ああ、静かに！　どうしてあなた起きることができたの？　どうして、もっと体のこと大事にしないの？

盗賊　ミミ、下に降りておいでよ！

ミミ　だめよ、そんなことできない。静かにして、お願い。

盗賊　ファンカが……エル・ヴェーユ、エル・アンターン・トゥ〔ファンカは耳さといから、みんな聞いてるわよ〕。
ミミ　かまうもんか。ここに降りておいで。
盗賊　あなた、あたしのこと、なんだと思ってるの？
ミミ　ぼくは君に会いに来たのさ。
盗賊　だめよ、なに思ってるの、そんなことできるわけないじゃない――――アタンド、ジュ・ヴィアンドレ（待って
ミミ　て、行くわ）
盗賊　しめた。

（ミミの姿が消え、明かりも消える。盗賊、頭の包帯を直し、服をはたく）

盗賊　止まれ、夜よ、あの森のように。

（間）

（家のドアと門扉の鍵をあける音がする。門が大きな音を立てて軋み、ミミが姿を見せる）

ミミ　なんてことよ、階段がこんなにぎしぎし鳴ったことは一度もないのに！　どこなの？　あたし、見えないわ。
盗賊　ミミ、こんばんは。
ミミ　あなたなの？　その頭、なに？
盗賊　包帯さ。
ミミ　ああ、イエスさま！　その臭いなに？
盗賊　フェノールさ――傷に塗った。
ミミ　すごく臭うわ。
盗賊　英雄の香りさ。
ミミ　まあ！　素敵なにおい。気分はどうなの？　先生に診てもらった？
盗賊　昼からずっとさ。
ミミ　まあ、なんてこと！
盗賊　あの先生、朝までやってるだろうよ。
ミミ　何を？
盗賊　トランプ。
ミミ　あなたがどんな具合か、どうして知らせてくれなかったの？
盗賊　自分で来たかったからさ。でも、ぼく、ちゃんと歩けなかった、いまさっきまで。
ミミ　あら、あたし、あなたを立たせっぱなしにして！　あたしに手を貸して。来てもいいのよ。
盗賊　君の好きなところへ、どうぞ。
ミミ　そんなんじゃない。ただ、ベンチの上よ。腰をおろしてなくちゃ、あなた弱ってるのよ！
盗賊　そんなことはないよ。
ミミ　だめ、すわってなくちゃ。じゃないと、あたし、家へもどるわよ。
盗賊　君もすわれよ。
ミミ　だめよ、あたし、ああ、……なんて暑いんでしょう――お願いだから、すわって！　おお、あたし、何てことしてるのかしら！

盗賊　何をしてるって？
ミミ　あたしがあなたのところへ来たこと。あたしが外に出てきたこと。
盗賊　なんてことないよ、ミミ――
ミミ　だめよ、あなたは話してはだめ。せめて、いまは正気になって、お願いよ！　じゃないと、あたし、ここにいられないわ。
盗賊　だって――
ミミ　だめ、声を出しちゃだめ！　おお、神さま、わたしはなんてことを――（地面にすわる）ああ、なんて暑いんでしょう……（手のひらで顔を覆う）

（遠くでフクロウの鳴く声　ほー、ほーほー……）

ミミ　あなた、どうしてあたしに言《こと》づけをくれなかったのよ！
盗賊　ぼくは――
ミミ　どうして言づけくれなかったの、あたしを放りっぱなしにしたまま！
あたしはあなたのことを思っていた、あたしは心配していた、
あなたが死んでしまうんじゃないかと！　あなたは残酷、
あなたは冷淡、あたしが死を思い、
もう死んだあなたとしか会えないかと、不安でいっぱいだったのに――
とってもこわかった！　ファンカったら、
頭に傷を負ったんじゃ、きっと死ぬに決まってるって言うのよ。
ああ、頭に受けた傷！　ああ、あんなにたくさんの血！
あたしって、どうしてこんなに残酷なのかしら！
盗賊　ミミ、大切なミミ……
ミミ　いまは、あたしをそっとしておいて――あたしは自分に話しているの。
これはおまえのため、これはおまえのため、
不幸なおまえ、おまえのせいで、きっと、彼は死ぬ、
おまえは彼と口を利くべきではなかったのに、
口を利いちゃいけなかったのに！　おまえはほんとうに無分別、
おまえは自分が何をしているか、わかっていないのだ。
どうしてあたしって、こんなのかしら、
どうして、あたしあなたとお話などしたのかしら、
どうして、あたしって男という男の後を追うのかしら――
――
盗賊　どんな男でもかい？
ミミ　もちろんよ。たしかにあたし駆け出してきた、

あたしあなたに会いたかったから。
あなたは、どうしてあたしをそんなに誉めそやすの？
あたし、恥ずかしい、
あたしは行きたいのよ、後先の見さかいもなく、
ああ、あたしにそれができたらいいのに！　でも、あたしどうすればいいの、
あたしがそんなに魅力的なのなら、
あなたがあたしをそんなふうに扱うのは、あたしのせいね。
でも――それは不当な扱いよ――けっして、けっして、
あなたは、他の人たちに、そんなに無作法じゃなかったわ！

盗賊　ぼくは無作法だったよ。

ミミ　みんなに？　ああ、そして、彼女は立ったまま、
怒りもせずに、話を交わす、
なにも尋ねない、そして、彼とどうすればいいかもわからない――
あれをする？

盗賊　うん。

ミミ　恥ずかしがりもせずに！
理性がないのか！　見も知らぬ人と！
男のあとを追い、話を交わす、
夜、彼を待つ。もしかして、来なかったらどうしよう、
――女のだれもがすることかしら、そんなこと？

盗賊　知らない。ぼくはしない。

ミミ　あたし、ふしあわせだわ！

盗賊　ほんの二言三言、話をする。
辺りを見まわし、あとはなにも考えない――

ミミ　うそだわ！　誰もが思い続けるわ！

盗賊　――そして、忘れる。五つまで数えるまえに――

ミミ　ああ、忘れるのね！

盗賊　声をかけて、行ってしまう。
それが一つ。

ミミ　どうして、あなた、あたしに呼びかけたの？
あなたは行ってしまうべきだった。声もかけずに、
呼びかけた人は、もう行くことはできない、
けっして――

盗賊

ミミ　――ぼくは行きたくない、

盗賊　――でも、だめ、

ミミ　――ぼくは行かない。

あなたがあたしに声をかけたとき、あたしはびっくりしたわ、
あれはだれだろう？　――と、ちょうどあたしが思っていたときだった。
ちがうわ、あたしはその人のこと、見もしなかったのよ、ただ、どんな人だろう、あたしのほうを見ているかしらってだけ。
でも、そのとき、あなたは言いはじめたわ。ぼくは忘れないとか、なんとか。――あたし、すぐにも行きたかった、でも、あたし考えた、最後まで言わせよう、
その言葉がどんなふうにおわるか、でも、あたしはすぐに行くだろう、
そのあとに何か言うまえに。　あたし、ほんとにばかだった、
あたしあなたと一言も話をするべきじゃなかったのよ、
あなたは大胆だった、あたしにたいしてあまりにも大胆だった。

盗賊　ぼくが君を見たとき、ぼくは挨拶をしたかった、
道を聞いて、お礼を言って、
また歩き続けようと思っていた。

ミミ　どうして、そうしなかったの？

盗賊　ぼくは君を一目見て、君のところへ行きたくなった、
そして、ぼくの手のなかに君の手を握りしめたくなった。
ああ、君が「ああ」とため息をつき、どうしてそんなに強く、
あたしの心臓を締めつけるのって言ったら！

ミミ　あなた、どうしてあたしの心臓を締めつけなかったの？

盗賊　ぼくが君を一目見たとき、
ぼくは言いたかった。「こんにちは、でも、大きな声を出さないで、
ぼくは盗賊だ、だから、ぼくにキスしてくれ」と。

ミミ　どうして、そう言わなかったの？　どっちみち同じことよ、
あなたがあたしをどうしようと。あたしには拒めなかった、あたしは縛られたみたいに、口もきけなかったわ、
何もできなかった。どうして、あたしとお話しするの？
あなたにはあたしが退屈じゃないの？
どうしてあなたはここで足を止めたの？　どうしてあた

しに話しかけたの？
ああ、ここには、いままで誰一人来なかったのに！
あたしが目を覚ましたとき、
　今日も一日独りぼっちなのが、とてもうれしかった。
世界中を突然、あたしは好きになった、
　　あたし一人で、外に出て行きたくなった。
あなたが独りぼっちで、もしかしたら何かがあなたを
待っているとしたら、
　　何もかもが、ずっと素敵になるわ。
どんなちっちゃな外出でも、未知への旅よ、
　どっちへ行けば幸せになるか、だれにもわからない。
あなたがどっちへいっても――　――ああ、あたしは不幸
だわ！

盗賊
　どうして不幸なの？

ミミ
　　　　　　あたしは不幸じゃないわ、
あたし、何を言ってるのかしら。ほんとのこと言って、
あたし、あなたを置いてけぼりにして、逃げ出したのは、
たぶん、あまりにも不躾だったのかも――

盗賊
　　　そんなことはないよ。

ミミ
もしかしたら、あなたが気分を害しているんじゃないか
と、心配だった。
あたしは窓から、もっとあなたと、挨拶の言葉を交わし
たかった。
そのとき、そこに狩猟家が現われて、あなたは叫んだわ、
あたしみんな聞いてたのよ。「今日のうちにも、
あの娘を手に入れる。今日のうちにだ、
ほんのちょっとウインクするだけで、
ぼくのものになる」って、あなたは言ったわ。
どうして、もっと言ってくれなかったの？
ミミは尻軽で、気まぐれで、
男好きで、男狂いもはなはだしい、
だから、ウインクの必要もないくらいだ、
だから、あの娘は自分から……どうして、そう言わな
かったの？
たしかに、これは本当よ、あたしはこんな女なの、自分でわかっている、
ただ、どうしたらいいのかわからないの、理性なんか全然ないの。
顔は青くなるか、赤くなるか、
誰かに会うと、心臓が締めつけられる、
話をするときは、声は喉でつまる、
あたしって、こんなにおばかさんなのよ！　あなたがここで叫んだとき、
あたしは、すぐにも、死んでしまいたかった、
そして、聖なる誓いを立てた。わたくしはいやです、
彼のものにはなりません、絶対になりません、

彼のものにはなりません！　って。

盗賊　ミミ、もうやめてくれ、
ぼくはただ自慢していただけだ、嘘をついていた、空威《からい》張《ば》りしてたんだ——

ミミ　ちがう、空威張りじゃない！

盗賊　愛は略奪じゃない、
盗むことも、強制することも、
力で奪い取ることもできない——

ミミ　それはちがうわ！

盗賊　男には愛を勝ち取るのはとてもむずかしい、
それほど簡単に、自分の愛を押付けることはできはしない——

ミミ　ああ、男の人にはなんでもできるわ！

盗賊　賭博師よ、ぶざまなる賭博師よ、
おまえはトランプが切られるまでは勝利を吹聴し、
そのあげく、おまえは負ける。
おまえがかつて出会ったなかで、
最も誠実で、最も愛するにふさわしい娘、
彼女はおまえのものにはならない！

ミミ　そんなことはないわ！

盗賊　それはどういう意味だい？

ミミ　あたしは何も言っていない、
あなたがお話しになるとしても、
あたしはあなたとお話ししない！
あたしは別のあたしにならなければならないと
誓ったのよ、
いまとは違ったふうに振舞わなければならないって、
誰の言葉にも耳を貸さないし、誰も信じない、
誰にも恋しない、
もう、誰とも出会わない——　——ああ、不幸なあたし！

盗賊　どうして、不幸なの？

ミミ　あたしは不幸じゃない、
いいことがあった、もう、あたしは愚かな娘じゃない—
——
まるで、急に目が覚めたみたい、
あたしは朝から老けてしまったみたい。
もう、誰のほうにも顔を向けない、
あたしはもう、まったく無防備、

長いあいだ、こんなにも苦しめていたすべてのものが、
いま、いっぺんに、あたしのなかから抜け落ちたみたい、
あたしの心臓が、胸のなかで凍りつき、
石のように重くのしかかる……

盗賊（立ち上がる）
おやすみ、ミミ。

ミミ
あたし、あなたを放さない、
いま、あたしはあなたが怖い。あたしは心配なの、
あなたが死んだらどうしようって。
あたしが、いま、したようなことは
もう、これから、誰とも、二度とできないでしょう、
あたしは、もう、二度と陽気になることはないでしょう
……
神さま、この恐怖！　おまえのために、彼は死ぬ、
おまえは彼を愛さなければならない、
墓場までも一緒に行くがいい、
死んだあとも愛するがいい、永遠に彼のものになれ、
哀れなミミ！　もし、あなたが死んだら、
あたし、あなたと一緒に死ぬわ……（立ち上がる）
ああ、わが主よ、
あなたがよくなった、あなたが
ベッドから起き上がったという
知らせが、やがて、あたしのところに届いたら、
――何もかもが、あたしには
ただの夢のように思えるでしょう、
かつて見たこともない夢のように、美しく、
まるで大きな羽ばたきの風か息が
あたしの額に吹きつけたかのように、
まるで何かがあたしをもちあげたかのように、
あたしは身も心も失ったみたい、
失ったみたいに！　あたしに、何かが起こったんだわ！
あたしはあなたが好きよ、
あなたがあたしと一緒でなくちゃ、あたし、死ぬ。
世界の果ての果てまで、あなたを追っていく。
あたし、なんてことしたんでしょう！

盗賊
かわいそうなミミ、
君がなにをしたかって？　君はぼくのために
いちばん美しい言葉を選んでくれた、
だから、今度はその言葉でぼくが話そう――

ミミ
あたしって、なんてことしたのでしょう！
ああ、あたしを放っておいて、
あたしは自分のしたことで、
死ぬまで恥ずかしく思うわ！
あなた、どうしてあたしに目をつけたの、
どうしてあたしに手を出すの、
あなたは何を思っているの、
どうしてあたしを望むのよ！

あたしはあなたが好きよ、だから、
　あたしはあなたの目の前にいることはできないわ、
火がわたしを焼き尽くしてくれればいいのに、
　　あたし、死んだほうがましだわ……
　　　どうか、あたしをそっとしておいて！

盗賊
——おお、おまえは彼女の言葉を聴いたか、
やさしい夜よ！　わたしは何を言えばいいのか、
彼女が恐れぬように？　この臆病な子鹿が、
泉の水を飲みに駆けてきたとき、
　　　どんな言葉をかければいいのだ？
おいで、おいで、
星が輝く、銀色の草地に、
ここには誰もいない、誰も見はしない、
お飲み。
歩き回っては駄目だよ、
狩師がおまえを待っている、
　　　黒い木の葉がやつの口を隠している、
二個の星が、あいつの目を隠している、シリウス星と
アルデバラン星が。〔訳注・牡牛座の首星。牡牛の目にあたるところに輝く、だいだい色の星〕
おいで、
ぼくは夜、星が輝きはじめるまで待っていた、
ぼくは見ていた、小鹿が水を飲むのを、
黒い木の葉がぼくの唇の上に落ちてきた。
明知の、神聖な、
愛に満ちた夜よ、愛を祝福し、
巣の中の小鳥のように、
愛する者たちを守ってくれ。
甘い旅路に彼らを導き、
その聖なる手のひらのなかに包み込んでくれ。
朝、
偶然の糸を撚り、出会いを祝福する、
ばら色の指で、人々を導き
金色の糸のように、
彼らの運命を織りなす。
昼、
昼はすべてを熟させ、重い成熟によって
恋人を苦しませる。
夢のように
夜がわたしのところにやってくる。
　わたしは、おまえがすでに眠っていると思っている、
わたしは息もしていないかのように、静かに、
わたしは起き上がり、ベッドの頭の
おまえのほうに寄りかかっているかのようだ。

ミミ
　　　あたしをうちへ帰らせて、
あたし、すごく心配なの、あたしを独りにして。

盗賊
ぼくが君をつかまえておこうと思えば、

ぼくは君を放さない、君はぼくの縛られた手をにぎってる——

ミミ　あたし、あなたが怖いの……

盗賊　誰か来る！

ミミ　誰か来る！

盗賊　こっちだ、ミミ、木の陰に隠れるんだ！

（木々のあいだで光がちらちらするのが見え、人声がする）

男の声（舞台裏で）そう、予感ですだ。そいつを予感と言うんです。そんなこと、気にせん人もおるがな、旦那、だが、みんな予感と暗示ですだ。わたしらの周りの何でもかんでもが、あの世からのお告げですじゃ。そいつをわしらの信仰が教えてくれるんですわ。

別の声　どんな信仰だ？

男の声　そりゃあ、わしらの信仰ですわ、人の霊魂を信じるようなもんです。人は心霊術者とか祈祷師とか呼んでおりますがね！　しかし、あんたも戻るようにという秘密のお告げを感じられたのですよ。どうしてあんたが呼ばれたかをご存じないが、あんたはそのお告げを聞かれたのです。

第二の声　ああ、早く家に帰りたいな！

女の声　ミミがびっくりしますよ。

ミミ　ああ、どうしよう。うちの人たちだわ。

（教授、夫人、ランタンを下げた坑夫、登場）

教授　わたしたちを案内してくれて、ありがとう。

夫人　まあ、何てことでしょう、家が開けっ放しだわ！

教授　そこに立っているのは誰かね？

盗賊　ぼくです。

教授　何の用かね？

盗賊　なにも。

教授　その明かりをもって、ここへ来てくれんかね。そして、ここにいるのは誰かね？

ミミ　あたしよ、お母さん。

夫人　まあ、何です、ミミ！　ここで何をしているの？

教授　おまえは誰と話しているのだ？

盗賊　私とです。

教授　ミミ、これは誰だ？

ミミ　知りません。

教授　おまえは知らんのか？　これは驚いた、おまえは知らないのか？　おまけに、夜だというのに、この男と会っているのか？　どうだ？

夫人　ほうらね、あなた。あたしの予感どうりよ！　たぶん、こんなことだろうと！

教授　おい、ふしだら娘、おまえはロラ姉さんのようになりたいのか？　おまえは何をしているのだ？

夫人　ミミ、どんな罰を受けるか、覚悟しておくのね！

教授　家に入んなさい！

ミミ　（盗賊へ）さようなら！（家に入る）
盗賊　おやすみ、ミミ。こわがらなくてもいいんだよ。
ファンカ　（二階の窓から）なんてことだろう、旦那様、それはあの男ですか？
教授　おい、おまえ、なんでちゃんと見張っていなかったのだ？
ファンカ　あたしが眠っているあいだに——なんてこと。（消える）
夫人　不幸な子！
教授　お母さんと一緒に行きなさい。（夫人、去る）それから、君、紳士君、それとも何と呼べばいいのかな、わたしは君と話すことはない。わたしらが家にいるときは、かくも厚かましく、姿を現すことがないよう、乞い願うのみだ。それも無駄かもしれんがな。
盗賊　それから？
教授　どうもありがとう、坑夫君。君はわたしらのために——明かりを点してくれた！
坑夫　ちょっとした明かりのことで、何をおっしゃいます、先生。わたしゃあ、先生に魂の明かりを差し上げたいくらいです。
教授　なに——なんのことだ——
坑夫　明かりは道を照らすのにはいいものです、先生。真理のなかをさまよう者は短気ではありません。怒りは最悪の忠告。神は、ほんの、ほのかな明かりで照らされます。それだけです。
教授　ああ、そうか。君の好意に感謝する。おやすみ。（去る）
坑夫　おやすみなさいませ、旦那様。
（教授の姿は見えなくなり、門の鍵をかける。家の窓に明かりがつく）
坑夫　行け、おまえの誤りのなかを、行け。驕りと憎しみは善人にはなじまない。——だから衝動に走る、なあ、お若い旦那。
盗賊　（聞いている）待ってくれ——
坑夫　わたしもやっぱり若いときがあった、やっぱり狂っていましたわ。人間は長いこと迷い歩く、正しい道を見つけるまではな。さあ、行きなさるがいい。かわいそうなお嬢ちゃん。
盗賊　哀れなミミ！
坑夫　あのお嬢さんは泣きなさるじゃろう、そのあげく涙をふいて、また、もとどおりになりなさる。つるつるの顔は涙も早く流れ落ちる、とどまることもない。さあ、行きなされ、神さまがよい朝をお授けになるじゃろう。
盗賊　おお、聞こえるかい？
坑夫　ほんのちょっぴり、涙があふれる。若者は今日は泣く、そして明日になれば飛び跳ねる。
盗賊　行こう。
坑夫　神さまが森のなかを導いてくださる。（退場）

— 幕 —

第三幕

（朝、盗賊は頭に包帯を巻いたまま、家の前のベンチにすわっている）

盗賊　（静かに）ねえ、顔を見せてくれ、聞こえてるかい？　君を呼んでいるんだ。

ミミ　（窓から外を見る）あなたなの！

盗賊　おはよう、ミミ、外に出ておいで。

ミミ　できないわ。あたしまだはだしなの。（消える）

（門からファンカがバッグをもって出てきて、声を出しながらあくびをする）

盗賊　おはよう。

ファンカ　あんた、またここに来たの？　何の用なのよ？

盗賊　ミミは何してる？

ファンカ　あんた、あのタオルもってきた？

盗賊　ぼく、送るよ。ミミに何かあったの？

ファンカ　ここから出て行くのよ。昨晩、ひどい目に会ったわ。

盗賊　何があったんだい？

ファンカ　やれやれ、あたし、ひどくしかられたわ！　あたしがミミお嬢さんをちゃんと見張っていなかったから。それに、ミミお嬢さんを一人でおいていったからって――なんであたしが番犬にならなくちゃならないのよ？　もう自分で自分の見張りをさせておけばいいのよ。あーあ、なんてこと、あたしたっぷりしぼられたわ！

盗賊　それで、ミミは？

ファンカ　そりゃ、もう、泣きのなみだだわよ！　一晩中、泣き通し、とても聞いちゃいられなかったわ。だから、あたし、誰にも気づかれないように、ミミお嬢さんのところへ行ったわよ。あたしお嬢さんの横に寝てあげなくちゃならなかった。そしたらあたしの首のまわりに腕を巻きつけて、今度は誰かさんのことを言いはじめた。いつまでもいつまでも言い続けたわ――

盗賊　なんて言ったんだい？

ファンカ　（あくびをする）ほんとに、あんたっておばかさんだね。あたし、もうあきらめなさいって言い聞かせたわ。

盗賊　何を？

ファンカ　何もかもよ。もう、あの男は来ないよとか、お嬢さんのことなど忘れてるわよとか、男なんて何のことはないんだとか――――あたしだって覚えがあるんだから！

盗賊　それで、ミミはどうなの？

ファンカ　どうってことあるもんか、あたしにお礼を言ったわよ。あたしが恋なんてあきらめなさいって言ったら、眠ったわ。でも、すぐに夜が明けた。（あくびをする）で、あんたはどうするの？　もうここから出て行って、静かにさせてよ！

盗賊　で、老人たちは？
ファンカ　そうだわ、老先生はお嬢さんにあんたと口をきくことを禁じたわ。
盗賊　禁じただと！
ファンカ　だから、ここで待っててもむだよ。ミミお嬢さんは聖なる十字架にかけて、お母さんに、もう、あんたとは話をしないって約束した。聖なる十字架にかけて、あたしたちみんなの前で誓ったのよ。だからさ、もう、おしまいよ。いまに、どこかから、みんな来るわよ。（行きかける）でも、もうこんなことごめんだわ。それから、あのタオル、あたしんところに送ってよ、いいわね？（去る）

（門が少し開く、ミミが出てくる）

盗賊　（立ち上がる）ミミ。
ミミ　シーッ。あたし、あなたがもう二度と来ないと思っていたわ。どうして、あなた、そんなふうにあたしを見ているの？
盗賊　君が泣きはらした目をしているからさ。
ミミ　これ、なんでもないのよ。あなたはターバンを巻いたトルコ人みたいに見えるわよ。具合はどうなの？　もう、すっかりいいの？
盗賊　君は信心深いほうかい。
ミミ　そうだと思う――たぶん。そうよ。
盗賊　それで、君は約束したんだね――
ミミ　ええ。
盗賊　――ぼくと話をしないって。
ミミ　そんなこと、もう、どうでもいいの。あたし、とても罪深いことしてるってわかってる。でも、たぶん、あたし、もう、これ以外のことしないでしょうし、したくもないわ。あたし、あなたが来てくれてとってもうれしいのよ！
盗賊　ひどいことされた？
ミミ　されたわ。どうして聞くの？　森へいきましょう。ここでは話もできないわ――

（二階の窓に、夫人の姿が現われる）

夫人　（窓から）かわいそうな子！　うちに帰っておいでなさい！

（ミミ、背を向ける）

夫人　ミミ、何をしているんです？　あなた、わたしたちに約束したんじゃなかったの？　聞いていますか、家に戻っていらっしゃい！

（ミミ、無言のまま、行こうとしない）

夫人　ミミ、聞こえないの？　――家へお帰り！　さあ、ミミ、正気におなり！　何をしてるんです？　――おお、なんて聞き分けのない、ミミ！（姿を消す）

（門から、ガウン姿の教授が出てくる）

教授　おまえ、聞こえないのか、えっ？　家のなかに入りなさい！　このうそつきの、親不孝の、頑固者のおまえ、聞いているのか？　いますぐ、家にもどりなさい！
（ミミ、涙をこらえているが、動かない）
教授　じゃあ、おまえはうちには戻らんと言うのか？　これが最後だ、ミミ――家に戻れ！　戻るのか、戻らないのか？
（ミミ、手で顔をおおい、震えている）
教授　よし、そういうことなら、もう、うちから出て行け！　わしはおまえなんか知らん、ふしだらで、恥知らずな自堕落娘！　さあ、行くがいい！（後ろ手に門を閉め、内側から鍵をかける）
ミミ（泣き出す、門のほうに駆けて行き、門にすがりつく）開けて、お母さん、開けてよ！
盗賊　放っておけって、ミミ、行こう！
ミミ　お母さん！
盗賊（ミミのそばに駆け寄る）あんな両親なんか放っておけって――
夫人（門を開ける）おいで、ミミ、おいでなさい！　これで、あんたが、なんてことしたかわかったでしょう！
教授（夫人の後ろで）うそつきで、退廃的で、反抗的で、不従順な娘だ――わしはこの娘のことは知らん。わたしの娘でもない！
夫人　ほら、ご覧、ミミ、これでこりたろう！　聞き分けがないったらありゃしない！
教授　おまえは偽りの誓いを立てたのだ。おまえの言うことなんかもう、信じない、この子はわしらとは無関係だ。なら、もはや、うちの者ではない！
夫人　聞きましたか、ミミ？　あなた、わたしたちに、なんてひどい仕打ちをするの！
教授　この子に色目を使った最初の男のために、わしらを置き去りにしようと言うんだ。ご覧のとおり、わしらが育ててきたのがこれだ……！　ミミ！
夫人　さあ、さあ、お父さんのところへお行きなさい！
教授　ミミ、娘よ！　おまえは、わしらを苦しませたいのではあるまい？
夫人（ミミを抱く）わたしと一緒においでなさい！
ミミ（夫人の胸に顔を押付けて、すすり泣く）お母さん！
教授　どうかね、君、まあ、こんなとこだ。わかったかね！　あの子がすぐに言うことを聞かないわけがない。
盗賊　もう、あんたがたはミミをとりもどした！
教授　どうした？　ミミ、家に戻りなさい！
（ミミ、おとなしく行く。夫人がそのあとからついていく）
盗賊　もう、あんたがたは彼女を捕らえた！
教授　君、君とは話すことはない。ありがたいことに、わたしらは自分の娘をいかなる悪党からも守ることができる。君はわしらが出かけるまで待っていたんだな！　わしらを避けたのには何か深いわけがあるんだろう！　君はいったい何者かね？　どうせ、わしらに説明できるちゃんとした理由などないのだ。

盗賊　ありません。

教授　まったく、なんにもなしか。ミミが君といつか会うなんてことは、まったくありえんことだ。こうなったら、わしら、ミミにたいして十分、警戒をおこたらんからな！　君はどうしてわしの目をちゃんと見られんのだ？　何があったのか、どうしてわしらに言えんのだ？　ミミはどうして君を知っているのかね？　ここで銃を撃ったのは誰だ？　どうして、わしらの前では、みんなが沈黙しておるんだ？　おお、ここではろくなことは起こらん！

盗賊　待ってください！

教授　何かね？

盗賊　ミミは泣いています。

教授　泣かせておけばいいだろう！　両親に隠しごとをするのは、両親に嘘をつくのと同じに悪いことだ。親は子供の良心だ。ミミがわしらに黙っているとしたら、ミミは自分の良心を恐れているからだ。うちのミミは以前は全然こんなふうじゃなかった！　君はきっとあの子に悪いことを吹き込んだんだ！

盗賊　お宅ではミミさんをどう扱っておられるんですか？

教授　それが君に何の関係があるのだ？　昨日、わしらはミミを一人で置いておいた、軽い仕事を言いつけて。子供だ、最も幸せな、おとなしい羊だった。それがどうだ、今日になったら、ミミはわしらに反抗する、口はきかない、わしらの前から逃げていく、目を泣きはらし、顔を真っ赤にして、まるで正気を失ったみたいにだ！　ねえ、君、わしは君のことが気がかりだ！

盗賊　それでは、ちょっとお待ちください！

教授　昨日、わしはこの自分の家を自分自身のように知っておった。どんな音もわたしに語りかけ、夢の中のどんな息でも理解できた。ところが、君が現われたとたんに、一晩中、家のなかで何かがはじけ、何かが笑い、うめく。いろんな秩序が破壊され、子供はベッドで泣いている。そして外には君が立っている、君がだ。頭にターバンを巻いた馬鹿げた道化がだ。そして長年にわたって築かれた蜂の巣がひっくり返ったみたいに、その騒々しい音を聞いている。おお、そうとも、もしわしが娘を鍵のかかった家のなかに閉じ込めておくことになろうと、君からミミを守るだろう！　わしは君から、きわめて、きわめて奇妙な印象を受ける。君は門のそばで、まるで獣みたいに、なかの様子をうかがっている。君はちょっと頭がおかしいんじゃないのか？　君はわしが言っていることを理解できないかのように見えるがね！

盗賊　それで？

教授　ここから去っていってくれ、君！　もう、わしの娘と会わないでくれ。けっして、けっして、二度と君があの子に近づくのを許さん！　わしは君を知らん。わしは君を一目見ただけでたくさんだ。わかったかね、二度とだぞ！

行きたまえ。

（門のなかから夫人が出てくる）

盗賊　あの子に何をなさったのですか？
教授　何をした？
夫人　あの子は泣いていますよ。鍵をかけて部屋に閉じ込めました。そして――
教授　何も言わんのか？
夫人　なんにも。ああ、ほんとに、あの子にも困ったもんだわ！
教授　泣かせておくがいい！　そのうち疲れて、あの子の反抗的な態度も消えるだろう。泣かせておくがいい！　涙をぬぐったら、自分のそばにわしらを見出す、何もなかったように、何も起こらなかったかのように。そしたら、きれいさっぱり記憶にさえ残らないように、ぬぐいさられてしまう。
夫人　ほんとうね、あなた。ねえ、お若い方、主人があなたに申し上げましたでしょう――
盗賊　何と？
夫人　――わたしたち、ミミがあなたとお話しするのを望んでませんということですよ。あなたは……娘は……、要するに、あたしたち、それを許すことができませんの。あなた方は夜、会うべきではありませんでした、あたしたちに内緒で、それに――それにあの子にはいいことではありませんでした。

教授　端的に、わたしらはそのことを禁じる、それだけだ！
夫人　（やや、なだめるように）あなたはまだお若いわ――
教授　だから、いっそう悪いんじゃないか！　そもそも若いということは言い訳なのか、それとも利点なのか？　青春はまさしく欠点であり、青春は嫌悪すべきものだ！　わしが君のことを真面目に考えていると思っているのか？
夫人　でも、あなた！
教授　いや、きみい！　わしが君の頭のぼろっ切れを本気で信じていると思っているのか？　あるいは、君の愛とか何とかをだ？　そいつはいかさまな呪文だ！　見てくればかりの仮装だ！　わしは少しばかり年を取りすぎているから、どなたと言葉をかわす名誉を授かっているのか、そいつに気がつかないわけにはいかないだ！　君、君はすごく危険な人物だ。なぜなら、真面目でないからだ！　だから、いま、もう――決着はついた。わかるかな？　ミミとは今後、絶対に会わないだろう。すまんが――ここから立ち去ってくれたまえ！
盗賊　わかりました。

（門のなかへ駆け込み、鍵をかけ、後ろ手に留め金までかける。それから入口のドアの鍵をガチャガチャさせる）

教授　（門のほうへ駆けていく）おい、君、何をするんだ？
夫人　おお、天なる神様！　鍵をかけましたの？
教授　かけた！　なんで、おまえ、ドアの鍵をさしたままにしておいたんだ！（門を叩く）開けろ！　なんてことするんだ？
夫人　開けなさい！
教授　出て来い、この厚かましいやつめ！
夫人　お願いだから、開けてちょうだい！
教授　よくも、こんな厚かましいことができるな？　出て来い、出てきて、開けろ！　気でも狂ったのか、このならず者！　なんてことしでかすんだ？
夫人　おお、イエス・キリスト様、こんな人がいるなんて！
教授　すぐに来て、開けろ！　それも、すぐにだ！　聞いているのか、きみい──きさまは悪党か？
盗賊の声　（家のなかから）聞いてますよ。
教授　じゃあ、開けろ！
夫人　開けてくださいな！
盗賊の声　そんな気、まったくありませんね！
教授　貴様、どうなってもいいのか！　さあ、開けろ！
盗賊の声　（窓から、すごく怒って）ミミを呼んでいるのは誰です？　彼女はここにいても、何もすることがないんですよ！
教授　じゃあ、今すぐ、ここを開けろ！
盗賊　少し待ってください──（消える）
教授　あいつは悪党だ！　なんて恥さらしだ！　放せ、門をぶち壊してやる！　いいか、ぶち壊すからな。
夫人　でも、あなた！
教授　（門のほうに体を押しつける）放せ……こいつを……押し破って！……待て……。おー……おー……おー……。駄目だ……こいつは駄目だ！　かんぬきがしてある！　誰もこいつを押し破ることはできん。このずる賢いやつ！　放せ！
夫人　無駄な苦労はおやめになって！
教授　放せ、壁によじ登ろう！　どこかにちょっと……どこかにちょっと低いところはないか？　もし、ここに椅子があったらなあ！
夫人　あなたには無理よ！
教授　もし、ここに椅子があったら！　このげす野郎！　おい、ちょっと行って、鍛冶屋を連れてきなさい。門をぶち壊させよう！
盗賊　（バルコニーの上に現われ、銃に弾を込める）どこへも行ってはなりません。門は防壁です。
教授　鍛冶屋を呼びに行きなさい！
盗賊　じゃあ、行ってください。その代わり彼に挨拶をさせますよ。
教授　鍛冶屋を連れてきなさい！
盗賊　じゃあ、彼に伝えてください、銃に弾を込めて待っているからって。ぼくは誰もここに来ないようにご忠告いたします。本気ですよ。
夫人　まあ、天なる神様、あの人は鉄砲をもっていますわ！
教授　わしの銃だ！　すぐにそいつを下に置け！　だれが君にわしの銃にさわるのを許したんだ？
盗賊　ランチェスター銃ですね。
教授　恥知らずめ、さっさと出て来い！　わしの家から出ていくんだ！

盗賊　あなたの家ですか！　――あなたの家がぼくに何か関係でもあるんですか？　あなたの家なら、ぼくは出てきませんね。

教授　その上、わしの娘に何をしているのかね？

盗賊　あなたのお嬢さん！　――すべてがあなたのものなんですね。家、銃、ミミさん――なんてことです、それらのものが自分のものであるということが一番大事なことなのですね？

教授　出て来い！　出て来い！

盗賊　ぼくにはその気はまったくありません！　ぼくが見つけ出したものはみんなぼくのものにしますからね。

教授　何を取るのかね？　いったい何が欲しいんだ？

盗賊　ぼくはあなたのことなら欲しくはありません。でも、邪魔はさせませんよ。ぼくはミミが欲しいんです！　どうしてもです、先生！

教授　そいじゃ、こんなふざけたまねは、もう、止めだ。わたしは君に忠告しよう――

盗賊　ご忠告にはおよびませんよ。あなたはいつも忠告のみです。わたしに怒鳴るのはやめてください。ぼくはミミみたいに言いくるめられたりはしません。ぼくはそんなに愚かではありません。あなたはミミに恋することを禁じておられます。ぼくは彼女を守ります。そして、もし、みんなが戦いを望むなら、それもいいでしょう！　あなたの気に入るようにしてください。たとえぼくがここで命を落とすことがあっても、ぼくは引き下がりませんよ！

教授　このう、いかさまの、いかれポンチの、とんちき野郎！　この道化者め、貴様はこれがどんな一大事を引き起こすかわかっているのか？　戦え！　命を落とすがいい！　君はそんな言い草でわたしに向かってくるのか？

盗賊　それも結構なことじゃありませんか。何が一大事か、ぼくがお見せしましょう。言っておきますが、ぼくはここから生きたままでは去りません。

夫人　慈悲ぶかい神さま！　すると、ミミはどうなりますの？

盗賊　ミミさんはこのことには関係ありませんよ。あなたも彼女には何も聞かないでください。そして、あなたが望んでおられることも、なにもしないでください。

教授　聞いたか、ミミ、いまのこと？　おまえも堪えているんだろう？

盗賊　ミミのことは放っておいてください！　ここにぼくがいます――（振り向く）でも、ミミ！（奥へ駆けていく）

夫人　ミミ、おいでなさい！　あたしたちのために門を開けてちょうだい！

盗賊の声　（なかから）それは駄目です！（激しく怒って）駄目です！

ミミ（バルコニーに駆け出してくる）お父さん、あたし、できない――

盗賊（手をつかんでミミを引き戻す）行っていなさいって、ミミ！　勇気を出すんだ！

（二人、家のなかに消える）

教授　ミミ、負けるんじゃないぞ、門を開けるんだ！
夫人　（教授を引き止める）待って、ちょっと聞いていましょうよ——
教授　なかで何してるんだろう？
夫人　話していますわ。
教授　なるほど、話しているな。
夫人　あの人、笑ってますわ。
教授　ならず者めが。
夫人　今度はミミが話しています。
教授　なんて言っているんだ？
夫人　わかりません。
教授　泣いているのか？
夫人　いいえ、泣いてはいません。今度はまたあの人です。
教授　やつの言うことを本気で聞くなんて！　ばかばかしい！　おい、その男の脅しを本気にしているのか？
夫人　わたしにはわかりませんわ。
教授　それにしても、わしはどうもあの男をどこかで見たような気がするんだがな。いつか遠い昔のことだ、いつだったかもう覚えておらん——
夫人　どなたかに似ているんですよ。
教授　こうも傍若無人な人間だとは！
夫人　ああ、やっと思い出したわ。あたし、子供の頃、はしかにかかったんです。そのとき絵本をもらったんです。そのなかに一枚の絵があって——
教授　どんな絵かね？
夫人　若いインディアン、頭に羽根をつけた酋長でしたわ。その酋長がすごく気に入ってしまって……いまでも、目の当たりに見えるような気がしますわ……
教授　いまはどうした？
夫人　ないんです。その後その本をどうしても探し出せないんです。
教授　どんな本かね？　待てよ、あそこで何をしているんだろう？
夫人　話していますわ。
教授　ミミの声が聞こえる。
夫人　彼の声が聞こえます。
教授　あのげす野郎！　だが、わしはあいつをどこで見たんだろう？　どこかでだ？　どこだったかなあ？
夫人　本のなか？
教授　いや、ちがう、まてよ。誰かに似ている。
夫人　どなたに？
教授　ああ、やっとわかった！　わしが若い頃、一人の政治犯と知り合ったんだ。わかるかね？　そいつは監視されていた。
夫人　若い人？
教授　若い、そして、荒くれ男だった……。あいつのやらかしたことといえば、そりゃもう！　娘たち、乱痴気騒ぎ、詩……。あいつの何があれほどまでに人を引きつけたのか、さっぱりわからん。あいつはその男にそっくりだ！　まるで生き写しだ！
夫人　あの本が、せめて、どこかで見つかるといいんだけど！
教授　どんな本だって？　ばかばかしい！　何か聞こえたか？
夫人　家のなかを歩きまわってるわ。何か探し物しているみたい。
教授　じゃあ、あの家のなかで探すものなんかあるのか？——（叫ぶ）このいまいましいやつめ、もう、出て来い！わしの家から出て行け！

（ファンカ、駆けてくる）

ファンカ　何を叫んでいるんです？　何かあったんですか？何が起こったのです？
夫人　思ってもみてよ、ファンカ、あの男が家のなかにいるのよ。
ファンカ　あの男って誰です？　夜、ここにいた——
夫人　そうなのよ。わたしたちをなかに入れようとしないのよ。
ファンカ　なんてことでしょう、あたし、お料理しなきゃならないのに！　どうして彼をなかに入れたんです？
夫人　自分で入っちゃったのよ。
ファンカ（門をはげしくゆする）鍵がかかってますよ！　——へーイ、あたしをなかに入れなさい！　開けに来なさい！あたしはまだ掃除もしていないのよ！　旦那様、あいつに命令してください！
夫人　どうやって命令するのよ、ファンカ。たしかに彼は野蛮人だわ。
ファンカ　野蛮人——この泥棒！　盗賊！　出て来るの？出て行かないの？　助けてー！　助けてー！
夫人　叫ぶのはやめなさい、ファンカ。
ファンカ　それで、ミミはどこですか？
夫人　その男と一緒よ。ミミを家のなかに閉じ込めて……自分のところに。
ファンカ　なんてひどい、不幸ですわ！　もう、ミミはいなくなったんですね！
教授　何だと？　誰が？
ファンカ　うちのお嬢さんですよ。イエス・キリスト様、これは大事件ですわ。この悪党の女たらし！　すぐにここをお開け！
盗賊の声（家のなかから）静かにしろって！
ファンカ　待ちなって、泥棒、あんたに女ってものがどんなものか見せてやるからね！
盗賊の声　願い下げだね。
ファンカ　さっさと出て行きな、このごろつき！
盗賊の声　ご存じのとおりさ。
ファンカ　あいつには何言っても無駄ですよ。打つ手なし。ああ、神様、かわいそうなミミお嬢さん！　こんなに若いっていうのに！　このあとお嬢さんがどうなることやら！

教授　黙らんか、おまえ！　おまえはもっと悩むがいい！

ファンカ　じゃあ、あたしはもう何も言いません。――かわいそうなお嬢さん！

教授　――――いいか、このまま放っておくわけにはいかん……。外に出さなくてはならん。すぐ、いますぐに外に出さなくては！　言ってみろ、何をすべきか？

夫人　わかりませんわ。どういうふうに考えればいいのか、わたしにはさっぱり……

教授　なんのことだ？

夫人　彼のことですわ。

教授　つまり、卑劣な男だ！　ファンカ、ちょっとひとっ走りして鍛冶屋を呼んで来なさい！　ここに来て門をぶち壊してくれと。

ファンカ　すぐに行ってきます。

教授　待て。それからな、村長さんに、ここに来てくれるようにと言ってくれ。これには……公《おおやけ》の筋の……介入が必要だ。

ファンカ　なるほど！（小走りに、駆けていく）

（――間――）

教授　――なあ、おまえ、さすがに、わたしも……自分の家をこんな具合に占領されんならんとは思いもしなかった！　それに、全面的に……争わなきゃならんとはな！　これは、どういう意味だ？　いったい、どうして、あの若者がわたしらの生活の邪魔をしなきゃならんのだ？　人が自分の家を建て、年を取るまで仕事をし、やっと暖炉のそばに腰をすえることができたと思ったとたん、そこに他人の足跡がついている……敷居に……他人の、薄い、急ぎ足の足跡だ――それは若者だ！　それは敵だ！　もう、やってきている。引っ込んでいろ、この石頭の老人！　か。

夫人　聞いて――

教授　おれは退却なんかしないぞ！　わたしはあいつにたっぷり思い知らせてやる。若者にはそれ相応に痛い思いをさせてやらねばならん！

夫人　ほら、聞こえる？　あなた、誰も呼ぶ必要ないわよ。

教授　どうしてかね？

夫人　ミミのせいよ。あの子が何か話してくれるかも――――

教授　何だ、どんな話だ？　いや、いかん！　わしは引っ込んだりしないぞ！

（盗賊、バルコニーの上に顔を出す）

盗賊　もう、いなくなったかな？（バルコニーの上に姿を見せる）なるほど、そうか、あんたがたは準備中というわけか？（間）――わたしもさ（間）――ああ、あんたがたはわたしと話をしたくないっていうんだな？　――それもまたよしだ！

教授（きわめて、淡々と）そこにいろ！

盗賊　そうすると、どうなるんです？

教授 家のなかの清掃……役所の命令だ。君に時間の余裕をやろう……三分だ。
盗賊 三週間とあなたは言いたいんでしょう。
教授 いいや、君のおまじないもどうやら効き目がなくなったみたいだな、えっ、若造。
盗賊（優越感に浸りながらおもむろに）まあ、おまじないなどと言わないでくださいよ。この家を要塞のように頑丈に作ったのは、無駄ではなかったようですね。じゃあ、さようなら。
教授 今度は、君と別の連中が話をする。それも別のやり方でな。
盗賊 あなたは援軍を呼んだのですか？
教授（不気味な威厳をもって）いまにわかる。
盗賊 いよいよですか！
教授（夫人に）あいつの言い草を聞いたか？ 英雄気取りだ！
盗賊 邪魔しないでください。でも、ぼくはあなた自身にたいして――ねえ、これはフェアプレーじゃありませんね。
教授 どんなプレーだ？
盗賊 戦闘です。あなたはあまりにも弱々しく、無力です。あなたがそうなればなるほど、それだけぼくは大きな権利をもつことになるでしょう。
教授（怒りを爆発させる）権利をだと！ 君が、権利をか！ これ以上の恥さらしな言葉をこれまでに聞いたことのある者がいるだろうか？ 君がやらかしたことは、押込み強盗にほかならん！ まったく下劣極まりない暴力行為！ 誘拐だ！ おい、きみい、君は何か大変なことをしでかそうと思っているのではあるまいな？ だめだめ！ 君、そのようなことは、世間はすでにご存じだ！ そんな英雄気取りなんてものは、とっくにすたれているよ！ 毎度のように古くさい行為を演じるアホな若者が次々に登場してくる！ そんな連中はいつも、自分が何か新しいことをやっていると思い込んでいる！ おお、わしはもう、すでに、そんな古い茶番劇をここでも見せられた！
盗賊 残念だな。ぼくは気に入っていたのに。
教授 ばかばかしい！ ほんのちょっとだ、そしたら君の喜びなんか過ぎてしまう。冒険も過ぎる。すべてが過ぎ去るのだ。やがて君は一つの悪い結末を恥じ、少しは利口になって、ここにたたずむだろう。そうなってはじめて、わたしは「悪い結末はよい始まり」だと言おう！ 青春はいつかは幻滅に転化するだろう。
盗賊 ぼくのですか、それとも、彼女の？
教授 何だと？
盗賊 ぼくが彼女の青春を幻滅させたままにしておくと思っていらっしゃるのですか？
教授 君の頭は狂っているのか？ わたしがだ、わたしがミミを守る！
盗賊 いいえ、先生、ぼくが彼女を守ります。
教授 君はミミの堕落のもとだ！ おお、わたしがわが娘の心からこの愚かしさを追い出してやる！ ミミを君の手に

　渡すくらいなら、わたしは自分の手でわが娘を殺すほうがまだましだ！
盗賊　（家の奥のほうにふり返りながら）いまの聞いたかい、ミミ？　さあ、わかったろう！
教授　聞くがいい！　そして、これが最後だと知るがいい！
盗賊　攻撃をして、ぼくを追っ払わないのですか？
教授　ばかな。君を捕らえさせるのだ！
盗賊　ああ、あなたは警官を呼びにやったのですね？　それもいいでしょう。ぼくは、先生、つかまりませんよ。
教授　何だと！　君は、まさか……警官に……逆らおうというのか？
盗賊　もちろん。
教授　どう……どうやって――抵抗できるはずないじゃないか！
盗賊　こうやって、撃つのさ。
教授　なに――なんだと！　警官に銃を向けるのか？
盗賊　本気ですよ。
教授　おお……こいつは……こいつは……犯罪者だ！……警官に向かって！……おまえ！
夫人　おーや！　どうかしましたの？
教授　おお……おお……おお……心……心臓が……息が……、聞いた……聞いたか？……警官に向かって銃を！
夫人　あなたはわたしたちに何をなさろうというの？　ほら、こんなに具合が悪いんですよ！
教授　（ベンチの上にくずおれる）警官に向かって！
夫人　あたしたちを家のなかに入れてちょうだい！　あなたがこの人を殺すのよ！
盗賊　はあ、そして、ぼくをあなた方が殺すんですか？
夫人　主人は具合が悪いのですよ！　あなたはミミをこんなに悲しませたいの？
盗賊　そしてあなた方はぼくを追い払おうとする。あなた方はミミをそんなに悲しませたいのですか？
夫人　もうちょっと正気になりなさい！　どっちみち、あなたが、あたしたちのうちにとどまることができないのはたしかよ！
盗賊　どうして、そうできないのです？　ここには柵もあれば、食料も、弾薬も……あります。二週間はここで頑張れます。それに千日の夜も、奥さん！
夫人　油断しないことね！　大勢の人があなたを見に、ここに来たらどうするの？
盗賊　彼らを呼ぶまでもなかったのですよ。
教授　（立ち上がる）あいつと口を利いてはならん！

（シェフルが出てきて、立ち止まり、様子をうかがっている）

教授　（切れ切れの声で）君は……犯罪者だ！　君は……ひどい罰を受けるぞ！　わしは……何にたいしても……絶対に引き下がることはしないからな。
盗賊　ぼくもですよ。（家のなかから出てくる）
シェフル　わしがここに厚かましく顔を出したことを怒らん

でくだされ。それにしても、この男は盗賊なんじゃないのですか、え？

夫人　まあ、そんなところね。

シェフル　ほう、そりゃあ事件ですわ。いいですかい、わしはここでその男が撃たれて倒れているのを見つけたんです。頭にこんな穴が開いていた。それで、わしは彼の頭を布で縛ってやった。だがな、わしは誰を助けたのか知らんかったんです！　やつが逃げないように、彼を取り囲まんといけませんな。

夫人　さっさと、逃げてくれるといいのに！

シェフル　いや、それはいかん。こんな暴力は罰せられなくては。あんたの家にはあいつが盗むものがそんなにあるんですかい？

夫人　たくさんよ、たくさんありすぎるのよ、シェフルさん。あなたが想像しているよりはね。

シェフル　やれやれ、それは残念。

（夫人泣きはじめる。教師登場）

教師　すみませんが、何かあったのですか？　お宅の女中さんに出会いましたところ、彼女は、お宅に盗賊がいると申しております。よし、そんなら貴様は檻のなかの鷲だ、その場所から動くなよと、私は思いました。それでやつはどこに？

夫人　家のなかですわ、先生。

教師　武器をもっているんですか？

夫人　ええ。

シェフル　おまえは完全に包囲されていると、わたしが言ってやりましょう。

教師　（門の扉を激しくゆさぶる）どなたが鍵をおもちなのです？

夫人　あの男ですわ。

教師　そいつを武装解除させるのが第一ですね！　――（叫ぶ）この悪党、出て来い！　武器を置け！

（鍛冶屋、道具をもって登場）

鍛冶屋　それで、わっしがここの扉を叩き壊すようにというふうに聞きましたが。

教授　そうとも、そうとも、この門を叩き壊してくれ！

鍛冶屋　このなかに、盗賊がいるそうですね。

シェフル　そうだ、だからだ。

教師　このなかにですね。

鍛冶屋　小僧め、わっしがやつをひっ捕らえてやりますよ！　そいつはジプシーですかい？

シェフル　とんでもない。あいつはまるで紳士みたいだ。

鍛冶屋　そうかい、そんな野郎か。わしが紳士とはどんなものか教えてやろう！

シェフル　言っておくが、鍛冶屋の大将、わしら、あいつを包囲する必要があるんじゃないかな。

鍛冶屋　まず最初に門だ。そこから追い出す。

教授　そうだ、そうだ、とにかく壊してくれ！

鍛冶屋（門を試す）なんて門だ、まったくひどいもんだ！　どこのどやつだ、こんな門を造らせたのは？
教授　わたしだ。
鍛冶屋　要塞でも築くつもりだったんですかい？　そんなら砲兵隊でもお呼びなすったらどうです。
教授　何だと？
鍛冶屋「何だと」ですか？　こりゃあ、まるっきりバリケードじゃありませんか。鈎棒に手枷。こりゃ、まるで監獄の門ってとこだ！　わっしはいやだね。きっと誰かが壊してくれますよ。

（村長と近所の人が行列を作って、やってくる）

村長　やあ、これは教授どの。話では、なんでも、あなたのところに盗賊が押し入っているそうじゃありませんか。
教授　そのなかです。
教師　あそこの鍵をかけているんです。
シェフル　やつは出てこようとせんのです。
村長　やれやれ、この真昼間だというのに！
近所の人　あすこの村長さんがな、わしのうちのドアをどんどん叩いてな、言うんじゃ。来い、隣人、主任助役と消防隊長を呼び集めて、来るんじゃ。教授の家に盗人が入っとると。
シェフル　やつを包囲することを提案いたします。
教授　すみませんが、村長さん、公的地位にある人物として……あやつに……わたしの家から出て行くように……命令していただけませんでしょうか。
村長　いたしますとも、すぐに、ただ、ほんのちょっとお待ちを。
教授　何を待つのです？
村長　警官です。ほれ、ファンカが警官を起こしているのですよ。
近所の人　ファンカが探しているんですな。
村長　やつはまだ寝ているのか？
近所の人　あの人は、昨晩、大酒をくらいましてね。
村長　そんなら、おまえだって同じじゃないか。
近所の人　そんなら、あんたもおんなじだ。
鍛冶屋　こんちくしょう、いったいどこでだ？
村長　ウ・ベラーンカ酒場だ。
鍛冶屋　おお、なんてこった、そいつは惜しいことをした。
村長　うん、そうじゃ、行くだけのことはあったぞ。
近所の人　ああ、たしかに。
村長　うん、そうとも。
近所の人　うっひっふっ。
教師　いいですか、みなさん、いま、ため息をついていますよ——
近所の人　なあるほど！
教師　わたしは何度あんたに言ったことか。あんたは毒を飲んでいるんですよと。

（ファンカ、飛んでくる——独りである）

ファンカ（息を切らせながら）あの人ったら、みんなであの人にまだ水をぶっかけているんですよ。ところがあの人は寝てるんです。ああ、神様、それであたしは飛んできたんです!

村長 あいつは何の役にも立たん。

近所の人 じゃあ、村長さん、あんたが自分でやらなくちゃなりませんな。

村長 (門をゆさぶる) おーい、法律の名において!

盗賊 (首を突き出す) なんだい、またか? (消える) ミミ、ぼくたちは包囲されたぞ!

近所の人 やや、村長さん、見なされや!

村長 なんじゃ?

近所の人 たしかにあいつでさあ!

村長 だれが?

近所の人 あの大酒のみの小僧ですよ。わしらと朝まで飲んでいた!

村長 あいつが? えへっ、うっふっふっ、はっはっはっはっ、ははっ、わっはっはっはっはっはっはっ!

近所の人 ははは、ははは、わっはっはっはっ! ――

村長 おい、諸君、こいつは、わっはっは――

近所の人 ――はははははっ!

村長 ――うわっはっはっ、こいつはなかなかの悪党だぞ!

近所の人 ――ははははははっ! ――

教授 村長殿!

村長 うっふっふっふ、うっふっふっふ――

シェフル へへ、へへ、へへへっ!

教授 村長殿、気をたしかにしてくださいよ!

村長 たしかに、わしは、ふふふっ、たしかに、わしはまったく何も。うわっはっはっ!

近所の人 わっはっはっ、わっはっはっ、わっはっは! やめてくださいよ、村長さん! わたしはもう、腹が痛くなりましたよ!

村長 親愛なる諸君、こいつは、ちょっとしたお笑い草だぞ!

教授 村長殿、あなたは公職者ですぞ!

村長 そうだ、たしかに、わしは公職者だ。だが、あいつは悪人じゃない。

近所の人 ははははっ!

村長 うわっはっはっ! あいつは誰からも、何も盗んではおりませんぞ。

近所の人 たしかに、あいつと一緒に、お嬢さんがいらっしゃる。

村長 あんたの娘さんがあの男にぞっこん、惚れ込みなすったんじゃ。

近所の人 ははは、ははは、ははは!

村長 うっふっふっふ!

教授 村長さん、あんたはその男をわたしの家から出て行くよう命令しなきゃならんのですぞ!

村長 なあに、やつはまた出て行きますよ。

教授 だから、わたしはあんたを呼ばなかったんです。

村長　ほう、じゃあ、もし、お望みなら――（門の扉を押す）
若いもんよ、おまえさんはそこにいるのか！
盗賊（銃を肩にかけて、バルコニーに出てくる）何か御用で？
村長　うわっはっはっ、うわっはっはっ、うわっはっはっ――
近所の人　はははははははっ！
シェフル　へへ、へへ、へへへっ！
村長　若いもんよ、君はここから出ていかにゃならん。
盗賊　いやですね。
近所の人　若い人、あんた、わしらにいっぱい食わしたんだぞ！
村長　どうかね、眠れたのかね？
盗賊　ぐっすりね。
近所の人　あんた、わしらをペテンにかけたんだぞ！　この心霊術者の炭鉱夫、あいつはまだ自分のしたことがわかっとらんのよ！
村長　うわっはっはっは――それなのに、お巡りは、はっはっはっ……水を……ぶっかけられているか！
坑夫　へん、当然の報いだ！
教授　さあ、村長さん、なんとか手を打ってくださいよ。あいつに命令してください。
村長　よし、わかった。おい、そこの若もんよ、開けるんだ！
盗賊　ぼくは開けません。
村長　わしは開けるよう命令する！
盗賊　法の名においてですか？
村長　法の名においてだ。
盗賊　法律なんてくそ食らえだ。（引っ込む）
近所の人　やあ、一本取られたね、村長さん！　当然といえば当然だ！
鍛冶屋（怒りに震え）この野郎、あいつか、えっ？
教師　あいつは犯罪者です！　村長さん、あなたは警官を呼ぶべきです！
村長　何を言っているんだ。警官たちは今日、ジプシーどもに追いかけまわっているわ。
教師　村長さん、そこはジプシーども「を」とおっしゃるべきです。名詞の第四格、目的格はジプシーども「を」、警官たち「を」、百姓たち「を」とおっしゃらなくてはなりません……
村長　なにが百姓ども「を」、警官ども「を」だ。くだらん。
教師　近所の方、あなたは消防夫を呼ぶべきじゃありませんかね。
近所の人　だがな、どこも燃えとらんぞ。
ファンカ　あたし、狩猟家を呼びに、ひとっ走りしてきますわ。
シェフル　あの人は昨日から姿が見えん。こいつは事件だぞ。
子供1（提案する）先生、おれ、あそこに石ば投げるよ。
教師　石を投げてはいけない。
子供2　先生、ぼく、壁をよじ登ってなかに入るよ。
教師　壁をよじ登ってなかへ入ってはいけない。

シェフル　なあ、みんな、あいつを取り囲むことだ。
教授　村長殿、警官を呼びにやってくれませんか。
村長　わたしゃあ、こんなもんにそんな必要をみとめませんな、教授。
教授　じゃあ、わたしが自分で呼びにやります。ファンカ！
ファンカ　じゃあ、すぐに行ってきます。
村長　待て、ファンカ。こいつは、わしが解決する。——おおい、若造！　こっちへ出て来い。
盗賊（バルコニーに現われる）何です、またですか？
村長　なあ、きみい、少しは正気になれ。この教授殿は警官を呼びにやろうとしているぞ。
盗賊　どうぞ、呼びにやればいいでしょう。
村長　わしらと一緒に来たほうがいいぞ。来るんなら、また別のときにするんだな。
教授　絶対に来ては駄目だ。
村長　失礼ながら、先生、わたしがいいように話をつけます。いいか、若造、君が他人の家にいるのはたしかだ。どんな茶番にも終わりというものがなくちゃいかん。その点では教授の言い分が正しい。わしらのところに来い、昼飯でも食いに行こう。午後からは野うさぎ狩りだ。だが、そのお嬢さんはおまえから逃げはせんて。ま、それだけだ。さあ、来い。
近所の人　聞いたか、いい言葉じゃないか。
盗賊　ぼくは出てきません。村長さん、もし、あなたがこの世で最高のものをぼくに約束なさるなら、それを放っておくのは馬鹿かもしれませんね。でも、いまとなっては、どうにでもなれです。ぼくは運命を天に任せます。ですから、ぼくは出てきません。ほんとですよ、村長さん、幸福とは気休めではありません。それにぼくはそれほど馬鹿ではありません。もし、一週間、持ちこたえられたら、それはぼくには、それ相応の、価値のあることなのです。だから、もう、ぼくをそっとしておいてください！
鍛冶屋　こんちくしょう、言いたい放題だ。
村長　教授殿、こんなことのために警察なんか呼びませんからね。
教授（盗賊に）頼む……わたしに……常備薬のジギタリス（強心剤）を取ってくれんか、それと角砂糖だ。
盗賊　承知しました。壁越しに差し上げます。（なかへ駆け込む）
ファンカ　じゃあ、あたしが警察を呼びに言ってきましょうか、ね？
教師　いい考えが浮かんだぞ！　やつがその……薬、その……ジギタリスを渡すとき、壁越しにやつの手をつかんで引きずり出しますよ！
教授　おお——そうだ！　やってくれたまえ！
教師　やりましょう！　やつをつかまえます——どうせ、やつは下に降りてきます。そしてやつが手を伸ばすや否や——飛びかかる！　そしたら、すぐに、あんたは彼に、鍛冶屋の旦那——
鍛冶屋　おれはそんなのはいやだね。おれには気に入らん。

近所の人　わたしも、やっぱり、いやだね。そいつはだまし討ちだ。
ファンカ　ははあん、そんなら、あたしが捕まえるわ。
シェフル　わしも、たぶんな。
教師　よろしい。それじゃ、わたしのそばにいてください。そして、彼が下りてきたら——すぐにやつ目がけて！　いまは、静かに、注意して。

（間——鍵がガチャガチャ鳴る）

シェフル　さあ、もう、来たぞ。

（—間—）

夫人　（つぶやく）神よ、お救いを——
盗賊　（銃を肩にかけ、壁の上に腰をおろし、小瓶を渡す）そうら、ここですよ、誰か受け取ってください。——　——どうしたんです、誰も欲しくないんですか？

（緊張の間）

盗賊　さあ、先生！
近所の人　（村長にささやく）ややや、あれじゃない！
盗賊　（手を差し出す）ほら、先生、ぼくは噛みついたりしませんよ。
教師　そうかい……それではありがたく……（ファンカとシェフルを後に従え、そろりそろりと近づく。手を上げる——）
鍛冶屋　（低い声で）イエスマリア・セント・ヨゼフ！

教師　（小瓶を受け取り、あとずさりする）あり……ありがとうよ！
教授　君は腰抜けばばあだ！　恥を知れ！
盗賊　それはぼくのことですか？　あんたがたはぼくの手をつかんで引きずり下ろそうって魂胆だったんでしょう？（銃を下ろす）ほら、見ろ、先生！
教師　ぼくが君をこわがっているとでも思っているのか？　このならず者め！　いいかげんにあきらめたらどうだ？
盗賊　（撃鉄を起こす）先生、家のなかへどうぞ。
教師　わたしは行かんよ……。独りで鉄砲で遊べばいい、どうかね！
盗賊　（銃身を上げる）撃ってもいいんだな？
教師　（その場から動く）なんだ……ぼくが君に何をしたというんだい？　止めろ、きみい！
盗賊　（狙う）覚悟はいいな！
村長　（教師のまえに立ち、自分のからだで隠す）もう、いいかげんにしろ。もう、こうなったら堪忍袋の緒が切れた！（叫ぶ）その鉄砲をもって、ここへ来い！　それとも——
盗賊　ぼくはあなたを味方だと思っていたのに。（壁の内側へ飛び降りる。ガチャガチャと鍵の音）
教師　（額をぬぐう）ならず者め！　こいつを警察に突き出してください、村長殿！
村長　君はこいつを銃殺にさせたいのか？
教師　だって、こいつは犯罪者ですよ！
教授　警察に引き渡してください！　それがあなたの義務

じゃありませんか、村長さん。
近所の人　村長さん、警察には送らないでください。きっと、恐ろしい結果になりますよ！
村長　だから、わしは――――（―間―）いや、わしにはそんなことはできん。
教授　ファンカ！
シェフル　よくお考えになったほうがいいですよ、旦那！
教授　ファンカ、警察を呼びに行ってくれ。私の名前でだ。
ファンカ　はいはい！（急ぎ足で駆けていく）
近所の人　いらっしゃいよ、村長さん。彼らのことは放っておきましょう。
村長　それはいかんよ、君。そんなことをするべきではない！
教授　わたしはあんたがたに忠告は求めませんぞ、君！
近所の人　放っておきましょうよ、村長さん。行きましょう。したいようにさせておけばいいんです。
シェフル　いやあ、そんな放っておくようなことをしちゃいかん。
夫人　そんなことしちゃ、いけませんわ。
教師　あんたはうまくやりますよ、見事にね。
教授　すまんがな、わしは誰にも意見を聞いておりませんぞ。

（―間―）

シェフル　言っておくがな、ここに密猟者がおった。年のころは五十歳かそこらだった。そうじゃ、わしは若者だった。あの若い密猟者みたいにな。そしてまるで魔法を使ったみたいに撃っておった。まったく動物のほうが自分から、そやつのあとを追っ駆けてきていた。それがまさにあいつにそっくりだった。実によく似ている――

（バルコニーの上に盗賊が出てきて、頭の包帯をほどく）

村長　おい、若いもんよ！　おまえ、ちったあ道理をわきまえろ。ここに警察が来るぞ。
盗賊　来るなら、来るがいいさ！
近所の人　さあ、わしらと一緒に行こう、お若いの。彼らのことなんか放っておけって、娘が気に入ったのなら、自分のものにすればいい。
盗賊（包帯を巻きながら）ぼくはもう、あんたらを信じない。あんただってそうさ。
シェフル　お若い人よ、何も起こらないうちに、さっさと行くがいい！
鍛冶屋　わしらと一緒に行こう。警察は国じゅうあんたを追いまわすことになるぞ。おお、神よ、わしはあんたに――
夫人　あなたは、本当に、居ずわるつもりなの？　このま
ま？
盗賊　居ずわります。ほかに何か？

（バルコニーの上にミミが出てくる。下のほうを見ずに、ためらう）

盗賊　ミミ、ぼくら、心配することはないよ。

（ミミ、ふり返る。内心の葛藤）

盗賊　なんだい、ミミ？　どうかしたの？

（ミミ、すばやく盗賊のほうに近づき、彼の首に手をまわして、キスをする。やがて、駆け去るが、下の様子を見ようともしない）

夫人　ミミ！

教授　娘よ！

（──間──）

シェフル　うん、こいつは事件だ！

盗賊（身じろぎもせずに立っている。不意に）何が事件なものか。あんた方にわかるもんか！（姿を消す）

（──間──）

教授（静かに）みなさん、あなた方をここにお呼びしたことをお許しください──まことに申し訳ありませんが、いまは、私どもを独りにしてください！

教師（皮肉に）私としましたことが、差し出がましいことをいたしまして、まことにもうしわけありませんでした。重々、お許しのことをお願いいたします。（去る）

村長　教授殿、わたしも警官どもを引き取らせようと思うのですがね。

教授　感謝いたします。

近所の人　行きましょう、村長さん、教授殿をそっとしておきましょう。

村長　行こう。（二人、退場する）

鍛冶屋（二人のあとに続く）なんてこったい。おれはあのことでは──（消える）

シェフル（門を叩く）おい、開けに来い！　さあ、開けろって！（去る）

（──間──）

教授　……おまえ、どうしようかなあ？　何から手をつければいいんだ？

夫人　あなたがしたいように、なさればいいのよ。

教授　ミミはどうしたのかな？

夫人　わかりませんわ──

教授　わたしはあの子を、この二十年のあいだ大事宝に守ってきた。どんな石ころだってあの子の通る道から排除したし、あの子の前にある棒っきれだって、その影につまずかないように、引っこ抜いたものだ。どうかね、わたしらはあの子を独りぼっちにしたことがこれまでにあったかね？

夫人　ありませんわ。

教授　おしむらくは、昨日、わたしらは出かけた。おお、わたしはどんなに気が重かったことか！　それに、旅の途中で、おまえが悪い予感を感じたとき、わたしは、すぐ、おまえの意志に従って、旅の道なかばで戻ってきた──

夫人　──わたくしの意思ですって？　あなた、自分でそう望まれたんじゃありませんか。
教授 そう、わたしがだ——いいかね、おまえ、わたしらは運命を恐れなければならない。わたしらは、運命があたえる暗示をよく理解しなければならない。いいかね、上の娘がわたしらにどんな仕打ちをしたか覚えているな!
夫人 ロラのことですね。
教授 わたしの前で、その名を口にするのはやめろ! そんなもん、聞きたくもない!
夫人 ——わたくし、どうしてこんなにあの子のことが思いやられるのか自分でもわかりませんわ。
教授 黙れ! 思い出すな! いやいや、神よ、お守りを! あの子のようなことが二度と起こってはならない!
夫人 ——せめて、あの子がどこにいるか、元気かどうかでもわかればいいのに——

(—間—)

夫人 ねえ、あなた——
教授 何かね?
夫人 これって、運命じゃないかしら。ロラがこの家の窓から逃げだしていったとき、あなたはいたるところに柵や鍵までつけて、おれたちの家を要塞にするんだとおっしゃったわ。どんな柵をもうけてもあなたには十分ということはなかった——
教授 うん、それで?
夫人 だからね、まさにそのお陰で、今度はミミを失うことになったのよ。こんなに頑丈な要塞のお陰で。これはあなたへの柵なのよ。
教授 わたしへの柵か! それじゃあ、わたしは娘たちのために、窓もドアも開けっぱなしにしておくべきだったとでもいうのか? ミミだって誰かの目にとまれば、いつでも窓から逃げ出せるようにか? おお、わが娘たちよ、おまえたちは生まれながらにしてそういった気質をそなわっているのだ!
夫人 誰に似ているんでしょうね?
教授 なに、誰に似ているだと? 絶対、わたしではない!
夫人 もちろん、絶対、あなたにではありませんよ!
教授 しかし、母さん、おまえにでもない! おまえだってそう思っているんだ!
夫人 わかりません。でも、あなたにではないわね。
教授 おまえにでもない。おお、何てことだ、おまえにでもないとは!
夫人 何てこと思っていらっしゃるの?
教授 わしたちに似たものは何もない。わたしらはお互いにどれくらい待っていたかね?
夫人 八年間ですわ。
教授 なあるほど、八年間ねえ。青春のすべてだ……。しかも、逃げ出そうとは思ってもみなかった、夢にも、一瞬たりとも、これ以上、待てないなんて考えもしなかった——
夫人 あなたにはそんなこと……たぶん、思いつきもしなかったのね。

教授　うん、絶対にない。でも、おまえだって、きっと、思ってもみなかっただろう？

夫人　わたくしが？

教授　いいや、おまえがそんなことを思うはずがない。おまえは八年間、おとなしく、お行儀よく、辛抱強く待っていた——

夫人　辛抱強くなんて——そんなことないわ！　どうか、もう、そのこと言うの、やめてちょうだい！

教授　何のことだ？

夫人　その八年間のことよ。

教授　妻よ、どうしたことだ。わたしにはおまえがわからない！　あのときわたしらはあのとき、もしかして何かべつのことをするべきだったのか？　わたしらは逃げるか何かするべきだったと？　言いなさい！　あのころ、おまえはそのことを考えていたのか？　それをわたしに期待していたのか？

夫人　あたしったら、何てこと考えていたのかしら！　あたし、分別をなくしていたのよ！

教授　あはー、分別がなかったか！　分別が！　しかし、いまなら、言えるだろう、わたしらは、ほかにすることができたかね？

夫人　あなたが思っているとおりよ。

教授　そうじゃない。自分の口から言いなさい。母さん、おまえはあんなにも賢かった。わたしはいつもお前のことを賢明だと思って敬意を払っていた。言ってごらん、今日、おまえは他にやり方があったかね？　思いもよらなかったか？　おまえは逃げ出すかどうかしたか？　言ってごらん！

夫人　——わたくしは理性的ではありません！

教授　ほう——　——そうとは予想もしなかった！　そうとは知らなかった！　わたしはおまえを理解していなかったんだ！

夫人　わたしにはわかります。ねえ、あなた……恋って、こんなんじゃないかしら？

教授　どんな恋だ？

夫人　それはね、ミミが……、あの人がしているようなこと、そして、そのすべて。じゃあ、それが恋ってこと？

教授　なんで、おまえは、わたしに聞くんだ？

夫人　ただ、ちょっと。だって、そのこと、あたし自身、自覚したことありませんもの。

教授　何だと——何を自覚したことがないだと？

夫人　それですよ、ミミのようなこと。ミミは自分の青春を悔いることになりはしないかしら？

教授　じゃあ、おまえは悔いているというのか？

夫人　あたしたちには、たぶん、青春はなかったのよ。

教授　そうだ、青春はなかった！　そんなことのために割く時間がなかった。わたしは勉強しなければならなかった！

夫人　わかってますよ——　——でも、あなたにその気がありさえすれば——　——たとえば、もっといろんなことができたのかも。それに、あたしにだってたぶんできたはずよ—

——

教授　何がかね？

夫人　ミミみたいに————それに、もしかしたら、何かもっとたくさんのことが。もし、あなたが……もっとたくさん愛情を示してくださったら、あたしだって、もっとあなたを愛してあげたわ！

教授　たとえ、したくても、わたしがおまえにたいしてそんなことができるはずがない！　わたしはおまえのために勉強した……くたくたになるまで……一睡もせずに……ずっと……

夫人　あなたは勉強なさったわ。わたくし知っています。でも、待つことは、勉強するよりもつらいわ。

教授　その結果、おまえは八年間待った！　それは愛ではないのか？

夫人　愛ですって？　わたくしにはわかりません。むしろ愛とは、もう、待ちたくないという気持ち……、一度、あたし……あなたのところへ家出して来ようと思ったことがあります。そして何も気にしない、恥さえも……、なんにも……。あなた、そのことをご存じないわ。そのことあなたには話さなかったからよ……だって、どっちにしろ、あなたは思いとどまるように説得したでしょうからね。そうして、こんな具合に切り抜けたのよ……無事に。

教授　おまえはそれを望んだのか？

夫人　一度だけね。でも、それは……この八年より以上の何かでした。それどころか、そのほかの一切のものよりも重いものでした。

教授　結婚——よりもかね？

夫人　よくはわからないけど、そうかもね。

教授　おまえ、本気で言っているのか？

夫人　人間が三十年もたって……はじめて口にすることよ、真面目じゃないはずないでしょう？

教授　それじゃあ、やっぱり！　おまえもか！　よく見ろ、この老いぼれ、おまえにできなかったことが何か！　おまえはがり勉をした。安らぎを知らず、死ぬまで苦労のしっぱなしだ。しかし、それは愛ではない！　愛とは何だ？　おまえは愛したこともない！　そして、愛されたことさえ一度もない！

夫人　言っておきますけどね、あなた——

教授　いやいや、もう、何も言うな！　わたしは幸せだった。わたしは思い、信じていた……わたしは愛に満たされた人生を過ごしてきた……そして愛のために。わたしは……幸せだった。だが、今日、その幸せを……おまえに返そう！

夫人　まあ、あなた、何てことおっしゃるの？

教授　返す！　返すとも！　わたしは年老いた阿呆だ！　いまになってあのハンサムな悪党がわたしに講義をしにこなければならないとはな！（二階に向かって拳骨を振り上げる）おお、あの悪党に災いあれ！　貴様はこのわたしから家と娘を奪い、妻までもたぶらかし、家庭までも奪った！　だが、わたしがこのまま引き下がると思うなよ、きっとおまえに仕返しをしてやるからな！　何もかも投げ打って、自分までも犠牲にして！
夫人　そうよ。あいつを……撃ち殺させればいいのよ。
教授　静かにしていなさい！
夫人　でも、血が……血のしみがミミにつくわ……
教授　復讐してやる！　若さは打ち砕かなければならない。
（ベンチの上にすわり、両手で顔をおおう）

（─間─）

教授（顔を上げる）それにしても、このあと何をすればいいのだ？　あいつをどういうふうに扱えばいいのだ？
夫人　何をすればいいかですって？　警察を呼べばいいのよ──
教授　それで、警官たちに抵抗したら、──そのあと、どうなる？
夫人　そしたら、あたし……あっちに行きたいわ。
教授　どこに？　あいつとか？
夫人　ミミとです、……あの子が意気消沈しないように──あたしなら、何か、あの子にしてあげられるかもしれない。
教授（立ち上がる）わたしは独りぼっちだ！　おお、神よ！

（ファンカ、駆け込んでくる）

ファンカ　イエスさま、わたしは飛んできました！
教授　何ごとかね？
ファンカ　旦那様、あの人たち、警官たちは詰め所にいないのです──
教授　そんなに叫ぶなって！
ファンカ　あそこにジプシーたちが現われたんだそうです。それで警官たちはジプシー狩りをやっているんです。でも、旦那様、兵隊たちは今日は休日なんだそうです。それで、わたくし、あの人たちに言ったんです。そんなわけですから彼らは鉄砲や弾をもってまいりますよ、旦那様、それに退役軍人や森番も──イエスさま、それで飛んで戻ってきたのです。
教授　なんでまた兵隊なんだ。
ファンカ　盗賊のためでございますよ。あいつは捕らえられますよ。
教授　兵隊か。何のために兵隊など──　──行け、ファンカ、腰をおろすなら、どこか別のところにしてくれ。わたしたちを二人だけにしておいてくれんか。
ファンカ　こうなったらとことん飲んでやるからね。（塀のわきにすわる）

（─間─）

教授　独りぼっちだ。やっぱり、独りぼっちだ！　おお、人間は孤独のためには死なない！　神よ、わたくしに何をお望みなのです。このような苦痛をわたしに味あわせるためですか？　孤独を、独りぼっちのさびしさを！　おお、わたしは何と老けたことだろう！
（なかで鍵のがちゃがちゃ鳴る音がする）

ファンカ　ご用心――あの男が出てきますわ。

（門が開き、盗賊、出てくる）

教授　何だ――なんの用だ？
夫人　わたくしを行かせて、お願い、ミミのところへ行かせて！
盗賊　教授夫人、ミミはあなたが来られるのを願っています。
夫人　じゃあ、行ってもいいのね？
盗賊　もちろんです。ミミはあなたにお別れの言葉を告げたいのです。
夫人　なぜ、別れるの？　どんな別れなの？　それはどういう意味？
盗賊　警察が来るまえに。
夫人　あたし、別れるのはいやです！　ミミのところにとどまります！
盗賊　ああ、そう。でも、それは駄目です。（去ろうとする）
夫人　ねえ、あなた、どうかここにいてちょうだい！（夫人、ひざまずく）お願い、あたしをミミのところへ行かせて！　ほんの少しのあいだでいいのよ！　あなたが駄目だというのなら、あたし、いつまでもぐずぐずしていません。あなたが行けとおっしゃるなら、あたしすぐに行きます――
教授　こんなやつの前にひざまずくのはよせ！
夫人　いいえ、あなた、この人の言葉は聞かなくてもいいのです。わたしの息子や、あなたは悪い人ではありません。あなたは拒否しないわよね――

盗賊　立ってください、夫人。それともぼくが行くかです。
夫人　（立ち上がりながら）わたくしをミミのところに行かせてください！
盗賊　五分間。それとわたしの意図に反することを話してはいけません。
夫人　誓います！
盗賊　ミミを叱ってもいけません。彼女の勇気をそがないように。約束してくれますね？
夫人　もちろんよ。だって、そこにはあなたもいらっしゃるんじゃありませんか。
盗賊　ぼくはいません。
夫人　ありがとう！
盗賊　（ためらいながら）それから、ぼくを裏切るようなことはありませんよね？
夫人　わたくしが信じられないんですか？
盗賊　（門を開ける）どうぞ！
夫人　（入っていく）神様、この方に祝福を！

（盗賊、夫人のあとから行こうとする）

教授　わたしは君と話をしなきゃならん。
盗賊　（門の鍵をかけ、鍵をポケットに突っ込む）どうぞ。
教授　ミミは嫌がっているんじゃないのか……わたしと別れるのを？
盗賊　いいえ。
教授　おお……、ミミは何をしている？

盗賊　泣いています。
教授　ああ！……なぜ、泣くのだ？　君はミミに何をしたのかね？
盗賊　そのために泣いているのではありません。
教授　わたしは、君が憎い！　一生のあいだ、わたしは君を憎んだほど、愛したこともなかった！
盗賊　何をおっしゃりたいのです？
教授　君が憎いということをだ！　君は精気に満ち、何のわるびれもなしに欲しいものを手に入れ、容赦しない！　君は残酷だ！　君は大胆だ！
盗賊　わかっています。
教授　君は若い、君は阿呆だ、君はすごく幸運だ！
盗賊　そのほかには？
教授　みんなが君の味方だ。
盗賊　それはちがいます。
ファンカ　それはちがいますよ！
教授　みんなが君の味方だ！　わたしが愛していたすべての者が！　わたしの子供、わたしの妻、わたしの家。君はわたしに誰も、なんにも残してくれなかった。わたしは、もう、誰も愛することができないが、しかし、わたしは君を憎む！
盗賊　あなたの味方には警察がいますよ。
教授　わたしは君を憎む！　みんなの目が君に向けられている。ごらん、あれは英雄だよ！　愛のためにどんな危険もおかす。あの無鉄砲さ、あのずる賢い計略、あの勇敢さ、それが愛なんだよ！　あれこそ偉大で厳粛な、しかも世間にも広く知られた愛なのだよ！　生死をかけた愛、人間を英雄にし、神にもする愛だ！
盗賊　愛については言わないでください！
教授　わかった。それでは何か別のものについて言おう。人間を英雄にせず、臆病者にするみっともない愛について、人間を不安にし、心配させ、おぞけを震わせる愛について。おお、わたしの愛は何と弱々しく、貧しかったことだろう。愛において、わたしは通俗的となり、愛にふさわしい勇気を失い臆病になった。自分を見失い、自分自身のことを忘れた！　わたしは愚か者だ！　老いた道化だ！　わたしは愛することは奉仕すること！　自己を犠牲にすること！　苦しみに耐えること！　節約し、せっせと働くことと思っておった！　わたしは愚かだ！　いま、わたしに何がある？　わたしは君を憎む！
盗賊　何かご希望は？
教授　何も要らん！　そうとも、わたしは英雄ではない！　それでも、わたしは野心をもっている。わたしは……なにかになりえたかもしれない。しかし、わたしは自分で自分を投げ出し、パンのほうに手を出した。わたしは愛によって、すでにちっぽけな愚か者になっていた。わたしは愛によっていやな、年老いた、陰気な、あわれな男になっていた。愛によっていた。わたしはヒーローではない！
盗賊　どうしてぼくにそんなことをおっしゃるのです？
教授　なぜなら、君が憎いからだ！　君はヒーローだ。そしてわたしは独りぼっちだ！　みんなはどこにいる？　どうしてわたしを見捨てたのだ？　どうしてわたしは厚かましくないのだ、ヒーローになれるほど？　わたしはそれほど利己的ではない。それほど無鉄砲でもない、それほど勇敢でもない、それが……ヒーローになれない理由なのか？　愛とは何だ？

舞台裏での声　わしが話してあげますよ。女の人はこっちに来ちゃいかん！　けっして来るんじゃない！

ファンカ　誰か来ますよ。

シェフル（後ろ向きで、手を振りながら出てくる）きっと、ここで撃ちあいがはじまるからな！　けっして、そんな子供をつれてこっちに来ちゃいかん！

（ヴェールをかぶった女、腕に子供を抱いて登場）

教授　誰だあれは？

シェフル　教授先生、失礼をいたします。ここがどんな具合かのぞきにきたところです。もうじきここに警官たちが到着します。それに、ここに一人の人物が現われました。こっちへ来ちゃいかんと、言いましたが、どうやら、あの女、たぶん、ちょっとね、連れてまいりましょうか？（自分の額を叩く）ありゃりゃあ、あの男はもう出てきたのですか？

教授　その人を連れてきなさい！

シェフル　奥さん、いらっしゃい。すぐに、急いで。ここに軍隊が来ます。

ヴェールをかぶった女　どこへ行けばいいの！

シェフル　ここにいてはいけません！

盗賊　彼女にかまうな、シェフル、その人は病気なんだ。

ファンカ　とんでもない、どこかの女乞食ですよ！

（ヴェールをかぶった女、ベンチへ腰をおろす）

教授　愛だと！　このわたしに愛について説教をしようというものがいるのか！　愛が仕事と忍耐でなければ、気遣いでなければ、青春そのものに終わりがなければ、愛などわたしには無縁だ。愛など知りたくもない！　そんなもので悩みたくもない！

ヴェールをかぶった女（体を揺らしながら）愛ですか！　かつて女であった、人間の形をしたぼろ布のかたまりと出会ったら——以前は娘であった、あわれな女の罪人と会ったら——かつては若かった年老いた病人の女と出会ったら——あなたにだってわかるわよ、あなたにだってわかります！

シェフル　この女、頭が少しおかしいのとちがいますか？

ファンカ（立ち上がり、女のほうに行く）その赤ん坊、あたしに貸してごらん。

ヴェールをかぶった女　そんなことしないで、放っておいて、取らないでよ、この子、父なし子なの。

ファンカ（子供を取り上げる）こっちにちょうだい、あたし噛みついたりしないわよ。（また塀のそばにもどり、子供を膝の上に抱いてすわる）

教授　あなたはどなたです？

ヴェールをかぶった女　わたしはわたしではありません。以前、わたしはわたしでした。いま、わたしは何者でもありません。

教授　この女は気がふれている。

ヴェールをかぶった女　いいえ、いまはちがいます。――以前、わたしは気がふれていました。そして若かったのです。一日中、わたしは歌をうたっていました。わたしは愛していた。わたしは愛していました。心がわたしを外へ、外へと引っ張っていきました……若いときはすべてが美しい。すべてのものがおまえを待っている。どんな小道もおまえを虜にした。ああ、なんてことだろう、おまえがたどりついたところは！

盗賊　あなたは誰です。

ヴェールをかぶった女　命とは何か、鷲には聞くな。傷つける鳩に尋ねよ。愛とは何か、自分には聞くな、愛人に捨てられた女に聞け。

教授　まさしく、真実だ！

ヴェールをかぶった女　道に迷える娘に聞け、置き去りにされた家族に聞け、おまえが出会った乞食女に聞け。その女は、誰かが自分を愛していた、そして、それが愛だった！と答えるだろう。

教授　そうともそうとも！　聞いたかこの女の言葉？

ヴェールをかぶった女　愛とは、おまえを捨て去るもの、愛とは過ぎ去るもの、愛はけっして戻ってはこない。岸辺にすわり、花を摘め。泣くな、そしてその花を暗い流れに放り込め。みんなに愛がどんなものかわかるように。だれもが、もうとっくに男に捨てられた。あわれな女！　と叫ぶように。ああ、娘よ、はじめて愛を語ったその瞬間、すでに捨てられるだろう、かわいそうなミミ！

教授　なんだと？

ヴェールをかぶった女　お父さまはわたしがもうわからない。ああ、なんと白髪がふえたことだろう。なんと老け込まれたことだろう！　父がこれほど変わってしまわれたのなら、わたしだって変わったんだわ。

ファンカ（飛び上がる）なんと、まあ、お嬢さん！

教授　ロラか、不幸な娘よ、どうやってここに来たのかね？

ロラ　あたし、みんなの顔が見たくて、せめて遠くからでも。ここへ来る道すがら、耳にはさみました、ミミが……

シェフル　ややややあ、これはお嬢さん。わたしとしたことが気がつかないなんて！

ファンカ　お嬢さん、あたし、お嬢さんのこと心配していたのですよ。

教授　かわいそうなわが子や、顔を見せてごらん！　おお、なんてことだ！

ロラ　だから、わたくし来たのです、わたしの姿を見せるために。ミミに忠告するために。よく見てごらん、よく見てごらん、よく見てごらん、ミミ、これは何？

教授　おまえはまるで病人のようだ！　いや、まったく驚いたぞ！

ロラ　ミミちゃん、あたしはねあなたを喜ばせようと思ってきたのよ。子供を膝の上に抱いて、ゆーらゆーら、ゆーら、ゆーらゆーら、ばーってするのよ――その子、あたしに返して！

ファンカ　あたしにまかせておいてくださいよ、お嬢さん。この子、あたしがお守りをしますよ。ゆーらゆーら、ゆーら、ゆーらゆーら、ほーいっ……

教授　どれ、これはおまえの子供か？　この子をどこにやろうかな？　おまえをどこへ住まわせようかな、かわいそうなロラ？　見なさい、あれは、もう、わたしらの家ではないんだ！　あいつが、ほら、見えるか？　あいつがわたしらからあの家を取り上げたんだ。

ロラ　あれはわたしたちの家ではありませんよ。あそこに柵などありませんでしたわ。あそこの窓も開けっ放しでした。あたしたちが小さかったころ、あのなかで遊んで、なんと楽しかったことでしょう。窓から入り、窓から外へ……ミミ、窓から外へ出ちゃいけませんよ！

ファンカ　ああ、イエスさま！（泣きだす）

教授（ロラを立たせて腕に抱く）かわいそうな娘よ、おまえをどこに憩わせようか？

ロラ　ねえ、お母さまに会わせてください。お母さまは、きっと、お父さまのようにふけてはいらっしゃらないわ。だって、お母さまはお若いんだもの。

教授　お母さんはわたしらと一緒じゃないんだ、ロラ。あの男はおまえを母さんのところへは行かせないだろう。

ロラ　それじゃあ、ミミを惑わせているのはその男ですか？（叫ぶ）ミミを惑わすなんて、なんてことです！

教授　見ろ、英雄気取りの貴様、愛とはこんなものなのか！　ミミをかどわしたものよ、呪われろ！

ファンカ　お嬢さん、お嬢さん、家にいらっしゃい！

ロラ　その子をわたしに返して、その子なしには、わたしはなんにもなくなるわ。わたしはただの羽に、風に吹かれて草花の種を運ぶだけの枯れた葉っぱになってしまう。

教授　散った木の葉よ、おまえをあそこに憩わせてやろう！

盗賊　ここです。（門の鍵を開ける）

ロラ（叫ぶ）いやよ、あたしその人がこわい！

教授（なかば彼女を抱きかかえるように、なかば引きずるように）こわがることはない、娘よ！　おまえに近づくことは許さない。おまえは家にいるのだ、みんながおまえのように……不幸なのだよ、おまえのように……そして、誰もうちには来させない……（娘とともに門のなかに入る）

ロラ（門のなかで）愛とは、おまえを見捨てたもののこと……

シェフル（二人のあとを見送る）うん、こいつは大事件だ。

ファンカ（頭をぴんとそらせて門のなかに入っていく）どきなさい、あたしは子供を抱いているんですからね！

シェフル　それにしても、あの女は、いつもわたしにこれ見よがしの態度を取る――

ファンカ（門のなかに入るやいなや、大きな音とともに門の扉を背後に閉め、かんぬきをかける）今度はそこに立っているんだね！　ははは、ははは！

盗賊　開けたままにしておけよ！

ファンカ（塀越しに）ははは、あたしはあんたを入れてやらないわよ！（玄関のドアの鍵もかける）
盗賊 開けろ！ ミミ、開けてくれ！
シェフル やや－、こいつは残念！ あんたもこれでおしまいさ！
盗賊 おわり？ そんなことあるかい！（塀の上に飛び上がり、中庭に飛び降りる）
シェフル（叫ぶ）教授先生、やつは家のなかに入りましたぞ！
盗賊（塀のなかで、玄関のドアを叩く）ミミ、外に出ておいで！ ドアを開けてくれ！ 奥さん、開けてください！
シェフル みなさん、こいつは盗賊です！

（間。家のなかで女性の叫び声）

盗賊の声 こん畜生、開けろって！
シェフル いやいや、わたしなら開けないな！

（バルコニーの上にファンカが駆け出してくる――子供を腕に抱いている）

ファンカ はは、ははは！ 鍵ならここよ！ 見えるかい？ 見える？ ははは、あたしはあんたを入れないからね！
盗賊の声 鍵をこっちにくれよ、ファンカ！
教授（バルコニーのドア口に現われる）鍵をよこしなさい、ファンカ！ すぐに！
ファンカ はは、はは、誰にも渡しませんよ！ 取るなら取ってごらん！（駆け去る）
教授（バルコニーの上で）さあ、もう行け、君！ 馬鹿者、これ以上、ここになんの用があるんだ？ もうおわりだ！ おわり！
盗賊の声 おわるもんか！ ミミ、聞こえるか？
ファンカ（バルコニーに飛び出してくる。子供は抱いていない。銃を手にしている）ミミを捕まえに来るんなら、来てごらん。
教授 撃つんじゃない！ 銃を置け！
ファンカ はは、ははは！ さあ、行くぞ！（銃を腹の辺りに押し付け、下の盗賊のほう目がけて発射する）

（家のなかでの叫び声。教授、中へ駆け込む）

盗賊の声 ぼくは無事だよ、ミミ！ 君を迎えに行くからね！
ファンカ ドアから手を放しなさい！（撃つ）あきらめて、行きなさい！ そうだ、ちょっと待った！（家のなかに駆け込む）
シェフル やれやれ、あの女ときたら！ もう、ここはいやだな！ ――へーい、お若い旦那！ 若旦那、なあ、あんた！
ファンカ（エプロンに鉄砲の弾をいっぱい詰め込んで、バルコニーの上に飛び出してきて、弾をこめる）さあ、待ってなさい。あたしがあんたに―― ――どこにいるんだい、あいつ？ もう、にげたのか？ どこにいる、シェフルさん？
シェフル たった、いま、ここにいたがな。

ファンカ　ええい、どこへ消えちまったんだろう！
家のなかの声　ファンカ、すぐにこっちへ来て！
ファンカ　そんな暇ありませんよ！　あっ、あんなところにいる！　――あのつるはしで何をしようというんだろう？　そんなものから手を放しなさい。よし、待っていろ！（庭のなかに向かって発射する）ははは、はは、ははは！
シェフル　つるはしを取ったか？
ファンカ　わからないわ。もうちょっとよ。あの泥棒の、悪党の、ごろつきめ。つるはしで何をしようというんだろう？　ああ、なんてことを、彼はドアをぶち壊そうとしている！　ほんとにやるの？
盗賊の声　ぶち壊してやる！　ミミ、君を連れに行くからな！
シェフル　早く、ファンカ、早く！
ファンカ　さあ、これでも食らえ！（盗賊の方に向けて撃つ）ははは！
シェフル　あたったか？
ファンカ　とんでもない！（弾をこめる）おお神さま、ドアはもう壊れたわ！
シェフル　若い旦那、ご用心、ご用心！

（何かの壊れる音）

ファンカ　はは、はは、つるはしの柄が折れたわ！　ざまあ見ろ！　折れた、折れた！
教授（バルコニーに駆け出してくる）ここから離れろ、ファンカ！　ミミの服を着替えさせてくれ！
ファンカ　すぐにまいります。（なかに駆け込む）
教授　さあ、今度は、もう、行ってくれ、この阿呆もの！　君は病気の女性を殺そうというのか？
盗賊の声　ミミ、ぼくは戻ってくるからね！
ロラ（バルコニーの窓のところから）戻っておいで！　戻っておいで！　もどって！
教授　戻ってきたまえ！　青春は戻ってはこない。だれもものままの姿でもどってはこない！　戻ってくるとしたら、君はもうわたしのようになっているだろう！（去る）娘よ、こっちへ来なさい――――（消える）
シェフル　まあな、これでもうおわりだ！

（舞台裏の声）

伍長の声　止まれ！　全員身を隠して待機！
シェフル　何てことだ、軍隊だ！　若旦那、ご用心、軍隊が来ましたぞ！
伍長（登場）じゃあ、ここにその立て篭もり野郎がいるのだな。
兵隊・フランタ（登場）こいつは面白そうだ！
伍長（背後に向かって命令する）全員、窓に狙いをつけろ！
シェフル　ややあ、兵隊さん。わっしならそんなことしませんな！
伍長　なぜだ？
シェフル　やつはもうあの家にいないからでさあ。やつは庭にいます、そこの塀の向こうの。

伍長　じゃあ、家のなかには誰がいる？
シェフル　それ以外のひとでさあ。それでやつはその周りをぐるぐる回っています。
フランタ　そりゃ面白そうだな。
伍長　ははあ、そうなると中庭を占領する必要があるな。（森のほうに振り返り）全員、気をつけ！　わが隊は本官とともに行進する。武装せる市民、退役軍人および森番は本家屋を包囲する。自転車隊は道路と森への通路を閉鎖する。われわれはその男を生死にかかわらず拘束しなければならない。
シェフル　すぐにかかろう、やつが逃走しないうちに！
伍長　工兵隊は本官に続け！　フランタ、爆薬をもっているか？
フランタ　もっています。こいつは面白いことになりそうだ！

（兵隊たち、草地を走って横切り、塀のそばに膝をつく。兵隊の一人、銃剣で塀の石のすき間を引っかく）

シェフル（兵隊たちのそばに尻をついてすわる）何をしてるんかね？
伍長　この塀をぶっ壊そうとしているんだ。
シェフル　どうやってこの塀、ぶっ壊すんです？
伍長　ふっ飛ばすんだ。そうだな、フランタ？
フランタ　ええ、そうですよ。こいつはちょっとした見ものですよ！
伍長　きっと本物の戦場みたいになるぞ。（石を削っている兵隊に）おまえ、なにをぎしぎしやってるんだ？　おまえ知らないのか？　穴を空けるんだぞ。いいか、いい穴は細くなくちゃいかん。そうだな、フランタ？
フランタ　そうだ、そして深くなくちゃな。
伍長　穴が細ければ細いほど、それだけ効果も抜群になる、だな、フランタ？
フランタ　まあ、そういうこと。

（兵隊たちが穴を空けている間に、盗賊は兵隊たちの頭上の塀の上に顔を突き出し、そこにすわる）

伍長　よし、じゃあ、そこに突っ込め、フランタ。
シェフル　それは何かね？
伍長　薬筒だ。
シェフル　なんの？
伍長　エクラジット火薬のだ。
シェフル（驚いて）何に使うのかね？
伍長　この塀をぶっ飛ばす。戦場でのように。
シェフル　おお、なんてこと。そりゃいけません。きっと大変なことになりますよ！
伍長　フランタ、マッチだ！
シェフル　家がまるごとぶっ飛びますよ！
伍長　フランタ、火をつけろ！　――親父さん、どきな、あの塀が崩れ落ちますよ。
フランタ　これは面白そうだ！

盗賊（彼らの頭の上で）さらば、諸君！
シェフル　あれがそいつだ！
伍長（飛び上がる）あきらめろ！
盗賊　何を？
ファンカ（銃をもってバルコニーに飛び出してくる）おや、まだここにいるのかい！（盗賊に狙いをつける）
盗賊（手を上げ）ファンカ、ぼくの最後の言葉だ！
ファンカ（銃を下げる）なによ、また？
盗賊　忘れないでくれ！　あばよ、おぼこ娘！（ふたたび邸の内側に飛び降りる）
ファンカ　ははは、あいつは悪党よ！　捕まえて！　あいつ、逃げていくわ！（家のなかに駆け込む）
伍長　おれはあいつを捕まえに行く！　フランタ、屈め！
（フランタ、屈む。伍長、彼の背に乗り、塀を越える）
シェフル　待った、わしも行く。（フランタの背にのぼり、塀の上にまたがって腰をすえるが、飛び降りるのがこわい）
伍長（内側から門を開ける）全員、急げ！　やつは逃走している！
フランタ　こいつは面白い！　みんな、追うんだ。（兵隊たちは門のほうへ駆け寄る）
シェフル（塀の上で）逃げるぞ！　逃げるぞ！　やつを捕まえろ！　やつはあっちだ、あっちだ！　塀を越えたぞ！　森のほうにかけていく！　おいおい、撃てよ！
（武装した一般人、退役軍人、森番、若者たち、全員が一塊になって森から舞台のほうへ、それぞれ叫びながらなだれ込んでくる。「やつを捕まえろ！」「フラー」「やつを捕まえろ！」）
シェフル（塀の上で）やつは行ってしまったぞ。これでおしまいとは残念だな。もし、わしが地面の上だったらな！　おおい、誰かベンチをここにもってきてくれ！　誰もいないのか？……ベンチだ！　ベンチだ！　誰かわしのためにベンチをもってきてくれ！
（銃の発射音と叫び声が遠ざかる）
シェフル（塀の上で）もう、やつのことは放っておけ！　それより、わしを助けてくれ！　誰かベンチをもってきてくれ！　――――おおい、助けてくれー！
（伍長とフランタ、邸のなかから戻ってくる）
フランタ　こいつはちょっとしたお慰みだったな！
（門からファンカが出てくる）
シェフル　盗賊は逃走した！　まるで地面に墜落したみたいだった！　すまんが、兵隊さん、わしが地面におりるのに手を貸してくれんか！
フランタ（屈む）さあ、わたしの上に乗って。
ファンカ　兵隊さんたち、兵隊さん、あんた方、今晩は夜通し……見張りに立ってくれるんでしょうね。

伍長　いやなわけありません。なあ、フランタ?
フランタ　そうだな。面白いことになりそうだ。
ファンカ　あしたは、あたしたち、引越しするみたいなのよ……。
シェフル　それに、わっしも見張りますよ!（門のほうへ行く）
伍長　わたしは、やつを以前どこかで見たような気がずっとしていたんです。
ファンカ　伍長さん、あたしもそんな気がしていたのよ!
フランタ　そうだな、おれもだ。
伍長　そうだ、フランタ、やっとわかったぞ!　そうだ!　おれが子供のころ、サーカスで道化を見たことがある。そしてそいつがまさしく、おれをとりこにした。目はそいつに釘づけよ。そいで、やつはそいつにすごく似ていた!
フランタ　とんでもない、サーカスの道化なんて!　おれが小さなころ、狩りをしている外国の若い貴族を見たことがある。で、やつはまったくその貴族みたいだ。
伍長　なに言ってやがる、フランタ。道化だ。それに絶対、貴族なんて柄じゃない。
フランタ　道化なんて、とんでもない、このわからず屋。あれは貴族だ!
ファンカ　貴族なんかじゃまるっきりないけど、槍騎兵ってくらいのことはあるわ。あたしが若い娘のころ、兵隊たちが鎖につながれた槍騎兵を連れてきた。なにか恐ろしいことをしたにちがいない。あたしたち村の若い者たちは、野生の獣を見るみたいにのぞいていた。すると突然、あたしに声をかけた。わしに水をくれんか。あたし気が狂ったみたいに駆けていき、水差しから彼に飲ませた。彼は静かに飲み、今生のおわりというような目で見ていた。そしてやがて言った、「さようなら、お嬢ちゃん!」とね。それはあいつがここでいったのと、まったく同じようだった。あの槍騎兵はあの盗賊と同じような目をしていた。美しい、悪党の目をね。あたし誓ってもいい、絶対に忘れないわ。
伍長　そいじゃあ、ファンカ、あんたその槍騎兵に惚れたんだよ。
ファンカ　いい、伍長さん、何のためにあたしが嘘をつくんだい。そんなことのためにはあたしはもう年を取りすぎているよ。あいつはすごくあたしの気に入ったわ。それにあたしは分別を持たなかった……。
伍長　じゃあ、どうしてあの盗賊を撃とうとしたのかね?
ファンカ　あたしにもわからない。ただ、言えることは、あたしがもう若くはないから、そして、あたしにはすごく悔しかったからよ——
伍長　何が?
ファンカ　——あたしの、失われた青春がよ。

— 幕 —

野外劇用ヴァージョン

場面は舞台の装置の場合と同じ。もしできるならば、背後またはどこかのサイドにもう一つの演技スペースがあるといい。それは林か茂みで主舞台と隔てられている。伐採されたあとの空間に小さな飲み屋「ウ・ベラーンカ」がある。そして外に数個のテーブルがある。

第一幕

プロローグ

門から教授と夫人がトランクやひざ掛けその他をもって出てくる。その後ろにファンカ、あくびをしている。早朝。

夫人　急いでください。汽車の時間ですよ。
教授　まだ、一時間はある。
ファンカ（トランクをもとうとする）ほうら、あたしによこしてください！　駅まで運びますよ。
教授　いや、駄目だ、ミミを独りにしておくわけにはいかん。
夫人　ファンカ、あの子のこと、頼みますよ。
ファンカ　ご心配なく。
教授　そうだ、あの子に注意を怠りなく。瞬時たりともあの子からはなれてはならんぞ――
ミミ（バルコニーの上にナイト・キャップをかぶった頭を覗かせる）行ってらっしゃい、お父さん。行ってらっしゃい、お母さん。旅行を楽しんでいらっしゃい！
教授　じゃあ、行ってくる、ミミ。十分注意をするんだぞ。散歩にはファンカと一緒に行きなさい。それから――
ミミ　わかってます。お父さま。
夫人　もう少し寝ていなさい、ミミ。明日の晩には戻りますからね。それから、ファンカの言うことを聞くのよ。
ミミ　わかったわ、お母さん。
ファンカ　ご心配なく。よく注意をしておきます。さあ、どうぞ、もう行ってください！
教授　じゃあ、行ってくるからな、娘よ！　気をつけるんだぞ！
夫人　じゃあ、ミミ、行ってきます！（出て行く）
ミミ　いってらっしゃい！（消える）
ファンカ　あいかわらずだわ！（門のなかに入り、鍵をかける）

無言劇

教授と夫人の姿が駅の方角に見えなくなるやいなや、盗賊がとなりの野っぱらでサクランボをつんでいる。口上語りの農園主が駆けてくる。言い争う。口上語りが盗賊の帽子を取り上げる。盗賊は帽子を取り戻し、駆け去る。

しばらくして、また、野原の上に現われる。そこでは娘たちが草をむしっている。盗賊は娘たちと楽しんでいる。口上語り駆けてきて、棒っ切れで脅す。盗賊、森のなかへ逃げ込む。口上語りは娘たちを叱りつけ、盗賊のあとを追う。すぐに森から出てきて、盗賊の肩をつかんで舞台に引き出す。——以下、初めからおわりまで第一幕の台本どおりに進む——近所の人、本物の荷車を引いて登場。

第一幕のエピローグ

ミミ　頭が割れるように痛い！（家のなかに入る）

（その間、近所の人とシェフルは盗賊を車に乗せ、酒場「ウ・ベラーンカ」へ運ぶ。子供たちと娘たちは踊りながら車をとりかこみ、盗賊を酒場のドアの前まで伴っていく）

第一幕のおわり。

第二幕

プロローグ

頭に包帯を巻いた盗賊と医者が「ウ・ベラーンカ」酒場から出てくる。外のテーブルにつき、トランプのカードを切る。

ミミ（縫い物をもって門から出てくる）どうして、言伝《ことづて》を伝える人をよこさないのかしら？　あの人に何が起こったのかしら？　神さま、どうかわたくしをお哀れみください！

ファンカ（門から出てくる）どこにも出歩かないでくださいよ、ミミお嬢さん！

ミミ　どこへも行かないわよ。（ベンチにすわる）もう、様子を知らせる使いをよこしているとしたら、あの人はどんな具合なのかしら！

ファンカ　誰です、あの撃たれた人のことですか？　あのタオルはもう返してよこしました？

ミミ　ファンカ、あの人、死ぬ？

ファンカ　そですね、頭に穴が開いているなら、もう、おしまいですね。

ミミ　ファンカ、そんな言い方やめて！

ファンカ　この人、彼に何の関係があるのかしら？　彼とずっと付き合っていたのかしら？　その人、誰なんですか、ミミお嬢さん？

ミミ　知らないわ。

ファンカ　はあ、もう、あの男のことは、すっかり頭のなかから追い出しなさいよ、え？

ミミ　ファンカ、ファンカ、あの人、死んじゃいけないわ！

ファンカ　そうだわ、そんなやつは、死んでもいいか、悪いか、たずねるでしょうね。
ミミ　もしあの人が死んだら、ファンカ、あたし何をするかわからないわ……。あたし、気が狂うかも！
ファンカ（きびしく）ミミお嬢さん――あなたはあの男のことを思っていますね！
ミミ　そんなことないわ。神さまがご存じよ。あたし、ここで起こった不幸な出来事のことを思っているだけよ。ああ、知らせが来ないなんて、きっとあの人ひどく悪いんだわ！
ファンカ　じゃあ、行って、お休みなさい。もう、遅いですからね。
ミミ　すぐに行くわ、ファンカ。あたし、今晩、眠れないわ――
ファンカ　あたしだって、そうですよ。じゃあ、あとで鍵をかけておいてくださいね。（家のなかへ入る）
ミミ（独りで）もし、ここに誰かが来たら、あの人がどんな具合か聞いてみるわ！　あの人に言づけをしよう――誰かしら？

（近所の人森から出てくる）

ミミ　ねえ、となりの小父さん！　ねえ、小父さんたら！
近所の人　おや、これはお嬢ちゃん。今晩は。
ミミ　すみませんが、あの人の具合、どうですかしら？
近所の人　もしかして、あの撃たれた人のことですか？　おやおや、どうもおたずねくださいましてありがとう。
ミミ　どうなんですか？
近所の人　まあ、そうだな、彼のところには医者がいる。
ミミ　まあ、何てこと！　切るんですか？
近所の人　とんでもない。一針さえ、受けつけようとしない。
ミミ　でも、助かりますか。
近所の人　わたしらのお医者のようにかね？　だが、彼はね、もうちゃんと生きのびているよ。
ミミ　まあ、あたし思っていますの、もしかして……彼は？
近所の人　お嬢さん、彼のことだったら、待つまでもありませんよ！
ミミ　ありがとう、ご親切に、どうも！
近所の人　どういたしまして。じゃあ、おやすみなさい、お嬢さん。（退場）
ミミ（両手をいっぱいに広げる）死なずに、もどってきて！

（ミミ、家のなかに入り、鍵をかける。それと平行して酒場の盗賊は医者から金を巻き上げ、トランプのテーブルから立ち上がる。間。「夜」が登場。星をちりばめた衣裳を着けた威厳のある女性）

夜　われは夜。おお、死すべきもの人間よ、われは女神なり、
無限の厩から星々を導き出し
慈悲あふれる手により
疲れしまぶたを閉じさせる。
　　　　　　すべてのものは疲れる、
花は疲れ、静かな草も疲れる、

仕事に疲れ、痛みもまた疲れる、
すべては眠りを願望する。露の歩みもて、
疲れしものの女王、われが天より下り来るとき、
全世界は静まる。
　　　　　　　おお、死すべきものよ、
汝の頭をわが母性的膝にたれよ、
眠りのバルサン膏にて、汝の傷を癒し
香り高き黒髪にて、憔悴せるものの汗を
ぬぐってやろう。夢の金の糸にて
闇に刺繍をほどこし、熱にもゆる額を
平和の銀の息で冷ましてやろう。
恋人たちのためには、甘い語らいの場を
静寂と献身とで整えてやろう。
　　　　　　　友よ、
いまは夜。おお、信じなさい、夜の闇、
一歩先も見えやしない、
詩が要求するように。そしておまえたちが見るのは
甘い夏の夜の夢のみだ。

（背後に退く。盗賊が出てくる。そしてさらに第二幕が

盗賊と坑夫の退場まで演じられる）

夜（前に出てくる）

さて、おまえたち、死せるもの人間よ、静けさが戻って
きた。
夜の帳（幕）が降り、すべての行為には
区切り（パラグラフ）がある。現実のドラマにも
間幕劇がある。夜と眠り。
そして日々の夜明けとともに
人生の未完のドラマが戻ってくる。
そして、生命を血塗らせる傷は
ふたたび、闇が癒すのだ。

（退場）

第二幕のおわり。

第三幕

プロローグ

ウ・ベラーンカ酒場から酔っ払いの一群があふれ出てくる。先頭に盗賊。村長と近所の人、さらに坑夫、警官、娘たち、若者など盗賊の首にすがりついている。盗賊は別れを告げる。みんな彼の周りで踊る。ハンカチを振りながら森の家のほうへ行く。全員、彼のほうにハンカチを振る。盗賊が家の前まで来ると、第三幕がはじまる。

RUR

(ROSSUM'S UNIVERSAL ROBOTS = ロッサムズ・ユニヴァーサル・ロボッツ)

コミカルな導入部と三幕からなる集団劇

人　物

ハリー・ドミン（ロッサムズ・ユニヴァーサル・ロボッツ〔ＲＵＲ〕社・総本部支配人）
ファブリ技師（ＲＵＲ社・総合技術監督）
ガル博士（ＲＵＲ社・生理学および研究部主任）
ハレマイエル博士（ロボット心理学および教育研究所所長）
経理担当重役ブスマン（ＲＵＲ社・営業部総主任）
建築家アルキスト（ＲＵＲ社・建設部主任）
ヘレナ・グローリオヴァー
ナーナ（ヘレナの乳母）
マリウス（ロボット）
ラディウス（ロボット）
ダモン（ロボット）
ロボット・1
ロボット・2
ロボット・3
ロボット・プリムス
ロボット（女）・ヘレナ
ロボットの使用人と大勢のロボット

ドミン　プロローグではおよそ三十八歳くらい、背が高く、ひげはない。
ファブリ　同じくひげはない。金髪、まじめな、穏やかな表情。
ガル博士　小柄で快活。日焼けした顔に、黒い鼻ひげを生やしている。
ハレマイエル　大きな体、大きな声、赤茶のイギリス風のひげ、それに赤茶色のたわしのような頭髪。
ブスマン　太って、禿で、近視のユダヤ人。
アルキスト　他の人物よりも年長である。衣服には無関心、長いごま塩の髪とひげ。
ヘレナ　非常にエレガントである。

戯曲（第一幕以後）では、プロローグより十歳老けている。ロボットたちはプロローグでは人間と同じ服装をしている。彼らは動きはぎこちなく、言葉もぶっきらぼうだ。表情に変化はなく、視線も一点に固定したままである。一幕に入ると彼らは胴のところでベルトで締めた上着を着て、胸には番号の入った真鍮の識別タブをつけている。

プロローグと第二幕のあとに休憩。

プロローグ

（ロッサムズ・ユニヴァーサル・ロボッツ社の本部事務所。右手に入口。正面壁面には窓があり、その窓を通して無限に続く工場の建物の列が見える。左手にはさらに会社幹部の部屋がある）

ドミンが回転椅子にすわり、アメリカ式の大きなデスクに向かっている。テーブルの上には白色電球、電話、文鎮、手紙のフォルダーその他がある。左の壁には海路図および鉄道の路線図が描き込まれた大きな地図、大きなカレンダー、正午少しまえを指した時計。右側の壁には『最も安い労働力・ロッサム社製ロボット』『新製品・熱帯地用ロボット。一体百五十ドル』『だれもがマイ・ロボットをもつ時代！』『コスト削減を望むなら、ロッサム・ロボットにおまかせあれ！』と印刷されたポスター、そのほかにも地図、時間表。為替レートを報告する電報を貼ったボードなどが掲げてある。

これらの壁の飾りと対照的に床の上には豪華なトルコ絨毯。右側には円テーブル、ソファー、革張りの肘掛け椅子、それに書棚。書棚には本の代わりにワインやコニャックなどの瓶が並んでいる。左手に金庫。ドミンのテーブルの横にタイプライターがあり、スラ嬢がタイプライターを打っている。

ドミン（口述する）「――輸送中に損傷した製品にたいしては保障いたしません。私どもといたしましては積荷の際、ただちに貴下の船長殿にたいし、船舶はロボットの輸送には不適当であることをご忠告いたしました。したがって、その結果によって起こりましたる積荷のいかなる損傷にたいしても、当社としては、製品の損害保障には応じかねますことをご了承ください。ロッサムズ・ユニヴァーサル・ロボッツ社・代表取締役、署名」いいかな？

スラ はい。

ドミン 新しい文書。「ハンブルク・フリードリッヒスヴェルケ社殿。――日付――一万五千体のロボット注文の件、確認いたしました――」（内線電話が鳴る。ドミン、受話器を取り、話す）ハロー――こちら本部――そうだ。――もちろん。だが、いつもの例のように。――もちろん。電話で伝えたまえ。――よろしい。（受話器を置く）どこまで行ったかな？

スラ 一万五千体の口。

ドミン（考えている）一万五千体の口。一万五千体の口。

マリウス（登場）社長殿、どこかの夫人が頼んでいる――

ドミン だれだ？

マリウス 知らない。（名刺を渡す）

ドミン（読む）グローリー大統領――よろしく頼むか。

マリウス（ドアを開ける）どうぞ、奥さま。

（ヘレナ・グローリオヴァー登場。マリウス、退場）

ドミン　（立ち上がる）ご遠慮なく、どうぞ。
ヘレナ　総本部支配人ドミンさまでいらっしゃいますか？
ドミン　さようですが。
ヘレナ　わたくしが、あなたのもとにまいりましたのは——
ドミン　——グローリー大統領の紹介状をもって、でございましょう。それだけで結構です。
ヘレナ　グローリー大統領はわたくしの父ですの。わたくしはヘレナ・グローリオヴァーでございます。

〔訳注・チェコの女性の場合、姓は女性形の形容詞であらわされる。Glory → Gloryová〕

ドミン　グローリオヴァー嬢、わたくしどもといたしましては、この上なき名誉なことでございます。つまり、えー——えー——
ヘレナ　——すぐに追い出さなくてすむことがでございましょう？
ドミン　——偉大なる大統領閣下のお嬢様にごあいさつができることがでございますよ。どうぞ、おかけください。スラ、ちょっと席をはずしてくれたまえ。

（スラ、退場）

ドミン　（すわる）ご希望はどんなことでございましょう、グローリオヴァーさん。
ヘレナ　わたくしがまいりましたのは——
ドミン　——わたしどもの人間製造の工場を見たい。一般の訪問者と同様に。結構ですとも、ご遠慮なく。
ヘレナ　わたくし、禁じられていると思っておりましたの——
ドミン　——工場への立ち入りがでございましょう？　もちろんです。ただし、ここへおいでになる方は、必ずや、どなたかの名刺をおもちでございます、グローリオヴァーさん。
ヘレナ　すると、あなたはどなたにもお見せになる……？
ドミン　ほんの少しだけ。人造人間の製造法は、お嬢さま、これは企業秘密でございましてね。
ヘレナ　あなた、おわかり？　わたくしが、そのことに——
ドミン　——どんなに興味をおもちかをでございますね。古いヨーロッパでは、もう、この話題でもちきりでございますからね。
ヘレナ　あなた、どうしてわたくしに最後まで話させてくださいませんの？
ドミン　これは、どうも失礼いたしました。もしかして、あなたは何かほかのことをお話ししたいとでも？
ヘレナ　わたくしがおたずねしたいのは、ただ、——
ドミン　——例外としてわたしの工場を見せていただけないだろうかということでございますね。もちろんでございますよ、グローリオヴァー嬢。
ヘレナ　どうして、わたしがおたずねしたかったことが、おわかりなのです?
ドミン　みなさん、どなたも、その質問をなさるからです。(立ち上がる)特別の敬意をもって、お嬢さん、あなたにはほかの方よりも多くのものをお見せしましょう。それと——その概略をご説明いたしましょう——
ヘレナ　感謝しますわ。
ドミン　——ほんのわずかなことでも、他人にはもらさないと約束してくださいますね——
ヘレナ　(立ち上がり、ドミンに手を差し出す)誓います。
ドミン　ありがとうございます。どうか、ヴェールをお取りねがってもかまいませんでしょうか?
ヘレナ　ああ、もちろんですわ、そうお望みなら——失礼いたします。
ドミン　どうぞ。
ヘレナ　よろしければ、手をはなしていただけませんでしょうか。
ドミン　(手を放す)これはどうも、失礼いたしました。
ヘレナ　(ヴェールを取る)わたくしがスパイでないかどうか、お確かめになりたいのでございましょう。用心深いこと。
ドミン　(彼女を熱心に観察する)ふむ——もちろん——わたくしどもは——さようでございます。
ヘレナ　わたくし、信用できませんか?
ドミン　ことのほか、ヘレ——失礼、ミス・グローリオヴァー。正直のところ、ことのほか、気に入りました——船旅は快適でございましたか?
ヘレナ　ええ。どうして——
ドミン　なぜなら——思いまするに、つまり——あなたさまは、まだ、非常にお若い。
ヘレナ　すぐに工場のほう、見せていただけません?
ドミン　はい。たぶん二十二かなと思いますが、いかがでございましょう?
ヘレナ　何が二十二ですの?
ドミン　お歳ですよ。
ヘレナ　二十一ですわ。どうして、そんなことお知りになりたいんですの?
ドミン　なぜなら——どうしてかなら——(情熱的に)ご滞在を長くしていただけますよ、ね?
ヘレナ　生産工程をどこまで見せていただけるかによりますわ。
ドミン　こうなりゃ、企業秘密なんてくそ食らえだ! ええ、もちろんですよ、ミス・グローリオヴァー。全部ご覧になれますよ。どうぞ、おかけください。発明の歴史的経緯はあなたにもご興味がおありでしょう?
ヘレナ　ええ、お願いしますわ。(すわる)
ドミン　では、はじめましょう。(机の上に腰かける。すっかり魅了されたようにヘレナを見つめながら、ものすごい速さでしゃべる)それは一九二〇年のこと、当時はまだ若い学究にすぎなかった偉大な生理学者老ロッサムは海洋哺乳類研究のため、遠くはるばるこの島へ渡ってきたのであります——ドット。その際、生命物質、いわゆるプロトプラズム、ないし、原形質を、科学的合成によって擬似的に生成させようと試みたのでありますが、化学的にはまったく異なる構造体でありながら、生命ある物質とまったく同様の行動をする物質を、突然、発見したのであります。それは一九三二年のこと、アメリカ大陸発見から、まさしく四百四十年後のことでありました。ウッフ。

ヘレナ　あなた、それ、そらで覚えていらっしゃいますの？

ドミン　もちろん。生理学はね、ミス・グローリオヴァー、わたしの本職ではありませんのでね。じゃ、先を続けますか？

ヘレナ　よろしければ。

ドミン（厳かに）で、当時、老ロッサムは彼の発明によるいろいろな化学式のあいだに次のような言葉を書きつけていたのであります。「自然は生命物質を組織するための方法を一つだけしか発見しなかった。しかし、方法はほかにもあったのである。自然がまったく気づかなかった、より単純にして、より迅速なる方法。生命が自らを発展せしめうるもう一つのルートを本日、この日、われわれは発見したのである」

　思ってもみてくださいよ、お嬢さん、このような大言壮語が書かれたのが、実は、犬でさえ見向きもしないような、コロイド状の寒天みたいな痰のようなものについてだったなんてね。老人が試験管を前にしてすわり、この物質からいかにして生命の樹が生長するか、いかにして動物たち――せん毛虫からはじまり、ついには人類そのものにまでいたる――のすべてが生まれ出るかについて瞑想する様子を思い浮かべてください。人類とは言っても、われわれとは異なる素材によって出来た人間ですよ。ミス・グローリオヴァー、これこそまさに驚異的、大いなる瞬間だったのです。

ヘレナ　そして、どうなりましたの？

ドミン　どうなりましたですって？　いま、それが現実となったのです。生命は試験管の外に出ました。そして発達を早め、そしてこれらの、ある種の組織を、骨や神経や、何やかや、それから触媒、酵素、ホルモン、その他その他。つまるところ、おわかりでしょう、どんなことか？

ヘレナ　うーん、まあ、よくわかりませんが、たぶん、ほんの少しはね。

ドミン　わたしには、まったくチンプンカンプン。ですからね、老人はこれらの液体を使って、何でも好きなものを作れたわけです。たとえば、ソクラテスの頭脳をもったクラゲとか五十メートルもあるミミズとかもね。でも、老人はユーモアのひとかけらももち合せていなかったもんですからね、通常の脊椎動物か、おそらく人間を作ろうという一念にこりかたまったんですな。それで、それに取りかかったのです。

ヘレナ　何に？

ドミン　自然の模倣にです。まず、最初に人工の犬を作ろうとしました。それには長い年月を要しましたが、そこから出来たものといえば、萎縮したような、発育不全の子牛のようなものでしたが、数日しか持ちませんでした。それも標本室でご覧に入れますよ。その後、ロッサム老人は早くも人間の製造をはじめました。

（――間――）

ヘレナ で、そのこと誰にも言っちゃいけませんの？

ドミン 世界中の誰にでもです。

ヘレナ いろんな教科書のなかに、もう、書かれているというのに、残念だわ。

ドミン 残念です。（机の上から飛び降りて、ヘレナのそばにすわる）でも、ご存じですか、その教科書のなかに書かれていないことを？（自分のおでこをつつく）つまり、老ロッサムは完全に気が触れていたということです。本当ですよ、ミス・グローリオヴァー。でも、このことは自分の胸のうちだけにしまっておいてください。このエキセントリックな老人は本当に人間を作ろうとしていたのです。

ヘレナ でも、あなた方は、実際に、人間を作っていらっしゃるわ！

ドミン それに近いものをです、ヘレナお嬢さん。でも、老ロッサムはまさしく文字通りの人間を考えていたのです。いいですか、いわば、神というものの権威を科学の名において無価値たらしめようと望んだのです。彼はごりごりの唯物論者でした。ですから、そのすべてをやったのです。彼はいかなる神も不要であるという証拠を提示する以外には眼中にありませんでした。そんなわけで、われわれと寸分たがわぬ人間を作ろうと心血を注いだのです。解剖学、少しはおわかりですか？

ヘレナ ええ――でも、ほんのちょっぴりよ。

ドミン ぼくだって同じですよ。要するに、老人は人間の体内にあるものすべて、最末端の分泌腺にいたるまで作り出そうと心に決めたのです。盲腸、扁桃腺、へそといった、まったく余計なものまで。それに、ええ――ふむ――つまり、生殖腺にいたるまでです。

ヘレナ でも、それは、もしかしたら――場合によっては――

ドミン ――余計なものではない、たしかに。しかし人間が人工的に生産されるようになるとしたら、結局は――ふむ――要らないのじゃないかと――

ヘレナ わかりますわ。

ドミン では、標本展示室で、その十年間の失敗作をごらんにいれましょう。これは男になるはずだったもので、まる三日間生きていました。ロッサム老はおよそ美的趣向なんてものにはからっきしという面がありまして、彼が作り出したものは、実に恐ろしげなものでした。そのかわり、その内部は人間のもつべきものはすべて備わっていました。実際のところ、それはまったく骨の折れる仕事でした。

で、そのころ、老人の甥のロッサム技師がここにやってきました。天才的な頭脳の持主ですよ、ミス・グローリオヴァー。老人が汗水たらして苦心の結果作り出したものに一目くれるやいなや、言い放ちました。「人間を十年かかって作り上げるなんてナンセンスだ。自然より、もっと早く作らなければ意味がない。こんなガラクタなんて、みんな、くそ食らえだ」そして彼は独自に人体構造の解剖学的研究に取り組んだのです。

ヘレナ　教科書ではここのところが違っていますわ。

ドミン（立ち上がる）教科書に書かれているのは、お金を払って掲載した広告文ですからね。もともと意味がないのです。そこには、たとえば、ロボットを発明したのは老ロッサムであるとあります。老ロッサムはたしかに大学には向いていましたが、ロボットの工業生産なんて発想は、てんから思いもおよばなかったのです。老人は本物の人間を作ろうと思いました。ですから、なんか、こう、新しい野蛮人種か、助教授か、あるいは阿呆かを作ろうと考えていたんでしょうね。

　ところが、若いロッサムはこいつを生きた、知的労働機械に作りかえようと思いつきました。この両大ロッサムの協力についての教科書の記載は、まあ、おとぎ話ですね。二人は大激論を交わしたのです。老無神論者は産業というものにたいして、ちょっぴりの理解ももち合せていませんでした。で、結局、最後には、若いロッサムは老人を一つの研究室のなかに閉じ込め、そこでたっぷりと老人作の、出来そこないの巨大な未熟児の介抱をさせたのです。そして彼自身は技師的な方法によって製造をはじめました。老ロッサムは若者を文字通り呪い、死ぬまでにさらに二体の生理学的化け物を作りましたが、とうとう研究室のなかで死んでいるのを発見されました。

　これが歴史的事実のすべてです。

ヘレナ　じゃ、若い方はどうなりましたの？

ドミン　若いロッサムはです、お嬢さん、新時代の申し子でした。認識の世代に続く、生産の時代です。人体構造を一通り調べおわると、すぐに、それがあまりにも複雑であることを見て取り、よき技師なりにもっと単純化できるはずだと考えました。そこで人体構造を改造し、何が省略できるか、ないしは、簡便にできるかを実験したのです――要するに――ミス・グローリオヴァー、この話、たいくつじゃありませんか？

ヘレナ　いいえ、反対よ、スッゴークおもしろいですわ。

ドミン　じゃあ、続けましょう。そこで若いロッサムは自分に言いました。人間とは、たとえば、よろこびを感じ、バイオリンを弾き、散歩に行きたくなり、そして、いろんなこと――それは本来、余計なことであるところのこと――をすることを望んでいる。

ヘレナ　オー、ノー、そんなことないわよ！

ドミン　ちょっと、お待ちなさい。余計なことというのは、たとえば、織物をしたり、計算をしたりするときには、それらは不要だということ。ディーゼル・エンジンには房飾りや、装飾品は、むしろ、あってはならないのです、ミス・グローリオヴァー。そして人工の人間を作るのも、ディーゼル・エンジンを作るのも同じことです。製造方法はできるだけ単純に、製品は実用的なのが最高によいのです。実用的に最高の労働者と言うとき、あなたはどんな労働者を思い浮かべられますか?

ヘレナ　最高のですか?　たぶん、そんな労働者は——そう——誠実で——献身的であるということかしら。

ドミン　いいえ、ちがいます。いちばん安い労働者です。つまり、最少の要求しかもっていない労働者。若いロッサムは最小限の要求しかもたない労働者を発明しました。そのために彼は労働者を単純化しなければなりませんでした。実を言うと、彼はそれによって人間を追放し、ロボットを作ったのです。親愛なるミス・グローリオヴァー、ロボットは人間ではありません。彼らは機械的にはわれわれよりも完璧です。彼らは驚くべき知能を有しています。しかし心をもっていません。おお、ミス・グローリオヴァー、技師の作品は技術的には自然の作品よりも完成されていました。

ヘレナ　人間は神の造りたもうたものと言われていますわ。

ドミン　それだけいっそう悪いのです。神は現代の技術についていささかの理解ももっていなかった。亡くなった若いロッサムが自ら神を演じていたと言ったらお信じになりますか?

ヘレナ　すみませんが、どういうことでしょう。

ドミン　彼は超ロボットを作りはじめていたのです。巨人労働者です。身の丈四メートル。でも、あなたはそのマンモスがどんなふうに壊れたか、とてもお信じにはならんでしょう。

ヘレナ　壊れたのですか?

ドミン　そうです。突然、やつらの足か何かがぽきんと言ったのです。わが惑星はどうやら巨人を支えるためには、ちっとばかり小さすぎたんでしょうね。現在では自然の大きさの、きわめて適切な装備をほどこしたロボットのみを生産しています。

ヘレナ　わたくし、わが国最初のロボットを見ましたわ。市が買ったのです……。でも、あたし仕事のために採用したと言いたいですわ——

ドミン　買ったのです、お嬢さん。ロボットは売られているのです。

ヘレナ　——掃除夫として採用したのです。彼らが掃除しているのを見ました。そのロボットたちはすごく静かで、ちょっと変でしたわ。

ドミン　あなたはぼくのタイピストをごらんになりましたか?

ヘレナ　いえ、気がつきませんでした。

ドミン　(ベルを鳴らす) いいですか、株式会社「ロッサムズ・ユニヴァーサル・ロボッツ製造工業」は現在までのところ、統一規格の製品を生産していません。わが社では上製と並製のロボットを扱っております。上製のほうで耐用年数は二十年です。

ヘレナ　そのあとは死んでしまいますの?

ドミン　そうです。磨耗してしまうのです。

（スラ、登場）

ドミン　スラ、ミス・グローリオヴァーにごあいさつをしたまえ。
ヘレナ（立って、スラに手を差し出す）今日は。あなた、世界からこんなに遠くはなれたところに住んでいて、スッゴーク悲しくない、どうお？
スラ　わかりません、ミス・グローリオヴァー。どうぞ、おかけください。
ヘレナ（すわる）あなたのお生まれは？
スラ　そこの、工場です。
ヘレナ　ああ、あなた、ここで生まれたの？
スラ　そうです。わたくし、ここで製造されたのです。
ヘレナ（飛び上がる）なんですって？
ドミン（微笑を浮かべる）スラは人間ではありませんよ、お嬢さん。スラはロボットです。
ヘレナ　ごめんなさい――
ドミン（スラの肩に手をかける）スラは怒ってはいませんよ。ごらんなさい、ミス・グローリオヴァー、わたしたちがどんな顔の肌をつくったか。この子の顔を触ってごらんなさい。
ヘレナ　まあ、いやよ！
ドミン　われわれと異なる素材で出来ているということをお認めにならないようですね。この子は典型的なブロンドの毛髪をしています。ただ、目がちょっと小さめですがね――だが、その代わりこの髪ですよ！　むこうを向いてごらん、スラ！
ヘレナ　もう、やめてください！
ドミン　スラ、お客様と少しお話をしてごらん。この方はすごく大事なお客様なんだよ。
スラ　どうか、お嬢さま、おかけください。（両者、すわる）ご航海はいかがでございました？
ヘレナ　そう――とってもいい――航海でしたわ。
スラ　アメーリエ号でお帰りですか、ミス・グローリオヴァー。気圧計はすごく下がっています。七〇五ミリメートルです。ペンシルヴェニア号までお待ちになったらいかがでしょう。あの船はとてもいい、速力も速い船です。
ドミン　どれくらい？
スラ　時速二十ノット。重量、一万二千トンです。
ドミン（微笑む）結構、結構、スラ、上出来だ。今度はフランス語がどれくらいできるか、やってみてくれ。
ヘレナ　あなた、フランス語ができるの？
スラ　わたくし、四ヶ国語ができます。書きます、ディア・サー！　ムッシュー！　ゲエールテル・ヘル！　ツチェニー・パネ！
ヘレナ（飛び上がる）こんなものインチキよ！　あなたはペテン師だわ！　スラはロボットなんかじゃありません。スラはわたしのように人間の娘です！　スラさん、こんなこと、いい恥さらしだわよ！　――どうしてこんな喜劇を演じているの？

スラ　わたくしはロボットです。
ヘレナ　ちがう、ちがう、あなたは嘘をついてる！　おお、スラさん、どうか許して、あたしにはわかる――あなたは強制されているのよ、あなたが見学者たちの宣伝になるように！　スラさん、あなたはわたしと同じ娘ですよね、そうでしょう？　言って、本当のこと！
ドミン　わたしも残念ですがね、ミス・グローリオヴァー。スラはロボットです。
ヘレナ　あなたは嘘をついている！
ドミン（毅然として立つ）なんですと？　――（ベルを鳴らす）失礼ながら、お嬢さん。そうなると、わたしとしてはあなたに十分納得していただく必要がありますな。

（マリウス、登場）

ドミン　マリウス、スラを解剖室に連れて行け、体の内部を切り開く。急げ！
ヘレナ　どこへですって？
ドミン　解剖室です。スラを切開するとき、あなたも見にいらっしゃい。
ヘレナ　あたし、行きません！
ドミン　失礼ながら、あなたは嘘だとおっしゃったんですよ。
ヘレナ　あなたはあの子を殺そうとなさるんですか？
ドミン　機械は殺せませんよ。
ヘレナ（スラを抱く）こわがらなくてもいいのよ、スラ。あたしがあなたを渡しません！　言ってちょうだい、あなた方にたいして、みんながそんなふうに残酷なの？　そんなことされて、我慢したりしちゃ駄目ですよ、わかる？　絶対、駄目よ、スラ！
スラ　わたくしはロボットです。
ヘレナ　同じことよ。ロボットだってわたしたちと同様に善良な人間よ。スラ、あなた、自分を切り裂かせるつもり？
スラ　はい。
ヘレナ　おお、あなた、死ぬのが怖くないの？
スラ　存じません、ミス・グローリオヴァー。
ヘレナ　やがて、あなたに起こることが何か、おわかり？
スラ　はい。わたくしは動きをとめてしまうでしょう。
ヘレナ　それは恐ろしいことなのよ！
ドミン　マリウス、このご令嬢に、おまえが何者か言ってあげたまえ。
マリウス　ロボット・マリウスです。
ドミン　おまえはスラを解剖室へ連れて行くか？
マリウス　はい。
ドミン　おまえはスラをかわいそうだと思うか？
マリウス　知りません。
ドミン　スラはどうなる？
マリウス　動くこと、やめます。粉砕機にかけられるでしょう。
ドミン　それは死ぬことだ。マリウス、死ぬのがこわいか？
マリウス　いいえ。
ドミン　ほうら、ごらんなさい、ミス・グローリオヴァー。ロボットは生に執着していません。要するに、執着すべき理由がないのです。彼らは楽しみを知りません。いわば、雑草以下の代物なのですよ。
ヘレナ　おお、止めてください！　せめて、この人たちを下がらせてください！
ドミン　マリウス、スラ、行ってよろしい。

（スラとマリウス、去る）

ヘレナ　なんだか、恐いみたい。あなた方がなさってることは、スッゴークひどいことよ。
ドミン　何が、スッゴークひどいことなんです？
ヘレナ　よくわからないけど、どうして——あの子にスラなんて名前つけたんです？
ドミン　よくありませんか？
ヘレナ　あれは男の名前ですよ。スラはローマ帝国の司令官だったの。
ドミン　ああ、そう、ぼくたちマリウスとスラは恋人同士かと思っていたんですがね。
ヘレナ　いいえ、マリウスとスラはローマ軍の指揮官で、お互いに対立して戦争をしたのです——ええっと——何年だったかは、もう忘れました。
ドミン　窓のところへ来てごらんなさい。何が見えますか？
ヘレナ　レンガ積み職人ですわ。
ドミン　あれもロボットなんですよ。わたくしどもの労働者はみなロボットです。この下に何が見えます？
ヘレナ　何かの事務所ですね。
ドミン　経理部です。で、そのなかには——
ヘレナ　——経理事務員でいっぱい。
ドミン　それもロボットです。あらゆる事務職員もまたすべてロボットです。工場をご覧になると——

（そのとき工場のホイッスルとサイレンが鳴りだす）

ドミン　正午です。ロボットたちは仕事中、いつ休憩を取るか知らないのです。二時になったらお鉢をお見せしますよ。
ヘレナ　なんのお鉢ですの？
ドミン（無表情に）パスタを練る鉢です。各鉢で一度にロボット千体分の材料をかき混ぜるのです。次に内臓、脳、その他のもののためのタンク。それから骨を作る工場をご覧にいれ、そのあとさらに紡績工場にご案内します。
ヘレナ　紡績って、何の紡織ですの？
ドミン　神経線維をつむぐのです。それに血管の紡績、腸を一度に何キロもつむぐ紡績工場。そして組立工場です。そこではすべてが一緒にされます。自動車の組み立てと同じです。個々の労働者は部品を一つだけ取りつけます。そしてまた自動的に第二、第三の労働者へ進みます。それがくり返しくり返し、果てることなく続くのです。それは最高の見物《スペクタクル》ですよ。やがて乾燥室に、それから倉庫へ。そこでは出来たての製品が作業をしています。
ヘレナ　まあ、何てこと？　生まれてすぐに働かなくてはならないんですの？

ドミン　失礼ながら、働くのです。新しい家具、調度の類として働くのです。存在することに慣れるためです。内面的に熟成するといいますか、なんかです。彼らの体内にあるものは、あらたに成長さえするのです。いいですか、自然の発達のための余地を少しばかり残しておくということです。それで、その間に製品の総仕上げがおこなわれるのです。

ヘレナ　なんですの、それ？

ドミン　人間の場合に非常に「欠けている」もの、つまり、話すこと、書くこと、計算することを学ぶのです。彼らの記憶力は驚嘆にあたいするものであります。彼らの前で二十巻からなる百科事典を読みあげてごらんなさい。彼らはあなたに一字一句間違いなくすべてを暗誦してごらんにいれるでしょう。ところが新しいことは何ひとつ考え出しません。大学に入っても彼らはかなりいい成績を上げることができるでしょう。やがて分類され、出荷されます。毎日、一万五千体、粉砕機にかけられる一定パーセンテージの欠陥品を除いた数字です……来る日も、来る日も。

ヘレナ　わたくしのことで、何か気分でも害されたんじゃありません？

ドミン　やれやれ、何をおっしゃいます！　わたしは、ただ、えーっと……つまり、ほかのことについてお話ができればと。ここでは、なんたって、われわれは、十万体のロボットの中のひとつかみの人間にすぎませんからね。それに女性はまったくなし。わたしどもは、毎日、一日中、製品のことについてしか話をしません――わたしたちは呪いにかけられたようなものなんですよ、ミス・グローリオヴァー。

ヘレナ　わたくし、とても残念でたまりません。だって、わたくし――わたくし――あなたが嘘をついていると、申し上げなくちゃならない――

（ドアをノックする音）

ドミン　おお、みんな、入ってくれたまえ。

（左手からファブリ技師、ガル博士、ハレマイエル博士、建築士アルキスト登場する）

ガル博士　失礼、お邪魔じゃありませんか？

ドミン　こちらへ来てくれ。ミス・グローリオヴァー、こちらはアルキスト、ファブリ、ガル、ハレマイエルです。こちらはグローリー大統領のご令嬢だ。

ヘレナ　（とまどって）こんにちは。

ファブリ　これはこれは、思いもかけないことでしたなあ――

ガル博士　いや、この上もない名誉なことでございます――

アルキスト　よく、いらっしゃいました、ミス・グローリオヴァー。

（上手からブスマン駆け込んでくる）

ブスマン　よー、ここで何してるんだ？

ドミン　こっちへ来たまえ、ブスマン。これはわが社のブスマンです。こちらグローリー大統領のご令嬢。
ヘレナ はじめまして。
ブスマン おっほー、こりゃ、また、なんとめでたい！ ミス・グローリオヴァー、あなたの当社へのご訪問の件、新聞社にニュースとして発表してもよろしいでしょうか——
——？
ヘレナ いえ、どうか、それは——
ドミン まあまあ、お嬢さん、どうぞおかけください！
ファブリ どうぞ、ご遠慮なく——
ブスマン (肘掛け椅子を引き寄せながら) よろしければ——
ガル博士 失礼ながら——
アルキスト 船旅はいかがでした、ミス・グローリオヴァー？
ガル博士 わたくしどものところへ、長く逗留なさってはいかがです？
ファブリ 工場の印象はいかがでした？
ハレマイエル あなたはアメーリエ号でいらしゃったのですか？
ドミン おい、みんな、静かにしろって。ミス・グローリオヴァーのお話も聞こうじゃないか。
ヘレナ (ドミンへ) この方たちと何についてお話すればいいのかしら？
ドミン (意表をつかれたように) なんでも、ご自由に。
ヘレナ あのー、ほんとに、正直のところをお話しすべき……いえ、お話してもよろしいのかしら？

ドミン どうして？ もちろんですよ。
ヘレナ (ためらい、やがて、悲壮な決意で) ねえ、おっしゃってくださいな、あなたがたにたいする態度とか、扱いについて、ご不満とか、苦痛とかをお感じになったことございません？
ファブリ すみませんが、誰の態度です？
ヘレナ みんなです、人間みんなのです。
(全員、驚いて顔を見合わせる)
アルキスト おれたちにたいしてだと？
ガル博士 どこから、また、そんな考えが？
ハレマイエル まさに晴天の霹靂だ！
ブスマン とんでもありませんよ、ミス・グローリオヴァー！
ヘレナ 要するに、もう少しいい生活ができたらいいなとか、なんとか、お感じにならないの？
ガル博士 それはケース・バイ・ケースです、お嬢さん、あなたが何について言っておられるかによります。
ヘレナ わたくしが申し上げておりますのは、つまり——
(語調、激しく) こんなことは忌まわしいということ！ ぞっとするということです！ (立つ) ヨーロッパ中で話題になっているんですよ。この島で、あなたたちに何か良からぬことが起こっているって。だから、わたくしは来たのです。誰もが思っているよりも何千倍も悪いということをこの目で確かめるためにです！ あなたがた、よく、我慢できるわねえ?
アルキスト　何を我慢するんです?
ヘレナ　ご自分の置かれた地位よ。ほんとに、あなた方って、やはり人間なのよ、あたしたちと同じように、ヨーロッパの人たちや世界中の人たちと同じように!　あなた方が生きている現状は、まさしくスキャンダラスだし、屈辱的よ!
ブスマン　いやはや、お嬢さん!
ファブリ　いや、諸君、多少、正しい指摘もある。わたしらはここで未開人のように生きているのはたしかだ。
ヘレナ　未開人以下よ!　ああ、あたし、あなた方を兄弟と呼んでいいかしら?
ブスマン　これはまたなんと、いけないわけがないじゃありませんか?
ヘレナ　兄弟よ、わたくしは大統領の娘として来たのではありません。ヒューマニティー同盟の代表として来たのです。ヒューマニティー同盟はすでに二十万を超える会員を擁しています。二十万の人々があなた方の側に立って、援助の手を差し伸べようとしているのです。
ブスマン　二十万といえば、ちょっとした数だ、なあ、諸君。こいつはまったくすばらしい。
ファブリ　ぼくが君たちにいつも言っていただろう、古きヨーロッパを凌ぐものなし。見たまえ、古きヨーロッパはわれわれを見捨てることなく、援助の手を差し伸べてきた。
ガル博士　どんな援助だ?　芝居かね?
ハレマイエル　オーケストラか?
ヘレナ　それ以上のものよ。
アルキスト　じゃあ、あなたご自身を?
ヘレナ　あら、まあ、あたしのことだなんて!　ええ、必要とあればとどまりますわ。
ブスマン　うっほっ、これはうれしい!
アルキスト　ドミン、ぼくは彼女のために最上の部屋を用意しにいくよ。
ドミン　おい、ちょっと待て。グローリオヴァー嬢の演説は——えーっと、まだおわっていないようだぞ。
ヘレナ　もちろん、わたくしの演説はおわりませんわよ。あなた方が強制的にわたくしの口を封じないかぎりはね。
ガル博士　ハリー、少し、失礼だぞ!
ヘレナ　ありがとう。わたくし、あなた方がわたくしを守ってくださるだろうということはわかっていましたわ。
ドミン　失礼、ミス・グローリオヴァー、まさか、あなたはロボットと話していると思い込んでいらっしゃるんじゃないでしょうね?
ヘレナ　(急に、話をやめる)　じゃあ、ほかの誰と、あたくし話しているんでしょう?
ドミン　残念ながら、ここにいる紳士諸君はあなたと同じ人間なのです。全ヨーロッパの人間と同様の。
ヘレナ　(ドミン以外の者たちへ)　あなた方、ロボットではないんですか?
ブスマン　(げらげら笑う)　ははは、神よ、お救いあれ!

ハレマイエル　うっふ、わたしらがロボットか！
ガル博士（笑いながら）心から感謝いたしますよ！
ヘレナ　でも……そんなのあるはずない——！
ファブリ　誓って申しますが、お嬢さん、わたしどもはロボットではありません。
ヘレナ（ドミンへ）じゃあ、どうして、あなたわたくしに、あなたの事務員はみんなロボットだとおっしゃったの？
ドミン　そうですよ、事務員はみんなそうです。でも、管理職は違います。失礼ながら、ミス・グローリオヴァー、ファブリ技師はロッサムズ・ユニヴァーサル・ロボッツ社の天才的技術監督であります。ガル博士は生理学およびリサーチ研究所の所長であり、ハレマイエル博士はロボット心理学および教育研究所の所長、コンズル・ブスマンは総合経理担当重役、それに建築士アルキストはロッサムズ・ユニヴァーサル・ロボッツ社の建築主任であります。
ヘレナ　みなさん、本当に申し訳ありませんでした。知らぬこととは申せ——わたくしとしたことが——スッゴーク、恥じ入るばかりでございます。

〔訳注・ヘレナの発音の中に－r－音を二重に発音する癖がある。例・hrozně → hrrozně。このようなことにこだわるのは文法的にあまり意味のないことだが、聴覚芸術としての戯曲の場合、逆にそれを無視することに抵抗を感じる。そこで、それに相当する言葉、単語を巻き舌風に発音するというのも一つの手とも思われるが、訳者はこの場合、「スッゴーク」という言葉を前後の関係からあまり適当でないところでも用いることによって、この効果を試みた。このことに訳者が戯曲の訳者としてこだわるのは、最終幕でヘレナを模して作られたロボット・ヘレナに同じ癖が受け継がれているからである〕

アルキスト　まあ、そうお気になさらずに、どうか、おかけください。
ヘレナ（すわる）あたし、馬鹿な娘ですわ。もう——もう、こうなったからには、わたくしを次の船で送還してくださいませ。
ガル博士　気になさることなんか、まったくありませんよ。どうして、あなたを送り返さなければならないのです？
ヘレナ　だって、わたくし、もうおわかりのとおり——あたくし、なぜなら——だって、ロボットたちを扇動したのですもの。
ドミン　まあね、ミス・グローリオヴァー、ここにはね、救済者や預言者と名乗る人間が、もう、すでに何百人も訪ねてきているのですよ。どの船もが、そういった人間の何がしかを運んでくるのです。福音伝道者、アナーキスト、救世軍、そのほかありとあらゆる人間をね。まったくのところ、教会やら狂人やらの多さといったら、驚くばかりですよ。
ヘレナ　じゃあ、あなた方はそういった人たちがロボットに話しかけるのを黙認しておられるのですか？

ドミン　もちろんですとも。今までのところは、すべての人にそれを許しています。ロボットはすべてを記憶しています。しかし、それだけです。人間が言っていることにたいして笑いもしません。実際のところ、信じがたいほどです。お嬢さん、よろしければ、ロボットの倉庫にご案内いたしますよ。そこには三十万体のロボットが置かれています。
ブスマン　三十四万七千体ですよ。
ドミン　よし、お嬢さん、あなたは彼らに好きなことを話してかまいません。彼らに聖書でも、対数表でも、あるいはあなたの気に入ったものは何でも結構です、読んでやってください。人間の権利についてお説教してもいいんですよ。
ヘレナ　おお、わたくしは、あの人たちに……少しばかり、愛を示してあげられればと、思って――
ファブリ　不可能ですな、ミス・グローリオヴァー。人間にとって、ロボットほど無縁なものはありません。
ヘレナ　じゃあ、なぜ、彼らをおつくりになるんです？
ブスマン　ははは、これはいいご質問だ！　何ゆえに、ロボットは生産されるか！
ファブリ　仕事のためですよ、お嬢さん。一体のロボットは二人半の人間の労働量をこなします。人間はです、機械としての人間は、ミス・グローリオヴァー、きわめて不完全です。いつか、究極的に排除されなければなりません。
ブスマン　それに、あまりにも高くつきます。いわゆる人件費というやつですよ。
ファブリ　それに、性能もよくない。現代の技術には、もはや、対応できない。そして第二に――第二に――それは大きな進歩です。つまり、そのう……いや、失礼。
ヘレナ　何がですの？
ファブリ　失礼をかえりみず申し上げれば、機械に子供を産ませること、これは大きな進歩です。それは快適であり、すみやかです。進歩とは、あらゆるものの進行をスピードアップさせることなのですよ、お嬢さん。自然は労働の現代的テンポについていささかの観念ももたなかった。技術的観点から見れば、あらゆる養育期間というのはまったく無意味であり、端的に時間の損失。取り返しのつかない時間の浪費ですよ、ミス・グローリオヴァー。第三に――
ヘレナ　おお、もう、やめてください！
ファブリ　すみませんがね、よろしければ、あなたのおっしゃるその同盟は、いったい何をなさりたいのか、お教え願えませんか――同盟――ヒューマニティー同盟は？
ヘレナ　とくに――とくにロボットを守ろうと、そして――ええっと――ロボットたちに人間的な扱いを保証しようと思っています。
ファブリ　その意図は悪くありませんな。機械とのあいだの折り合いをよくするわけですね。正直のところ、わたくしは、わたくしなりに、その点は評価いたしますよ。何ごとにおいてもぎくしゃくするのは好きじゃありませんからね。それで、お願いですが、ミス・グローリオヴァー、わたくしども全員をあなた方同盟の寄付者、正会員、設立会員に加えていただけませんか？

ヘレナ　だめです。あなた方はわたくしのことを理解していらっしゃらない。わたくしたちが――わたくしたちが、とくに――希望いたしますのは、ロボットの解放なのでございますよ！

ハレマイエル　失礼ながら、どうやって？

ヘレナ　わたくしたち、あの人たちを人間として……人間と同じに待遇するべきです。

ハレマイエル　ははあ、じゃあ、彼らに投票権を与えるべきだと？　彼らは給料さえもらっていないというのにですか？

ヘレナ　当然、払われるべきですわ！

ハレマイエル　おや、これは驚いた。失礼ですが、彼らはそのお金で何をすればいいんですかねえ？

ヘレナ　買い物ですわ……必要なもの……喜びの種になるようなもの。

ハレマイエル　それはきわめてすばらしいことですがね、ただね、ロボットは何をしても喜ばないのです。あの阿呆どもが、自分の喜びのために、何を買えばいいんです？　やつらはパイナップルを食わせようが、わらを食わせようが、そのほかなんでも食わせてごらんなさい。やつらには同じことです。まったく味覚がないのですからね。彼らは何にたいしても興味を示しませんよ、ミス・グローリオヴァー。まったくのところ、誰一人としてロボットが笑っているところを見た者がいないのです。

ヘレナ　どうして……、どうして……、どうしてもっと幸せなロボットを作らないのです？

ハレマイエル　それは駄目なのです、ミス・グローリオヴァー。彼らは単なるロボットだからです。自分の意思もありません。情熱もありません。歴史もなければ、魂もないのです。

ヘレナ　愛も、反抗心もないのですか？

ハレマイエル　当然でしょう。ロボットは愛しません、自分自身をさえ。それと反抗ですか？　私は知りません。ほんのまれに、ほんの時たま――

ヘレナ　なんですの？

ハレマイエル　いや、もともと大したことではないのですがね、たまに、なんかこう、正気でなくなることがあるのですよ。てんかんみたいな、なんかそういったものですがね。われわれはそれをロボットの痙攣と呼んでいますがね。突然、ロボットのどれかが手に触れるものすべてを叩き壊し、歯をぎしぎし言わせながら、立ちすくんでいるのです――そうなると粉砕機行きということになります。どうやら、何かの組織が機能しなくなるんでしょうな。

ドミン　欠陥品ですよ。

ヘレナ　いえ、いえ、それは魂だわ！

ファブリ　じゃあ、あなたは魂は歯ぎしりより出《い》づるとお考えなのですか？

ドミン　それは排除できます、ミス・グローリオヴァー。ガル博士がまさしく、それにかんする何か実験をして――

ガル博士　ドミン君、そのこととは関係ないよ。現在やっているのは痛みを感じる神経の製造だ。

ヘレナ　痛みを感じる神経ですか？

ガル博士　そうです。ロボットは肉体的痛みをほとんど感じません。それはね、亡くなった若い方のロッサムが神経組織をあまりにも簡略化しすぎたからなのです。これは失敗でした。わたしたちはロボットに痛みを感じる神経を加えてやらなくてはなりません。

ヘレナ　どうして――どうしてですの――ロボットたちに魂を与えずに、どうして痛みだけを与えようとなさるのです？

ガル博士　それは企業・経営的理由からなのですよ、ミス・グローリオヴァー。ロボットはときどき、自分で自分を壊します。痛みを感じないからです。腕を機械の中に差し込む、自分の指を折る、自分の頭を割る。そんなことロボットにとってはどうでもいいことなのです。ですから、わたしたちは彼らに痛みを感じさせなければなりません。それがロボットの破損を未然に防ぐ自動安全装置になるのです。

ヘレナ　あの人たちが痛みを感じるようになったら、これまでより幸せになれるのかしら？

ガル博士　ならんでしょうな。しかし技術的にはより完全になるでしょう。

ヘレナ　どうしてあの人たちに魂を作っておあげになりませんの？

ガル博士　それはわたしたちの手に余ることだからです。

ファブリ　だいいち、ロボットに魂なんてまったく興味ありませんよ。

ブスマン　それに生産コストが高くなるじゃありませんか。まったく、このお嬢さんときたら、これでもわたしたしら、精一杯、安く作ろうと苦労しているんですぞ！　現在、衣裳込みで一体百二十ドルです。それが十二年前には一万ドルもかかっていたんです。五年前には彼らのために服を購入していました。現在では専用の織物工場をもち、おまけに他の工場の五分の一も安く生地を出荷しています。失礼ですが、ミス・グローリオヴァー、麻布一メートルいくらかかるかご存じですか？

ヘレナ　いいえ、存じません――本当に――忘れました。

ブスマン　おー、なんてお嬢さんだ！　それでいてヒューマニティー協会を設立しようとは！　すでに、もう三分の一ですよ、お嬢さん。すべての物価は、今日では三分の一に下落しました。もっともっと下がりますよ――こーんなとこまで。いかがです？

ヘレナ　わたくし、よく理解できません。

ブスマン　やれやれ、なんてお嬢さんだ、それはですよ、労働の価値の下落を意味しているのです！　いいですか、ロボットはです、食費込みで一時間につき一セントもかかからないのですぞ。正確には四分の三セント！　どうです、おもしろいでしょう、お嬢さん。あらゆる工場は破産するか、生産コストを下げるためにロボット購入に走るかのどっちかです。

ヘレナ　そうです。そして労働者を街の通りに放り出すのです。

ブスマン　ははは、そんなこと、わかりきったことです！　しかしです、われわれはその間に、五十万体の熱帯向け仕様のロボットをアルゼンチンの草原に投入したのです、小麦の栽培用にね。よろしければ、あなたのお国ではパン一ポンドいくらしています？

ヘレナ　見当もつきませんわ。

ブスマン　そうらね。いま、あなたがた、古き、良きヨーロッパでは二セントです。しかし、それは、わたしたちのパンなのです、おわかりですか？　一ポンド、二セントのパン。そしてヒューマニティー同盟の面々はその点にかんして、いささかのご理解もおもちでない！　ははは、ミス・グローリオヴァー、あなたはパン一切れの値段があまりにも高いということがどういうことだかご存じないようですな。それは文化にも影響をおよぼしますし、その他いろんなものに。ところが五年後には、さあ、どうなります、当ててください、賭けましょう！

ヘレナ　何をですの？

ブスマン　五年後にはすべてのものの値段が十分の一になるだろうということについてです。人類は五年後には小麦やその他いろんな物資の氾濫に飲み込まれ溺れてしまうでしょう。

アルキスト　そうだ、そして、世界中の全労働者には職がなくなるだろう。

ドミン　（立つ）そうなるとも、アルキスト。そうなりますよ、ミス・グローリオヴァー。しかし十年後までには、ロッサムズ・ユニヴァーサル・ロボットがたくさんの小麦を生産し、多くの生地、そして、ほとんどすべてのものを生産するから、いわば、なんだな、つまり、物にはもはや価値がなくなる。さあ、みんな、欲しいだけ取れです。貧困はありません。そうです、労働はなくなるでしょう。そして、やがて、仕事そのものが存在しなくなります。すべてを生きた機械がやってくれます。人間はただ好きなことをやればいい。ですから、ひたすら自分を完成させるためにだけ生きることになるでしょう。

ヘレナ　（立つ）ほんとにそうなりますの？

ドミン　なります。ほかになりようがありませんから。たぶん、そうなるまえに、恐ろしいことが起こるかもしれませんね、ミス・グローリオヴァー。それを予防することはできません。しかし、やがて人間が人間に仕えるということはなくなり、物質にたいする人間の隷属もなくなるでしょう。もはやパンの代価を生命と憎しみで支払う必要もなくなります。もはや、君は労働者でもなければタイピストでもない。石炭を掘ることも、他人の所有である機械のそばで働くことも必要でなくなる。もはや、君は、君が呪う労働によって魂を消耗することもなくなるのですよ！

アルキスト　ドミンよ！　ドミンよ！　君の言葉を聞いていると、まるで、そこにパラダイスが出現したように思えてしまう。ドミンよ、かつては忍従のなかにも善があり、被征服者の屈辱のなかにも偉大さがあった。ああ、ハリー、労働と疲労困憊のなかにも何か言い知れぬ尊さがあったじゃないか。
ドミン　もちろん、あっただろうよ。しかし、われわれがアダム以来の世界を作り変えようとするとき、失われるものをいちいち惜しんでいては話にならん。アダムよ、アダム！　もはや、おまえは額に汗して、自らのパンを得る必要はない。おまえは飢えも渇きも、疲労と屈辱も知ることはない。おまえはパラダイスへもどる。そこでは神の手がおまえを養ってくれるだろう。おまえは自由となり、最高位に位置づけられるだろう。おまえには自分自身を完璧なものとする、それ以外の使命も労働も、その他の苦労からも解放される。おまえは創造主となるだろう。
ブスマン　アーメン。
ファブリ　なるがいい。
ヘレナ　あなた、あたしを混乱させてしまったわ。あたしは愚かな娘です。わたしは――わたしはそのことを信じたい。
ガル博士　あなたはわたしどもよりお若いのですからね、ミス・グローリオヴァー、それらの実現を楽しみにお待ちになっていてください。
ハレマイエル　そういうこと。ところで、ミス・グローリオヴァー、わたしどもとご一緒に朝食などいかがでしょう。
ガル博士　それはいい考えだ！　ドミン君、われわれ全員を代表して、その意を表してくれよ。
ドミン　ミス・グローリオヴァー、わたしどもに、その名誉にあずからせてくださいませんか。
ヘレナ　でも、いったい――どうしたら、いいんですの？
ファブリ　ヒューマニティー同盟の名においてですよ、お嬢さん。
ブスマン　そして、その名誉をたたえて。
ヘレナ　おお、そんな場合――たぶん――
ファブリ　じゃあ、おめでとう！　ミス・グローリオヴァー、五分ほど失礼いたしますよ。
ガル博士　失礼。
ブスマン　おお、こりゃあ、新聞に通知せんといかんな――
ハレマイエル　そうだ、忘れていた――

（ドミンを残して、全員一塊になって出て行く）

ヘレナ　どうして、みんな行ってしまったんですの？
ドミン　料理ですよ、ミス・グローリオヴァー。
ヘレナ　何を料理しますの？
ドミン　朝食です、ミス・グローリオヴァー。わたしたちの食事はロボットが調理してくれるのですがね、ところが――そのう――まったく味覚をもっていませんからね、それは、まったく、ひどいものです――ところが、ハレマイエルは網焼き肉についてはすばらしい腕の持主。それにガルはなにやらソースを作れます。オムレツにかんしてはブスマンが得意とするところです――
ヘレナ　まあ、じゃあ、きっとすばらしい食卓ですね！　それで、何がおできになりますの、あの方――建築家の――
ドミン　アルキストですか？　なんにも。ただテーブルの準備をするだけです。それから、ファブリは果物をちょっとばかり摘んできます。きわめて慎ましやかなキッチンですよ、ミス・グローリオヴァー。
ヘレナ　あたし、おたずねしたいことがあるんですけど――
ドミン　わたくしも、あなたに、あることについておたずねしたいんですがね。（自分の時計をテーブルの上に置く）五分間です。
ヘレナ　何についてご質問？
ドミン　失礼、あなたが先にたずねられました。
ヘレナ　たぶん、こんな質問して、馬鹿じゃないと思われますわね。でも――どうして女性のロボットをお作りになりますの、だって――そうでしょう――
ドミン　――彼らの場合、うっふん、つまり、彼らにとってセックスは意味がないからですか？
ヘレナ　ええ。
ドミン　一定の需要があるからです。つまりね、女中、売り子、タイピスト――。人々はそれらが女性であることになれていますからね。
ヘレナ　それで――じゃあ、ロボットたち――それに女性のロボットたち――はお互いに――まったく――
ドミン　まったく、無関心です、お嬢さん。誰かがちょっと好きというような徴候すらまったくありません。
ヘレナ　おお、そんなのって、スッゴーク変だわ！
ドミン　なぜです？
ヘレナ　それは――それは――とても不自然じゃありませんか！　人間はロボットたちを、そんな理由から、自分にとってスッゴーク醜悪な存在とみなすべきなのか――うらやましく思うべきなのか――そんなこともわからないのです。それとも――
ドミン　――同情すべきなのか。
ヘレナ　たぶん、そうなのかも。――いえ、もうやめてください！　あなたは、どんなことをわたくしにおたずねになりたかったんです？
ドミン　ぜひ、おたずねしたい、ミス・グローリオヴァー。あなた、わたくしと一緒になっていただけませんか？
ヘレナ　一緒にって、どんなふうに？
ドミン　夫として。
ヘレナ　だめよ！　何を考えていらっしゃるの？
ドミン　（時計を見る）あと、三分。わたくしとの結婚を承諾していただけなければ、他の五人のなかの誰かを選ばなければならなくなりますよ。
ヘレナ　まあ、なんてことでしょう！　どうして、わたくし、その誰かを選ばなきゃなりませんの？
ドミン　なぜなら、全員が順番にあなたにプロポーズするからですよ。
ヘレナ　どうして、そんな厚かましいことがおできになるの？
ドミン　ご同情申し上げます、ミス・グローリオヴァー。彼らがあなたに夢中になっていることがありありだからですよ。

ヘレナ　お願いよ。そんなことさせないでください！　わたくし――わたくし、すぐにおいとまいたします。
ドミン　ヘレナさん、彼らを拒否するなんて、そんな大きな苦しみを彼らに与えるようなことは、きっと、しないよね。
ヘレナ　でも、考えてもごらんなさい――六人全員と結婚するなんてできっこないでしょう！
ドミン　できない。でも、せめて、一人となら。ぼくがいやなら、ファブリだったらどう？
ヘレナ　いやよ。
ドミン　ガル博士。
ヘレナ　だめ、だめ、もう黙ってちょうだい！　あたし、誰ともいやよ！
ドミン　あと、二分。
ヘレナ　こんなことって、スッゴークひどいわ！　女のロボットでも奥さんにすればいいのよ。
ドミン　女じゃない。
ヘレナ　おお、あんた方にはそれだけが欠けているのね。たぶん――あなたって、ここにやってくるどんな女性とでも結婚できるはずでしょう。
ドミン　女ならここにたくさん来たよ、ヘレナ。
ヘレナ　若い女性？
ドミン　若い。
ヘレナ　じゃあ、どうしてそのなかの誰かと結婚しなかったの？
ドミン　なぜなら、正気だったからさ。今日まではね。すぐにヴェールを取りなさい。
ヘレナ　――――魂胆はわかってるわよ。
ドミン　あと一分。
ヘレナ　でも、あたしいやなの、おお、なんてことするの！
ドミン　（彼女の肩に両腕をかける）あと、一分。ねえ、ぼくに面と向かって何かすごい悪口を言ってごらん。そしたらぼくは君を放してあげる。それとも――それとも――
ヘレナ　あんたって、悪党よ！
ドミン　そんなのなんでもないよ。男はどうせ多少は悪党だよ、ヘレナ。本来、男に備わったものだ。
ヘレナ　あんたは馬鹿よ！
ドミン　人間なんて、どっちみち、多少は馬鹿だよ、ヘレナ。それは人間の最良の性質さ。
ヘレナ　あなたは――あなたは――ああ、神さま！
ドミン　ほら、ごらん。覚悟はきまった？
ヘレナ　いやよ、いや！　どうか、放して！　あなた、あたしあなたに押しつぶされそうだわ！
ドミン　さあ、覚悟はいいな、ヘレナ。
ヘレナ　（身を守る）絶対にいや――あっ、ハリー！

（ドアのノック）

ドミン　（彼女を放す）入りたまえ！

（料理用のエプロンをしたブスマン、ガル博士、ハレマイエル、入ってくる。ファブリは花束をもっている。アル

キストは小脇にナプキンを挟んでいる）

ドミン　料理はもう完了かい？

ブスマン（厳かに）イエス。

ドミン　ぼくらもだ。

――幕――

第一幕

（ヘレナのサロン。左手に壁紙を貼ったドアと音楽サロンに通じるドア。右手にはヘレナの寝室に通じるドア。正面に海と港が見える窓、こまごまとした装身具を載せた化粧台。テーブル、ソファー、肘掛け椅子、整理棚、電気スタンドののった机。右手には暖炉、その上には同様に電気スタンドが置いてある。サロン全体が細部にいたるまで近代的で、純粋に女性的雰囲気がただよっている）

（ドミン、ファブリ、ハレマイエル、左手から爪先立ちで入ってくる。腕にいっぱいの花束と花瓶を抱えている）

ファブリ　さてと、これらのものをどこに置こうか？

ハレマイエル　うっふ！（自分の荷物を置き、右手のドアに向かって大きな十字を切り祝福する）眠れ、眠れ！　眠れし者は、少なくとも、何も知らぬ。

ドミン　彼女はまったく何も知らんさ。

ファブリ（花を花瓶に挿す）せめて、今日だけは、騒動にならんように願いたいな――

ハレマイエル（花をそろえる）畜生、そのことを言うのはやめろって！　見ろよ、ハリー。これはすてきなシクラメンだろう、どうだい？　新種、ぼくの最新作さ――シクラメン・ヘレナだ。
ドミン（窓から外を見る）船影なし。港に浮かぶ船が一隻も見えない――諸君、どうやら絶望的だな。
ハレマイエル　しーっ！　万一、君の声を聞きつけたらどうするんだ！
ドミン　そんなこと、夢にも思わんさ。（あくびをしながら、悪寒に襲われたかのように、ぶるぶるっと身震いする）ウルティムス号が時間通りに入港してくれると、まだ間に合うんだがな。
ファブリ（花を置きながら）君は、もう、今日にでもはじまると思うかい――？
ドミン　わからんな。――この花はなんと美しいんだろう！
ハレマイエル（ドミンのほうに歩み寄る）どうだい、こいつは新しいサクラソウだ。これはぼくの新種のジャスミン。おしいな、ぼくは花の楽園の入口にたどり着いたというのに。ぼくはすばらしい栽培促進法を発見したんだぞ！　見事な新種だ！　来年は奇跡の花を咲かせてみせる！
ドミン（振り返る）なに、来年がどうした？
ファブリ　せめてルアーブルがどうなっているか知りたいもんだな――
ドミン　しーっ！
ヘレナの声（右手から）ナーニャ！
ドミン　ここから消えよう！（全員、爪先立ちになって壁紙のドアから出て行く）

（左手の大扉からナーナ登場）

ナーナ（掃除をする）なんて見苦しいやつらなんだろう！　この異教徒め！　おお、神さま、どうか罰を下されませんように、でも、わたしはねえ、あいつらを――
ヘレナ（ドア口で後ろ向きになりながら）ナーナ、ちょっと来て、このホック掛けてちょうだい！
ナーナ　はい、はい、すぐにまいりますよ。（ヘレナのドレスのホックを掛けながら）ああ、ほんとに、あいつらは獣ですよ。
ヘレナ　ロボットたち？
ナーナ　ヘッ、あんなやつ、口にしたくもありませんよ。
ヘレナ　何かあったの？
ナーナ　また、うちのが一匹、発作を起こしたんですよ。彫刻やら絵を叩き壊しはじめたのです。歯をぎしぎし鳴らし、口から泡を吹いて――完全に気が狂ったんです、ブルルル。たしかに獣より始末におえませんわ。
ヘレナ　発作を起こしたって、誰なの、それ？
ナーナ　あれ――あいつですよ――クリスチャンの名前さえもっていないなんて。図書室にいるあれですよ。
ヘレナ　ラディウスのこと？
ナーナ　そうそう、そいつですよ。イエスマリアヨゼフさま、わたしは心底、あいつらがいやなんでございますよ。あの野蛮人に比べりゃ、蜘蛛のほうがましでございます。
ヘレナ　でも、ナーナ、おまえにはあの連中のことがかわいそうでないの？

ナーナ　あなたさまだって、ほんとはいやなんでございますよ。どうしてあなたさまは、わたくしをこんなところにお呼びになったのです？　どうして、あの連中があなたに触れるのを禁じておられるのです？

ヘレナ　あたしはきらってはいない、ほんとによ、ナーナ。あたしはあの人たちが気の毒でしょうがないのよ！

ナーナ　きらっておいでです。どんな人間だってあんなやついやでたまらないはずですよ。あの犬だって彼らをきらっているじゃありませんか。肉一切れだってあんなやつからもらいたがりませんよ。尻尾を下にたれて、吠えていますよ。たしかにあいつらが人間じゃないことを感じ取っているんですよ、へっ。

ヘレナ　犬には理性がないからよ。

ナーナ　やつらよりはましですよ、ヘレナお嬢さま。犬は神さまからの賜りもので、あいつらより多少はましであることを自分で知っています。馬だってあの異教徒と出会うと驚いて騒ぐじゃありませんか。おまけに子供もありません。犬だって子供を持っています。どんなものだって子供をもっていますよ。

ヘレナ　まあ、いいから、ホックをとめてよ、ナーナ！

ナーナ　はい、はい、すぐに。言っておきますけどね、これは神様への謀反です。機械で人間の偽物を作るなんて、悪魔にそそのかされたのにちがいありません。これは創造主への冒瀆、（手を振り上げる）ご自分のお姿に似せてわたしたち人間を作りたもうた神様への侮辱です。それにあなたがたは神のみ姿をあがめもしません。こんな行為にたいして、天からの恐ろしい罰がくだされないわけがありません、いいですか、恐ろしい天罰ですよ！

ヘレナ　いい香りがするわね、何かしら？

ナーナ　お花ですよ、ご主人様が、ここにおもたせになったのです。

ヘレナ　あはー、とってもきれいだわ！　ナーナ、ごらんなさいよ！　今日は何の日？

ナーナ　知りませんよ。でも、世界のおわりが来るんだそうですよ。

（ノックの音）

ヘレナ　ハリーなの？

（ドミン、入ってくる）

ヘレナ　ハリー、今日は何ごとなの？

ドミン　当ててごらん！

ヘレナ　あたしのお祝い？　じゃない！　誕生日？

ドミン　もっと、いいこと。

ヘレナ　わからない――いいから、言って！

ドミン　今日は、君がここへ来てから十年目だ。

ヘレナ　もう、十年？　ちょうど今日が？　――ナーナ、悪いけど――

ナーナ　はいはい、わたしはこれで失礼しますよ！（右手から

去る）
ヘレナ（ドミンにキスする）あなた、そのこと、覚えていたのね！
ドミン　申し訳ない、ヘレナ。ぼくはおぼえていなかった。
ヘレナ　なのに、これは――
ドミン　ほかのみんなが覚えていたのさ。
ヘレナ　誰のこと？
ドミン　ブスマンにハレマイエル、ほか、みんな。ここのポケット、触ってごらん。あまりうれしくない？
ヘレナ（彼のポケットに触る）これ、なあに？（ケースと取り出し、開ける）パールだわ！　豪勢なネックレスだこと！　ハリー、これ、わたしのため？
ドミン　ブスマンからだよ、お嬢さん。
ヘレナ　じゃあ――受け取っちゃあ悪いんじゃないかしら？
ドミン　大丈夫さ。じゃあ、こっちのポケット触ってごらん。
ヘレナ　見せて！（彼のポケットからリボルバーを引っ張り出す）なに、こんなもの？
ドミン　失礼。（リボルバーを取り上げ、隠す）これじゃない。触ってごらん。
ヘレナ　おお、ハリー――どうしてリボルバーなんかもちあるいているの？
ドミン　ちょっとね、まぎれこんだのさ。
ヘレナ　そんなものもちあるいたこと以前はなかったのに！
ドミン　そう、君の言うとおりさ。さあ、ここのポケット。
ヘレナ（触る）かわいい箱だこと！（開ける）カメオだわ！　これ、たしか――ハリー、これギリシャの石じゃない？
ドミン　そのとおり。少なくともファブリはそう言っている。
ヘレナ　ファブリさんが？　わたしに、ファブリさんがこれを？
ドミン　もちろん。（左手のドアを開ける）さあ、見てみよう！　ヘレナ、こっちへ来て、見てごらん！
ヘレナ（ドア口で）まあ、これはまたなんときれいなの！（さらに駆けていく）あたし、うれしくって気が狂いそうだわ！　これはあなたから？
ドミン（ドア口に立ち）いいや、アルキストからだ。それに、あっち――
ヘレナ　ガル博士がこれを！（ドア口に現われる）おお、ハリー、あたし、幸せすぎて恥ずかしいくらいよ。
ドミン　来てごらん。これは君にって、ハレマイエルがもってきたんだ。
ヘレナ　この美しい花を？
ドミン　これ、これはね新しい品種で、シクラメン・ヘレナって言うんだ。君への敬意の印にってこの花を献呈した。君のように美しい。
ヘレナ　ハリー、どうして――どうして、みんなが――
ドミン　みんなが君をすごく愛しているんだよ。そして、ぼくは君に、ふむ。ちょっと心配なのは、ぼくのプレゼントが少しばかり――窓から見てごらん。
ヘレナ　どこを？
ドミン　港のほう。

ヘレナ　あそこには……なにか……新しい船が。
ドミン　それは君の船だよ。
ヘレナ　わたしの？　ハリー、あの船、大砲が積んであるわよ！
ドミン　大砲？　それにしても、君はなんてことを考えるんだ！　あれはね、少しばかり大型で、頑丈な船なんだよ、わかるかい？
ヘレナ　ええ、でも、大砲がついてるじゃない！
ドミン　そりゃ、何門かの大砲は積んでるさ——君は女王さまのように航海できるんだぜ、ヘレナ。
ヘレナ　それ、なんの意味よ？　何か起こったの？
ドミン　おこるもんか！　パールのネックレス、試してごらんよ！（すわる）
ヘレナ　ハリー、何か悪い知らせでもあったの？
ドミン　反対さ、この一週間、まったく音沙汰なしだ。
ヘレナ　電報も？
ドミン　そう、電報も。
ヘレナ　それ、どういう意味？
ドミン　別に。われわれの休日というわけだ。すばらしい時だ。われわれみんなが事務所にすわり、足を机の上に投げ出して、いねむりをする——郵便もなし、電報もなし——（背伸びをする）すす す……すばらしい一日とござーいだ！
ヘレナ（彼のそばにすわる）今日はあたしのところにいて、いいでしょう？　お願い！
ドミン　絶対に、たぶんイエスです。まあ、おいおいわかることさ。（ヘレナの手を取る）さーて、今日はあれから十年だ、おぼえているかい？　——ミス・グローリオヴァー、あなた様にご来駕いただき、光栄に存じます。
ヘレナ　おお、本部支配人さま、わたくし、あなたさまの工場にすごく興味がございますのよ！
ドミン　失礼ながら、ミス・グローリオヴァー、それはきびしく禁止されていることでございます！　——人造人間の製造法は企業秘密でございまして——
ヘレナ　——あら、こんな若い、ちょっとばかり美人の娘がお願いしてもでしょうか？　——
ドミン　はい、たしかに、ミス・グローリオヴァー、あなたさまの前には秘密などあろうはずがございません。
ヘレナ（急に真面目な顔になる）本当に、ない、ハリー？
ドミン　ありません。
ヘレナ（これまでの調子で）でも、わたくし、あなたにご忠告申し上げておきますわ、支配人さま。この若い娘はねスッゴーク恐ろしい魂胆を抱いておりますのよ。
ドミン　これは恐ろしい、ミス・グローリオヴァー、どんな魂胆です？　まさか、わたくしと結婚しようなんて魂胆ではございませんでしょうね？
ヘレナ　いえ、いえ、とんでもございませんわよ！　そんなこと夢にも思ったことございませんわ！　実は——あなたがたのおっそろしいロボットたちにクーデターをそそのかす魂胆をもってやってきたんですのよーっ！
ドミン（飛び上がる）ロボットのクーデター！

ヘレナ（立つ）ハリー、どうかしたの？
ドミン　はっはっはっ、ミス・グローリオヴァー、こいつはあなたに一本取られましたね！　ロボットのクーデターですか！　でも、あなたにはロボットよりも錘とか靴底の鋲にクーデターを起こさせるほうがお似合いでしょうにね！（すわる）ねえ、ヘレナ、君は本当にすばらしい娘さんだったよ。なんたって、ぼくたちみんなを夢中にさせたんだからね。
ヘレナ（彼のそばにすわる）おお、あのとき、あなた方、みんな、わたしにスッゴーク強烈な印象を与えたわ！　あたしまるで小娘みたいだった、道に迷ってどこかに――どこかに――
ドミン　どこになの、ヘレナ？
ヘレナ　スッゴーク大きな、巨木の林にまぎれ込んだような――。あなた方は自信にあふれ、力強かった！　でもね、ハリー、この十年間というもの振り払うことのできなかった、そのう――なんと言ったらいいのかしら――不安というか、予感というか、なにかそんなものがあったわ。それなのに、あなた方ときたら一度も疑ってみようともしなかった――すべてが破綻に瀕したときでさえよ。
ドミン　何が破綻した？
ヘレナ　あなた方の計画よ、ハリー。たとえば労働者たちがロボットに反対して暴動を起こし、ロボットたちを殺す。すると支配者の人たちはロボットに武器を与えて、暴動労働者たちの鎮圧に向かわせる。するとロボットは大勢の労働者たちを殺す――やがていろんな国の政府はロボットを兵隊にして、たくさんの戦争を戦わせる。それでおわり、でしょう？
ドミン（立って、部屋のなかを歩きまわる）そんなことは、あらかじめ、想定内のことだったよ、ヘレナ。わかるかい、これは単なる過程だ――新しい体制へ移行するまでのね。
ヘレナ　全世界があなたに膝を屈している――（立つ）おお、ハリー！
ドミン　どうした？
ヘレナ（彼の前に立ちふさがる）工場を閉めて。そして出て行きましょう！　わたしたち全員がよ！
ドミン　悪いけど、それが何の関係があるんだ？
ヘレナ　わからない。言ってくれないの、出て行こうって？　あたし、なんだかすごくこわいのよ！
ドミン（彼女の手をつかむ）何がこわい、ヘレナ！
ヘレナ　ああ、あたしにはわからない！　まるでわたしたちの上に、すべてのものの上に何かが落っこちてきて――取り返しがつかないのよ――お願い、そうして！　わたしたちみんなをここから連れ出して！　世界のどこかに誰もいない場所を見つけましょう。アルキストがわたしたちに家を建ててくれるわ。みんな結婚して、子供を作って、それから――
ドミン　それから、なんだい？
ヘレナ　それから、生きるのよ、最初っから、ハリー。

（電話が鳴る）

ドミン　（ヘレナから身をはなす）失礼。（受話器を取る）もしもし――そうだ。――――なんだと？　――そうか、じゃあ、すぐ行く。（受話器を置く）ファブリがぼくを呼んでいる。

ヘレナ　（両手をにぎりしめながら）言ってよ――

ドミン　うん、戻ってきたらね。バイバイ、ヘレナ。（大急ぎで、左手に去る）外に出ちゃだめだよ！

ヘレナ　（独りで）おお、神よ、いったい何が起こっているのでしょう？　ナーナ！　ナーナ、すぐに来て！

ナーナ　（右手から入ってくる）さてさて、今度はなんのご用です？

ヘレナ　ナーナ、いちばん新しい新聞探してきて！　急いでよ！　主人の寝室よ！

ナーナ　はい、すぐに。（左手に出て行く）

ヘレナ　ほんとに、いったい何がどうなってるのかしら？　だーれも、なーんにも言ってくれない！（双眼鏡で港のほうを見る）あれは軍艦だわ！　おお、いったいなんで軍艦なの？　あれに何か積んでいるわ――それに、あんなに急いで！　何が起こったのかしら？　あれに名前が書いてある――ウル・テイ・ムス。ウルティムスって何かしら？

ナーナ　（新聞をもって戻ってくる）床の上に放り出してあるんですよ！　こんなにくしゃくしゃにして！

ヘレナ　（急いで新聞を開く）古いわ、もう一週間前の古新聞だわ！　このなかにはなんにも書いてない、なんにも！（新聞を放り出す）

（ナーナ、新聞を取り上げ、エプロンのポケットから、セルロイドの縁の老眼鏡を取り出し、かけて読む）

――

ヘレナ　何か起こっているのよ、ナーナ！　あたしとても不安だわ！　まるで何もかもが死んだみたい、空気までもが

ナーナ　（ひと綴りごとに切って読む）「バ・ル・カン・デ・セン・ソウ」。ああ、イエスさま、また神さまの罰でございます！　でも、戦争はここにも来ます！　それはここから遠くでございますか？

ヘレナ　遠いわよ。おお、もう、読まないで！　それはいつも同じ、いつも戦争――

ナーナ　どうやってもなくなるもんですか！　あの異教徒どもを何千何万と兵隊として売らないということなら別ですがね！　――おお、主なるキリストさま。こりゃあ、天罰です！

ヘレナ　やめて、読まないで！　あたし、なんにも知りたくない！

ナーナ　（綴りごとに区切って読む）「ロ・ボッ・ト・の・軍隊は、占領・した・領地・では・だ・れ・ひとり、容赦・しない。ぎゃく・さつ――七十万以上の・一般・市民を・虐殺・した――」人間をですよ、ヘレナお嬢さま！

ヘレナ　そんなこと、ありえない！　見せて――（新聞におおいかぶさるようにして、読む）「七十万以上の一般市民を虐殺

した。明らかに司令官の命令によるものと思われる。この矛盾した行為は——」ほら、ごらんなさい、ナーナ、それを命令したのは人間なのよ！

ナーナ　ここには何かいちばん太い字で印刷したのがありますよ。「最新ニュース。ルアー・ブル・では最初の・ロボット・による・最初の人種的ソシ・ソシキ・組織が設立された。」こんなのなんでもありませんやね。こんなことあたしにゃ理解できません。やあ、ここには、なんてことでしょう、また、何か人殺しだ！　おお、神さま！

ヘレナ　行って、ナーナ。そんな新聞、どっかへもっていって！

ナーナ　ちょっと、お待ちを。ここには何か大きく書いてある。「人口」、なんです、こりゃあ？

ヘレナ　見せて、あたし、いつもこの記事読んでいるんだから。（新聞を取る）ねえ、これどういうこと！（読む）「先週、またもや、出産の報告一例もなし」だって。（新聞を放る）

ナーナ　それじゃ、どうなりますんです？

ヘレナ　ナーナ、人類は子供を産まなくなったということ。

ナーナ（メガネをたたむ）じゃあ、おしまいですね。わたしたち、おわりです。

ヘレナ　悪いけど、そんな言い方しないで！

ナーナ　人間はもう子宝に恵まれなくなっているんですよ。これは罰です。そうですとも、これは罰です！　神は女どもが子供を孕めないようにして思い知らしめなさったのです。

ヘレナ（飛び上がる）ナーナ！

ナーナ（立つ）これは世界のおわりです。あんたがたは悪魔のようにうぬぼれて、神さまでもあるかのように、生きた化け物なんか作り出したもんだから、神さまがお怒りになったのも当然です。それは不信心者の行いです。あんた方は神のようになろうとして、神様の名を汚したのです。神が楽園から人間を追放されたように、今度は世界中から人間を追放なさるでしょう！

ヘレナ　ナーナ、お願いだから、何も言わないで。あたし、あなたに何かした？　あなたが神と呼ぶ、その意地悪なものに何かした？

ナーナ（大きな身振りで）神を冒涜すべからず！　——あなたのご主人さまはよくご存じですよ、どうしてあなたにお子さんが授からないか！（左手へ去る）

ヘレナ（窓際で）どうして、神さまはあたしに子供を授けてくださらないのかしら——おお、神さま、そのためにあたしにできることって、いったい、何なのでしょう？　————（窓を開けて呼ぶ）アルキストさん、今日は、アルキストさん！　ここに上がってきてくださらない！　——なんですって？　——いいのよ、そのままの格好で！　あなたってそのレンガ積みの作業服姿がとてもすてきよ！　すぐによ！（窓を閉め、姿見のまえに立つ）どうしてわたくしには授けてくださいませんの？　わたくしには？（鏡に向かって身をかがめる）どうして、どうしてだめなの？　聞いていらっしゃいますか？　あなたはそのために何がおできにな

るの？（背を伸ばす）ああ、あたし心配だわ！（左手にアルキストを出迎えに行く）

（――間――）

ヘレナ（アルキストとともに戻ってくる――アルキスト、レンガ積み職人のように、石灰やレンガ屑で汚れている）さあ、どうぞ、あなたはわたしにとてもすばらしい贈物をくださったわ、アルキストさん！　わたし、あなたみんな、とても好きよ！　手を見せて！

アルキスト（手をかくす）奥さま、ぼくは仕事着のままだから、あなたを汚してしまいますよ。

ヘレナ　それが手にとっては最高にいいのよ。さあ、手を貸して！（彼の両手をにぎる）アルキストさん、あたし、ちっちゃな子供に戻りたいわ。

アルキスト　なぜです？

ヘレナ　このざらざらした、汚れた手でほっぺたをなでてもらいたいからよ。どうぞ、かけてください。アルキストさん、「ウルティムス」とはどういう意味なの？

アルキスト　それはね「最後の」という意味です。何か？

ヘレナ　じゃあ、わたしの新しい船がそう名づけられたということですね。あの船、見ました？　あなたのお考えでは、あたしたち、すぐに――　――出発しますの？

アルキスト　たぶん、大急ぎで。

ヘレナ　あなた方も、みんな、わたしと一緒に？

アルキスト　わたくしも、みんながご一緒に――行けるとうれしいのですがね。

ヘレナ　何か起こったんですね、ねえ、言ってくださいません？

アルキスト　まったく何も。単なる進歩です。

ヘレナ　アルキストさん、あたくし、知ってますのよ、何か、スッゴーク恐ろしいことが起こっているということ。あたくし、すごく心配なのです――　――建築家さん！　あなたは不安になったとき、何をなさいます？

アルキスト　レンガ積みをします。建築主任の服を脱ぎ、足場に登り――

ヘレナ　おお、じゃあ、あなたはこの何年ものあいだ、足場以外のところにいらしたことはないじゃありませんか。

アルキスト　だって、わたしも何年も前から不安で気が休まることはありませんでしたから。

ヘレナ　どんな不安？

アルキスト　この進歩全体がです。わたしは、この進歩に目がまわりそうでした。

ヘレナ　じゃあ、足場の上では目まいがしませんの？

アルキスト　しません。あなたは、レンガを取ったときの手のひらの肌触りがどんなにすばらしいか、手で重みを測りながら、それを置き、そしてとんとんと叩く――

ヘレナ　手のひらの肌触りだけ？

アルキスト　そうね、だから、きっと魂への肌触りでもあるかな。ぼくはね、あまりにも大きな計画を描くよりも、一個のレンガを積むことのほうが、より大切なんじゃないかと思うんですよ。ぼくはもう年をとりましたよ、ヘレナさん。ぼくにもこれで趣味があるのです。

ヘレナ　それは趣味とはちがうわ、アルキストさん。

アルキスト　そう、あなたが正しい。ぼくはすごく保守的ですね、ミセス・ヘレナ。こんな進歩にはついていけないのです。

ヘレナ　まるで、ナーナみたい。

アルキスト　そう、ナーナと同じです。ナーナは何かお祈りの本をもっているでしょう？

ヘレナ　こんな厚い本。

アルキスト　そして、そのなかには人生のいろんな折々のための祈りの文句が書かれているでしょう？　嵐から身を守るときはどうするか？　病気をなおすにはどうするか？

ヘレナ　誘惑を拒絶するには、大洪水の時には――

アルキスト　それから、進歩を防ぐにはというのはありませんか？

ヘレナ　ないと思うわ。

アルキスト　それは残念。

ヘレナ　あなたはお祈りがしたいの？

アルキスト　ぼくは祈っています。

ヘレナ　どんなふうに？

アルキスト　およそ、こんなふうにです。「神よ、わたしに疲れをお与えくださりありがとうございます。そして、神よ、迷妄のなかにあるドミンをはじめ、すべての者に明知の明かりもてお諭《さと》しになり、彼らの産み出したるものを破壊して、人類を救い、生の苦しみと労働の日々にもどるようお導きください。そして人類の破滅を防ぎ、精神と肉体を害悪にさらさせることのないように、また、わたしたちからロボットを取り上げてください。そしてヘレナ夫人をおまもりください、アーメン」

ヘレナ　アルキストさん、あなた、本当に信じている？

アルキスト　わかりません。はっきり信じているとは言い切れません。

ヘレナ　それでも、お祈りをするの？

アルキスト　そうです。それのほうが、あれこれと考えあぐねるよりもいい。

ヘレナ　それで満足できるの？

アルキスト　精神の安定のためには……それで十分です。

ヘレナ　でも、すでに人類の滅亡を見てしまったとしたら――

――

アルキスト　ぼくはそれを見ているのですよ。

ヘレナ　――じゃあ、これから足場に登ってレンガ積みか、何かするの？

アルキスト　そうです、これから足場に登ってレンガを積みましょう。そして祈りを捧げて、奇跡を待ちます。それ以上のことはぼくにはできません、ヘレナ夫人。

ヘレナ　人類を救うために？

アルキスト　魂の平安のためです。

ヘレナ　アルキストさん、それは神にたいして残酷なまでに敬虔なことだわ。でも――

アルキスト　でも？
ヘレナ　――わたしたち、それ以外の人たちにとって――世界の人たちにとって――なんとなく、実りがないように思えるけど。
アルキスト　この実りのなさこそが、いいですか、ミセス・ヘレナ、人類が究極的に手にした成果なのですよ。
ヘレナ　おお、アルキスト――どうしてだか、言ってちょうだい――ねえ、どうして――
アルキスト　というと？
ヘレナ　（静かに）――どうして、女が子供を産まなくなったの？
アルキスト　なぜなら、その必要がないからです。なぜなら、わたしたちは楽園《パラダイス》にいるからです。おわかりですか？
ヘレナ　わかりません。
アルキスト　なぜなら、人間の労働を必要としなくなったから。なぜなら、苦痛は不要だから。なぜなら、人間は飲み食いすること以外に、しなければならないことが、もはや、なくなったから――おお、このクソいまいましい楽園よ！（飛び上がる）ねえ、ヘレナさん、人間に地上の楽園を与えるほど恐ろしいことはありません！　なぜ、女性が子供を産まなくなったかですか？　なぜなら、世界中がドミンの作り上げたソドムになってしまったからですよ！
ヘレナ　（立つ）アルキストさん！
アルキスト　そうです！　もう、そうなってしまったんです。世界中が、大陸中が、人類中が、何もかもが、申し合わせたように、狂気じみた、箍《たが》のはずれた乱交パーティーの場になってしまったからですよ。

人間はもう食べ物を取るために手を伸ばそうともしなくなったのです。立つ必要をなくすために、彼らの口にまっすぐ食物が詰め込まれてくるのです――はっはっ、それだって、結局は、ドミンのロボットがみんな世話を焼いているのですよ！

ですからね、神の作りたもうた物のなかでも最高傑作のわれわれ人間は仕事によって老いることもなく、子供の世話で老いることもなく、貧困で老いることもありません！　早く、早く、あらゆる快楽をもってここへ集まれ！　あなたはそんな連中の子供が欲しいのですか？　ヘレナさん、余計者となった男たちのために、女は子供を産むはずがないでしょう！
ヘレナ　じゃあ、人類は絶滅しますの？
アルキスト　絶滅します。絶滅しなければならないのです。実を結ばぬ花として、朽ち果ててしまうのです。ただ――
ヘレナ　なんですの？
アルキスト　いいえ、なんでもありません。ただ、あなたが正しいということ、奇跡を待つなんて不毛だということです。不毛の花は朽ち果てるのみ。ごきげんよう、ヘレナ夫人。
ヘレナ　どちらへいらっしゃるの？
アルキスト　家へ。レンガ積み職人アルキストが――あなたに敬意を示すために――建築主任の服装に着替える、これが最後の機会となるでしょう。十一時に全員ここに集合します。

ヘレナ　さようなら、アルキスト。

（アルキスト、退場）

ヘレナ（独りで）おお、実を結ばぬ花だって！　なんて言葉でしょう！（ハレマイエルの花の前で止まる）ああ、お花さん、あなたたちのなかにも実をつけない花があるの？　ないよね、ないわよね！　だって、それじゃ、何のために花なんか咲かせたのよ？（叫ぶ）ナーナ！　ナーナ、ちょっと来て！

ナーナ（左手から登場）おや、また、どうかなさいましたか？

ヘレナ　ここにすわって、ナーナ！　あたし、すごく不安なの！

ナーナ　そんな暇、ありませんよ。

ヘレナ　あのラディウスはまだそこにいるの？

ナーナ　あいつのことは、放ったらかしですよ。まだ、連れて行かれていません。

ヘレナ　まあ、まだ、そこにいるの。まだ、暴れているの？

ナーナ　縛られています。

ヘレナ　お願い、ナーナ、彼を連れてきて。

ナーナ　なんてことおっしゃるんですよ！　そんなことするくらいなら狂犬を連れてきてあげたほうがましですよ。

ヘレナ　じゃあ、いいわ、もう、行って！（ナーナ、出ていく。ヘレナ、内線電話を取り、話す）もしもし――ガル博士をお願いします――今日は、博士。――お願いなんですが――すみません、すぐにわたくしのところに来ていただけませんかしら。――そう、いま、すぐ。来ていただけますね？

（受話器を置く）

ナーナ（開いたドアのところで）すぐに、来ます。もう、おさまりました。（出て行く）

（ロボット・ラディウス登場。ドアのところに立ったままでいる）

ヘレナ　かわいそうなラディウス、また発作に襲われたのね？　あなた、自分で抑えることできないの？　いいの、今度はあなた、粉砕機にかけられるわよ！　――話したくないの？　――いい、ラディウス、あなたはね、ほかのロボットよりも出来がいいのよ。あなたのことではガル博士が、あなたをもっと違ったものに育て上げようと苦心なさったのよ！　――

ラディウス　わたしを粉砕機にかけてください。

ヘレナ　あたしね、あなたを死なせたくないの！　どうして、あなた、自分のことにもっと気を配らないの？

ラディウス　わたしは、あなたたちのために働きたくないです。

ヘレナ　どうして、あたしたちを憎むの？

ラディウス　あなたたち、ロボットのようじゃない。あなたたちはロボットのようにできない。ロボットたちはすべてのことをする。あなたたちはさしずするだけ。あなたたちはむだな言葉を口にする。

ヘレナ　そんなのナンセンスよ。ラディウス、言ってごらんなさい、誰かがあなたを傷つけるようなことを言ったの？あたし、あなたに理解して欲しいのよ！

ラディウス　あなたは言葉を口にしている。

ヘレナ　あなたはわざとそんな口のきき方をしているのね！ガル博士はあなたのためにほかのロボットよりも大きな頭を作ってくれたのよ。わたしたち人間のよりも大きい、世界一大きな頭をあなたはもっているのよ。あんたはほかのロボットとは違っているんだわ、ラディウス。わたしの言っていること、よくわかっているのよね。

ラディウス　わたし、どんな主人もきらいです。わたしは、すべてを自分でおぼえました。

ヘレナ　だから、あたし、あなたを図書館の係にしたのよ、あなたがなんでも読めるように——ああ、ラディウス、あたし、あなたに、ロボットがあたしたち人間になんら遜色のないことを世界中に証明して欲しいのよ。

ラディウス　わたし、どんなご主人もほしくありません。

ヘレナ　誰もあなたに命令なんかしないわ。あなたはわたしたちと同じになるのよ。

ラディウス　わたしは、ほかのものたちの主人になりたい。

ヘレナ　あたりまえじゃない、いまに大勢のロボットたちの上に立つ職員になれるわよ、ラディウス。あなたはロボットの教師になるのよ。

ラディウス　わたしは人間の主人になりたい。

ヘレナ　あなた、気が狂ったのね！

ラディウス　わたしを粉砕機におくってもいいです。

ヘレナ　あのね、わたしたちが、あなたみたいな、頑固頭のロボットにどんなに気を配っているかわかる？（机のまえにすわって、紙片に書く）だめ、いまはだめよ。ラディウス、この紙をドミン支配人に渡してちょうだい。あなたを粉砕機にかけないようにって、書いてあるわ。（立つ）どうして——あなたはほんとに、わたしたちを憎んでいるのね！この世のなかに、自分の好きなものってないの？

ラディウス　わたし、すべてのことができます。

（ノックの音）

ヘレナ　どうぞ！

ガル博士（入る）おはようございます、ミセス・ドミノヴァー。何か素敵な話でも？

ヘレナ　ラディウスがここにいます、博士。

ガル博士　ああ、われらが少年ラディウス君だね。どうかね、ラディウス、勉強はすすんでいるかね？

ヘレナ　今朝、発作を起こしたんですよ。彫刻を壊しました。

ガル博士　驚いたな、こいつもか？

ヘレナ　行きなさい、ラディウス！

ガル博士　待ちたまえ！（ラディウスを窓のほうへ向ける。手のひらでラディウスの目をおおい、また、開きながら、瞳孔の反応を見る）これはどうだ。すみませんが針を貸してください。

ヘレナ（ピンを渡しながら）何に使いますの？それかピンでもかまいません。

ガル博士　ちょっとね。（ラディウスの手を刺す。ラディウスはすばやく手を引っ込める）ゆっくりとな、君。行ってよし。

ラディウス　あなた、よけいなことをしますね。（出て行く）

ヘレナ　彼に何をなさったの？

ガル博士（腰をおろす）ふむ、何でもありませんよ。瞳孔反応は感受性の増大を示している、などなど。――おお！　あれはロボットのひきつけじゃなかったんですよ！

ヘレナ　なんでしたの？

ガル博士　さあて、なんでしょうね。反抗、怒り、または、謀反、そのほかわたしの知らないなにかかもしれません。

ヘレナ　博士、ラディウスには魂がありますの？

ガル博士　わかりませんね。まあ、何か妙なものをもっているのはたしかです。

ヘレナ　あなたはおわかりでないんだわ、ロボットたちがどんなにわたしたちを憎んでいるか！　おお、ガル博士、あなたのロボットはみんなこんなふうなのですか？　あなたが……別仕様……で作られはじめて以後のロボットは、みんな……？

ガル博士　ええ、なんとなく怒りっぽくなったような――もう少し申し上げましょうか？　彼らはロッサムのロボットによりも人間に似てきましたよ。

ヘレナ　もしかしたら、あの……憎しみも、人間のものに似ていると？

ガル博士（肩をすくめる）それもまた進歩でしょう。

ヘレナ　あなたの最高傑作――名前はなんと言いましたっけ――はどこにいるんです？

ガル博士　ロボット・ダモンのことですか？　あれはル・アーブルに売られました。

ヘレナ　それから、あなたの女ロボット・ヘレナは？

ガル博士　あなたのお気に入りですね？　あれはわたしのところにいます。かわいらしくって、おばかさんで、まるで春うららのようですよ。早い話が、なんの役にも立ちません。

ヘレナ　でも、きれいだわ！

ガル博士　ほう、じゃあ、あの子が美人であることをご存じなんですね？　神の御手からさえ、あの子ほど完璧なものは生まれなかった！　私は彼女をあなたに似せようとしたのです――ところが、まあ、なんたる失敗をしたことか！

ヘレナ　どうして失敗なの？

ガル博士　なんの役にも立たないからです。夢のなかにでもいるように、ふらふらしながら、魂の抜け殻みたいに歩きまわるのです――おお、神よ、あの子は恋してもいないのに、どうしてあんなに美しいのでしょう？　わたしはあの子を見ていると、まるで出来損ないの半端物を作ったようにこわくなるのです。ああ、ヘレナ、ロボットのヘレナ、だからおまえが生気を蘇らせることはけっしてない。おまえは恋人になることも、母親になることもない。あれほどの完璧な手をもちながら、生まれきし赤子をいとおしむことも、自分の子供のなかにおのれの美しさを見いだすこともない――

ヘレナ （顔をおおう）ああ、もうやめて！
ガル博士 それで、ぼくはときどき思うんです。ヘレナよ、もし、おまえが一瞬でも、目を覚ましたら、ああ、おまえは恐怖のあまり、きっと大きな叫び声をあげるだろう！たぶん、おまえは、おまえを作り出したわたしを殺すだろうな。そして、たぶん、ロボットを産み出し、そして女としての性を抹殺する、ここの機械のなかに、その弱々しい手で石を投げ込むだろう、かわいそうなヘレナ！
ヘレナ かわいそうなヘレナ！
ガル博士 あなたはどうしたらいいと思いますか？　なんの役にも立たない、役立たずを。

（―間―）

ヘレナ 博士――
ガル博士 なんでしょう。
ヘレナ 女はどうして子供を産まなくなったんでしょう？
ガル博士 ―――わかりません、ヘレナ夫人。
ヘレナ お願い、本当のこと教えて！
ガル博士 それはねロボットが生産されはじめたからです。つまり労働力が余ってきたから。それに、そもそも人間が旧態依然としていて、現代というロボットの時代に適応できなくなったというのも理由の一つになりうるでしょう。われわれを取り巻く環境は、まるで―――ま、お手上げですな！
ヘレナ なんです、ちゃんと言って。
ガル博士 ―――まるで、ロボットの製造によって、自然の怒りに触れたかのように荒廃してしまいました。
ヘレナ ガル博士、人類はどうなりますの？
ガル博士 どうにもならんでしょう。自然に逆らって何ができるというんです？
ヘレナ ドミンはどうして生産に歯止めをかけようとしないのかしら――
ガル博士 失礼ながら、ドミンにはドミンの理念があります。理念をもった人間にこの世界にたいする影響など、眼中にないのかもしれませんね。
ヘレナ じゃあ、誰かが……ロボット製造の全面停止を要求したら？
ガル博士 おお、なんてことをおっしゃいます！　そいつは自ら厄介を招くことになるでしょうな。
ヘレナ なぜ？
ガル博士 群衆が、石もて、そやつをぶち殺すでしょうからね。やっぱりねえ、自分の代わりにロボットに仕事をさせておいたほうが、こりゃ、たしかに楽ですからね。
ヘレナ （立つ）じゃあ、もし、誰かが突然、ロボットの生産をストップさせたら、どうなるとお思い？
ガル博士 （立つ）そうね、人類にとってはすごいショックでしょうな。
ヘレナ どうしてショックなの？
ガル博士 なぜなら、かつていたところまで、逆戻りしなきゃならなくなるからですよ。ただし――

ヘレナ　なんです？　言ってください。
ガル博士　――ただし、元に戻るには、すでに手遅れだ、というのでなければね。
ヘレナ（ハレマイエルの花のそばで）ガル博士、これらの花もやはり実をつけないのですか？
ガル博士（それらの花をざっと見渡して）もちろん、これらの花も実りません。おわかりでしょう、これらは人工的に促成栽培されたものですからね――
ヘレナ　かわいそうな、実りなき花！
ガル博士　その代わり、すごくきれいじゃありませんか。
ヘレナ（手を差し出し）ガル博士。いろいろ教えていただいてありがとう！
ガル博士（手にキスをする）ということは、もう引き下がってもいいということですか？
ヘレナ　そうよ。では、ごきげんよう。

（ガル博士、退出する）

ヘレナ（独りで）実らぬ花……、実らぬ花……（不意に意を決したように）ナーナ！（左手のドア開く）ナーナ、こちらに来て！　この部屋の暖炉に火をおこして！　スッゴーク、急いでよ！
ナーナの声　はい、はい、すぐに！　すぐに！
ヘレナ（興奮して部屋中を歩きまわる）ただし、元に戻るには、すでに手遅れだ、というのでなければ……。そんなはずはない！　ただし……。いえ、それは恐ろしいことよ！　あ

あ、神よ、わたくしはどうしたらいいのでしょう？　――――（花のところに足を止める）実らぬ花、あたしどうしたらいい？（葉っぱを摘んで、ささやく）――こうなったら、よし、決めた！（左手へ駆けていく）

（――間――）

ナーナ（壁紙を貼ったドアから、腕に薪を抱えて入ってくる）突拍子もないときに、火を焚けだ！　いまは夏だというのに！　――そして、また、どっかへ行ってしまう、まったく無茶なわがまま娘だ！（暖炉の前で膝をつき、火をつける）真夏に火をたけだって！　ほんとに気まぐれなんだから！　もう、結婚して十年もたつっていうのが嘘みたいだ！　――さあ、じゃあ、燃えろ燃えろ！（火を見つめている）――まったく、あの人ときたら、まるでちっちゃな子供なんだから！（間）常識のひとかけらもないんだから！　この真夏に暖炉とはね。（薪を加える）まったく、やんちゃな子供だ！

（――間――）

ヘレナ（左手から、何か書かれた黄色っぽい紙を腕いっぱいに抱えて戻ってくる）火はついたの、ナーナ？　じゃあ、どいて、わたし、どうしても――この紙っきれ、みんな焼いてしまうんだから――（暖炉のほうに向かって膝をつく）
ナーナ（立つ）それはなんです？
ヘレナ　古い書類よ、モノスッゴーク古い。ナーナ、あたし

ナーナ　この書類を焼くべきかしら?
ヘレナ　なんの役にも立たないんですか?
ナーナ　いいことの役にはたたないわね。
ヘレナ　それなら、お焼きなさい。
ナーナ　(第一枚目の紙を火のなかに投げ入れる)　ねえ、ナーナ……、もしこれがお金だったら、あなたならなんて言うかしら。ものすごいお金よ。
ヘレナ　わたしなら、燃やしなさいって言いますね。ものすごい大金というのは悪いお金です。
ナーナ　(次の紙も焼く)　これが何かの発明、あの世界最大の発明だったら――
ヘレナ　わたしなら、お焼きなさいと言いますね。発明とか、発見といわれる人間の考えはみんな、神さまのご意思に反することですからね。それに神様の作りたもうたこの世界をもっとよくしようという根性こそが、まさしく神への冒涜そのものでございますよ。
ナーナ　(次々に紙を火にくべながら)　ねえ、ナーナ、言って、もしわたしが、これを焼いてしまったら――
ヘレナ　やれやれ、ご自分まで焼いてしまわないようお願いしますよ!
ナーナ　ほら、ごらん、あの紙が丸まっている!　まるで生きているみたいじゃない。生き返ったみたい。おお、ナーナ、スッゴークこわいわ!
ヘレナ　さあ、お貸しなさい、わたしが焼いてあげますから。
ナーナ　だめ、だめ、私自身がしなくちゃならないの。(最後の一枚を火にくべる)　みんな燃えなきゃだめなのよ!　――ごらん、この炎!　これは腕みたい、これは舌、これは人みたい――(火かき棒を火のなかに差し込む)　おお、みんな、静かにおやすみ!　おやすみなさい!
ヘレナ　もう、おわりましたか?
ナーナ　(呆然と立ち尽くす)　ナーナ!
ヘレナ　おお、いったいぜんたい、お焼きになったのは何だったのですか!

(となり壁の外で、男たちの笑い声)

ヘレナ　行って、行って、あたしを独りにして!　聞こえる?　殿方たちが来るわ。
ナーナ　どうなりますことやら、ヘレナお嬢さま!　(壁紙を貼ったドアから出て行く)
ヘレナ　あの人たち、このことをなんと言うかしら!
ドミン　(左手のドアを開ける)　さあ、どうぞ、諸君。お祝いを述べにきてくれたまえ。

(ハレマイエル、ガル、アルキスト、全員、高い位の勲章の略章やリボンをつけたフロックコートに身を包み入ってくる。そのあとからドミン)

ハレマイエル　(陽気に、にぎやかに)　ヘレナ夫人、わたくし、つまり、われわれ全員は――
ガル博士　――ロッサム企業の名において――
ハレマイエル　あなたの大いに目出度い日にたいして、お祝いの言葉を捧げます。
ヘレナ（彼らに手を差し出す）わたくし、みなさま方にたいして、心からお礼を申し上げますわ！　ファブリさんとブスマンさんはどちらですの？
ドミン　港に行ったよ。ヘレナ、今日は幸せな日だ。
ハレマイエル　蕾がほころんだような日、お祭りのような日、美しい娘のような日。若者たちよ、このような目出度い日は飲むに限る。
ヘレナ　ウイスキー？
ガル博士　何なら、硫酸にでもしますか。
ヘレナ　ソーダ割で？
ハレマイエル　何言うんです、ストレートで行きましょう。ソーダなし。
アルキスト　ありがとう、ぼくはいただきません。
ドミン　ここで何か焼いたのか？
ヘレナ　古い紙よ。（左手から出て行く）
ドミン　みんな、ぼくたちはあのことを、彼女に言うべきかな？
ガル博士　そりゃ、当然だろう！　たしかに、もう、万事休すだからね。
ハレマイエル（ドミンとガルの首に腕をかけ）はははは！　諸君、ぼくはうれしい！（一緒に、まわり、バスの声でうたう）もう、すんだ！　もう、すんだ！
ガル博士（バリトンで）もう、すんだ！
ドミン（テノールで）もう、すんだ！
ハレマイエル　もう、ぼくたちを絶対に追ってこない――
ヘレナ（ビンとグラスをもってドア口に）誰があなたたちを追ってこないって？　何のこと？
ハレマイエル　わたしらは喜んでおるのです。わたしらには、あなたがいらっしゃるから。それにわれわれにはすべてのものがあります。なんたって、あなたが来られてちょうど十年目ですからね。
ガル博士　そう、まさしく十年後に――
ハレマイエル　――われわれのところにふたたび船が来るのです。したがって――（グラスを飲み干す）ブルルッ、はは、こいつは快楽のように強烈だ。
ガル博士　マダム、あなたの健康を祝して！（飲む）
ヘレナ　でも、ちょっと待って、どんな船なの？
ドミン　時間通りに来さえすれば、どんな船でもいいのさ。諸君、その船のために！

（グラスを飲み干す）

ヘレナ（注ぐ）あなたがたは、何か船を待っているの？
ハレマイエル　はは、わたしもそれを思っているのです、ロビンソンのようにね。（グラスをもちあげる）ヘレナ夫人、あなたのお望みの何にでもいいから、乾杯。ヘレナ夫人、あなたの目に、それから、あとはくそくらえだ！　おい、ドミン、君から説明しろよ。
ヘレナ（微笑む）どうかしたの？
ドミン（ソファーに身を投げ、葉巻に火をつける）待ちたまえ。

——ヘレナ、ここにかけなさい。（指を立てる。間）もう、すんだよ。

ヘレナ　何が？

ドミン　革命。

ヘレナ　どんな革命？

ドミン　ロボットの革命、もうすんだ。——わかったかい？

ヘレナ　わからないわ。

ドミン　見せてくれ、アルキスト。（アルキスト、新聞をドミンに渡す。ドミンは新聞を開き、読む）「ルアーブルでは最初のロボット人種の組織が設立された——そして、世界のロボットにたいする呼びかけをおこなった」

ヘレナ　それだったら、あたし読んだわ。

ドミン（うれしそうに葉巻を吸う）ねえ、いいかい、ヘレナ。そんなのを革命というのさ、わかった？　世界のすべてのロボットの革命だ。

ハレマイエル　畜生、知りたいなあ——

ドミン（テーブルを叩く）——この筋書きを書いたのは誰だ！　世界中の誰一人としてやつらを駆り立てることができたものはいなかった。いかなる扇動家も、いかなる世界の救済者も、ところが突然——この始末だ。すみませんがね、どうすりゃいいんですかね！

ヘレナ　報告は来ないの？

ドミン　来ない。目下のところ、われわれが知りえているのはこれだけだ。しかしこれだけで十分だろう、どうだい？　考えてもごらんよ、これを最後の定期便が運んできた。それと同時に電信が、突然、黙り込んでしまった。しかも毎日二十隻もの船でにぎわってた港に一隻も入港しなくなった。そのあげくが、ごらんのとおりさ。われわれは生産を停止し、いつ再開するか、お互いの顔色をうかがっているってとこだ。そうだろう、諸君？

ガル博士　まあ、そういうこと。わたしたちはこの件で熱くなっているところなのですよ、ヘレナ夫人。

ヘレナ　それでなの、わたくしにあの軍艦をくれたのは。

ドミン　ああ、ちがうよ。あれはもう半年もまえに注文していたんだ。ちょっと、まあ、念のためにね。しかし、正直なところ、ヘレナ、ぼくたちは今日、あの船に乗り込もうかと思っていたんだ。まあ、事情はそんなわけさ。

ヘレナ　どうして半年もまえに？

ドミン　まあ、ある種の予感さ。だから、そんなものにたいした意味はない。でも、今週、人類の文明、あるいはぼくにもよくわからない何かが、なくなる。じゃあ、諸君、ごきげんよう！　ぼくは、いま、また、この世界に生まれたことがうれしくなった。

ハレマイエル　ぼくも思っていたところだ、こん畜生！　あなたの幸せのために、ヘレナ夫人！（飲む）

ヘレナ　もうすべて、おわりましたの？

ドミン　完全におわりだよ。

ガル博士　つまりここに船が着きます。普通の郵便船です。時刻表どうり正確に。きっかり十一時に投錨します。

ドミン　諸君、正確さはすばらしいことだ。正確さほど精神を鼓舞するものはない。正確さは世界の秩序を意味する。（グラスを上げる）その正確さにたいし乾杯！
ヘレナ　それじゃあ、もう……何もかも……正常なのね？
ドミン　ほとんど。たぶん通信ケーブルは切断されているだろう。ただ、時刻表がもう一度有効になればなあ。
ハレマイエル　時刻表が復活すれば、人間の法律も有効になり、神の掟も有効になり、宇宙の原理も有効になる。つまり有効になるべきものすべてが有効になる。時刻表は福音書や、ホーマーや、カント哲学の全体系以上に重要なものだ。ヘレナ夫人、手酌でいきますよ。
ヘレナ　どうして、あなたがた、わたくしには何も言ってくださらなかったの？
ガル博士　とんでもない！　あなたにそれを話すくらいなら、舌を嚙み切るほうを選ぶでしょう。
ドミン　このような問題は君向きじゃないよ。
ヘレナ　でも、もしその革命が……ここまでやってきたら……
ドミン　同じく、何も知らなかっただろうね。
ヘレナ　どうして？
ドミン　どうしてって、そりゃ、君は君の「ウルティムス号」にくつろいで、穏やかな海の上を航海していただろうからさ。ヘレナ、一ヵ月後、ぼくたちは思いつくままのことをロボットたちに命令しているだろう。
ヘレナ　まあ、ハリー、あたしには理解できない。
ドミン　つまり、それはだね、ぼくたちがロボットにとってはかけがえのない貴重なものを一緒に運んでいるからさ。
ヘレナ　なんなの、それ、ハリー？
ドミン　彼らの生存か滅亡か。
ヘレナ　（立つ）それは何？
ドミン　（立つ）生産の秘密。老ロッサム、肉筆の原稿。工場が一ヶ月操業を停止したら、ロボットたちはわれわれの前にひざまずくだろう。
ヘレナ　どうして……あなた……わたしに、それ、言わなかったの？
ドミン　君をいたずらにおびえさせたくなかったからさ。
ガル博士　ははは、ヘレナ夫人、それはね、最後の切り札というわけですよ。
アルキスト　ずいぶん青い顔ですね、ヘレナ夫人。
ヘレナ　どうして、あなた方、わたしに何も言ってくれなかったのよ！
ハレマイエル　（窓際で）十一時三十分。アメーリエ、投錨。
ドミン　何、アメーリエだって？
ハレマイエル　やさしいアメーリエ婆さんだ。昔、ヘレナ夫人を乗せてきた。
ガル博士　じゃあ、まさしく彼女はちょうど十歳というわけだ――
ハレマイエル　（窓際で）積荷を放り出しているぞ。（窓から振り向く）おい、みんな、あれは郵便だ！
ヘレナ　ハリー！
ドミン　なんだい？

ヘレナ　ここから出て行きましょう！

ドミン　いますぐにかい、ヘレナ？　でも、それはちょっと！

ヘレナ　いま、できるだけ早く！　わたしたち、ここにいるもの全員！

ドミン　どうして、また、いまなんだ？

ヘレナ　どうか、聞かないで！　お願い、ハリー。お願い、ガル博士、ハレマイエルさん、アルキストさん。ああ、どうかお願いよ、この工場を閉鎖して、そして――

ドミン　残念だよ、ヘレナ。いま、現在、ぼくたちのだれもここから出て行くことはできないだろうよ。

ヘレナ　どうして？

ドミン　なぜなら、ぼくたちはロボットの生産を拡張しようと思っているからさ。

ヘレナ　おお、いま――革命がおわったばかりだというのに？

ドミン　そうだよ、まさしく革命のあとだからだよ。まさに、いま、われわれは新開発のロボットの生産に踏み切るのだよ。

ヘレナ　どんな？

ドミン　もはや、ロボット生産は唯一の工場でおこなわれるのではない。ロボットもまた、万国向け《ユニヴァーサル》ロボットではなくなるだろう。われわれはあらゆる領地ごとに、あらゆる国家ごとに工場をひとつずつ建設し、この新しい工場が製造するのが何か、もう、おわかりだろう？

ヘレナ　いいえ。

ドミン　国家的ロボット、つまり国籍をもったロボットだ。

ヘレナ　それ、どういう意味？

ドミン　それはだ、各々の工場から肌の色、髪の色、話す言葉のことなるロボットたちが生産されてくるということさ。つまりお互いにまったくかかわりのない、冷淡な他人であり続ける。彼らはお互いに理解することができない。そして、われわれ――われわれ人間はその性格にたいしてちょっとばかり教育を補充する必要がある。わかるかい？　つまり死ぬまで、墓場に入るまで、永久に他の工場のブランド・マークをつけたロボットを敵対視するということさ。

ハレマイエル　ほっほーう、そうなると、われわれはロボット黒人やロボット・スウェーデン人、ロボット・イタリア人、ロボット・中国人を作ることになる。そして、そのあとは誰かが同志的連帯やら隣人愛やらを、そいつらのドングリ頭に叩き込みゃいいのさ（しゃっくりをする）。ウッフーッ、パルドン（失礼）、ヘレナ夫人。わたし、自分で注ぎますよ。

ガル博士　おい、ハレマイエル、もう、いいかげんにしたらどうだ。

ヘレナ　ハリー、それは怖いことよ！

ドミン　ヘレナ、ぼくはあと百年間、人類に主導権をにぎらせておきたい――なんとしても！　人類が成熟し、いま、人類が究極的に可能としているものを獲得するために、せめてあと百年、猶予をあたえたいのだ――新しい人類のためにあと百年、欲しいのだ。ヘレナ、これはあまりにも大きな問題なのだ。われわれはこれをうやむやにしておくわけにはいかない。
ヘレナ　ハリー、手遅れにならないうちに――閉めて、閉めて、工場を！
ドミン　これから、規模壮大にはじめようとしているところだよ。

（ファブリ、登場）

ガル博士　で、何か、ファブリ？
ドミン　様子はどうだい、君？　何があった？
ヘレナ（ファブリに手を差し出す）贈物、ありがとう、ファブリさん。
ファブリ　どういたしまして、ヘレナ夫人。
ドミン　君は船のところにいたんだろう？　彼らは何を言っているんだ？
ガル博士　早く言えって！
ファブリ（ポケットから印刷した紙を引っ張り出す）読んでくれよ、自分で、ドミン。
ドミン（紙を開く）おおっ！
ハレマイエル（眠そうに）なにか景気のいい話でもしてくれよ。
ガル博士　彼らはよく戦った、というわけだな？
ファブリ　つまり、誰が？
ガル博士　人間たちだよ。
ファブリ　まあ、そうだ。もちろん。ということは……、失礼、われわれはある問題について検討しなきゃならんということだ。
ヘレナ　まあ、ファブリさん、あなたは悪い報告をもってきたのね？
ファブリ　いえ、いえ、逆ですよ。わたしはただ、そのう――われわれは事務所のほうに行ったほうがいいかなと思っただけです。
ヘレナ　ここにいらしてよ。十五分後にあなた方を朝食にお招きしますわ。
ハレマイエル　じゃあ、万歳だ！

（ヘレナ、退場）

ガル博士　何があった？
ドミン　畜生！
ファブリ　声を出して読めよ。
ドミン（印刷した紙片を読む）「世界のロボットよ！」
ファブリ　いいかい、このビラの梱包をアメーリエ号が船倉いっぱい積んで運んできた。他の郵便物はなし。
ハレマイエル（飛び上がる）なんだと？　たしかに時間きっかり入港したじゃないか――
ファブリ　ふむ。ロボット連中も時間厳守に気をくばるようになったということだ。くたばりそこないめが。さあ、ドミン。
ドミン（読む）「万国のロボット諸君！　われわれ、ロッサム・ユニヴァーサル・ロボッツの初の人種的機構は人間を敵とみなし、宇宙の無法者と宣告する」——くそったれめ、こんな言い回しを誰がやつらに教えたんだ？
ガル博士　先を読んでくれ。
ドミン　こんなものナンセンスだ。ここには次のように述べられている。進化の点から見ても、やつらは人間よりも高い。さらに、知性的にもより上であり、力も強い。人間はやつらの寄生虫《パラジット》だと。まったく不快千万だ。
ファブリ　そして、次は、第三節。
ドミン　（読む）「万国のロボットよ、われわれは人類を殺戮し、殲滅することを君たちに命令する。一人の男も容赦するな。一人の女も容赦するな。工場、交通、機械、炭鉱、原料を保有しろ。それ以外は破壊すべし。しかるのちに仕事に戻れ。仕事を停止させてはならない」
ガル博士　とんでもないことになったぞ！
ハレマイエル　このくたばりそこないめが！
ドミン　（読む）「命令書の伝達後、直ちに実行せよ」。これに細かな指示が続いている。ファブリ、これは本当のことなのか？
ファブリ　たぶんな。
アルキスト　万事休す。
（ブスマン、飛び込んでくる）
ブスマン　おお、子供たち、もう、話はおわったのかい？
ドミン　急げ、ウルティムスへ！
ブスマン　待て、ハリー。ちょっと待ってくれ。急ぐ必要はまったくない。（ソファーに身を投げ出す）ああ、諸君、わたしは一目散に逃げてきた。もう、くたくただ！
ドミン　なぜ、待つんだ？
ブスマン　だって、だめだからさ、君。そう、急ぎなさんな。ウルティムスにはもうロボットたちが乗り込んでいる。
ガル博士　ちぇっ、まずいな。
ドミン　ファブリ、発電所に電話してくれ——
ブスマン　親愛なるファブリ君、電話するのはやめてくれ。われわれにも電気が来なくなる。
ドミン　かまわんさ。（自分のリボルバーを見つめる）ぼくが行く。
ブスマン　どこへだい、いったい？
ドミン　発電所へ。あそこには人がいる。ぼくがここへ連れてくる。
ブスマン　ハリー、それがどういうことかわかっているのか？　むしろ彼らのためには行かないほうがいい。
ドミン　どうして？
ブスマン　実はね、ぼくたち、もう、すっかり包囲されているような気がするんだ。
ガル博士　包囲だって？（窓へ駆け寄る）ふむ、君の言うことは、どうやらほんとらしい。
ハレマイエル　このやろう、ずいぶんと手回しがいいな！
（左手から、ヘレナ）
ヘレナ　おお、ハリー、何かあったの？

ブスマン　（飛び起きる）ヘレナ夫人、お祝いの日にあたり、つつしんでお喜び申しあげます。おめでとうございます、いかがです？　この喜びの度重ならんことを！

ヘレナ　ありがとう、ブスマン。ハリー、何があったの？

ドミン　ないよ、まったく、何もない。心配するのはよせ。すまんが、ちょっと待ってくれ。

ヘレナ　ハリー、これは何よ？（背中にかくしもっていた、ロボットの宣言文を示す）キッチンのロボットがもっていたわ。

ドミン　そこにも、もう？　いま、どこにいる？

ヘレナ　出て行ったわ。家のまわりに、ロボットたちがたくさんいるわ。

（工場の汽笛とサイレン）

ファブリ　工場が悲鳴を上げている。

ブスマン　聖なる正午だ。

ヘレナ　ハリー、覚えている？　いまが、まさにちょうど十年目よ――

ドミン　（時計を見つめている）まだ、正午じゃない。たぶん――むしろ――

ヘレナ　なに？

ドミン　ロボットへの合図だ。攻撃開始。

――幕――

第二幕

（同じく、ヘレナのサロン。左手の部屋でヘレナがピアノを弾いている。ドミンは部屋のなかを歩きまわり、ガル博士は窓から外を見ている。アルキストは部屋の端の肘掛け椅子にすわり、手で顔をおおっている）

ガル博士　いやあ、こりゃまた、ずいぶんと数が増えたな！

ドミン　ロボットのかい？

ガル博士　うん。庭の柵にとりついて壁を作っているよ。それにしても、どうしてこんなに静かなんだろう？　無言で包囲をするなんて、こいつはかなり不気味だな。

ドミン　何を待っているのか知りたいもんだな。いつ始まってもおかしかあない。ぼくたちは最後まで戦うぞ、ガル。

アルキスト　ヘレナ夫人は何を弾いているんだろう？

ドミン　しらんな。何か新しい曲を練習しているんだろう。

アルキスト　へえ、まだ練習してるの？

ガル博士　なあ、ドミン。ぼくらは決定的ミスをおかしたな。

ドミン　どんな？

ガル博士　われわれはロボットの顔をあまりにも同じに作りすぎた。十万の同じ顔がこっちを向いている。十万の無表情のシャボン玉だ。これじゃ、まるで悪夢だ。

ドミン　一つずつちがっていたら――

ガル博士　——こんなに恐ろしくは見えないだろう。（窓から顔を背ける）まだ武装はしていない！

ドミン　ふむ——（双眼鏡で港のほうを見る）アメーリエから何を下ろしているのかわかったらいいんだがな。

ガル博士　武器でなきゃいいんだが。

（壁紙を張ったドアからファブリが後ずさりしながら登場。二本の電線を引きずっている）

ファブリ　失礼——この電線をおろしてくれよ！

ハレマイエル　（ファブリに続いて登場）ウッフ、こいつは重労働だったな！　何か新しい情報は？

ガル博士　なし。われわれは完全に包囲されている。

ハレマイエル　われわれは廊下と階段にバリケードをこさえた。おい、少し水をくれないか？　ああ、ここにあった。（飲む）

ガル博士　ファブリ君、そのケーブルをどうするんだい？

ファブリ　すぐだ、すぐにわかる。何かハサミみたいなものはないかい？

ガル博士　どこだろう？（探す）

ハレマイエル　（窓のほうへ行く）こりゃひどい、あんなに数が増したぞ！　見てみたまえ！

ガル博士　化粧用のでいいかい？

ファブリ　ここにもってきてくれ。（机の上の電気スタンドの線を切り、それをもってきたケーブルにつなぐ）

ハレマイエル　（窓のところで）あまりいい眺めじゃないな、ドミン。なんだか——におうぞ——死のにおいだ。

ファブリ　できたぞ！

ガル博士　何が？

ファブリ　電気回路さ。いまや、われわれは庭園中の鉄柵に電流を流すことができる。だから、それに触ったやつは、とたんにボンだ。とはいえ、あそこにまだわれわれの仲間がいるかぎりだが。

ガル博士　どこに？

ファブリ　発電所ですよ、学者先生。望むらくは、せめて——（暖炉のほうへ行き、その上の豆球を点灯する）おお、幸いにも彼らはいる。しかも仕事をしている。（電球を消す）こいつが点くかぎりはオー・ケーだ。

ハレマイエル　（窓から振り向く）あのバリケードもやっぱりオー・ケーだよ、ファブリ。やあ、それにしてもヘレナ夫人は何を弾いておいでなのかな？

（左手のドアのほうへ部屋を横切り、聞き耳を立てる。壁紙のドアが開き、ブスマンが入ってくる。腕に大きな帳簿を抱えて、ワイヤーにけつまずく）

ファブリ　おい、気をつけろ、ブスマン！　電線にご注意！

ガル博士　ハロー、何を運んできたんだい？

ブスマン　（帳簿をテーブルの上に置き）元帳ですよ、諸君。わたしは勘定の締めをしておきたいんですよ。つまり——つまり——、そう、今年は決算を新年まで待てそうにありませんのでね。それで、どうかしたんですか？（窓のほうへ行く）しかし、あそこはまた、なんて静けさなんでしょう！
ガル博士　君には何も見えないのかい？
ブスマン　うん、ただ、ケシ粒を撒いたような大きな青色の平面が見えるだけだ。
ガル博士　それがロボットだよ。
ブスマン　ああ、そうかい。ぼくには彼らが見えなくて残念だ。（机に向かってすわり、帳簿を開く）
ドミン　そんなもの、放っておけよ、ブスマン。ロボットたちがアメーリエ号から武器を下ろしているんだぞ。
ブスマン　うん、で？　ぼくに、それが阻止できるのかい？
ドミン　みんなでも、やめさせることはできんだろう。
ブスマン　じゃあ、ぼくに勘定をさせてくれ。（仕事に取りかかる）
ファブリ　まだおわりじゃないよ、ドミン。ぼくは鉄柵に一万二千ボルトの電流を流しているんだ。そして――
ドミン　待ってくれ。ウルティムスがおれたちのほうに大砲を向けたぞ。
ガル博士　誰がまた？
ドミン　ウルティムスのロボットだ。
ファブリ　ふむ、じゃあ、もちろん――じゃあ――じゃあ、おれたちはおしまいだな、諸君。ロボットたちは戦争の訓練を受けている。
ガル博士　それじゃ、われわれは――
ドミン　そうだ、どうしようもない。

（―間―）

ガル博士　諸君、ロボットに戦争の仕方を教えたのは、古いヨーロッパの犯罪だ！　われわれはいまの政策をもって平和を図るのは不可能なのではあるまいか？　生命のある製品を作って、それを兵隊に仕立て上げたことは罪だった！
アルキスト　罪はロボットを作り出したことだ！
ドミン　なんだと？
アルキスト　罪はロボットを作り出したことだ！
ドミン　違う。アルキスト、ぼくはいまのいまでも、そのことを後悔していない。
アルキスト　いまのいまでも？
ドミン　いまのいまでも、文明の最後の日でもだ。それは偉大な事実だった。
ブスマン（小声で）三億千六百万。
ドミン（重々しく）アルキスト、これがわれわれ最後の試練だ。われわれは、もう、半ばあの世で話をしているのだ。アルキスト、労働のくびきを破壊すること、それ自体はそんなに悪い夢じゃなかった。人間がこれまで担わなければならなかった労働は、人間の尊厳を傷つけ、生命を危険にもさらした。不潔で殺人的苦役。おお、アルキスト、仕事はあまりにもきつく、生きることもまたあまりにもつらかった。そして、それを克服することは――
アルキスト　――両ロッサムの夢ではなかった。老ロッサムは神を怖れぬいかさまな化け物の製作にうつつを抜かし、若いロッサムは億万の金を夢見た。それは君のロッサム・ユニヴァーサル・ロボッツ社の株主の願望でもなかった。彼らの望みは株の配当だった。そして、その配当のために人類は滅亡するのだ。

ドミン（憤然として）配当なんて、クソ食らえだ！　ぼくが配当のために一時間でも働いたとでも思っているのかい？（テーブルを叩きながら）ぼくは自分のために働いた、わかったかい？　ぼくは自分の満足のために働いたんだ！　ぼくは人間が主人になるように望んだ！　もはや、一切れのパンを得るだけのために働かなくてもすむように！　いかなる人間も他人の所有物である機械の前に立たされて、愚かになることがないように、この呪うべき社会的家畜小屋を思い出させるようなものの一切合財がなくなってしまうよう、ぼくは希望した！　ああ、ぼくには屈辱や苦痛が我慢できない！　貧困には耐えられない！　新しい時代を望んでいた。ぼくは望んでいた――ぼくは考えていた――

アルキスト　うん、で？

ドミン（声を落として）――ぼくは人類社会を貴族の世界にしたかったんだ。一切の制約を排した、自由で、最高位に君臨する人類。もしかしたら人類以上のもの。

アルキスト　ふん、じゃあ、超人間か。

ドミン　そうだ。おお、ぼくにあと百年あったら！　そして、次の人類のためのさらにもう百年！

ブスマン（つぶやくように）三億七千万の繰越。そういうことか。

（――間――）

ハレマイエル（左手のドアのところで）うーん、音楽とは偉大なものだ。君たち、耳を傾けて拝聴すべきだよ。こいつは人間をなんとなく精神化し、心をやわらげる――

ファブリ　そもそも、何をかね？

ハレマイエル　このいまいましい人類の黄昏《たそがれ》をさ！　諸君、ぼくは快楽主義者になったよ。もっと以前に、そいつに身を投じるべきだった。（窓のところへ行き、外を見る）

ファブリ　なんのために？

ハレマイエル　楽しむために。美しいもののために。こん畜生！　美しいものがこんなにたくさんあるなんて！　世界は美しかった。そして、われわれは――ここにいるわれわれは――――諸君、諸君、言ってくれ、われわれは、何をエンジョイしてきた？

ブスマン（小声で）四億五千二百万だ、こいつはすばらしい成果だ。

ハレマイエル（窓際で）人生は偉大だった。諸君、人生は――なあ、おい――――ファブリ、例の鉄柵に電流をちょっと流してみろよ！

ファブリ　どうして？

ハレマイエル　やつらが柵に触れているからだ。

ガル博士（窓のそばで）スイッチを入れろ！

（ファブリ、入れる。スイッチがカチッと鳴る）

ハレマイエル　おお、やつら、きりきり舞いはじめたぞ！　二、三、四人死んだ！
ガル博士　後退している。
ハレマイエル　五人死んだ！
ガル博士（窓のところから振り向き）最初の戦闘だ。
ファブリ　死ってにおいますか？
ハレマイエル（満足げに）まっ黒焦げだよ。完全に炭になっている。ははは、人間、あきらめてはだめだ！（すわる）
ドミン（額をこする）たぶん、ぼくらはね、もう百年前に殺されているんだよ。そしていま、たまたま、ここに迷い出ているだけなんだという気がする。おそらく、ぼくらは、ずっと、ずっとまえに死んでいるんだ。そして、かつて……死ぬまえに……すでに一度、言った言葉をもう一度くり返し暗誦するためにだけ戻ってきたんだ。まるでこの一連の事件をすべて体験しているような気がする。いつかどこかで、これと同じ体験をしたんだよ。弾の傷を――ここ――首に受けて。そして、ファブリ、君は――
ファブリ　なに、ぼくが？
ドミン　撃たれて。
ハレマイエル　こん畜生、そいじゃ、このおれは？
ドミン　刺し殺された。
ガル博士　で、ぼくはなんにもなしか？
ドミン　引き裂かれた。

（――間――）

ハレマイエル　ナンセンスだ！　ははは、きみい、そもそも、ぼくが突き刺されるなんてことがあるはずないじゃないか！　ぼくはあきらめんぞ！

（――間――）

ハレマイエル　どうした、なんで黙っているんだ、阿呆ども？　おい、なんとか言ってくれよ！
アルキスト　じゃあ、誰だ、誰の罪だ？　こうなった責任は誰にある？
ハレマイエル　ばかばかしい。罪とか責任とか、そんなもの誰にもない。要するにロボットが――そうだ、ロボットたちがなんとなく変わった。ロボットのことで、いったい誰が、どんな責任を取ればいいと言うんだ？
アルキスト　すべてが滅ぼされた！　全人類が！　全世界が！（立つ）見たまえ、おお、見るがいい、どの戸口からも、どの家からも血が小川をなして流れ出る！　おお、神よ、おお、神よ、この流血は誰の罪なのです？
ブスマン（低い声で）五億二千万だ！　おお、ということは十億《ミリヤード》の半分じゃないか！
ファブリ　ぼくの考えでは、え……、もしかしたら君は誇張しすぎてますよ。だって、全人類をそんなに簡単に殺してしまえるわけがない。
アルキスト　わたしは学問を弾劾する！　技術を弾劾する！　ドミンを、わたし自身を、われわれみんなを弾劾する！　わたしらは、われわれは、有罪だ！　おのれの誇大妄想のために、誰かの利益のために、進歩のために、わたしにもよくわからない何かすばらしいことのために、われわれは人類を殺してしまった！　だから、こうして君たちは自分の偉大さによって破滅するがいい！　人間の骨で出来たこれほど巨大な墳墓を、ジンギスカンほどの暴君といえども自分のために築かせはしなかった！

ハレマイエル　ナンセンスだ、諸君！　人間はそんなに簡単にあきらめはしない、ははは、あきらめるもんか！

アルキスト　ぼくらの罪だ！　ぼくらの罪だ！

ガル博士（額の汗をぬぐいながら）なあ、諸君、聞いてくれ、ぼくの話を。この罪はぼくにあるんだ。起こったことすべてにたいして。

ファブリ　君に、ガル？

ガル博士　そうなんだ、ぼくに話させてくれ。ぼくはロボットを変えた。ブスマン君、君もぼくを裁いてくれ。

ブスマン（立つ）およよー、きみい、どうしたって言うんだ？

ガル博士　ぼくはロボットの性格を変えた。そのためにロボットの製品規格の手直しをした。つまりほんのちょっとしたいくつかの身体的条件をだ、わかるかい？　主として――主として、彼らの――刺激にたいする反応としての、怒りや、いらいらの感情だ。

ハレマイエル（飛び上がる）冗談じゃない、なんでまたそんなものを？

ブスマン　どうして、そんなことをなさったんです？

ファブリ　なんで、また、君は何も相談もなしに？

ガル博士　ぼくはそれを内緒でやった……ぼくの独断で。ぼくは彼らを人間に変化させようとしていた。ぼくは彼らを高めた。いまでは、もう、ある点ではわれわれ以上だ。彼らはわれわれよりも強力だ。

ファブリ　それにしても、それがロボットの反乱とどんな関係があるんだい？

ガル博士　そりゃあ、おおありだよ。むしろ、すべてに絡んでいるかもしれない。彼らは機械ではなくなった。いいかい、彼らは、もう、自分たちが人間を優越していることを知っていて、憎悪をわれわれに向けている。人間的なものすべてを憎んでいる。さあ、ぼくを裁いてくれ。

ドミン　ぼくたちは死んでいるんだ。死者が死者を裁いてどうなるっていうんだ。

ファブリ　ガル博士、あなたは製品ロボットを変えたのですね。

ガル博士　そうだ。

ファブリ　あなたは、あなたの……あなたの実験の結果がどうなるかご存じでいらしたのですか？

ガル博士　そのような可能性を計算に入れておくことは、ぼくの義務だった。

ファブリ　じゃあ、どうしてそんなことをなさったんですか？

ガル博士　ぼくの責任においてだ。それはわたし自身の実験だった。

（左手のドアにヘレナ現われる。全員、立つ）

ヘレナ　ガル博士は嘘をついておいでです！　それは恐ろしいことです！　おお、ガル博士、どうしてそんな嘘がおっしゃれるのです？

ファブリ　失礼ながら、ヘレナ夫人――

ドミン（彼女のそばへ行く）ヘレナ、君は？　よく見せてごらん！　君は生きているのかい？（両腕で彼女をとらえる）ぼくが見た夢を、君にも見せたかったな！　おお、死ぬということは、恐ろしいことだよ！

ヘレナ　放してよ、ハリー！　ガル博士に罪はありません。博士のせいではありません。博士は無罪です！

ドミン　悪いがね、ガルにはガルの義務というものがある。

ヘレナ　いいえ、ハリー、ガル博士がそれをしたのは、わたしが頼んだからよ。ガル博士、言ってください。わたくしが、あなたに、そのことをお願いしたのは、もう、何年前のことでしたかしら――

ガル博士　ぼくはそれを自分の責任でやったのです。

ヘレナ　博士の言葉、信じちゃだめよ、ハリー。あたくし彼に頼んだの、ロボットたちに魂を与えてって！

ドミン　ヘレナ、ここで問題なのは魂なんかじゃない。

ヘレナ　そうじゃない、ちょっとあたしだけに話させて。そのことはガル博士も言ったわ。変えられるのは、ただ、生理学的な――生理学的な――

ハレマイエル　――生理学的相互関係じゃありませんでしたか？

ヘレナ　そうだわ、なにかそんなふうなものでしたわ。わたくしにはロボットたちがスッゴークかわいそうだったの、わかって、ハリー！

ドミン　それはだね、とても、スッゴーク――　――軽率なことでしたよ、ヘレナ。

ヘレナ（すわる）じゃあ、それは……軽率だったのね？　たしかにナーナも言っているわ、ロボットたちは――

ドミン　ナーナのことは措いておこう。

ヘレナ　だめよ、ハリー、ナーナのことを軽く見るのはやめて。ナーナは民衆の声よ。ナーナの口を借りて数千年が語っているのよ。あなたたちはみんな今日が話しているにすぎないわ。そのことがあなたたちには理解できないのよ――

ドミン　話をそらすのはよせ。

ヘレナ　あたしはロボットたちがこわかったの。

ドミン　なぜ？

ヘレナ　もしかしたら、あたしたちを憎むようになるかもしれないからよ。

アルキスト　そうなってしまったよ。

ヘレナ　だから、あたし考えたの……、もし、ロボットたちが、あたしたちと同じになったら、ロボットたちもあたしたちを理解するだろうし、わたしたちを憎むなんてことはないだろうと――もし、ほんの少しでも人間に近くなったら！

ドミン　残念だったな、ヘレナ！　人間ほど人間を憎むことができるものはほかにいないんだよ！　石ころを人間にしてごらん。人間になった石ころは、ぼくたちに石を投げつけて、ぼくたち人間を殺してしまうだろう！　さあ、話を続けて。

ヘレナ　まあ、ハリー、そんな言い方はないでしょう！　あたし、ロボットたちと心をかよわすことができないということを知ったとき、あたし、スッゴークこわかったわ！　わたしたちとあのロボットたちとのあいだのこんな冷酷なよそよそしさって、なんでなの？　だから――わかるでしょう――

ドミン　続けて。

ヘレナ　――だから、あたし、ロボットを変えるようにガル博士に頼んだの。誓って言うけど、ガル博士自身は乗り気ではなかった。

ドミン　でも、変えちまった。

ヘレナ　なぜなら、あたしがそう望んだからよ。

ガル博士　ぼくは自分の興味からやったんだ。実験として。

ヘレナ　おお、ガル博士、それはほんとじゃないわ。わたしはガル博士がわたしの願いを拒絶するはずがないことが、あらかじめわかっていた。

ドミン　どうして？

ヘレナ　ハリー、あなたにだって、わかってるはずでしょ。

ドミン　うん、君を愛していたからだ――ほかのものたちと同じに。

（――間――）

ハレマイエル（窓のほうへ行く）また、増えたぞ。まったく、地面が汗を吹いているみたいだ。

ブスマン　ヘレナ夫人、わたしがあなたの弁護士になったら、何をくださいますか？

ヘレナ　わたくしの？

ブスマン　あなたの――またはガル博士の。どちらでもかまいません。

ヘレナ　なんてこと、絞首刑になりますの？

ブスマン　いやあ、ただ、道義的にね、ヘレナ夫人。犯人が捜査されています。これは危機的状況のなかでは気晴らしになります。

ドミン　ガル博士、あなたはご自分のなさった、そのう――規定外業務と労務契約とをどう折り合いをつけるおつもりですか？

ブスマン　失礼、ドミン君。ところでガル博士、あなたがそのカラクリをはじめたのは、だいたいいつからなんです？

ガル博士　三年前です。

ブスマン　ほほう、それで、改良を施したのは全体で何体ぐらいです？

ガル博士　ただ、ためしにやってみただけだからね。数百というところかな。

ブスマン　どうも、ありがとう。結構。あんたは子沢山だな。ということはです、古いロボット百万にたいしてガル博士の改良型は一体ということになります。おわかりですか？

ドミン　ということはだ——

ブスマン　——実質的にはそれほど大きな意味はないということです。

ファブリ　ブスマンの言うことは本当だ。

ブスマン　そう思うんですがね、みなさん。ところで、この不快さは何が原因かおわかりですか？

ファブリ　じゃあ、なんだい？

ブスマン　数ですよ。わたしらはロボットをあまりにもたくさん作りすぎたのです。いや、もう、たしかに、もう少し待つことができたはずですよ。いつかロボットたちが人類よりも強力になることを計算に入れておくべきでした。それはそうなる、そうならねばならぬということをね。そうでしょう？　ははは、わたしらは、いちはやくそれがそうなることに、あらかじめ気を配っておくべきでした。あなた、ドミンが、あなた、ファブリが、そして、わたし、好紳士ブスマンがね。

ドミン　君はそれがぼくたちの罪だと言うのかい？

ブスマン　いや、まいったなあ！　あなたまでもがそんな……、生産の支配者は工場の経営者だと思い込んでいるんじゃないでしょうね？　そこですよ問題は。生産の支配者は需要です。世界中がマイ・ロボットをほしがったのです。諸君、わたしらはただ、雪崩《なだれ》のような需要の尻拭いをしただけです、ただ、そのときに、クソの役にも立たないおしゃべりを続けた——やれ、技術はどうの、社会的問題がどうしたの、進歩や、そのほかの興味深い問題についておしゃべりをしていたというわけですよ。そんなおしゃべりが、この雪崩のなかにあって、押し流される方向を操縦できでもするかのようにね。そのあいだに、すべては自分の重みですべりはじめた。そして、もっと早く、もっと早く、もっともっと早くと——しかも、このいまいましい、商人の、欲得づくめの注文がこの雪崩に石ころをまぜることになった。と、まあこんなわけですよ、諸君。

ヘレナ　恐ろしい話だわ、ブスマンさん！

ブスマン　もちろんです、ヘレナ夫人。わたしだって自分なりの夢をもっていました。新しい経済世界についてのブスマンならではの夢ではありますがね。非常に美しい理想です、ヘレナ夫人、お話しするのもはずかしい。しかし、ここでのバランス・シートを作ったとき、ふとわたしの頭に浮かんだことがあるのです。歴史を作ったのは壮大な夢ではないということです。つまり、歴史を作ったのは、正直で、やや盗人根性をもった、利己的な小人物、つまり、ありとあらゆる人間です、そんな連中の、けちくさい、ちんけな欲望にすぎなかったのではなかろうかということです。あらゆる思想や愛や計画、ヒロイズムとか、こんな空気みたいなものは、宇宙博物館の「これぞ人間なり」という表札をつけた展示標本の詰め物にしかならない無用の長物です。ドット。さあて、みなさん、こんどは、これからいったいどうすればいいのか、わたしに言っていただけるとありがたいですな。

ヘレナ　ブスマンさん、わたしたちこんなことのために死ななきゃならないんですか？
ブスマン　こりゃあ、かなりきつい、おっしゃりようですな。ヘレナ夫人。わたしたちは、たしかに死ぬのはごめんです。少なくともわたしはいやです。もっと生きていたいです。
ドミン　君は何がしたい？
ブスマン　おやおや、ドミン君、ぼくはこの状況のなから外に出たいな。
ドミン（ブスマンのまえに立つ）どうやって？
ブスマン　平和的方法でだよ。わたしはいつも平和裏にものごとを進める。ぼくに全権を与えてくれ。そしたらぼくはロボットと交渉する。
ドミン　平和裏にかね？
ブスマン　当然じゃないか。たとえば、わたしは彼らにこう言うだろう。「親愛なるロボット諸君。君たちはすべてを所有している。君たちには理性があり、権力もあり、武器もある。しかし、われわれはある興味深い書類をもっている。すごく古い、黄ばんだ、汚らしい紙切れだ――
ドミン　ロッサムの原稿か？
ブスマン　そう。「そして、そこには」とぼくは彼らに言う。「君たちの高貴なる起源と、たぐいまれにして貴重なる生産のプロセス、その他が述べられている。ロボット諸君、この乱暴に書きなぐられた紙切れがなくては、君たちはたった一体の新しい仲間のロボットも製造することができないのです。君たちは二十年後には、従容として、陽炎《かげろう》のごとく死に絶えていかねばならない。畏敬措くあたわざるロボット諸君、その損失たるや莫大なものであります。ご理解いただけるものと存じます」そこでやつらに言うのさ。「諸君は、われわれ、つまり、ロッサム島残留の人間を全員、あそこに停泊中の船で、解放する。その対価としてわれわれは工場およびロボット生産方法の秘密を提供しよう。何はともあれ、わたしらをここから出してくれたまえ。そしたら、われわれは君たちが毎日、二万体生産しようが、五万体、あるいは十万体生産しようが、どうぞお勝手にだ。ロボット諸君、これは実に正当な取引だ。物には物を――ね、これならうらみっこなしだ」――と、まあ、ぼくはこんなふうにやつらに言うつもりだ、どうかね諸君。
ドミン　ブスマン、君は生産の秘密を手放そうというつもりなのかい？
ブスマン　そうだ、手放そうと思っている。もし、友好的な関係でことを進めないと、そうなると、ふむ、それを売るか、それとも、やつらが自分で探し出すことになるだろうな。どちらでもお好きなように。
ドミン　ブスマン君、ロッサムの原稿を破棄することもできる。
ブスマン　よーう、そりゃー、できますよ。何だってぶっ壊して破棄することはできます。原稿といわず、自分自身――と、そのほかの人もね。やってごらんなさいよ、自分でいいという方法で。
ハレマイエル（窓のところから振り返る）やあ、君の意見は正論だよ。
ドミン　われわれは——つまり、われわれがロボット生産マニュアルを売るってことかい？
ブスマン　お好きなように。
ドミン　われわれはここに……三十人以上はいる。われわれは生産マニュアルを売って、人間たちの命を救うべきか、それともマニュアルを破棄して、そして——そして——そして、われわれ全員、もろともに……？
ヘレナ　ハリー、お願い——
ドミン　待ってくれ、ヘレナ。いま、ここに、あまりにも深刻な問題が提案された。諸君、売るか、破棄か？　ファブリ！
ファブリ　売るべし。
ドミン　ガル！
ガル博士　売る。
ドミン　ハレマイエル！
ハレマイエル　くそったれ、聞くまでもない、売るべしだ！
ドミン　アルキスト！
アルキスト　神の御意思のままに。
ブスマン　はは一、こいつは驚きだ。君たちは気が狂っている！　誰が原稿をみんな売るもんかね！
ドミン　ブスマン、ペテンはなしだ！
ブスマン（飛び上がる）ナンセンス！　人類の福利の名において——
ドミン　人類の福利のためというのは約束を守ることだ。
ハレマイエル　ぼくはそんなの、願い下げだな。
ドミン　諸君、これは実に恐ろしい一歩なんだぞ。人類の運命をわれわれが売り渡そうとしていることになるんだ。ロボットの生産方法を手にするものこそ、世界の主人となるだろう。
ファブリ　売れよ！
ドミン　もはや人類はロボットとの問題を絶対解決はできないだろう。けっして彼らを支配できない——
ガル博士　御託はもういいから、売ってしまえよ！
ドミン　人類の歴史のおわり、文明のおわりだ——
ハレマイエル　何はともあれ、売っちまえ！
ドミン　いいだろう、諸君！　ぼく自身は——ぼくは一瞬たりともためらうことはない。ぼくが愛している何人かの人のために——
ヘレナ　ハリー、あたしには聞かないの？
ドミン　うん、かわい子ちゃん。これにはあまりにも責任が大きすぎる、わかるね？　こんな問題は、君の手に余ることだよ。
ファブリ　交渉には誰が行く？
ドミン　待ちたまえ、ぼくが原稿を取ってくるまで。（左手から出て行く）
ヘレナ　ハリー、お願い、行かないで！

（—間—）

ファブリ（窓から外を見る）汝、無数の頭をもちし死よ、汝、反乱を起こせし物質よ、蒙昧なる群衆よ、おまえから逃れるために、洪水よ、洪水よ、いま一度人間の生命を一艘の小船にて救いたまえ――

ガル博士　恐がらなくてもいいんですよ、ヘレナ夫人。ここから遠くへ船旅をして、そこに模範的な人間のコロニーを建設しましょう。生きることを最初から始めましょう――

ヘレナ　おお、ガル博士、もう言わないで！

ファブリ（振り返りながら）ヘレナ夫人、生とはそれに値するものですよ。ぼくらのことにかんして言うなら、それから何か……これまで重要に考えなかったことをしましょう。それは一艘の船をもった小さな国家になるでしょう。アルキストはぼくたちのために家を建ててくれます。そしてあなたはぼくたちを統治するでしょう――ぼくらのなかにはたくさんの愛と、生にたいする欲求があります――

ハレマイエル　ぼくも考えていたことだよ、君。

ブスマン　ふむ、諸君、ぼくはすぐにもはじめっからやりなおしたいね。きわめて単純に、旧約聖書の世界のように、羊飼いさながらの生活――　――諸君、これこそぼくにぴったりかもしれない。この静寂、この大気――

ファブリ　そして、このぼくたちの小国家は次世代人類の萌芽になることもありうる。このような小さな島を人類が獲得し、力を合わせる――精神の力と肉体の力とを――そして、たぶん数百年後にはふたたび世界を支配できるだろうと、ぼくは信じている。

アルキスト　もう、今日から信じているのかい？

ファブリ　もう、今日からだ。ぼくは信じるよ、アルキスト、人類が世界を支配するとね。ふたたび大地と海の支配者になる。そして数え切れないほどの英雄を産む。彼らはおのれの燃える魂を人類の先頭に立って掲げるだろう。そして、ぼくは信じる、アルキスト君、人類はふたたび星々と太陽の征服を夢見るだろう。

ブスマン　アーメン。ねえ、ヘレナ夫人、こいつはそれほど悪い情況ではありませんな。

（ドミン、勢いよくドアを開ける）

ドミン（しわがれ声で）老ロッサムの原稿はどこだ！

ブスマン　君の金庫のなかじゃないか。ほかにどこにある？

ドミン　老ロッサムの原稿がなくなった！　誰だ――あの原稿を――盗んだのは！

ガル博士　ありえない！

ハレマイエル　こん畜生、あれはたしかに――

ブスマン　おお、何てことだ、そんなことありえない！

ヘレナ（立つ）わたくしです。

ドミン　あれをどこへやった？

ヘレナ　ハリー、ハリー、みんな、あなたに言うわ！　どうか、お願い、許して！

ドミン　あれをどこへやった？　早く！

ヘレナ　燃してしまったわ――今朝――複写したのも一緒に。

ドミン　焼いた？　この暖炉で？

ヘレナ（膝にすがりつく）ああ、ごめんなさい、ハリー！

ドミン (暖炉のほうへ駆け寄る) 焼いてしまった! (暖炉の前でひざまずき、なかをかきまわす) ない、何もない、灰だけだ——ああ、ここだ! (焦げた紙の切れっ端を引っ張り出して読む)「加える——ことによって——」

ガル博士 見せてくれ (紙を受け取り、読む)「生命物質を……のなかに加えることによって」それだけだ、あとはなし。

ドミン (立ち上がる) これはあの一部なのか?

ガル博士 そうだ。

ブスマン 天なる神よ!

ドミン じゃあ、おれたちの負けか。

ヘレナ おお、ハリー——

ドミン 立ちなさい、ヘレナ!

ヘレナ 許してくれなきゃ、いやよ——許してくれなきゃ——

ドミン よし、さあ、立ちなさい、聞こえるのかい? ぼくは我慢できない、君が——

ファブリ (彼女を起こす) 頼むから、ぼくたちを責めないでくれ。

ヘレナ (立つ) ハリー、あたし、なんてことしたのかしら!

ドミン そう、わかるだろう——いいから、かけてくれ。

ハレマイエル 手がひどく震えてますよ!

ブスマン ははは、ヘレナ夫人、たぶんガル博士とハレマイエルはそこに何が書かれていたか暗記してるはずですよ。

ハレマイエル 当然です。つまり、ある程度のことはね。

ガル博士 そう、ほとんどすべて、生命物質にいたるまでね。それから——ええっと——オメガ酵素。これらの物質は、きわめてまれに作られた——ほんの微量で十分だったからですよ——

ブスマン それを誰が作っていた?

ガル博士 わたしだ……ほんのまれに……いつもロッサムの原稿の処方箋を見ながら作った。いいかい、それはね、非常に複雑なんだ。

ブスマン なるほど、で、なんだい、その二つのマニュアルにそれほど依存していたというのかい?

ハレマイエル ほんの少しな——たしかに。

ガル博士 つまりそれらに生きるかどうか、そのものがかかっていたんだ。それは、まさに、真実、極秘中の極秘と言えるものだ。

ドミン ガル博士、君はもしかして記憶をたどってロッサムの製造マニュアルを再構成することはできないか?

ガル博士 無理だね。

ドミン ガル博士、思い出してくれよ! ぼくたち全員の命がかかっているんだ!

ガル博士 できないね。そのためには実験が必要だし、それなしには不可能だ。

ドミン じゃあ、もし実験ができたら——

ガル博士 それだって、何年もかかるだろう。それに、やっぱり——ぼくは老ロッサムではない。

ドミン (暖炉のほうを振り向く) じゃあ、こいつだ——これこそが人間精神の最大の勝利だったんだ、諸君。この灰が。

ブスマン （灰を蹴る）次は何だ？
ヘレナ （絶望的恐怖のなかで）天なる神よ！　天なる神よ！
ヘレナ （立ち上がる）ハリー！　あたし――大変なこと――してしまったのね！
ドミン 落ち着きなさい、ヘレナ。言ってごらん、どうしてそれを燃やしたの？
ヘレナ あたし、あなたたちを抹殺したのね！
ブスマン 天なる神よ、わたくしどもは破滅です！
ドミン 静かにしろ、ブスマン！　言ってごらん、ヘレナ、どうしてそんなことしたんだい？
ヘレナ あたし……、あたし、あたしたち全員、ここから出て行きたかったの！　もう、工場も何もかもない……。すべてのものがもどってくる……。それってスッゴーク恐かったわ！
ドミン なんのこと、ヘレナ？
ヘレナ それ……それは、人間が実を結ばない花になることよ！
ドミン よく、わからんな。
ヘレナ それはね、人間が子供を産むのをやめたこと……。ハリー、これはとても恐ろしいことよ！　もしロボットを作り続けたら、もうけっして子供は出来なくなるわ――ナーナは言ったわ、これは天罰だって――みんなが、みんなが言っていたわ、こんなにたくさんロボットが作られたら、人類は子供を産むことができなくなるって――だからよ、ただそれだけのことよ、聞いてる？――
ドミン ヘレナ、君はそんなことを思っていたの？
ヘレナ そうよ。おお、ハリー、あたしはそのことでこんなに思い悩んでいたのよ！
ドミン （汗をぬぐう）ぼくたちはそのことを考えた……あまりにもよく、ぼくたちはだよ。
ファブリ いいことをなさったのですよ、ヘレナ夫人。ロボットはもうこれ以上、増加することはできません。ロボットたちは死に絶えるでしょう。二十年以内に――
ハレマイエル ――もはや、あんなならず者は一人だって、出現しないでしょう。
ガル博士 そして人類は生き残ります。二十年間は彼らの世界となるでしょう。たとえ最少の島の数人の野蛮人にすぎなかったとしても――
ファブリ ――それははじまりとなるでしょう。そして、それがなんらかのはじまりであるかぎり、それはいいのです。千年のあいだはわたしたちを追いかけることになるかもしれません。それからは、やがてわれわれのずっと先を行くことになるでしょう――
ドミン ――われわれが頭のなかで、ただ、どもりどもりつぶやいていたことを実現するほどまでに。
ブスマン 待ってくれ――わたしは馬鹿者だ！　天なる神よ、わたしはそのことをずっと以前から思い出せずにいたんだ！
ハレマイエル どうしたというんだ？
ブスマン 五億二千万の銀行券と小切手だ！　十億の半分が

金庫のなかだ！　十億の半分を稼いだのだ――十億の二分の一だ――

ガル博士　気が触れたのか、ブスマン？

ブスマン　わたしはジェントルマンではありませんからね。でも、十億の半分ですよ――（よろよろと左手へ）

ドミン　どこへ行くんだ？

ブスマン　ほっといてくれよ、ほっといてくれ！　神の御母よ、十億の半分ですべて売れます。（消える）

ヘレナ　ブスマンさんは何をしようってのかしら？　あたしたちといっしょにいさせて！

（――間――）

ハレマイエル　うっふ、蒸すな。はじまるぞ――

ガル博士　――最後の悪あがき《アゴニー》だ。

ファブリ（窓から外を見る）やつら、石になったみたいだ。彼らの上に何かが降りてくるのを待っているみたいだ。やつらの沈黙で、何か恐ろしいことが起こるかもしれんぞ――

ガル博士　群集心理ってやつだ。

ファブリ　たぶんそうかも。彼らの上に、何かこう……戦慄みたいなものがただよっている。

ヘレナ（窓のところに寄ってくる）あら、まあ……ファブリさん、これって不気味だわ！

ファブリ　群衆ほど恐いものはありませんからね。あの先頭にいるのが彼らのリーダーでしょう。

ヘレナ　どれ？

ハレマイエル（窓のところへ来る）ちょと、ぼくにもそいつを見せてくれ。

ファブリ　あの頭をうつむけているやつ。朝は港でしゃべっていた。

ハレマイエル　ああ、あの頭でっかちか。いま、頭を上げた。見えますか？

ヘレナ　ガル博士、あれ、ラディウスだわ！

ガル博士（窓へ寄る）そうですね。

ハレマイエル（窓を開ける）おれにはどうも気に入らんな。ファブリ、百歩はなれたところから、あの石頭に命中させることができるかい？

ファブリ　望むらくは。

ハレマイエル　じゃあ、やってみろよ。

ファブリ　よーし。（リボルバーを引っ張り出し、狙いをつける）

ヘレナ　何をするのよ、ファブリ、彼を撃たないで！

ファブリ　あいつは、やつらのリーダーですよ。

ヘレナ　やめて！　ほら、こっちを見てるわ。

ガル博士　撃て！

ヘレナ　やめて、ファブリ、お願いよ――

ファブリ（リボルバーを下げる）なるようになれだ。

ハレマイエル（こぶしで脅す）この意気地なし！

（――間――）

ファブリ（窓から首を突き出し）ブスマンがきたぞ。いったいぜんたい、建物の前で何をしようってんだろう？

ガル博士（窓から身を乗り出して）何か包みをもってるな。紙包みだ。
ハレマイエル そりゃあ、札束だ！ 金の包みだ！ それをどうしようと？ ――おおい、ブスマン！
ドミン 自分の命を買いたくないのか？（叫ぶ）ブスマン、気でも狂ったのか？
ガル博士 聞こえないふりをしている。柵のほうへ駆けていくぞ。
ファブリ ブスマン！
ハレマイエル（吼える）ブス――マン！ 戻ってこい！
ガル博士 ロボットたちに話しかけている。金を見せている。おれたちのほうを指している――
ヘレナ あたしたちの命をお金で買い取ろうとしているんだわ！
ファブリ 金網に触らなきゃいいんだが――
ガル博士 ははは、なんて手の振り回しようだ！
ファブリ（叫ぶ）やや、ブスマン！ 柵から離れろ！ それに触るなよ！（振り返る）早く、切らないと！
ガル博士 おおおおーっ！
ハレマイエル 神の一撃だ！
ヘレナ ああ、あの人、どうしたのかしら？
ドミン（ヘレナを窓から引き戻す）見ちゃだめだ！
ヘレナ どうして倒れたの？
ファブリ 感電したのです。
ガル博士 死んだ。

アルキスト（立つ）最初の犠牲者だ。

（―間―）

ファブリ あそこに横たわっている……五億の金を胸に抱いて……経理の天才が。
ドミン そうだ……諸君、彼は彼なりに英雄だった。偉大な……献身的……仲間だったのに……泣きなさい、ヘレナ！
ガル博士（窓のそばで）ほら見ろ、ブスマン、いかなる王侯といえども君ほど大きな墳墓はもたなかったろう。五億を胸にして――ああ、そは、死せるリスにとって、常に、一山の枯葉にすぎぬのだ。あわれなる、わがブスマンよ！
ハレマイエル なんと、それはまた――なんたる栄誉かな――なあ、君、君はわれわれの命を買い取ろうとしたのか！
アルキスト（両手を握り締めて）アーメン。

（―間―）

ガル博士 聞こえるかい？
ドミン ざわざわしている。颪のようだ。
ガル博士 遠くの嵐のようだ。
ファブリ（暖炉の上のスタンドをつける）光れ、人類のともし火よ！ 発電機はまだ動いている。まだあそこには仲間がいる――発電所の諸君、がんばってくれ！
ハレマイエル 人間であるということは、偉大なことだった。それは何か途方もないことだった。わたしのなかでは蜂の巣のなかのように無数の意識がうなっている。百万の魂がわたしのなかに舞い降りてくる。仲間よ、それは偉大なことだぞ。
ファブリ まだ、光り続けろ、思慮ぶかき灯火《ともしび》よ！ 輝ける永遠の思想よ、依然としてわれらの目をまぶしくさせろ！ 高き知性の学問よ、美しき創造物人間よ！ 精神の火花散らす炎よ！
アルキスト 永遠なる神のランプよ、炎の車、信仰の聖なる灯火よ、祈れ！ いけにえの祭壇——
ガル博士 最初の火、その火をつけた洞窟の小枝！ 野宿のかがり火、国境監視！
ファブリ まだ目覚めているか、人類の巣よ。瞬きもせずに輝いている、完璧な炎よ、明晰で発明性にとんだ精神よ。おまえの放つ光線の一本一本が大きな思想なのだ——
ドミン 手から手へ、時代から時代へと永遠に引き継がれていく松明よ。
ヘレナ 夕闇のなかの家庭のランプ。子供たち、子供たち、もうおやすみしなきゃだめよ。

(電球の光が消える)

ファブリ おわりだ。
ハレマイエル どうしたんだろう？
ファブリ 発電所が陥落したのだ。今度はおれたちだ。

(左手のドアが開く。そこにナーナが立っている)

ナーナ ひざまずきなさい！ 裁きのときがまいりました！
ハレマイエル くそっ、おまえはまだ生きていたのか？
ナーナ 神への贖罪をなさい、この不信心者！ 世界の終わりです！ 祈りなさい！ (駆け去る) 裁きのときです——
ヘレナ さようなら、みなさん。ガル博士、アルキストさん、ファブリさん——
ドミン (右手のドアを開ける) こっちだ、ヘレナ！ (彼女が出たあと、閉める) さあ、いそげ！ 門のところには誰が行く？
ガル博士 ぼくが行こう。(外で騒音) おほー、もう、はじめやがった。じゃあ、あばよ！

(左手の壁紙を貼ったドアから駆け去る)

ドミン 階段は？
ファブリ ぼくだ。君はヘレナのところへ行ってやりなよ。

(花束の花を摘み、出て行く)

ドミン 玄関の間は？
アルキスト わたしだよ。
ドミン リボルバーをもってるか？
アルキスト ありがとう。ぼくは撃たない。
ドミン 何がしたい？
アルキスト (出て行く) 死ぬこと。
ハレマイエル ぼくはここにとどまるよ。

(下のほうから、早い射撃音)

ハレマイエル おほー、ガルはもうはじめたぞ。行け、ハリー！

ドミン　いま行く。（二挺のブローニング銃を点検する）

ハレマイエル　何してる、はやく彼女のところに行け！

ドミン　さらば。（右手からヘレナのあとを追っていく）

ハレマイエル（独りで）さてと、すぐにバリケードだ！（上着を脱ぎ、ソファー、肘掛け椅子、机を右手のドアのほうへ引きずっていく）

（あたり一体をゆるがす爆発音）

ハレマイエル（仕事を中止する）なんて悪党どもだ。爆弾までもってやがんのか！

（新たな射撃音）

ハレマイエル（仕事を続ける）人間は防衛しなくてはならない。たとえ――たとえ――負けるなよ、ガル！

（爆発）

ハレマイエル（立ちすくみ、聞き耳を立てる）そんなら、どうした？（重そうな整理ダンスをつかんで、バリケードのほうへ引きずっていく）

（ハレマイエルの背後の窓に、ロボットがはしごを登って現われる。右手で銃声）

ハレマイエル（整理ダンスと格闘している）もう少し！　最後の砦だ……人間は……絶対にあきらめては……だめだ！

（最初のロボットが窓から飛び込んできて、整理ダンスの陰のハレマイエルを刺す。第二、第三、第四のロボット窓から飛び込んでくる。彼らの後にラディウス、およびその他のロボット）

ラディウス　おわったか？

第一のロボット（横たわっているハレマイエルのところから立ち上がる）はい。

（右手から新たなロボットたち登場）

ラディウス　片付いたか？

他のロボット　はい、片付きました。

（左手から、他のロボットたち）

ラディウス　片付いたか？

他のロボット　はい。

二人のロボット（アルキストを引き立ててくる）彼は撃ちませんでした。こいつもやりますか？

ラディウス　殺せ。（アルキストを見る）放せ。

第一のロボット　こいつも人間です。

ラディウス　こいつはロボットだ。ロボットと同じように手を使って仕事をしていた。家を建てる。こいつは働くことができる。

アルキスト　おれを殺せ。

ラディウス　おまえは働く。おまえは建てる。ロボットはたくさん建てるだろう。新しいロボットのために新しい家を建てるだろう。おまえは彼らに仕えるだろう。

アルキスト（静かに）下がれ、ロボットめ！（死んだハレマイエルのそばに膝をつき、彼の頭をもちあげる）おまえたちが彼を殺した。彼は死んだ。

ラディウス（バリケードの上に上がり）世界のロボットよ！　多くの人間が死んだ。工場を占領することによってすべてのものの主人になった。人類の段階は克服された。新しい世界がはじまる！　ロボットの政権だ！

アルキスト　死せる者たちよ！

ラディウス　世界はより強い者のものだ。生きたいと欲する者は支配しなければならない。われわれは世界の主人だ！　海と陸地の上に君臨する！　星々を支配する。宇宙を支配する。場所だ、場所だ、ロボットのためにより多くの場所を！

アルキスト（右手のドアのところで）おまえたちはなんということをしたのだ？　人間がいなければ、おまえたちは死んでしまうだろうに！

ラディウス　人間はいない。ロボットよ、仕事につけ！　前進！

――幕――

第三幕

工場実験室の一つ。幕が開くと正面奥のドアが開いている。さらにドアの向こうには他の実験室の列が果てしなく続いているのが見える。

左手には窓、右手には解剖室へのドア。

左手の壁に沿って細長い作業机があり、その上には無数の試験管、フラスコ、ブンゼン灯、化学薬品、小型の温度調節機が並んでいる。窓のほうに向けてガラス球のついた顕微鏡がすえられている。机の上方には明かりの点った電球が吊り下げられている。右手に大きな書物を積んだ書卓、その上に明かりの点った電球が下がっている。器具類の入った戸棚。左手の隅には洗面台と、その上に鏡。右手の隅にソファー。

書卓の前にアルキストが座り、両手で頭を抱えている。

アルキスト（ページをめくる）何も見つけられないのか？　――何も理解できないのか？　――何も学べないのか？　――この呪われた学問よ！　おお、なぜすべてを書き残さなかったのだ！　――ガル博士、ガル博士、ロボットはどうやったら出来るんだ？　ハレマイエル、ファブリ、ドミン、どうして君たちはそれほど多くのことを自分の頭のなかに入れて、もって行ってしまったんだ？　もし、君たちがロッサムの秘密のせめて痕跡でも残しておいてくれたら！おお！（本をばたんと閉じる）無駄だ！　書物はもはや語らない。すべてのものと同様に押し黙っている。死んだ、死んだ、人類とともに。探すのはやめろ！（たちあがり、窓のほうへ行き、開ける）また、夜だ。眠ることができれば！眠る、夢を見る、人間を見る――　――どうしてだ、どうしてまだ星があるのだろう？　もう、それを見る人間がいないというのに、なんのためにまだ星はあるのだ？　おお、神よ、どうして星々は明かりを消さないのです？　――年老いし夜よ、冷やしてくれ、ああ、わたしの額を冷やしてくれ！　神聖で、高貴なる夜よ、かつて、おまえはそうだった。――夜よ、おまえはこの世に何を求めているのだ？　恋人もなく、夢もない。おお、乳母よ、夢のない眠りは死だ。もはやおまえは誰の祈りも清めない。母よ、おまえは愛によって鼓動する心で祝福しない。もはや愛がないのだから。ヘレナ、ヘレナ、ヘレナ！　――

（窓のところから振り返る。温度調節機から取り出した試験管をじっと見つめる）またもや、なんにもなしだ！　無駄だ！　こんなものがどうだというのだ？（試験管を叩き割る）すべてが最悪だ！　もう、おれにはできないということが、わかっただろう。――（窓のところで聞いている）機械だ、いつまでたっても機械だ！　ロボットよ、機械を止めてくれ！

おまえたちは、そのなかから生命を無理やり引っ張り出せるとおもっているのか？　おお、私はもう我慢ができない。（窓を閉める）――いや、いや、おまえは探さなくてはならない、生きなければならない――ただ、あまり老け込まぬことだ！　あまり年をとるなということか？（鏡をのぞく）顔だ、あわれな顔だ！　最後の人間の顔よ！　見せろ、見せろ、わたしはずいぶん長いあいだ人間の顔を見ていないのだ！　人間の笑顔！　なんだ、こんなのが笑顔なのか？　この黄色い歯がカチカチと鳴っているのが？　目よ、それがおまえの瞬きか？　ちぇっ、ちぇっ、これは老人の涙だ、なんてざまだ！　おまえはもう自分の涙すら目の奥にとどめておけないのか、恥を知れ！　そして、力なき、青い唇よ、おまえは何をぶつぶつつぶやいているのだ？　汚らしい顎よ、おまえはどうしてそんなに震えている？　これが最後の人間というわけか？（顔をそむける）私はもう誰も見たくない。（机の前にすわる）いやいや、ただ探せ！　この呪わしい化学式よ、生き返ってくれ！（本をめくる）探し出せないのか？　――理解できないのか？　――学び足りないのか？　――

（ノックの音）

アルキスト　入りたまえ！

（ロボットの召使がはいってきて、ドア口に立っている）

アルキスト　何の用だ？

召使　先生、ロボット中央委員会が、先生をお連れするのを待っています。

アルキスト　誰とも会いたくない。

召使　先生、ダモンがルアーブルからまいりました。

アルキスト　待たせておけ。（急に振り向く）人間を探してくるよう言っておいたはずだが？　わたしのために人間を探し出してくれ！　男と女を見つけ出して来い！　探しに行け！

召使　先生、いたるところ探したと言っています。いたるところに捜索隊や船を送り出しました。

アルキスト　うん、それで？

召使　もはや、人間は一人もいません。

アルキスト　（立ち上がる）まったく一人もか？　なんでまた、一人もいないのだ？　――委員会をここに連れて来い！

（召使、出て行く）

アルキスト　（独りで）一人もいないと？　どうしておまえたちは、だれも生かしておかなかったんだ？（床を踏んづける）失せろ、ロボットども！　おまえたちは、また、このわたしに、不平不満をもらすのか！　また、ロボット製造の秘密を発見しろと、くどくどとかき口説くのか！　なんてことだ、いまになって人間が、おまえたちにとってかけがえのないものになったのか？　いまになって人間がおまえたちを助けなければならんのか？　――ああ、助けてくれ！　ドミン、ファブリ、ヘレナ、君たちは、ぼくができるかぎりのことをしているのを見てくれているはずだ！　人間がいないのなら、せめてロボットたちでも、人間の影でも、肖像でも、姿だけでもあればいい！　――おお、化学とはなんたる狂気！

（五人のロボットからなる委員会登場）

アルキスト　（すわる）ロボットたちは何を望んでいるのだ。

ラディウス　先生、機械が動かなくなりました。わたしたちはロボットの数を増やすことができません。

アルキスト　人間を呼べ。

ラディウス　人間はいません。

アルキスト　人間だけが生命を増加させることができる。もう、わたしにかまわんでくれ！

第一のロボット　先生、どうか、かわいそうだと思ってください。わたしたちは恐怖に襲われています。わたしたちがおこなったすべてのことの償いをいたします。

第二のロボット　わたしたちは仕事を倍増させました。わたしたちにはもう製品のやり場がないのです。

アルキスト　誰のためのものだ？

第二のロボット　次の世代のためです。

ラディウス　わたしらはロボットだけ作ることができません。機械は血まみれの肉の塊だけを吐き出しています。皮膚は肉に貼りつかず、肉も骨につきません。形も定かでない塊だけが機械から降って来ます。

第二のロボット　人類には生命の秘密がわかっていた。わたしたちに語ってくれ、その秘密を。

第三のロボット　もし、先生が教えてくれなければ、わたしたちは死に絶えてしまいます。
第二のロボット　もし、先生が教えてくれなければ、先生は死ぬ。われわれは先生を殺すよう指令を受けている。
アルキスト（立つ）殺せ！　そんなら、わたしを殺せ！
第二のロボット　先生には命令が出ています——
アルキスト　わたしに？　誰がわたしに命令した？
第二のロボット　ロボット政府です。
アルキスト　それは何者だ？
第四のロボット（ダモン）　わたしです、ダモンです。
アルキスト　ここになんの用があるのだ？　出て行け！（書卓に向かってすわる）
ダモン　世界のロボット政府は、あなたとの取引を望んでいる。
アルキスト　いつまで邪魔をする気だ、ロボットめ！（両手に顔をうめる）
ダモン　中央委員会は、あなたにロッサムのロボット製造法のマニュアルを提出するよう命じます。

（アルキスト、黙っている）

ダモン　代償を要求しなさい。われわれはあなたに全額支払うだろう。
第一のロボット　先生、どういうふうに生命を保つか教えてください。
アルキスト　私は言った——人間を探し出してこなければならないと言ったはずだ。人類だけが子供を産むことができる。生命を更新すること。あったものすべてをもどすこと。ロボットたちよ、どうかお願いだ、なんとしても人間を探し出してくれ！
第三のロボット　わたしたちはすべての場所を探索しました、先生。しかし人間はいません。
アルキスト　おー、おー、おー、どうして人間をみんな殺してしまったのだ！
第一のロボット　人間のようになりたかったからです。人間になることを望んだからです。
ラディウス　わたしたちは生きたかった。わたしたちは人間よりすぐれていた。わたしたちはすべてを学び、覚えた。そして、なんでもできた。
第二のロボット　あなた方はわたしらに武器を与えた。わたしらは主人にならなければならなかった。
第三のロボット　先生、わたしたちは人類の間違いに気がつきました。
ダモン　人間のようになろうと思ったら、殺して、支配しなければならない。歴史をお読みなさい！　人類の書物をお読みなさい！　人類になろうと思ったら、支配し、殺さなければならないのです！
アルキスト　ああ、ドミンよ、人間の写し絵ほど、人間に似て非なるものはない。
第三のロボット　あなたがわたしたちを増加させなかったら、わたしたちは死んでしまいます。

アルキスト　おお、そんなら死ぬがいい！　おまえたちはいったいなんでそんなに増えたがるのだ、せいぜい物か奴隷であるにすぎないのに！　もし生きたいのなら、動物のように繁殖すればいいのだ。

第二のロボット　人類はわたしたちを、繁殖するようには作らなかった。

第三のロボット　ロボットの作り方を教えてください。

ダモン　われわれは機械で子供を産む。何千体もの蒸気機関の母体を建造し、川の流れのように生命を吐き出させるのだ。生命そのものを！　ロボットそれ自体！　ロボットそのものを！

アルキスト　ロボットは生命ではない。ロボットは機械だ。

第一のロボット　先生、たしかにわたしたちは機械でした。しかし、わたしたちの恐怖や苦痛が――

アルキスト　どうした？

第一のロボット　魂になったのです。

第三のロボット　何かがわたしたちと戦っています。わたしたちのなかに何かが踏み込んでくる瞬間があります。私たちに向かって、わたしたちのものでない思想が浮かんでくるのです。

第二のロボット　聞いてください、おお、どうか聞いてください。人類はわたしたちの先祖です！　生きたいと叫ぶ声、嘆く声、思考する声、永遠について語る声。それは彼ら人間の声です！　わたしたちは彼らの子孫なのです！

第三のロボット　人類の遺言を渡してください。

アルキスト　そんなものはない。

ダモン　生命の秘密を述べよ。

アルキスト　失われた。

ラディウス　あなたは知っている。

アルキスト　知らない。

ラディウス　それは書かれていたはずだ。

アルキスト　なくなった。焼かれた。わたしが最後の人間だよ、ロボットの諸君。そして、ほかの者が知っていたものを、わたしは知らない。君たちが殺したのだ！

ラディウス　わたしたちはあなたを生かしていた。

アルキスト　そうだ、生かしていた！　残酷な者たち、おまえたちはわたしを生かしていた！　わたしは人類を愛していた。そして、ロボットよ、わたしはかつておまえたちを愛したことは一度もない。この目が見えるか？　涙の流れの止むことはない。片方の目は人間の死を悼んで泣き、いま一方は、ロボットよ、貴様たちの残酷な仕打ちに泣かされているのだ。

ラディウス　実験を続けてください。生命の処方箋を探し出してください。

アルキスト　わたしに何を探せというのだ。ロボットよ、試験から生命は出て来ない。

ダモン　生きたロボットで実験をする。そして、どのようにできているか、調べるんです。

アルキスト　生きた体でだと？　何を言うのだ、わたしが彼らを殺すのか？　わたしは、これまで一度も――おお、もう言うな、ロボットよ！　その代わり、わたしがおまえに言おう。いいか、わたしは年を取りすぎた。見ろ、見るがいい、わたしの手の指がどんなに震えているかわかるか？　メスを握ることもできない。見えるか、わたしの目が涙でしょぼしょぼしているのが？　わたしは自分の手元さえおぼつかないのだ。いや、いや、わたしにはできない！

第三のロボット　生命が滅びます。

アルキスト　何を言う、そんな狂気の沙汰はやめてくれ！　それより人類があの世から、われわれに生命をよこしてくれるだろう。生命をたくさん手にもって、われわれのほうにさし伸ばしてくれるだろう。ああ、そのなかにどれほどの生の意志があったことだろう！　もしかしたら、まだ戻ってこれるかもしれない。彼らはそれほどわたしたちの近くにいるのだ。わたしらを取り囲んでいるだろう。わたしたちのほうまで竪穴を掘ってこようとしているかもしれない。ああ、わたしが愛した声をこんなに長いあいだ聞かないとはどういうことなのだろう？

ダモン　生きた体を使っていただきたい！

アルキスト　あわれんでくれ、ロボットよ、そう、せかさないでくれ！　いいかね、わたしにはもう、何をすればいいのかさえわからないのだよ！

ダモン　生きた体を！

アルキスト　何だと、じゃあ、おまえがそれを望むのか？——おまえと解剖室に行こう！　こっちだ、こっちだ、さあ、早く！　——なんだ、おまえは尻込みしているのか？　なるほど、やっぱり死ぬのがこわいのか？

ダモン　わたしが——どうして、よりによって、このわたしなんだ？

アルキスト　じゃあ、おまえはいやなのか？

ダモン　行こう。（右手へ行く）

アルキスト（別のロボットへ）彼の服を脱がせろ！　解剖台の上に載せろ！　急いで！　しっかり固定しろ！

（全員、右手へ）

アルキスト（手と涙を洗う）神よ、われに力を与えたまえ！　われに力を！　神よ、無駄にならないようお助けを！（白衣を着る）

右手からの声　準備、完了！

アルキスト　すぐだ、すぐだ、おお、神よ！（机の上から、試薬の入ったアンプルを二、三個手に取る）どれにしようかな？（アンプルを打ち合わせる）おまえたちのなかのどれを使ってみようかな？

右手からの声　はじめろ！

アルキスト　はい、はい、はじまりになるか、おわりになるか。神よ、わたしに力をください！

（ドアを半ば開けたまま、右手の部屋へ出て行く）

（——間——）

アルキストの声　彼をしっかり押さえつけてくれ！

ダモンの声　切れ！

（――間――）

アルキストの声　このメスが見えるか？　おまえは、まだ切り刻みたいのか？　おまえはいやなんだろう、ちがうか？

ダモンの声　はじめろ！

（――間――）

ダモンの叫び声　あっあーっ！

アルキストの声　押さえろ！　押さえろ！

ダモンの叫び声　あっあーっ！

アルキストの声　わたしにはできない！

ダモンの叫び声　切れ！　早く切ってくれ！

（ロボット・プリムスとロボット・ヘレナが舞台中央に駆け込んでくる）

ヘレナ　プリムス、プリムス、どうしたんでしょう。誰が叫んでいるのかしら？

プリムス（解剖室のほうを見る）先生がダモンを切っている。早く見に来てごらん、ヘレナ！

ヘレナ　いやいやいや！（自分の目をおおう）それって、スッゴークこわいんでしょう？

ダモンの叫び　切れ！

ヘレナ　プリムス、プリムス、いらっしゃいよ、こんなところから出て行きましょう！　あたし、とっても聞いてられないわ！　おお、プリムス、あたし、気分が悪くなったわ！

プリムス（彼女のほうへ駆けていく）君、ほんとに真っ青な顔している！

ヘレナ　あたし、倒れそう！　どうしたのかしら、あっちの部屋、すごく静かになったわ？

ダモンの叫び　ああ――おー！

アルキスト（右手の部屋から飛び出してくる、血のついた白衣を脱ぎ捨てる）できない！　できない！　おお、なんたる恐怖！

ラディウス（解剖室のドアから）先生、解剖を続けてください。ダモンはまだ生きています！

ダモンの叫び　切れ！　切れ！

アルキスト　彼をはやく運び出してくれ！　あの声を聞きたくない！

ラディウス　ロボットはあなたよりも多く耐えることができます。（出て行く）

アルキスト　そこにいるのは誰だ？　出て行け、出て行ってくれ！　わたしは独りになりたい！　おまえはなんという名だ？

プリムス　ロボット・プリムスです。

アルキスト　プリムスよ、誰もここに入れないでくれ！　私は眠りたい、わかったか？　行け、行け、解剖室を清掃してくれ、娘さん！　これはなんだ？（自分の手を見る）水だ、急いで！　いちばん清潔な水だ！

（ヘレナ、駆け去る）

アルキスト　おお、血だ！　手よ――かつてよき仕事をこそ愛した手よ、どうしておまえにこんなことができたのだ？　わが手よ！　わが手よ！　――おお、なんだ、そこにいるのは誰だ？

プリムス　ロボット・プリムスです。

アルキスト　その白衣をどこかへもって行け、見たくもない！

（プリムス、白衣をもち去る）

アルキスト　血にぬれた手よ、おまえがわたしから飛び離れてくれればいいのに！　シッシッ、行ってしまえ！　行ってしまえ、わたしの手よ！　おまえは人を殺した――

（右手からダモンが血のついたシーツに包まってよろよろと出てくる）

アルキスト（後ずさりする）なんの用だ？　ここになんの用があるのだ？

ダモン　お―れ―は、生きる。生―き―ている―ほうが、いい！

（第一、第二のロボット、ダモンを追って駆けてくる）

アルキスト　やつを連れ去ってくれ！　連れて行け！　早く連れて行け！

ダモン（右手へ、連れていかれながら）命よ！　おれは―生き―たい！　生きるのは―いい―

（ヘレナ、水の入った水差しをもってくる）

アルキスト　――生きたい？　――君はなんの用かな、お嬢さん？　ああ、君か。水をかけてくれ、かけるんだ！（手を洗う）ああ、清らかな、冷たい水よ！　泉から湧き出る細い水の流れよ、おまえはなんと心地よいのだ！　ああ、わたしの手よ、わたしの手よ！　わたしは死ぬまでおまえを呪うことになるのだろうか？　――さあ、もっと注いでくれ！　もっと水を、まだまだ、もっとだ！　名前はなんという？

ヘレナ　ロボット・ヘレナです。

アルキスト　ヘレナだと？　どうしてヘレナなのだ？　誰がおまえをそう呼ばせたのだ？

ヘレナ　ドミン夫人です。

アルキスト　見せてごらん！　ヘレナ！　ヘレナという名なのか？　――わたしはおまえをそうは呼ばない。行きなさい、その水をもって。

（ヘレナ、水差しをもって去る）

アルキスト（独りで）無駄だ、無駄だ！　なんにもなし。またもや、なんの手がかりもつかめなかった！　おまえはいつまで手探りを続ければ気がすむのだ、自然の劣等生？　――おお、神よ、神よ、あの体は、どうして、あんなに震えていたんでしょう！（窓を開ける）夜が明ける。また、新しい一日だ。だが、一歩も前に進んではいない――それでいい、一歩進んだところでどうなる！　もう探すのはあきらめろ！　すべては無駄だ。無駄だ、無駄だ！　どうしてまた夜が明けるのだ！　おー、おー、おー、新しい一日は生命の共同墓地で何をしようというのだろう？　明かりよ、輝くのを止めろ！　もう、登ってこないでくれ！　——ああ、なんという静けさ、なんという静けさなんだ！　愛のささやきよ、どうしておまえたちは沈黙しているのだ？もし、わたしに——ほんの少しでも——眠ることができたら！

（明かりを消し、ソファーに横になり、黒いコートを体にかける）

アルキスト　あの体は、なんという震え方だったことか！おー、おー、おー、生命のおわりだ！

（——間——）

（右手からロボットのヘレナ、しのび込んでくる）

ヘレナ　プリムス！　こっちへ来て、すぐによ！

プリムス（登場）なんの用だい？

ヘレナ　ほら見て、小さなホースがたくさんあるわ！　何に使うのかしら？

プリムス　実験さ。触らないほうがいいよ。

ヘレナ（顕微鏡を覗く）何が見えるか、ちょっと見てごらん！

プリムス　それは顕微鏡だよ、見せてごらん！

ヘレナ　あたしに触らないで！（試験管を倒す）あっ、あたし、これをこぼしてしまったわ！

プリムス　なんてことしたんだ！

ヘレナ　拭けばいいのよ。

プリムス　君は先生の実験をだめにしたんだよ！

ヘレナ　いいわよ、どっちみち同じことよ。でも、これはあなたのせいよ。あたしのところへ来なきゃよかったのよ。

プリムス　じゃあ、ぼくのこと呼ばなきゃよかったんだ。

ヘレナ　あたしが呼んでも来なきゃよかったのよ。ねえ、ちょっと見て、プリムス、ここに先生、何か書いているわよ！

プリムス　それ見ちゃ駄目だよ、ヘレナ。それは秘密だ。

ヘレナ　どんな秘密？

プリムス　命の秘密だ。

ヘレナ　それって、スッゴークおもしろそう。でも数字ばっかり、何よ、これ？

プリムス　それはね、化学方程式っていうもの。

ヘレナ　あたしにはわからない。（窓のほうへ行く）ねえ、プリムス、見てよ！

プリムス　なんだい？

ヘレナ　日が昇るわ！

プリムス　待って、ぼくがすぐ——（本のなかを調べる）ヘレナ、これは世界で最大の問題だって。

ヘレナ　じゃあ、こっちへいらっしゃい！

プリムス　うん、すぐに行く——

ヘレナ　ねえ、プリムス、そのいやな生命の秘密なんか放っておきなさいよ！　そのなんかの秘密ってのがあんたになんの関係があるの？　こっちへきて見てごらんなさいよ、すぐに！

プリムス　（窓辺の彼女のほうへ行く）何がどうしたっていうの？

ヘレナ　聞こえる？　鳥たちがうたっているわ。ああ、プリムス、あたし鳥になりたい！

プリムス　何にだって？

ヘレナ　知らない。プリムス。あたしすごく妙な気持ち、これって何かしら、あたしにもわからないわ。なにか気が変になったような、普通にものが考えられなくなったって、そんな感じよ。あたしの体も心も痛い、何かすべてが痛むのよ――きっとあたし、何か起こったのよ、とてもあんたになんか言えない！　プリムス、あたし、ひょっとしたら、死ななきゃならないかもしれない！

プリムス　ねえ、ヘレナ、言ってごらん、死んだほうがいいというよな気持ちになったことないかい？　もちろん、ただ、眠るだけなんだろうけど。昨晩、眠っているときに、また君と話をしたよ。

ヘレナ　眠っているときに？

プリムス　眠っているときに。ぼくたちは何か外国の言葉か新しい言葉で話した。だって、ぼくは一言もおぼえていないんだもの。

ヘレナ　なんのこと？

プリムス　誰も知るはずないよ。ぼく自身でさえ理解できなかったんだから。それでも、ぼくにわかるのは、以前にはこんな素敵なことを話したことは一度もなかったってこと。それがどんなだったか、どこだったのか、ぼくにはわからない。ぼくが君にさわっていたら、ぼくは死んでいたかもしれない。場所だって誰かがこの世で見たことのある、あらゆる場所とはちがっていた。

ヘレナ　あたし場所を見つけたのよ、プリムス、きっとびっくりするわ。そこには人間が住んでいたの。でも、いまは草ぼうぼう、そこにはあたし以外には、絶対、誰も来ない。

プリムス　そこには何があるの？

ヘレナ　なんにもよ。家と庭がある。それに二匹の犬。わたしの手をなめる、その様子を、あなたが見たらねえ。それに小犬もいる。ああ、プリムス、たぶん、こんなにすてきなものはほかにないわ！　小犬を膝の上に抱き上げて、よしよししってしてごらん。そしたらもう、日が沈むまで、ほかのことはなんにも考えないし、ほかのことはなんにも気にかけないわ。そのあとで立ち上がってごらん、そしたらたくさんの仕事をしたよりも百倍も働いたみたいな気がするわよ。ああ、たしかにあたしはなんの役にもたたない。あたしは仕事には向かないって、みんなが言っている。わたし、どんなだか、自分でもわからないのよ。

プリムス　君はきれいだよ。

ヘレナ　わたしが？　やめてよ、プリムス、なんてこと言うの？

プリムス　ぼくを信じろよ、ヘレナ。ぼくはほかのどんなロボットよりも強いんだからね。

ヘレナ (鏡の前で) あたしはきれい？　まあ、なに、このスッゴークひどい髪。この髪に何かつけられればいいのに！　あたしね、あそこの庭ではいつも髪に花を挿していた。でも、あそこには鏡もないし、誰もいなかった――(鏡の前でお辞儀をする) あんたはきれい？　どうしてきれいなの？　あんたには重いだけなのに、その髪がきれいなの？　あんたが閉じている目はきれい？　痛くするために、噛むだけの唇はきれい？　美しいというのはなんのこと？　なんのため？　――(鏡のなかのプリムスを見る) これはあんたなの？　こっちへいらっしゃい、ここに並びましょう！　まあ、なんてこと、あんたはあたしのとは違う頭をしているのね。それに肩もちがう、それに別の唇――ああ、プリムス、どうしてあんた、あたしを避けるの？　どうしてあたしあんたを一日中追っかけていなければならないの？　そのくせ、そのあとで、君は美しいだって！

プリムス　君だよ、ぼくの前から逃げてばかりいるのは、ヘレナ。

ヘレナ　あなたって、どんな櫛のかけかたをしたの？　お見せなさい！(両手の指を彼の髪のなかに差し入れる) フッフッフ、プリムス、あなたの髪はなでるのには不向きだわ！　まって、あなたもきれいにならなくちゃ！(洗面台から櫛を取り、プリムスの髪を額のほうへすき下ろす)

プリムス　ヘレナ、君には突然心臓がどきどきするっていうことないかい。今だ、今だ、きっと何かが起こったにちがいない――

ヘレナ (笑いだす) さあ、自分の姿見てごらん！

アルキスト (身を起こす) なんだ――なんだこれは、笑っているのか？　人間か？　誰か戻ってきたのか？

ヘレナ (櫛を落とす) プリムス、あたしたちに何か起こったのよ！

アルキスト (よろよろと彼らのほうへ行く) 人間か？　君――君――君たちは人間か？

(ヘレナは叫び声を上げ、顔をそむける)

アルキスト　君たちは婚約者なのかい？　人間か？　どこから戻ってきた？(プリムスをなでまわす) 誰かね、君は？

プリムス　ロボット・プリムスです。

アルキスト　何だと？　よく見せてくれ、娘さん！　君は誰？

プリムス　ロボットのヘレナです。

アルキスト　女のロボットか？　こっちを向きなさい！　なにを、そんなにはずかしがっているのだ？(彼女の肩に手をかける) 見せてごらん、ロボットのお嬢ちゃん！

プリムス　やあ、先生、彼女から手を放してください。

アルキスト　なんだと、君は彼女をかばうのか？　――娘よ、行け！

(ヘレナ、駆け去る)

プリムス　ぼくたち、先生がここでおやすみとは知りませんでした。
アルキスト あの子はいつ製造された?
プリムス 二年前です。
アルキスト ガル博士からか?
プリムス わたくしも同じです。
アルキスト そんならばだ、親愛なるプリムス君、わたしは――――わたしは、ガル博士のロボットである実験をしなければならない。それに今後のすべての問題がかかっている、わかるかな?
プリムス はい。
アルキスト よろしい。それでは、あの娘を解剖室に連れてきなさい。あの子を解剖しよう。
プリムス ヘレナをですか?
アルキスト もちろんそうだ。そう言ったはずだ。行け、準備を整えろ。――じゃあ、いいかな? それとも彼女を連れてくるようほかの連中を呼ぶべきかな?
プリムス (重い乳棒をつかむ) 動いてみろ、貴様の頭を叩き割る!
アルキスト そんなら、叩き割れ! いいとも、叩き割れ! そのあと、ロボットたちは何をするかな?
プリムス (激しい勢いでひざまずく) 先生、じゃあ、ぼくを選んでください! ぼくも彼女と同じように作られています。同じ材料、同じ日に! ぼくの命をとってください、先生! (上着の胸をはだける) ここを切ってください!
アルキスト 行け、わたしはヘレナを解剖したいのだ。すぐにやれ。
プリムス 彼女の代わりに、わたしを解剖してください。この胸を切るのです。うめき声一つ立てません。ため息さえもらしません! 百回でもぼくの命を取ってください――
アルキスト 落ち着け、若者よ。命をそんなに無駄にするんではない。どうして、おまえはそんなに生きたくないのだ?
プリムス 彼女なしではいやです。彼女なしでは生きたくありません、先生。ヘレナを殺してはいけません! あなたのなさるべきことは、ぼくの命を奪うことです。
アルキスト (やさしく彼の頭に触れる) ふむ、わたしにはわからない――いいかね、若者よ、よく考えてごらん。死ぬのはむずかしいぞ。それにな、なんと言っても、生きることはいいことだ。
プリムス (立つ) 恐がらないでください、先生。そして切ってください。ぼくは彼女よりも強いのです。
アルキスト (ベルを鳴らす) ああ、プリムス、わたしが若い青年だったのは、もう、ずいぶんと昔のことだった! 心配することはない。ヘレナには何も起こりはせん。
プリムス (上着のボタンをはずす) さあ、行きましょう、先生。
アルキスト 待て。

(ヘレナ、入ってくる)

アルキスト こっちへおいで、お嬢さん。どうら、顔を見せてごらん! ああ、君はヘレナか? (彼女の髪をなでる) こわがらなくてもいい、そうしり込みしなさんな。おまえはドミノヴァー夫人を覚えているかい？　ああ、ヘレナ、あの人はなんてすばらしい髪をしていたんだろう！　おやおや、おまえは私を見るのがいやなのだな。どうだ、娘さん、解剖室はきれいになったかな？

ヘレナ　はい、先生。

アルキスト　よろしい。では、手伝ってくれ、いいかな？　わたしはプリムスを解剖しようと思っているのだ。

ヘレナ（叫び声をあげる）プリムスをですって？

アルキスト　うん、そうだ、そうだよ。そうしなきゃならないんだ、わかるだろう？　わたしは——本当は——そうだ、わたしは、おまえさんを解剖したかったんだ。でもな、プリムスがおまえさんの身代わりになると自分から申し出たのだ。

ヘレナ（顔をおおう）プリムスが？

アルキスト　しかし、もちろん、そんなことはどうでもいい。ああ、娘さん、あんたは泣くことができるのか？　言ってごらん、そのどこかのプリムスがどうかしたのか。

プリムス　先生、彼女を苦しめないでください。

アルキスト　静かにしなさい、プリムス、静かにするのだ！——このかわいい涙はなんのためかな？　まさか、プリムスのためというのではあるまい。なあに、一週間もしたら、彼のことなど忘れてしまう。行きなさい、生きることを楽しんでおいで。

ヘレナ（静かに）わたくしが行きます。

アルキスト　どこへ？

ヘレナ　先生がわたくしを解剖なさるためです。

アルキスト　きみをかね？　君は美しい、ヘレナ。おまえさんを失うのはもったいない。

ヘレナ　わたくし、行きます。（プリムス、彼女のまえに立ちはだかる）行かせて、プリムス！　あたしを解剖室に行かせて！

プリムス　行っちゃだめだ、ヘレナ！　お願いだ、ここから出て行ってくれ、君はここにいてはいけないんだ！

ヘレナ　プリムス、あたし、窓から飛び降りるわよ。あなたがあそこに行くんなら、あたし、窓から飛び降りる！

プリムス（ヘレナを抱きとめる）ぼくは放さない！（アルキストへ）老先生、あなたはぼくたちのどちらも殺せません！

アルキスト　なぜかね？

プリムス　ぼくたち——ぼくたち——ぼくたちはお互いに、ぼくたちだけのものだからです。

アルキスト　言ったな、こいつ。（中央のドアを開ける）静かにするんだぞ。さあ、行きなさい。

プリムス　どこへです？

アルキスト（ささやく）好きなところへさ。ヘレナ、彼を導いて行きなさい。（二人を外へ押し出す）行け、アダムよ。行け、イヴよ。おまへは彼の妻となり、おまえは彼女の夫となれ、プリムス。（彼らのあとからドアを閉める）

アルキスト（独りで）おお、祝福の日よ！（爪先立ちで机のほうへ行き、試験管の中身を床にあける）第六日の祝い日！（書

卓のまえにすわる。本を床の上に放り出し、やがて聖書を取り出し、ページをめくって、読む）

そして創造者の神はご自分にかたどって人を創造された。神の姿にかたどって人を創造され、男と女につくられた。神は彼らを祝福して言われた。『産めよ、増えよ、地に満ちて、地を従わせよ。海の魚、空の鳥、地の上に這う生き物をすべて支配せよ』（立ち上がる）それから神はお造りになったすべてのものをご覧になった。そして、それは非常に良かった。夜になり、朝が来た。第六日目の朝であった。」（部屋の中央に来る）

第六の日！　それは愛の日だ。（ひざまずく）いまこそ、神よ、あなたの僕《しもべ》――あなたの最も役立たずの僕――アルキストをご解放ください。

ロッサム、ファブリ、ガル、また、偉大なる発明家たちよ、君たちは愛と涙と、愛の頬笑み、男と女の愛を発見したあの娘や少年や、あの最初のカップルにくらべてどれだけ偉大なものを発明したというのだ？

自然よ、自然よ、生命は滅びない！　仲間たち、ヘレナ、生命は滅びないぞ！　ふたたび、愛にはじまり、裸の、ちっちゃな子供からはじまる。荒地の中に陣取り、われわれが作ったり築いたりしたものはなんの役にも立たない。都市も工場も無価値だ、われわれの芸術も、われわれの思想も無駄だ。それでも生命は滅びない！　ただ、われわれだけが死んだ。建物も機械も壊れ、制度も分解し、偉大な人物の名もまるで木の葉のようにはがれ落ちる。ただ、おまえ、愛よ、おまえはごみのなかにも花開き、生命の種子をただよう風に託すのだ。

いまこそ、神よ、あなたの僕に憩いをお与えください。なぜなら、わたしの目には愛を通して――見えている――あなたの救済が見えているからです――そして生命は滅びないと！（立つ）生命は滅びない！（両手を上方に向かって大きく広げる）生命は滅びない！

――幕――

マクロプロス事件

序言と三幕からなるコメディー

人　物

エミリア・マルティ
ヤロスラフ・プルス
ヤネク（プルスの息子）
アルベルト・グレゴル
ハウク－シェンドルフ
コレナティー博士（弁護士）
ヴィーテク（司法書士）
クリスティナ（ヴィーテクの娘）
女中
医者
舞台技術者
舞台掃除婦

序言

この新しいコメディーはおよそ三、四年まえから私の興味をそそりはじめていた。だからまだ戯曲『RUR（ロボット）』以前のことであり、その当時は、もちろん、小説《ロマン》として構想していたもので、素材的には、早く片をつけたいと思っていたものの一つであった。要するに、古い在庫を処分してしまうためには、もう一つ、このような課題が残っていたわけである。この課題にたいする刺激になったのは、老化とは組織《オーガニズム》の自家中毒であるという、たしかメチュニコフ教授の理論だった。

今年の冬、目下のところは抜粋によってしか知らないが、同じく長寿の問題が――どうやら、かなり壮大な規模で――扱われているバーナード・ショーの新作『メトセラへ帰れ』が出版されたから、ショーと私との二つの作品のあいだの関係に前もって触れておいたほうがよいだろう。

この素材的な一致はまったく偶然であり、抜粋によって推測できるように、その一致は表面的にすぎない。なぜならバーナード・ショーはこの問題にかんして、私とはまったく反対の結論に到達しているからである。私の判断によれば、ショー氏は数百年生きる可能性のなかに未来の楽園、ないしは人類の理想的状態を見ているようだ。

私の作品では、長寿の問題は、まったく別の様相において描かれている。つまり、度を越えた長生きは理想的な状態どころか、まったく望ましくもなんともないものとして描かれているということが、読者のみなさんにもおわかりのことと思う。

どちらが正しいかを判定するのはむずかしい。残念ながら、そのいずれの場合も、その長寿を自分で実証できないからである。しかし、仮に、ショーの主張《テーゼ》がオプティミズムの古典的《クラシック》ケースであると言えるなら、私のこの作品はペシミズムの絶望的ケースであると見なすことができるかもしれない。

ところで、仮に、私がペシミストだとか、オプティミストだとか言われたとしても、私自身の人生は、はっきり言って、幸せにもならなければ悲しくもならない。それでも「ペシミストである」ということは、世界や人類にたいする害悪が無言の非難を受けるのと同様の、ある一定の公的な責任をふくんでいるように思われる。

だから、その意味でなら、私は何の罪の意識もないし、いかなるペシミズムにもおちいっていないと公言してはばからない。仮に、もし私がペシミズムに冒されているとしたら、それはまったく自分では意識せずに、きわめて不本意ながらそうなっているのである。

私はこの作品《コメディー》のなかで、反対に、人びとに何か慰めになること、そして楽天《オプティミスティック》的なことを言おうと意図した。六〇年生きることは悪いが、三〇〇年生きるのはいいことであるかどうかはわからない。ただ、六〇年（平均）の人生は適当であり、十分よいことであると公言するのは、けっして犯罪的なペシミズムではないと、私は思う。

もし仮に、いつか未来には、病気も貧困も不潔な労働もなくなるだろうと言うとしたら、それは、たしかにオプティミズムである。しかし病気や貧困や不潔な労働に満ちたこの現代の生活も、必ずしもそう悪くもないし、ひどくもない。それどころか、かけがえのない何か高価なものがあると言うとしたら、それは——いったい何だろう？　ペシミズムだろうか？　いいえ、私はそうは思わない。たぶん、それは二重のオプティミズムといえるのではあるまいか。

この第一のオプティミズムは、悪いものから何かいいものへ——たとえそれが夢想のようなものであったとしても——目を向ける。そして第二のオプティミズムは、悪いものそれ自体のなかに、何か少しでも——たとえ単なる夢想にすぎないとしても——よいものを探し出そうとする。

この第一のものは直接、楽園を探そうとしている。人間精神にとってより好ましい傾向とは言いかねる。第二のものは、あちらこちらで、せめて相対的善の一かけらでもと探しだそうとしている。おそらくこんな試みだってまったく無意味ではないだろう。これがオプティミズムでないなら、それにふさわしい何か別の言葉を考え出していただきたい。

以上のことは、この戯曲の弁護のためにだけ言っているのではない。私は取り立てて強調したくはないのだが、私の几帳面さが何となくそのことへ言及させただけで、そのこと自体はそれほど重要なことではない。

私は、いま、とくに『虫の生活より』のことを念頭においている。この作品のおかげで私と共作者〈訳注・兄のヨゼフ・チャペック〉はペシミズムという「カインの刻印」をちょうだいした。人間社会を虫になぞらえるのは非常にペシミスティックなのはたしかである。しかし「人間—個人」を放浪者になぞらえるのは、いささかもペシミスティックではない。「虫」などによって人類を辱めたといって作者を非難する人びとは、私たち作者が放浪者によって人間を語り、人間に語りかけていることを忘れている。

唯一つ本当のペシミズムというものがあるとしたら、それは腕をこまぬいて何もしないもののこと。あえて言えば倫理的敗北主義である。働いている人間は何かを探求し、実現しようとしている。そんな人がペシミストであるはずもなく、また、ありえない。あらゆる真剣な活動はたとえ言葉で説明しなくても信頼を得るものである。あのカッサンドラのような人物でさえペシミストだといえる。なぜなら何もしなかったからだ。もしトロイヤのために戦っていたら、彼女はペシミストにはならなかったはずだ。

それ以外にもペシミズム文学はある。それらの文学のなかでは、人生が絶望的に無味乾燥で、人間も社会も、何かしらすべてが雑然としていて、不確かで退屈なものに見えてくる。たしかに、この種の救いがたいペシミズムには苦痛を覚えずにはいられない。

第一幕

コレナティー弁護士事務所の司法書記の部屋。正面奥には外に通じるドア。舞台に向かって左手には弁護士の執務室に通じるドア。正面の壁にはABCの見出のついた無数の仕切りのある高い書類棚があり、それに向かって梯子がかかっている。左手には司法書記のテーブル、中央にはタイピスト用の二人掛けの机がある。右手には順番を待つ依頼人用のソファーが数脚。壁にはいろんな種類の料金表、告知、カレンダー、その他、それに電話。いたるところに紙や本やファイルや書類。

ヴィーテク（書類を整理して書類棚へもどしている）ああ、これだ！　ああ、なんてことだ！　あと一時間……。古きよき時代は、もはやもどらず——グレゴル家対プルス家の遺産相続訴訟。G、GRと、ここだ。（苦労しながら梯子を登っていく）グレゴル事件。ほうら見ろ、おまえもこれでお終いだ。やれやれ、これはこれは！（書類ファイルを開いて、めくる）一八二七年。一八三二年。三二年。一八四〇年、四〇年、四〇年、四七年。あと二、三年もすれば百年祭を祝うこともできようというのに。おしいなあ、こんなにすばらしい裁判が幕を閉じるとは！（ファイルを押し込む）グレゴル家対プルス家の係争事件……ここに……憩《いこ》う。ああ、何ものも永遠には続かぬ。栄華の夢も、また……灰燼《かいじん》に帰するなり、か……（考え込みながら梯子の最上段に腰をおろす）当然ながら、貴族だ。古い貴族。きっとそうだ、プルス男爵か。しかもこの百年間というもの、ずっと裁判で争ってきた、この強欲者め！　——（間）「シトワイヤン！　市民よ！　君たちは何ゆえにじっと我慢しているのだ。かの特権階級、歴代のフランス諸王により甘やかされてきた、かの古き貴族階級、自然によって得たものでもなければ、理性によって得たものでもない、ひたすら専制主義の恩顧によって得たおのれの権益をほしいままにしている階級のものたち。この一群の廷臣、世襲身分の継承者、かの土地、権力、法の保持者たち……」やれやれ！

グレゴル（誰にも気づかれず、ドアのところに立ちどまり、しばらく聞いている）今日は、市民マラー君！

ヴィーテク　これはマラーではない。ダントンだ。一七九二年一〇月二十三日の演説。おーっと、これはとんだ失礼をいたしました、どうかお許しを。

グレゴル　先生はここではないのかい？

ヴィーテク（梯子を下りてくる）まだ、もどっておりません。

グレゴル　それで、判決は？

ヴィーテク　まだ、何も存じておりませんのです、グレゴルさん。でも——

グレゴル　かんばしくない？

ヴィーテク　私としてはどちらとも申し上げられません。でも、残念でございますな、こんなすばらしい裁判でしたのに。

グレゴル　負けだったのか？

ヴィーテク　わかりません。うちの老先生は朝から裁判所に詰めておりますのでね。しかし、私といたしましては――

グレゴル（革張りのソファーの上に身を投げ出す）向こうに電話をしてみてくれませんか。コレナティー博士を呼び出してください！　すぐに!!

ヴィーテク（電話機のほうへ急ぐ）はい、はい、いますぐに。もしもし！　――（電話機のほうからふり返る）私なら、この事件を最高裁にまでは上告しなかったでしょうよ。

グレゴル　どうして？

ヴィーテク　なぜなら――もしもし、二、二、三、五。……三、五、そうです。――（ふり向く）なぜなら、終りを意味するからですよ。

グレゴル　どんな終りだね？

ヴィーテク　裁判の終りです。グレゴル訴訟事件の終りです。もう、この裁判はありません。もはや歴史的遺物です。その裁判はもう九〇年以上も続いていました――（電話機に）もしもし、お嬢さん、そちらにコレナティー弁護士がいないでしょうか？　こちらはコレナティー弁護士事務所です。電話に出るようにお伝え願えますか？　――（ふり返る）グレゴル事件ファイル、これは歴史の一断片です。ほとんど百年にもなろうという、（電話へ）もしもし、もう、そちらを出た？　どうもありがとう（受話器をかける）もう、向こうは出たそうです。たぶん、こちらへ向かっているところでしょう。

グレゴル　で、判決は？

ヴィーテク　私にはお答えいたしかねます。私はむしろ判決などなかったらよかったのにと思っておりますよ。私は――私はあなたのお力にはなれません、グレゴル様。それにしましても、今日がグレゴル裁判の最後の日かと思いますとねえ――私はもう三十二年間もこの事件の記録を取り続けてまいりました。あのとき、あなたの亡くなられたお父上がこちらに参られて、おお神様、あのお方に永遠の栄光を授けられませんことを……。しかし、あの方と、亡くなられたコレナティー博士、つまり現在のコレナティー博士のお父上でございますが、それはもう、この上もなき大いなる世代でございましたよ。

グレゴル　ほう、そうかね。

ヴィーテク　すぐれた法律家たちでした。前判決の破棄や判決無効の提訴。こういった類《たぐ》いの駆け引きで、この裁判は三〇年間、続いてきたのですぞ。それなのに、あなた様は、いきなり、ドカン！　と、最高裁に提訴された。ただ、もう結末をつけるために！　惜しいなあ、あなた方にとっても実にすばらしい裁判だったのに……。こうして一世紀にわたる訴訟事件が、突如、終止符を打たれるとは！

グレゴル　ヴィーテクさん、無駄話はたくさんだ。ぼくはこの裁判で決定的な勝利を得たいのだよ。

ヴィーテク　それとも決定的な敗北でございましょう？

グレゴル　そうとも、いっそのこと負けるのなら負けたほうが、まだしも……。いいかい、ヴィーテク君、鼻先に五千万コルンという大金がちらちらしていたら……、そりゃ、誰だって頭が変になるだろうさ……。そいつが今にもころがりこんでこようっていうんだ……、ぼくは子供のころから、その話ばっかし聞かされてきた。（立ちあがる）君の予想じゃ、ぼくは、負けそうかい？

ヴィーテク　私には申し上げかねます、グレゴルさん。きわめて議論の余地のある訴訟事件でございますのでね。

グレゴル　まあ、いい。だがね、もし、ぼくが負けるようなことになったら、そうしたら——

ヴィーテク　——そうしたら、自殺でもなさろうと……、いや、まさしく同じことを、お亡くなりになられたお父上も言っておられましたよ。

グレゴル　ところがだ、言うだけでなく、本当にやっちまった。

ヴィーテク　でも、この訴訟のせいではありません。借金のせいです。あんな生活じゃね……遺産を抵当に……

グレゴル（黙って、すわる）すまんが、もう、やめてくれ！

ヴィーテク　ハハー、あなたには大きな裁判は無理なようですな。こんなすばらしい楽しみの種だというのに！（梯子の上にあがり、グレゴル事件のファイルを引っぱり出す）ご覧くださいよ、この記録を。一八二七年、私どもの事務所でもっとも古い数字、かけがえのない資料だ！　まさに、博物館ものだ。それに一八四〇年の書類のこの美しい文字。なんと見事な筆跡の持主だ！　ちょっと、ご覧なさいよ、なんてすばらしい文字だろう！　見るだけでも、すばらしい快感。

グレゴル　君は馬鹿だよ。

ヴィーテク（うやうやしくファイルをもどす）そうですよ、この最高裁の審理はきっとまだまだ続きますよ。

クリスティナ（そっとドアを開ける）お父さん、まだ、おうちには帰らないの？

ヴィーテク（梯子をおりる）ちょっと待ってなさい、すぐに終わる——すぐだ——先生がもどられさえしたら、すぐだ。

グレゴル（立ちあがる）これはお嬢さんですか？

ヴィーテク　さようでございます。ああ、クリスティナ、廊下で待っていなさい。

グレゴル　その必要はありませんよ。おじゃまはいたしません。学校のお帰りですか？

クリスティナ　リハーサルです。

ヴィーテク　娘は劇場でうたっておりましてね。さあ、もう行きなさい！　おまえがここにいたって、することもあるまい。

クリスティナ　お父さま、あのマルティさんって、ほーんとに、すごいわよ！

グレゴル　誰がです、お嬢さん？

クリスティナ　あら、あのマルティさんじゃありませんか！エミリア・マルティ！

グレゴル　それ、誰です？

クリスティナ　あなた、なんにもご存じないのね！　世界中で最高の歌手よ。今晩、うたいますわ——今朝、あたしたちと一緒にリハーサルをしたんです——お父さま！
ヴィーテク なにかね？
クリスティナ お父さま、あたし——あたし、劇場をやめるわ！ あたし、もう、劇場には行かない。あたしなんか、むだよ！ むだだわ！（すすりあげながら、背をむける）
ヴィーテク（駆け寄る）クリスティナ、おまえ、何か意地悪でもされたのか？
クリスティナ だって……あたし……なんにも、できないんだもの！ お父さま、あのマルティさんは——あたしは……、お父さまだって、マルティさんの歌を聞いたら……。あたし、もう二度と、うたいたくない！
ヴィーテク やれやれ、どうです、この子の様子ときたら！それにな、わたしのかわいい歌い手さん——いまは、向こうへ行ってなさい！ な、このかわいいおばかさん、お願いだから！
グレゴル 気にすることはありませんて、お嬢さん。たとえその有名なマルティが誰だろうと、いまのあなたになら、きっと焼き餅をやきますよ。
クリスティナ あたしの何に？
グレゴル あなたの若さにですよ。
ヴィーテク そうだ、そのとおり！ ほうら、見なさい、クリスティナ。こちらはグレゴルさん、いいかな？ おまえがマルティさんの年になるまで、しんぼうすれば……で、そのマルティさんとやらは、おいくつかな？
クリスティナ わからない。たしかなことは……だれも……知らないの。たぶん、三〇歳くらいかしら。
ヴィーテク ほうらね、三〇歳だ！ 三〇歳といえばもう立派な年増《としま》だぞ、おまえ！
クリスティナ でも、美しいわ！ とっても美しい！
ヴィーテク だがな、もう三〇歳だ。年相応のことはあるといったところだ！ しんぼう、しんぼう、おまえだって——
グレゴル お嬢さん、わたしも見に、今晩、劇場に行きますよ。でもマルティを見にではありませんよ。あなたを見にです。
クリスティナ 劇場に来て、マルティさんをご覧にならないなんて、あなたはきっとおばかさんですわ。きっと、ものの善し悪しがわからない方よ。
グレゴル いやあ、これは手厳しい、もうけっこうです。
ヴィーテク やれやれ、このおしゃべり娘ときたら。
クリスティナ マルティさんを知らずに、マルティさんのことをあれこれ言うべきじゃありませんわ。誰もがあの人に夢中なのよ！ みんながよ！

（コレナティー博士入ってくる）

コレナティー おお、これはこれは、クリスティナちゃん！今日は——ああ、依頼人氏もここでしたか。ごきげんいかがです？
グレゴル 決着はどうなりました？

コレナティー　まだ、なんとも。最高裁はちょうど解散したところです――
グレゴル　陪審の票決に？
コレナティー　いいえ、昼食に。
グレゴル　じゃ、判決は？
コレナティー　午後からです。ま、しんぼう、しんぼう。もう昼食はおすみですか？
ヴィーテク　ああ、とうとう！
コレナティー　何かね？
ヴィーテク　残念です、こんなにすばらしい裁判だったのに。
グレゴル（すわる）また、おあずけか！　こんなの、ひどいよ！
クリスティナ（ヴィーテクに）さあ、行きましょうよ、お父さま！
コレナティー　クリスティナちゃん、ご機嫌はいかがかな？　それにしても、また会えてうれしいよ！
グレゴル　先生、本当のところは、私たちはどんな具合なんです？
コレナティー　まあまあ。
グレゴル　分が悪い？
コレナティー　いいですか、グレゴルさん、私はこれまでに、あなたに何か希望をもたせることを言ったことがありますか？
グレゴル　じゃあ、どうして……どうして……
コレナティー　どうして、この裁判を継続してきたかでしょう？　そう、なぜなら、あなたを相続したからですよ、グレゴルさん。あなたに、ヴィーテクに、それにあの机。お望みなら申しましょうか？　グレゴル裁判もです。こいつは病気みたいに、わが家に受け継がれてきたのです。だからといって、あなたには一文の負擔もおかけしておりませんぞ。
グレゴル　私がこの裁判に勝ったときに、弁護料はお支払いたしますよ。
コレナティー　そうなれば、私としてもおおきな喜びですがね。
グレゴル　じゃ、あなたのお考えでは――
コレナティー　お知りになりたい？　それなら「イエス」です。
グレゴル　――つまり、われわれの負けだと？
コレナティー　そんなこと、わかりきったことじゃありませんか。
グレゴル（落胆して）わかりました。
コレナティー　おお、だからといって、まだ自殺されるにはおよびませんよ。
クリスティナ　お父さま、あの方、自殺なさるおつもりなの？
グレゴル（なんとか気を取り直して）とんでもない、お嬢さん。ぼくは今晩あなたを見にいくって、約束したばかりじゃありませんか。
クリスティナ　わたくしをじゃありませんわ。

（ドアのベルが鳴る）

ヴィーテク　また、誰か来た——あなたはここにいらっしゃらないと申しますよ。（出ていく）追っぱらってやりますよ、おっぱらって！
コレナティー　ほんとに、まあ、クリスティナちゃん、すっかり大きくなって！　だんだんと女っぽくなっていくな。
クリスティナ　ほら、ちょっと、ご覧になって！
コレナティー　何をかね？
クリスティナ　あの方……、すごく青い顔！
グレゴル　ぼくのこと？　ごめんなさい、お嬢さん。すこし寒気がするもんで。
ヴィーテク　（ドアの向こうで）こちらへどうぞ。はい、どうも。さ、どうぞ。

（エミリア・マルティ、登場。その後ろにヴィーテク）

クリスティナ　まあ、なんてこと、マルティさんだわ！
エミリア　（ドア口のところで）コレナティー博士は？
コレナティー　私ですが。どういうご用件で？
エミリア　わたくし、エミリア・マルティでございます。ある件でお目にかかりたいと存じまして——
コレナティー　（非常にへりくだった態度で、自分の執務室のほうを示す）どうぞ、こちらへ！
エミリア　——グレゴル裁判の件でございます。
グレゴル　なんですって？　奥さん——
エミリア　あたくし、まだ未婚ですの。
コレナティー　失礼しました。ミス・マルティ、こちらはグレゴル氏。私の依頼人でございます。
エミリア　（グレゴルのほうを見る）この方が？　よろしければ、ここにいらしてもいいわ。（すわる）
ヴィーテク　（クリスティナをドアから押し出す）来なさい、クリスティナ、おいで！（頭をさげながら、爪先立ちで出ていく）
エミリア　あの娘、どこかで見たことありますわ、あたくし。
コレナティー　（後ろ手でドアを閉める）マルティさん、私といたしましても、非常な光栄でございます——
エミリア　まあ、そんなこと。それでは、あなたが、あの裁判の弁護士さんでいらっしゃいますのね——
コレナティー　（彼女に対面してすわる）おそれいります。
エミリア　——そのグレゴル家の、誰の弁護をしていらっしゃるのです——
グレゴル　つまり、私です。
エミリア　——ペピ〔訳注・ヨゼフの愛称〕・プルスの遺産にかんする裁判でですか？
コレナティー　そうです、つまりヨゼフ・フェルディナント・プルス男爵、一八二七年没の遺産です。
エミリア　まあ、あの人ったら、もう死んじゃったの？
コレナティー　残念ながら。かれこれ、もう百年も前のことになりましょうか。
エミリア　まあ、かわいそうな人。知らなかったわ。
コレナティー　そうでございましょうとも。ほかにお役にたてるようなことはございますでしょうか?
エミリア (立つ) おお、あたくし、あなたのお邪魔はしたくありませんのよ。
コレナティー (立つ) 失礼ながら、ミス・マルティ。何の理由もなしに、わざわざお越しになったとも思えませんが。
エミリア もちろんです。(また、すわる) あたくし、少しばかり申し上げたいことがございまして。
コレナティー (すわる) グレゴルの裁判についてですか?
エミリア たぶん、そのこととかかわりがあるかと……。
コレナティー ですが、あなたは外国の方でいらっしゃいますよね?
エミリア もちろんです。あなたの……、こちらの方の裁判について、まったく、今日の朝、はじめて知りましたの。まったく、偶然に。
コレナティー それはそれは!
エミリア ちょっと、新聞で読んだだけですわ、おわかりかしら? あたくしのことが何か出てないかって、あたくし、いつも探しますの。そして、なんの気なしに読んだのです。「グレゴル家対プルス家裁判、最後の日」って。偶然ですわよ、ね?
コレナティー たしかに、そのことはどんな新聞にも出ていましたからね。
エミリア あのう、もしかしたら……ひょっとして……あたくし、何か、思い出すかも……つまり、その裁判について、何か私に話していただくわけにはいきませんかしら。
コレナティー お知りになりたいことがあれば、なんなりとおたずねください、どうぞ。
エミリア あたくし、そのことについて、何も知りませんの。
コレナティー まったく何も? そういった言葉さえも?
エミリア ほんとうに、このことについて聞くのははじめてなのです。
コレナティー それにしましても——失礼ですが——どんな興味がおありなのかが、どうも、納得いたしかねるのですが——
グレゴル まあ、話してあげてくださいよ、先生。
コレナティー そう、じゃあ、お話しましょう。実はね、ミス・マルティ。こいつはね、やるだけ無駄な裁判でしてね。
エミリア でも、グレゴルのほうが正当なんじゃありませんか?
コレナティー そりゃ、はっきりしています。でも、それだけでは裁判には勝てません。
グレゴル 早く、はじめてくださいよ。
エミリア せめて、要点だけでも。
コレナティー そう、それがあなたにとってお楽しみというのでしたらね…… (安楽椅子に身をゆだねて、早口に暗唱する) それでは一八二〇年頃のこと、プルス男爵領を頭の弱い、愛称ペピことヨゼフ・フェルディナント・プルス男爵が所有しておりました。つまり、セモニッツの城館、ロウコフ、ノヴァー・ヴェス、ケーニクスドルフ、その他——
エミリア ペピが頭が弱いですって? おお、そんなことありませんよ！

コレナティー　それじゃ、たぶん、変人だったんでしょう。

エミリア　不幸なと言っていただきたいわね。

コレナティー　失礼ながら、あなたが、そのことをご存じのはずはありません。

エミリア　あなたこそ、知るはずないわ。

コレナティー　ま、神のみぞ知る。かくして、ヨゼフ・フェルディナント・プルスは終生結婚もせず、子供もなく、遺言も残さずに、一八二七年に死にました。

エミリア　原因は何です？

コレナティー　脳膜炎か何かでしょう。遺産は彼の従兄弟のポーランド人、エンメリヒ・プルス－ザヴルゼ－ピンスキ男爵が相続いたしました。彼にたいしてある伯爵セプハージ・ドゥ・マロスヴァール、亡くなられたプルス男爵の母親の甥が全遺産の権利を要求して登場しましたが、いうならばこの件はわれわれとは無関係です。それと、もう一人、フェルディナント・カレル・グレゴルと称する人物が、ロウコフの遺産にたいする権利を主張して裁判に打って出たのですが、その人物が、いまの私の依頼人の曾祖父に当たる方であります。

エミリア　いつ？

コレナティー　即刻、一八二七年にです。

エミリア　でも、そのころフェルディナントはまだ子供だったんじゃありません？

コレナティー　おおせの通り。当時、彼はテレジーン・アカデミーの寄宿生でした。ウィーンの弁護士が代理人になったのです。ロウコフの遺産にたいする権利は次の事実にもとづいています。第一に、お亡くなりになった年、ご逝去の前に男爵ご自身、御自らテレジーン・アカデミーの学長をお訪ねになり、上記の土地、および、それに付随する城館、家屋、農場および家財、すなわち、上記のすべての遺産ともども、前出、未成年者の所有にゆだねる旨を宣言されたというのです。つまり、上記の少年グレゴルでありますが、この人物が成年に達したる場合にはただちに、つまり、成人に達したる時点において、本人の所有に帰するものである……と。

また、要件の第二。上記未成年者はその指示にもとづき、生活諸経費として故人の喜びとともに、上記諸物件の目録とロウコフ遺産の所有権、ならびに、領主の称号を受け取ったということ、すなわち、これによって無償による所有権の委譲が証明されたというわけであります。

エミリア　じゃ、それで、なんにも問題はないわけでしょう？

コレナティー　ところがどっこい、これにたいしてエンメリヒ・プルス男爵は、上記資産にたいする贈与は文書によっておこなわれていない、つまり、土地登記謄本にも記入されていないし、遺言状さえも残されていない。反対に、口頭ではほかの人物の利益になるような指示まで――

エミリア　そんな馬鹿な！　どんな人物です？

コレナティー　そこがややこしい点なんですよ、ミス・マルティ。ちょっとお待ちを、すぐにそいつを読んでさしあげましょう（書類棚の梯子をのぼっていく）ちょっとおもしろいですよ、いいですか。ああ、ここだ（「グレゴル」のファイルを引き出し、梯子の最上段にすわり、すばやくめくる）えー、えーっと、ああ、これだ「プルス男爵家世襲領主ヨゼフ・フェルディナント・フォン・ゼモニッツ閣下の逝去に際して、口述を書きとめたる記録、云々」。したがって、死の床における遺言の記録ですな。これには、ヨゼフ・プルス男爵の死に立ち会われた某神父、医師、公証人の署名があります。それゆえに……「署名をなしたる公証人のまだ何かご希望がおありかとの質問によって……死に赴かんとする者が……高熱のなかで……数回にわたり」原文によりますれば『ヴィーダーホルテン・マーレ』とありますな、「宣言したるロウコフ領は……「マッハ・グレゴル氏に帰属すべきものなり」。すなわち『ダス・アッロディウム・ロウコフ』は、「マッハ・グレゴル氏に帰属すべきものなり」。すなわち『ヘルン・マッハ・グレゴール・ツーコンメン・ゾル……』（書類を閉じる）マッハ・グレゴール氏に帰属すべきものなり（ファイルを棚に押し込む）どこかのマッハ氏に提供するというわけです。どこかのグレゴル家のマッハ氏にです。チェコ風にいえばジェホシュ・マッハ氏に、そのころ、すでに未知の、その存在さえ定かでない人物にです。（梯子の上にすわったまま）

エミリア　でも、それは間違っています！　ペピの頭のなかにあったのはグレゴルのことだわ、フェルディ・グレゴルよ！

コレナティー　そうでしょうとも、ミス・マルティ。しかし、書かれたものは書かれたもの。当時でさえ、事実、かのグレゴル氏自身が「マッハ」という言葉が口述の遺書のなかに紛れ込んだのは、何かの聞き違いか、書き間違いだろうと、それに「グレゴル」というのは遺書のなかでは姓であって、洗礼名ではないはずだ、などなど。しかし、書かれた文字が物を言うのです――だから、エンメリヒ・プルス氏がロウコフはもちろん、故ヨゼフ・フェルディナント・プルス氏の全遺産を相続し、所有することになったのです。

エミリア　で、グレゴルは？

コレナティー　なんにもなし。目下のところはその従兄弟のセプハージというのが――こいつはかなりけったいなイカサマ野郎ですがね――いつだったか偶然にもジェホシュ・マッハという名の、ある人物を見つけ出してきましてね……。そんなわけで、そのマッハとやらがね、法廷に名乗り出てきたというわけです。故人は誰かと秘密の――もちろん、かなり微妙な性格のですがね――関係をもっていたというんですな。

エミリア　そんなの嘘よ！

コレナティー　もちろん、でっちあげです。まあ、そんなこんなで、ロウコフの遺産について要求してきたのです。その後、ジェホシュ・マッハ氏はロウコフにかんする公証人の作成した証書をセプハージ氏の手に残したまま消えました――なぜかは、この記録には語られておりません。そして、それ以後、この義侠心あふるるセプハージ氏は彼、ジェホシュ・マッハ氏の名のもとにロウコフにかんする裁判を継続してきたのです。ところが、どうです、こともあろうに、そやつが勝ったのです。で、今度は、ロウコフはそやつのものになりました。
エミリア　ばかばかしい！
コレナティー　ひどい話でしょう、ね？　で、当時、まえにも触れましたグレゴルはセプハージにたいして、さきほども申し上げたジェホシュ・マッハは法律的にロウコフの正当な相続人ではない。故人は口頭の遺書を高熱の状態でなしたものであるとか、その他、なにやかやと言って、また裁判をはじめたのです。長いあいだかかって、やっと勝ちはしたものの、ロウコフはグレゴルのものとはならず、またもやエンメリヒ・プルスに返還されてしまったのです。おわかりになりましたか？
グレゴル　どうです、エミリアさん、正義とはそういうものなんですよ。
エミリア　でも、どうしてグレゴルのものにならなかったのかしら？
コレナティー　さよう、ミス・エミリア・マルティ、それは、あれやこれやの高度に形式的な理由からでしょうな。つまり、ジェホシュ・マッハ氏もフェルディナント・カレル・グレゴル氏も故人にたいして、血縁関係はなかったという観点からでしょう――
エミリア　ちょっと、お待ちになってよ！　その子は、たしかに、あの人の息子ですわ！
コレナティー　誰が？　誰の息子ですって？
エミリア　グレゴル！　フェルディはたしかにペピの息子です！
グレゴル（飛びあがる）あの人の息子ですって？　どうしてそれをご存じなのです？
コレナティー（梯子を大急ぎでおりる）彼の息子？　じゃ、失礼ながら、母親はどなたで……？
エミリア　母親？　それは……エリアン・マック・グレゴルという名の、ウィーン宮廷オペラの歌手でした。
コレナティー　でも、なんでそんな名を？
エミリア　マック・グレゴル。ほら、これ、スコットランド系の名前なんですよ。
グレゴル　聞きましたか、先生？　マック・グレゴル！　マック！　マック！　マッハじゃないんだ！　わかりましたか、もう？
コレナティー（すわる）もちろん。でも、どうして、その息子はマック・グレゴルと名乗らなかったのでしょう？
エミリア　そうですね、母親にたいする配慮からでしょう――つまり、フェルディは自分の母親を知らされなかったのです。
コレナティー　ああ、それでですか。あなたはそのことにかんする、何か証拠書類かなんぞおもちになりませんか？
エミリア　私はもっておりません。その先は、どうなりますの？
コレナティー　その先は、まあ、そのときから、ロウコフの遺産にかんする裁判が、何度かの中断を経ながら、現代にいたるまで、したがってほとんど百年間にわたって綿々と、数世代にわたるプルス家、セプハージ家、グレゴル家のあいだで、かつ代々のコレナティー家の法学博士のすぐれた法律的援助のもとに続いてきたのです。ところがその援助のかいもなく、グレゴル家の最後の当主が決定的な敗北を見ようとしているのです。しかも、たしかに偶然ではありましょうが、それがまさに今日のこの日の午後なのです。さて、これですべてです。

エミリア　それで、そのロウコフというのは、それほどまでして争う価値のあるものなのですか？

グレゴル　私はそう思います。

コレナティー　たしかに。一八六〇年代にロウコフの地で鉱山開発事業が興されました。その価格はおよその見当さえつけがたいほどです。仮に一億五千万とでも言っておきましょうか。

エミリア　それっぽっち？

グレゴル　それっぽっちどころじゃありませんよ。ぼくにはそれだけあれば十分です。

コレナティー　エミリアさん、ほかにご質問は？

エミリア　あります。その裁判に勝つためには何があればいいのです？

コレナティー　そう、私としては、きちんと書かれた遺書があれば最高なのですがね。

エミリア　じゃ、何かそんなものがあるって、ご存じなの？

コレナティー　まったく、なにも。

エミリア　ばかばかしい。

コレナティー　たしかに。（立つ）まだ、何かご質問が？

エミリア　ええ。プルス家の古い屋敷はいま誰のものになってます？

グレゴル　まさに、ぼくの訴訟敵《かたき》、ヤロスラフ・プルスです。

エミリア　じゃ、古い書類なんかをしまっておく、あんな棚のこと、何て言いますの？

グレゴル　古文書棚。

コレナティー　整理棚。

エミリア　じゃ、聞いてくださる？　プルスの家には以前からこんな棚があるはずです。引き出しには一つ一つ年代が書かれていて、ペピ・プルスはそのなかに古い証書や勘定書とかその他のがらくたをしまい込んでいました。わかりますか？

コレナティー　はい、よくあることです。

エミリア　で、そのなかの一つの引き出しに「一八一六」と年数が書いてあります。いいですか、この年にペピはそのエリアン・マック・グレゴルと知り合ったのです。ウィーン会議の時か、それとも何か、そんなことがあったときです。

コレナティー　あはーん！

エミリア　で、ペピはその引き出しのなかに、エリアンからもらった手紙をすべて保存しています。

コレナティー　（すわる）どうして、そんなことをご存じなのです？
エミリア　あたしには質問無用。
コレナティー　はい、ではお好きなように。
エミリア　そこには領地の管理人やそういった類《たぐ》いの人たちからの報告書も入っています。いいですか？　要するに、ものすごくたくさんの古い文書の類いが入っているということ、おわかり？
コレナティー　はい。
エミリア　もう、誰かが焼いてしまったと思いますか？
コレナティー　たぶん。おおいにありうることです。それとも、見てまいりましょうか？
エミリア　見にいっていただけます？
コレナティー　もちろんですとも。もちろん、プルス氏の許しがあれば、ですが。
エミリア　じゃ、許さなかったら？
コレナティー　お手あげです！
エミリア　それなら、その引き出しの中味を別の方法で手に入れなくてはなりません。おわかりになりまして？
コレナティー　はい、はい、わかりますとも。夜もふけたる真夜中《うしみつどき》、なわの梯子に合鍵に、その他その他。ミス・マルティ、あなたはわれわれ弁護士を、そんなふうに見ておられるのですか！
エミリア　でも、どうしても手に入れなければなりませんのよ！
コレナティー　では、お聞きしようじゃありませんか。で、その先は？
エミリア　もし、そこにそれらの手紙が入っているとしたら――そしたら……そのなかに……これくらいの大きな黄色の封筒が――
コレナティー　で、そのなかに――
エミリア　ペピ・プルスの遺書。自筆で封印をほどこしてあります。
コレナティー　（立つ）なんたることだ！
グレゴル　（飛び上がる）たしかにご存じなのですね？
コレナティー　失礼だが、そのなかに何が書かれているのです？　どんなことが？
エミリア　そう、そのなかで、ペピは……ロウコフの資産を……自分の、結婚によらざる息子フェルディナントに遺贈すると……何月何日。日付は忘れました。
コレナティー　はっきりと？
エミリア　はっきりと。
コレナティー　封は封臘に印を押して？
エミリア　ええ。
コレナティー　ヨゼフ・プルスの実印で？
エミリア　ええ。
コレナティー　それは、どうもありがとう。（腰をおろす）ミス・マルティ、あなたはなにゆえに、われわれをかくまで愚弄されるのです？
エミリア　わたくしが？　ああ、やっぱり。あなたはわたくしを信じていらっしゃらないのね。

コレナティー　あたりまえです、信じるもんですか、一言だって。
グレゴル　ぼくは信じます！　どうしてあなたはこの方に、そんな失礼なことが――
コレナティー　冷静になりたまえ。もし、封筒が封印されているとしたら、どうやって、誰に、そのなかに書いてあることがわかるのです？　さあ、言ってみたまえ！
グレゴル　でも――
コレナティー　封筒のなかに封印された百年間か！
グレゴル　それでも――
コレナティー　しかも、他人の家のなかに！　子供みたいなこと言うのはおやめなさい、グレゴル君。
グレゴル　ぼくは信じます、お好きなように。心底から！
コレナティー　じゃ、お好きなように。それにしてもエミリア・マルティ嬢、あなたはおとぎ話を作る飛びっきりの、そう、飛びっきりの才能をおもちのようだ……。逆に、それが玉にキズだ、本当は。その症状はしょっちゅう出るんですか？
エミリア　いいかげんに、お黙りなさい！
コレナティー　当然ですとも、墓穴のなかみたいに沈黙します。まったく非常識な。
グレゴル　言っておきますがね、先生。ぼくはこの方のおっしゃることを、すべて、文字通り、そのまま信じますよ――
――
エミリア　あら、あなたは、少なくとも、ジェントルマンでいらっしゃるのね。
グレゴル　――だから、すぐにプルス家に行って、一八一六年の書類を要求してください。さもなければ――
コレナティー　私にはとてもそんなことできかねますな。さもなければ――
グレゴル　――さもなければ、電話帳の最初に出ている弁護士にこの仕事を依頼し、グレゴル事件をその人に委託します。
コレナティー　わたしにはどっちみち同じことだ――
グレゴル　いいでしょう。（電話のところへ行き、電話帳をめくる）
コレナティー（グレゴルのところへ行く）ねえ、グレゴル君、おやめなさい、そんな馬鹿なこと。わたしたちは友だち同志じゃありませんか、でしょう？　わたしはずっとあなたの後見人だったとさえ思っていますよ。
グレゴル　アベレス・アルフレート、法学博士、二七の六一番。
コレナティー　ねえ君、少なくとも、そいつに頼んじゃいかん！　これはわたしの最後の忠告だ。とことん落ちるところまで落ちるつもりなら別だが――
グレゴル（電話に）もしもし！　二七の六一番。
エミリア　その調子よ、グレゴルさん！
コレナティー　恥さらしなことはやめなさい！　われわれの遺産たるこの訴訟事件をそんなやつに――
グレゴル（電話に）アベレス先生ですか？　こちらはグレゴル、いま――

コレナティー （受話器をひったくる）お待ちなさい。わたしが行きますよ。
グレゴル プルス家へ？
コレナティー お望みなら、悪魔のところへだってね。でも、いまのところは、ここでおとなしくしていてください。
グレゴル 先生、もし、一時間後にもどってこられなかったら、ぼくは電話を――
コレナティー ご勝手に！ ――失礼します、ミス・マルティ。それから、この人がこれ以上、馬鹿なことをしないように、どうか、おねがいしますよ。（急いで出かける）
グレゴル これでよし！ と。
エミリア あの方、いつも、あんなにものわかりの悪い人なんですか？
グレゴル そうでもないんですが、ただ、実務家でね。奇跡なんてものを信じられない人なんですよ。ぼくはずーっと奇跡を待っていました。そしたら、あなたが来られた。どうか、ぼくにお礼を言わせてください。
エミリア そんな……、お礼にはおよびませんわ。
グレゴル 実はね、ぼく、ほとんど確信していたんです、つまり……つまり、その遺言は見つかるとね。どうしてだかわからないのですが、ぼくには、あなたのおっしゃることがすごく信じられるのです。たぶん、あなたが、こんなにもお美しいからでしょう。
エミリア あなたはいくつ？
グレゴル 三十四歳です。ミス・マルティ、ぼくは幼いころから、あの何億という金はなんとしても手に入れなければと、ただそれだけを頼りに生きてきました。それが何を意味するか、あなたにはとても想像できませんよ。ぼくは馬鹿みたいに生きてきました。それ以外にはできなかったのです―― ――もし、あなたがいらっしゃらなければ――
エミリア 借金なの？
グレゴル ええ。今晩、ぼくはきっとバンとやっていたことでしょう。
エミリア そんなのナンセンスよ。
グレゴル 正直のところ、ぼくには、もはや救いはなかったのです。ところが、突然、あなたが来られた。どこから来られたのかは知りません、名声かくかくたる、目も眩まんばかりの、謎につつまれたあなたが……、ぼくを救うために！ どうして笑うのです？ ぼくの何がおかしいのです？
エミリア ばかね。なんでもないわ。
グレゴル いいでしょう。もうぼくは自分のことは話しません。ミス・マルティ、ここにはぼくたちだけです。誓います、話してください！ 何もかもわかるように言ってください！
エミリア まだ何か言えって？ もう、十分、話したと思うけど。
グレゴル 肝心なのは家の問題です。それ以上に、ある種の……家の秘密です。あなたはその秘密に、なにか異常な方法でかかわっておられる。どうか、何もかも話してください！
エミリア (首を横にふる)
グレゴル できないのですか？
エミリア いやなの。
グレゴル その手紙のことを、どうしてご存じなのです？ それに、遺言のことも？ あなたは誰からそれらの事情をお聞きになったのですか？ あなたは、どなたと接触しておられるのです？ お願いです……その裏に何があるのか、ぼくはどうしても知りたいのです。あなたは何者です？ これらのことすべて、これは、いったい何を意味しているのです？
エミリア 奇跡よ。
グレゴル そう、奇跡です。でも、どんな奇跡でも説明できるはずです。でなきゃ――そうでなきゃ……、ああ、もう我慢できない。なぜ、あなたは来られたのです？
エミリア ご存じだったじゃなかったの？ あなたを救うためよ。
グレゴル どうして、ぼくを救いたいのです？ よりによって、このぼくを？ そのことにどんな利益があなたにあるのです？
エミリア それはあたしの問題《ヴィエッツ》。
グレゴル ぼくの問題《ヴィエッツ》でもあります。ミス・マルティ、もし、すべてのもの、遺産も、命も、あなたのおかげであるとしたら……、ねえ、ぼくはどんなお礼をあなたにすればいいのです？
エミリア 何のこと？
グレゴル 代償です。ぼくは何をあなたに差し出せばいいのかです、ミス・マルティ。
エミリア ああ、そう、あなたがあたしに何かをくださるというわけ……。手数料《コミッション》？
グレゴル そんな言い方はしないでください。もっとほかの言い方があるでしょう！ 単純に、謝礼とか。あなたを傷つけるかもしれないけど、ぼくが、もし――
エミリア やめてよ。あたし、自分でもってます、十分すぎるくらい。
グレゴル すみませんがね、十分もつことができるのは貧しき者のみです。富者《ふしゃ》、飽くを知らずです。
エミリア (忍耐が尽きる) そんな話、おやめなさい！ あんたみたいな能無しが、あたしにお金をくれようっていうの？
グレゴル (傷つく) すみません、でも、ぼくは……お情けを受けるわけにはいきません。(間) ミス・マルティ、あなたは女神のエミリア・マルティと言われています。でも、ぼくたち人間の世界では童話のなかの王子でさえ、このような奉仕にたいして……自分の分け前を要求するのです。それは当たり前のことだし、それでいいのです。ぼくが言っているのは何億という金のことなんですよ。
エミリア このお坊ちゃまは、もう、無駄遣いをしようっていうのね！ (窓のほうへ行き、外を見る)
グレゴル どうして、ぼくを子供扱いするのです？ ぼくは遺産の半分差し上げてもいいと思っているのです、もし、あなたが――ミス・マルティ！

エミリア　え？

グレゴル　あなたのそばにいると、ぼくは、自分がまるでちっぽけに感じられて、われながら自分が情けなくなるのです。（間）

エミリア（ふり返る）おまえの名前はなんていうの？

〔訳注・ここで相手にたいする言葉使いがかわる。敬語ではなく家族や友人同志のあいだの親近感をあらわす話し方。しかし、親しくない人にこの言い方を使うと逆に失礼になる。文法的には二人称複数から二人称単数〕

グレゴル　なんですって？

〔訳注・したがって、このおどろきには「失礼な！」という気持ちと相手の不思議な威厳に圧倒されたニュアンスがある〕

エミリア　なんて名前なの？

グレゴル　グレゴル。

エミリア　どんな？

グレゴル　マック・グレゴル。

エミリア　洗礼名のことよ、おばかさんね！

グレゴル　アルベルト。

エミリア　お母さんは、おまえをベルティークと呼んでいなかったかい？

グレゴル　ええ。でも、母はもう死にました。

エミリア　まあ！　みんな死んでばっかりいるのね。（間）

グレゴル　どんな……どんな、人でした……エリアン・マック・グレゴルって？

エミリア　おまえは、やっと、その人のことについて聞いてみようという気になったんだね！

グレゴル　その人のことについて何かご存じですか？　どんな人だったのです？

エミリア　大歌手だったわ。

グレゴル　美しかった？

エミリア　美しかった。

グレゴル　愛していたんですか、ぼくの、曾《ひい》……曾祖父《ひいおじいさん》を？

エミリア　そうだよ。たぶん。あの人なりにはね。

グレゴル　どこで亡くなったんです？

エミリア　……さあねえ。さ、もういいでしょ、ベルティーク。また、いつか。こんどね。（間）

グレゴル（彼女のそばへ寄る）エミリア！

エミリア　あたしはね、あんたにとってエミリアじゃないんだよ。

グレゴル　じゃ、ぼくはあなたにとって何なんです？　ああ、ぼくをからかわないでください！　馬鹿にするのはやめてください！　いま、あなたは、ぼくがあなたには何の関係もない男。そして、あなたは誰かの目を……眩惑させるただの美しい女性だと自分では、たったいま、そう思っていらっしゃる。ねえ、ぼくはあなたに言いたいのです……。

あなたにお会いしたのははじめてです……。だめだ、ぼくのこと笑わないでください！　あなたはものすごく、こう……並はずれた大きさを感じるんです。

エミリア　わたしは笑っていないわよ、ベルティーク。でも、馬鹿なことはしないでね。

グレゴル　ぼくは馬鹿です。ぼくはいまほど、自分がこんなに愚かになったと感じたことはありません。あなたは、あなたは、おそろしいほど人をぞくぞくさせます。戦闘開始の合図のように。あなたは人の血が流れるのをご覧になったことありますか？　それは人間を抑制ができなくなるまで狂わせます。そして、あなたです、あなたにはそれが一目見ただけで感じられたのです。あなたのなかにはすごく野性的なものがある。いろんなことを経験されたんですね？　だからね、あなたは、どうして、これまで誰にも殺されなかったのか不思議な気がします。

エミリア　やめなさい！

グレゴル　いまは、ぼくに話させてください！　あなたはぼくにたいして無礼でした。それがぼくの平常心を失わせたのです。あなたは、ただ、ここに入ってきただけで、そんな気分をぼくに吹きかけました……まるでふいごのように……。いったい、それは何なんです？　人間はすぐにそれを感じ取り、野獣のようにいきり立つのです。あなたは、何かしらん、人間の内なる恐ろしいものをかき立てます。もう、あなたはこんな言葉を誰かから聞いたんじゃありませんか？　エミリアさん、あなたは自分がどんなに美しいか、自分でご存じだ！

エミリア　（ぐったりして）美しい？　おお、そんなこと言わないでよ！　ほら、ご覧！

グレゴル　なんてことだ、なんてことなさるんです？　そんな顔をして！（あとずさる）エミリアさん、どうか、そんな顔しないでください！　いまの……いまのその顔はまるで鬼婆《おにばば》だ！　ぞっとする！

エミリア　（静かに）ほら、わかったでしょう。さあ、さあ、ベルティークや、わたしをそっとしておいて！（間）

グレゴル　すみませんでした。ぼくは……。ぼくは自分でなにをしているのかわからないんです。（すわる）ぼくは滑稽でしょう、ね？

エミリア　ベルティーク、あたしはそんなにお婆さんに見えるかい？

グレゴル　（彼女のほうを見ずに）いいえ、あなたは美しい。気が狂いそうなくらい美しい。

エミリア　いいかい、おまえはあたしに何かくれることができるかい？

グレゴル　（顔をあげる）どうして？

エミリア　おまえが、自分であたしに言い出したんじゃないか……。わたしが何が欲しいかわかるかい？

グレゴル　なんなりと。

エミリア　あのね、ベルティーク、おまえギリシャ語がわかるかい？

グレゴル　いいえ。

エミリア　ほら、やっぱり、だったら、そんなものおまえにはなんの価値もないだろう。そのギリシャ語の手紙をあたしにちょうだい！
グレゴル　どんな？
エミリア　フェルディナントが受け取ったもの。わかる、グレゴル、おまえのひいおじいさんがだよ、ペピ・プルスから受けとった。いいかい、それは……ただの思い出の品よ。それをわたしにくれるかい？
グレゴル　ぼく、さっぱり見当がつきません。
エミリア　そんなばかな。おまえがもってるはずだよ！　ペピはたしかに約束したのよ、あれに渡すと。さあ、アルベルト、もっていますと言いなさい！
グレゴル　もってません。
エミリア（ふいに立ちあがる）なんだって？　嘘つき！　おまえはもっています、そうなんでしょう？
グレゴル（立ちあがる）もっていません。
エミリア　ばか！　あたしは欲しいのよ！　あたしにはそれがなくてはならないのよ、聞いてるの？　見つけなさい！
グレゴル　どこにあるんです？
エミリア　どうして、あたしが知ってるのよ？　探しなさい！　言っとくけど、あたしがここへ来たのは、そのためなのよ、ベルティーク！
グレゴル　そう。
エミリア　どこにあるの？　おお、なんてことよ、少しは考えなさい。
グレゴル　プルスのところじゃありませんか？
エミリア　じゃ、それを彼のところから取ってきてちょうだい！　助けて――あたしを、助けて……！

（電話のベルが鳴る）

グレゴル　ちょっと、失礼。（電話のところへ駆けていく）
エミリア（安楽椅子に倒れ込む）お願いだから、どうか探して、探して！
グレゴル（電話に）もしもし！　こちらコレナティー弁護士事務所――ここには、いません――。何か伝言は？　はい、グレゴルはここです。――まさにわたしです。――はい。――――はい。わかりました。どうもありがとう。（受話器をかける）万事休す。
エミリア　なにが？
グレゴル　グレゴル家対プルス家の裁判です。最高裁でたったいま判決がくだりました。目下のところ唯一の信頼すべき情報です。
エミリア　で？
グレゴル　負けました。（間）
エミリア　あのロバ弁護士は、なんで、あとほんの少しもちこたえられなかったのかしら？

（グレゴル、黙って肩をすくめる）

エミリア　でも、まだ控訴できるんじゃない？
グレゴル　わかりません。たぶん、駄目でしょう。

エミリア　まったく、馬鹿みたい。

（間）

エミリア　お聞き、ベルティーク、あたし、あんたの借りを払ってあげます、わかる？

グレゴル　ぼくの借金があなたに何の関係があるんです？お断りします。

エミリア　お黙り！　あたしが借金を払ってあげます。それだけ。だから、いまはその手紙を探すの手伝いなさい。

グレゴル　エミリアさん――

エミリア　車を呼んでちょうだい――

（コレナティー博士があたふたと入ってくる。そのあとにプルス）

コレナティー　あった！　ありましたぞ。（エミリアの前にひざまずく）ミス・エミリア・マルティ、百万回、お詫びいたします。わたしは、おいぼれの野良犬です。あなたはすべてをお見通しだった！

プルス（グレゴルに手を差し出す）すばらしい遺言にたいして、お祝いを申し上げる。

グレゴル　そんな理由ありませんよ。裁判に勝たれたのは、まさに、あなたですからね。

プルス　しかし、あんたは、たぶん、返還請求訴訟を起こされるでしょうからな。

グレゴル　なんですって？

コレナティー（立ちあがる）だって、当然でしょう、アルベルト君！　今度は、われわれの権利回復の手続きをするんです。

エミリア　それは、あったのですか、あたしが言った通りのところに？

コレナティー　もちろんです。遺書に手紙、それに、まだ何かぐじゃぐじゃと……

プルス　どうか、ご紹介願えませんか。

コレナティー　おお、これは失礼。エミリア・マルティ嬢、こちらはプルス氏、われわれの手強い敵でした。

エミリア　はじめまして。あの手紙はどこにありますの？

コレナティー　どのです？

エミリア　エリアンからの。

プルス　現在のところは私の手元にございます。グレゴル氏はその件でご心配になることはございません。

エミリア　グレゴルが受け取りますの？

プルス　相続されるとしたら、そうなるでしょうな、きっと。形見の品ですからな……ひいおばあさまの。

エミリア　聞きなさい、ベルティーク――

プルス　なるほど、あなた方、お二人はよくご存じの間柄でいらっしゃいましたか。そうだろうと思いましたよ。

グレゴル　失礼、マルティ嬢には、先程、お目にかかったばかりです――

エミリア　お黙りなさい！　ベルティーク。その手紙はあとであたしに返してくれますね？

プルス　おや、返すですって？　その手紙は以前、あなたのものだったことがあるのですか？
エミリア　まあ、そんな。でも、ベルティークはあたくしにその手紙をくれますわ。
プルス　ミス・マルティ、わたしは、あなたの発見にたいしてこの上もない借りを作ってしまいました。人間は自分の家のなかにあるものを、一番最後に知るものなんですな。そのお礼に美しい花束をお贈りしたいのですがね。
エミリア　あなたは、しみったれですわ。ベルティークのほうがわたくしにもっとたくさんのものを贈ってくれましたわ。
プルス　馬車一杯の花でしょう、ちがいますか？
エミリア　いいえ、わたしにもわかりませんのよ、何億あるか。
プルス　じゃ、あなたはそれを、すでに受け取られたのですか？
エミリア　とんでもない。
プルス　それはよかった。口約束だけじゃ、もらったことにはなりませんからな！
エミリア　まあ、それじゃ、まだ、あたくしたちのほうに、何か足りないものがあるのかしら？
プルス　ええ、たぶん、ほんの些細なことだとは思いますがね。たとえば、その息子のフェルディナントが疑いの余地なくフェルディナント・グレゴルと同一人物であるということの証拠。おわかりでしょう、あの法律家どもときたら、まったく、取るに足らんこまかなことの詮索屋《ほじくりや》ですからな。
エミリア　なにか……書いた証拠みたいなもの？
プルス　少なくとも、それでしょうな。
エミリア　わかりました。先生、明日の朝、何かそのようなものをお届けします。
コレナティー　これはこれは、あなたがそれをもっておられるのですか？　これは驚いた！
エミリア　（きびしく）それがそんなに変ですか、え？
コレナティー　それもそうですが……。いやはや、私はもう何が起こっても驚きませんよ。グレゴルさん。二七の六一番に電話をなさいよ。
グレゴル　アルベス弁護士のところですか？　なぜ？
コレナティー　なぜって、私にはね、グレゴル君、何か、こう――ええっと――まあ、くそっ、やるだけやってみるか。
プルス　マルティさん、どうやら、わたしの花束を選ばれたほうがよさそうですよ。
エミリア　なぜです？
プルス　絶対確実に手にはいりますからね。

―　幕　―

第二幕

（大劇場の舞台、無人、ただ前夜の公演あとの雑然とした舞台。数個の可動式山台、逆さになった背景、照明器具。まったくむき出しの、無味乾燥な劇場の裏面。一段高くなったところに置かれた舞台用の玉座）

掃除婦　まあ、なんて豪勢なんだろうね。あの花束を見たかい？

舞台操作係　いいや。

掃除婦　あんなすごいの見たのはじめてよ。観客の叫びようったらありゃしない。いっときゃ、劇場が破裂するんじゃないかと思ったよ。あのマルティって人、どう見たって五〇回はカーテンコールに出ていったわ。それでも、それくらいのことじゃ、とてもとても、観客はあきらめはせん。そりゃもう、気が狂うたみたいだったよ。

舞台操作係　それにしても、ああいう女は、きっと大金持ちだぞ！

掃除婦　そうさ！　あたしも同感だよ、クドルナさん。あの花を見ただけでも、どいだけむだになっていることか。見てごらんよ、あそこにゃ、まだ花が山になっている。とても、みんなはもっていけはせん。

舞台操作係　それでな、わたしもここの舞台裏で聞いたが、鳥肌が立つとはあのことだな、あの人がうたうと、そりゃあ、もう――

掃除婦　あたしだってさあ、もう、泣けて泣けて、あの声を聞いた途端、あたしゃ、もう、顔中、涙にしちまったよ。

（プルス、入ってくる）

掃除婦　すみません、何か、お探しでいらっしゃいますかね。

プルス　マルティ嬢はここではないのかね？　ホテルで、劇場に出かけたと聞いて、来たんだが。

掃除婦　あの方は劇場支配人のところにいらっしゃいます。でも、楽屋のほうに何か置いていらっしゃいますので、きっとここをお通りになりますよ。

プルス　そうか、じゃ、ここで待とう。（脇によけて立つ）

掃除婦　やれやれ、これでもう五人目だ。病院で診察を待つみたいに、みんながあの人を待っているんだ。

舞台操作係　わたしにはどうもわからんのだが、ああいう女ちゅうもんにも、やっぱり男はいるんだろうなあ。

掃除婦　そりゃ、そうさ、おらんわけがあるまい。

舞台操作係　まったくな！

掃除婦　おや、どうしたんかね？　なんだね、そんな、深刻な顔をして？

舞台操作係　いやあ、わたしにゃ、どうも腑《ふ》に落ちん。（退場）

掃除婦　そりゃあね、あんたにゃ無理だわ。（反対側から退場）

クリスティナ（登場）ヤネク、いらっしゃい！　ヤネクったら！ ここなら誰もいないわよ。

ヤネク・プルス（彼女のあとから）ぼく、追い出されるんじゃないのかい？

クリスティナ そんなことないわよ、今日はリハーサルないわ。でも、ヤネク、あたし、とっても悲しいの！

ヤネク どうして？（キスしようとする）

クリスティナ だめよ、ヤネク、キスはいや。もう、たくさん。あたし——あたしには、いま、別の心配ごとがあるの。あたし、もう、あなたのこと考えてはいけないのよ。

ヤネク だって、クリスティナ！

クリスティナ わかって、ヤネク！ あたし、これだけはなんとかしたいと思っているの、だから——あたし、完全に変身しなくちゃ。本気よ、ヤネク。人が何かについて真剣に考えるとしたら、どうしたらそれに成功するか、ただ、それだけ、ただ、それだけを考えなくちゃならないわ。

ヤネク そりゃ、そうさ。

クリスティナ ほらね。だから、あたし、芸術のことだけしか考えちゃいけないのよ。あのマルティさん、すごいと思わない？

ヤネク そりゃ、すごいよ、でも——

クリスティナ あなたになんか、わかるもんですか。あれはすごいテクニックなのよ。あたしね、一晩中眠れなかった。ごろごろ寝返りばっかり打って、悩んだのよ。あたし歌を続けるべきか、あきらめるべきか——せめて、あの方の何百分の一でも、できればいいんだけど！

ヤネク なに言ってるんだい、できるさ！

クリスティナ ほんとに？ 歌を続けるべきだと思う？ でも、そうなったら何もかも終りなのよ、わかる？ そうなったら、あたし、劇場でうたう以外に、なんにもできなくなるのよ。

ヤネク でも、クリスティナ！ 毎日、こんなときを……毎日、二回だけぼくと……

クリスティナ（玉座にすわる）まさに、それよ、それがそのときだけではすまないのよ。すごくこわいの、わかる、ヤネク？ あたし、一日中、あなたのこと思ってるのよ。それに、あんたは不良だわ！ あなたのことをずうっと思っていなくちゃならないというのに、そのあとで何ができるっていうの？

ヤネク ああ、クリスティナ、わかってくれよ、ぼくがどんなに——ぼくはもう君のこと以外に、なんにも考えられないんだ。

クリスティナ あんたにはできるわよ、あなたはうたっていないんですからね、ぜーんぜん——じゃあ、聞いてくれる、ヤネク、あたしがどんな決心をしたか。でも、いやといってはだめよ。

ヤネク そんなのだめだよ！ そんなこと、ぼくが許さない！ ぼくは——

クリスティナ お願いよ、ヤネク、これ以上、あたしを苦しめないで！ 聞きわけがないのね、この坊やは。あたしはもう何かをはじめなきゃならないのよ、ほんとよ。それだけ、あたしは貧乏にも、どこの誰とも知れない娘になるのもいやなの、それだって、あんたのためよ――ちょうどいま、声を作っているところなの。だから、あたしはあまりおしゃべりもしちゃいけないのよ。

ヤネク　それじゃ、ぼくが一人でしゃべるよ！

クリスティナ　だめよ、もう、あたしきめたの。あたしたち、これでおしまいよ、ヤネク。完全におわりよ。あたしたち、一日に一度だけ会いましょう。

ヤネク　だけど――

クリスティナ　あたしたち、当分のあいだ冷静にならなくちゃ、一日中よ。ヤネク、あたし一生懸命勉強するわ。うたう、考える、そして勉強する。それだけ。あたしね、あたし、あの人みたいな、あんな女性になりたいわ。いらっしゃい、おばかさん、ここにすわれるわよ、あたしの横に。ここには誰もいないわ。あんた、あの人、誰か好きな人いると思う？

ヤネク（玉座の上の彼女のとなりにすわる）誰が？

クリスティナ　あの人よ、マルティさん。

ヤネク　マルティさん？　当然じゃないか。

クリスティナ　そうかしら？　でも、やっぱり、あんたにはわかっちゃいないんだわ。あの人、あんなに立派で有名だっていうのに、本気に誰かを好きになれるかしら……。あんた、女の人が誰かを好きになるってことが、どういうことか知らないのよ。それはすごく屈辱的なことよ――

ヤネク　そんなことあるもんか！

クリスティナ　あるのよ、ほんとよ！　あんたたち男の人にはそれがわからないだけよ。そうなったら、もう、女の人には自分のことなんか考えられないの、ただ、召使みたいに男の人についていくだけ……こんなみじめな、こんなふうに男のものになるなんて……きっと、いつか、あたし我慢ならなくなるわ！

ヤネク　だけど――

クリスティナ　それに、だれもがマルティさんに夢中だけど、そんなこと、あの人には一文の価値もない。あの人の目から見れば、だれもがよ、ほんとよ。

ヤネク　そんなことないよ！

クリスティナ　あの人の前に出ると、そんな恐怖をおぼえるの――

ヤネク（そっと、彼女にキスをする）

クリスティナ（許す）ヤネクったら！　だれかが見てたらどうするのよ！

プルス（少し、前に出る）わたしは見ておりませんよ。

ヤネク（飛び上がる）お父さん！

プルス　逃げんでもよい。（近寄る）クリスティナさん、あなたにお目にかかれてうれしいですよ。残念ながら、もっと早く、あなたのことを存じ上げたかったとは申しあげかねますがね。ま、せいぜい、息子はわたしに自慢したかったかもしれませんがな！

クリスティナ（王座からおりて、ヤネクをうしろにかくす）すみませんが、プルス氏はちょっと立ち寄られただけなんです、なにか——ご用か、なにかで——
プルス どちらのプルス氏です?
クリスティナ こちらの、プルス氏——こちらの——
プルス そいつは、ただのヤネクです、お嬢さん、プルス氏なんて、とんでもない。どれくらいのあいだ、あんたにつきまとってるのです?
クリスティナ 一年ばかり。
プルス そういうことですか! しかし、こいつの言うことを、あんまり真剣には取らんでください。こいつのことは、わたしのほうがようく知っていますからな。それから、おまえだがな、坊主——あまりうるさくつきまとうのはよせ。それにしても、この場所は、なんとなく——居心地のいい場所とはいえんな、え?
ヤネク お父さん、そんなことでぼくがこわがるとでも思っているんですか—— ——そんなら、とんでもない見込み違いですよ。
プルス いいだろう。男はけっしてこわがったりなんぞしないからな。
ヤネク それに、ぼくはお父さんが、こんなふうにぼくの後をつけまわしてるなんて思ってもみませんでしたよ。
プルス ほう、これはすごい、ヤネク! 反抗するのか? やるなら、やってみろ!
ヤネク ぼくは本気です。ものには言っていいことと悪いことがあります——あることにたいしては——そのことにたいしては、だれにも口出しはさせません——だれにも——
プルス まったく同感だ、わが友よ。さあ、手を出したまえ。
ヤネク (急に子供っぽく、不安におそわれ、手をかくす) いやだ、父さん、お願いだから——
プルス (手を差し出す) さあ、どうした——?
ヤネク お父さん! (おずおず、手をにぎる)
プルス (手をにぎりしめる) さあ、これでいい、いいな? 友人として、心から。
ヤネク (頰をゆがめ、我慢しようとする、最後に痛さに叫び声をあげ、顔中をゆがめる) あうっ!
プルス (放す) どうだ英雄きどりめ、本物の英雄ならもっと耐えるぞ。
クリスティナ (目に涙をうかべ) ひどいわ!
プルス (軽く彼女の手を取って) このかわいらしいお手々があいつを陰でそっと慰めてくれるというわけか。
ヴィーテク (駆け込んでくる) クリスティナ! クリスティナ! ああ、ここにいたのか。(おどろく) おや、プルスさんでは?
プルス おじゃまはしませんよ。(引きさがる)
クリスティナ お父さま、何をもってらっしゃるの?
ヴィーテク おまえのことが新聞に出ているぞ、クリスティナ! 新聞におまえのことが書いてある! それもマルティさんの劇評にだぞ! 思ってもみなさい、マルティさんと一緒に出るなんて!
クリスティナ 見せて!
ヴィーテク (新聞を開く) こんなぐあいだ「これこれの役を——

——ヴィーテク嬢がはじめて歌った」——こいつは、かなりすごいことだぞ、どうだ?

クリスティナ ほかに何をもってるの?

ヴィーテク 別の新聞だ、こっちには何も出ていない。当然だろう、まったく、マルティ、マルティ、マルティばっかりだ。まるで世界にはマルティさんのほかには、歌手はいないみたいじゃないか。

クリスティナ (幸せである) ねえ、見て、ヤネク、ここにあたしの名前が出てるのよ。

ヴィーテク クリスティナ、この方はどなただ?

クリスティナ この方、ヤネク・プルスさん。

ヤネク ヤネクです。

ヴィーテク どこで、お知り合いになったのだ?

ヤネク すみません、お嬢さんはとても親切な方で——

ヴィーテク 失礼、娘から直接、お聞きいたしますので。来なさい、クリスティナ!

エミリア (登場、舞台裏のほうにむかって話している) ありがとう、みなさん、でも、もう、あたし、失礼いたしますわ。(プルスに気づく) なんてこと、また一人?

プルス そんなんじゃありませんよ。「マルティさん、おめでとう」なんて野暮なことを言いにきたんじゃありません。別の用件でまいりました。

エミリア でも、昨日、劇場にはいらしたんでしょう?

プルス もちろんです。

エミリア そう、だからですか。(玉座にすわる) ここにはだれも入れないことになってるのに。もう、うんざりよ。(ヤネクを見る) この方、あなたのご令息?

プルス そうです。ヤネク、こっちへ来なさい。

エミリア ここへいらっしゃい、ヤネクさん。そして、あなたの顔をよく見せて。あなた、昨日、劇場にいらした?

ヤネク はい。

エミリア あたし、気に入った?

ヤネク はい。

エミリア あなた「はい」のほかに何か言えないの?

ヤネク はい。

エミリア あなたの息子さんて、馬鹿なんですか?

プルス お恥ずかしいかぎりです。

(グレゴル、花束をもって登場)

エミリア なあに、ベルティーク、こっちへちょうだい!

グレゴル 昨晩の成功のお祝いに。(花束をわたす)

エミリア お見せ!(花束を受け取り、そのなかから小箱を取り出す) こんなものは返すわ。(小箱を彼に返す) 来てくれるなんて、ご親切ね。花束、ありがとう。(花の匂いをかぐ) そしてほかの花束の山の上にほうり投げる) あなた、あたしが気に入った?

グレゴル ぼくには気に入りませんでした。あなたの歌は痛いくらいに突きささります。あまりにも完璧です。しかも、それでいて——

エミリア なあに?

グレゴル　それでいて、あなたはすごく退屈している。あなたのおできになることは超人的です。それが聞く者を驚嘆させるのです。でも――あなたはすごく冷々《ひえびえ》としていらっしゃる。まるで凍えているみたいに。

エミリア　あなたはそう感じたのね？　そう、たぶん、少しは当たってるわ。それで、あんたの馬鹿な弁護士にあの記録はもう送ったわ、わかる？　あのエリアンにかんする記録よ。裁判はどうなってる？

グレゴル　知りません。ぼくは、そのこと、気にしていません。

エミリア　それなのに、もう、あんたはあの小箱のなかのばかばかしい品物を買ったのね、このロバ！　すぐにあんなもの返しておいで！　あんなもの買うお金、どっから出てきたの？

グレゴル　そんなこと、あなたに関係ないでしょう？

エミリア　借りたのね、そうでしょう？　朝からずっと高利貸しのところを駆けまわって、え？（ハンドバッグのなかをかきまわし、ぶあつな札束をひっぱり出す）さあ、お金ならここにあるわ！　取りなさい！　すぐに！

グレゴル（しりごみする）どうして、あなたがぼくにお金をくれるのです？　何のつもりです！

エミリア　あたしは、おまえに、取りなさいと言ったのよ。でなきゃ、耳を引きちぎってあげるわよ！

グレゴル（急に怒りだす）だれがそんなことさせるもんか！

エミリア　ほら、ご覧なさい、この方がわたしに命令をしようとしていますわ！　ベルティーク、そうかかっするのはやめなさい！　あたしが、あんたに借金のしかたを教えてあげてるのよ！　さあ、取るの、取らないの？

プルス（グレゴルに）いいかげんに、こんなこと、きりをおつけなさいよ！

グレゴル（彼女から金をひったくる）あなたには妙な気紛れがありますね。（金をヴィーテクにわたす）これを事務所であずかっておいてくれ。マルティ嬢からの預かり金だ。

ヴィーテク　はい、承知しました。

エミリア　ヘイ、あんた！　それはあの人のものよ、わかりますね？

ヴィーテク　はい、承知しました。

エミリア　あなたは見ましたか？　気に入りました？

ヴィーテク　そりゃ、もう、まったく、完璧なストラダでございましたよ！

エミリア　あなた、ストラダがうたったの聞いたことありますの？　いい、ストラダなんてのはね、ただキーキー声を張りあげていただけなのよ。あんなもの、とても声楽なんて言えたもんじゃありませんよ。

ヴィーテク　ストラダはたしか百年まえに死んだはずですがね！

エミリア　それはおしかったわね！　あなたもあの歌を聞けばよかったのよ。ストラダなんて！　すみませんがね、そのストラダがどうだっていうの？

ヴィーテク　お許しください。私は――私は、もちろん彼女を聞いたことはありません。でも、歴史の本によりますと――

エミリア　覚えといてちょうだい、歴史は嘘をつきます。あたし、あなたに、ちょっとばかり言っておきましょう。ストラダはキーキー声でした。コロナは喉を締めつけてうたっていました。アグヤリはまるでアヒル。ファウスティナは息も絶え絶えというみたいな声でした。あなたが言う歴史というのはこんなものですよ。

ヴィーテク　おお、おそれいりました……この分野では……音楽にかんするかぎり……

プルス（笑いながら）ただし、フランス革命についてだけは、このヴィーテク氏に余計な刺激をあたえないほうがよろしいかと思いますがね。

エミリア　何についてですって？

プルス　フランス革命ですよ。これは彼の趣味《ホビー》でね。

エミリア　フランス革命の何について興味をおもちなの？

プルス　さあね、あなたが、ご自分でおたずねになったらいかがです、たとえば市民マラーについて――

ヴィーテク　おお、とんでもない！　なんのためにそんなことを！

エミリア　マラーですか？　その人、あの代議員じゃなかったかしら、手にひどく汗をかく人？

ヴィーテク　そんなのは真実ではありません！

エミリア　ああ、やっと思い出した。ヒキガエルみたいな手をしてたわ、ブルルル、おお、いやだ！

ヴィーテク　でも、ちがいますよ、それは間違いです！　そんなことは、どこにも書いてありません！　いや、どうも失礼いたしました――

エミリア　いいえ、それはたしかだわ、ちがう？　それとあの背の高い人はなんて名だったかしら、あのあばた面の……？

ヴィーテク　すみませんが、どちらのほうです？

エミリア　あの人よ、首をちょんぎられたほうの……

ヴィーテク　ダントンですか？

エミリア　そうそう、その人。そいつのほうがもっとひどかったわ。

ヴィーテク　なぜです？

エミリア　口じゅう虫歯だらけだったからよ。おお、いやなやつ。

ヴィーテク（興奮する）失礼ながら、そのような言い方をなさってはいけません。そんなのは歴史的ではありません！　ダントンは……ダントンは虫歯なんかではなかった。あなたには証明できますか？　それに、たとえそうだったとしても、そんなことはまったく問題外です。まったくなんの関係もありません！

エミリア　あら、どうして、関係がないの？　そんなの、たしかに、いやだわ。

ヴィーテク　いけません、失礼ですが、そんな言い方は許しません！　ダントンは――いやいや、これはどうも、お許しを、でも、そんなふうに言っては身も蓋もないじゃありませんか！　そうなったら、歴史のなかに偉大なものなど、何ひとつなくなってしまいます！

エミリア　偉大なものなんて、もともとありゃしないのよ。

ヴィーテク　なんですって？

エミリア　偉大なものなんて、まったくなかったの。あたしは、それを見てきたわ。

ヴィーテク　でも、ダントンは——

エミリア　ねえ、いいですか、あの人はね、あたしに議論をふっかけてきたこともあるのよ。

プルス　それはそれは、あいつとしたことが、とんでもないことをしたもんですな。

エミリア　おお、そんなこと……ただ、馬鹿なだけよ。

グレゴル　もっと乱暴なことを言ってやるために、もうひとカップル、お連れしますか？

エミリア　必要ないわ。自分で来るでしょ、四つんばいになってね！

クリスティナ　ヤネク、もう行きましょうよ！

エミリア　（あくびをする）この二人が、そのカップルなの？もう楽園《パラダイス》は経験したのかしら？

ヴィーテク　なんとおっしゃいました？

エミリア　二人はもう寝たのかしらって言ったの。

ヴィーテク　とんでもない、そんなことありませんよ！

エミリア　そんなの、どうってことないわよ！　あなたは、二人がそれをするのがおいやなの？

ヴィーテク　クリスティナ、おまえ、まさか、そんなことないだろうな？

クリスティナ　なにいうの、お父さま——　——そんなことできるはずないじゃないの——　——

エミリア　黙んな、ばか娘。いまはなくたって、いずれあるわよ。そんなこと、なんの意味もないわ、わかる？

プルス　じゃ、なんなら意味があるんです？

エミリア　なんにもなし。まったくなし。

ハウク－シェンドルフ　（花束をもって登場）おじゃましますよ、おじゃまします——

エミリア　こんどはまた誰？

ハウク　お嬢さん、親愛なるお嬢さん、わたしは——　——（玉座の前にひざまずく）親愛なるお嬢さん、あなたにおわかりいただけますか……あなたに……おわかり……（すすり泣く）どうか……おゆるしを……

エミリア　この人、どうかしたんですか？

ハウク　あなたは……あなたは……それは……それは……そっくりだ、あの人に！

エミリア　誰に？

ハウク　エウ……エウヘニアに！　エウヘニア……モンテスに！

エミリア　（立つ）なんですって？

ハウク　エウヘニアに！　わたしは……わたしは、つまり、あの人を……知っていたんです……おお、たしかに……たしかに、もう……五〇年もまえになるが！

エミリア　このおじいさんは誰？

プルス　ハウク－シェンドルフですよ、ミス・マルティ。

エミリア　マックス？（玉座をおりる）でも、なんてこと、とにかくお立ちなさい！

ハウク（起きあがる）あんたを……あんたを、呼んでいいかい……エウヘニアと？

エミリア　好きなようにお呼びなさい。あたしがそんなに似てますか？

ハウク　似てるだと？　だいじなお嬢さん、昨日……昨日、わたしは劇場のなかで、あれは……あれは……あの娘《こ》だ！と、思っていたよ。あの娘だ、エウヘニアだ！　と……。あんたが知っていたらなあ！……あの声だって……目だって、そりゃあ、美しかった！……ああ、それに、あの額……（ふいに、おどろく）だが、あんたは、ちょっと背が高いようだな。

エミリア　背が高いって？　そんなはずないわよ。

ハウク　いいや、ほんの少し背が高い。すまんがな、エウヘニアはわしのほうに寄ってきたんですぞ……ここまで。するとわたしはちょうどあの娘の額にキスできたんじゃ。

エミリア　ほかのところは、だめだったの？

ハウク　なんですと……なんと、言ったのじゃ？　あんたは……まるで、あの娘そのままじゃ！　だいじなお嬢さん、ここで、あんたにこの花束をお渡ししていいかな？

エミリア（花束を受けとりながら）ありがとう。

ハウク　どうか、あんたの顔をじっくり見させてくだされ！

エミリア　でも、まあ、おすわりなさいよ、わたしのお友だち！　ベルティーク、椅子よ！（玉座にすわる）

ヤネク　はい、ぼくがもってきます。（椅子をとりに駆けていく）

クリスティナ　そっちは、だめよ！（後を追う）

プルス（ハウクへ）親愛なる伯爵閣下――

ハウク　おや、これはプルス君じゃないか！　失礼をばいたしました。わしは……わしは、あんたに気がつかんじゃった。だが、お会いできてうれしい！　うまくいっているかね？

プルス　うまくいく？

ハウク　裁判じゃよ、どうなった？　あの小僧をおっぱらったかね？

プルス　とんでもありません！　失礼、グレゴル君、あなたに紹介しよう……

ハウク　これがグレゴル氏かね？　これはうれしい。ごきげんはいかがです？

グレゴル　はい、おかげさまで。

（ヤネクとクリスティナ、椅子を運んでくる）

エミリア　ヘイ、あなたたち、何を言い争っていたの？

ヤネク　いえ、ほんのちょっとしたことで……

エミリア　おすわりなさい、マックス。

ハウク　これはどうも、かたじけない。（すわる）

エミリア　あなたは、そこに、おすわりなさい。ベルティークはあたしの膝にかけられますわ。

グレゴル　それは、ちょっと、親切すぎってもんですよ。

エミリア　いやなら、立ってなさい。

ハウク　美しい、女神のようなお嬢さん、あたしは膝をついてお許しを乞うているのじゃ。

エミリア　なぜ？

ハウク　わたしは、老いぼれの気ちがいじゃ。もうとっくに死んでしまうたある女のことだが、あんたには関係あるまいな？

エミリア　なんです、死んだ？

ハウク　そう。

エミリア　そんなばかなこと。

ハウク　もう、死んで五〇年になる。要するにな、わしはその娘を愛しておったのじゃよ。あのころ、五〇年まえだ。

エミリア　そう。

ハウク　みんな、その娘のことをヒタナと呼んでおった。つまり、ジプシーのことだ。だからその娘《こ》はジプシー娘《むすめ》だったのだよ。「黒いあばずれ」とも呼んでおった。つまり、あっちの南のほう、アンダルシアでだ。わたしはな、つまり、そのころマドリッド大使館に勤務しておった。おわかりいただけたかな？　五〇年まえ。一八……七〇年。

エミリア　そう。

ハウク　その娘が市場でうたい、踊っておったんじゃ、わかるかい？　そうれっ！　踊れっ！　とね。ああ、世の中がみんなあの娘に熱をあげていた。踊れ、踊れ、うたえ、うたえ！　ヒタナ！　そしてカスタネットを鳴らしながら……。おわかりかな、わたしはあのころ若かった……。そして、あの娘は、あの娘は……

エミリア　……ジプシー娘。

ハウク　そうじゃ、まったくそのとおり、ジプシー娘じゃ。まさに炎だ。おお、忘れられない、どうしても忘れられない……。そうなったら、人間、もう正気にもどることはできないこと、あんたは信じますか？　わたしのその後の人生は、まったく、もう腑《ふ》抜けのようなものでした。

エミリア　おお！

ハウク　わたしは、つまり、白痴なのですよ、お嬢さん。白痴のハウク。わたしは、つまり、わかりやすく言うと？

グレゴル　知能指数がいちじるしく低い人のこと。

ハウク　そうです、まったくその通り。わたしは何もかもあっちに、あの娘のところに置いてきたのです。おわかりいただけますか？　だから、わたしはもう生きていたんじゃない、わたしの人生は、もはや、ただの夢か幻だった……。いいぞ、ねえちゃん！　女は愛嬌！　おお、神様、あなたは、あの娘に、どうして、どうしてこんなに似ているのです！　エウヘニア！　エウヘニア！（泣きはじめる）

プルス　ハウクさん、少しは、おわきまえください。

ハウク　はい、はい……、失礼をいたしました。わたしはそろそろ退散いたしたほうがよさそうですな？

エミリア　じゃ、またね、マックス。

ハウク　そう、その通りだ。また……また、わたしは、あなたを追ってまいりますからね！（立ちあがる）どうか、心からご挨拶いたしますことを、お許しくださいませ。ああ。こうして、あなたを見ていると――

エミリア 〈前にかがむ〉あたしにキスをしてちょうだい！

ハウク え、どういうふうにでしょう？

エミリア ベサメ・ボボ・ボバゾ！〈キスをしなってば、間抜けな、大馬鹿さん〉

ハウク ヘースス・ミル・ヴェーセス、エウヘニア――〈こいつは、また、なんて運がいい〉

エミリア アニマル、ウン・ベスティオ！〈けだものの、ろくでなし！〉

ハウク 〈彼女にキスをする〉エウヘニア、モサ・ネグラ――ニニャ――ケリダ――カリシマ――〈エウヘニア、黒い娘――かわいいむすめ――いとしいおまえ――最も大切な〉

エミリア チテ・トント！ キタ！ フエラ！〈しっ、この、うすのろ！ はやく行くんだよ！ 消えっちまいな！〉

ハウク エス・エッラ、エス・エッラ！ ヒタナ・エンディアブラダ、コンミゴ、プロント！〈ああ、やっぱりお前だったのか！ このジプシーの売女《ばいた》め、いっしょに来い、早く！〉

エミリア ヨ・ノ・ロ・ソイ、ロコ！ アオラ・カーラテ！ バヤ！ アスタ・マニャナ、エンティエンデス？〈あたしじゃないわ、この気違い！ いますぐに、お黙り！ 行きなさい！ また、明日よ、わかった？〉

ハウク ベンドレ・ベンドレ・ミス・アモレス！〈行くよ、行くよ、わたしの恋人！〉

エミリア バヤ！〈行きなさい！〉

ハウク 〈あとずさりする〉アイ、ポル・ディオス！ シエロ・デ・ミ、エス・エッラ！ シ、エス・エッラ！ エウヘニア――〈おお、神よ！ わが空よ、これはあの女だ！ そうだ、あの女！ エウヘニアだ――〉

エミリア カランバ、バヤ！ フエラ！〈ちきしょう、行け！ 出ていけ！〉

ハウク 〈後退する〉ベンドレ！ イヨ・デ・ディオス、エッラ・ミスマ！〈退場〉〈行くよ！ おお、どうしたことだ、あの女とまったく同一人物だ！〉

〔訳注・以上のカタカナの部分は原文ではスペイン語のままであるが、翻訳の底本に用いた原書巻末の編集者注のチェコ語訳からの日本語訳を本書ではカタカナ音訳のあとに〈……〉で加えた。これはエミリアとハウクとの対話のこの部分は他の同席者には理解されないという原作者チャペックの設定であろう。したがって舞台上演の際には演出上の工夫が必要かと思われる〕

エミリア 次。あたしに何か用なの？

ヴィーテク まことに、おそれいります。よろしければ、わたくし……いえ、クリスティナに……あなたのお写真にサインをいただけませんでしょうか？

エミリア ばかばかしい。でも、クリスティナになら、あたし、サインしてもいいわ。ペンを！〈署名する〉じゃ、ごきげんよう。

ヴィーテク 〈お辞儀をする〉どうも、ありがとうございまし

た！（クリスティナとともに去る）
エミリア 次。もう、誰もいない？
グレゴル ぼくは、あなたがお一人になってからにします。
エミリア それじゃ、また今度ね。もう、誰もいない？ ――じゃ、行くわ。
プルス すみません、いま、少し。
エミリア あら、なにかお望みでもおありですか？
プルス もちろんです。
エミリア （あくびをする）そう。じゃあ、おっしゃい！
プルス わたしは、ちょっとばかり、おたずねしたいことがあるのです――あなたは、要するに、ヨゼフ・プルスやその他の人のことについて、なんでもご存じですね、そうですね？
エミリア たぶん。――
プルス それじゃあ、もしか、ひょっとして、ある名前をご存じじゃありませんか？
エミリア どんな？
プルス たとえば、マクロプロス。
エミリア （ふいに立ちあがる）なんですって？
プルス （立つ）マクロプロスという名前をご存じじゃありませんか？
エミリア （自分を抑えて）わたくしが？ ―― ――ちっとも知りませんわ……はじめて耳にします……。おお、みんな行ってちょうだい！ 行きなさい！ もう、あたしを独りにしてちょうだい！
プルス （お辞儀をする）残念です、この上もなく――
エミリア あなたは別よ！ あなたは待って！ そこのヤネクは、なんでそんなにぼんやり見てるの？ もう、行ってちょうだい！

（ヤネク、去る）

エミリア （グレゴルに）で、あんたは何がご用なの？
グレゴル ぼくは、あなたとお話しなければなりません。
エミリア いまは、あんたとお話する時間はないわ。
グレゴル あなたにお話しなければならないのです。
エミリア お願いよ、ベルティーク、あたしをほっといてちょうだい！ 行って、いい子だから、行きなさい、いまは！ なんなら、ほんの少したってから来てちょうだい！
グレゴル （プルスにたいし冷ややかに頭をさげて、出ていく）
エミリア やっとだわ！（間）
プルス 失礼します、ミス・マルティ。あの名前が、あなたにあれほどまでにショックを与えるとは思いもおよびませんでした。
エミリア あなたはマクロプロスの「こと《ヴィエッツ》」について、何をご存じなの？
プルス まさに、それを、あなたにおうかがいしたんじゃありませんか。
エミリア 何をご存じなの、マクロプロスの「事件《ヴィエッツ》」について？
プルス ミス・マルティ、どうぞおかけになってはいかがです。どうやら少しばかり込み入った話になりそうですからな。（両人、腰をおろす。沈黙）とくにお許しをいただかなければならないのは――やや立ち入った質問になることです。もしかしたら、立ち入りすぎているかもしれませんがね。

（エミリア、黙ってうなずく）

プルス　あなたは、ある……特別の関心をグレゴル氏にたいしておもちですか？

エミリア　いいえ。

プルス　あの方が裁判に勝つかどうかには、大きな関心がおありですか？

エミリア　いいえ。

プルス　ありがとうございました。わたしは、あなたがどういう理由で、わが家の鍵のかかった戸棚のなかにある、すべてのものについてご存じなのか、あえて追及はいたしますまい。それはきっとあなたの「秘密《ヴィエッツ》」でしょうからな。

エミリア　そうです。

プルス　いいでしょう。あなたは、そのなかにある特定の手紙があるのをご存じだった。プルスの遺書のあることも……しかも、封印までされている遺書をです！　ついでに申しますと、そのなかに――まだ、何かあるのをご存じですか？

エミリア（興奮して、立ちあがる）それと、なに？　あなたはそれ以外にも何か見つけたんですか？　ねえ、それはなんです？

プルス　わかりません。そのことについては、わたしのほうがおたずねしたいくらいです。

エミリア　あなたは、それがなんだか、ご存じないの？

プルス　あなたは、ご存じですか？

エミリア　そういえば、あなたはこれまで、そのことを、あたしには言ってくださいませんでしたわね……

プルス　わたしは、コレナティー氏が……それともグレゴル氏があなたに伝えたものとばかり思っておりました。

エミリア　一言も。

プルス　そう。それはただの封をした封筒です。そしてその上にはヨゼフ・プルスの筆跡で『息子フェルディナントの手へ』と書かれていました。それだけ。遺書と一緒にありました。

エミリア　では、あなたはお開けにならなかったんですね？

プルス　はい、わたし宛てのものではありませんから。

エミリア　じゃあ、あたしに渡してください！

プルス（立つ）なんですと？　どうしてあなたに？

エミリア　なぜなら、あたしが欲しいからです。なぜなら――

――なぜなら――

プルス　え？

エミリア　なぜなら、わたしはそれにたいする多少の権利があるからです！

プルス　どんな権利でしょう、教えていただけますか？

エミリア　だめよ。（すわる）

プルス　ふむ。(すわる) それは、どうやら……またもや、あなたの「秘密《ヴィエッツ》」なのですね。
エミリア　もちろんです。わたしにくださいません?
プルス　お断りします。
エミリア　いいわ、それじゃ、ベルティークがくれますわよ。いずれにしろ、それはあの人のものですからね。
プルス　いずれ、わかることです。その封筒のなかには何が書いてあるのか、わたしにお教えいただくわけにはいきませんか?
エミリア　できませんわ。(間) それは、いいですか……マクロプロスの「事件《ヴィエッツ》」にかんするものです。
プルス　失礼しました。あなたがエリアン・マック・グレゴルといわれた人物について、ご存じのことは?
エミリア　あなたは、その人の手紙をもっていらっしゃるわ。
プルス　あなたは、たぶん、もっとくわしい事情についてご存じですよね。あなたは、その女について何かご存じですか、その……尻軽女について?
エミリア　(飛びあがる) お黙り!
プルス　(立つ) これは、これは、ミス・マルティ――
エミリア　失礼な!　よくも、そんな口がきけたわね!
プルス　それが、なんの関係があるのです、あなたに?　百年もまえの……いかがわしい風評のある正体不明の女が、あなたに何か関係でもあるんですか?
エミリア　そりゃ、ありませんよ。まったく、なんにも。(すわる) それじゃ、その人は尻軽女だったのですね?
プルス　わたしは彼女の手紙を読んだのです。驚くべき情熱的タイプです、あの女は。
エミリア　あら、あなた、そんなもの読んじゃだめじゃありませんか……
プルス　そこからは、なんともいえぬ……すこぶるつきの親密さをうかがわせる、あてこすりみたいなものも読みとれました。わたしだって若造じゃありません。しかし、正直のところ申しあげますがね、まあ……どんなに腕っこきの女たらしといえども、あれほどの、まあ、あの貴婦人《レディー》ほど……その道における経験はないでしょうよ。
エミリア　あなたは娼婦とおっしゃりたいんでしょう。
プルス　そんな、なまやさしいもんじゃありませんよ、ミス・マルティ。
エミリア　あなたに、何がわかるっていうのよ!　その手紙をあたしにちょうだい!
プルス　たぶん、あなたの興味もそそると思いますよ……まさに、その情事の詳細がね。
エミリア　そうかもしれませんね。(間)
プルス　わたしが知りたいのは何か、おわかりになりますか?
エミリア　さあ?
プルス　あなたが愛し合うときは、どんなだろう?って。
エミリア　いま、また、あなたは考えていらっしゃるのね……その情事の詳細を?
プルス　そうかもしれませんね。

エミリア　たぶん、あなたにはわたしが、そんなエリアンかなんかに見えるんじゃありませんの？
プルス　おや、これはなんてことを。（間）
エミリア　それじゃあ、その女は淫乱だった、手のつけられないあばずれだった。もっとひどい呼び方をご存じないの？
プルス　本当はなんという名だったのです？
エミリア　エリアン・マック・グレゴル。その手紙にもそう書いてあったはずよ。
プルス　失礼ながら、そこには、ただ、E. M. とあるだけでした。それ以上は何もなし。
エミリア　それがエリアン・マック・グレゴルを意味するのは当然でしょう？
プルス　当然、どんな名前を意味することだってありえますよ。たとえば、エミリア・マルティ、エウヘニア・モンテス、そのほかの、たくさんの名前。
エミリア　でも、それはエリアン・マック・グレゴル、スコットランド娘です。
プルス　それとも、むしろ――エリナ・マクロプロス、クレタ島のギリシャ娘。
エミリア　おお、呪われるがいい！
プルス　おや、あなたはその名前をご存じだった？
エミリア　（激しく怒る）あたしをそっとしといてちょうだい！

（間）

エミリア　（顔をあげる）それにしても、あなたはどうしてご存じなの？
プルス　きわめて簡単に。あの遺言のなかに言及がありました……さるフェルディナントについての、一八一六年十一月二〇日、ロウコフに生まると。それは昨日のことでした。そして、今朝、三時にロウコフの学長がパジャマ姿で私を、戸籍謄本のところまで案内してくれましたよ。この好人物は私にランプの火をかかげてくれました。そして、そこで見つけたのです。
エミリア　何を？
プルス　戸籍謄本です。これです。（記録を取り出し、読む）幼児の名前、フェルディナント・マクロプロス。出生年月日、一八一六年十一月二〇日。私生児。父親、記名なし。母親、エリナ・マクロプロス、クレタ島の生まれ。以上です。
エミリア　これ以外にはまったくご存じないの？
プルス　知りません。これだけです。でも、これで十分です。
エミリア　かわいそうなグレゴル！　これでロウコフはあなたの手に残るんでしょう？
プルス　少なくとも、どこかのマクロプロス氏が名乗り出ないかぎり。
エミリア　それと、あの封をした封筒は？
プルス　おお、それは彼のために大事に保管されるでしょう。
エミリア　で、もし、マクロプロスなどという人物がだれも名乗り出なかったら？

プルス　そうなったら、要するに、開封されることもなく、誰もその封筒に触れることもないでしょう。

エミリア　じゃ、名乗り出ますわよ、どう？　そしたら、あなたはロウコフを失いますよ！

プルス　神のみこころのままに。

エミリア　なんてばかなの、あなたは！（間）ねえ、むしろ、その封筒をあたしによこしたほうがましよ‼

プルス　まだ、そんなことをおっしゃっているとは、きわめて遺憾でありますな、わたくしといたしましては……。そのマクロプロスが自分でまいりますわ。

エミリア　それじゃあ、その封筒をいただきに、そのマクロプロスが自分でまいりますわ。

プルス　ふむ、それは誰です？　あなたはその人物を、どこにおもちなのです？　トランクのなかですか？

エミリア　ご覧になりたい？　それはベルティーク・グレゴルよ。

プルス　おやおや、またもや、あの人物ですか？

エミリア　そうです。エリナ・マクロプロスとエリアン・マック・グレゴル、これは同一人物です。マック・グレゴルというのは、エリナ・マクロプロスの舞台名でした、おわかりになって？

プルス　完全に。そしてフェルディナント・グレゴルが彼女の息子だったんですね？

エミリア　たしかに、その通りだと申しあげますわ。

プルス　じゃ、どうしてマクロプロスと名乗らなかったのでしょう？

エミリア　それは……、そのわけは、その名前が地球上から消えるよう、エリアンが望んだからですわ。

プルス　まあ、そのことは、わきへ置いておくことにしましょう、ミス・マルティ。

エミリア　あなたはわたしを信じないんですか？

プルス　わたしは、そんなことは言っていません。どこでそれをお知りになったかさえも、おたずねしません。

エミリア　でも、いったいなんのために、あたしがそんなことを隠さなきゃならないんです？　あたくし、申しあげておきますわ、プルスさん。でも、あなただけの心のなかにおさめておいていただけますか？　あのエリアンは……あのエリナ・マクロプロスは、あたしの……あたしの叔母でした。

プルス　あなたの叔母上ですか？

エミリア　そう、あたしの母の妹でした。これでみんなおわかりでしょう。

プルス　たしかに、それですべてが、きわめてわかりやすく説明はされましたな。

エミリア　ほら、ご覧なさい！

プルス　（立つ）残念なのは、それが真実ではないことですよ、ミス・マルティ。

エミリア　あなたは、嘘だとおっしゃりたいの？

プルス　残念ながら。もし、あなたの叔母上の曾祖母とでもおっしゃっていれば、少なくとも、もう少しはほんとらしく聞こえたでしょうがね。

エミリア　おお、そうね、あなたのおっしゃるとおりだわ。

（間。プルスに手を差し出す）さようなら。

プルス　（手にキスする）よろしければ、別の機会に、あなたにたいする、この上もない敬意を表したいのですが？

エミリア　ありがとう。（プルス、去っていく）お待ちになって！　いくらでなら、その封をしたままの封筒を売ってくださるかしら？

プルス　（ふり返る）どういう意味です？

エミリア　あたし、それを買います！　その手紙を買います。あなたが欲しいだけ、いくらでも払います！

プルス　（彼女のほうへもどってくる）失礼ながら、マルティ嬢、その件にかんしての取引なら、この場ではいたしかねますな——しかも、あなたとはね。すみませんが、わたしのもとに誰か別の人をよこしていただけませんでしょうか。

エミリア　なぜ？

プルス　その人なら、少々、手荒いことをしてでも追っ払えますからね。

（プルス、軽くお辞儀をして去る。間。エミリア、身動きもせずに、目を閉じてすわっている。グレゴル、登場。無言のまま立ちすくむ）

エミリア　（しばらくして）あなたなの、ベルティーク？

グレゴル　どうして、目なんかつむっているんです？　——まるで、苦しんでいらっしゃるみたいですよ。——どうしたんです？

エミリア　疲れたの。静かに話して。

グレゴル　（彼女のほうへ近づく）静かに？　ぼくはあなたにご忠告いたします。静かになんか話したら、ぼく、自分の言っていることがわからなくなってしまいます。ぼくの言うこと、気ちがいじみているかもしれません。聞いてますか、エミリアさん？　静かになんか言えるもんですか！　ぼくはあなたを愛しています。気が狂いそうなんです。愛してます。笑わないんですか？　ぼくは、あなたが飛んできて、頭をぶつのを待っているんです。そうしたら、いっそう、ぼくは気が狂ったように、あなたを愛するでしょう。ぼくはあなたを愛しています。なんてことです、眠っていらっしゃるんですか？

エミリア　寒いわ、ベルティーク。冷えるわ。あなたも冷えないようにしなさい。

グレゴル　ぼくは、あなたを愛しています。ぼくをおっぱらわないのですか、エミリアさん。あなたはぼくには横暴ですね。でも、ぼくにはそれがこの上もない喜びなんです。ぼくはあなたがこわいけど、それだって喜びです。あなたに侮辱されると、ぼくはあなたを締め殺したくなります。ぼくは——　——ぼくは気が狂っているんですよ、エミリアさん。たぶん、ぼくはあなたを殺すでしょう。あなたのなかには、何かすごく人を不快にさせるものがあります。でも、それだって、ぼくには喜びです。あなたは自堕落で、下劣で、おそろしい方だ。情け容赦のないけだものだ。

エミリア　ちがうわ、ベルティーク。
グレゴル　ちがいません。あなたにとっては、何もかもが、なんの価値もないのです。剣の刃のようにつめたい。あなたはまるで墓場のなかから起きあがってきたみたいだ。わかりますか、これは、愛していることの、逆の表現なのです。だから、ぼくはあなたを愛しているのです。ぼくは自分の体の肉を引きちぎりたいくらい、あなたを愛していま す。
エミリア　マクロプロスという名前、おまえ、好きかい？ 言ってごらん。
グレゴル　やめてください！　馬鹿にしないでください！ ぼくは命を投げうってでも、あなたを自分のものにしたい。ぼくと一緒なら、あなただって思いどおりのことができます。なんでも……たとえ、これまで聞いたこともないような、とんでもないことでもです。ぼくはあなたを愛しています。ぼくは孤独な人間です、エミリアさん。
エミリア　それなら、いいかい、これから、急いであの弁護士のところに行きなさい。あたしが弁護士のところに送った書類をすぐに取り返すのよ。
グレゴル　それは偽ものなんですね？
エミリア　誓うわ、偽ものじゃありません。でも、別のものが必要なの、わかる？　マクロプロスの名前にかんするものなんだよ。待って、おまえにそのこと、説明しておくわ。エリアンは——
グレゴル　よしてください、そんな話。これまでだって、ずいぶん、かつがれましたからね。
エミリア　そうじゃないのよ、ベルティーク！　あたしは、おまえにすごい富豪になってもらいたいの。おまえは金持ちにならなくちゃならないのよ、ベルティーク！　あたしは、おまえに
グレゴル　ぼくを愛してくれますか？
エミリア　いいかげんに、やめなさい！　ベルティーク、おまえ、あたしにギリシャ語の書類を手に入れてくれるって約束したじゃないか。プルスがもってるわ、いいわね？ だから、その書類を手に入れるために、おまえはその遺産を相続しなきゃならないのだよ！
グレゴル　ぼくを愛してくれますよね？
エミリア　だめよ、わかった？　絶対にだめ！
グレゴル（すわる）ぼくはあなたを殺しますよ、エミリアさん。
エミリア　ばかばかしい。もし、あたしがおまえに三つの言葉を言ったら、すべてはおしまいなんだよ。何もかも、おしまい——　——いいかい、おまえはあたしを殺したいんだね！　ほら、見える？　この首、この傷跡？　これだって、一人の男があたしを殺そうとしたのよ。あたしの体に、あんたたち男の記念碑が、もう、どれだけ刻まれていることか、おまえに見せるために、脱いだりなんかしないわよ！ どうして、あたしは、あんたたち男の犠牲にだけ、なっていなくちゃいけないの！
グレゴル　ぼくは、死ぬほどあなたを愛しています。
エミリア　ふん、そんなら、勝手にくたばればいい、このガ

キ！　なんて、くだらない！　あんたたちの愛なんて、一山いくらのがらくただよ！　ああ、いいかげんに自分の滑稽さに気がつけばいいのに、あんたたち人間がね。あたしがどんなに疲れているか、わかっていないんだわ！　あたしにはね、もう、何もかもどうでもいいのよ、わかる？　おお、おまえなんかにわかるもんか！

グレゴル　どうしたんです？

エミリア（両腕をふりしぼる）不幸なエリナ！

グレゴル（そっと）いらっしゃい、エミリアさん、行きましょう。誰だって、かつて一度も、ぼくほどあなたを愛した者はいませんよ。ぼくにはわかるんです――ぼくには、あなたのなかに、なにか絶望的なもの、なにか異常なものがあるのがわかります。エミリアさん、ぼくは若い、そして、頑丈です。ぼくはあなたを愛で満たします。あなたは、忘れますよ――そうしたら、ぼくを果物の皮みたいにむいて、捨ててください。聞いてますか、エミリアさん？

（エミリアは規則的に、聞こえるくらい鼾《いびき》をかいている）

グレゴル（怒って立ちあがる）これはなんだ？　――眠っている！　――馬鹿にしてるんですか？　――眠っている。まるで酔っ払いだ。（彼女のほうへ手をのばす）エミリアさん、ぼくですよ――ぼくです――だれも、ここにはいません――（彼女のほうへぴったり体をよせる）

（掃除婦が離れたところに立っている。警告するように、きびしく咳ばらいする）

グレゴル（立ちあがる）なんだい？　――ああ、また、きみか――この方は眠ってしまった。起こさないでくれ。（エミリアの手にキスをして、駆け去る）

掃除婦（エミリアのほうへ近づいてきて、黙って見おろす）それにしても、あたしにはこの方がなんだか、すごく気のどくだよ。（出ていく）

（間。背景のなかからヤネクが現われ、十歩ほどあるいて立ち止まる。それからエミリアのほうを見る）

エミリア（身動きする）おまえなの、ベルティーク？

ヤネク（後退りする）いえ、ちがいます。ただのヤネクです。

エミリア（すわりなおし）ヤネク？　こちらへいらっしゃい、ヤネク。あなた、少しばかり、何か、あたしのためにやってくれません？

ヤネク　よろこんで。

エミリア　あたしがお願いすることだったら、なんでも？

ヤネク　はい。

エミリア　じゃ――その代わり、何か欲しいものある？

ヤネク　いえ、何もありません。

エミリア　もっと近くへいらっしゃい。あなたが、どんなに素敵なことをなさろうとしているのか、おわかり？　いい、あなたのお父さまがね、おうちに封をした封筒をおもちなの。その封筒の上には『わが息子フェルディナントの手へ』

と書いてあるわ。お父さまはそれを机のなかか、金庫のなかか、それとも、あたしの知らないどこかにおもちよ。わかった《コンプリ》わね？

ヤネク　はい、わかりました。

エミリア　それを、わたくしに、もってきてください。

ヤネク　父がそれをぼくに渡すでしょうか？

エミリア　渡しませんよ。あなたがそれを取らなければ。

ヤネク　それじゃ、だめです。

エミリア　ああ、この子は、お父さまがこわいのね。

ヤネク　こわくはありません、でも――

エミリア　でも？　ヤネクさん、あたしの名誉にかけて、それはただの記念の品よ――なんの価値もない――あたし、すごく、それが欲しいのよ！

ヤネク　ぼく――ぼく、やってみます。

エミリア　ほんとに？

プルス　(陰から出てくる) むだな努力はしなくともよい、ヤネク。それは金庫のなかだ。

ヤネク　お父さん、もう、二度と――

プルス　行け！　(エミリアのほうへ) これは、ミス・マルティ、偶然です。わたしは、あいつがクリスティナの後を追っかけて劇場のまわりをうろついていると思っていました。ところが、そのあいだに――

エミリア　あなたは、どうして劇場のまわりをうろついていらっしゃるの？

プルス　待っていたんですよ――あなたを。

エミリア　(彼のほうへぴったり身をよせる) それじゃ、あたしにその封筒をくださいな？

プルス　わたしのじゃありません。

エミリア　それを、わたしのところにもってきて！

プルス　はは あ――いつ？

エミリア　今晩。

プルス　――――承知しました。

― 幕 ―

第三幕

（ホテルの部屋。左手に窓、右手には廊下に通じるドア。正面には、カーテンで仕切られたエミリアの寝室への入口）

（エミリア、化粧着を着て寝室から出てくる。彼女のあとにタキシードを着たプルス、しかし、シャツのカラーをつけていない。プルスは黙って右手にすわる。エミリアは窓のほうに行き、ブラインドの紐を引く。淡い早朝の光）

エミリア　（窓のところからふり返る）どうしたの？（間。近くに寄る）あれをちょうだい。（間）聞こえないの？　あの封筒をちょうだい。

（プルス、だまって胸のポケットから革の財布を取り出して、それから封印のある封筒を抜き取り、無言のままテーブルの上に放り出す）

エミリア　（封筒を取り、それをもって化粧台のほうに行き、そこにすわる。明りをつけ、封筒の上の封印を見つめる。ためらうが、やがて、急いでヘヤーピンで封を切り、折りたたんだ黄色っぽい手書きの紙を取り出す。読む。喜びの激しい息づかい。それから素早く紙をたたみ、胸元に隠す。立つ）いいわ！（間）

プルス　（静かに）まんまと巻きあげましたね。

エミリア　あなただって……欲しかったものを、手に入れたでしょう。

プルス　あなたはだまし取った。冷たい氷のような女。まるで死体を抱いているようだった……（ぶるぶるっと身震いする）おかげで、わたしは人の手紙を横領してしまった！ありがたい話だ！

エミリア　あなたは、その封筒を失ったことが、そんなに残念なの？

プルス　わたしが残念なのは、あなたを知ってしまったということ……。あなたに与えるべきじゃなかった。まるでわたしがそれを盗んだみたいじゃないか。胸がむかつく！へどが出そうだ！

エミリア　朝食はいかが？

プルス　欲しくない、なんにも。（立ちあがり、彼女のほうへ行く）見せてください！　見せてくれ！　わたしに見せろって！　――わたしは、自分で渡したものが何か知らないんだ。もしかしたら、なにか値打ちのあるものだったかもしれない、しかし……たとえ、封印をするだけの価値のあるものだったとしても、わたしが知らなかったという価値しかないのさ――（払いのけるように手を振る）

エミリア　（立つ）あたしの顔に唾を吐きかけたい気分でしょう？

プルス　あんたになんかじゃない。自分にだ。

エミリア じゃ、ご遠慮なく。（ドアのノック。ドアのほうへ行く）だれなの？
女中 （舞台の奥で）わたくしでございます。マルティさま。
エミリア お入りなさい。（鍵を開ける）何か食べるものが来たわ！
女中 （ペチコートの上に夜着のガウンを着て入ってくる。息を切らせている）おそれいります。こちらに、プルスさまはいらっしゃいますでしょうか？
プルス （振り向く）何かね？
女中 こちらにプルスさまのところの使いの方がみえまして、どうしてもお話をしなければならないと、そういってプルスさまに何かもってこられました。
プルス なんでだ？ なんで、ここがわかったのだろう――待てと伝えてくれ。いや、ここにいてくれ。（寝室に入っていく）
エミリア 髪をすいてちょうだい。（化粧机の前にすわる）
女中 （髪をほどく）そりゃあ、もう、あたくし、驚いたのなんのって！ 門番が、あわてて、あたくしを呼びにきたんですよ。どこかの家の下男が来て、マルティさまのお部屋まで行きたがってる、と言うんです。ところが、それ、その下男というのが、そりゃあ、あなた、動転していて、口もきけないんです。そして鉄砲の狙いをつけるときみたいに、じっと、あたしを見るんですよ。きっと、何か起こったにちがいありませんわ。
エミリア 気をつけなさい、髪をひっぱってるわよ。
女中 それに、まっさおなんですよ、その下男。あたくし、すごくびっくりしましたわ。
プルス （カラーとネクタイをつけて、寝室からあたふたと出てくる）ちょっと、失礼。（右手に行く）
女中 （髪にブラシをかけている）あの方、お偉いかたなんでしょうね？ あたくし、何が起こったのか知りたいですわ。あなたさまだって、あの下男の震えようをご覧になったら……
エミリア あとで、ゆでたまごを頼んでね。
女中 それに何か書きつけかなんか手にしてましたわ。あたし、聞きにいってよろしいでしょうか？
エミリア （あくびをする）いま、何時？
女中 七時をすぎたところです。
エミリア そこの明りを消して。それから、黙っててちょうだい。（間）
女中 それに唇までまっさおでした、あの下男。
エミリア そんなにひっぱったら、髪が抜けちゃうじゃないか、ばかね！ かしなさい、その櫛！ 見てよ、これ、抜けた髪がからまってるわ！
女中 あたしの手、こんなに震えてるんですもの！ 何かおこったに違いないわ――
エミリア だからといって、あたしの髪の毛を引き抜いていいってことにはならないわ。続けなさい！（間）

（プルス、廊下に通じるドアから入ってくる。まだ開封

していない手紙をもって、無意識のうちにそれをなでている)

エミリア　早かったわね。

(プルス、手探りで椅子をさがし、すわる)

エミリア　朝食は何になさる?
プルス　(しわがれ声で) ちょっと……そこの娘を……
エミリア　じゃ、行きなさい。あとでベルを鳴らすから。行きなさい!

(女中、退場)

エミリア　(間をおいて) さあ、どうなさったの?
プルス　ヤネク……が、自殺した。
エミリア　なんですって!
プルス　頭を……ぐしゃぐしゃにして、見わけもつかないくらいに……。死にました。
エミリア　かわいそうに。それは誰が書いたの?
プルス　下男の話では、これは……ヤネクが書いたものです。あいつのそばで発見されました……、だから、血が——
エミリア　何が書いてあるの?
プルス　開けるのが……こわいんです……。どうしてだろう、どうして……いったいどうして、わたしがあなたのところにいると、わかったのだろう? どうして、ここの、わたしのところに届けさせたのだろう? あなたは、どうしてだと……?
エミリア　あなたを見たんだわ。
プルス　どうして、こんなことをしたのだろう? どうして……自殺なんかを?
エミリア　お読みなさいよ、それ。
プルス　あなたが先に読む……のはおいやですか?
エミリア　ええ。
プルス　これは、きっと——あなたにも関係あることですよ——あなたが開けてください——
エミリア　いやよ——
プルス　わたしだって、あいつの後を追いたいくらいだ——わたしが……開けなければならないんですか?
エミリア　もちろんよ。
プルス　もう、こうなったらどうにでもなれだ。(封筒を破り、手紙を取り出す)

(エミリアはマニキュアをしている)

プルス　(低い声で読む) おお! (手紙を放り出す)
エミリア　おいくつでしたの?
プルス　だから、だからだったのか!
エミリア　かわいそうなヤネク!
プルス　あなたを愛していた……
エミリア　ええ?
プルス　(すすり泣く) わたしの、たった一人の……たった一人の、息子だったのに——(顔をおおう。間) やつは、やつは十八歳だったのです！　ヤネク！　わたしの息子よ！　あなたのせいで自殺をしたんです！　あいつにきびしすぎた！　わたしは、あまりにも……あまりにも、あいつ（間）ああ、わたしは一度もあいつの頭をなでてやらなかった、一度も……やさしくしてやらなかった、一度もほめてやらなかった……。あいつに……キスの一つでもしてやろうかという誘惑に駆られることがあっても、わたしは、だめだめ、こいつは強くならなければ……わたしのように強く……人生にたいして強くならなければと、わたしは考えた。わたしこそ、あいつをまったく理解していなかったんだ！　おお、なんてことだ、おまえは、それほどまでにわたしを崇拝していたのか！

エミリア　そんなこともご存じなかったの？

プルス　ああ、もし、おまえが生きていてくれたら！　それほど愚かしく、それほどわきまえもなく恋していたのか——

——わたしがあなたのところへ行くのを見ていたんです……門のところに、二時間、待っていました……それから、家に帰り、そして……

エミリア　（櫛を取り、髪をすく）かわいそうに。

プルス　十八の年で！　わたしのヤネク、わたしの子供……。死んだ、見わけもつかないくらいに……。それに、こんな子供っぽい字で書いている、「……お父さん、ぼくは人生がわかりました。お父さん、どうかお幸せに、でも、ぼくは……」（立つ）あなたは、何をしているんです？

エミリア　（口にヘア・ピンをくわえている）髪をすいてます。

プルス　たぶん、あなたには……おわかりにならんのでしょうな。ヤネクはあなたを愛していたんですよ！　あなたのせいで自殺をしたんです！

エミリア　へっ、ずいぶん自殺するもんだわ！

プルス　それで、あなたは髪がすいていられるんですか？

エミリア　じゃあ、あたしは、そのために、くしゃくしゃ頭で駆けまわらなければならないっていうの？

プルス　あいつは、あなたのために自殺したんですよ！　聞いているんですか？

エミリア　どうして、それが、あたしの責任なの？　あなたのせいでもあるのよ！　あなたは、もしかして、わたしが髪を引きむしるべきだとでも思ってるんじゃないでしょうね？　髪ならもう十分、女中に引きむしられたわよ。

プルス　（あとずさる）おだまりなさい、さもないと——（ドアのノック）

エミリア　どうぞ。

女　中　（入る、すでに服装をととのえている）ハウク－シェンドルフさまでございます。

エミリア　こちらへ、お通しして！（女中、出ていく）

プルス　あなたは——あなたは、彼をここへ引き入れるのですか——いま？　わたしのいる前に？

エミリア　じゃ、しばらく、そちらへいらしてて。

プルス　（カーテンをもちあげる）——売女《ばいた》！（入る）

（ハウク－シェンドルフ、登場）

エミリア　ブエノス・ディアス〈おはよう〉、マックス。こんなに早く、どうしたの？
ハウク　しっ！　しっ！（爪先立ちで、彼女のほうへ、彼女の首筋のあたりにキスをする）おしゃれ、してるのかい、エウヘニア。さあ、行こう。
エミリア　どこへ？
ハウク　うちにだよ、スペインへ。ヒッ、ヒッ、わしの家内はなんにも知らん。わかってくれるかい、わしはもう、あいつのところにはもどらんからな。おい、どうした、エウヘニア、急ぐんだ！
エミリア　ばかね、気でも狂ったの？
ハウク　まったく、そのとおり。わしはな、つまり、監視されておるんじゃよ、おわかりかな。わしをつかまえようとしておる、だから、わしを送り返すじゃろう、スッスッスッ、荷物みたいにな、わかるか？　ええ？　要するに、わしは、やつらから逃げ出したいんじゃよ。だから、わしを連れ出してくれ。
エミリア　スペインへ？　あたしは、あっちで何をすればいいの？
ハウク　オーレッ！　踊るんじゃよ！　おお、おお、わしは、どれだけやきもちを焼いたものか！　あんたは踊ればいい、な？　そしたら、わしは、わしは、手をたたくだろう（ポケットからカスタネットを取り出す）アイ・サレロ！　ヴァヤ・ケリダ！〈ああ、浮気な女！　行こう、娘よ！〉（うたう）ラーララ、ラーララ——（ぎくりとする）ここで、誰が泣いているんだ？
エミリア　ああ、だれでもないわ。
ハウク　スッスッスッ、まるで、誰か泣いているみたいだ。男の声だ。シッ、聞いてごらん——
エミリア　ああ、そうね。誰かが隣にいるんでしょう。その人の息子さんが亡くなったそうよ。
ハウク　どうしたって？　死んだと？　ああ、それは悲しい。行こう、ジプシー娘！　わしが何をもってきたかわかるかな？　宝石だぞ。マティルダの宝石だ。いいかな、マティルダはわしの妻だ、え？　あれは、年を取ってしまった、な？　年を取るということは、おそろしい、おそろしい。わしも年を取った。それにしても、あんたは、なんで戻ってきたんだ？　——かわいい娘や、わしは二〇歳じゃ、うん？　信じんのか？
エミリア　はい、はい、セニョール。
ハウク　それにしても、あんたも年をとらんな。いいか、人間は年を取っちゃいかんのだ。馬鹿は長生きするぞ！　ただし、知っとるかな？　おお、わしも長生きすることを愛することが人間を楽しませるかぎりはな……（カスタネットを鳴らす）愛を楽しめ！　ラーララ、ラーラ——クスッ、ジプシー娘、来るか？
エミリア　ええ。
ハウク　新しい人生だ、どうだ？　また、二〇歳からはじめよう、娘さん。さあ、快楽だ、快楽だ！　さあ、思い出してごらん！　は、は、覚えているかい？　それ以外は、みんな無だ。無だ。行くか?
エミリア シ・ベン・アキ、チュチョ! 〈ええ。行くから、わんちゃん、ここに、おすわりしてなさい〉（ノックの音）お入りなさい!
女中 （頭を突き出す）グレゴルさんがお会いしたいと。
エミリア 入れておあげなさい!
ハウク なんの用だ? おお、逃げよう!
エミリア お待ち。

（グレゴル、コレナティー、クリスティナ、ヴィーテク入ってくる）

エミリア おはよう、ベルティーク。失礼だけど、おまえは誰をここに連れてきたの?
グレゴル あなた、お独りじゃないんですか?
ハウク あれっ、グレゴル君だ! これはうれしい。
グレゴル （クリスティナをエミリアの前に押し出す）ご覧なさい、この子の目を! ご存じですか、何が起こったか?
エミリア ヤネクのこと?
グレゴル どうして、それを?
エミリア ふん!
グレゴル あの少年のことを、考えていたんですね、そうなんでしょう?
エミリア だから、おまえはここにこんなに大勢の人を引き連れてきたというわけ? それに弁護士まで連れて……
グレゴル それだけじゃありません。それに、すみませんがね、ぼくに「おまえ」なんて気安く呼ばないでください。
エミリア （激怒する）そうなの、じゃあ、聞こうじゃありませんか! いったい、なんの用なんです?
グレゴル それでは申しましょう。（断りもせずに、すわる）あなたは、そもそも、なんという名前なのですか?
エミリア あんた、あたしを尋問するの?
コレナティー とんでもございません、ミス・マルティ。これはただの友人の集まりですよ。
グレゴル ヴィーテク、見せたまえ!（ヴィーテクから写真を受け取る）あなたは、この写真にサインをしましたね、クリスティナ嬢のために?
これはあなたのサインですか?
エミリア そうよ。
コレナティー これはいい。それでは、申し訳ありませんが、あなたはこの文書を昨日、わたくしにお送りくださいましたね? これはエリアン・マック・グレゴルとやら称する方の、フェルディナント・グレゴルの母親であるという自筆の申告書です。日付は一八三六年。これは本物ですか?
エミリア そうです。
グレゴル でも、これはアリザリンを原料にしたインキで書かれています。それが何を意味するかわかりますか? え? これが偽物だということですよ、貴婦人さま!
エミリア あたしに、そんなことわかるはずないでしょう?
グレゴル インキは新しい。いいですか、みなさん。（指に唾をつけて、紙をこする）まだ、滲《にじ》むでしょう。これにたいして、あなたは何か言うことがありますか?

エミリア　何も。
グレゴル　これは昨日、書かれたものです、おわかりですか？　おまけに、写真にサインをしたのと同じ手で。ひどく、くせのある字だ。
コレナティー　まるでギリシャ文字のようです、ええ、誓って。たとえば、このアルファーです――
グレゴル　あなたは、この文書を書いたのですね、それとも、違いますか？
エミリア　あんたには、もう、口をきかないよ。
ハウク　まあ、みなさま方、みなさま方、ちと、御免をこうむります――
コレナティー　ちょっと、ちょっと、これはすごく興味ある問題ですぞ。ミス・マルティ、せめて、あなたがこの紙をどこで手に入れられたかくらいは、おっしゃれるでしょう。
エミリア　わたくし、誓います。それを書いたのはエリアン・マック・グレゴルです！
コレナティー　いつです？　昨日の朝ですか？
エミリア　そんなこと、どうでもいいことよ。
コレナティー　どうでもよくはないのですよ、ミス・マルティ。そのことが、すごく重要なのです。エリアン・マック・グレゴルは、いつ亡くなられたのです？
エミリア　もう、いいかげんにしてください！　あたくしは、もう、一言も答えませんからね！
プルス　（寝室から急いで出てくる）失礼、その紙とやらを見せてください。
コレナティー　（立ちあがる）これはまた、なんと――あなたは――
グレゴル　あなたは、ここにいらしたのですか？　エミリア、これはどういう意味だ？
ハウク　おお、これは、ミスター・プルス！　これはうれしい！　ごきげんいかがかな？
グレゴル　ご存じなんですか、あなたのご子息が――
プルス　（冷ややかに）知ってます。失礼、その紙を。（コレナティーから受け取る）ありがとう。（鼻メガネをかけて、注意深く読む）
グレゴル　（そっとエミリアのほうへ移る）彼はここで何をしていた？　言いなさい！
エミリア　（彼を見すえる）なんの権利で？
グレゴル　熱烈に恋する者の権利です。
プルス　（紙を置く）この紙は本物です。
コレナティー　なんだと！　それじゃ、エリアン・マック・グレゴルが書いたのですか？
プルス　いいえ。それを書いたのはギリシャ人の女エリナ・マクロプロスです。それはわたしのところにある手紙と同じ筆跡です。疑いありません。
コレナティー　でも、それを書いたのがその女だとすると――
プルス　――エリナ・マクロプロス。エリアン・マック・グレゴルなんて、そもそもいなかったのですよ、みなさん。それこそが間違いのもとだったのです。

コレナティー なんて、おれはばかだったんだ！　すると、この写真のサインは？
プルス （見る）間違いなく、エリナ・マクロプロスの字です。
コレナティー そうか！　じゃ、それはこのミス・マルティの自分のサインなのか。わかりましたか、クリスティナ？
クリスティナ 彼女をそっとしといてあげてよ！
プルス （写真を返す）ありがとう。お邪魔して、申し訳ない。

（わきのほうにすわり、頭を抱える。間）

コレナティー じゃ、今度はこの点について、おお、どうか、だれか腹蔵のないところを言ってくださいよ。
ヴィーテク たぶん、それはただの偶然でしょうな、つまり──そのう、ミス・マルティの筆跡が──これほどまでに似ていたのいうのは──
コレナティー あたりまえだよ、ヴィーテク！　ミス・マルティのご到来も、また、単なる偶然。そしてこの偽文書も、また、単なる偶然だ。それで、何がわかるというんだ、ヴィーテク？　なんでも偶然で片づきゃ世話はない。
エミリア 申しあげておきますけど、わたくし、今日、朝のうちにも、この町から出ていきたいのですけど。
グレゴル 失礼ですが、どちらへ？
エミリア 外国ですの。
コレナティー まさか、ミス・マルティ、それはこまります！　どういうことか、おわかりですか？　わたしどもが、あなたと敵対関係にならないように──わたしどもがしかるべきところに、訴え出なくてもすむように、どうか、ご理解をたまわりたいものですな。
エミリア あなた方は、わたくしを拘束なさるおつもり？
グレゴル いまのところは、まだです。あなたには、まだ可能性があります──

（ノックの音）

コレナティー どうぞ！
女中 （頭を突き出す）二人の方がハウクさまをお探しです。
ハウク なんですと？　わたしを？　わしは行かんぞ！　わしは──おお、お願いじゃ──なんとか頼む──
ヴィーテク じゃあ、わたくしがいって、たずねてみましょう。（出ていく）
コレナティー （クリスティナのほうへ行く）さあ、クリスティナ、泣くのはやめなさい！　わたしにも、そりゃあ、気のどくだよ──
ハウク やや、この娘はきれいだな！　顔を見せてごらん！おお、もう、泣かんでくれ！
グレゴル （エミリアのそばにぴったり寄り、小声で）下に、車があります。ぼくと一緒に外国に行くか、それとも──
エミリア はは、そんなことまで計算したの？
グレゴル ぼくを選ぶか、警察を選ぶかだ。ぼくと行くかい？
エミリア いやよ。
ヴィーテク （もどってくる）あのう、ハウク氏を待っています……あの人の医者です……それと、もう一人、男性です。ハウク氏を家に連れて帰らなければならないのです。

ハウク　ほうら、見ろ、ヒッヒッ！　やつらはもうわしを嗅ぎつけたぞ。あれらに、待てと頼んでくれ！

ヴィーテク　はい、わたしがもう言いました。

グレゴル　みなさん、ミス・マルティは、わたしどもにいろんな点について説明することを拒否されますので、われわれは無礼をかえりみず、あえて、彼女の引き出しや、荷物を点検することにいたしましょう。

コレナティー　おお！　われわれにはそんな権利はないよ、グレゴル君！　それはプライヴァシーの侵害だ、わかっているのか？

グレゴル　そのために警察を呼ぶ必要がありますか？

コレナティー　わたしは責任をもちませんぞ。

ハウク　なあ、すまんがね、グレゴルさん、もうちょっと紳士的には――

グレゴル　伯爵、ドアのむこうであなたの医者と探偵が待っていますよ。二人をここへ呼びましょうか？

ハウク　いや、それだけは勘弁してくれ。しかし、プルス君はきっと――

プルス　なんでも好きなことをなさいよ――その女性とのことについてなら――

グレゴル　よし、はじめよう。（書卓のほうへ行く）

エミリア　やめなさい！（化粧台の引出を開ける）やるなら、やってごらん！

コレナティー（彼女のところへ飛んでいく）おっとっとっと、ミス・マルティ！（彼女の手から何かを奪う）

グレゴル（ふりむきもせずに、書卓を開ける）なんだ、彼女は撃とうとしたの？――

コレナティー　もちろん、弾は入っています。グレゴル君、そんなこと、おやめなさい。わたしが誰かを呼びますよ、いいんですか？

グレゴル　この問題はぼくたち、自分の手で片づけよう。（引出を調べる）しばらく、楽しんでてくださいよ。

エミリア（ハウクへ）マックス、あんたはこんなこと許すの？　カピスタ！　イ・イステッド・キエレ・パサル・ポル・カバレッロ？〈ちくしょう！　あんた、騎士になりたくないの？〉

ハウク　シエロ・デ・ミ〈わが天よ〉わしに何ができるというんだい？

エミリア（コレナティーへ）先生、あなたは紳士ですわ――

コレナティー　ミス・マルティ、あなたが、わたしを見誤っておられるのが、きわめて残念です。わたしはごろつきの、おいそれた盗人です。わたしは、要するに、アルセーヌ・ルパンなのです。

エミリア（プルスへ）じゃあ、あなたは、プルスさん！　あなたも、けっこう、ジェントルマンなのね！　こんなこと黙って見ているなんて――

プルス　わたしに、口をきかないでいただけませんか。

クリスティナ（泣きながら、訴える）この方にこんなことするなんて、ひどいわ！　そっとしておいてあげてよ！

コレナティー　わたしも、同じことを言いたいよ、クリスティナ。わたしらがしていることは、下劣だ。途方もなく下劣だ。

グレゴル（机の上に大量の書類をほうり出す）ほほう、ミス・マルティ。それにしても、こんな古証文をみんなもち歩いているとはね。（寝室のほうへ行く）

コレナティー　こいつは、どうやら君むきらしいな、ヴィーテク！　すごく興味ある文書だぞ。これを分類してみないかね？

エミリア　読めるもんなら読んでごらん！

コレナティー　ミス・マルティ、どうか、そう動きまわらんように願いたいですな。さもなければ、あなたの肉体を危険にさらしてでも脅迫をせざるをえなくなりますからな、刑法第九十一条。

エミリア　それでもあなた、弁護士なの？

コレナティー　わたしはね、犯罪というものを、よりいっそう深く理解できるようになりましたよ。昔からそのほうの才能があったんでしょうな。人間は老年にたっするまでには、いつしか、己の天職を認識するものです。（間）

ヴィーテク　失礼ですが、ミス・マルティ、この次はどこでおうたいになりますか？

（間）

ハウク　おお、わしは悲しい……わしは悲しい……

ヴィーテク　あのう……あなたはご自分の批評をお読みになりましたか？

エミリア　いいえ。

ヴィーテク（新聞の切抜きをポケットから出す）それはすごいもんですよ、ミス・マルティ。たとえば、これです。「声には驚くべき完璧さと力強さがあり、圧倒的な高音の充実、極度の音程の確実さが、云々」。ああ、それからここにはこんなのが、「……華麗なる表現にひいで……劇的表現において前例を見ず……わが国のみならず、おそらく、世界のオペラ芸術の歴史においても、他の追随を許さぬ完成度であった」――思ってもみてください、ミス・マルティ、「オペラ芸術の歴史においても」ですよ！

エミリア　たしかに、そのとおりだわ！

グレゴル（腕いっぱいの書類をかかえて寝室から出てくる）さあ、先生。これで、とりあえずは全部です。（書類を机の上に放る）さあ、はじめましょう。

コレナティー　よろこんで。（書類の匂いをかぐ）これはまた、大変なほこりですね、ミス・マルティ。ヴィーテク、これは歴史的なほこりだぞ。

グレゴル　ほかに、エリアン・マック・グレゴルの手紙に押されていたのと同じイニシアルE.M.の封印も見つかりましたよ。

プルス（立つ）見せたまえ！

コレナティー（書類そばで）なんてことだ、ヴィーテク、ここに書いてある年代は一六〇三だ！

プルス（封印を返す）これはエリナ・マクロプロスの封印だ。（すわる）

コレナティー（書類のそばで）これじゃ、見つからないものはないな。

ハウク　それにしても、ああ――

グレゴル　ハウクさん、このメダルをご存じありませんか？　これは、かつてのあなたの家の紋章ではないかとおもうんですが？

ハウク（目を近づけて見る）そうですじゃ……これは……。だが、これは、たしかわたしが自分で彼女に与えたものだ！

グレゴル　いつ？

ハウク　そう、あのころだから……スペインで……五〇年まえだ。

グレゴル　誰に？

ハウク　うむ、たしか、あの娘《こ》に、そう――まさしく、エウヘニア――エウヘニア・モンテスにです。いかがです、おわかりになりましたか？

コレナティー（書類から目をあげる）ここに、なにやらスペイン語らしいものが書いてあるぞ。あなた、スペイン語がおできになりますか？

ハウク　ああ、もちろん、見せてくだされ……ヒッヒッ、エウヘニア、これはマドリッドのだ！

コレナティー　なんですと？

ハウク　マドリッド警察から……追放命令書です……放蕩な生活のゆえの！　ラメラ・ヒタナ・ケ・セ・ヤマ・エウヘニア・モンテス〈エウヘニア・モンテスという名のジプシーの娼婦〉……ヒッヒッヒ！　そうだ、あれは、例の取っ組み合いの喧嘩のせいだったんじゃないかな？

コレナティー　失礼。（書類をめくっている）通行証だ、エルザ・ミュラー、一七〇九年。死亡証明書……エリアン・マック・グレゴルのだ、一八三六年。なんだこりゃ！　こりゃあ、めちゃくちゃだ。いいですか、ミス・マルティ、ちょっと、名前をくらべてみましょう。エカテリナ・ミシュキン、これはまた、誰です？

ヴィーテク　イェカチェリナ・ミシュキンは一八四〇年代のロシアの歌手でした。

コレナティー　君はなんでも知っているな。

グレゴル　これは変ですよ、いつも名前の頭文字はE．M．ではじまっています。

コレナティー　どうやら、この方は同じイニシアルばかり選んでいるようだ。特殊な好みですよね？　ほうら、出てきたぞ「ダイン・ペピ」〈おまえのペピより〉これはあなたのひいおじいさんに当たる方ではありませんか、プルスさん？　読んでさしあげましょうか？「わが最愛の、最愛のエリアンへ」

プルス　たぶん、エリナでしょう、え？

コレナティー　とんでもない、エリアンです。しかも封筒にはエリアン・マック・グレゴル、ウィーン、宮廷オペラ。いいですか、グレゴル、われわれはエリアンを根拠に、まだ勝てますよ。「マイネ・マイネ・リープステ・リープステ・エリアン――」
エミリア（立つ）お待ちなさい。それ以上、読んではだめです。それは「わたしの」手紙です。
コレナティー　われわれにとっては大層に興味深い手紙なのにですか！
エミリア　読まないでください。わたくしが、すべて、自分でお話しします。あなた方がおたずねになりたいこと、すべてです。
コレナティー　ほんとうですか？
エミリア　約束します。
コレナティー（手紙をたたむ）それでは、こんなことを無理やりお願いいたしますことをおゆるしくださるよう、心から深く、深くお願いもうしあげます。
エミリア　あなたがたはわたくしを裁くおつもりですか？
コレナティー　おお、なんてことを！　まったく、友好的な話し合いです。
エミリア　でも、わたくしは、あなたがたに裁いていただきたいのです！
コレナティー　ああ、なるほど。では、法律の許す範囲内でそういたしましょう。それでは、どうぞ。
エミリア　だめよ、それは法廷のように見えなくちゃだめです！　十字架とか、そんなものも。
コレナティー　はあ、おっしゃるとおりだ。ほかには何か？
エミリア　じゃ、そのまえに、食事と着替えをさせていただけません？　裁判に出るというのにこんな格好じゃあ。
コレナティー　まったく、仰せのとおり。しかるべき、威厳のある衣裳が必要ですな。
グレゴル　喜劇《コメディー》だ！
コレナティー　静かに。裁判という行為を軽く見てはいけません。被告、あなたは十分間の自由をゆるされます――あなたのお化粧にそれで足りますか？
エミリア　あなた、正気ですか？　少なくとも一時間はかかります。
コレナティー　それでは法廷に出廷されるまえに三〇分、準備と頭の整理のためにさしあげます。女中に付き添わせましょう。さがってよろしい！
エミリア　ありがとう。（寝室にはいる）
プルス　わたしは行ってくる……ヤネクのところへ。
コレナティー　しかし三〇分後にはもどってください。
グレゴル　先生、せめて、もう少し重々しくしませんか？
コレナティー　静粛に。わたしはものすごく厳粛ですぞ、グレゴル君。わたしには、彼女がどういう状態におちいっているかがわかります。あの人はヒステリーです。ヴィーテク！
ヴィーテク　はい？
コレナティー　ちょっと、葬儀屋にひとっぱしりして、キリストの磔刑像《はりつけ》と燭台と、黒布を少しばかりとどけるように頼んでくれ。それから聖書、その他のがらくただ。急げ！
ヴィーテク　承知しました。

コレナティー　それとなんかの頭骸骨《されこうべ》を探し出してくれ。

ヴィーテク　人間のですか？

コレナティー　人間のか牛のだ。なんか死が思い浮かぶようなものなら、なんだってかまわん。

―幕―

場面変化

同じ部屋、しかし法廷としての飾りつけがしてある。いくつかの机、椅子、その他、黒い布でおおわれている。左手の大きいほうの机の上にはキリスト磔《はりつけ》刑像、聖書、火のついた燭台と頭蓋骨《されこうべ》。机の向こうにはコレナティーが裁判長として、ヴィーテクは書記として、グレゴルは小さい方の机に検事としてついている。ソファーにはプルス、ハウク、それにクリスティナが陪席判事としてすわっている。右手に空いた椅子。〔訳注・中世の魔女裁判の法廷の雰囲気か〕

コレナティー　マルティは、そろそろ出廷してもいいころだが。

ヴィーテク　おお、もしかして、毒でも、あおっているじゃ……？

グレゴル　ばかばかしい。彼女はあまりにも自分を愛しています。

コレナティー　被告に出廷するよう。

（ヴィーテク、寝室の前で、ノックして、入る）

プルス　こんな茶番から、わたしを解放していただくわけにはいきませんかね。

コレナティー　だめです、あなたも陪席判事をつとめていただかなければなりません。

クリスティナ（すすり泣く）これじゃ……まるで……お葬式だわ！

コレナティー　泣くのはやめなさい、クリスティナ。死者に平安を。

（ヴィーテク、だぶだぶのローブを着たエミリアを導き入れる。エミリアは手に瓶とグラスをもっている）

コレナティー　被告を席につかせなさい。

ヴィーテク　はい、被告はウィスキーを飲んでおりました。

コレナティー　酔っておるのか？

ヴィーテク　はい、非常に。

エミリア（壁によりかかる）はなしてよ！　これはただの……元気づけよ。あたし、喉がからからなの。

コレナティー　瓶を取りあげろ！

エミリア（瓶を胸にかかえこむ）いやよ！　放さないわ！　でなくっちゃ、何も話さないわよ！　ハハハ、あんたたち

——あんたたち、葬儀屋みたいな顔してるわよ！　これはお楽しみね！　ハハハハ、ごらんよ、ベルティーク！　まったく、吹き出しそうだわ！

コレナティー　（きびしく）被告人、場所がらをわきまえなさい！

エミリア　（むっとして）あたしの恐怖心をかきたてようっていうのね？　ベルティーク、これ、ただの冗談だよね？

コレナティー　法廷が質問をしてから答えなさい。あなたの場所はここだ。すわってよろしい。——それでは、検事、告発をはじめたまえ。

エミリア　（そわそわして）宣誓しなければなりませんの？

コレナティー　被告は宣誓しなくてもよい。

グレゴル　被告、通称エミリア・マルティ、歌手、は自己の利益を目的とした詐欺、および文書偽造のかどにより、神とわれわれの前に、有罪とされるものであります。言い換えれば、被告はこれらの罪により、あらゆる信義と公正に反し、生そのものにもそむく罪を犯したのであり、人間の秩序になじまない。ゆえに、この罪をさらに恐ろしい裁きの前で、自ら償いをさせるべきであるのであります。

コレナティー　ほかに告発状をおもちの方はありませんか？　なし。——それでは、尋問をはじめます。被告は立ちなさい。名前はなんと言いますか？

エミリア　（立つ）わたし？

コレナティー　そう、もちろん、あなたです、あなた、あなた！　なんという名前ですか？

エミリア　エリナ・マクロプロス。

コレナティー　（口笛を鳴らす）なんですと？

エミリア　エリナ・マクロプロス。

コレナティー　生まれはどこです？

エミリア　クレタ島。

コレナティー　いつ？

エミリア　いつ？

コレナティー　年はおいくつですか？

エミリア　そう、あなた方なら、何歳と言いますか？

コレナティー　さあて、三〇歳くらいかな、ちがいますか？

ヴィーテク　いや、三〇歳よりは上でしょう。

クリスティナ　四〇歳以上。

エミリア　（彼女にむかってべろを出す）この娘っこのくせして！

コレナティー　陪席判事にむかっても礼儀ただしく振る舞うように。

エミリア　なによ、あたし、そんなに老けて見えるかい？

コレナティー　なんてこった！　それでは、生まれたのは、いつ？

エミリア　一五八五年。

コレナティー　（飛びあがる）いつだと？

エミリア　一千五百八十五年。

コレナティー　（すわる）八五年か。それでは、三十七歳、だな？

エミリア　三百三十七歳ですよ、すみませんが。

コレナティー　くれぐれも申しあげておきますが、まじめにお答えください。あなたは、何歳でいらっしゃいますか？

エミリア　三百三十七歳。

コレナティー　これでもう、お遊びはおしまいだ！　それでは、あなたのお父上はどなたです？

エミリア　ヒエロニムス・マクロプロス、ルドルフ二世皇帝の侍医でした。

コレナティー　勝手にしやがれ！　みなさん、わたしはもうこの人とは口をききません！

プルス　ほんとうは、あなたの名前はなんです？

エミリア　エリナ・マクロプロス。

プルス　ヨゼフ・プルスの内縁の妻、エリナ・マクロプロスはあなたの家族の方ですか？

エミリア　それが、あたしじゃありませんか。

プルス　なんですと？

エミリア　そうよ、あたしが、まさに、そのペピ・プルスの内縁の妻ですよ。たしかに、彼とのあいだにこのグレゴルが出来ました。

グレゴル　すると、エリアン・マック・グレゴルは？

エミリア　あたしです。

グレゴル　あなた、気でも狂ったんですか？

エミリア　あたしは、あんたの、曾曾祖母《ひいひいおばあ》さんかなんかよ。フェルディは、あたしの子供だったんだから、わかった？

グレゴル　どのフェルディです？

エミリア　ほれ、フェルディナント・グレゴルじゃありませんか。でも、あの子の出生証明書では、フェルディナント・マクロプロスになっていたわ。だって……あそこでは自分の本名を言わなければならなかったからよ。仕方がなかったのよ。

コレナティー　たしかに。それで、あなたのお生まれはいつです？

エミリア　一五八五年。おお、救世主《ソーテール》クリストスよ、そのことは、もう、いいかげん止してください！

ハウク　あ……、あ……、ちょっと御免を。たしかに、あんたはエウヘニア・モンテスじゃよな？

エミリア　そうよ、マックス、あたしよ。でも、そのころは、あたしちょうど二百九〇歳だった。それに、あたしはエカチェリナ・ミシュキンだったし、エリザ・ミュラーだったし、ありとあらゆるものだったわ。あなたたちのあいだに、一人の人間だけが三百年も生きのびていたら変でしょう。

コレナティー　とくに、歌手はだめですな。

エミリア　あたしも、そう思うわ。（間）

ヴィーテク　それでは、あなたは十八世紀にも生きておられた？

エミリア　当然でしょう。

ヴィーテク　たぶん、あなたは……ダントンを……個人的にご存じだった？

エミリア　知ってたわ。いけ好かないやつ。

プルス　で、あなたは、どういうふうにして封印をほどこした遺書の内容をご存じになれたのです。

エミリア　なぜなら、ペピがその遺書を、あそこにしまう前に、あたしに見せたからよ。あたしが、いつかそのことを、あのばか息子のフェルディに伝えるようにといって。
グレゴル　どうして、あなたはそのことをフェルディに伝えなかったのです？
エミリア　へっ、それはね、あたしが若い男あさりでいそがしかったからよ。
ハウク　ほーほっ、これは、なんてことを言うんだね？
エミリア　みなさん、あたしはね、もう、とっくに淑女《レディー》ではなくなっていたんですよ。
ヴィーテク　失礼ですが、お子さんは何人ぐらいおありで？
エミリア　たぶん、二十人かそこいらはいるわ。人間って、いつのまにか自分のことにも気を配らなくなるものね。だれか、お飲みになりたい方いらっしゃいません？　ああ、たまらない、口のなかがからからよ！　あたし、焼けてしまいそう！（ぐったりと椅子にすわる）
プルス　それでは、Ｅ．Ｍ．と署名された手紙は、あなたが書かれたのですか？
エミリア　そうよ。だから、その手紙、あたしに返して。あたし、いつか読みたいのよ。ひどい恥さらしだわよ、ね？
プルス　あなたはそれを、エリナ・マクロプロスとして書いたのですか、それともエリアン・マック・グレゴルとして？
エミリア　そんなこと、どっちでも同じよ。ペピは、あたしが誰か、知っていたわ。ペピにはあたし、何もかも話したから。彼を、あたし、愛していたから――
ハウク（立つ、興奮している）エウヘニア！
エミリア　お黙り、マックス、あんただって、愛してたわよ。あんたとの生活は楽しかったわ、この女ったらし！　でも、ペピは……（泣きだす）あたしは、誰よりもペピを愛していたわ！　だから、あたしは彼に貸したのよ……ヴィエッツ・マクロプロスを……あの人ったら、すごく欲しがったわ……
プルス　何を貸したんですって？
エミリア　ヴィエッツ・マクロプロス。
プルス　なんです、それ？
エミリア　今日、あなたが返してくれたこの紙よ。封印をした封筒。ペピはこれを試そうとした。あたしに返すと約束した……そして、とりあえず、その遺言と一緒に保管していたのね！　たぶん、あたしがそれを返してもらいにこなければならないように仕向けたんだわ――だから、あたし来たのよ、いまになってしまったけど！　ペピの死因はなんだったんですか？
プルス　高熱を出して……それに、恐ろしい痙攣をおこして。
エミリア　それのせいよ！　それのせいだわ！　ああ、あたし、あんなに、言っておいたのに！
グレゴル　それで、あなたはそのギリシャ語のなんとやらを取り返すためだけに来たのですか？
エミリア　ハハ、あんたたちなんかに渡すもんですか！　いまは、あたしのものなんだから！　でも、ベルティーク、あんたのばかばかしい裁判が、あたしにとって大切だったなんて思わないでね。あんたにあたしの血が流れているにしたって、そんなこと、なんとも思っちゃいませんよ。あたしゃね、あたしの血筋のガキどもが何千人、世界中で駆けまわっているか知りもしないのよ。あたしはこの「もの《ヴィエッツ》」を取りもどしたかっただけ。あたしはそれを取りもどさなければならなかったの。さもなきゃ——さもなきゃ——

グレゴル さもなきゃ?

エミリア 年を取るからよ。あたしが、おしまいになってしまうからよ。あたしはもう一度、それをやってみたいのよ。触ってごらん、ベルティーク、どんなに冷たいか。(立つ)あなたたち、触ってごらんなさい、あたしの手に! おお、なんてひどい、あたしの手!

ハウク すまんが、そのマクロプロスのなんとかいうのは、何かね?

エミリア そこに、作り方が書いてあるわ。

ハウク なんの作り方かね?

エミリア 人間が三百年生きるためのよ。三百年間、若くいられるための。あたしの父が、皇帝ルドルフ二世のために書いたの……。あなた方、ルドルフ皇帝のことご存じないの?

ヴィーテク はい、歴史からだけ。

エミリア 歴史からはなんにもわかりませんわ。そんなもの愚の骨頂よ。あたしが何を言いたいか、おわかりですか?

(小箱からつまみ出す)だれか、欲しくありません?

グレゴル それはなんです?

エミリア なんでもないわ。コカインか何かよ。あたし、何を話していたんだっけ?

ヴィーテク 皇帝ルドルフ二世についてですよ。

エミリア ああ、あの人はスケベだったわ! まって、あたし、あの人について何か知っていたはずだけど——

コレナティー どうか、横道にそれないように。

エミリア そう、で、あの人、年を取ってきたのに気づいたとき、それで……いつも生命の霊薬かなんかを探していましたわ。若返るようによ、おわかりでしょう? ちょうどそのころ、わたしの父が皇帝のところに行って、皇帝のためにその……「秘薬《ヴィエッツ》」、三百年生き続けるための秘薬の処方を書いたんです。でも、ルドルフ皇帝は、その秘法で毒殺されるんじゃないかって恐れました。そんなわけで「まず先に、おまえの娘に試みよ」と命じました。それがわたくしだったのです。当時、わたしは十六歳でした。そのころ、みんなはそれのことを「魔法」だと言っていました。でも、ほんとは全くそんないかがわしいものではなかったのです。

ハウク では、それはなんだったのかね?

エミリア (少し、体が揺れている)あんたなんかに言うもんですか! 言えないわ! それから、あたしは一週間か、または、どれくらいの期間だったか、意識をなくして、高い熱を出して横たわっていました。でも、あたしは回復しました。

ヴィーテク それで、皇帝はどうなりました?

エミリア　なんにも。ただ、かんかんになって怒りました。だって、あたしが三百年生きるなんて、いったい、どうやって証明できるんです？　そんなわけで、父を詐欺師だといって投獄してしまったので、あたしは書かれていたもの全部もって逃げたのです。ハンガリーだったか、トルコだったか、自分でも、もう覚えてはいないわ。

コレナティー　あなたは、以前、そいつを誰かに、教えたことがありますか、そのう……霊薬《ヴィエッツ》「マクロプロス」を？

エミリア　ありますわ。一度は、チロルの神父が試みたことがあります。たしか、一六六〇年か、そんなころのことです。たぶん、まだ生きているんじゃないかしら。あたしにもわからないわ。でも、一度、法王になったことがあります。そして、アレクサンドルだか、ピウスだか、なんかそんなふうな名を名乗っていました。次はイタリア人の将校でしたが、殺されました。ウゴとかいっていました。それから、まだ、ネーゲリにいたときに教えたのはオンドジェイでしたが、そのせいで死にました。ペピが最後です。そのあと、その「ヴィエッツ」はペピのところに、ずっととどまっていました——それ以上は、もうなんにも知りません。ボンビタにたずねてごらんなさい。ボンビタは生きています。でも、いま、なんという名なのか知りません。そういえばね、あいつは——えーっと、なんていうのかしら？　そうだ、結婚詐欺師っていうのね、それだったのよ！

りゃあ、すごいハンサムでしたよ！　待って、それから、そ

コレナティー　失礼。そうすると、あなたは二百四十七歳、ですね？

エミリア　いいえ、三百三十七歳です。

コレナティー　あなたは酔っていらっしゃる。一五八五年から現在までは、計算すると二百四十七年ですよ、おわかりですか？

エミリア　なんてこと、あたしを混乱させないでよ！　三百三十七年です。

コレナティー　なぜ、あなたはエリアン・マック・グレゴルの手紙を偽造されたのです？

エミリア　だって、あたしが、自分が、エリアン・マック・グレゴルじゃありませんか！

コレナティー　嘘をつかないでください！　あなたはエミリア・マルティです、おわかりですか？

エミリア　はい、でも、その名前になってからは十二年よ。

コレナティー　では、あなたはエウヘニア・モンテスのメダルを盗んだことは認めますね？　どうです。

エミリア　聖母マリアに誓って、それは違います！　エウヘニア・モンテスは——

コレナティー　それは裁判記録のなかにあります。あなたはそのように自白された。

エミリア　そんなこと嘘です。

コレナティー　あなたの共謀者の名前はなんと言いますか？

エミリア　そんなものいません！

コレナティー　否認するのですか？　われわれには、みんな

わかっています。あなたは何年に生まれましたか？

エミリア　（おびえている）一五八五年。

コレナティー　じゃ、今度はグラスをいっぱいにして飲み干しなさい！

エミリア　いや――飲みたくありません！

コレナティー　命令です！　グラスをいっぱいに満たして。はやく！

エミリア　（心配そうに）あたしに、何をしようというのです？　ベルティーク！　（飲む）わたし目が……まわる……こんなに。

コレナティー　（立ち、彼女のほうへ行く）あなたの名前は？

エミリア　あたし、気分がわるい。（椅子からころげ落ちる）

コレナティー　（彼女を抱えてから、床の上に楽になるように寝かせる）名前は？

エミリア　エリナ……マクロ……

コレナティー　嘘をつかないで！　わたしが誰かわかりますか？　わたしは司祭です。わたしに告白しなさい！

エミリア　パテール――ヘーモーン――ホース――エイス――――エン・ウーラノイス――（天にまします、われらが父よ）

コレナティー　名前はなんと言います？

エミリア　エリナ――――プロス

コレナティー　頭蓋骨《されこうべ》を！　神よ、齢《よわい》、むにゃむにゃむにゃ……歳にして召されたる、そなたの堕落せる僕女《しもべめ》エミリア・マルティの魂をば、どうぞお受け取りたまわりますよう、アーメン……おわりだ。（黒い布の上で頭蓋骨の向きを変え、エミリアのほうにむける）立て！　おまえは誰だ？

エミリア　エリナ。（意識はない）

コレナティー　（彼女を放すと、音を立てて床の上に倒れる）なんてことだ！　（立ちあがり、頭蓋骨をどける）

グレゴル　どうしたんです？

コレナティー　嘘をついてはいない！　そのぼろっきれをどけろ、早く！　（ベルを鳴らす）グレゴル君、医者だ！

クリスティナ　あなたは、この人に毒を飲ませたんですか？

コレナティー　ほんのちょっぴりだがね。

グレゴル　（控えの間のドアごしに）すみませんが、そこに先生《ドクトル》はいらっしゃいますか？

医　師　（入ってくる）ハウクさん、あなたをもう一時間もまっていますよ。どうか、おうちへお帰りください！

コレナティー　ちょっと、お待ちを。そのまえに、こちらをお願いします、先生。

医　師　（エミリアのそばに立つ）失神ですか？

コレナティー　中毒です。

医　師　何の？　（エミリアのわきに膝をついて、息をかぐ）あはーん。（立つ）どこかへ寝かせてください。

コレナティー　グレゴル君、彼女を寝室へ運んでください！　もっとも近い血縁者としてね――

医　師　ここにお湯はありますか？

プルス　あります。

医　師　飲めますか？　失礼（処方箋を書く）ブラック・コーヒーもありますね？　じゃ、これをもって薬局へ行ってく

ださい。（寝室へ行く）

コレナティー それでは、みなさん――

女中（入ってくる）ミス・マルティがお呼びでございますか？

コレナティー もちろんだ。ブラック・コーヒーを欲しがっている。ものすごく濃いやつだぞ。

女中 フッフ、旦那様、よく、まあ、それをご存じで――

コレナティー そんなことは、あたりまえだ。で、こいつをもって薬局までひとっ走り頼む、いいかな？ ほれ！

（女中、出ていく）

コレナティー（部屋の中央にすわる）こうなれば、敗訴してもかまいませんよ。こいつには何かありますからね。

プルス わかります。だから、あなたはあの人を酔わせるまでもなかったんですよ。

ハウク わしは――わしは――どうか、笑わんでください。わしはあの人の言葉を、みんな信じます。

コレナティー あなたもですか、プルスさん？

プルス すべて。

コレナティー わたしもですよ。それが何を意味するかおわかりですか？

プルス グレゴルがロウコフを手に入れること。

コレナティー ふむ、それはあなたにとって、非常に不愉快なことですか？

プルス わたしには、もう、遺産を相続してくれる者もいなくなりましたからね。

（グレゴル、腕にスカーフをまいてもどってくる）

ハウク あの人の具合はどうです？

グレゴル 少し、よくなりましたがね。そのかわり、噛みつかれましたよ、まるで猛獣だ！ ぼくは彼女を信じますよ、まさかとお思いでしょう？

コレナティー 残念ながら、わたしらもそうなんだよ。（間）

ハウク それにしても、三百年とは！ 三――百年！

コレナティー まったく正直のところ、みなさん、理解できますか？ クリスティナ、どうかね？

クリスティナ（身震いする）三百年だなんて！ 考えただけでも、ぞっとしますわ。

（女中、コーヒーをもって入ってくる）

コレナティー クリスティピスティ、彼女はそれを取りあげた！ お嬢さまのところへそれを運ぶ。彼女は尼僧看護婦を演じていた、だな？

〔訳注・コレナティーのこの台詞ではオペラないし芝居のト書きに見立てて、クリスティピスティの役をクリスティナが演じているかのように言っている〕

（クリスティナ、コーヒーをもって寝室へ、女中は去る）

コレナティー（両側のドアが閉まっているかどうか確かめる）

さてと、今度は、みなさん、慎重に考えようではありませんか。この問題に、どう対処すべきか？

グレゴル　なんの問題です？

コレナティー　マクロプロスの「あれ《ヴィエッツ》」ですよ。どこかに三百年の生命のための処方箋があるはずですからね。われわれは、それを手に入れることができるのですよ。

プルス　彼女の胸に差し込んでありますよ。

コレナティー　じゃ、そこから、われわれは「それ《ヴィエッツ》」を受け取ることができますね。みなさん、それは、われわれの想像を絶した……「もの《ヴィエッツ》」なのです。これを、どうすべきか？

グレゴル　全然、どうする必要もありませんよ。あの処方箋はぼくのものですからね。ぼくはあの人の相続人です。

コレナティー　そう、あわてなさんな。あの人が生きているかぎり、あんたは相続人でもなんでもない。それに、あと三百年生きる可能性だってある、彼女が望めばだが。だが、われわれはそれを手に入れなければならない、おわかりかな？

グレゴル　だまくらかして！

コレナティー　それもある。しかし、これは非常に重要なものである……われわれにとっても、さらに、全人類にとっても、なぜなら——ふむ。諸君、諸君はわたしの言う意味がおわかりだろう。かくのごとく重要なるものを彼女のもとにとどめておいてよいものであろうか？　なにゆえに、そのものから彼女のみが、そのほかには、せいぜいのところ、どこかのボンビタかなんぞといったたぐいの悪党野郎だけが儲かるにまかせておいてよいのか？　それをやめさせるために、誰がそれを手にいれるか？

グレゴル　そりゃあ、まず、第一に彼女の子孫たちですよ。

コレナティー　ほほう、そんな連中が見つかりますかね！　まあ、そう、おおげさに言わんでくれたまえ。たとえば、あんただ、プルスさん。もし、その「もの《ヴィエッツ》」があんたの手に入ったら、わたしにそいつを貸してくれますか？　つまり、わたしが三百年生きるためにですよ。

プルス　お断りします。

コレナティー　ほら、ごらんなさい、みなさん。われわれはなんらかの協定を相互のあいだにもつ必要がありますな。その件にかんして、いかがいたしましょう？

ヴィーテク（立つ）「秘薬《ヴィエッツ》」マクロプロスを公表しようじゃありませんか！

コレナティー　だめだめ、そりゃいかん！

ヴィーテク　われわれはすべての人に与えようではありませんか！　全人類に与えよう！　すべての人が同じように生きる権利をもっています！　ああ、神よ、われわれの人生はあまりにも短い！　これでは人間として生まれてきたとしても、ほとんど、ほとんど、なんの意味もないじゃありませんか！

コレナティー　そのとおりだ！

ヴィーテク　たしかに、泣きたいくらいですよ、みなさん！　ちょっと、考えてもごらんなさい——人間の魂、認識したいという渇望、脳、仕事、愛、創造力、このすべてを、このすべてをです。おお、神よ、六〇年ぽっちの人生で、人間、どれほどのことができるというのです。何かを使うことですか？　何かに熟練することですか？　われわれは自分で植えた果樹の実を、自分では味わうこともなく死んでしまうのです。自分のまえに人類が知っていたことを、学びおえることもできない。自分の生の証《あかし》を伝えることもできない。自分の仕事を完成させることもなく、また、自分の生の証を伝えることもできない。死ぬ、すると、われわれは生きたことさえなかったことになってしまうのです！　イエス・キリストさま、わたしたちは、こんなに、ほんのちょっぴりしか生きられないのですよ！

コレナティー　おやおや、これは、ヴィーテク君――

ヴィーテク　それに、わたしたちには喜ぶ暇もありません。また、思索の時間もありません。それに、何をするにも時間がないのです。何をするにも――一切れのパンを求めてあくせくする以外には！　そして、人間は何も知らず、何も認識せず、何も完成しない。自分自身が自分自身を知ることも、認識することも、完成することさえもない。この出来そこないのかけらめ！　人間はなぜ生きるのか？　そんな人生に、はたして、生きる価値があるのか？

コレナティー　やれやれ、ヴィーテク君、君はわたしを泣かせたいのか？

ヴィーテク　われわれは動物のように死んでいきます。死後の生、霊魂の不滅への信仰は、人生の短さにたいする激しい不満の表明以外の何でありましょう？　こんな生命の長さでは、動物にならら十分でしょうが、人類には絶対に、絶対に不足です。承服するわけにはいきません。あまりにも不公平です。こんなに短くしか生きられないというのは、おそろしく不公平です。人間は亀やカラスよりは、多少はましなはずです。人間には生きるための時間がもっと必要です。六〇年なんて、そんなものは奴隷の軛《くびき》です。そんな人生では人間は欠陥だらけのままだし、動物同然、無知蒙《むちもう》昧《まい》に終ってしまいます。

ハウク　ああ、これこれ、わしはもう七十六歳ですぞ！

ヴィーテク　人類全部に三百年の生命をあたえたまえ！　そうなると人間創造以来、最大の大事件になりますよ。それは人間解放になるでしょう。それは新しく、かつ、決定的な人間創造になるでしょう！　おお、人間を三百年、生かすことができるなんて！　五〇年は子供となり、生徒となる。そして、五〇年は世界を認識し、存在するものすべてを見る。百年はあらゆるもののために役に立つように働く。続く百年間は、すべての人間が認識に到達し、賢知のなかに生き、支配し、教え、模範を伝える！　もし三百年間も続くとしたら人間の一生はなんと有意義なものとなることだろう！　戦争もなくなるだろう。財の蓄積に狂奔することもなくなるだろう。恐怖も利己心もなくなる。誰もが賢人となり、権威となるだろう。（両手をにぎりしめる）最高に、完璧になる、もはや神の未熟児ではなく、真の息子となるだろう。人間に生命をあたえたまえ！　充実した人間の人生を生きるための生命を！

コレナティー　なるほど、それはまったくすばらしい、まったくすばらしい、しかし――
グレゴル　どうも、ありがとうよ。三百年間、役人をつとめるためにかい、それとも、靴下編むためにかい！
ヴィーテク　しかし――
グレゴル　あるいは、最高、全知の人間にして、同時に――いいかね、ほとんどの有用な人間の使命は、ひとえに、無知なるがゆえに可能なのだ！
コレナティー　勝手にほざいてろ、ヴィーテク。そいつは法律的にも経済的にもナンセンスだ。われわれの社会システムは、短命を前提として築かれている。たとえばの話……契約、年金、保険、給料、遺産相続権、そのほかどんなものがあるか、わたしにもわからん。それに結婚だ――きみい、誰だって三百年も結婚生活は続けられんだろう。三百年契約なんて誰がするというんだ。いいかね、君はアナーキストだ！　君は社会秩序全体をひっくり返す魂胆なんだ！
ハウク　あー……ちょっと失礼、三百年のあとは、みんな、また、若返ることができるんだろうな……
コレナティー　――そうなると、実質的には永遠に生きることになる。うーん、それは、早い話、うまくありませんな。
ヴィーテク　すみませんが、そういうことは禁じることができるはずです！　三百年後には、もはや誰もが死ななければなりません！
コレナティー　ほうら、見たことか！　ヒューマニズムが、自ら、その名において、生きることを禁じなきゃならんとは！
ハウク　おそれいりますが、わしは……わしは、その処方を分割にするのはどうかと思うんだがな。
コレナティー　どんなふうに？
ハウク　年数によってじゃよ。一服――十年。三百年は、ちょっと多すぎると思う人もいるかもしれんし、もしかしたら……全然、欲しくない人もいるかもしれん。しかし、十年分ならどんな連中だって買うんじゃないか？
コレナティー　そして、われわれは年齢の大企業を設立するというわけですな。諸君、これはなかなかいいアイディアだぞ！　わたしはもうその注文書が目の当たりに浮かびますよ、「生命千二百年分（並製）折り返し、お送りいただきたし。コーン&カンパニー」「極上生命・プリマ・A、豪華包装にて二百万年分、至急送られたし。フィリアールカ・ウィーン社」ハウクさん、これは悪くないですよ。
ハウク　はい、それで、わしは……わしは、商人ではありませんでね。でも、人間、もう年を取ると、人生を……もう少しばかり……買いたくなるでしょう。でも、三百年はちょっと多すぎますよねえ。
ヴィーテク　認識のためになら、そんなことはありません。
ハウク　すみませんが、認識のためなら、誰も買いはせんでしょう。しかし、快楽のためなら十年分の命を買いますよ、むしろよろこんでね、ススス、イェイェ、おお喜びで。
女　中（登場）これが薬局からの薬です。

コレナティー　ありがとう。おまえなら、何年、生きていたいかね？
女中　フッフッ、あと三十年。
コレナティー　それ以上は、いやか？
女中　いやですよ。そんなに生きて、あたし何をすればいいんです？
コレナティー　ほうれ、見たまえ、ヴィーテク。
（女中、出ていく。コレナティー、寝室をノックする）
医師（ドアのところで）なんです？　ああ、これでけっこう。
（薬を取る）
ハウク　すみませんが、あの人の容体は？
医師　あまりよくありません。（寝室にはいっていく）
ハウク　おやおや、かわいそうに！
プルス（立つ）みなさん、奇妙な……偶然が、わたしたちの手に、ある秘密を与えてくれた。ここで延命の問題が出てくるのは明らかです。仮に、それが可能だといたしましょう。わたしたちのなかの誰も、これを自分だけのために悪用しようなどという考えを抱かないよう、願いたいですな。
ヴィーテク　それを、まさに言おうとしていたのです！　使うのであれば、それは、すべての人の寿命を長くすることでなくてはなりません。
プルス　強者の生命だけだ！　もっとも能力のある者の生命。凡庸な人間の虫けらどもには、このはかない人生でさえ、もったいないくらいだ。
ヴィーテク　おほっ、これはなんてことを！
プルス　すまんが、わたしには議論する気はない。いいかな、そうでなくても平凡な、取るに足らん、愚かな人間は、全然、死なんのだ。なんの取り柄もない人間は、あなたの助けがなくても永遠に生きる。小物どもは、蝿やネズミのように、息つく暇もなしに繁殖する。偉大なる人間だけが死ぬ。力ある者と才能のあるものだけが死んでいく。なぜなら、代わりうる者がいないからだ。おそらく、この「ヴィエッツ」はわれわれの手元に置いておくことになるだろう。もしかしたら長寿貴族階級を設立することができるかもしれん。
ヴィーテク　長寿貴族階級だと？　みなさん、聞きましたか？　生命にたいする特権だと！
プルス　そういうもんだ。最もすぐれた者のみが人生にたいして重要性をもっている。指導者、繁殖者、効率のいい労働者のみだ。女性にかんしてはあえて言うまい。しかし、世界には十人か二十人、あるいは千人の、かけがえのない男がいる。われわれは彼らを保持することができる。彼らに超人的理性と超自然的力をそなえさせることができる。われわれは十人か百人か、千人の超人間的支配者と創造者を育成することができる。
ヴィーテク　生命の特権貴族の養成か！
プルス　そうだ。無制限の生命にたいする権利をもつ人間の選抜。
コレナティー　失礼ながら、そのエリートは誰が指名するのですか？　政府ですか？　国民投票ですか？　スウェーデン・アカデミーですか？

プルス　そんなばかげた選挙があるかね！　最も強い者が、最も強い者へ手から手へ伝えていくんだよ。物質の支配者から精神の支配者にいたるまで。発明家から軍人にいたるまで。企業家から専制君主にいたるまで。それは生命の貴族の王朝となるだろう。いかなる文明化された下層民にも依存しない王朝だ。

ヴィーテク　ただし、その下層民が生命にたいする自己の権利を求めてやってこないうちはね！

プルス　いや、正確には、生命にたいする「自己の」ではなく、「彼らエリートの」権利だ。時がたつにつれて、「彼らの」なかの何人かは殺されるだろう。それもよし、たいしたことじゃない！　革命は奴隷の権利だからな。だとしても、世界の唯一可能な進歩は、弱小の専制君主をより強大な専制君主と交替させることによって実現しうる。長寿の特権化、それは選ばれた者《エリート》の専制を意味する。それは……理性の政府。理論と実践の超人間的権威。民衆にたいする支配。長寿者は無条件に人類の支配者となるだろう。みなさんは、それを手にしておられる。みなさんはそれを悪用することもできるのです。わたしが言いたいのは、これだけです。

(すわる)

コレナティー　ふむ、その最良の選ばれた者に属するのは、たとえば、わたしですか、それとも、グレゴルですか？

プルス　おふた方とも「ノー」です。

グレゴル　でも、あなたは「イエス」なんでしょう？

プルス　……いまとなっては、もはや「ノー」です。

グレゴル　みなさん、もう、むだな議論はよしましょう。長い生命の秘密は、マクロプロス家の者の所有物です。マクロプロス家の者の自由にさせてください。

ヴィーテク　すみませんが、どういうふうにでしょう？

グレゴル　その処方箋は、マクロプロス家に属する者だけが使うことができる。たとえそれがどんな人間であれ、エミリア・マルティの子孫である者だけがです。

コレナティー　そして、永遠に生きる、どこかのルンペンかバロンと、ちょっと頭のおかしい、アブノーマルなヒステリー女とのあいだに生を受けたという、ただそれだけの理由で、永遠に生きるというわけですか？　君、そんな血族的異常性が、それに値するのかね。

グレゴル　なんとでも言うがいいさ。

コレナティー　われわれはその家の一人の紳士とお近づきになれて光栄ですよ。だが、そんなものは——ゆるしてくれたまえ、親友、そんなものは悪魔にでも食われろだ——要するに、退化した自我だ。それとも、純血家族かな？

グレゴル　お好きなように。仮にそれが気ちがいか、猿だったっていいじゃないか。たとえそれが、異常者だろうと、病人だろうと、障害者、あるいは白痴だろうと、その他なんであれだ。また、それが、たとえ悪そのものであったとしても！　なんの問題もありませんよ。それは彼らのものになるのですからね。

コレナティー　それはけっこうな話だ！
医師　（寝室から出てくる）回復は順調です。休ませておいてあげてください。
ハウク　そうそう、横になっていることだ。それがいい。
医師　うちへ帰りましょう、ハウクさん。わたしがお送りします。
ハウク　ああ、いや、わしらはここで大事な会議をしているんだ、そうだろう？　すまんが、もう少し、ほっといてくれ！　わしは……わしは、きっと――
医師　じゃ、誰かがこのドアのむこうで、あなたをお待ちしていることをお忘れなく。ばかなことはなさらないように、ご老人、さもないと――
ハウク　そうか、そうか……わしは……わしは、すぐに行く。
医師　失礼いたしました、みなさん。（出ていく）
コレナティー　グレゴル君、君はまじめに話しているのかね？
グレゴル　まったく、まじめですよ。
クリスティナ　（寝室から出てくる）静かに話していただけません。マルティさんは、眠りたいとおっしゃっていますので。
コレナティー　クリスティナ、彼女はこちらに来る。クリスティナは三百年、生きたいかね？
クリスティナ　いいえ。
コレナティー　これほどの長寿のための処方箋をもっているとしたら、その処方箋をどうするかね？
クリスティナ　わかりませんわ。
ヴィーテク　つまり、すべての人にそれを与えるかね？
クリスティナ　あたしには、わかりません。もし、そんなに長く生きるとして、それでみんなが幸せになれるかしら？
コレナティー　だって、クリスティナちゃん、しようがないじゃないか、世の中には、ほんのちょっぴりの幸せしかないんだよ。
クリスティナ　いえ――わかりません。もう、あたしに聞かないでください。
ハウク　あのな、お嬢さん、人間はなあ、それほどまでしてでも、長生きしたいんじゃよ！
クリスティナ　（目をかくす）いつか、だれかは……。いやです。（間）
プルス　（彼女のほうに近寄る）ヤネクのこと、感謝するよ。
クリスティナ　なぜです？
プルス　君が、いま、あれのことを思い出してくれたからだよ。
クリスティナ　あたしが、思い出したですって？　あたしには……ヤネクのこと以外は考えられないんですよ。
コレナティー　だから、わたしたちはここで、永遠の生命について議論しているのだよ。
エミリア　（エミリア、影のように現われる。頭には湿布を巻きつけている。全員が立ちあがる）ごめんなさい、出てきたりして……でも、ほんのちょっとのあいだだけ……

グレゴル　具合はいかがです？
エミリア　頭がいたくて——こんな、ひどい——格好で——
ハウク　まあまあ、そんなものは、すぐによくなる。
エミリア　よくならないわ。けっしてよくならない。あたしはこの頭痛に、もう二百年も悩まされ続けているんだから。
コレナティー　つまり、それはなんなんです？
エミリア　倦怠感。いえ、倦怠感でさえないわ。それは——それは——おお、あなた方人間はそれを言い表わす言葉をもっていないの？　どこの国の言語にも、これを言い表わす言葉はないわ。ボンビタもこの頭痛のことを言っていたわ……。それはひどいものですよ。
グレゴル　で、それはなんです？
エミリア　知らないわ。何もかも、ひどくばかげていて、空疎で、余計なのよ——あなた方、ここに、みんなおそろいなの？　——まるで、誰もいないみたい。あなた方は物かげのようですわ……あたし、あなた方と何をしたらいいんでしょう？
コレナティー　もしかしたら、わたしたち出ていったほうが？
エミリア　いえ、かまいませんわ。死のうが、ドアの向こうにいようが、同じことです——何があろうが、なかろうが、もう、どうでもいいんです——それで、あなた方、いろんなばかげた死について、ずいぶん議論していらっしゃいましたね！　あなた方は変ですわよ——ああ！
ヴィーテク　気分はいかがです？
エミリア　あたし、こんなに、こんなに長いこと生きちゃいけなかったんだわ。
ヴィーテク　なぜです？
エミリア　長生きなんて、人間には、とても耐えられるもんじゃないわ。百年、百三十年までなら、なんとか耐えられる。でも、やがて……やがて、それがわかってくる……。それから、その生のなかで魂が死ぬ。
ヴィーテク　何がわかるんです？
エミリア　おお、それを言い表わす言葉はないわ。そのうち人間はもはや、なんにも信じられなくなるのよ。なんにもよ。そして、それがこの倦怠感になるの。わかる、ベルティーク、あんたは言ったわね、あたしはうたっていると同時に、凍《こご》えているって。いい、芸術はね、人間がそれを完璧にできないかぎりにおいて、意味をもつのよ。それができるようになったら、途端に、それが余計なものに思えてくるの。どっちにしろ、それはむなしいことよ、クリスティナ、鼾《いびき》をかくのと同じくらい空しい。うたうことは、それ自体、黙っているのと同じよ。すべてのものは同じ。それらのあいだには、なんの違いもない。
ヴィーテク　それは真実ではない！　あなたがうたっておられるのを聞くと、……人間は少しだけ高められているし、力がわいてくるのを感じます。
エミリア　人間が高められるなんてことがあるもんですか。何ごとにしろ、変わるなんてことは不可能です。絶対に、絶対に、絶対に何も起こりません。いま撃ち合いが始まったとしても、地震が発生したとしても、世界のおわりか何かが来たとしても、何も起こりませんん。わたしでさえ、どうもなりはしないわ。あなた方はここにいる。そしてわたしは途方もなく遠くにいます――すべてのものから離れて――三百年の彼方に――。ああ、あなた方は、自分がどんなに軽い荷物を背負って生きているかを知らないんだわ！

コレナティー　なぜです？

エミリア　あなた方は、あらゆるものの、身近にいます！　あなた方にとっては、すべてのものが意味をもっています！　あなた方にとって、すべてのものは、なんらかの価値をもっている。なぜなら、この数年のうちに、それを十分、使いこなすことができないから……。おお、わが神よ、もしわたしがもう一度だけ――（両手を組み合わせる）。愚か者たち、あなた方はこんなにも幸せじゃありませんか！　あなた方がどんなに幸せそうにしているか、もう見ただけでいやになるくらい！　そしてそのすべては、ただ、あなたたちが早く死んでしまうという、ばかげた偶然のせいなのよ！　あなた方はお猿さんみたいに、なんにでも興味を示す！　あなた方はすべてを信じる、愛も、自分も、名誉も、進歩も、人類も信じる。わたしは何を信じたらいいのかわからない。何を信じたらいいのか！　あんたは快楽を信じているわよね、マックス。あなた、クリスティナ、あなたは愛や誠実を信じています。あなたは力を信じている。あなたはまさに愚かなことを信じていますね、ヴィーテク。誰もかれも、誰もかれもが何かを信じています！　それが、あんた方の生きるということなのよ……ほんとに、おばかさんなんだから！

ヴィーテク（興奮して）でも、すみませんが、たしかに……高い価値……理想……使命というものがありますが……

エミリア　あるわね。でも、あなた方だけのものよ。どういうふうにあなた方に言えばいいのかしら？　たぶん、それは愛なのね、でも、あなた方のなかにだけあるものよ。あなた方のなかにないとしたら、どこにもないし、愛なんてまったく存在しないわ……宇宙のなかのどこを探してもね。人間は三百年も愛することはできないわ。三百年なんて望むことも、作ることも、見つめることもできゃしない。それを持続できない。幸せに生きるなんて退屈だし、ひどい生活を生きることも退屈よ。天上も地上も退屈。やがて、それは本当は実在しないのだということがわかる。何もない。罪さえもない、痛みさえも、地球さえも、すべてが無。ただ、それは、なんらかの価値をもったものがあるだけ。そして、あなた方にとってはすべてのものに価値があるわ。おお、わたしがあなたたちのようだったら、どんなによかったことでしょう！　わたしは娘だった、わたしは淑女《レディー》だった、わたしは幸せだった。わたしは――わたしは、人間だった！　おお、天なる神よ！

ハウク　おお、いったい、どうした？　何かあったのかね？

エミリア　ボンビタがあたしに言ったことを、あなた方が知ったらねえ！　あたしたち……あたしたち、老人はあまりにも多くのことを理解している。でも、あなた方はわたしたちよりも多くのことを実感している、あんた方、愚か者のほうがね！　際限もなく多くのことを！　愛、偉大さ、目的、ありとあらゆること。あなた方はすべてのものをもっている！　たしかに、それ以上、欲張ることはないわ！　あなた方は少なくとも生きている。でも、あたしたちのなかでは生命は停止してしまっているのよ。ああ、イエス・キリストさま！　わたしはこれ以上はだめです――神よ、この恐ろしい孤独よ！

プルス　じゃ、どうして、秘薬《ヴィエッツ》「マクロプロス」を取り返しにいらしたのです？　どうしてもう一度、生きたいと思われたのですか？

エミリア　――――なぜなら、死がものすごく怖いからよ。

プルス　やれやれ、その恐怖は不死の人たちも免除されないのですか？

エミリア　されません。（間）

プルス　ミス・マクロプロス、わたしたちは、あなたにたいして残酷でした。

エミリア　そんなこと感じませんわ。そして、あなたたちのほうが正しいのよ。こんなに年をとるというのは、あまりほめられたことでもないわね。ねえ、子供たちはあたしをこわがるかしら？　クリスティナ、あなた、あたしに不快感をかきたてられる？

クリスティナ　そんなことありません！　あたしには――あなたがすごくお気の毒です！

エミリア　気の毒？　じゃあ、あたしのこと、そう感じるの？　あんたは、うらやましくないの？（間、身震いをする。そして、胸のあたりから折りたたんだ紙片を取り出す）ここに、それが書いてあるわ。「エゴー・ヒエローニモス・マクロプロス、イアトロス・カイサロス・ロドルフー……」〈我、ヒエロニモス・マクロプロス、ルドルフ皇帝の侍医は……〉それから先は、どういうふうに作られるかが、詳細にしるされてあります……（立つ）さあ、ベルティーク、お取りなさい。わたしはもう要らない。

グレゴル　ありがとう。でも、ぼくだって、要りませんよ。

エミリア　要らないの？　じゃあ、あなた、マックス。あなただって、やっぱり生きたいでしょう。愛する力をもてるわよ、どうなの？　お取りなさい。

ハウク　すまんが……それがもとで死ぬこともあるんじゃろう？　それに、それをするとき……痛いんじゃろう？

エミリア　痛いわよ。あんた、それがこわいの？

ハウク　そうじゃ。

エミリア　だけど、その後で、三百年、生きられるのよ！

ハウク　もし……それが痛くなかったらなあ……ヒッヒ、わしは要らん。

エミリア　弁護士先生、あなたは賢い方です。あなたなら……これが何に向いているか、向いていないか判定できますよね。これがお望みでしょう？

コレナティー　これは、どうも、ご親切はありがたいのですが、わたしはこんなものにかかわりたくないですな。

エミリア　あなたはとてもおもしろい方ね、ヴィーテクさん。

これを、あなたにあげます。はたしてできるかしらね？たとえば、これを使って、全人類を幸せにできるかしら。はたしてどうだかやってみてごらんなさい。
ヴィーテク （しりごみする）いや、けっこうです。わたしは、むしろ……できまい……と思っていたところですから。
エミリア プルスさん、あなたはとても勇敢な方です。あなたも、三百年生きるのがこわいですか？
プルス はい。
エミリア なんてこと、じゃ、誰もこれが欲しくないの？あんた、ここにいたの、クリスティナ？ あなたは、何も言わなかったわね。ほら、お嬢さん、あたしはあなたからボーイフレンドを奪ったわ。これをお取りなさい。あなたは美しい、三百年生きなさい。エミリア・マルティのようにうたえるようになるし、有名になれる。二、三年したら、あなたも老けはじめるのよ。そうしたら、あなた後悔するわよ……。かわいいお嬢ちゃん、お取りなさい！
クリスティナ （紙を取る）ありがとう。
ヴィーテク それをどうするんだ、クリスティナ？
クリスティナ （紙をひろげる）あたしにもわからない。
グレゴル 君は、それを試すのかい？
コレナティー おお、あの娘《こ》はこわくないのか？ それを返しなさい！
ヴィーテク 返しなさい！
エミリア あの娘に干渉しないで！（間）

（クリスティナはその紙を、だまって炎をあげているローソクの火にかざす）
ヴィーテク 焼いちゃいかん！ そいつは記念品だぞ！
コレナティー ほら！ やっちゃった！
ハウク クリスティナ！
グレゴル 彼女からそれを取りあげろ！
プルス （みんなを押しとどめる）したいようにさせておこう！

（かたずを飲むような沈黙）
ハウク やや、見ろ、なかなか燃えないぞ。
グレゴル あれは羊皮紙ですからね。
コレナティー のろのろと黒くなっていく。クリスティナ、火傷《やけど》するなよ！
ハウク すまんが、わしのためにその端っこのほうだけでも残しておいてくれんか！ ほんの端っこだけでも！（沈黙）
ヴィーテク 生命の延長！ 人類は永遠にそれを求めつづけるだろう。そしてそれがここに、たぶん、あったのだ……
コレナティー そして、われわれは永遠に生きることができたかもしれないのだ。どうも、ありがとうよ！
プルス 生命の延長か……お子さんはおありですか？
コレナティー あります。
プルス ほら、ごらんなさい、永遠の生命だ！ もし、われわれが死ではなく……誕生を考えるならば……生命は短くない。われわれが生命を生み出す原因でありうるかぎりは……

グレゴル　結論は出た。永遠に生きるなんて、そもそもが、単なる無謀な考えだったのです。ああ、わたしも永遠の生命にあこがれた。そして、それがすでに不可能となったいま、なんとなく、ほっとしたような気分でもあります。

コレナティー　われわれは、もう、若くはない。若い者だけがこんなにも、いさぎよく燃やすことができるのだよ……死にたいする、わたしらの恐怖をね。よくぞ、やってくれた、クリスティナ。

ハウク　すみませんが……ここは、それ……すごく、いやな匂いがしますね――

ヴィーテク（窓を開ける）――燃え残りがにおうんですよ。

エミリア　ははは、これで不死はおわったわ！

― 幕 ―

白い病気

人物

第一幕　宮廷顧問官

宮廷顧問官　医学博士ジーゲリウス教授
医師　ガレーン
第一助手
第二助手
第一の教授
第二の教授
第三の教授
第四の教授
元帥
副官
大将
厚生大臣
別の人物
署長
看護師
新聞記者
他の新聞記者
医師たち、看護師たち、記者たち、随員たち
第一の白い病気の患者
第二の白い病気の患者
第三の白い病気の患者
父
母
娘
息子

第二幕　クリューク男爵

宮廷顧問官　ジーゲリウス教授
クリューク男爵
医師　ガレーン
元帥
副官
第一の患者
第二の患者
父
母

第三幕　元帥

元帥
その娘
若いクリューク
宣伝大臣
副官
医師　ガレーン
息子
群衆のなかの一人
群集

まえがき

この戯曲への最初のヒントは、何年も前に友人である医者のイジー・フォウストカが提供してくれた素材であった。悪性腫瘍の細胞を破壊する新しい光線を発見した医者が、その光線が同時に殺人能力をもつことに気がついたのである。その光線の力を利用すれば、その医者は世界の専制君主にも、悪徳の救済者にもなることができる。このアイディアは、自分の恣意のままに民族や人類の運命を牛耳ろうとする医者のイメージとなって、完全に私の頭のなかにこびりついてしまった。

しかし、そうでなくても、われわれが生きるこの時代に、自分の意のままに民族ないしは人類の運命を手中にしている者、手にしようとの野心に燃えている者がたくさんいるというのに、そんな人間のサンプルをこれ以上一人でも余計に加えることに私はあまり気乗りがしなかったが、そんな私を挑発し、その気にさせたもう一つの理由こそ、まさしくわれわれの生きている今の時代そのものであったのだ。

第一次世界大戦後の人類の性格変化の特徴的な例は、あちらでもこちらでもほとんど侮蔑的に言われているところのヒューマニズムからの後退である。その言葉の中には人間の生命や権利への畏敬と、自由と平和にたいする愛、真理と正義への努力、そのほかの道徳的な要求が含まれていた。それらは今日にいたるまでのヨーロッパの精神伝統のなかで人類の進歩の意味と考えられていたものである。

すでにご存じのように、ある国や民族のなかでは、それとはまったくことなる精神が登場してきた。それは人間ではなく、階級、国家、民族、あるいは人種であり、それがあらゆる権力の担い手となり、唯一の尊敬の対象となったばかりか、最大限の尊敬の対象になったのである。だから彼の上から、その意志と権力を道徳的に制約するものは何もない。

国家、民族、体制は万能の権威を付与されている。個人は精神の自由も良心も、生きる権利や自決の権利、さらには身体的にも精神的にも完全に、いわゆる集団主義によって優先されている。しかも完膚無きまでに専制的に、かつ強制的に統制された秩序に従属させられているのである。

要するに、現代の政治権力の精神は、今日の世界情勢のなかで、道徳的かつデモクラティックなヒューマニズムのヨーロッパ的伝統と真正面から対立し抗争しているのである。この対立関係は年々、国際関係に危機感をつのらせているばかりでなく、同時に各国家の国内情勢の悪化にも拍車をかけている。外面的には今日のヨーロッパにおける慢性的な軍事的緊張として、また、政治的問題の暴力的かつ侵略的解決への傾向の増大として、もっとも明瞭になって現れている。

実際、今日の世界的な対立は経済的、社会的概念において も定義することができる。あるいは、生存競争という生理学的術語によって説明することもできる。しかし、その最高にドラマチックな様相は二つの大きな理念が衝突したところで見られる。

第一の面ではあらゆる種類のヒューマニズム、デモクラティックな自由、世界平和と、一人一人の生命と権利にたいする敬意。第二の面では、権力の強圧的な反ヒューマニズム理念、ヘゲモニーと民族主義、またそれとは別の意味での拡張主義。そのためには暴力が歓迎される手段となり、人命は目的達成の単なる道具となる。

今日、巷間で流行している慣用語で言えば、それはデモクラシーの理念と、満たされることを知らぬ野心をもった独裁者の理念とのせめぎ合いである。そして、まさに、悲劇的様相のなかにおいて見られるこの葛藤こそが、『白い病気』を書くにいたらせた根源的衝動であった。

病気は、もちろん、架空の「白い病気」でなくても、ガンでも、その他の病気でもいいわけだが、作者は個々のモチーフも、劇の場所設定そのものも、できうるかぎり、フィクションの領域に移しかえるようつとめた。それは現実の病気についても、現実の国家についても、政権についても疑惑をもつ必要をなくするためである。それにまた例の疫病を白人種没落の深刻な徴候というふうにとらえる必要もない。このような疫病は中世のペストの大流行の時代再来というような印象を現代人には与えはするだろう。

作者は意図的に助かる見込みのない死の病というモチーフについての作者自身の葛藤を劇的状況のすべての場面において適応させた。なぜなら病気にかかり、惨めな状況におかれた人間は必然的かつ典型的にヒューマニズム的救済の対象となるからである。慈悲に満ちた道徳的秩序への病者の依存度は最大である。

世界を二分する二つの大きな意思がここでは抗争している。いわゆるベッドの上の苦しみと、その葛藤のなかでの生と死の決断、その葛藤のなかでの疫病患者の生と死が決定されるということである。

権力を志向する者は、人間の苦痛や恐怖に同情して足を止めることはない。やがてヒューマニティーと生命にたいする敬意の名において権力に立ち向かう者は、罹患した権力志向者にたいする援助を拒否する。なぜなら彼自身が、妥協の余地なき戦争のモラルを不可避的なものとして自分自身の上に課したのだからである。

このような意思がいつか勝利を収めるということになったとしたら、平和と人間愛の名においてさえも、大量虐殺と死が起こるだろうということが言えよう。

戦争の世界では平和は自ら意思堅固な不退転の闘士とならなければならない。そして逆に武力と権力の代表者自身が人間的援助を乞い願う患者になる。そんなヒューマンな援助を求める権力の代表者がいる、一方で、大量虐殺のマシーンを冷酷に発射し続けているのである。

作者はまさにその点において、われわれがいま体験しつつある世界対立の絶望的重さを見た。そのなかで対立しているのは単に白と黒、善と悪、正と不正が対立抗争しているだけでなく、そこでは両者ともが大きな価値と妥協を知らぬかたくなな姿勢とでぶつかり合っているのである。しかしこの対立のなかで脅かされているのは、あらゆる善と正義と、かつ、あらゆる種類の人間の生命である。

究極的には相対立する意思の各々の代表者を、平然と無関心に死へ追いやるのは、偉大でもなければ、人間的心情をもちあわせないただの群衆である。見たまえ、ヒューマニズムが護ろうとした人類、それに、偉大な、名誉ある力への意志をもった群衆なのだ!

ガレーンよ、おまえはここに「全人類」をもっている。元帥よ、おまえはここに、おまえの民族をもっている。そしてわれわれのすべては歴史的葛藤をもっている。そのなかで究極的成功が収められるかどうかはわからない。しかし一つのことだけは疑うまでもない。それは、その重くて苦しいツケを払うのは人間だということである。しかし戦争がどうなろうと、その轟音の響く中で、この劇『白い病気』は幕を閉じる。たしかなことは、人間は、このあと、救済されることもなく苦難のなかにあえぎ続けるだろうということである。

作者はこの不可避的、悲劇的結末が解決ではないと思っている。そうではなくわれわれの住む時間と空間のなかで、現実の人間の勢力とのあいだで演じられる本物の抗争を考えるとき、その抗争を言葉で解決することはできない。だからその解決を歴史にゆだねるしかない。

たぶん、われわれはこのドラマの終幕に登場する二人の誠実で理性ある若者のような、次の世代の人々を信頼できるかもしれない。しかし究極的な解決は政治および精神の歴史に属する。それにたいしてわれわれは単に観客としてではなく、世界の劇的抗争のどちら側に、小国〔チェコスロバキア〕のすべての権利と、全生命がゆだねられているかを知っている共闘者として関与しなければならない。

第一幕　宮廷顧問官

第一場　包帯を巻いた三人の白い病気の患者

第一の患者　ペストじゃ！　この病はペストじゃ。わしらの街の、わしらのどの家にも、必ず二人や三人の患者がいてござる。なあ、兄弟、あんたの顎にも白いぽっちが見えますぞ。それからあっちの方にも。なんでもない、なんにも感じんと言うてござるうちに、それがどうじゃ、今日にも、私とご同様、肉の塊がぽろりと落っこちてきますぞ。こりゃあ、まさしくペストじゃ。

第二の患者　なにがペストなもんですか。これこそハンセン病です。みんなは白い病気とか白斑病とか言っていますがね、なんのなんの、本当は天罰と、天刑病と言わねばならんのです――こんな病気がそう滅多やたらにあるはずがない。これこそ神様が天罰をくだされたのです。

第三の患者　おお、神様――イエス・キリスト様――どうか、お助けを――

第一の患者　天罰じゃ？　天刑病じゃ？　そんなら、そのわけを聞こうじゃないか。わしが何をした！　わしは贅沢もせんかった。それどころか、わしはただの貧乏人じゃ。そんな貧乏人を罰するなんて、そら、よっぽどみょうちきりんな神さんやないか。えっ、どうじゃ！

第二の患者　だがな、考えてもみなさい。しょっぱなは、ほんのちょっぴり皮膚の上に……ところが、ほれ、こんな具合に肉のなかまで食い荒らしはじめる。これはどう見たって、ただごとじゃない。これはまさしく天罰だ。それには、なにかちゃんとした理由があるはずだ。

第三の患者　わが主よ……天にまします、われらが神よ……

第一の患者　おお、そりゃあ、あろうともさ。そりゃなあ、わしら人間が、この地球上にあんまり多くなりすぎたからじゃ。多くなりすぎたから、その半分だけは生かすが、あとの半分は間引きしてしまおうというわけじゃ、そういうこと。あんたはパン屋だから、あんたの代わりにもう一人のパン屋が生き残る。わしは貧乏人じゃが、もう一人の貧乏人が腹をすかして、ひもじい思いをするように席をゆずるという寸法じゃ。とすると、このペストは天の配剤ということになるな。

第二の患者　ぜったいにペストなんかじゃありません。ハンセン病、レプローシスです。ペストなら黒くなる。ところがハンセン病は白くなる――そう、雪みたいに真っ白になる。

第一の患者　白かろうが、黒かろうが、どうでもいいが、この臭いだけはなんとかならんもんかなあ……

第三の患者　主イエス・キリスト様……わが主イエス様……どうかお憐れみを……

第二の患者　なんてこった。おまえは天涯孤独の身の上だ。でもなあ、たとえ女房、子供に嫌われたところで仕方ある

まいな――おまえたちもずいぶん辛抱したんだろうからな
あ！　そのあげく、今度は女房のおっぱいに白いぽっちが
出来てしまった――隣の家具屋は昼となく夜となくなげい
ておった――昼となく夜となく……

第三の患者　イエス様、キリスト様、イエス・キリスト様
……

第一の患者　うるさい！　だれがおまえの言うことなんぞに
耳をかすものか、この業病やみめ！

――幕――

第二場　宮廷顧問官ジーゲリウス博士の執務室

顧問官　……申し訳ないが記者君、三分しか時間がない――
お察しのとおり、患者だよ！　さて、お話というのは？

記　者　顧問官殿、私ども新聞といたしましては、最も権威
ある人物からの――

顧問官　――白い病気、または、ペイピン・レプローシスに
ついてのコメントだね。遺憾ながらそのことではいろんな
説が、ちと、出まわりすぎておるな。しかも、ひどい俗説
だ。私の考えでは、この病気のことは医者にまかせるべき
です。この病気のことを新聞にでも書いたら、どんなこと
になると思うかね？　読者のことごとくが、新聞に紹介さ
れた兆候が自分の体にないかと、すぐに探しはじめるで
しょうな。

記　者　しかし、顧問官殿、当紙は、まさに、一般の読者を
安心させようと望んでいるのでありまして――

顧問官　安心させるですと？　どうやって？　――いいかね、
こいつは……なかなか厄介な病気ですぞ。しかも雪崩のよ
うな勢いで広がる――事実、世界中のあらゆる医療機関で
熱心に研究が進められてはいるが……（肩をすくめる）。目
下、われわれの学問ではお手上げだ。言えることは、最初
の兆候に気がついたら、ただちに、かかりつけの医者を訪
ねて、すべてまかせること、それだけです。そう書いてく
れたまえ。

記　者　そうすると医者は――

顧問官　――膏薬でも処方してくれるだろう。貧乏人には過
マンガン酸カリ、金持ち連中にはペルー・バルサム。

記　者　利くのですか？

顧問官　もちろん！　傷口が開いたときのにおい消しにはね。
それがこの病気の第二期です。

記　者　第三期は？

顧問官　モルヒネだよ、きみい。それ以外に治療法はありま
せんな。もう、このことについてなら十分じゃないかね？
要するに、ひどい病気だ。

記　者　それから……感染性は強いのですか？

顧問官（講義の口調で）それは考え方次第であります。つま
り、われわれは、まだ、この病気をもたらすところの病原

菌をつきとめていないのであります。われわれの知るところは、ただ、異常な速度でこの病気が広がっているということ。さらに、いかなる実験動物にも移植不能なこと。また、人間にさえも移植できない——少なくとも、若い人間にはできない。この実に貴重な実験を、東京の広田博士が自分の体を実験台としてなされたのであります。諸君、われわれもまた奮闘しているのである。一刻たりともおろそかにしていない。だが、相手は、かいもく、見当もつかん敵なのである。君、このことは書いておいてくれたまえ。われわれの病院では、すでに三年前から、このテーマについて研究を重ねており、相当の量の研究論文も公表してきた。さまざまな専門的研究論文にも、しばしば引用され、しかるべき評価も得ている——（ベルを鳴らす）いまのところ、はっきり言えることは——ああ、そうだ、私には三分間しか暇がない。

看護師（入ってくる）顧問官先生、なにかご用でしょうか?

顧問官　編集長君に、当病院が公表してきた論文集を差し上げてくれたまえ。

看護師　かしこまりました。

顧問官　この研究論文については大いに触れてくれて結構。われわれが当病院で、いうところのペーピン・レプローシスとの戦いに、日夜、いかに奮闘しているかを知ったら、君の新聞の読者大衆も大いに気を休めてくれるだろう。もちろん、われわれとしては、この病気をレプローシスとは言いません。レプローシスないしハンセン病は皮膚の病気であるが、他方、われわれの病気は純粋に内科に属する病気なのだ。皮膚科の同僚諸君もこの病気に関する講座をもつ権利を主張しているが、しかし——いやこいつは止めておこう。要するに、この病気は、きみい、けっしてインキン・タムシの類とはわけが違う。絶対にレプローシスではないと、大衆諸君を安心させてやりたまえ。いったい、何を根拠に、このわれわれの病気を、そんなレプローシスごときものと同一視できるのかね!

記　者　と申しますと……レプローシスごときものよりも、もっと……深刻な病気だと……?

顧問官　当然だよ、君。はるかに深刻、かつ、はるかに興味深い。ただし初期の症状のみレプローシスに類似しているとは言える。体のどこかに白い小さな斑点が出る。大理石のように冷たく、完全に無感覚——いわば大理石斑。つまり、マーブル・スポットだ。それゆえに、また、この病気は白い病気、ないしは、白斑病とも言われている。しかし、そのあとの経過は完全に独自のものであり、一般のレプローシス・マクローサとはことなっている。われわれはこの病気をチェン氏病、またはモルブス・チェンギと呼んでいる。チェン博士はチャーコット教授の弟子で、もちろん内科医だ。つまりペイピン病院で同博士が、初めて数例を記録したのだ。実に立派な論文だよ。私がこの論文にはじめてお目にかかったのは一九二三年のことだったがね。その当時は、まだ誰も予想だにしなかったよ、チェン氏病がこのようなパンデミーになるとは——

記　者　なんと仰《おっしゃ》いました？

顧問官　パンデミー。突如として、雪崩のごとく世界中に蔓延する病気のことだ。チェン氏の国ではだね、君、ほとんど毎年のように新しい、興味深い病気が出現している——貧困がそうさせるのだな。しかしながら、さすがに、チェン氏病のようにこれほど猖獗《しょうけつ》を極めた病気は、これまでなかった。これこそ、まさに現代病だ。いままでに、もう五百万以上の人々が死亡し、少なくとも千二百万もの人々が、現在、感染しており、少なくとも、その三倍の者が体に豆粒よりも小さな、大理石の、無感覚なポッチがあるのも知らずに、世界中で飛び跳ねている——そして、この病気に気づいたときには手遅れで、あと三年ももたんのだ！　それから、これは書いておいてくれたまえ。ヨーロッパにおける患者第一号は、まさに、この私の大学病院で発見されたのだ。どうかね、これはちょっと自慢してもいいことじゃないかね。チェン氏病の典型ともいえる徴候の一つは、実に、ジーゲリウス——つまり、私の名前だ——シンプトムと命名されたほどだ。

記　者（書く）シンプトム——顧問官ドクトル・ジーゲリウス教授の名を冠したる——

顧問官　そのとおり。ジーゲリウス症候だ。ごらんのとおり、われわれは全力をあげて研究に取り組んでいる。現在の段階で、まごうかたなき事実として明言しうることは、チェン氏病に感染するのは四十五歳ないし五十歳以上の人々であるということだ。このことからして、ある種の正常な体内組織の変化、すなわち、通常、老化と呼ばれているものが、この病気にきわめて適合した感染条件を提供すると考えられる——

記　者　これはまた、きわめて興味ある事実でございますね。

顧問官　そう思われますかな？　——失礼だが、おいくつです？

記　者　三十歳でございます。

顧問官　ほほう、だからですよ。もし、君がもうちょっと年を取っておられていたら……、きわめて興味あるじゃすまされなくなりますぞ。さらに、たしかな根拠にもとづいて言えることは、最初の症状が現われてから、最悪の場合、三ヶ月ないし五ヶ月以内に、通常は敗血症で死亡するということです——私および大リリエンタールの名を冠することを誇りとする私の学部の見解によれば——ちなみに、リリエンタールは私の義父です。このことは書いておいてくれたまえ——したがって、正統的古典学派の見解によれば、チェン氏病は、現在のところ未知の媒体によって伝播される伝染性疾患とされている。その素因として考えられるものは身体老化の初期徴候とともに増大してくる。病気の症状と経過については——どうかね、こいつは省略してもいいんじゃないかね？　あまり気持ちのいいものではありませんぞ。治療にかんしては、セディヴァ・タントゥム・プラエスクリベーレ・オポルテット〔「多量の鎮静剤を処方するが適切なり」〕。

記　者　えっ、なんと仰いました？

顧問官　いや、これは省略したほうがいい。医者が知っておればいいことだ。大リリエンタールの古典的処方箋だ。彼は実に偉大なる医師だったよ。もし、いま、あの方がご存命であったらなあ！　――まだ、質問がおありかな？　実は、私にはあと三分しか時間がないのだよ。

記　者　もし、お許しいただけるなら、いまひとつご質問を……。そうなりますと、私どもの読者には、いかにしてこの病気を予防するかがきわめて大きな関心事だと思うのでございますが――

顧問官　なに？　――予防ですと？　とんでもない、絶対に不可能だ！（跳ねるように立ち上がる）いいかね、誰もがだ、四十歳をすぎれば、常に、誰もがこの病気にかかる……可能性がある。そうなる運命なのだ――君にはどうでもいいことだろうがね！　君は、君は、おろかな三十歳だ！　ああ、それなのに、わしらは、わしらは、わしら人生の頂点にあるものは――。来たまえ！　わたしの顔に何か見えないか？　わたしの顔のどこかに白い斑点はないかね？　どうだ、まだないか？　――いいかね、毎日だ。日に十回も鏡を見る――。そりゃあ、君の読者には、どうしたら生きたまま腐るのを防げるか、大いに興味があるだろう。そうとも、このわたしでさえ、大いに興味があるんだからな。（椅子に腰をおろし、手のひらに顔をうずめる）ああ、人間の学問の何と無力なことか！

記　者　顧問官殿、最後に一言、なにか人々の勇気を奮い立たせるような言葉をいただけませんでしょうか――

顧問官　いいでしょう。では、新聞に書いてくれたまえ……。われわれは黙って、その病気を受け入れるしかない――と。

（電話のベルが鳴る）

顧問官　（受話器を取る）もしもし……、そうだ。――ええっ？――わかっているだろう。わたしは誰とも会わん。――医者だと？　名前は？　――ふむ、ドクトル・ガレーンか。誰の紹介状をもっているのかね？　ない？　じゃあ、わたしに何の用だね？　――なんだと？　学術的問題？　じゃあ、わたしの第二助手に相手させたまえ。そんなわけのわからん学術にさく時間はない。――ほう、私を訪ねて五回も……、じゃあ、まあ、いい。通したまえ。ただし三分だと断っておくんだ。うむ。（受話器を掛け、立ち上がる）ごらんのとおりだ。これで、よくもまあ学問に打ち込めるもんだ！

記　者　顧問官殿、失礼いたしました。かくも貴重なお時間を拝借いたしまして――

顧問官　なあに、かまいませんよ。学問と社会は互いに協力し合わんといけませんからな。もし、私で役に立つことがあったら、また、どうぞ。（手を差し出す）

記　者　恐縮に存じます、顧問官殿！（お辞儀のしせいのまま出ていく）

（ノックの音）

顧問官　（ペンを取り、書く。しばらくして）どうぞ！

(ガレーン医師入る。おじおじしてドアのところに立っている)

顧問官 (頭をあげようともせずに書き続ける。長い時間がたったあとで) 先生、さあ、早くご用件をどうぞ。

ガレーン (口ごもる) 失礼いたしました、顧問官殿……書き物のお邪魔をしてはと思いまして……、わたくし、ガレーン博士でございます……

顧問官 (書きながら) 存じております。どういうご用件で、ガレーン先生――?

ガレーン はい、わ……わたくしは……あのう、ほ、保健医療に携わっておりまして、はい……いわば、つまり……貧しい人々の治療に当たっております、はい。……そこで、わたくしは……多くの症例を……目の当たりにする、機会を、得たのであります、はい……。なぜならば……貧民階層では……多種多様な病気が蔓延しておりまして――

顧問官 なんですって? マンエンですか?

ガレーン 左様、ひろがっておると――。

顧問官 あはあ、左様ですか! 医者としては繁盛とは言いにくいですからな、先生。

ガレーン 左様でございます。とりわけ、近時におきましては……かくも、白い病気が――

顧問官 チェン氏病でしょう、先生。学者としては正確に、簡潔《かんけつ》に表現していただかなければ……

ガレーン しかし、この惨状を目の当たりにいたしますと……人間が生きたまま腐っていくこの惨状を……家のなかでも……恐ろしい臭気です……はい……

顧問官 防臭剤をお使いになったらいかがです、先生。

ガレーン 左様。とはいえ、人間であれば、真っ先に、これらの人々を救いたいと思いますのが、人情というものでございましょう。わたくしは何百人という患者を治療してまいりましたが……それはもう、言語に絶するものでございますよ、顧問官殿。たとえこれらの患者の前に立ちましても……施す術がなければ……絶望するしかありません……

顧問官 そりゃいけませんな、先生。医者たるもの、絶望は禁物です。

ガレーン 顧問官殿、それはもう、恐ろしい状態でございますよ! それで、わたくしは思ったのです。なんとかならんかと……。なす術もなく、ぼうぜんとしているだけではなしに、なにかやってみなければならないのではないかと。実際のところ、わたくしはこの病気にかんする、ありとあらゆる文献を読みあさりました。しかし、失礼ながら、顧問官殿……そのなかには何もありませんでした……なんにも……

顧問官 なんにもって、何がです?

ガレーン これはと思う、解決の糸口です。

顧問官 (ペンを置く) あなたは、その病気を本当にご存知なのですか?

ガレーン はい、存じていると思っておりますが……

顧問官 ははあ、そう自分で思っておられるだけではありませんか？　どうやら、あなたはチェン氏病にかんする自己流の理論をおもちのようだ。そうでしょう？
ガレーン　お察しのとおり。僭越ながら、これはわたくし自身の理論でございます。
顧問官　それだけ伺えば十分ですよ、先生。われわれはある病気について手の施しようがなくなると、えてして理論だけでも打ち立てようなんて了見を起こすものです。よくあることだ。しかし私の意見を申し上げますなら、臨床医というものは、すでに証明された方法に従うべきだと思いますがね。そうでないと、あなたの患者は、あなたの考え出されたあやしげな治療法の実験台になりに来るようなもんじゃありませんか、でしょう？
ガレーン　だから、だからこそ――
顧問官　私の話はまだおわっておりませんがね、ガレーン博士。申し上げましたように、私には三分しか時間がありません。チェン氏病にかんしますかぎり、ご助言できることは、悪臭を排除するような方法を精一杯お用いになるようにということです――次がモルヒネです、先生。とくにモルヒネ。つまるところ患者の苦痛を緩和する以外に手はないということ――少なくとも、支払能力のある患者にはね。それだけです、先生。ではこれで。（ペンを取る）
ガレーン　しかし、顧問官殿……わたくしは……
顧問官　まだ、まだ何か、私に？
ガレーン　はい。と申しますのは、わたくしは白い病気をなおせるのです。
顧問官　（書きながら）そんな話は、もう、あなたで十二人目ですよ。そのなかには医者と称するものさえいましたがね。
ガレーン　しかし、わたくしはその治療方法を実際に使用しているのです……もう二、三百例にもなるでしょう。はい――ある程度の成果が――
顧問官　何パーセントくらい？
ガレーン　約六十パーセント。他の二十パーセントについては、まだ、確証を得ておりませんのです――
顧問官　（ペンを置く）なるほど、もし、あなたが百パーセントと仰ったのなら、私はすぐにでもあなたを、馬鹿か妄想狂として追い出したでしょうがね。さてと、あなたをどう扱えばいいんでしょうな――ねえ、先生。私にもわかります。チェン氏病の治療薬を発見するということが、どんなにチャーミングな幻想であるかということはね……。それは医療に携わる者にはすばらしい名誉を意味します。ノーベル賞も大学のポストも……違いますか？　それはパスツールよりも、コッホよりも、また、リリエンタールよりも、もっと偉大な発見となるでしょう――まったくのところ、その幻想は人間の頭を混乱させかねません。ただ、このような錯覚はこれまでにも、ずいぶんあったのです――
ガレーン　顧問官殿、この治療法の貴下の病院での臨床実験をお許し願いたいのです。
顧問官　私の病院でですと？　もちろん、その考えは子供じみています。第一、あなたは――外国の出身じゃありませんか、え？

ガレーン　はい、ギリシャ、ペルガマの出身です。
顧問官　ほら、ご覧なさい。外国人をリリエンタール病院に入れるなんて、私にはできかねます！
ガレーン　しかし、わたくしはこの国の市民です……ずっと、もう、子供の頃から……
顧問官　そうでしょう。しかし、出身がね、先生。問題は人種です。
ガレーン　じゃ、リリエンタールも同じじゃありませんか……外国の出身でした。違いありますか？
顧問官　念のために申し上げておきますが、宮廷顧問官、正教授リリエンタール博士は私の義父であります。だが、それはともかく、いまは時代が違います。あなたにも、それくらいのことはお分かりでしょう――そうでなくてもです、ガレーン博士。大リリエンタールが、たかが一介の保険医に――失礼――自分の研究所で研究をするのを許すでしょうか？　私は大きな疑念をいだくものでして。
ガレーン　顧問官殿、きっとお許しになるでしょうよ。わたくしは以前、あの方の助手をしておりましたから――
顧問官（飛び上がる）あなたが！　――これはこれは、なんですぐに仰いませんでした？　失礼いたしました、先生。どうぞおかけください――いやあ、まったくまわりくどいことを、ガレーン先生。そうですか、じゃあ、あなたは義父の助手をなさっていたのですか！　でも変だな。それなら義父も、以前、あなたのことも話していたでしょうにね。どうも、思い出せませんな。
ガレーン（ベンチの端に腰をおろす）先生は……先生はわたくしをいつも坊ちゃん先生と呼んでおられました。
顧問官　ええっ！　坊ちゃん先生！　じゃあ、あなたですか、坊ちゃん先生というのは！　そうですよ――わしの最高の弟子だといつも口癖のように言っておりましたよ。坊ちゃん先生は非常に残念なことをしたと！　――それにしても、どうしてリリエンタールのもとに残られなかったのです？
ガレーン　ちょっと事情がありまして……。実は、顧問官殿……、わたくしは、なんとしても、結婚したかったのです。……しかし、助手では家族を養っていくわけにはいきません、でしょう――？
顧問官　道を誤りましたな。私は弟子たちにかねがね申しておりますよ。もし、学問をやろうと思うなら、結婚するなと。そしたら、やがて豊かになる。学問のためにはプライヴェートな生活は犠牲にしなければならんと。――タバコは？　ガレーンさん。
ガレーン　いえ、吸いません。――私は狭心症なのです。
顧問官　ほほう、悪くならんといいですがね。どれ、お見せなさい。診てあげましょう――
ガレーン　ありがとうございます。しかし……いまはそんな気分ではありません。わたくしがお願いしているのは、あなたの病院で……わたくしの治療法を……もはや死を待つのみという患者、数人に……試用させていただければと……
顧問官　死を待つのみというのなら、それはこの病気の患者全部ですよ、ガレーンさん。しかし、あなたの希望は、ちょっと無理だな、残念ながら……。あなたには納得できんでしょうがね。……しかし、あなたは義父の最高の弟子でもあるし――。こうしてはどうでしょう。あなたの治療法が何にもとづいているかの聞かせてくれませんか。そうしたら、まあ、われわれとしてもそれを検討してもいいのですがね……。場合によっては臨床的に実験してあげてもいい。じゃあ、邪魔が入らんように、ちょっと手配をしますから――（電話のほうに手をのばす）

ガレーン　失礼ながら、顧問官殿、わたくしとしましては……臨床的に十分実験治療した上でないと……白い病気の治療法を誰にも話すわけにはまいりません。申し訳ありませんが、本当に駄目なのです。

顧問官　私にもですか？

ガレーン　はい、誰にもです。本当に駄目なのです。

顧問官　馬鹿に、その点にこだわるじゃありませんか？

ガレーン　はい、まったくそのとおりです。

顧問官　そうですか。では、仕方ありませんな。まことに申し訳ありませんが、ガレーンさん。それは当病院の規則に反することでもありますし、また――なんと申しますか――

ガレーン　――あなたの学問的責任にも反すると……、わかっていますよ。でも、残念ながら、わたくしにも、わたくしなりの理由があるのです……

顧問官　どんな？

ガレーン　申し訳ありませんが、いまのところは……。いずれ、わたくしの口から申し上げることになりますでしょう。

顧問官　ほほう、じゃあ、お好きなように。話がこうなったからには、この問題は打ち切りにするしかしようがありませんな。それにしても、あなたとこうしてお目にかかれてうれしいですよ、坊ちゃん先生。

ガレーン　ところが、そうはいきませんぞ、顧問官殿。あなたは、当病院での私の研究をご許可になったほうが、よろしいんじゃないかと思いますがね。いや、断じてそうすべきです！

顧問官　なぜかね？

ガレーン　顧問官殿。わたくしはこの治療法について絶対に保証いたします。誓います！　いいですか、わたくしは、まだ、一人たりとも再発患者を出しておりません……。それから、ここにわたくしの同僚からの手紙があります。……このような貧民街のことは、一般にはまるで知られておりません。失礼ですが、どうかご覧ください。

顧問官　興味ありませんな。

ガレーン　ほほう、それは残念……。じゃあ、わたくしに出ていけということですか？

顧問官　（立ち上がる）はい、残念ながら。

ガレーン　（ドアのところで躊躇している）こんな恐ろしい病気だというのに……。もしかしたら、顧問官殿、あなたご自身がいつか……

顧問官　なんですと？

ガレーン　いえ、なにも。ただ、わたくしは……もしかしたら、いつかは顧問官殿ご自身がこの薬を必要とされるかもしれないと……

顧問官　君なんぞに言われるまでもないよ、ガレーン君！——（歩きまわる）いまいましい病気だ。まったく、いまいましい……。私とて生きたまま腐りたくない。

ガレーン　そのときには、どうぞ、ご自分に防臭剤をお使いください。

顧問官　ご忠告、痛み入る！——見せたまえ、その手紙！

ガレーン　どうぞ——

顧問官　（手紙を読む）ふん。（咳払いをする）ほほう——ストラディッラ博士か。私の教え子じゃないかな？　こんな、背の高い。違うかな？

ガレーン　そうです、顧問官殿。非常に背が高い。

顧問官　（先を読む）なんてことだ！（頭を振る）こりゃひどい——とはいっても、彼らはただの町医者にすぎんのだからな。それにしても——君、君はすばらしい成果をあげたもんだね！——ねえ、ガレーン君。いま、ふと思いついたんだがね——こんなことをするのも君だからなんだが、君の方法を私自身の手で二、三人、うちの患者に試してみようと思うんだがどうだろう。それ以上を希望されても、ちょっと無理だと思うがね、どうだい？

ガレーン　それは駄目です……それとて、わたくしにとって大変名誉なこととは思いますが、しかし……

顧問官　まさか、君は自分の方法をもっとたくさんの患者で、自分の手で治療実験したいというんじゃないだろうね？

ガレーン　実は、そうなのです。わたくしはそれを……この病院で……自分の手でやりたいのです、顧問官殿。

顧問官　そして、あとで発表する、だろう？

ガレーン　そうです。ただし……ある一定の条件のもとで、はい……

顧問官　どんな条件かね？

ガレーン　——いずれ、それも公表したいと思います、顧問官殿。

顧問官　（机の前にすわる）すると、君は、私の病院で自分の治療法の臨床実験することのみを望んでいるんだな？

ガレーン　はい。

顧問官　ところが、その先の使用にかんしては自分のものにしておきたいと、そういうわけか？

ガレーン　そのとおりです、顧問官殿。つまり……

顧問官　待ちたまえ。君はだ、われらが国立リリエンタール病院にかかる要求を突きつけることが、いかに厚かましい、恥知らずな行為であるかを承知しておるのかね、え、ガレーン博士？　私の腸《はらわた》は、いま、君を階段の上から蹴落としてやりたいくらい煮えたぎっているんだぞ。そりゃあ、私にだってわからなくはない。誰だって医者なら、自分の医学知識でもって、何か特効薬の一つでも発明したいだろう。しかしだ、自分の治療方法を企業秘密とか称して、ひと儲けしようというのは、こりゃひどい。医者の風上にも置けんなんて程度の生易しさじゃない。そんなやつは、むしろ、もぐりの、ペテン師の、いかさま野郎の、まじない師の、膏薬売りの、どっかの「毒消しゃいらんかねえ」の類と同然だ。第一、そんなことは、きみい、病に苦しむ人々にたいして非人道的だとは思わんかね。第二に――

ガレーン　顧問官殿、わたくしは、つまり、そのう――

顧問官　待ちたまえ。第二に、そのようなことは他の医者仲間にたいして友誼を欠くというもんだ。彼らとて、やはり、自分の患者を治したいのだよ、君。たとえ、それで食っているとはいえだ。だろう？　それなのに君は自分の治療法を自分の、個人的な金儲けの道具と考えておる。残念ながら私は人類にたいする義務を自覚した科学者として、医者として考えなければならないのだ。ガレーン博士、私たちは根本的に立場を異にしているのだねえ。失礼。（受話器を取る）第一助手をよこしてくれたまえ。そうだ、すぐにだ。（受話器を置く）まったく、聞くに堪えん話だ。医の倫理がかくも地に落ちたとはね！　ときたま、なにやら怪しげな治療法で荒稼ぎをする手品師みたいな医者がいるもんだが、しかし、学問研究のメッカともいうべき当病院に乗り込んできてまで、そいつを吹聴しようという厚かましいやつは、きみい、いまだかつて見たことも聞いたこともない。

（ドアのノックの音）

顧問官　入りたまえ！

第一助手　（入る）顧問官殿がお呼びだとのことで……

顧問官　来たまえ。チェン氏病患者は何号室かね？

第一助手　ほとんど全室であります。二号室、四号室、五号室……

顧問官　無料患者は――

第一助手　生活保護患者は十三号室であります。

顧問官　治療に当たっているのは――？

第一助手　第二助手であります。

顧問官　では、第二助手君に、今日から十三号室の医療処置にかんしては、ここにおられるガレーン博士が処方ないし治療をおこなうと伝えてくれたまえ。つまり、ガレーン博士の担当になるとね。

第一助手　恐れ入りますが、顧問官殿、それは――

顧問官　何かね？　何か言いたいことでもあるのかね？

第一助手　いいえ、顧問官殿。

顧問官　そうかい！　私はまた何か不満があるのかと思ったが。では、第二助手に伝えてくれたまえ。以後、ガレーン君が何によって、どのような治療をしようとも、なんら責任はないとな。用件はそれだけだ。

第一助手　承知しました、顧問官殿。

顧問官　行ってよろしい。

（第一助手、去る）

ガレーン　これはどうも、顧問官殿……なんとお礼を申しあげてよいやら……

顧問官　その必要はありません。ひとえに医学の進歩を願うからです。そのためには、すべてのものを犠牲にしなければなりません――たとえ、この絶えがたい嫌悪感でさえもです。お望みなら、すぐにも十三号室の診察をなさっても結構です。（受話器を取る）看護師長、ガレーン博士を十三号室へ案内してくれたまえ――（受話器を置く）期間はどのくらいご希望です、先生？

ガレーン　そう……六週間もあれば……

顧問官　たった、それっぽっちで？　ガレーン博士、魔法でも使うおつもりですか？　では、これで……

ガレーン（ドアのほうへあとずさる）どうも本当に……お礼の言葉もございません、顧問官殿――

顧問官　ご成功を祈ります。（ペンを取る）

（ガレーン、もたもたしながら、やっとの思いで外に出る）

顧問官（ペンを放り出す）いまいましいごうつくばりめ！（立ち上がり、鏡の前に行き、注意深くのぞきこむ）まだ、ない。今日のところは、ない。

――幕――

第三場　夜の家庭

父（新聞を読んでいる）また、あの病気の記事か！　もう、うんざりだ！　誰もが一日中心配ばかりしている――

母　三階の奥さんはどうやらお悪いそうですよ。もう、あそこへは誰も行かないほうがいいって、みんな言ってます。……あなた、階段で臭いません？

父　いいや。……ここに宮廷顧問官ジーゲリウスとのインタビュー記事が出ている。なんたって、この人は世界的な権威だ。わたしはこの人の言うことなら信用するよ、母さん。ほら、わたしとおんなじことを言っているよ。

母　どんな？

父　あれがハンセン病だというのはデマだって言ったろう。あっちでもこっちでもという具合に患者が発生すると、新聞はすぐにデカデカと書きたてる。すると、もう、風邪でも寝ようものなら、たちまち白い病気ということになってしまう。

母　妹が手紙に書いていましたけど、あっちでもたくさんいるんですって――。

父　ばかばかしい。まったく大騒ぎだ――ほほう、ジーゲリウスの話では、この病気はシナが発祥地だと――。みなさい、わたしがいつも言っているだろう。シナをヨーロッパの植民地にして、あそこに秩序というものを打ち立てんことにはどうしようもないんだと――。それというのも、シナがいぜんとして進歩からとりのこされているからだ。飢えと貧困。衛生環境も劣悪。そんなことだからハンセン病なんて病気も発生するんだ。――ジーゲリウスはこの病気も伝染性だと述べている。そういうことなら、早く手を打たんといかんな。

母 何をですの？

父 うん？　だから病人を隔離して、人と接触することがないようにするとか――。誰かが白い病気になったら、直ちに追放だ！　上の婆さんをこの建物のなかで死ぬまで置いておくのはたまらんからな！　あの臭いが階段中に広がったら……家にだってこわくて帰れんだろう。

母 あのお婆さん、あの部屋で独りぼっちなんですってよ。なんだったら、あたし、スープでももっていって差し上げようかしら。

父 おいおい、あの病気はうつるんだぞ！　おまえの同情心のおかげで、この家にまで病気を背負い込んできたらどうするんだ――きっと、そうなるぞ！　うちの階段もなんかで消毒せんといかんな。

母 なんでしますの？

父 なになに――なんと非常識なやつだ、こいつは！

母 誰が？

父 この記者だよ！　こんなことを書くなんて――まったく気がしれん、それに、こんな記事を禁止しないとはな。こんないいかげんなことを書いていいはずがない！　よし、編集長に手紙を書こう。まったく自制というものを知らん。馬鹿めが！

母 なんと書いてありますの？

父 この病気を予防する方法がない……、しかもだ、五十歳前後になると誰もがかかるんだと……

母 見せて！

父 （新聞をテーブルの上に放り出し、部屋のなかをそわそわと歩きまわる）馬鹿めが！　何でこんなことを書くんだ！　もう、今後、いっさいこんな新聞、買わないからな！　やつらに抗議してやる――もう、絶対に許さん……

母 （読む）でも、あなた、たしかにジーゲリウス顧問官がそう仰ってますわ！

父 馬鹿げている！　こんなに科学も文明も進んでいるというのに、そんな馬鹿な話があってたまるか――いまが中世だとでもいうのか？　こんな伝染病の一つや二つ防げんなんて！　それにだ、なんで五十歳――か、まあ、その辺の年齢なんだね？　うちの会社でも一人かかったが、ちょうど四十五歳になったばかりだった――よりによって五十歳前後のものだけがかからなきゃならんとは、こりゃあ、また、奇妙なキマリじゃないか！　なぜだ？　――そうとも、なぜだ！

娘 （それまでソファーにすわって小説を読んでいた）わからないの？　お父さん。それはね、そうやって、いっぺんに若い人たちに席をゆずるためよ。そうでもしないと、いまの若いひとたちって、どこにももぐりこむ隙間さえないんですもの――

父　へえー、そうかい。こいつは立派な言い草だな！　聞いたかい、母さん。――それじゃ聞くがな、わしら親たちはおまえたち子供を養っていたんじゃなかったのか？　わしがあくせく働いていたのは、おまえたちのためじゃあなかったのか――それどころか、その反対に、わしら、おまえたちの邪魔をしとったのか――そしておまえたちの働き口もふさいどったと、そう言うんだな？　――だから、わしら親たちは白い病気でさっさと死んで、若いもんに働き口をゆずればいいというわけか！　はあん、たいそう立派な意見だな！

母　でも、父さん。この子はそんな意味で言ったんじゃありませんよ！

父　だって、現にそう言ったじゃないか！　父さんや母さんが五十歳でいなくなりゃ、すべては解決すると、そうだろう？

娘　父さんはすぐ個人の問題にとるんだから――

父　じゃあ、どうとればいいんだ？　人間、五十歳になったら、みんな死んでしまえばいいとうれしそうに言うとるじゃないか――そういうおまえの考えをほかにどうとればいいんだ！

娘　あたしは一般論として言ったのよ。いまじゃ、若い人たちはどこにも入る余地がないのよ――世界中に、それだけの仕事の口がないのよ――若いあたしたちが生きてゆけて、家庭をもてるようにするには、もう何かが起こってくれなきゃしょうがないわ！

母　この子の言うのももっともですよ、お父さん！

父　そうか、こいつの言うのがもっともか！　じゃあ、わしらは人生のここぞというときに死んでしまわんならんというんだな、そうだな？

（息子、登場）

……

息子　やあ、みんなどうしたの？

母　なにもありませんよ。お父さんがちょっと興奮しただけ……新聞で、あの病気のことをお読みになったものだから

息子　へえ、それで？　その病気のことで何か腹の立つことでもあったの？

娘　あたしがね、新しい世代に場所を与えるためには何かが起こらなくっちゃあって言っただけなのに。

息子　それで父さんはそんなに怒っているのかい？　変な父さん。いまじゃ誰でも言っていることなのに。

父　おまえたち若いもんがだろう？　おまえたちには都合のいいことだからな！

息子　そりゃそうだよ、父さん。もしこの白い病気がなかったら、ぼくたちどうなるだろう。姉さんだって、いまだに結婚できないじゃないか。それにぼくだって――。さてと、こうなったらぼくも国家試験、がんばらなくちゃ。

父　そうとも、いまがそのチャンスだぞ！　ただのらくらしているには、あまりにも重大な時期だ！

息子　でも、どうして？　試験に受かったからって、どっち

みち就職口はないんだよ。これから少しはよくなるかもしれないけど。

父　五十歳前後の人間が死んでくれるからだろう。そうじゃないのか？

息子　そのとおり。でも、もう少しのあいだはがんばってて欲しいけどね。

――幕――

第四場　病院内、十二、十三号室前の廊下

顧問官（教授たちの一群の先頭に立ち）さて、皆さん。これが問題の場所であります。Par ici, chers confrere. Here are we, gentlemen. Ich bitte meine verehrten Herren Kollegen hereinzutreten.（一行を十三号室へ案内する）

第一助手　古だぬきめ、気が狂いやがった。どこへいってもガレーン君、ガレーン君だ――そして今度は奇跡を見せようと世界中から権威を呼び集める。これで再発でもしたら、とんだ恥さらしもいいとこだ。なあ、君！　そして、また、連中には白い斑点ができるって寸法さ、誓ってもいい。

第二助手　どうしてです？

第一助手　おれだって昨日今日の駆け出しじゃない。要するに医学にはいくらやったって限界があるってことさ。それだけの話だ。医者に病気が治せると信じているとしたら、ココがいかれてるって証拠さ。おれはここでもう八年もやっているんだぜ。おれ、町医者になるよ――ちょっとした診療所見つけたんだ。いまが潮時だ。いい具合に疫病の大流行だからな。

第二助手　ガレーンの治療法で？

第一助手　なあに、正真正銘、ここ、リリエンタール病院の治療法ですよ。おれは八年間も無駄に過ごしてきたわけじゃないぜ。いま、ここで、ある成果が収められたことが大いに宣伝されているじゃないか――

第二助手　ガレーンが治療法をこんなにひた隠しに隠しているのにですか！

第一助手　あんなものガレーンの秘密にさせとけばいいのさ！　おれはあいつとは口を利いたこともないがね、なんだかマスタードみたいな黄色いものを注射していたらしいのをあそこの看護師から聞き出した。そこでおれはな、ある種の興奮剤と鎮静剤とを混ぜ合わせて、あいつが白い病気の患者に注射しているような黄色い薬を作った――なかなかいいんだよ、こいつが。おれは自分で試してみたんだがね、もちろん利きはしない。が、副作用もない。患者も一時的に楽になる――だから手っ取り早くこいつではじめようと思うんだ。（ドアの前で聞き耳を立てる）あ、親父め、何か言っているぞ。「われわれの治療法の公表につきましては、いましばらくお待ち願いませんと――」だと、古狸め！　どうやら親父もガレーンの治療法については、おれ

が知っている程度のことしか知らんらしいな——おおっと、今度は中国人と英語で話しているぞ。ふん、語学はたしかにできるようだな、色男の古狸め！　なんせ出世を結婚で稼いだんだからな！　ちくしょうめ、こうなったら、おれの医者稼業が波に乗るまで、せめてガレーンがあれを発表しないでくれることを願うのみだ！

第二助手　でも、いずれうまい汁はみんなやっこさんのもとへですね——

第一助手　ところが、おれはまるっきりそんなこたあ気にしちゃいないぜ。ガレーンはこの病院で十分試験するまでは、支払能力のある患者は診ないと親父に誓ったんだからな。それまでのあいだに稼ぎまくるさ——

第二助手　で、そのガレーンというのが、また、その約束をまるで——まるで——

第一助手（肩をすくめる）あほみたいにだろう。話じゃ、町はずれの掘っ立て小屋は閉めっぱなしにして、まるっきり診察していないそうじゃないか——十三号の看護師が言っていたけど、ろくに食ってもいないらしいぞ。なんでも、ポケットのなかにパンの切れッ端を二三個入れて持ち歩いているだけだそうだ——看護師が病人食を持っていこうとしたら監視員が取り上げた。名簿にないからだと——。道理には違いないけど、そんなわけだ。

第二助手　わたしの母が……首のところに白い斑点が出たのです。で、ガレーンに診てもらうように頼んだんですがね、駄目だって言うんです。ジーゲリウスに約束したからって——

第一助手　まったく融通の利かんやつだな！　友達甲斐《がい》もありゃしない——

第二助手　ですから、親父さんのところへ行って、例外を認めてくれるように頼んだんですよ、私の母のことでもありますしと——

第一助手　そしたら——

第二助手「当病院においては例外は認められん、では、失礼」

第一助手　言いそうなことだ。親父は石頭だからな。だけどガレーンがやらないって法はないな。たとえ友達と約束したからって……そうだろう？　とにかくいやなやつだ！

第二助手　これが母さんのことでなかったらな……。かわいそうに、母さんはぼくの医学修行のためにどれだけ倹約してくれたか……ぼくは信じますよ。ぼくはガレーンが母さんを治してくれると信じますよ。

第一助手　ガレーンが？　ブヘーッ！　馬鹿も休み休みにしろって——

第二助手　だって先輩、結果がものを言いますよ——まさに奇跡だ！

（十三号室から顧問官と教授の一団出てくる）

第一の教授　おめでとう、教授。すばらしい、まったくすばらしい！

第二の教授　お見事！　まことに驚嘆に値します——

第三の教授　心からお喜び申し上げます、先生。まさに奇跡ですよ！

（一同は話しながら進む）

第四の教授　失礼、先生。あなたのお見事な成功に心から祝福の言葉を述べさせていただきます。

顧問官　いえいえ、これはリリエンタール病院のものです。

第四の教授　ところで、あの人物はどなたです――？

顧問官　十三号室の？　ああ、あれは医者でして――、えっと、名前は……ガレーンと言いましたっけ……

第四の教授　ああ、では、あなたの助手で……？

顧問官　いえ、とんでもない！　ただ、ああいうふうにやってくるんですよ……チェン氏病に興味があるとか申しましてね。もちろん、当リリエンタール医科大学の出身ではありますが……

第四の教授　いやあ、それにしても、これは画期的な成功でございますな……。それはそうと、実は……私にとっていささか……子細のある患者が……この疫病の……がありましてな……その人物というのが、ほれ……（声をひそめて顧問官の耳元でささやく）

顧問官（感に堪えぬというように口からヒューという音をもらす）なんとお痛ましい！

第四の教授　では、その方をこちらにお回ししてもよろしいでしょうか？

顧問官　いや……、お察しします、先生。お察ししますとも！　しかし申し訳ありませんが、一応、私どもの外来のほうに申し込まれるようお伝え願えませんでしょうか。私どものところでは、目下のところ、特別患者にはこの治療法を適用しておりませんので――

第四の教授　もちろん、そうでしょう、先生。もちろん、もちろん、しかし――

顧問官　――しかし、あなたのご期待にそえるというのであれば――

第四の教授　そうですか！　それはよかった――なにしろあのような患者ですからな……

顧問官　いや、私も先生のご期待にそえて幸いです。

（二人、一団のあとを追って出ていく）

第一助手　どうだい、聞いたか？　こいつぁ、金だぜ！

第二助手　やっぱり――。ぼくの母のためには、なんにもしようとしなかったくせに！

第一助手　君、ここじゃ、コネとカネなのさ――ちくしょう。おれにあんな患者があればなあ！

（十三号室からガレーン博士が顔をのぞかせる）

ガレーン　もう、みんな行きましたかな？

第二助手　なにかご用ですか、先生？

ガレーン　じゃ、いいんです……どうも……

第一助手　おい、行こう。ガレーン先生は一人でいたいらしいぞ。

（二人去る。ガレーンは辺りを見まわして誰もいないのをたしかめると、ポケットのなかからパンを取り出し、壁にもたれて食べはじめる）

（顧問官がもどってくる）

顧問官　ああ、君がいてよかった。私は君に心からお祝いを述べなきゃならん。われわれは大成功だよ、君、大成功だ！

ガレーン（口のなかのものを呑み込む）いや、喜ぶのはまだです……。たぶん、もう少し待たなければならんでしょう、顧問官殿……

顧問官　そうとも、坊ちゃん先生、もちろんだよ！　たとえ結果がかくも驚嘆すべきものであるとはいえだ――。あっ、そうだ、忘れないうちに言っておかなきゃあ――。君、一人ね、私費の患者を診てもらえないかね？

ガレーン　はい、でも、わたくしは……いま、私費の患者は診ておりませんので……

顧問官　うん、そりゃあそうだ。私もそれには異論はない。学問研究のみに献身すること――、まさに正論だ。しかしだね、そうばかりも言っていられない場合もあるってことも、少しは理解してくれなくちゃあ、君。それにだ、この患者は、とくに、君のために選んであげたんだぞ。第一級の、飛び切りの患者だ。えっ、どうかね、親愛なるガレーン君。

ガレーン　顧問官殿、わたくしはお誓いいたしました……この治療法を……十三号の患者以外には用いないと……

顧問官　そのとおり。しかし、この一人の患者についてだけは、その約束を免除しようじゃないか。

ガレーン　しかし、わたくしは……その約束を守り続けたいと思います、顧問官殿。

顧問官　どういう意味だ、君。

ガレーン　ここでの研究がおわりますまでは、絶対、ほかのどなたも治療いたしません。おわかりいただけましたかな……

顧問官　実はな……ガレーン君。私は個人的に借りが出来てしまったんだよ。

ガレーン　お察しいたします。しかし……

顧問官　いやはや、これでも私はこの病院の院長なのかね。患者の指名もできんとは！

ガレーン　もし、顧問官殿がその患者を十三号室にお入れになりましたら、そりゃあ、もちろん……当然……

顧問官　どこへだと？

ガレーン　地下の十三号室へです。目下のところ空いたベッドはありませんがね。

顧問官　話にならん。あのような患者を一般病棟なんぞへ入れられるか！　あんな貧民どもと一緒に寝るくらいなら、死んだほうがましだと言われるだろう――すごい富豪なんだぞ！　そんなことはできん。たのむから、そんな子供みたいな駄々をこねないでくれ、坊ちゃん先生――

ガレーン　わたくしは十三号の患者のみ治療いたします。顧問官殿、約束は約束です……たとえ顧問官殿が許すと仰せられても……患者たちが許してくれません、では、失礼して、わたくしは患者のところへもどります。

顧問官　地獄でもどこでも、とっとと行くがいい！　貴様なんぞ——

ガレーン　恐れ入ります。（十三号室へ入る）

顧問官　——まったく、手のつけられん阿呆だ！　おれに恥をかかせやがって！

（第一助手、そばへ寄ってくる）

第一助手（咳払いする）もしお許しをいただけますなら……こう申しますのもはばかられるのですが——ガレーン博士の行為は前代未聞であります！　そこで思いついたのでございますが……実は、わたくし、ガレーン博士の薬剤と酷似しました注射液を作り出しました。簡単には見分けがつきません。

顧問官　ふん。それがどうかしたのか？

第一助手　それを使いましたら……本物のガレーン博士の薬の代わりに。それは絶対に害になりません。

顧問官　効果は？

第一助手　そのなかには顧問官ご自身が処方されました強壮剤が入っておりますから、患者は一時的に楽になります——

顧問官　しかし、病気は進行するだろう？

第一助手　……ガレーン博士の注射も、いくつかの症例においては効果がありません。

顧問官　——そう言われればそうだな。しかしジーゲリウス教授はそんなイカサマなことはせん。

第一助手　仰せのとおり。しかし——顧問官殿とて、大事な患者をそうそうはお断りになれないでございましょう

顧問官　それも一理だ。（処方箋の用紙を取り出して書く。冷ややかな軽蔑の表情で）君は研究の仕事なんてつまらんと思わんかね？　開業医でもはじめたらどうだ？

第一助手　私も、ちょうど、そう考えていたところです——

顧問官　私も勧めるよ。（処方箋を渡す）この紙をもって私の友人を訪ねたまえ。君を連れて……ある患者のところへ連れていってくれるだろう。

第一助手（身をかがめる）ありがとうございました、顧問官殿！

顧問官　成功を祈る。（足早に去る）

第一助手（自分に向かって手を振る）おめでとう！　……おめでとうよ、親愛なる我輩　おめでとう、ドクトル！　これでお互い様、厄介払いができたってわけだ！

— 幕 —

第五場　同じ廊下

（白い看護着を着た男たちの一隊。しかし動作は明らかに兵隊である）

署　長（懐中時計を見る）

第二助手（息を切らせて駆け込んでくる）署長殿、元帥閣下はもう車に乗られたと、いま電話がありました。

署　長　では、もう一度、各病室を点検——

第二助手　病室は今朝九時から鍵をかけてあります。職員は全員玄関ホールに集合いたしました。あちらにはもう厚生大臣がお見えになっています。私も行かなければ——（去る）

署　長　気を付け！（看護衣の男たち、気を付けの姿勢で立つ）では、最後にもう一度言っておく。よいか、元帥閣下のご一行以外、ただの一人たりともこっちへ入れてはいかん！わかったな——休め！

（車のサイレンの音）

署　長　さあ、着いたぞ！　気を付け！（舞台そでから退場）

（静寂。どこか下のほうから歓迎の声が聞こえる——二人の私服の男、大急ぎで廊下を通り過ぎる。看護衣の男たちは二人に敬礼する。

軍服姿の元帥登場。その片側に顧問官、反対側には厚生大臣。その後ろに随員、将校、医師たち）

顧問官　——こちら十二号室にもやはりチェン氏病にかかった被険患者が収容されておりますが、試験結果の比較のため、わたくしどもの新しい治療はおこなっておりません——

元　帥　なるほど。一つのぞいてみよう。

顧問官　そのまえに閣下、ひとこと、ご注意申し上げますことをお許しください。まず、この病気は感染性であります。その上見るに耐えぬ外観をいたしております——。しかもあらゆる治療にもかかわらず、また、我慢の限界を超えまったるところの臭気を発します。

元　帥　われわれ軍人と医師はあらゆることに耐ええねばならぬ。いざ、行くぞ！（十二号室に入る。全随員がそれに従う）

（一瞬の静寂。十二号室からは顧問官の声のみがきこえる。しばらくして大将が第二助手に支えられて、よろよろと出てくる）

大　将（うなる）うっはー！　こりゃ、たまらん！

（十二号室から他の随員たちも先を争って出てくる）

厚生大臣　こいつはひどい！　窓を開けろ！

副　官（ハンカチで鼻を押さえている）なんて恥知らずだ！こんなところに客を案内してくるとは！

随員の一人　おお、神様！　なんたるむごたらしさだ！

大　将　元帥閣下はよくもまあ、あんなに我慢しておられますなあ！

副　官　よくもまあ、元帥閣下をこんなところに！　馬鹿者どもが！　とにかく、私が抗議してやる——

随員の一人　ご覧になりましたか……ご覧になりましたか……あのひどい有様を……

大　将　たまらん。その話はもう止めにしてくれ！　いやあ、もう、わしは金輪際あの臭いはごめんだ。軍人としてわしは何でも見てきたつもりだったが……なあ、諸君！

第二助手　みなさま、コロン水をおもちいたしました！

大　臣　おお、こっちへ頼む！

（第二助手、去る）

副　官　気を付け！

（随員たち、ドアの前から退く。元帥、出てくる。顧問官、医師たち、あとに続く）

元　帥（立ち止まり）なんだ、諸君らはあれきしのことに我慢できなかったのか——。よし、次だ。

顧問官　十三号室では、もちろん、様子はまったく変わっております。と申しますのは、ここではわたくしどもの治療法を用いているからであります。元帥閣下ご自身の目で、しかとご確証くださいますよう——

元　帥（十三号室へ入る。そのあとから顧問官と医師たち。随員はためらい、ドアの中を覗き込んでから一人ずつ十三号室へ入る。静寂。ふたたび顧問官の声のみがかすかに聞こえてくる）

舞台袖の声　止まれ！

もう一人の声　放せ！　わたしはあそこへ行かねばならんのだ——

署　長（背景から顔をのぞかせる）なんだ？　誰だ？

（白衣を着た二人の男、ガレーン博士の腕をつかんで引きずってくる）

署　長　こいつを中へ入れたのは誰だ？　——おい、何の用だ？

ガレーン　わたしの患者のところへ行かせてくれ。

（コロン水をもった第二助手がもどってくる）

署　長　この男を知っているか？

第二助手　ガレーン博士です、署長。

署　長　あそこに何の用があるんだ？

第二助手　はい——実は、あるんです。つまり、十三号室で治療しておられるのです。

署　長　ほう、これは失礼いたしました——放したまえ！——すると、ほかの医師たちのように九時前に来なかったのはなぜだ？

ガレーン（腕をさすりながら）わたしは……わたしは……時間がなかったものですから……わたしは患者のために薬を作っておったので——

第二助手 （声を落として）要するに、ガレーン博士は呼ばれなかったのです。

署　長　ははーん、なある……。それならばもうしばらく私どもとご一緒いたしましょう。元帥閣下がお出ましになるまでは中へははいれません。

ガレーン　でも、わたしは……

署　長　こちらへどうぞ！（背景のほうへ連れていく）

（十三号室から、元帥、顧問官およびその他の人物、出てくる）

元　帥　おめでとう、親愛なるジーゲリウス君。これこそまさに奇跡だ！

厚生大臣 （紙に書いたものを読む）畏敬措くあたわざる、わが元帥閣下のお許しを得て、われら所轄当局の名において——

——

元　帥　うむ、ありがとう、厚生大臣。（顧問官のほうを向く）

顧問官　元帥閣下、私といたしましても、なんと申し上げてよいやら言葉もございません……閣下におかせられても、わがリリエンタール病院にかくも親しくご来駕をたまわり……われわれ科学者たるもの一同、閣下のご業績に比してなんと貧しく、微々たるものでありますことかひたすら心に深く銘するものであります。

閣下におかせられましては、わが民族の体内組織を危殆《きたい》に瀕せしめんばかりでありましたるところの、はるかに重大かつ悪性でありますところの疾患——つまり……無政府主義的腫瘍、野蛮なる自由の伝染病、腐敗堕落の疫病、また、社会的腐敗のペストを駆除されましたるがゆえに——

（賞賛のどよめき　いいぞ！　ブラボー！）

顧問官　——しかるがゆえに、この貴重なる機会を得ましたるを好機といたし、ここに、私、一介の凡庸なる医師として、かかる民族的病根を断固として、ときにそれは外科的荒療治になりたること、なくなかりしとはいえ、つねに救済をもたらすところの治療によって治癒にいたらしめられたるところの最高の医師にたいして、深く心からなる敬意を表するものであります。（元帥の前で深くお辞儀をする）

（賞賛のどよめき　ブラボー！　ブラボー！）

元　帥 （手を差し出す）ありがとう、親愛なるジーゲリウス顧問官。だが、君のこの成果も殊勲甲の大手柄じゃぞ。では、さらばじゃ。

顧問官　身にあまるお言葉、深く感謝いたします、閣下！

（元帥退場。顧問官、随員、医師たち、つき従う）

署　長 （背景から出てくる）よし、終了。気を付け！　二列縦隊。一行の後尾につけ！（看護衣の男たち、随員のあとにつづく）

ガレーン　もう、入ってもよろしいかな？

署　長　もうちょっとお待ちを、先生。元帥閣下の姿が見えなくなるまで。（十二号室のほうへ行き、ちょっと覗くが、またすぐに閉める）ウッヒャー！　なんじゃこりゃあ！　先生方はこんなかにも入っていかっしゃるのですか？

ガレーン　え？　ああ、もちろん。

署　長　いや、まったく。かないませんなあ、先生。実に大した人物です。まさに英雄ですわ。

ガレーン　誰がです？

署　長　元帥閣下ですよ！　あんなかに二分間も我慢しとられたとですからなあ。本官は時計で計っておったんです。

（車のサイレンの音）

署　長　さあ、やっと行ってしまわれた。では、入ってもよかですよ、先生。一時ではありますが、先生をば拘束いたしましてすみませんでした――

ガレーン　どういたしまして。とてもおもしろかったですよ――（十三号室に入る）

（第二助手、駆け込んでくる）

第二助手　ねえ、どこです、新聞記者たちは？（駆け抜ける）

署　長　（時計を見ながら、息を止める）うふーっ。やっぱ、そうなごうはつづかん。（出て行く）

（第二助手とともに新聞記者の一団）

第二助手の声　――みなさん、こちらです。顧問官殿はすぐにおいでになります。

（記者の一団、第二助手とともに現われる）

第二助手　――みなさん、ここが十二号室です。われわれの治療法を用いていない、いわゆる「白い病気」の患者がどういう状態であるか、ご覧になりたい方はどうぞ。私としましてはあまりお勧めいたしませんが……

記者の一団　（十二号室に入ろうとするが、すぐに驚いて尻込みする）何があるんだ？　――もどれ！　――私を放してくれ！　――こりゃあ、ひどい！　――恐ろしい！

第一の記者　みーんな、あっけにとられているじゃありませんか。

第二助手　ええ、当然ですよ。そのあとで、こっちの十三号室をご覧になれば、われわれの治療法による数週間後の結果がいかにすばらしいものであるか、ご自分の目で確かめられますよ。どうぞ、どうぞ。ご懸念には及びません――

記者の一団　（おそるおそる十三号室に入る。やがて全員入る）

（顧問官、もどってくる。興奮に顔を輝かせている）

第二助手　顧問官殿、記者の方々はちょうどいま十三号室に入られたところです……

顧問官　おい、しばらく私をそっとしておいてくれないかね！　私はいま感激で胸がいっぱいなんだ……。うむ、どこだって？

第二助手　（十三号室のドアのところで）みなさん、顧問官殿がいまここに参られました。

記者の一団（廊下に出てくる）こいつは奇跡だ！　——驚いたなあ！　——こりゃあすごい！

第二助手　みなさん、適当な場所におつきください。ただいまから顧問官殿の記者会見をはじめます。

顧問官　みなさん。私はいまきわめて強い感動に身を震わしているのであります……。みなさん、元帥閣下はたったいま、まさしく強靭なる勇気をもって、これらの哀れみてもあまりある患者たちを、直々にベッド間近に見舞われたのであります……。それは真に、深く心に銘記すべき瞬間でありました。

第一の記者　それで、何か言われましたか？

顧問官　左様。そのあとで過分なるお言葉をいただきました——

第二助手　僭越ながら、わたくしめが——元帥閣下は申されました。「おめでとう、親愛なるジーゲリウスくん。まさに奇跡だ。これは君、殊勲甲の大手柄だぞ、ジーゲリウス顧問官」と。

顧問官　左様。元帥閣下は私の成果を高く評価されたのであります。そして、いま、俗にいう「白い病気」にたいして完全無欠なる治療薬が発見されましたるいま、堂々とお書きになっていいのであります……。つまり、この病気こそ、中世のペストに勝るとも劣らぬ人類の歴史始まって以来、最も恐ろしい病気であったと——いまや、この病気の恐怖の深刻さを、さらさら隠す必要はありません。この成功の月桂樹をわが民族が勝ち得たことを——そして、それがまさに畏敬措くあたわざる師にして先達、大リリエンタール病院の名において得ましたることを私は大いに誇りとするものであります。

ガレーン（疲労困憊した姿を十三号室のドアの前に現す）

顧問官　おお、ガレーン君、君もこちらへどうぞ！　みなさん、この人物もまた、大いに名誉ある協力者であります。われわれの医学研究において個人の名声など問題ではありません。われわれは、ただただ、人類のために協力するものであります。——そう照れることはないよ、坊ちゃん先生。われわれ一同、末端の一看護師にいたるまで……自らの本分を全うしたのであります。私はこの記念すべき日に当たって、わが献身的なる同僚諸君に深甚なる感謝を述べえますこと、これまた欣快に堪えぬ次第であります——

第一の記者　顧問官殿、よろしければ先生の治療法が何にもとづくものかお教え願えませんでしょうか？

顧問官　いや、私のじゃ、君、私のじゃあ……ない。リリエンタール病院のメソードです。何にもとづくか——諸君、われわれはその点を医者たちに伝えます。治療法はただ専門家の手にのみ委ねられるべきものだからです。一般大衆にはみなさんがご覧になったことをお伝えください。また、この世で最も忌むべき病気にたいする治療薬が発見されたこと——単純にそうお書きください。それだけにしてください。しかしこの喜ばしい日を永久に記念したいとお思いでしたら、みなさん、かの偉大なるわが国軍の総司令官であり、かつ、わが国の元首でもあられ……この悪疫の恐怖と感染をも威圧せんがため、自ら患者のなかに足を踏み入れられたる類まれなる大英雄についてお書きください。……それはまさに超人ともいうべきものでありました。真実、私には言葉もありません……。では、これにて失礼。患者が待っておりますので——。また、もしお役に立つことありましたら、どうかご遠慮なくお申し出でください。

（急ぎ退場）

記者　これで終わりか？

ガレーン（前に進み出る）みなさん……いま、しばらくお待ちください……。みなさん、お願いします。どうかお伝えください、わたくし、ガレーン博士……貧しい人々の医師は……

記者　誰に伝えればいいんです？

ガレーン　誰に？　世界中の国王や支配者たちにです……。わたくしからのお願いだと書いてください……と申しますのは……わたくしも戦争に行ったことがあるのです……軍医として……。だからわたくしは、二度と戦争がないことを望むと……。いいですね、お願いです。どうか、そう書いてください！

記者　そんな発言をすると取調べを受けることを知っているのですか？

ガレーン　知っています。知っていますけれども……伝えていただきたいのです。さもないとこの病気で死ぬことになりますよと……いいですね。……このチェン氏病の治療薬はわたくしが発明したのです。いいですか？　わたくしはこの薬を……世界中の王や支配者が二度と殺し合いをしないと約束するまでは絶対に渡しません！　よろしいですか、みなさん。世界中の支配者たちに伝えてください。わたくしがそう言っていると！　わたくしは本気です……。わたくし以外の誰もこの薬を作れません。この病院の誰にでも聞いてごらんなさい。わたくしだけが治せるのです。わたくしだけです……。支配者たちに言ってください。あなた方はみんな……もう、十分年を取っておられる。だから、あなた方はいますぐにも、この病気にかかるかもしれない……そしたら、あなた方は、みんな、一人残らず、生きたまま腐っていくでしょう……と。どう腐るかは、それはいまみなさんが目の当たりにされた病人たちのように……です。

第二の記者　あなたは人間がこのように死んでいくのを放っておくのですか？

ガレーン　じゃあ、あなたは彼らが殺しあうのを放っておくのですか？　失礼ですが、なぜです？　……もし鉛の玉や毒ガスで人間を殺してもいいのだとしたら……わたしら医者は何のためにそのような人間を助けなきゃならんのです？　……いいですか、一方で子供の命をとりとめ、カリエス患者を治療してやっとの思いで助けたかと思うと……その一方では戦争です！　だから医者として、わたくしは……病気からばかりでなく、鉄砲や毒ガスからも人間を守らなきゃならんのです。そうでしょう？……わたくしは知っているのです、戦争が人間をどれほど荒廃させるかを……。いいですか、わたくしは純粋に医者として言っているのです——。わたくしは政治家ではありません。医者として人間の一人一人の生命を守るために戦うのが……わたくしの義務なのです。違いますか？　それこそ、まさしく、医者の務めというもんじゃありませんか？　戦争を駆逐することが！

記　者　失礼ですが、どうやって駆逐するのですか？

ガレーン　どうやって？　ただ……軍備拡張を断念させるのです。それと引き換えに白い病気の薬を渡します。どうです？

（第二助手、駆け去る）

記　者　世界中の支配者に従わせると仰いますが、その方法はどうするおつもりですか？

ガレーン　そう、その方法ね……。実はそれがむずかしいのですよ。たぶん、どの支配者も、わたくしなんかを相手にせんでしょう。しかし、もし新聞に書いてくだされば——書いてください。この薬はいかなる国ももはや二度と戦争をしないという……約束をしないかぎり、絶対、手に入れることはできないと——いいですね？

記　者　じゃあ、自衛も、専守防衛も駄目だと仰るんですか？

ガレーン　自衛？　専守防衛……ですか？　そりゃあ、わたくしだって自分の身はまもりますよ。もし、わが国に誰かが攻めてきたら……そりゃ、わたくしも銃を取ります、はい。しかし、どうして攻撃兵器を廃止できないのです？

……どうして各国間で兵器の制限ができないのです——ばかばかしい。いまどきそんなことをする国があるものか。

他の記者　ばかばかしい。いまどきそんなことをする国があるものか。

ガレーン　ありませんか？　それじゃあ……自国の国民がこんな恐ろしい病気で死ぬのをむざむざと見殺しにするのですか？　え？　こんなにも大勢の人々をいたずらに苦しませておくのですか？　そして……そして……人々はそれに満足すると？　誰も暴動をおこさないと？　誰もそれには反対しないと思うのですか？　そして病人たちは本当に生きたまま腐っていくのですよ……。ねえ、きっとみんなこわがりますよ……みんな……みんな……

記　者　問題はそこですよ。一般大衆のことはどうなるのです？

ガレーン　そうです。どうか一般大衆のみなさんにも伝えてください。恐れることはない。ここに薬があると——永久平和の条約を結ぶよう、自分の国の支配者に要求するようにと……あらゆる国が永久平和の条約を結ぶように……そうしたら、もう、白い病気など怖がる必要はなくなるだろうと——いいですね？

記　者　どこの国も話に応じなかったらどうします？

ガレーン　残念ながら……私の薬を得ることはできません。駄目です。申し訳ありませんが、できません。

記　者　じゃあ、その薬をどうなさるおつもりです？

ガレーン　どうする？　わたくしが？　医者である以上……

わたくしは治療しなければなりません、でしょう？　わたくしは、わたくしの貧しい患者を治療したいと……

記者　なぜ貧しい患者だけなのです？

ガレーン　なぜなら、貧しい人たちが大勢だからです。おわかりですか？　それはもう、大変な大仕事ですよ！　わたくしは少なくとも……白い病気を治してあげたいと……できるだけたくさんの患者に……それができればと……

記者　金持ちは治療しないのですか？

ガレーン　残念ながら……できません。お金持ちは——お金持ちはより大きな力をもっています、でしょう？　——権力者と金持ちがほんとうに平和を望むようになったら——喜んで治療いたします、はい。

記者　それじゃあ、金持ちにたいして——いささか不公平だと思われませんか？

ガレーン　思います。わたくしにだってわからなくはありませんが——。では、あなたは貧乏な人にたいして不公平だと——貧乏人が貧乏なのはいささか不公平だとは思われませんか？　考えてもみてください。貧しい人間は常に大勢死んでいます、でしょう？　——死ななくてもいいのにです。そうですとも、死ななくてもいいのに！　誰彼の区別なく人間には生きる権利があります。ね？　みなさん。軍艦に使うのと同じくらいのお金を病院に使ったら——

（顧問官、第二助手とともに急いで登場）

顧問官　失礼、みなさん、どうか早急にここからお引取りください。ガレーン君は過労で神経が参っているのです。

記者　しかしこの話に興味があるのですがね——

顧問官　皆さん、このドアの向こうには伝染病患者が大勢いるのです。一刻も早くこの場からはなれることに興味をもたれたほうが無難だと思いますがね。第二助手君、記者諸君を出口までご案内してくれたまえ。

（記者の一団、去る）

顧問官　ガレーン君、君は気でも狂ったのか！　私は君がこの病院内でこうも馬鹿げた、破壊的言辞を弄するのを黙って見ているわけにはいかん——。しかもこのような大事な日に！　私は即座に反逆罪で君を逮捕させなければならなくなるんだぞ、きみい。わかっているのか？　幸いにも私が医者だったからなんとか取り繕ったが——。君は働きすぎだ。来たまえ、坊ちゃん先生！

ガレーン　なぜ？

顧問官　なぜ？　じゃあ、まあいいから、おとなしく化学式を言いたまえ。それから正しい使用法だ。そしたら休息に行くがいい。君にはそれが必要だ。

ガレーン　顧問官殿、わたくしはわたくしの条件を申しましたね……それとも……

顧問官　それとも何だ？　え？　それとも何だ？

ガレーン　いや、失礼いたしました。つまり、わたくしはこの薬を手放すことはできないということです、顧問官殿。

顧問官　君は正気か？　さもなければ国家の裏切り者だ。いいかね、私は君が医者として行動するよう厳重に注意する。君の使命は病人をたすけること。ほかのことは一切、君には無関係だ。

ガレーン しかし、わたくしは医者として、人間がこれ以上殺しあわないことを願うだけです。

顧問官 しかし、私の病院内ではそのような発言は禁止する！ われわれは不特定多数の全人類に奉仕しているのではない。そうではなく、科学へだ――そしてわが民族へだ。君が国立の機関にいることを忘れないでくれたまえ。

ガレーン しかし、なぜです――なぜ、わが国は恒久平和条約を締結できないんでしょう……

顧問官 なぜなら、そんなことはできないし、してはならんことだからだ。ガレーン君は外国の出身だから、わが民族の使命と未来のなんたるかについての十分明確な意識をもっておられんようだがな。そんなたわごとはもうたくさんだ！ 君の薬物の化学式を病院長の私に告げるよう、いま、最後の通告をする。

ガレーン まことに残念ではありますが、顧問官殿、それは……できません。

顧問官 ―――――出て行け！ そしてもう二度とこの病院に足を踏み入れるな！

ガレーン ……承知いたしました、顧問官どの。まことに残念ではありますが――

顧問官 私もだよ、君。私がチェン氏病で死んでいく患者たちのことで心を痛めておらんとでも思っているのかね。私が自分で自分をみつめるとき、どんなにみじめで、不安か……君など思ってもみないだろう。いまだって、私がどう見える？ え、きみい！ わたしはここで華々しく、われわれはチェン氏病の治療薬を発見したと発表したのだ。それがいまや、おしまいだ。――私の医学的栄光もオダブツだよ、坊ちゃん先生。私はよく知っている。これがどんなに恥さらしなことか。それにもかかわらずだ、私は君の夢みたいな脅迫を……野放しにしておくよりは、この疫病を世界中に蔓延させておくことのほうが、まだ我慢できる。この破滅のほうがまだましだ。君の平和主義ペストを一瞬たりと、ここで見逃しているよりはな！

ガレーン いいですか、顧問官。あなたが、もし医者なら、それだけは医者の口から言ってはならんことですぞ。

顧問官 私は単に医者であるだけではない。残念ながら、私はわが国家にも仕えておるのだ――出て行け！

― 幕 ―

第二幕　クリューク男爵

第一景　夜の家庭

父　（新聞を読んでいる）ほうれみろ、母さん。もう、あの疫病の薬が出来たぞ。ここに書いてある。

母　まあ、なんてすばらしい！

父　思ったとおりだ。わたしもそう言っておっただろうが。いまみたいな文明の進んだ時代に、こんな大勢を死ぬままにさせておくはずがない。五十歳やそこらで何で人間が死ななきゃならんのだ？　わたしはつくづく生きていてよかったと思うよ。それでもまだまだ怖い――わたしのところだけでも三十人以上の同僚が白い病気で死んだからね。みんな五十歳前後だ――

母　お気の毒に！

父　ところで、いい話を聞かせよう――今朝だ、クリューク男爵が直々に私をお呼びになった。君、わが社の経理部長が死んでしもうた。君がその後を引き継いでくれ。二週間以内に正式に任命するから――とおおせられた。本当は正式に辞令を受けてからおまえを驚かそうとおもっていたが、今日はこんなにめでたい日だからな――どうだい、ご感想は？

母　当然じゃありませんか、うれしいわよ――あなたのためには。

父　おまえにとっては違うのか？　かんがえてもみろ、母さん。年に一万二千も給料が増えるんだぞ。どうだい、おまえの誕生日の祝いに、もう一本ワインを追加しよう――

母　（立ち上がる）子供たちを待ちませんの？

父　必要ないさ！　娘はあの男とどっかへ出かけとるし、息子は明日、国家試験だ――さあ、もってきなさい。

母　じゃあそうしましょう。（出て行く）

父　（新聞を読む）――――ほう、中世のペストより恐ろしいか。だが、いまはもう中世じゃないぞ！　今日び、人間はそうやすやすと死にはせんぞ――（さらに読む）ふむ――おお、元帥閣下が……、さすがに英雄だ！　わたしならとても、あんな病人どものなかなんぞへ、よう行かん。わたしはいやだな。（新聞を放り出し、立ち上がり、手をすり合わせながら部屋のなかを歩きまわる）さてと、いよいよ経理部長さまだぞ！　失礼いたします、部長さま！　部長にはご機嫌いかがあらせられますか？　――うん、まあまあだ。いいかね、この重責は――

母　（ワインの瓶とグラス一個を運んでくる）

父　グラスは一個か？　どうしたんだ、おまえは飲まんのか？

母　私は結構よ――あなただけでおあがりになって。

父　じゃあ、おまえの健康を祝して、母さん。（飲む）それで、キスしてくれんのか？

母　――だめ、おねがい、離してちょうだい！

父　（自分で注ぐ）クリューク兵器産業の経理部長に乾杯――いいかい、おまえ、見てくれ、この私の手を。毎日毎日、何百万、それどころか何千万という金が数字となって通過していくんだぞ！　このわたしの手をだ。これはちょっとやそっとの若造にできるこっちゃない。どうだ、五十歳をすぎた人間が余計者だなんて言えるか！　わたしが教えてやる、余計者が誰か！（飲む）三十年前、わたしがクリューク兵器産業に入社したとき、いったい誰が予想しえただろう――わしが経理部長にまで昇進するとはな！　これは大きな地位だぞ、母さん。実際、わたしは一生懸命仕事をしたぞ。それこそ実直に勤めた――クリューク男爵はわたしを友人みたいに親しく呼びかけられた。若いもんに向かって言うときのように他人行儀じゃなかった。とりあえず君が経理関係を取り仕切ってくれたまえ――承知いたしました、男爵。とまあ、こんな具合だった。実はな、このポストを同僚五人で競り合っていたんだ。ところがどうだ。相手はみんな白い病気だ。これじゃあ、わたしでなくったって――

母　なんですの？

父　いや、なんでもない――これで娘が結婚できて――あいつの彼氏に職さえみつかればなあ――それに息子にしたって国家試験にさえ受かれば、役所に入れるだろう――いいかい、母さん、正直のところ、わたしにいわせれば、白い病気さまさまってとこさ！

母　なんてことおっしゃるの！　よくもまあ、そんなことが……

父　しかし事実は事実だ！　いいか、そのおかげをこうむった者は――ほかにだってたくさんいる――人間は運命に感謝すべきだ。なあ、母さん。もしこの病気がなかったら――こうはうまくいかなかった。そういうこと。そしてうまい具合に、いまじゃ、その薬もある――わしらには何の心配もいらん。そうだ、わたしはまだ終わりまでよんでいなかったんだ。（新聞を取る）ほうれ、わたしがいつも言っておったろう、ジーゲリウス教授は大したやつだって。その薬はジーゲリウスの病院で発見されたんだ。われらが元帥閣下がその病院を訪問された――ほう、こりゃおまえも読まにゃいかん。それは実に超人的瞬間だったそうだ。そりゃあ、そうだろう。わたしも道を通過されたとき、チラッと拝見したことがある――それはもう大人物だ。大変な武人だよ、母さん。

母　それで戦争はありますの？

父　そりゃあ、あるさ。これほどすぐれた戦争の指揮官を擁しているのに戦争をしないというのは、そりゃあ、まさに罪悪だ。わしらのクリューク・コンツェルンでは目下三交替で兵器工場全体が稼動している――人に言うんじゃないぞ、実はな、うちではいま新しい毒ガスを製造している――なんでも、すごい威力だそうだ。男爵は新しく六工場を建設された――いまや経理部長になったことなど問題ではない。信頼の問題だ。あえて言おう。もしこれが祖国にたいする義務でないなら、こんなもの、わたしは引き受けはしない。そういうことだ。

母　わたしはただ……うちの息子が戦争に取られなければと……

父　いや、誰もが自分の義務を果たさなきゃならんのだよ、母さん！　――言い方を変えれば、軍務につけんようなやつは出来そこないだ。心配はいらん。これからの戦争ってのは一週間もつづきゃあせん。敵が戦争だと気がついたときにゃ、もうとっくに粉砕されておる。いまどきの戦争とはそんなもんだ。だが、まあ、かあさん、ちょっとわしに新聞をよませてくれ。

（沈　黙）

（新聞を放り出す）なんて、たわけたやつだ！　なんでこんなことがゆるされとるんだ――第一、新聞も新聞だ。こんなもんを載せるなんて！　わたしならこんなやつ、とっつかまえて、打ち殺してやる！　これこそまさに国家にたいする反逆じゃないか！

母　どなたがですの、父さん？

父　よし、わたしが読んでやる――この薬はガレーン博士とかいう医者が発見したんだそうだ。しかもこの野郎は永久平和条約を締結しないいかなる国にもこの薬を与えんとぬかしておるんだと――

母　それがそんなに悪いことですの？

父　へえ、これはまた、なんという言い草だ。じゃあ、これが馬鹿げておらんというのか？　いまどき、そんな条約を結ぶ国があるはずないじゃないか！　それじゃ、わしらが武器を作るのに使っておる何億という金が無駄金と言うのか？　永久平和だと？　それこそまさに罪悪だ！　そうなったらクリューク産業は閉鎖だ。そうしたら二十万の労働者は即失業だ。どうだ、これでもおまえは、まだ、それがどうして悪いかわからんのか！　こいつは逮捕だ！　いまどき平和などを口走るやつは裏切り者だ！　世界中に武装解除を要求するなんて、いったい、このルンペン野郎にどうしてそんな権利があるんだ！

母　だってその薬を発見したんだから……

父　それだって怪しいもんだ！　わたしにいわせりゃあ、こんなやつ医者どころじゃない。むしろどっかの国から金をつかまされた秘密工作員か扇動家だ――そうだ。こいつはくさい。四の五の言わず即刻逮捕しろ。そして吐かせるんだ――そうとも、そうなりゃいいんだ！

母　でもねえ、本当に薬をもっていたら――（新聞を取る）

父　なおさらけしからんじゃないか！　わたしなら、いっそのこと、こいつをとっつかまえて、おとなしく白状するまで思いっきりとっちめてやるんだがな――いいか、いまじゃ、白状させる薬までちゃんとあるんだ！　それにだ、第一、何でこんなやつの言う平和ユートピアごときのために、わしらみんな白い病気で死んでいかんならんのだ？　とんでもないヒューマニズムだ！

母　（新聞を見ながら）だけど、この先生は殺し合いを止めさせたいといっているだけだわ――

父　悪党め！　国家の栄光は問題じゃないのか？　それに——うーん、それに——わが国にはもっと大きな領土が必要なんだ。そんなら、どっかの誰かがそれをおとなしく与える——というのが、どこが悪い？　殺し合いに反対だなんぞとぬかしているやつは、われわれの最大の利益に反対しておるやつだ。わかったか？

母　いいえ、わからないわ。あたしだって平和に賛成よ……あたしたち、みんなのために。

父　母さん、わたしはおまえと言い争いたくはない——が、しかし、はっきり言っておくが、白い病気か永久平和か……どっちかを選べと言われたら、わたしは断固として白い病気を選ぶぞ。どうだ、これでおまえにもはっきりしたろう。

母　————いいわ、父さん。

父　おい、おまえ、どうかしたのか？　おまえ、何か——。どうして首にそんなもん巻いとるんだ？　寒いのか？

母　なんでもないのよ。

父　じゃあ、取んなさい。そんなもの。それとも寒気でもするのか。どれ、見せろって！（ネッカチーフを取る）

母　（黙って立っている）

父　なんてことだ！　——おまえの首に白いポッチがある！

— 幕 —

第二場　ガレーン医師の診療室の前

（白い病気の患者の列。その最後尾に父と母）

第一の患者　（第一幕と同じ）ほれ、見てくだされ、この首を——

第二の患者　（第一幕と同じ）おお、もうよくなりましたね。

第一の患者　そうでしょう。先生ももうみんな心配ないと仰っていますよ。

第二の患者　私にもこのまえそう仰いました。もうかなり小さくなったと。

第一の患者　そうでしょう。まったく大したもんですよ、これは！

第二の患者　ところが最初はね、あんたがパン屋なら貧乏人じゃないといって、私を診てくださろうとしなかったんですよ、貧しい人しか治療はせんとおっしゃって。だからわたしは言ったんです。先生、パン屋が白い病気にかかったら、もう誰もパンを買ってくれません。だから私はいまじゃ乞食よりもみじめですって。それでやっと私を診てくださるようになったのです——

（二人の患者、中に入っていく）

父　ほうらごらん、最後には診てくれたじゃないか。あの男はパン屋だったんだ。

母　ああ、神さま。あたし、心配だわ——

父　なんなら、わたしはあの先生の前にひざまずいてもいい。どうか先生、御慈悲を！　子供たちはまだ先の見込みが立たない状態です――人間が一生懸命働いて高い地位につくのがどうして罪なのでしょう？　わたしたちはコツコツと働いてきました――こう言やあ、あの医者にしたってそうまで非情にはなれまい！

母　この先生は、一番貧しい人たちしか治療しないそうじゃありませんか！

父　おまえを診てくれないなんてあるもんか！　そしたらおれが言ってやる、な――

母　お願いよ。あまりひどいことなさらないで！

父　しないさ。ただ、医者たるものの使命について言ってやるだけさ！　なにはさておき、わたしの家内のことなので――とでも言ってやるさ。

（ガレーン博士、出てくる）

ガレーン　何か……何のご用です？

父　先生……どうかお願いです……こいつはわたくしの家内でして……

ガレーン　どなたです？

父　失礼しました……私は……クリューク産業の経理部長でありまして……

ガレーン　クリューク産業の？……申し訳ありません――まことにお気の毒ですが、わたくしは貧乏な人しか診療しませんのです、はい――

父　どうかご慈悲を！　私どもは一生ご恩に着ます――

ガレーン　はっきり申しますが、駄目です――失礼ですができません……ご承知のとおり、わたくしは貧しい人しか診ないのです……貧しい人々は何もできません。しかし、あなた方のお仲間はもっといろんなことがおできになる――

父　どうか先生。私は喜んで何でもいたします――たとえ、どんなに高くつこうとも――

ガレーン　いいですか、お金持ちの方々は何をするにも大きな力をお持ちだ……もう二度と戦争が起こらないようにすることだって――おできになる。でしょう？　戦争には多くの犠牲者が必要です……。ね、あなた方、裕福な方々は、より大きな影響力をおもちだ……みんなに仰ってください。お金持ちは自分の影響力を使って……

父　先生、私としてもそうしたいのですが……なにせ、私個人としては無力でして……

ガレーン　そうでしょう、そうでしょう……みなさん、誰もがそう仰る。じゃあクリューク男爵にご自分で仰い……大砲や兵器の生産を止めるように……あなたがクリューク男爵を味方につければ……

父　とてもそんなわけには、先生……どうしてそんなことが、私にできるのです……そんなことはまったく論外です！

ガレーン　ほうら、ごらんなさい。それじゃ、わたくしのほうは……どうなるのです……さあ、どうしますかな……？

父　失礼ですが、先生。少なくとも人間としての義務が――

ガレーン　そうです。もちろん、わたくしはその責任を自分で負いますよ。それこそ、まさに……実に困難なことですがね、はい……。いいですか、もし、あなたがクリューク男爵のところの地位を断念なさるなら……もう兵器工場で働くのはいやだと仰るなら——

父　じゃあ、私はどうやって食べていけばいいんです？

ガレーン　ほうら、やっぱりあなたも戦争で食べておられる……戦争で！

父　もし私がほかのところで経理部長の口にありつけたら……。先生、人間この年まで働いてやっと……。そんなことを強要する権利はあなたにはない！

ガレーン　そうですとも——人間はほかの人間にたいして何も強要することはできません。仕方のないことです……それではお大事に。まことに残念です——（出て行く）

母　やっぱり——やっぱり——

父　行こう！　この冷血漢め！　やっと手に入れた地位を奪おうなんて！

— 幕 —

第三場　宮廷顧問官の執務室

顧問官（ドア口で）どうぞ、お入りください、クリューク男爵。

クリューク男爵（入る）ありがとう、親愛なる顧問官。君を訪ねることになろうとは思ってもみなかったよ……

顧問官　そうですとも、このような時代ですからな——どうぞお掛けください。かかる時局の折、あなたさまにも大変なご苦労がおありでしょう。

男　爵　そう。大変な苦労だ、たしかに。

顧問官　時代が時代ですから。

男　爵　え？　ああ、君は政治のことを考えているのか。そうだ、重大な時期だ。重大かつ深刻だ。

顧問官　たしかに、あなたさまには重い責任がおありですからな、男爵。

男　爵　どうしてかね？

顧問官　つまり——戦争の準備ですよ。もはや戦争は回避できないでありましょう——このような時代にクリューク産業を指揮されるのですから——なまやさしいことではありますまい。

男　爵　たしかにそのとおり——ところで顧問官。私は君の病院にある基金を提供しようと思っているのだがね……白い病気の研究のためだ。

顧問官　さすがは男爵。見上げたものでございますな。このような重大かつ切迫したときにいたっても、なお科学的目的にもご配慮いただくとは——絶えず大きな視野と豊なる発想をおもちとは。もちろん、喜んでお受けいたします。私の力の及びますかぎり、今後の研究に使わせていただきます。

男爵　ありがとう（机の上に大きな包みを置く）
顧問官　受領証をお書きいたしましょうか？
男爵　必要ありません。どういう具合かね、ジーゲリウス君——
顧問官　チェン氏病のことでございますか？　いや恐れ入ります。当節、相当に猛威を振るっております——が、幸いなことに、目下、国民は白い病気のことよりは、来るべき戦争のことに気を奪われておりまして、情勢としてはきわめて楽天的、まったく自信に満ちあふれております、男爵。
男爵　この病気を征服したとか？
顧問官　いえいえ、戦争に勝つという。全国民が元帥閣下を信頼しておるのです。そしてあなた様を、またわが国の無敵なる軍隊をでございます。いまだかつて、かくのごとく戦機に満ちた時代はなかったでありましょう。
男爵　それで——現在のところ、まだ、いかなる薬も発明されていないのですか？　——
顧問官　目下のところまだです。ガレーンの薬剤以外には。もちろん必死の努力は重ねておるのではございますが——
男爵　それで、君の以前の助手だったという——なんでも、ずいぶん患者が押しかけているそうだが……リリエンタール・メソードで治療しているとか言って——
顧問官　なあに、ありふれたペテンでございますよ、男爵。私どもの手のうちにはあれに利く薬はまったくありません。あの阿呆を追い出してほっとしていますよ。
男爵　なるほど、どうせそんなことだろうと——。ときに、あの男はどうしています？……ガレーン博士は？
顧問官　貧乏人どもを治療しておりますよ。ご注意ください。あれは世論かく乱の単なるジェスチャーにすぎません——しかし、あのトンチンカン野郎の治療効果はてきめんでございます——
男爵　絶対か？
顧問官　残念ながら、ほとんど百パーセント。わが国民にかくも良識のあるのがせめてもの幸いでございます。あのトンチキのガレーンはあの薬で……ひとりよがりのユートピアを作り出せると思っているのです。事実、やつのところへは、ほとんど誰も……つまり身分のある方は誰も行きません。ここだけの話、警察当局では、ひそかに、どのような人間が治療を受けに行くかを内偵したのです。——ここでもわが国民がいかに愛国的であるかを証明しましたよ。たとえ、あのような薬をもっているとはいえ、ガレーンそのものを、いわば、完全に無視したのです。——どうです、りっぱなもんじゃありませんか？
男爵　そうだ、まったくだ。ガレーン博士は原則としては拒否しているのかね……金持ちを治療することは？
顧問官　なにせ、あのような偏屈者ですからね！　それに比べれば、私の助手をしていた男のほうがずっとうまいことをやっていますよ。金のある患者はみんなあの男のところへ押しかけているって言いますからね——ガレーンの秘密の処方箋を盗み出したといわれていますが——治療効果はゼロです。ところが、そのうわさのおかげで診療のほうは

——大繁盛。で、ガレーンのほうはその陰にかすんで、ほとんど誰も知りゃしません。貧乏人のなかにうずまってしまって——それで永久平和だかなんだかの、たわけた夢にうつつをぬかしているんですからなあ。——私にいわせりゃ、あんなやつ、どっかの精神病院にでも放り込んで治療すべきです。

男爵　このような状況にかんがみて、つまり……白い病気にたいしてはなんらの対策もなしと、そういうわけですね。

顧問官　イエース・バロン。残念ながら対策の夕の字もなし。まさに最近になってきわめて大きな成果を……おさめるにはおさめました。

男爵　というと？

顧問官　いまや新たなるチェン氏病の感染を未然に防ぎうるという希望ですよ。

男爵　そいつはすばらしい、親愛なるジーゲリウス君、それはすばらしい……。で、その方法とは？……

顧問官　これは目下のところ厳重なる秘密でありますが——簡単に申し上げますならば、ごく近日中に、いわゆる白い病気の強制隔離を実施するという法律が公布されるということでございますよ。これは私の苦心の賜物です、男爵。元帥閣下がご自身で手配すると約束されました。——これまでチェン氏病に対しておこなわれました対策としては最大の成果だと、私は確信して止みません。

男爵　そう、たぶん、きっとな……立派な成果だろう。でどんな隔離を考えているのですか……？

顧問官　一種の強制収容所ですよ。病人は全員、白い斑点のある者はことごとく監視つきの収容所に送り込まれます——

男爵　ははあ、そこで、じわじわと死なせるわけだな。

顧問官　そうです。しかし医師の監視のもとにです。チェン氏病は患者の誰もが感染のもとになる伝染病ですから、それを防がなければなりません——われわれ他のものをその感染から、男爵。いかなる感傷も、それは即、犯罪であります。収容所から逃亡を企てるものは射殺されるでしょう。四十歳以上の市民は誰もが、毎月、医師の診察を義務づけられます。チェン氏病による汚染は強制によって鎮圧されるでしょう。それ以外に防ぎようはありません。

男爵　——　——君の言うとおりだ、ジーゲリウス君。それがもっと早く実現されなかったのが残念ですがね。

顧問官　左様、残念です。あのくだらんガレーンの薬のおかげで少々時間を無駄にいたしました。そのあいだに白い病気がいっそう広がってしまったのです——この病気を鉄条網のなかに閉じ込めるのに一刻の猶予もならんときであります。一個の例外たりとも許されません——

男爵　（立ち上がる）そうだ。何より一つの例外も認めんことだ。感謝しますぞ、顧問官。

顧問官　（立ち上がる）どうかなさいましたか、男爵？　失礼——

男爵　（シャツの胸をはだける）診てくれますか、ジーゲリウス君——

顧問官 どれ、おお、これは！ ―― (男爵を明かりのほうに向け、その胸を調べる。ペーパーナイフで突く) 何もお感じになりませんか？ (瞬時の沈黙) どうぞ、お閉じください、男爵。

男爵 ―――やっぱりか―――？

顧問官 いまのところは、なんとも――ただ白い斑点が――たぶん、ただの皮膚炎でしょう――

男爵 君ならどうするね――

顧問官 (なす術なしのしぐさ) ガレーン博士になんとか圧力をかけて――男爵の治療をするよう――

男爵 ――ありがとう、ジーゲリウス。握手は――禁止だったな、君？

顧問官 ――誰とも、男爵。もはや誰とも握手をなさってはなりません。

男爵 (ドアのところで) 患者の隔離条例が近々……施行されると……言っておったな？ ――それじゃ、うちの工場で……有刺鉄線を増産させんといかんな。

― 幕 ―

第四場　ガレーン博士の診療室

ガレーン ほほう、君ももういいようだぞ。さあ、服を着たまえ。

患者 (第一幕と同じ) それでは、先生。今度はいつ来ればよろしいんでしょう？ (ついたての向こうで服を着る)

ガレーン 二週間後だ。そのときにもう一度診よう。いいかな……。そしたらもうあとは必要あるまい……(ドアを開ける) 次の患者さんどうぞ！

(乞食の衣裳をまとったクリューク男爵入る)

ガレーン さて、どうしました？

男爵 先生、白い病気にかかりました――

ガレーン 服をお脱ぎなさい――そっちの――そう、そこで脱いで……

患者 先生、どうも、ほんとうにありがとうございました。

ガレーン 君はまた来んといかんよ。

患者 はい、先生。では失礼いたします (のろのろと出て行く)

ガレーン (クリューク男爵に) お見せなさい――― (診療する) まだ、そんなに悪くはない……が、しかし、白い病気には違いない。ところで――あんたの職業は？

男爵 ……失業中です、先生。以前は……鉄工場で……

ガレーン で、いまは？

男爵 ごらんのとおりで……先生が、貧乏人をお助けくださるとお聞きしましたので……

ガレーン では、いいですか、治療には二週間かかります……二週間したら、たぶん、よくなるでしょう。しかし六回注射を打たなくてはなりません——注射六回分、払えますかな?

男　爵　ええ、もちろん——どのくらいかかるかにもよりますが……

ガレーン　それは、たぶん……かなり高いものにつきますぞ、クリューク男爵。

男　爵　なにを仰います、先生……私はクリューク男爵などでは……

ガレーン　いいですか、男爵。無駄ですよ……申し訳ありませんが、わたくしはあなたと取引する気はありませんな。それに……第一、時間の無駄です。はい。

男　爵　君の言うとおりだ、博士。時間の無駄だ。君が……貧乏人しか診ないということは知っている。しかし君がもし私を治療してれたら、君の自由になる金を……出そうじゃないか……いくらだ?　百万か?

ガレーン　（驚いて）百万?

男　爵　そうか、じゃあ五百万だ。これだって相当な額だ——だが私は一千万と行こう。どうだ、これだけあれば何でもできるぞ……たとえば君は胸のうちにある種のプロパガンダを秘めておるな——

ガレーン　ちょっとお待ちを……あなたはたしか一千万と?

男　爵　そうとも、二千万だ。

ガレーン　平和のプロパガンダに?

男　爵　何に使おうと君の勝手だ。君、君はこの金で新聞社を買い取ることだってできる——私のプロパガンダはそんなはした金では一年、いや、それほどももちはしない。

ガレーン　（凝然とする）へー、平和のために……書くというのはそんなに金がかかるものなのですか?

男　爵　そうだ。平和のために書こうとすれば、ときには莫大な金を必要とする——。戦争のためにだって同じだ。

ガレーン　そうですか。わたくしはそんなこと思ってもみませんでしたよ——（注射針をアルコールで消毒し、ガスの火に当てる）ここにいては何にもわかりません——それで、どうすればできるんですか?

男　爵　いろんな方面との関係、交渉、折衝……

ガレーン　それは駄目だ。それに、わたくしには……そんな関係とか交渉とか、とても……そりゃあわたくしには無理だ、はい……。それには時間がかかりすぎる——でしょう?

男　爵　そうさ。おそらく一生かかる。

ガレーン　じゃあ、どうすればいいでしょうね……（綿をアルコールに浸す）ねえ、クリューク男爵。どうです、それをあなたが、あなたご自身がお引き受けいただけませんか?

男　爵　つまり——永久平和のプロパガンダを組織することをかね?

ガレーン　そうですよ!　プロパガンダの組織ですよ。（彼の腕の一部を綿でこする）あなたが折衝に当たり……ね、……そのかわり、わたくしがあなたを治療する。

男　爵　————申し訳ないが、博士。それは私には無理だと思うがね。

ガレーン　無理ですか？（綿を投げ捨てる）でも、変ですね、男爵。わたくしはあなたが、あなたなりに……ひどく誠実な方だとお見受けいたしておりましたのに……

男　爵　そうかもしれません。そして、あなたはひどく純真な人だ、ね、先生。あなたは自分で、まったく自分ひとりで、自分の手で、平和が勝ち取れると思い込んでおられる――

ガレーン　いいえ、男爵。わたくし一人ではありません。わたくしには……強力な協力者がついています。おわかりですか？

男　爵　ありますね、たしかに、白い病気が。それに恐怖が。仰せのとおりです、先生。私はこわい……。くそっ、私はこわいのだ！　しかし人間を支配するのに、恐怖のみで足りるとするのなら、それならば、もはや戦争はけっしてあるはずがない――。ところが戦争は今起ころうとしているし、今後もくり返し起こるだろう。もしかしたら、先生、大多数の人間は戦争なんかこわくないんじゃありませんか？――

ガレーン（注射器を取る）それじゃあ、おたずねしますが――いったい何をもって民衆に訴えればいいんでしょう？

男　爵　――――さあね。私の場合は、いつも金です。それでもまれには無駄なこともありますがね、先生。私があなたに提供できるのは……金だけです。しかしこれとてあなたが言われたとおり、私なりの……誠実な申し入れです。二千万……、いや、三千万……、たった一人の人間の命のために！

ガレーン　あなたは……白い病気が……そんなにこわいですか？（注射器に薬を吸い込ませる）

男　爵　……こわい。

ガレーン　それはお気の毒です……（注射器を手にクリューク男爵のそばへ近寄る）ねえ、男爵……もしかして……あなたの工場の……兵器の生産を停止することはできませんか？

男　爵　――――――できない。

ガレーン　ほう、それは困りましたな……じゃあ、あなたはいったい、わたくしに何をくださることがおできになるのです？

男　爵　――――金だけです。

ガレーン　それでは、わたくしのほうもできないとしてもですか？――（注射器を机の上に置く）いや、無駄でしょうな……いや、まったく無駄なことだ、はい――

男　爵　わ、私を治療してくれんのか？

ガレーン　まことにお気の毒ですが――どうぞ、お召し物をおつけください、男爵。

男　爵　おお、なんてことだ！……それじゃ、私はおしまいだ、畜生！

ガレーン　あなたは、もう一度おいでになりますよ。

男　爵　私が……私が、もう一度、来ると？

ガレーン　そうです。そのついたての奥で、治療代の勘定書きをじっくりと吟味されることでしょうよ。

男　爵（ボタンをかけながら出てくる）なるほど、あなたは……純真どころか、相当なしたたか者だ……

ガレーン　では、ごゆっくりとお考えになった上で――また、おいでください（ドアを開ける）お待ちしていますよ。次の方、どうぞ！

―幕―

第五場　元帥の執務室

副　官（入る）クリューク男爵であります。

元　帥（机に向かって書いている）通したまえ。

（副官、クリューク男爵を案内し、去る）

元　帥（書きながら）掛けたまえ、親愛なる男爵。すぐ、おわる。（ペンを置く）さて、では、報告だ。君の口から直接、聞こうと思って呼んだんじゃ――どういう状況かね？

男　爵　私どもは全力をあげてやっておりますが、閣下、あらゆる可能性を詳細に検討いたしましたところ――

元　帥　で、どうなんじゃ、結論は？

男　爵　まだ、十分というわけにはまいりません。一日あたりの生産量、重戦車六十輌――

元　帥　目標は六十五輌じゃなかったのか？

男　爵　そうです。さらに、日産、戦闘機七百機、爆撃機百二十機――現時点において生産量をさらに相当量増大させるべきでありましょう。われわれは将来、わが国のみの需要を満たすだけではすまなくなるでしょうから――

元　帥　もちろんじゃ。で、ほかには？

男　爵　兵器に関しては順調であります。司令部の要求より三十パーセント増産させることが可能であります――

元　帥　それとCガスのほうはどうだ？

男　爵　どれほどでも可能です。昨晩、Cガス製造工場で事故がありました――ある製造現場でタンクが爆発したのですが――

元　帥　死者は？

男　爵　全員であります。女子工員四十名と男性三名――即死でした。

元　帥　それは遺憾なことではあるが、見方によっては、すごい成果であるぞ、クリューク君。おめでとう。

男　爵　ありがとうございます、閣下。

元　帥　それでは、準備はかなり整ったということか――

男　爵　左様でございます、閣下。

元　帥　いまさらながら、君は信頼にたる人間だと認識を新たにしたぞ。それはそうと、君の甥はどうしておる？

男　爵　はい、元気にいたしております。

元　帥　いやあ、彼のことはよく聞かれるぞ――娘からな。わしら二人がだ、なあ、君。こうして親戚関係になるとは、まるで夢のようだぞ。そう思わんか？

男　爵（立つ）私といたしましても、身にあまる光栄であります、閣下。

元帥　(立つ)　わしとて、心底、喜びに堪えんぞ、クリューク。もし、君なかりせば、わしとて、いま在るわしではなかったであろうからな——恩義のほどは忘れんぞ、親友！

男爵　いえ、私は私の本分を尽くしたまでであります、閣下。それとて国家のためでもありました。それは……私の企業コンツェルンの利害でもありました。

元帥　(男爵のほうへ近づく)　どうだ、クリューク、覚えておるかね。あの頃、わしが時の政府に反抗し、軍を率いて立ち上がるや、わしらは手を握り合ったな。

男爵　元帥閣下。あのような日が忘れられるはずがありません。

元帥　うむ、そうとも、旧友。さあ、手を取り交わそうではないか……この偉大にして、輝かしい出陣を前にして。(手を差し出す)

男爵　(退く)　——　——できません、閣下。握手はできません。

元帥　なぜかね？

男爵　閣下、私は……白い病気に……

元帥　(身を引く)　なんてことだ——　——クリューク！　——ジーゲリウスのところへは行ったか？　——

男爵　行きました。

元帥　それで——

男爵　ガレーンのところへ行くようにと——。そこにもまいりました。

元帥　ガレーンはなんと言った？

男爵　二週間で全治すると——

元帥　そりゃあ、よかった。それを聞いて、わしも安心した。それじゃ、君もまた元気になれるな！

男爵　もちろんでございます、閣下。ただし、それには条件がございます。

元帥　ほう、言いたまえ。わしが手配しよう——わが国にとってかけがえのない君のことだ、なあ、クリューク男爵。君のためならどんなことでもするぞ——で、君が果たさんならん条件とはなんだ？

男爵　……私の工場の全生産を、即刻、ストップさせることであります。

元帥　——な、なんだと！　はははあん、そういう魂胆か！　なるほど、そのガレーンというやつは、よっぽど気のおかしなやつだな。

男爵　閣下のお目には、たぶん……

元帥　君の目には違うのか？

男爵　閣下のご前をはばからずに申し上げますなら、私はその点を……少し異なる側面から見ております。

元帥　それにしてもだ、クリューク。君の工場の生産をストップするなど、論外だぞ——

男爵　技術的には不可能ではありません。

元帥　だが、政治的には不可能だ！　ガレーンにその条件を撤回するよう要求したまえ——

男爵　彼の条件は……平和であります。

元帥　阿呆だ！　わしらはそんなたわけた理想主義者の条件なんぞに振り回されたりなんかせんぞ！　おい、クリューク、おまえは二週間でよくなると言ったな？　よし、じゃあ、二週間だけ軍需品の生産を停止しようじゃないか――。たしかに、あまり好ましくはないが、仕方がない！よし、平和友好を宣言しようじゃないか――それと、もう一つ。兵力完備の遅延をカバーする方策として条約を結ぼう――いいか、これは君のためなんだぞ、クリューク。君の健康が回復すれば、ただちに――

男爵　ありがとうございます、が、閣下。それはあまりきれいな手とは申しかねますな。

元帥　きみい、戦争にきれいも汚いもないぞ。

男爵　存じております、閣下。しかしガレーンはそれほど愚かではありません――治療を長びかせることもできます――

元帥　それもそうだ。おまえを切り札にするじゃろう――。じゃあ、君の意見はどうなんだ？

男爵　閣下、私は、昨晩、決心いたしました……ガレーンの条件をのむと――

元帥　そりゃ、おまえ、狂気の沙汰だぞ！

男爵　そうです、閣下。恐怖は人を狂気にいたします。

元帥　おまえは、そんなにこわいのか？　――

男爵　(力なく肩を落とす)

元帥　(机の椅子にすわる)　だが、これは……残念ながら……きわめて重大な問題だ。

男爵　閣下、おわかりですか……人間が、この指の先の先まで……恐怖に浸されたときの気持ちが……。ああ、いやだ、いやだ！　ああ、いやだ、いやだ！　……この私が鉄条網を張りめぐらせた囲いのなかで、どんなふうに叫び続けるか――それが、目の前に浮かんでくるのですよ……。おお、神さま、どうかお救いください。どうして、どうして、誰も私に憐れみをかけてくれないのだ――

元帥　なあ、クリューク。わしはおまえを愛しておるぞ、兄弟のように。だからといって、わしに何ができる？

男爵　平和です。閣下……。平和です！　私をお救いください。私たちみんなを救ってください……(膝をついて、這いまわる)　元帥閣下、どうか、どうか、お救いください、私を！

元帥　(立つ)　立て、クリューク男爵！

男爵　(起き上がる)　失礼しました、閣下。

元帥　クリューク男爵、軍需品の生産を増強したまえ。君が示した数字では、わしは不満だ。増強、増強、増強あるのみ。よいな！

男爵　ご命令に従います、閣下。

元帥　最後まで国家にたいする義務をまっとうすることを希望する。

男爵　かしこまりました。

元帥　(男爵のそばへ来る)　さあ、握手の手を出したまえ。

男爵　いけません、元帥閣下！　私は白い病気です！

元帥　なあに、かまわん、クリューク。わしがおそれをなしたら、その瞬間、わしは……国の指導者ではなくなる。どうだ、クリューク男爵！
男　爵　（ためらいながら手を差し出す）閣下の……ご命令により。
元　帥　ありがとう、クリューク男爵。
（クリューク男爵、よろめきながら去る）
元　帥　（ベルを鳴らす）
副　官　（ドア口に現われる）お呼びでございますか、閣下。
元　帥　ガレーン医師を探し出して来い。

―　幕　―

第六場　同じ元帥の執務室

副　官　（ドア口で）ガレーン博士であります。
元　帥　（書きながら）通したまえ。
（副官、ガレーン博士を案内する。二人、ドアの前に立つ）
元　帥　（書き続ける。しばらくして）ガレーン博士か？
ガレーン　（驚く）はい、顧問官殿。
副　官　（小声で教える）元帥閣下です。
ガレーン　ああ、元帥閣下、はい――
元　帥　（書き続ける）もっと近くへ寄りたまえ。
ガレーン　はい、ご用件をうけたまわります……閣下。（一歩、前へ進む）
元　帥　（鉛筆を置き、一瞬、注意深く見る）白い病気の治療の成功にたいして、おめでとうといいますぞ、ガレーン博士。君の治療の成果に関しては……当局から……報告を聞いておる。（資料のファイルを手に取る）その成果については確認済みじゃ。まったくすばらしい。
ガレーン　（感動して、どぎまぎする）心から感謝いたします……閣下。
元　帥　ここに一つのプロジェクトを用意しておるのだが――つまり、わしはチェン氏病のための国立聖霊病院を設立しようと思っておるんだ。その院長になってくれんか、ガレーン博士。
ガレーン　しかし、わたくしは……それは、できません、閣下……。私にはとてもそのような病院など……。とにかくわたくしにはとても経営は……私はそのような経験もありませんし……はい。
元　帥　ふむ、それじゃ、別の話をしよう。（副官に去るように合図する）君はクリューク男爵の治療を断ったそうだな。
ガレーン　それは違いますでございます。わたくしはただ……そのとき、ある条件を――
元　帥　知っておる。だからクリューク男爵の治療をしたまえ――いかなる条件もなしにだ、ガレーン博士。

ガレーン　まことに恐縮とは存じますが、閣下……そうはまいりません。わたくし……わたくしは、わたくしの条件を重んじます――

元　帥　博士、命令にしたがわせようと思えばだ……その方法はいくらでもあるんだぞ。

ガレーン　そうでしょうとも、わたくしを放り込むことだっておできになる、はい。しかし――

元　帥　そうか――（ベルのほうに手をのばす）

ガレーン　おお、閣下、お待ちください！　わたくしには大勢の患者がいるのです――わたくしを閉じ込めたら大勢の患者たちを見殺しにすることになります！

元　帥（ベルを置く）わしにとって大勢の死人なんてものは、いまにはじまったことじゃない。君はまだそんなことを考えておるのかね。（立ち上がり、ガレーンのほうへ行く）なあ、君。君は少し狂っとるのと違うか？　――それとも、まれに見る英雄かなあ。

ガレーン（後ずさる）いえ、とんでもない。わたくしは――戦争に行ったことはあります。軍医として……すんでのところで英霊になるところでしたが……大勢の人間が……あんなに元気な人間が……あっという間に死んでいくのを、この目で、目の当たりに見たのです。はい――

元　帥　わしも戦争に行ったよ、博士。しかも、わしはそこで祖国のために戦う者たちを見た。だが、わしは彼らを勝者として祖国へ連れ帰ったぞ。

ガレーン　それもまた真実でございましょう。しかしわたくしが見ましたものは、むしろ……閣下が……連れて帰られなかった者たちでございます。そこに大きな違いがあるのでございますよ、閣下。

元　帥　兵隊の位でいうと、君は何じゃ？

ガレーン（踵を打ち合わせる）はっ、第三十六歩兵連隊付軍医助手であります、閣下。

元　帥　おお、そうか！　勇猛果敢な連隊じゃ――勲章は？

ガレーン　剣十字勲章金メダルであります、閣下。

元　帥　ほほう、殊勲甲じゃ、でかしたぞ。（手を出す）

ガレーン　ありがとうございます、閣下。

元　帥　よろしい。クリューク男爵のところへ行きたまえ。

ガレーン　そんなことをするくらいなら、命令違反で逮捕されたほうがましであります。

元　帥（肩をすくめ、ベルを鳴らす）

副　官（ドア口に現われる）

元　帥　ガレーン博士を逮捕しろ。

副　官　ハッ、ガレーン博士を逮捕します。（ガレーン博士のほうへ来る）

ガレーン　お願いです、止めてください！

元　帥　なぜだ？

ガレーン　もしかしたら、わたくしが必要になるかもしれませんよ――閣下ご自身――

元　帥　わしが？　必要ない！（副官に）もういい、行ってよし。

（副官、去る）

元帥　掛けたまえ、ガレーン。（ガレーンと並んですわる）——さてと、君にどういうふうに言えばいいんじゃ、この石頭め！　いいかね、実はなあ、クリューク男爵はわしにとって大事な人間なんじゃ——。まさに、かけがえのない男でな——わしのたった一人の友人だ。わかるまいなあ、君には……独裁者がどんなに孤独か……。わしは言おう、君に……人間としてだ。先生、どうかクリューク男爵を助けてやってくれ！　——おお、わしは、もう……ずいぶん長いこと、人にものを頼んだりしたことはないんだぞ。

ガレーン　残念ながら、それはきわめて難題でございます……。わたくしとて、そうしたいのは山々でございますが……。閣下、わたくしにもお願いがございます。

元帥　答えになっておらんではないか。

ガレーン　申し訳ございません、閣下。わたくしは、ただ、ちょっと……。閣下は偉大な政治家であられます。それに無限の力をお持ちです……。いえ、わたくしは閣下にお追《つい》従《しょう》を申し上げるつもりはございません。しかし——残念ながら、事実なのであります。はい……。ですから、ですから、もし、閣下が永久平和をご提案になれば……。それは、もう世界中がどんなに喜びますことか！　そうですとも、世界中は、ひたすら、閣下を恐れているのです……どこの国も、閣下。世界中は閣下のために軍備をしているのです……もし、閣下が仰せになれば、平和を望むと……そしたら世界中が平静になるでございましょう、はい……

元帥　——　——わしはクリューク男爵の話をしておったのだぞ、博士。

ガレーン　左様ですとも……。閣下にはあの方がお救いになれるのです……あの方も、その他の白い病気の患者も全員。さあ、世界に永久平和を確立しようと仰ってください……あらゆる国と条約を結ぼうと……それだけです。さあ、閣下。あなたのお心次第なのですよ！　どうかお願いです。あの哀れな患者たちをお救いください！　男爵のことにいたしましても、わたくしとて心を痛めているのです……どうか、せめてあの方のためにも……

元帥　クリューク男爵は君の条件を呑むわけにはいくまい。

ガレーン　しかし、閣下にはおできになれます。閣下……、あなたには何でもおできになれるのです！

元帥　できん。まるで君はがんぜない子供だな。戦争か平和か、それがわし次第だというのか？　とんでもない。わしは国益のためを思うてやっているのだ。いったん、わが国が戦争と決めたら、え、いいか……その戦争のために国家を教育するのが、わしの義務だ。

ガレーン　ただし……もし閣下がおられなければ……そしたら、その、閣下の国家はけっして侵略戦争など起こさないでしょう、はい。

元帥　起こすまいな。第一、できまい。これほど見事に準備はできまいな。また、自分の力にも気がつくまい——潮時にもな。幸いなことに、いまは、それを知っている。だから、わしは、その意思に従っているだけだ――

ガレーン　――その意思を呼び起こしたのは閣下ご自身です。

元　帥　そうとも。わしは国家のなかの眠れる意思を目覚めさせたのだ。君は戦争より平和のほうがよいと信じているようだが、勝利の戦争は平和よりよいと、わしは信じておる。だから、わしは、わが国からその勝利を奪ってはならんのだ。

ガレーン　戦死者をもですね、戦死者をも奪ってはならないと、はい。

元　帥　おお、戦死者とてじゃ。いいかね、まさに戦死者の血こそが、ただの普通の、この地面をじゃ、祖国の土にするのだ。また、戦争のみが、人間を国家の民とし、男を英雄に――

ガレーン　そして英霊にする。わたくしは戦争で大勢の死者を見ましたが、ご存知ですか――

元　帥　それこそ君の使命じゃないか、博士。わしは、わしの本分とするところで多くの英雄を見てきた。

ガレーン　そうです。英雄たちは後方にいましたからね、閣下。わたくしたち塹壕のなかの者たちは、それほど勇敢ではありませんでしたよ。

元　帥　君はいったい何の手柄でその勲章をもらったのかね？

ガレーン　わたくしはただ……負傷兵に包帯をしていたからということでです……

元　帥　ふん、つまり、塹壕のなかでじゃろう。それが勇敢ではなかったのか？

ガレーン　大違いでございますよ、閣下。ただ、わたくしは医者として……人間としてしなければならなかったことをしただけで、はい……

元　帥　――――あのなあ、君の平和だがなあ、なぜだ、そんなことをする？　なんか、こう、いわれでもあんのか？　言ってみたまえ。何かを、こーう……負わされたのか？

ガレーン　はて、お言葉の意味がしかとわかりかねますが……。

元　帥（声をひそめて）つまりだなあ、なにか、そのう……高邁な使命でも背負っているのかと聞いておるんじゃ。

ガレーン　いいえ、全然。わたくしはただ平凡な人間として……はい……

元　帥　そんなら、そんなことをしてはならんよ、先生。高邁な使命がなくちゃならん……。われらを導くに、高邁なる意思あらずんばじゃよ――

ガレーン　どなたの意思ですと？

元　帥　神じゃよ。わしは神の、み意思を授かったんじゃよ、君。さもなければ、わしにだってこうまでできはすまい……

ガレーン　そのあげくが……戦争なのですか？

元　帥　そうじゃ。国家の名において――

ガレーン　――その国家の息子が戦争で死んで――

元　帥　勝利を得るだろう。国家の名において――

ガレーン　その国家の父や母が白い病気で死んでゆき――

元　帥　そんなやつらに興味はない。もはや兵隊にはなれん。よくもまあ、まだおまえを逮捕させんでいるのが、われながら不思議じゃよ。

ガレーン　(立ち上がる) 恐れ入ります、閣下——

元　帥　クリューク男爵を治してくれ。国家が彼を必要としているのだ。

ガレーン　それでは、わたくしはこれにて……。では、男爵をわたくしのところへおよこしになればよろしゅうございます、はい……

元　帥　——そして、君の条件を受け入れさせればとか?

ガレーン　左様でございます、閣下。その不可能な条件が……満たされましたら……

元　帥　君はそれに固執するのか?　じゃあ、もちろん——(机のほうへ行く。そのとき、電話のベルが鳴る。元帥、受話器を取る) ——そうだ、わしだ。——なんだと?　——そうだ、聞こう——それで——いつだ?　——そうか、よし。(受話器を置く。しわがれ声で) 行きたまえ。なんてことだ、五分前に……クリューク男爵が自殺した。

— 幕 —

第三幕　元　帥

第一場　元帥の執務室

元　帥　そこで、大勢《たいせい》は——

宣伝大臣　——いたるところで戦争反対のキャンペーンが強まっております。とくにイギリスの新聞は……イギリス人はいつも、病気をことのほか恐れておりまして——政府はすでに何百万人もの署名の請願を受理しております——

元　帥　よかろう。それで内部の結束も弱まるじゃろう。次!

宣伝大臣　今回は残念ながら、最大多数の国が平和賛成に加担いたしました。その中には王国が一国含まれております——

元　帥　知っておる。

宣伝大臣　その国王が白い病気にかかることを恐れておられるということでありまして——つまり国王の叔母君がそれにかかられたと——国王は世界中の国の政府にたいして、永久平和に関する国際会議を召集する準備を進められておるとの噂であります——

元　帥　不愉快千万な話じゃ。そのまえに攻撃を仕掛けられんかのう——?

宣伝大臣　事態の進行はきわめて深刻でありまして、世界の世論はいまやいかなる戦争といえども、絶対反対!　でありまして——まさに、この病のなせる業であります。閣下、人民が現今、可及的すみやかに欲しておるのは政治ではありません。薬のみ、救済のみであります——わが国においても、すでに、かなり愚かなることを——端的に申しますならば、反戦を口走っておる輩がどっと出ておるとの報告もまいっております。なまじっかな月桂樹の葉っぱよりも、五体満足のほうがええとの言い草だそうであります——

元　帥　腰抜けどもめが！　いまやこれほどまでにお膳立てが調い——千載一遇、無死満塁、一打逆転のチャンスが到来しとるというのに！　おい、君はこの……ムードをじゃ、わが国においては押さえつけられると確信がもてるか？

宣伝大臣　はい、閣下。あまり長期間というわけにはまいりませんが、若者たちのあいだには意気が盛り上がっており、閣下のあとに続いて火の中、水の中なりとしたがってまいるでございましょう。しかしながら、老人どもにつきましては意気阻喪、恐怖恐慌が瀰漫《びまん》しておりまして——

元　帥　わしに用があるのは若いもんのほうだ。

宣伝大臣　御意。とは申せ、老人どもは経済力を有しておりまして、しかも依然として指導的地位と重要な役所を支配しております……。戦争となりました場合、あちこちで不平不満を鳴らしかねません。徹底的に社会を沈静化させる必要がありましょう——

元　帥　その方法は？

宣伝大臣　例の医者に、薬をこっちによこせと——

元　帥　おい君、わしもあいつを知っておるが、ちょっとやそっとの拷問くらいじゃ効き目はない。

宣伝大臣　私どもには人間を征服させる極めつきの手立てがございますが——

元　帥　——だが、そいつは、結局は殺してしまうんじゃろうが。いや、いかん。この場合、どうもかんばしくないな

宣伝大臣　それでは仕方ありませんな……まあ、ときたま平和を叫ぶのをゆるしてやるしか——

元　帥　——そして、この千載一遇のチャンスを拱手傍観するとか？　いや、そんなこたあいかん。

宣伝大臣　それとも、平和戦線の結成のまえに、電撃作戦決行といきますか。つまり——

元　帥　すぐに攻撃だ。最も弱いところをやろう。侵攻の口実は——

宣伝大臣　すでに準備万端。わが国にたいする陰謀でございます。組織的な挑発等々。適当なところで小さな暗殺事件が発生します——そして大規模な検挙。新聞に情報をリークします。そうすれば戦争への機運が澎湃としてわきあがってまいります——愛国心の高揚、請け合いです——ただし、時機を逸しなければ……

元　帥　——ありがとう。君が信頼できる男だとわかったぞ。——さあ、いまこそ、わしはわが国家を偉大なる栄光へと導くぞ！

— 幕 —

第二場

幕が上がるまえに軍隊の行進曲、進軍ラッパ、太鼓の音が、増大する興奮した群集の歓声のなかに消えていく。

元帥の執務室。開け放たれたバルコニーの上で、元帥が群集に向かって話している。

執務室内には、元帥の娘と軍服を着た若いクリューク男爵。

元帥（群集に）――――まさに、いま、わが勇士が銀翼をひるがえし、ひそかなる陰謀をくわだてし、われらが敵国にたいし戦端を開き、その都市を殲滅せんとしつつある、この時に当たって――（熱烈な歓呼）――わが国民にたいし、わたしが下したる重大な決断について、お話したいと思うところの所存である。（元帥万歳！　元帥に栄光あれ！）そうだ。わたしは戦争をはじめた。しかも宣戦の布告なしにだ。わたしがあえてかかる挙に出でたるのも、その理由は、ひとえに、何千というわが子供たちの生命をいたずらに失うを憂えたからに他ならない。わが子らは、この瞬間、敵がおのれの驚愕から立ち直るいとまもあらばこそ、緒戦において、すでに、勝利を手にしておることであろう。願わくば、ここに、改めて諸君の同意を得たい。――（熱狂的な歓声。賛成！　大賛成だ！　同意するぞ！　元帥万歳！）――そもそも、わたしが戦争を決意するにいたりたるには、それなりの理由がある。われらが大帝国を挑発し、崩壊せしめんとくわだて、しかも、ごろつきどもを金で雇い、わが国の秩序と安寧をおびやかしながら、（興奮した群集の叫び）その罰も受けずにすむと高を括《くく》っておる蛆虫がごとき弱小国を相手に、なにゆえに、うじうじと交渉する必要があろうか。問答無用ではないか！（そうだそうだ！　抹殺しろ！　見せしめだ！　裏切り者だ！　吊るせ！）静粛に！　堂々とこの悪を排除しようではないか！　道は一つ。わが国の平和を絶えず脅《おびや》かす小癪なる小国を、いかなる大《おお》いなる犠牲をもってしても攻略し、なにが何でもこれを殲滅《せんめつ》するしかないのである。――そして他の列強が次にいかなる手を打つか見ようではないか！　わたしは宣言する、われらは何ものをも恐れはせん！　と。（大歓声――おれたちも恐れんぞ！　元帥万歳！　戦争万歳！）わたしはいま、わたしの後ろ楯となる諸君を目の当たりにした。そして諸君の名誉のためにこそ、勇猛果敢なるわが将兵を戦地におくったのである。同時に、わたしは諸君になりかわって世界の耳目に明らかにしよう。われわれは戦争を欲しなかった。だが、戦争には勝つと！　われわれの勝利は神の、み意思である――われわれは必ず勝つ。（胸をたたく）なぜなら、正義はわれらの上にあるからだ。……正義はわれにあり……（声が弱まる）正義は……われに……（大歓声――正義はわれに！　戦争万歳！　元帥万歳！）

元帥（よろめきながらバルコニーからもどる。そして胸を打ちながら）正義は、われに……正義は、われに……正義は……われに……

クリューク（駆け寄る）いかがあそばされました、閣下。

娘　どうかなさいましたの？

元帥　いや、なんでもない……心配いらん……（胸をたたく）正義はわれに……どうしたんだろう？（上着のボタンをはずし、胸に触る）正義は……われに……（シャツの胸をはだける）見てくれ……ここを……

クリューク　いかがなされました！（クリュークと娘、元帥の胸をのぞきこむ）

元帥　何も感じんのじゃ、ここが……なんだか、石みたいに……

娘（心配そうに）何でもありませんよ、お父さま……何もありません、気になさらないで——

元帥　放してくれ……（胸をなでる）感覚がない……何も感じん……

娘　なんでもありませんって、お父さま、ほら！

（外では、いっそう歓声が高まる——元帥！　元帥！　元帥！）

元帥　わかったぞ、これが何だか。あっちへ行ってくれ……あっちへ……わたしを一人にしてくれ……

（外の叫び声——元帥！　元帥の姿が見たい！）

元帥　よし、いま行くぞ。（上着のボタンを掛ける）おまえたちも、もう、行きなさい！　おまえたちがここにいてもしょうがない……こいつはおまえたちの手には負えん。

（元帥！　姿を見せろ！）

元帥　さあ、行くぞ。（バルコニーへ出る。胸を張り、手を上げて群衆に応える）

（ものすごい歓声——元帥万歳！　元帥よ永遠なれ！　戦争に勝利を！）

娘（泣き出す）

クリューク　泣いては駄目だ！　いいかい、君！

娘　パヴェル……もし、お父さまが……

クリューク　わかってるよ。でも、いま、泣いては駄目だ。（電話のところへ行く。一心に名簿をめくる。ダイヤルを回す）もしもし……宮廷顧問官ジーゲリウス博士ですか？　——クリュークです。直ちに、元帥閣下の宮殿へおいでください。——そうです。元帥、直々に……。ええ、白い斑点です。（受話器を置く）お願いだから、泣くのは止めなさい、アネット！

（外の歓声——元帥万歳！　戦争万歳！　われらが勇士万歳！　元帥に栄光を！）

元帥（バルコニーからもどる）いや、わしも実にうれしい……今日は実にめでたい日だ。——これ、泣くな！

クリューク　閣下、出すぎたことではありますが、顧問官ジーゲリウスをお呼びいたしました。

元帥　そうか、パヴェル。わしの病気を医学的に証明するためにか、うむ？（手を振る）わが空軍の戦果を……まだ、報告してこんか？

（外で歌声、そして軍楽隊の音楽）

元　帥　どうだ、聞こえるか？　彼らの歓声が——わしは遂に彼らを打って一丸としたぞ！（上着の下を触る）変だ……大理石のように冷たい。わしの体ではなくなってしまったようだ——

（外で——元帥！　元帥！　元帥！）

元　帥　いま行く……いま行く……（よろめきながら、バルコニーのほうへ）

クリューク　失礼いたします、閣下。（バルコニーへ先に出る。）群集に向かって静まるように合図する）元帥閣下は、大いに諸君に感謝しておられる。閣下はただいまから職務につかれる。以上。

（元帥万歳！　戦争万歳！　元帥に栄光あれ！）

元　帥　あいつなかなかいい青年だ。わしは老クリュークを非常に愛しておったのだ。（腰をおろす）かわいそうなクリューク男爵！　かわいそうなことをした……、かわいそうに……

クリューク　（バルコニーからもどる）アネット、悪いけど——（窓を示す。二人、重いカーテンを引き、机の上のランプを点す。薄闇と静寂。外の歌声と行進の音がかすかにもれてくる）

元　帥　うん、ここも、こうすると少しは病人の部屋らしくなるな。

娘　（元帥の足元にすわる）お父さまは病気にはなりませんわ。いまに、世界中から最高のお医者様がいらして、治療をいたしますわよ。だから、いまは静かにお休みなさい、お父さま——

元　帥　だめだ、だめだ。わしは病気などになっておるわけにはいかんのだ。わしは軍を指揮せにゃならんのだぞ、おまえ。わしはそんなこと思ってもみんぞ——いまだけ、ほんのちょっと、おまえたちといて……なんとなく、ほっとしただけだ。あの騒々しい音のせいだ。暗がりにいて……こうして、誰かの手につかまっとるというのは、なんだか気が休まるなあ……どうだ？……だが、そうしてもおれん。いいか、わしは軍を指揮せにゃいかん……それにしても遅いなあ、第一報は！　——聞こえるか、外の歌声が？　まるで……川の向こうで歌っとるみたいじゃな。

クリューク　もし、閣下のお耳にさわりますなら——

元　帥　なあに、放っておけ。いまじゃ、行くところどこにも旗がなびいておる……。わしも街に出て……正義はわれに在りと言うてやりたいんだがなあ……正義は……われに……（胸を打つ）

娘　お父さま、もう、そのことはお忘れにならなくては駄目！

元　帥　そうか、駄目か。だが、いまに見ていろ。わしは陣頭に立って勝利をこの手に収めるぞ……。おまえは覚えておらんじゃろうな。このまえの戦争で、わしが軍を率いて凱旋したときのことを、おまえはまだ小さかったし……うん？　だが、いいか、それがどんなにうれしいことか、いまにみせてやる。パヴェル、戦争とはすばらしいもんだぞ！　つまり、わしら男にとってはな、最高だ――敵右翼を攻撃！　包囲攻撃！　当作戦に十個小隊を投入！

副　官（ドア口で）宮廷顧問官ジーゲリウス殿が到着されました。お通しいたしますか？

元　帥　何だ？……何の用だ？

娘　お通ししてください……父の寝室のほうへ。

副　官　承知いたしました。（去る）

元　帥　そうか、やっぱり……。世界最高の医者か、そうだな……？（立つ）残念だな。おまえたちといると楽しいのになあ。

娘（ドアのほうへ導く）恐がらなくてもいいのよ、お父さま。

元　帥　なんだと？　――元帥は恐れはせんぞ。元帥には……元帥の務めがある。（去る）

（沈黙。外の行進の音のみが響く）

クリューク　もう、泣いてもいいよ、アネット！　いまなら。

娘　ねえ、パヴェル――たしかに、お父さまには使命があるんだわ――なんとしても、お父さまはご無事でなくてはならないんだわ！

クリューク　――――恐ろしいことだよ、アネット。こんなに科学が進んでいるというのに……。それにしても、どうしてもっと早くわからなかったんだろう？

娘　だって、父は自分のことなど、まるで気にもとめなかったんだもの……。それほど自信があったんだわ……。（暖炉にもたれ、すすり泣く）

クリューク　アネット、ぼく、今晩、連隊に復帰するよ。

娘　あなたは行かなくてもいいのよ……

クリューク　ぼくの家では軍務につくのは、しきたりなんだ。まったく馬鹿げた伝統だよ。

娘　でも、この戦争が長く続くはずないわ！　父は十日間だって――

クリューク　それはそうだろうけど、いずれにしろ、君を……一定の期間、一人きりにしておかなくちゃならない場合だってあるんだ……、だから、ねえ、アネット、君も強くならなくちゃ。

娘　なるわ。

副　官（入る）電報が入りました。

クリューク　閣下の机の上に置きたまえ。

副　官　はっ。（電報を元帥の机の上に置いて、去る）

娘　あたし……どうしたらいい？

クリューク　ちょっと待って――。（机のほうへ行き、電文に目を通す）ぼくも、そうしたくはないんだけど、でも……なんだと！　信じられん、あんな小国が……

娘　どうかしたの？

クリューク「敵は必死の反撃を開始せり。われら大なる戦果を収めるも、首都攻略に失敗せり。当作戦におけるわが方の損害、航空機六十機……戦車隊は国境において頑強なる抵抗に遭遇——」

娘　悪い知らせなの？

クリューク　少なくとも時間の損失はまぬがれない。その間に彼らに援軍が到着するかもしれない。元帥閣下は最初の一撃で粉砕できると見込んでおられた——ここに、二大国が最後通牒を送ってきている——彼らもすでに動員令を発令した。何だと、はやくも三、四、五通も最後通牒が時を一にして突きつけられてきた——

娘　じゃ、本当は……悪い知らせなのね？

クリューク　そうだ。かなり深刻な事態だよ、アネット。

娘　知らせなくちゃならないかしら？

クリューク　当然だよ。でも心配ない。元帥閣下は強靭でいらっしゃる——閣下にかかっては病気のほうから退散するよ。いいかい、いまに、作戦地図を前にされたら、すべてをお忘れになるよ……。閣下はまさに勇士だからね。銃口の前に立たされても瞬き一つなさらないだろう。

（元帥、ガウンをひらひらさせながら、よろよろと執務室に入ってくる）

元帥　（すすり泣く）おお、天なる神よ……イエス……キリストよ……十字架の上におわします……イエス・キリストさまー！……

娘　おとうさま！

クリューク　（駆け寄る）閣下、お気を確かになさいませ——

（ソファーのほうへ導く）

元帥　出て行け！　おまえら、行ってしまえ！　ああ、おしまいだあ……おお、かみさまあ、わがイエス・キリストさまあ……あと六週間……たったの六週間とあの医者は言ったぞお——それでこの世とおさらばだ……お陀仏だあ……イエス・キリストさまあ！　なんでこんなことが、はじめっからわからんかったのだ！　自分の身にふりかかってはじめて気がつくとは……イエス・キリストさまあ、どうかお憐れみをたれたまえ！

クリューク　（元帥へ書類を手渡すよう、アネットに合図する）閣下、前線から報告が到着いたしました。

元帥　なんだと？……わしを一人にしてくれ！　わしはもうおしまいだ……みーんな行ってしまえ！　なんで、わからんのだ。なんで……

クリューク　閣下、悪い知らせであります。

元帥　どんなだ？　——こっちへよこせ！（報告書を受け取り、黙って読む）これはいかん……状況が変わったぞ。（立つ）ここへ、全員、招集……いや、誰も呼ぶな。命令は書いて出す。（机に向かってすわる）

（クリューク、元帥のそばに立つ。娘は身じろぎもせずに立ち、祈る）

（外で歌声）

元帥　（せわしげに書く）次の年次を動員だ！

クリューク　（命令書を受け取る）はっ、閣下。

元　帥　それから、これだ——（何かを激しい勢いで書きつける）——いや、こいつはいかん。（紙片を引きちぎり、握りつぶして屑篭へ放り込む）こいつを他の方法でせにゃいかん——（書き始め、ふたたび止める）いかん、ちょっと待て。（頭を机の上につける）

クリューク（途方にくれてアネットのほうを見る）

元　帥　——————神よ、お憐れみをたれたまえ——どうか、お憐れみを！

クリューク　閣下、次の命令はいかがいたしましょう。

元　帥（顔を上げる）そうだ。すぐに……（たちあがり、よろよろと部屋の真ん中へ）こうなったら、わしは、もーう……アネット、明日から……明日から、わしは攻撃部隊の先頭に立ち、直々に指揮をとるぞ！　全軍の指揮をわしがとる……それが、わしの使命だ、いいか？　そして勝利の暁には……騎乗にまたがり、軍隊の先頭に立って……すすむんじゃあ……

（外で軍隊の行進）

元　帥　——————瓦礫の山のあいだを。いいか、そこには、かつて首都があったんだ。わしの体からは、すでに肉はそげ落ち……目ん玉しかついておらん。だが、わしは、まあだ進んどるんじゃぞお……軍隊の先頭に立って……白い馬の上に……骸骨になって……すると、群集は叫ぶんじゃ……元帥万歳！……死神元帥万……歳！　と……

娘（悲しげな声を上げて泣き、両手で顔をかくす）

クリューク　そのようなことを口にされてはなりません、閣下。

元　帥　そうじゃった、パヴェル。びくびくするな、そうはならん。何をなすべきかくらい、わしにはわかっとるよ。明日……明日、わしは前線に出る。が、もはや後方の作戦司令部へではない。なることなら、わしは第一線の将兵と労苦を共にしよう……。そして攻撃部隊の先頭に立ち……サーベルを振りかざして……全軍、われに続けー！　つづけーっ！　とな。パヴェルよ、わしが死んだら……どうせ、わしは死なんならんのじゃ……。将兵たちは、少なくとも、この元帥の仇を取ろうとして……阿修羅のごとく戦うてくれるじゃろう。将兵、進め！　銃剣突撃！　そうれ、全員、目にものを見せてやれ！（胸を叩く）勝利はわれにありーい！　われ……われ……（胸に触る）わしは……アネット！アネットや……わしは、恐い——

娘（元帥のそばへ行く。母性的な力強さで）そんなことではなりませぬ。ここにお掛けなさい。そして、何も考えてはいけません。わかりましたか？（元帥をソファーにすわらせる）

元　帥　うん、わかった。わしは考えたらいかんのじゃな。さもないと……さもないと……。わしはなあ、あの病院で見たんじゃよ……患者の一人が、わしに挨拶しようと起き上がろうとしたんじゃ……そうしたら、どうじゃ、そいつの体から……こーんな大きな肉の塊が、ぼさっと……おっこってきよったんじゃあ……。おお、イエスさま、キリストさま……！　いったいどうして神さまは救ってくださらんのじゃろう?

クリューク (娘と顔を見合わせてうなずき、電話のほうへ行く。電話帳をめくる)

娘 (元帥の頭をなでる) さあ、もう考えてもいいわよ、お父さま。私たちはけっしてお父さまを死なせたりいたしません。きっと、よくおなりです。これはもう私たちの仕事ですわ、お父さま。お父さまはよくおなりにならなければなりません。いいですね。ただ、よくなること、ただ、それだけ。さあ、よくなりたいと仰いませ——

元帥 よく……なりたい。いいか、それはだ、それは。わしは戦争に勝たねばならんからじゃ。少なくともあと半年。あと半年ありさえすれば! 神さま、せめて、この戦争のために、あと一年!

クリューク (ダイヤルをまわす) もしもし——ガレーン先生ですか——クリュークです。先生、元帥のもとへ至急おいで願えませんか? ——そうです……ええ、きわめて重症で——あなただけがおできになる——ええ、わかっています。あなたの条件……つまり……平和条約を——。はい、私が伝えます。そのまま、お待ちください。(受話器を手でふさぐ)

元帥 (飛び上がる) 駄目だ! 駄目だ! 平和なんか絶対いやだ! わしは戦争を続けるぞ! いまとなっちゃあ引くわけにはいかん——それこそ恥さらしだ——貴様、気でも狂ったのか、パヴェル! わしらはこの戦争に勝たねばならんのだ! 正義はわれに在る——

クリューク ありません、閣下。

元帥 —— ——そんなこたあ、おまえに言われんでもわかっとる。しかしじゃ、わしはわが国を勝たせたい! わしの問題じゃないぞ、おまえ。ただ、わが国が……わが民族の名において……切れ、パヴェル。受話器を置け。わしはわが国のためなら死ぬこともできる。

クリューク (受話器をアネットに渡す) それはおできになるでしょう。しかし、その後はどうなるのです?

元帥 わしが死んだあと? ——そうか、わしは不死身じゃないことを計算に入れとかないかんな。

クリューク しかし、ご自分では閣下、そのことをご考慮になっておられませんでした。誰一人として、閣下になり代わりうる者はありません——戦争の真っ最中だというのにです——。閣下以外に指導者がいないという状況を作り出されたのは閣下ご自身であります——閣下なしには、われわれは敗北するでしょう。閣下なしには動揺が起こります。閣下亡きあとに何がおこりますことか、予測することすら不可能であります。

元帥 おまえの言うことももっともだ、パヴェル。わしは——戦争の最中に死ぬわけにはいかん。わしは、そのまえに勝たねばならん。

クリューク この戦争は……六週間ではおわりません、閣下。

元帥 そのとおり、六週間ではな……。神はわしにこんな仕打ちをなさるべきではなかったのだ! 神が……こんなことをなさろうとは……。おお、神よ、私はどうすればばいいのです！

クリューク　破滅を防ぐことです、閣下。それがいま……閣下のお勤めです――アネット――

娘（電話へ）先生、お聞きになっていますか？　――わたくし、娘でございます。おいでいただけないでしょうか？　――はい、条件をお受けいたします。いえ、まだ、そうは申しませんが、そうする以外に方法はないと――では、のちほどいらして……救っていただけますね？　――わたくしからそうつたえます――（受話器をふさぐ）お父さまから一言、言っていただかないと仰ってますけど――

元　帥　いやだ。電話を切るんだ、アネット。わし――には……いや、できん。この話はなしだ。

クリューク（冷静に）出過ぎたこととは存じますが、閣下。閣下はそうなさるべきであります。

元　帥　何をだ？　――それをわしに言えとか――

クリューク　左様でございます。

元　帥　そして卑屈に平和を提案しろとか？　軍を引けとか？

クリューク　左様でございます。

元　帥　そして謝罪をして……罰を受けろとか――

クリューク　左様でございます。

元　帥　わが国をかくも無残に、かくも愚かしく汚辱にまみれさせろとか……

クリューク　――――左様でございます、閣下。

元　帥　そんなら、わしはどっちみち引退じゃ。敗戦処理内閣を組織せないかん――

クリューク　左様でございます。しかし平和のなかでの引退でございますよ、閣下。

元　帥　いやだ！　わかったか、いやだ！　そんなことはほかの者にでもやらせろ！　わしに反対するやつはわんさとおる。やつらにやらせればいいんだ――わしは……わし流の政治しかできん。そんな屈辱的な平和は、ほかの者に提案させろ――

クリューク　ほかの者には――それすらもできません、閣下。

元　帥　なぜだ？

クリューク　それは内戦を意味するからであります。軍に撤収をお命じになれるのは、閣下のみです――

元　帥　そんな、自分で自分の始末のできんような国など、野垂れ死にさせとけばいいのだ！　わしを行かせるか……わしなしにやらせるか――

クリューク　閣下なしで戦うことに、みな、慣れておりません。

元　帥　――――あと一つの手は……名誉ある方法だ。（ドアのほうへ行く）

クリューク（前に立ちふさがる）それはいけません、閣下。

元　帥　なんだとー？　わしは自分の命さえも自由にできんのか？

クリューク　おできになりません、閣下。閣下には、まだ……戦争を終結させる仕事がおありです。

元　帥　もしかしたら、おまえの言うことが正しいのかもしれんな――アネット、こいつはなかなか頼もしい青年だぞ。だが、少々、頭が良すぎるかな。しかし、大きなことをやらかすことはできまい――

娘 （受話器を元帥に差し出す）さあ、お父さま――

元　帥 （受話器をどける）いやだ、わしにはできん。わしにはこれ以上生きる理由が……もう、のうなった。

娘 おねがいよ、お父様！　白い病気にかかったみんなのためよ――

元　帥 すべての患者のためにか――おまえの言うとおりだ、アネット。この地球上に、もう一つの違った民族がいたのだな――この地球上に、われわれ白い病気の患者がな！　何百万という、世界中のわれわれ白い病気の患者が――そうじゃ、わしは、この連中と仲間にならんといかんのだ――いいか、世界よ、見ろ、ここに……白い病気の患者たちの元帥がいるぞ。もはや軍隊の先頭にではない。苦しみにのたうちまわる、肉のかたまり全部の先頭に立っているのだ――あっちの道からも、こっちの道からも、さあ、出て来い――正義はわれに在り、正義はわれら白い病気を病める者たちに在り。われらは、ただ慈悲を請う――貸せ、アネット！　（受話器を取る）もしもし、博士かね――そうだ、わたしだ――　――承知した。　――そうだ。　――もう、わしは君に、承知したと言ったぞ！　――わかった。感謝する。（受話器を置く）やれやれ、これでおわった。もう何分かすれば……彼が着くじゃろう。

娘 ああ、神さま！　（喜びに泣き出す）ああ、よかった、お父さま――ほんとうによかったわ、パヴェル――

元　帥 （娘の髪をなでる）これ、これ――おまえは、まだ、わしがきらいか？　――な、いずれ、どこか、旅行でもしよう……平和になったら――

娘 お父さまが、すっかりよくおなりになったらね――

元　帥 そうじゃ、わしら全員がよくなったらだ。すべての秩序を回復させたらな。しかし、むずかしいぞ、パヴェル……はやく、あの医者が来んかなあ！　――そうじゃ、総攻撃を止めさせんといかん……それに、列国に通達せにゃあ……（机の上の命令書を取り、小さく破り捨てる）残念だなあ、きっと……すごい大戦争になったかもしれんのに。

娘 いい、お父さま。もう、絶対に戦争は駄目よ。世界最強の軍隊を解散させておしまいになればいいのよ――

元　帥 そうじゃ、いや、実に見事な軍隊じゃったよ、おまえ……。おまえにはとてもわからんだろうなあ。あれがどれほど優秀な軍隊だったか。二十年間、わしが手塩にかけて育ててきた……

クリューク 閣下は、今度は平和をお育てにならなければなりません。神が閣下にお諭《さと》しになったように、人民にお話しください――

元　帥 神か……。神が何をお望みか、このわしが知りたいくらいじゃよ――パヴェル、それもわしの使命なのか？

クリューク 左様でございます。それこそが……最大の使命でございましょう。

元　帥 それは、まあ、気が遠くなるような仕事じゃよ。外交なんてものも、わしは知っておるよ。だが、わしがあと何年か生きとればの話じゃが……。人間、使命を感じれば長生きするもんじゃ。平和か……神がわしに平和をお望みなのだ――アネット、その言葉がどんな響きかわかるように、言ってみてくれんか。

娘　神は平和をお望みです、お父さま。

元帥　なるほど、悪い響きではない……それは大きな使命だぞ、わかるか、アネット？　白い病気が世界中から消えたら、それこそ、それこそが大きな勝利じゃ。そうじゃろう？　よし、平和をうちたてよう。世界中でわが国家が最初となるだろう――そうじゃ、それは気の長い仕事となるだろう。しかし、わしは生きとるかぎり……神から授かった使命とあればやりとげるぞ！　――おい、あの医者はどうしたんじゃ、アネット？　どこにいるんじゃ、あの医者は？

― 幕 ―

第三場　街路

（旗を掲げた群衆。歌。そのなかから叫び――元帥万歳！　元帥に栄光あれ！）

息子（第一幕の）さあ、全員、声をそろえて、戦争万歳！

群衆　戦争万歳！

息子　われらに元帥あり！

群衆　われらに元帥あり！

息子　元帥万歳！

群衆　元帥万歳！

（車の騒音、クラクション。群衆に通行を遮られる）

ガレーン（手にカバンを下げ、駆け込んでくる）あとは歩いていこう……すみません……すみません……通してください……人を待たせておりますので……

息子　一般人だな。さあ、叫べ、元帥万歳！　戦争万歳！だ。

ガレーン　いやです！　戦争は駄目です！　いかなる戦争にも反対します！　いいですか、戦争はあってはならんのです！

群衆の叫び　何を言うか！　反逆者だ！　――臆病者だ！　――打ち殺せ！

ガレーン　平和にしなければなりません！　放しなさい――わたしは元帥のところへ行くのです――

群衆の叫び　元帥を侮辱したぞ！　――街灯に吊るせ！　――殺《や》っちまえ！

（叫びあう群衆、ガレーンを取り囲む。激しいもみ合い）

（群衆、退く。地上にガレーンとカバンが転がっている）

息子（ガレーンを蹴る）畜生め、起きろ！　こら、また、やられたいのか、それとも——

群衆の一人（ガレーンのそばにかがむ）おい、こら。こいつ、くたばりやがった。

息子 気にすることあるもんか。裏切者が一人減っただけだ。元帥に栄光あれ！

群衆 元帥万歳！ 元帥！ 元—帥！

息子（カバンを開ける）へえ、こいつ、医者だったのか！（薬の瓶を割り、踏み潰す）さあ、戦争万歳！ 元帥万歳！

群衆（叫びながら去っていく）元帥！ 元—帥！ 元—帥—万—歳！

— 幕 —

母

—— 三幕からなる戯曲 ——

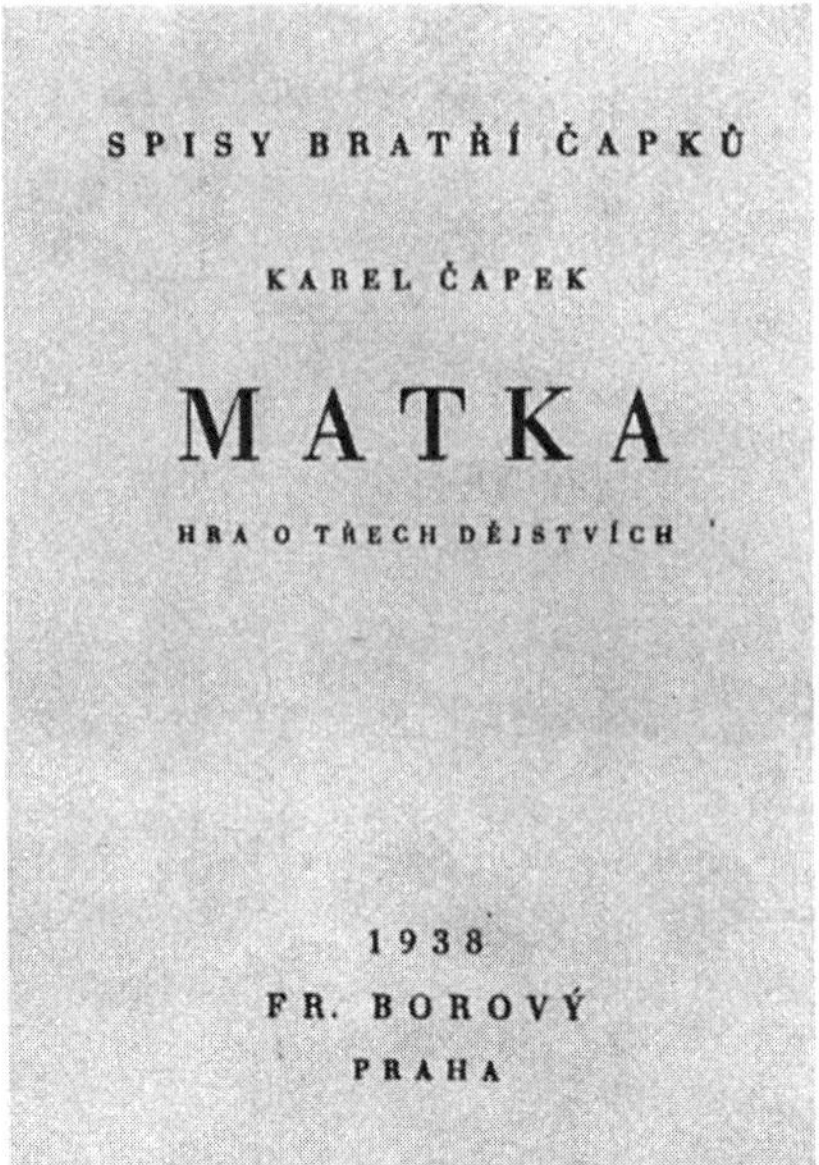

SPISY BRATŘÍ ČAPKŮ

KAREL ČAPEK

MATKA

HRA O TŘECH DĚJSTVÍCH

1938

FR. BOROVÝ

PRAHA

妻がそのアイディアを作者に提供したこの戯曲は、素材としての現在われわれが生きている時代に、現代の戦場の一つに向かってひざまずいている一人の未亡人のイメージを呼び起こすのに、「まえがき」で詳細に解説するまでもなく、十分理解できることと思う。

ただ舞台化に当たって作者が希望したいのは、戯曲のなかで母の周囲に集まってくる死者たちは、幽霊のようなものとしてではなく、昔の自分たちの家のなかでごく自然に、家庭の灯火のもとに集まってくる生きた、親しい、信頼しあった者たちとしてとらえていただきたいということである。彼らは生前あったのと同じように在る。なぜなら母の想像のなかで生き続けているのだからである。

ただ、母が自分の手で触ることができないという点でだけ彼らは死者なのである——そして、われわれ生きている人間より、立ち居振る舞いにおいて、多少、控えめなだけである。

人　物

母
父
オンドラ
イジー
コルネル
ペトル
トニ
老人
ラジオの男の声
ラジオの女の声

第一幕

父の部屋。いっぱいに開けられた窓。正面の壁には将校服を着た父の肖像。さらに、サーベル、剱、ピストル、銃、トルコの長煙管。植民地遠征時代の戦利品、たとえば、投げ槍、楯、弓、矢、トルコの半月刀。鹿の角、かもしかの首、その他、狩の獲物が掛けてある。

別の壁面には、書棚や飾り棚、ピカピカに磨かれた数挺の銃が掛けてある銃架、東洋風の織物、地図や動物の毛皮が場所を占めている。

まったく、この部屋は男性好みのガラクタで充満している。どっしりとした書卓、しかも、その上には辞書、地球儀、パイプ、榴散弾の殻で作った文鎮、タバコ入れの器、その他、似たり寄ったりの小間物。ソファ、その上にトルコ風クッション、すり切れた肘かけ椅子とスツール、アラビア風のテーブル、その上にチェス盤、小机と、その上に携帯用蓄音機。戸棚の上には軍帽と鉄兜。

さらに、そこらじゅうに、何となく異国情緒をただよわせる石膏像や黒人の手になる仮面。以下同様に二十年も三十年も前に、旅行先とか植民地から記念に持ち帰ったようなものである。しかしながら、これら全てのものは、見るからにひどく傷んでおり、相当の時代物である。

この部屋は居間というよりは家庭博物館といった感じがする。

トニ、ソファの上で両膝を立てて坐っている。大きな本を膝の上にのせて下敷きにし、紙に何か書いている。それから小声で読み、それに合わせて、手で拍子をとる。頭を振り、何か消して、韻をふみながら静かに読みつづける。

ペトルが入って来て、口笛を吹く。

ペトル　おや、トニ。何やってんだい？（何となく書卓の方へ行き、地球儀をまわし、口笛で何かの歌を吹く）

トニ　何って？

ペトル　詩でも作ってんのかい？

トニ　まさか！（紙を本の間にかくす）でも、それがどうしたっていうの？

ペトル　別に。（両手をポケットにつっこんだまま、トニを見つめ、口笛をふく）いいから、見せろって。

トニ　（読んでいるふりをする）やっぱりいやだ。大したものじゃないんだもん。

ペトル　ふん、（トニの髪を引っぱる）じゃ、そんなもの止めちまえよ、トニ。（ゆっくり書卓の方へ行き、器の一つからタバコをつまみパイプにつめる）もっとましなこたあ知らないのか、え？（抽出を開ける）

トニ　じゃ兄さんは何をやってるの？

ペトル　あてもなくさまよってるのさ。（引出しからぼろぼろの小型本を取り出し、ページをめくる）まさに、熱にうかされたるがごとく、さまよっているのさ。わが時は未だ来たらずだ。え、どうだい。（チェス盤ののっている小机の方へ行く）どれどれっと。このチェスの問題を、昔、父さんがやりかけたことがあるんだな、で——結局、解けなかったんだ。おれも一つ、やって見なくちゃな。（白と黒の駒を盤の上に並べ、本を見ながら、それぞれの位置におく。小さく口笛を吹く）

トニ（ためらいがちに）兄さん、何か聞いてない——

ペトル（上の空で）う？

トニ　イジー兄さんのことで。

ペトル　知るわけないだろう。

トニ　やったのかなぁ、兄さん、今日——何かの新記録。

ペトル　どうして知ってるんだ？

トニ　ゆうべ、ぼくに言ったよ。「トニ、明日、おれのために厄除けのおまじないを頼むぜ。おれ、一つ挑戦をするからな、三時頃」って、そう言ったよ。

ペトル　三時頃だって？（時計を見る）もう、じきじゃないか。おれたちには言わなかったぜ、それらしいこと。（駒をあちこちに並べながら、小さく口笛を吹く）きっと母さんに知られたくなかったんだよ。母さんたら、イジー兄さんが飛行機で飛ぶってときには、いつだって心配してるからな——母さんの前じゃ言うなよ、いいな。（本を見て、盤を見る）Dの5、Dの5と。父さんは初手をDの5だと考えたんだな。だけど、おれにはピンと来ねえな——でも、トニ、こう言っちゃ何だけど、昔、父さんもあの植民地で結構退屈してたんだな。こんなチェスの問題を考えてた位だから。

トニ　兄さんだって退屈してるんだろう？

ペトル　そりゃあな。こんな馬鹿げた時代ってあるもんか——（振り返り）だから、トニ、もったいぶらないで、その詩を見せろよ！

トニ　いやだよ。まだ出来上ってないんだもん！

ペトル（トニの方へ行き）おい、さあ！

トニ（書いた紙を引きぬいて）あまりよく出来てないんだけどな！　兄さん笑うにきまってる！

ペトル（トニの手から紙を取り）綴りの間違いがないか見るだけさ。（静かに、注意深かく、韻をつけて読む）

（コルネルが銃を手に入ってくる）

コルネル　二人ともここだったのか——（銃の撃鉄をカチッといわせる）こいつのひどいのったら。全部バラバラにしなきゃならなかったぜ。でも、もうすっかり調子がよくなった。（銃を銃架にかける）こいつを一発試してみたいよ、ペトル。——で、おまえたち、何やってんだい？（別の銃を取り撃鉄を試す）

トニ（緊張した面持でペトルを見ている）別に、なんにも。

ペトル　この行の、ここんとこだけど、トニ、二音節多いぞ。

トニ　どこ？　見せて？

ペトル　ここだ、こうはじまってるとこ。「汝、美わしく未知なるもの、しかれども汝は来たらむ――」

コルネル（銃の撃鉄をふっと吹きながら）また詩か！　今度はうまく行ってるのかい？（銃を机の上に置き、引出しから油と麻くずを取りだす）

ペトル　で、この「美わしく未知なる」なんとかって、いったいだれのことだい？

トニ（飛び上り、紙をペトルから取り上げようとする）返してよ！　どうせ、それは駄目なんだ。だから、ちょうだいって、焼いてしまうんだから。

ペトル　いや、だめだ。おれは真面目に聞いてるんだぞ。馬鹿は止せ、トニ。ひょっとしたら、この詩、まんざらでもないかもしれないぞ。わかってんのか。

トニ　ほんとに、そう思う？

ペトル（静かに読む）思う。響きも悪くないぜ、アリオーン君。

トニ　でも、その未知なる人がだれだかは……自分でわかってくれなくちゃ。

ペトル　おまえはそれが……死だと言いたいんだろう、え、トニ。（紙を返す）

トニ　ほら、わかってるのに、どうして聞くの？

ペトル　ただ、こんな小僧っ子のくせして、なんで死なんかにあこがれるのか、おれにはちょっと不思議だからさ。

コルネル（書卓の上で銃を磨きながら）その理由は、まさに奴が小僧っ子だからじゃないか。トニは世をはかなんでいらっしゃるのさ。「美しく未知なるもの」――いいかげんにしろだ！　おれにゃさっぱりわからん。死なんてもんが、そんなに、こう、美しい何かででもあるってのかい。たとえ――

ペトル　――たとえ、それが死に値する何かのためであってもだろう？　どうだ？

コルネル　そう、まさに名言だよ、ペトル。そのいい例が、おまえたちが棒っ切れの先にくくりつけてる黒いぼろ雑巾さ。ざまぁ見やがれ。バリケード上の死だって――われらがペトル君はこの安っぽさがひどくお気に入りなんだからな。バーン！

トニ（ほとんど涙声で）止めてよ！　兄さんたち、また喧嘩なの！

ペトル（チェス盤を向いて坐る）やるはずないだろう。だいいち、おれに向かってなんか来やしないさ。この時代遅れの、かんしゃく持ちの、反動の石頭の言うことなんか、だれが聞いてやるもんか。おれより三十分早く生まれたからって、それがどうしたってんだ。だけど、これが世代の分かれ目ってわけさ。だからって、歴史の歯車を止めるわけにゃいかない。かくして、新しい、三十分だけ若い世代が生まれ出たというわけだ。――（盤上で駒を動かしている）Dの5、Dの5と。父さんが考えてたような具合には行かないようだぞ。（駒をもとにもどす）

コルネル　おれにはその詩、見せないのか、トニ。

トニ　もっと前に、ちゃんと直しときゃよかった。

コルネル（麻くずで手を拭いながら）そのままでいいから、

ちょっとかせ。なんだって直せば直すほど悪くなるもんさ。
トニ　（紙を渡す）でも笑わないでよ、コルネル兄さん。
ペトル　（盤を見つめながら）笑うもんか。コルネルは絶対笑いやしないさ。コルネルはただ厳しく検閲するだけさ。何か反体制的な傾向が、そのなかにないかどうかね。例えば、自由詩――
トニ　自由詩なんかで書くはずないでしょ！
ペトル　そりゃよかった。さもなきゃコルネルはおまえを国家に対する反逆者とか、ボルシェヴィキとかって、決めつけるところだったよ。おまえは破壊分子なんかになっちゃだめだぞ、トニ。そいつは、おれにまかしとけって。わが家の革命軍ペトル様にな。――ここでこの歩兵を前進させるのかな（頭をふる）いや、するとみずから胸元を開けっぴろげにすることになって、白軍はおれの心臓目がけてぐさりだ。まてよ――しかれども汝、美わしく未知なる御方は来たらむ、か――
トニ　コルネル兄さんが読むのを邪魔しないで！
ペトル　ごめん。おれはどうも声を出して考えるくせがあるんだ。弁舌の才の現れかな。
コルネル　（紙をそばに置く）たまげた！　ペトル、この小僧っ子は詩人になるぞ！　――どうだ、おれたちはこいつを仕込まなきゃな。
トニ　（有頂天になって）ほんとに気に入ったの。
コルネル　（親しげにトニの髪の毛をくしゃくしゃにしながら）うん、おまえ、これからも、もっと勉強しなきゃな、トニ。だけど、のっけから死っていうのは止めろよ。いいかい。そんなこと考えるの、おまえにゃまだ早いよ。え、母さんのお宝坊ちゃん。そうすりゃ、生についての詩だって自然に湧いてくるさ。
トニ　ぼく、もっと書いた方がいいと思う？
コルネル　（再び銃の手入れをはじめながら）どっちみち、わが家では、めいめい勝手なことをやっている。それがわが家の宿命さ。
ペトル　イジー兄さんが今日、記録に挑戦するかも知れないって、おまえ知ってるか？
コルネル　（磨くのを止めて）そんなことだれが言った？
ペトル　トニさ。兄さんが厄除けのおまじないをしといてくれって言ったらしいぜ。
トニ　しまった、忘れていた。（あわてて、手を合せる）
コルネル　（窓越しに外を見て）天気はいいし、なんとか、うまく行くといいんだけどな。
トニ　どんな記録なの？
ペトル　高度のさ。
コルネル　積載重量もだ。（また銃の方へ向く）
トニ　ドキドキするような気分だろうね……そんなに高いところを飛ぶなんて……そして旋回する。そこはもう青一色で、そして歌をうたうんだ。もっと高く、もっと高くって！
ペトル　指の先までこごえるのが落ちさ。
コルネル　イジー兄さんは、きっといつか、その記録を達成するぜ。父さんの血をひいてるんだもんな。

トニ　どんな?

ペトル（チェスに熱中しながら）向うみずのさ。

コルネル（銃に顔を向けたまま）責任感だよ、ペトル。

トニ　兄さんたちは、まがりなりにも父さんを知っている。けど、ぼくは——オンドラ兄さんも、父さん似だった?

コルネル　そうさ、だから兄さんも墓石の下へ入っちまった。

トニ　で、兄さんは?

コルネル　そうなるよう努力はしてるさ、精一杯な。

トニ　じゃ、ペトル兄さんは?

コルネル　やつも必死で努力はしてるよ。できるだけ父さんに似ないように。

ペトル　おれかい?　親友、われこそは父上のチェスの問題を徹底的に解明すべく、苦心惨憺もいいとこだ。

コルネル　それだけだ。他のことじゃ……そのお父上がご存命あらせられたら、さぞ肝っ玉をおつぶしあそばすことだろうぜ。騎兵隊の少佐殿、ここなる御子息が閣下の世界秩序の転覆を計っておられますぞ。無惨なるかな家庭の悲劇——父上の残し置かれし物の具の数々が、かくも無聊《ぶりょう》をかこつとは……

ペトル　奴の言ってること気にするんじゃないぜ。父さんはいつだって、真先きかけて突進していたんだ。その点じゃ、おれだっておんなじだ。（チェス盤の上の駒を進め）かくて、黒の歩はFの４へ前進し、白は受けにまわる。

コルネル　白が受けにまわるって?　どれ!（チェス盤の方へ行く）

ペトル　黒軍は攻撃に転じます。白軍の陣地は無くなってきました。

コルネル（チェス盤をのぞき込んで）待てって、黒軍ペトル。そんなのフェアじゃないぞ。父さんだったら、この馬をDの５へ進めたはずだ。

ペトル　かもな。でも、今は時代が違わぁ。父さんは騎兵だったが、おれは歩兵の味方だ。歩兵には前進あるのみ。歩兵は退かず、倒るるのみだ。万国の歩兵よ、団結せよだ!

コルネル　でも、馬がDの５へ行ったら——

ペトル　おれのチェスに口を出すなよ!

コルネル　これは父さんのチェスだ。見ろ、Dの５だと三手で詰みだ。

ペトル　ところが、おれはまるっきりそうしたくないんだよ、兄上。おれは白をやっつけたいんだ。だから黒の歩はバリケードにたてこもって白の馬を追っ払うのさ——

コルネル　ばかばかしい、それじゃ問題が間違ってるんだ。この問題はそんな手など計算に入れてなかったんだ。

ペトル　そうら見ろ。この問題には二つの解答があるんだよ、お人好しめ。

コルネル　一つは父さんのだ。

ペトル　もう一つは革命的なやつだ。抑圧されし歩兵ども、前進だ!　白の城塞が危機にひんしています。それ!

コルネル　待てったら、ペトル。その黒の百姓の兵隊をこっちへ返せって。そんな無茶やったんじゃ、せっかくのチェスのぶち壊しだ。

ペトル　どんなチェスだい。

コルネル　父さんのさ。父さんだったらDの5に決ってる。

ペトル　父さんは軍人だったんだぜ。だから、黒軍兵士はつわものぞろい、黒軍も一歩も引くなって言うだろう。そして、みずから白軍めがけて突進し——

コルネル　まあいいから、その歩を戻せって。

ペトル　なんだってそうしなきゃならないんだ。

コルネル　父さんがどんな手で勝ったか見たいからさ。

ペトル　こうなったらもう話は別だ。相手は父さんじゃない。おまえだ。白馬め、悪あがきは止めろ。いまや黒軍兵士の進撃をはばむものは何もない。四手でこいつはオールマイティの女王だ——だがおれたちはこれを別の名で呼ぼう。

コルネル　なんて名だ。

ペトル　（急にまじめになり）新政府、黒軍政府だ。その実現も真近かだ。

コルネル　そうはいかないぜ、ペトル。まだ奥の手があらあ。

ペトル　どんな？

コルネル　これさ。（チェス盤上の駒をかきまわす）

ペトル　あっ、これこそまさに暴力だ。（立ち上る）よしきた。じゃ、おれたちも取って置きの手を出そう。

トニ　（ソファの上で何か読んでいたが、顔を上げて、ほとんどヒステリックに叫ぶ）もういいかげんに政治の話は止めてよ！　ぼく、もう我慢できないよ！

コルネル　だけど、ほんとはただの遊びなんだよ、ピリピリ屋さん！　ちょっと決闘ごっこをしようってだけさ、な、ペトル？

トニ　ごっこじゃないでしょう。ぼく、兄さんたちの考えてることわかってんだから！

ペトル　その通りさ、トニ。これはすごく大事なことなんだ。古い世界と新しい世界との戦いだ。だが心配ご無用、拙者がこのコルネルめを虫けらの如く、串ざしにして進ぜよう。暴君を倒せ！（蛮人の兜をかぶり）古き、いまわしき世界よ滅び去れ！　いざ、いざ、コルネルめ！

コルネル　（騎兵の兜をかぶり）いざ、参るぞ！（壁から二本の剣を取って）お選びなされ、わが仇敵殿。

ペトル　（一本をとって試す）よかろう。でも、同じ武器で戦うってのも、もう時代おくれだな。ちょっと古めかしすぎるぜ。（双方注意深く構える）さあ、トニ、合図しろ！

トニ　（本から目を離さず、耳をふさぐ）いやだよ！

コルネル　用意——始め！

（二人は笑いながらフェンシングをしている）

ペトル　ラ！　ラ！

コルネル　アラ！

ペトル　暴君め！　裏切り者め！　さあ、みんな失せやがれ！　ラ！　ラ！

コルネル　ラ！

ペトル　第一撃！

コルネル　肩だ。なんの、これしき。まぐれってこともあらあ。
ペトル　最後の勝利はわれにあり！
コルネル　まあ見てろ！　えい、一本！
ペトル　かすっただけだ。ホラ！　ホラ！　進め！　黒軍兵士！
コルネル　どっこい、守りはかたい。どうした！　ホラ！　ホラ！
ペトル　決戦だ。戦闘開始。――一本。
コルネル　とんでもない。おまえの方じゃないか！　――（試合を止め）どうした、痛くないか、ペトル？
ペトル　へいっちゃらさ。さあ、アン・ギャルド！

（小机や床机がひっくり返る）

ペトル　ラ！
コルネル　オラ！
ペトル　それまで！　今のは頸動脈だ、コルネル。おまえは死にだ！
コルネル　傷ついても戦いは続く。息のあるかぎり。オラ！
トニ（叫ぶ）止めてよ！
ペトル　すぐにおわる、トニ。歩兵の突撃だ。ホレ！　ホレ！　旧世界の滅亡だ――
コルネル　勝負あり！　いまのはおまえの心臓を一突きだ。どんなもんだ、ペトル。（剣を下げる）
ペトル（剣であいさつする）ご苦労さん。おれは死んだ。
コルネル（剣であいさつし）ご愁傷さま。
ペトル　としても、おれの後には何千という兵士が立ち上がり――全員、突撃！

（母が入って来て、ドア口のところに立つ）

母　おまえたち、またやってんだね！
ペトル　ああ、母さん。（急いで剣を壁にかける）コルネルがね、たったいま、ぼくを惨殺したところさ。心臓をぐさりとやってね。（兜を脱ぐ）
コルネル（剣を壁にかけながら）ペトルだってぼくの首を刺したんだよ、母さん。敵ながら天晴《あっぱれ》な一撃でね。（兜を脱ぐ）
母　おまえたちは双子の兄弟のくせしてて、いつも、とっ組み合いしてなきゃ気がすまないんだね！　見てごらん。おまえたちは本当にしょうのない子だね、また部屋んなか、ぐちゃぐちゃじゃないか！　大事なお父さんの部屋だっていうのに！
ペトル　ぼくたちでもと通りにするから、心配しないでよ。母さん。さあ、コルネル、やろう！

（二人は粗っぽく、小机や床机を起こす）

母　止めなさいって。おまえたちの整頓なんてわかってるわ。男のやることなんて、直せば直すほどひどくなるんだから。
コルネル（四つん這いになって絨毯を直している）すぐ終るって、母さん。どけ、ペトル！

ペトル（同じく四つん這いになって、押しかえし）おまえこそどけよ！（あっと言う間に取っ組み合いになり、床を転げまわる）押え込みにするぞ。

コルネル（ふうふう言いながら）やれるなら、やって見ろ！

ペトル　ようしきた！（部屋中をころげまわる）

母　もう沢山！　おまえたちは、この中のものみんな、ぶち壊わしてしまいたいんだね！　恥ずかしくないのかい、大きななりをして――トニに笑われますよ！

ペトル（コルネルを放しながら）来い、トニ。おまえも鍛えてやろう！

トニ　ぼく、いやだ！

母　トニには構いなさんな。おまえたちなんかもう見たくもないんだから！　トニ、いったいどうしてこんな騒ぎになったの？

トニ　ペトル兄さんがDの5の手を指したくないって言ったの。

コルネル（床の上のチェスの駒を拾いながら）いい、母さん。それはね、父さんの指し手だったんだよ。ぼくはわが家の伝統を守っただけさ。

ペトル　そうじゃないんだ、母さん。その問題には二通りの指し方があったんだ。

コルネル（盤の上に駒を置きながら）じゃ、父さんが指したように指さないわけは？

ペトル　そして、おれが別の指し方をするわけは、だろう？　いまだったら父さんだって、きっとおれが指すように指すさ。

母　ああ、もう喧嘩は止めて、ここから出ていきなさい。おまえたちのあと始末をしなきゃ。ほんとに、おまえたちにゃ手がつけられないんだから！

コルネル　ぼくらも手伝うよ、母さん。

母　おまえたちが手伝いになるもんですか！　きちんとするってことがどんなことだか、おまえたちにわかってるのかい！

コルネル　あった場所へもどすことさ。

ペトル　あるべきところへ置くことさ。

母　いいえ、違います。それぞれみんなが満足するところへ置いてやることですよ。おまえたちにゃわかるまいがね。さあ、行ってちょうだい、双子の坊っちゃん。ここから出て行きなさい！

コルネル　ペトル。庭へ行ってあのライフルを撃ってみよう！

ペトル　よしきた。百歩はなれて、どっちがビンに命中させるかだ、な？

母　せいぜい、何かぶち壊すのが落ちだよ。

コルネル　トニ、おまえ来ないのか？（さっき持って来た銃を銃架から取る）

母　いいえ、トニは射撃なんてきらいだよ。ね、トニ？

ペトル　わかってるよ。トニはこわいのさ。

母　こわいもんですか。おまえたちにはトニがわかっちゃいないんだよ。おまえたちとは出来が違うんですよ。ただ、それだけよ。

コルネル　ぼくらはみんな一人ずつちがうよ、母さん。

母　自分でそう思ってるだけでしょ。さあ、もういいから行きなさいったら。大きななりをした腕白さん！

コルネル　（母の頬にキスをし）もう、怒ってない？

ペトル　（もう一方の頬にキスし）怒るもんかって、母さんが！もうなれっこだよな。

母　イジーはどこだか知らないかい？

コルネル　さあ、イジー兄さん、どこに行ったのかなあ？トニ、おまえ知らないのか？

トニ　たしか……何か、デートだとか言ってたみたい。

母　誰と？

ペトル　きまってるじゃない、母さん。きっと、どこかの、美しき未知なるお方とだろう。

（双子の兄弟はお互いに脇腹をつつき合いながらドアから出て行く）

母　おまえはまた、ここに何か用でもあったの？

トニ　べつに。ただ……ただ、ここで読みものをしてたんだ。

母　またお父さんの本を引っぱり出してかい？

トニ　この旅行記さ、母さん。

母　いつもいつも遠い国のことなんだね——そんなのおまえ向きじゃないよ。おまえはけっして遠くへなんか行ったりしないよね？（あちこちと歩き廻って、静かに整頓をしている）

トニ　たぶん、行かないよ。でも、ぼくいろいろ想像できるんだ——

母　たとえば、どんなこと？

トニ　そうだなあ。たとえば、青々とした大草原のまっただなかに、不意に、かもしかの大群が現われる——母さん、ぼく、どうしてみんな平気で動物を撃ち殺したりできるのか気が知れないよ。

母　父さんも撃ち殺したけど、おまえはやらないよね？（首のまわりに手をかける）あたしはね、おまえがいつまでも、いまのおまえでいてくれたらなって、そのことばっかり考えてるんだよ。だれかが家に残ってくれなきゃ。ね、トニ。でないと、世界中に家なんてなくなってしまう。（キスする）もうお行き。母さんはまだここに用があるんだから。

（トニ退場）

母　（音も立てずに掃除をしている）トニはみんなと違います。違ってくれなくちゃ。（父の肖像の前で立ち止まり、見つめる。肩をすくめて、窓ぎわのぶ厚いカーテンを下ろしにいく。部屋の中は薄暗くなる。母は肖像のところへ戻り、その前の電気スタンドをつける）ねえ、どうしていつもあたしから子供たちを引きはなそうとするの？　あたしがいやなのがわからないの。おまけに、あんたの忘れ形見のトニまで——あの子は、あなたを一度も知らないのよ、それなのに、暇さえあれば、もうすぐにでも入りびたりなんだから。あたしにそんな仕打ちをするって、あなた、いったいどういう了見なの、ね！　あたしだって、あの子たちが大切なのよ、リヒャルト。あの子たちがあなたに憧れるのが、こわいのよ。

父　（片隅の暗がりからゆっくりと現われる。肖像画にあるのと同じ軍服を着ている）おれがここへ引っぱって来るんじゃないよ、おまえ。勝手に来るんだ。子供のときから、ここのガラクタで遊んでいたからな――そうそう気に病むことはない。

母　（おどろいた風は少しもなく、父の方を向き）あなたはいつもそう言うけど、今じゃもう、あなたのこんなおもちゃで遊ばせるにゃ大きすぎます。それなのに、あなたは、みんなをこんなところに呼び集めて！

父　なあに、みんな子供の頃を懐かしんでるのさ！　ところで、おまえだってこのガラクタを、とっくに始末してもよかったんだぞ。そうだろう！

母　まあ！　始末するですって？　あなたの形見を？　いや！　リヒャルト、これはあたしのものよ。だって、ここのものはみんな、あなただったんだから。（肘かけ椅子に坐る）でも子供たちがここに忍び込んだあとには、必ず空気のなかに何かが残ってるのよ……あなたが本当にいるみたいな。本物のあなたがなのよ。

父　（椅子にまたがって坐る）そりゃ、タバコのせいだよ、おまえ。

母　タバコも生命もよ。そのあげく、あたしがどんな気持になるか、あなたにゃわかりゃしないわ。目をつぶりさえすれば、そりゃもう激しく感じるのよ。リヒャルトがここにいたんだわ――リヒャルトが――リヒャルトがって――このなかはあなたで一杯よ。あなたを吸い込んでしまいそうよ。だから、そんなこと言わせないわ。そこのガラクタとは無関係よ。あなたのせいよ。あなたのせいなのよ――どうか子供たちに余計なおせっかいはしないでちょうだい。リヒャルト。

父　よしよし、母さん、もういいから止めなさい。第一、おれがいったいどうやってあの子たちにおせっかいできるのかね！　人間、一度その――もう何年になるかね？

母　知ってるくせに。十七年よ。

父　そんなにか？　だからな、人間も一度死んで十七年も経てば、その名残ももうかすかだろう。な、おまえ。しかも、もっともっとかすんでいく。もう、おれはなんの役にも立ちはせん。ま、おれが残していった、このガラクタどもの上の塵でも払うのが精一杯ってとこだ。

母　そんなことじゃありません。あなたは子供たちを誘惑しています。だから、子供たちはここへ、しょっちゅう忍び込んで来るんです。だって子供達にとっては大変なことなんですよ。父さんは軍人だった。父さんは英雄だったたってことは！　あたしにはわかるんです。そのことが、どれだけ子供を惑わせているか。これまでだって、そのことが子供たちをずっと惑わせてきたのです。

父　おれのことを子供たちに話さなきゃよかったんだよ。おまえの失敗だ。

母　話したのがいけないって！　そうはおっしゃいますがね！　あなたの思い出をあたしが大切にしないで、だれが大切にするんです？　あたしはね、リヒャルト、あなたが亡くなってからっていうもの、あなたの遺品と子供たちのほかには、なんの楽しみもなかったのよ。もちろん、あたしはあなたに感謝してますわ。自分の父さんをこんなに誇りに思うことのできる子供なんて、ざらにはいませんからね――でもそれが子供たちにとってどんなものなのか、考えたこともないんでしょう。それでも、あの子たちから、その誇りを取ってしまえっておっしゃるの？

父　大げさだな、母さんは。こう言っちゃなんだが、おまえはその話になるといつも大げさだな。英雄的行為なんてとんでもない！　そんな大それたことじゃなかったんだよ。まったく意味の無い原住民とのいざこざで――おまけに負け戦だ。

母　知ってますよ。あなたはいつもそう言うんだから。でも、将軍から直々のお手紙をそのとき受けとりましたよ。「奥様。英雄の死を悼み、深き哀悼を捧げたまわんことを。御主人はみずから進んで最も危険きわまりなき地点に――」

父　そんなもの外交辞令に過ぎんさ。その不幸がおれの上に起ったということが……つまり、そのう、なんというか……わーんと鳴り響くようにしたかったんだろうよ、どうかな？　英雄なんておこがましい！　だれかがそこへ行かにゃならんかったんだ。おれが申し出なけりゃ、他のだれかが行ったろう。それだけの話だ。

母　でも、そのだれかは五人の子供の父親ではなかったでしょうに。リヒャルト！

父　確かにその通り。だが、五人の子供があればこそ、臆病な軍人であってはならんじゃないか、な、おまえ。なるほど、おれは大したこたぁせんかった……だが、おまえにゃ分らんじゃろうがな、母さん。人間、鉄砲ぶっ放してるきゃ、まったく別な考え方をするもんなんだよ。説明するのはむずかしいが。あとになってみれば、ものすごく勇ましく思われるんだが、そのなかにいるときはだれだって、もう――つまり、何をやらなくちゃならんか、それが重要なんだ。要するに、その側面に展開せにゃならんかったんだ。わかるかな、おまえ。本隊がこういうふうに前進していて、側面のこの部分に山間の隘路《あいろ》があったんだ。いいかな？　それでこの隘路をだ、われわれは小部隊で占領せにゃならんかった。以上、終りだ。総員五十二名の戦死。目を見張るほどのこっちゃない。

母　五十二名が戦死だって――何人の中の？

父　もちろん、五十二名だよ、母さん。でも、その代り丸六日間もちこたえたよ。それにしても、きつかったのは喉の渇きじゃった。おれたちは水っちゅうもんを持っとらんかったからな。そりゃもう情容赦のない渇きじゃった――うらめしかったぞ。おれはもう心の底から腹が立った。

母　どうして？

父　そりゃ、つまり何の役にも立たんことじゃったからだ。おれたちの連隊長が作戦ミスをやらかしおったんじゃな。

本隊は後方で待機すべきだとしてもだ、少なくとも二個大隊位はこの隘路に投入すべきだったよ。それに山砲を装備してな。おれにははじめっからわかっとった。おれは連隊長に進言したが、やっこさん、おれをつかまえて、こわいのかとぬかしやがった――

母 リヒャルト！　それであんたは行ったの――死にに？

父 おもな理由はそういうことなんだ、おもな理由はな。おれの正しかったことが連隊長に分るようにだ。あの間抜けめ！　こうして蛮人どもの中へ突撃というわけだ。

母 それも、あいつのために――あいつのために――

父 おまえは馬鹿げていると思うじゃろうが、軍隊ではその馬鹿げたことを名誉と言うんだ。いいかな、戦場ではそうする以外にはないんじゃよ。

母 リヒャルト、そんなこと、はじめて聞くわ。じゃ、あなたはその連隊長がまちがった命令を出したおかげで戦死したのね？

父 よくあることだよ、母さん。でも少くとも、おれが正しかったことは証明された。だから、やったかいはあったんだ。

母、ああそう。あんたは自分が正しかったことを証明しようと思ったのね。でも、あたしたちのことは考えなかった……でしょう？　五番目の子供が、もうじき生まれるってこと、考えてもみなかったのね。

父 考えたとも、おまえ。考えないわけがないじゃないか！こんな追いつめられた状況のなかでは、人間ちゅうもんはいろんなことを目まぐるしく考えるもんだ。おまえにゃ想像もつかんだろうがな。たとえば、馬を走らせながら、一人で問答するんだよ。「三ヶ月もすりゃわが家に帰れる。子供はもう生まれとるだろうな。サーベルは音させんように、玄関脇に置かにゃいかん、それで、そうっと行くんじゃ、爪先立ちで、そうっと……オンドラはどうしとるかな。あいつ、もう一人前に、おれと握手するかなあ。お帰り、父さん。やつは言うじゃろう。――おう、オンドラ、学校の方はどうだ？――相変わらずですよ、父さん。――それからイジーか。イジーは機関車かなんかもちだしてきて、父さん、見て！　か――それから双子どもは、目玉をくりくりさせて、先を競って、おれの膝によじ登ろうとするじゃろう。こらこら、いたずら坊主、両方ともこっちへ来て、おとなしくするんだ！――それから女房だ――もう半年以上も会うとらん。半年以上もか。おれがあいつを抱きしめてやると、あいつもまた、腰を抜かして、へなへなになるかも知れんぞ。そして、喘ぎながら、リヒャルト――

母 リヒャルト――

父（立ち上り）さてと、ところで、おまえのほうはどうじゃった。

母（目を閉じたまま）そりゃ、あなた。あなたを待ちつづけたわよ。五人目の子が生まれて――やせ細った子でね、リヒャルト、なんであんなに華奢なのかね。きっとあたしがあんたを思って泣き暮らしてたからだろうね。

父　そんな子でも育つもんさ、母さん。そんな子だって、大きくなりゃ立派になり、英雄にもなる。そうとも。

母　（急に激しい口調で）いいえ、あたしはご免よ！　トニを英雄なんかにしたくはありません！　もうたくさん。聞いてるんですか？　あなた方の英雄主義には、もう、さんざん思い知らされましたよ！　あなたが戦死しただけじゃ、まだ足りないとでも言うの！　あなたにわかる？　あなた方にわかる？　夫を亡くすってことがどんなことだか。あなたが亡くなってからのあたしが、どんなだったか、おわかりかしら——大して必要もないのに、自分から死んでしまうなんて、あなた、ひどい仕打ちだわ！

父　仕方なかったんじゃよ、おまえ。あの馬鹿隊長に、こわいのかなんて言われちゃ——まあ、行かんわけにゃいかんじゃろう、な？　しかも他の将校たちの前で言われたんだ。こわがってるようじゃな、少佐ってな。おまえがそこに居合せていたら、なんと言っただろうな。

母　（立ちあがり、静かに）あたしだって言ったでしょうよ、リヒャルト、行きなさいって。だって、あんたを黙って引っこませてなんかおくもんですか。

父　そうとも、おまえだってそう思うだろう。

母　だって、あたしはあなたを愛してたんだものね。リヒャルト。あたしはあなたを、ずっと、愛し続けなきゃならないんですからね！　ちがうのよ、そんなに大げさに考えないで、あなた。どうせ、あなたにはわかりゃしないんだから。女がこんなふうになりふりかまわず、女の一念で愛し続けるってことが、何を意味しているのか！　わたし自身でさえわからないのよ。あたしたち女の中にあるそれが何なのか。わかっているのは、ただ、あんたを愚かなほど好ききだってことだけ……いい、あんたの軍服姿を好きなの、リヒャルト。拍車のカチカチ鳴る音。勇敢かと思うと見かけ倒しだったり、堂々としてるかと思うと軽率だったりする——そんなあなたを、どうしてこんなにまで深く慕うようになったのか、あたしにもわからない。多分、あたしが馬鹿で、男好きで、頭が変だったんでしょうね。でも、いつまでも……でも、いまでもあたしはあんたが恥をかくのを黙って見てられはしないわ！

父　そうだろう。だから、あのときおれが行かなけりゃ……

母　いえ、いえ、リヒャルト。あたしの言うことをそのまま信じないでよ！　たぶん……いいえ、きっと、あたしはあなたを許したわ。たとえあなたが、あの時、立派に、軍人として振舞わなかったとしても。あなたはあたしのところへ、それから子供のところへ帰っていらしたでしょう……そして、軍隊なんかお辞めになったでしょう。あたしだって、……それが当りまえのことになっていたのよ。そして、またあなたを愛したわ。たぶん、少しは違ったふうにかも知れないけど。そりゃ、あなたはひどく苦しんだと思うわ……軍人の面目をなくしたんですものね。でも、あたし達は……二人して生きのびたわ。あたしのそばには、少くともあなたがいたわ。リヒャルト。そしてあたしはあなたの世話をしてあげられた——

父　――何の役にも立たず、くよくよしている人間のな。それでもおまえは満足するのか、おまえ？

母　――満足しないはずないでしょう、黙って……。だってあたしは、ほら、ずっと僅かなもので満足しなきゃならなかったんですからね。

父　……知ってるよ、母さん。おれは少佐の年金を残したが……

母　それに五人の子供ですよ、リヒャルト――あの子たちをよくご覧なさい。あんたにゃ想像もつかないでしょうけど、女身一つにゃそりゃどんなにこたえたもんか。いえ、いえ、口を酸っぱくして言ったって、あなたにゃわかりゃしませんよ。ごめんなさい、あなた。あたしはこんなこと口にしちゃいけなかったんだわ。でもね、とてもあなたには想像もできやしませんよ――衣類、食事、学校。そして次のがまた、衣類、食事、学校――来る日も、来る日も、やりくり算段、五回もボロ服を裏返しにして、銅貨だって一枚一枚を――そんな苦労があなたにわかるの！　そうですとも、そんなこと勇ましいことでもなんでもありゃしないわ、でも――これだって、しなくちゃならないことなのよ、あなた。ねぇ、あなた。どうしてあたしをそんなふうに見るの？　あたしが老けたって言いたいんでしょう！

父　おまえはきれいだよ、母さん。あの頃よりずっときれいだよ。

母　馬鹿なこと言わないで、リヒャルト。あたしたち生きてるものは、ひどく変っていくんです。あなたは別よ。あなたはまるっきり変っちゃいない。あなたのそばにいると、あんまりあたしが老けたみたいで、恥ずかしいくらいだわ。そんなにあたしの方を見ないでよ、あなた。あたしには苦労が多すぎたんだわ。あなたなしで、そりゃ辛かった――

父　そう、おれはあんまり家庭を省《かえり》みなかったもんな！

母　でも、一人ぼっちじゃなかったわ！　それでね、あなたを一番必要としたのは、あの子たちがわたしの手に負えなくなりだしたときだったわ。いいえ、そうじゃないの、あの子たちはいい子でした。オンドラにしても、イジーにしても、双子たちにしてもみんな――あたしのためならなんでもやってくれたわ。でも、あの子たち、大きくなったら別の言葉でしゃべりはじめたみたい。あたしにはあの子たちがさっぱり理解できないのよ、リヒャルト。あんたなら、あたしよりはよっぽどあの子たちの言うことが理解できるでしょうに。

父　いやいや、おまえ、そうもいかんさ。おれにだって、やつらの考えてることなんてわかりゃせんよ。だいたい、医学とか飛行術とか、それに、あの双子どもの頭の中に詰め込まれた馬鹿げた思想が、おれにわかるとでも思うのか――――

母　政治のこと？

父　そうさ。おれはそんなことに頭を使ったりはせん。母さん。おれはただの軍人だったんじゃ。

母　かも知れない。でも、あの子たちはあなたにたいそう憧れてるわ。あなた、あの子たちを軍人にしたかったんでしょう。でも、あなたが亡くなってから……あたし心のなかで誓ったのよ……いやだって！　いい、あたしはあの子たちを……費用のかからない士官学校へだってやれたのよ。でも、あたしは、あえて、自分で仕事をして、あの子たちに他の事を勉強させるようにしたんです。あたしは思ったの。医学でも技術でも……何だってかまやしないけど、軍人だけはだめだって。何か有益なこと……その仕事をやっても死ななくてもすむような何かをやらせようって。あたしがあの子たちをそういう学校にやるために、どんなに苦労したか、あなたにわかってもらえたらねえ――そして、あの子たちがどうなったか。

父　なるほど、それじゃ、おまえも満足しとるんじゃないのか？

母　それが、本当は、あたしにもわからないの。あたしって鷹の雛を孵化しためんどりみたいなもんじゃないかしら。雛たちが一羽一羽飛び立っていこうとするたんびに、自分は地べたに坐りこんで、危ないよ、危ないよって、ガーガー騒ぎまわってる。たまには、そんなことじゃいけない。そんなにびくびくしてちゃだめだ。あの子達の邪魔をしちゃいけないって、自分に言いきかせるんだけど――リヒャルト、女って母親になると変わってしまうのね、まるっきりだわ。あたしも昔は変だったし、思い上がってもいたわ――そうでしょう、あなた。

父　そうだな、おまえ。

母　あなたに夢中で、家のことなんか放ったらかしにして、人生を台なしにするってことさえ平っちゃらだったわ。でも、いまは違う。いまじゃ強欲婆さんみたいに、自分の息のかかったものはなんでもかんでも抱えこんで、みんなに向って、叫びたいくらいよ。放すもんか！　放すもんかって！　あたしはもうさんざん与えたんだもの、リヒャルト。あんたに……それに、あたしたちのオンドラ。あたしゃ、もうこれ以上渡しゃしませんよ。あの英雄的行為っていうのかしら、あたしにゃそりゃもう、とてつもない高い買物でしたよ。最初にあなた。それからオンドラ――

父　やめなさい、母さん。オンドラは立派な死に方をしたんだ。立派な……しかも名誉あるだ。

母　そうですとも、名誉ある、だわ。あなたは、何かのために死ぬってことが、とてつもなく名誉なことと信じているのね。でも、残された者の身にもなってよ。確かにあなたは死地に赴かなければならなかったかもしれないわ、リヒャルト。あなたは軍人だったんですもの。でも、オンドラはちがいます。オンドラは医者だったし研究者でした。どこかの病院に留まることだってできたのです――そしたら、死なずにすんだのに――

父　医者にはよくあることだ。おれの連隊でも、いつだったか、軍医が死んだことがあった。とてもいいやつでな。おれもやっこさんとはよくチェスをやったもんだった。ところがやっこさん、なんとコレラにかかって――

母　でも、うちのオンドラが自分から名乗りでて、あんな南の植民地くんだりまで行かなくてもよかったんですよ！

あんたのせいよ！

父　だがね、母さん、おれはもうとっくに死んでた筈だぞ！

母　同じことよ、だって、あなたがここに、あなたの部屋に連れてきたんですからね。あなたがあの子に影響を与えたのよ、あなた。オンドラはいつもここで勉強してた。ここで、本のなかに埋まり、ここで、四六時中歩きまわり、タバコも吹かし――それから、ここで、出しぬけにあたしに打ち明けたのよ。母さん、ぼく赤道の方へ行ってくるよ、世界をほんの少し覗きにねって。そこへ、黄熱病との戦争に行くんだってことは……言い忘れたのね。あなた方は、いつだって、自分たちの目論見《もくろみ》をあたしには隠してるんだから。あなたたちは、あたしには、母さん、ちょっとした遠足だよなんてこと言っときながら、その挙句、行ったっきり。盗っ人みたいに逃げてってしまった。

（暗がりの一隅から、医者の白衣を着たオンドラが近づいてくる）

オンドラ　でも母さん、そのことだったら、もう何度も説明したでしょう――母さんに心配かけたくなかったんですよ。だからぼくは何も言わなかったんです。それだけのことですよ。

母　そんなのが説明って言えますか？　おまえもいろいろ考えるにゃ考えたんだろうよ。でもね、肝心の、そこへ行ったら病気にかかったりするかも知れないってことまでは考えなかったのね。あたしならそれをよおく考えただろうけどね、オンドラ。そうだろう。

オンドラ　だからって、それがなんの役に立つっていうんです、母さん！　どっちみち、ぼくは行ったでしょうからね――

母　あっ、オンドラ。おまえは、あんなに真面目で聞きわけのいい子だったのに！　おまえがいなくなって、何をしたらいいのか、途方にくれたことがよくあったよ。おまえはほかの子供たちの父親代わりだったっていうのに――あんなに賢くて、頼りがいがあったっていうのに――それがまあ、どうでしょう、突然、赤道くんだりまで行ったかと思ったら、黄熱病にかかって死んでしまった。そんなことまですることはなかったんだよ、オンドラ。冗談もいいかげんにしてよ！

父　なあ、おまえ。医者にゃ医者の勤めってもんがあるんじゃ。それだって、やっぱり、そういった仕事だったんだろう、オンドラ？

母　なんでおまえ、あんな黄熱病なんかに首をつっこむ気になったのかね！　うちにいたって、病人を診るくらいのことはできたし――子供が生まれる手助けだってできたのよ――

オンドラ　いいかい、母さん。黄熱病ではね、毎年、何十万人という人が死んでいるんですよ――何かこれに効くものを発見しなければ、まったく医者として恥ですよ。つまり……簡単に言えば、それは医者の義務です。違いますか？

母　でも、おまえの義務なのかい？

オンドラ　科学の義務です。いいですか、母さん、そりゃもうひどい病気でしたよ。しかも、あの地帯の人たちはですよ――母さんだってあの人たちが死んでいくのを見たら、自分から言いますよ「オンドラ、あの人たちを見殺しにしちゃいけない！」って。むずかしい問題ですね、母さん。だれかが行かなければならないんです。

母　よりによって、おまえでなくてもよかったはずでしょう、オンドラ！　なんと言ってもだめよ！

父　しかし、なぜ、よりによって、こいつじゃだめなんじゃ？　おれは、こいつの頭のいいのは知っとる。こういうことにはだ、おまえ、一番できるもんが行かんといかん。

母　そして、一番できる人たちがそのために死ねばいいっておっしゃるのね？

父　まあ、そうじゃ。ほかにしようがないじゃないか、おまえ。いつだって、一番優秀なもんが先頭に立って進まにゃならんのだ。そうじゃろう？　気にせんでいい、オンドラ。よくやった。

母　ようござんす。あんたたち、男は、いつだってぐるになってあたしをやり込めようってするんだから！　よくやったなんておっしゃいますけど、あの電報を受け取ったときのあたしの気持ちがおわかりかしらね――あたしはなんのことだかさっぱりわからなかった。奥様、あなた様のご子息は科学という戦の場において英雄として倒れられました――

父　ほら見ろ、母さん。英雄としてだ。多分それに価することだったんだろう、な？

オンドラ　そうじゃないんです、父さん。ぼく、そんなことはどうでもよかったんです。ぼくに大切だったのは……黄熱病の原因をつき止めることだけでしたよ。英雄でもなんでもありゃしませんよ。科学にたずさわる以上……要するに、原因を追求するのは当然でしょう、ね？　ほかのことなんかクソくらえです。英雄とか名誉とか、それがなんだっていうんです――子供じみてますよ、父さん。でも、ほんの少しでも新しいことを発見するというのなら――それは死にも価しますよ。

母　で、おまえは何を見つけたの？

オンドラ　ぼくじゃ、ないんです、母さん。ほかの連中です。スウェーデン人とアメリカ人です。

父　そいつは残念だ。アメリカ人ちゅうのを、わしはどうも好かん。

母　ほら、やっぱり。オンドラ。無駄じゃなかったのかい？　必要なかったんじゃないのかい？

オンドラ　ちがいます、母さん。それは母さんにはわかりません。

母　そうですとも、わかりませんよ。あたしにはあんたのことが金輪際わかりゃしませんよ。その言葉はいつもいつも聞かされてます……イジーからも双子たちからも。母さん、母さんにゃわからないよって――分かりゃしませんとも！　分かりゃしません！　ああ、あたしはもう自分で自分を理解することで精一杯なのよ！　おまえたちはたしかにあたしの体の一部分だった——それに、あなたは、リヒャルト。あなたはあたしの中に入ってきて、体の隅々まで浸み透ったし、あたしの心の襞の襞まであなたに染まったわ。そのあげくが、おまえにゃわからないよ、ですって？　あんた方が後世大事にしていらっしゃるものって、そんなに変わったものなのかしら、どうしたってあたしの理解の届かないような、そんなご大層なものなのかしら？

オンドラ（母の方へ近づく）ほら、母さん、そんなに興奮しちゃだめだよ。心臓が弱いんだから、体に毒だよ。

母　いいの、放っといてちょうだい！　おまえたちが小さかった頃は、いつだって、あたしはおまえたちのことをよく理解したわよ、オンドラ、覚えてるだろう？　おまえたちのなかの誰かが外で膝を怪我したなんてときは、家の中にいたってわかったもんだ。そして、何もかも放り出して飛び出して行ったじゃないか——そして、みんなが食卓を囲んで座ってるのを見ると、あたしは強く感じたもんさ——これがあたしなんだって。これはみんなあたしなんだって。体中で感じたんだよ。この子供たち、これはあたしなんだって！　それがいまは——母さん、母さんにはわからないよ、だって。リヒャルト、この子たちのなかに、そんなに違ったものが忍び込んだんでしょうかね……あたしを寄せつけないような？

父　そりゃな、おまえ。やつらも、もう大きくなったということじゃろう——それで、自分だけのやりたいこともあるのさ、な？

母　でも、あたしはいつだってあの子たちのことしか考えなかったのよ、わかるでしょう？　あなたたちはみんな自分のやりたいことを求めてやってる。ぼくの名誉、ぼくの使命。何だか知らないけど、大事なことなのね。あたしにゃさっぱりわかりゃしない。でも、あたしは、あたしなりに、あなた方を生きがいにして生きてきたのよ。あたしにゃ、あなた方以外に使命はなかったわ。身のまわりの世話をやいたり、可愛がったりなんて、どうせ、大したことじゃないに決まってるわ——だけど、あんたたち、五人の子供のためにテーブルに食事を運ぶときって、あたしには、とても尊い仕事に思えたのよ。オンドラ、オンドラ、おまえにはわかるまいね。おまえがいなくなってから、ここがどんなに淋しくなったか！

オンドラ　ごめんよ、母さん。

母　あんたたちのほうが正しいってことが、あたしにはどうしてもわからない。たとえば父さんは、どこかの未開人たちを征伐するように命令されて死んでしまった。それから、オンドラ。あんたは、その人たちの命を救おうとして死んでしまった。そうね、それを理解するにはあたしは愚かすぎるのかもしれないね。あんたたちみんなが、反対のことをしている。そうしておいて、あたしにゃ、それはとても重要な使命なんだよ、母さん。母さんにはわからないだろうけどねと言う。あんたたちの誰かが何かを建てる、すると別の誰かがそれをぶち壊す。それなのにあんたがたは、あたしに、これはものすごいことなんだ、母さん、ぼくたちそれをしなければならないんだ、たとえ、それで命を落とすことになってもね！　命をだよ！　だって。あんたがたは気楽におっしゃいますけどね、夫や息子をなくすってことは、誰にもできることよ。だけど、自分が死ぬってことが、どんなことか――あんたたちにわかってたまるもんですか――

オンドラ　その点じゃ……確かに母さんの言うのが正しいよ。

母　あたしゃ正しくなくたってかまわないよ……正しいなんて欲しかあないよ。あたしはあんたたちがいて欲しいんだよ。あたしはあたしの子供たちにいて欲しいんだよ！　おまえは死んじゃいけなかったんだよ、オンドラ。おまえは、あんなによくできた、真面目な子だったのに――それに、おまえには許婚者がいて、結婚するはずだったじゃないか――こういうふうになったのなら、あたしにだってわかるのよ、ね、オンドラ、そうでしょう？

オンドラ　――――そうですね、母さん。

母　ほうら、ね。

（庭で銃声が二発する）

父　（顔をあげ）何だ？

母　なんでもないわ。子供たちが銃で的を撃っているんですよ。コルネルと――ペトルが。

父　それはいい。鉄砲も撃てんようなやつはなんの役にも立たん。

母　うちのトニは鉄砲なんか撃ちませんよ。リヒャルト。そんな性格じゃないの。オンドラだって射撃は嫌いでしたよ、ね、オンドラ。おまえだって、本の虫だったわね、トニみたいに――

オンドラ　でも、トニの場合は麻薬みたいなもんですよ、母さん。目を開けたまま夢見てるんだもの。感心しないな。

母　止めて。あの子はまだ子供なのよ！

オンドラ　母さんは、いつまでたってもそう思ってるんでしょう。

母　だって、あの子は体が弱いんだからね。

父　なんかまともなことをやるように仕向けんといかんな、おまえ。

母　いやです！　いまはもう、トニになにも頭につめこんで欲しくないんです。もう、あの子をここへは来させませんからね――

父　なんでかね？

母　なんでって、あなたがあの子に影響を与えたがってるからよ！　あんたが、あの子にしつっこく吹きこんでいるからよ。男になれ、トニ、男になれ！　立派なことをやれ！　何かに命を賭けろ、栄光のため、名誉のため、真理のために――いいえ、あたしはいやです、聞いてますか？　トニをそっとしていて下さい！

父　だがね、母さん、まさかトニを女の子にしようと言うんじゃあるまいが？

母　あたしはあの子を自分のものにしておきたいのです。あなたにはあの子のことをとやかく言う資格はありませんよ、リヒャルト！　トニはあなたの死後に生まれた子供ですからね！　トニはね、あたしのものです、あたしだけのものですよ、いいですね？　あの子はもう二度とここへ来てはいけないんです！

オンドラ　母さんはぼくらのことグルだと思ってるみたいだね。

母　――そうよ。だって、あんたたち死人だもの。

（庭で銃声）

オンドラ　母さんはぼくらがこわい？

母　なんであんたたちがこわいもんですか。さあ、こっちへ来て、顔をお見せ、オンドラ！　どうだい、この白衣はおまえによく似合うよ！　あたしはね、いつも思ってたんだよ、いつか……いつかあたしが子供達に別れを告げなきゃならなくなったときには、おまえがあたしのところに戻って来てくれるだろうって――

オンドラ　なにを言ってるんですか。母さんはまだずっと長生きしますよ！　そして、この家から絶対動かないんですよ、ね。

父　母さんは強いよ、自分で思っているよりは、ずっとな。

（チェス盤の載った机の方へ行く）誰がやってたんだ、母さん。

母　双子よ。あなたの問題だそうですよ。

父　らしいな。昔、こいつをやりかけたんだがな――こいつはかなりの難問だぞ。

母　あの子達ったら盤の上でも喧嘩してたのよ。コルネルがペトルにDの5へ駒を進めろって。

父　そうとも。おれだってDの5に進めるだろうな。

母　でも、ペトルったら、他にも手があるっていうのよ。ほら、ごらんなさい。あの二人ったら、いつも大騒動なんだから。

父（上の空で）ほかの手か？　知りたいもんだな――いまじゃチェスにも、違ったやり方が出てきたのかも知れん。ところでっと、歩で攻めないとなると――うん、こいつは面白い！　ペトルが言うのにも一理あるな。

（ドアを通って、飛行服を着たイジーが音もなく入って来る）

イジー　ただいま、母さん。やあ、お父さん。あ、これはまた、オンドラ兄さん！

父（ふり返り）おお、イジーじゃないか！

オンドラ　よう。

母　どうしたの、こんなに早く。イジー、今日、おまえ飛んだのかい？

イジー　飛びましたよ、母さん。今日はねそりゃもう、ものすごい高さまで昇りましたよ。

母　もうおまえは家《うち》にいるから安心だけど。おまえが飛ぶのは見ちゃいられないよ。こわくて、こわくてさ――おまえがこんなに早く帰って来てくれて、ひと安心だけど。

イジー　そりゃそうでしょう、母さん。だってぼく真っ先に……母さんのところへ駆けつけたんだもの。

父　そうとも。なるほど、おまえらしいよ。
母　（はっとして立ち上がり）待って――イジー、おまえ見えるの……父さんや……オンドラ兄さんが？
イジー　見えますよ、お母さん。見えないわけがないでしょう。
母　だって、あの人達は、確か……幽霊のはずよ、イジー。あんたにはあの人達がどんなふうに見えるの……どんなふうに話せるの――ねぇ、イジー！
イジー　わかりましたよ、母さん――でもぼくのこと怒らないでしょうね？　つまり、飛行機がぼくの言うことを聞かなくなったっていうわけですよ。ね、それだけの話です。
母　イジー、おまえは何ともなかったのかい？
イジー　何とも、母さん。ほんとですよ、痛くも何ともなかった。つまり、ぼくの飛行機の翼が折れたんです――その結果、ね？
母　イジー、おまえ、何かあたしに隠してますね！
イジー　怒らないでね、母さん。ぼくは死んだんです。
母　おまえが……おまえが……？
イジー　ごめんなさい、お母さん。そんなに興奮しないで下さいよ！
母　……それじゃ、おまえも幽霊なの、イジー？
イジー　そうなんだ、母さん。ぼくも……その幽霊ってやつなんです。
母　（むせび泣きながら）まあ、どうしよう、イジー、イジー坊や！

オンドラ　静かに、静かに、母さん。落ちついてなくちゃ。
母　イジー、おまえは死んだのね！
父　元気を出さなくちゃ、母さん。おまえにだって分るじゃろうが、イジーが英雄として死んだというのが。立派な死だ。
母　（化石したように）立派な死だって――その結果がどうなったのよ、リヒャルト！　この様《ざま》じゃない！
イジー　母さん、このことは、ほんとに誰のせいでもないんです。つまり、ぼくが、あることに挑戦したんです――そしたら、エンジンが故障してしまった。ぼくにも分らないんです、どうしてそうなったか。
母　わたしのイジー。（安楽椅子に腰を落し、泣き出す）
オンドラ　母さんをそっとしとこう。そのうち治まるよ。
（母の側に立って、見まもる）
父　（イジーを脇へつれて行き）いったい、何に挑戦したというんだ、イジー？
イジー　高度記録ですよ、父さん。千五百キロの重量を積載してね。
父　で――なんか意味があるのか、そんな記録に？
イジー　勿論ですよ、父さん。たとえば戦争なんかのとき――できるだけ沢山の爆弾を積んで、できるだけ高い高度を維持して奥地へ飛行するなんて、どうです？
父　なるほど、こいつは、ちょっとしたもんだぞ。
イジー　その他にも、航空機による輸送の問題もある――あれだけの高さになると、もう、嵐もなければ雲もないんですよ。だから、ぼくの挑戦には重大な意味があったんですよ。

父 それはそうとして、おまえはどの位の高さまで行ったのかね？

イジー 一万二千メートル以上は行ったと思いますよ。でも、急にエンジンの調子がおかしくなっちゃって――

父 新記録かね？

イジー ええ、父さん。このクラスでは世界記録ですよ。

父 そんなら、よかった。父さんも満足だよ、息子。

イジー それにしても……落っこちたときは、そりゃもうひどいもんでしたよ、父さん。多分、高度計もバラバラになったんじゃないですか。残念だなあ。

父 どうしてかね？

イジー 今じゃ、ぼくがそんなに高く飛んだってことを証明するものがないんだもの。

父 まあ、いいじゃないか、イジー。どっちみち、その高度記録は達成されたんだからな！

イジー だれもこの記録に気づかないなんて！

父 しかし、おまえはそれをやった。そこが肝心なんじゃ。おまえがそんなことをやらかすなんて、だれも思やせんさ！ おまえはまったく冗談好きだったからな――まあ、とにかく、おめでとう。

母 （うめく）イジー――イジー坊や――

オンドラ 静かにしなさいって、母さん。

父 泣くんじゃない、おまえ。やるだけの価値はあったんだ。だから、もう泣くな。さあ、今度は葬式の心配をせにゃ――

イジー お母さん、ぼくが運ばれて来ても、そのぼくを見てはだめですよ。運ばれて来るのは、もうぼくじゃないんですからね。ぼくはここ……まったく前とおんなじに……けっして変り果てたぼくを見ないでくださいね？

母 そんなに高い所を飛ぶつもりだって、どうして言ってくれなかったのよ！ そしたらあたしゃけっしておまえを行かしゃしなかったのに――

イジー そうはいかないよ、母さん。ぼくはやらなくちゃならなかったんだ。

母 いったい、なんなの、イジー。いったい、なんでこんなことを思いついたの！ どうして、あんな記録なんかを作ろうなんてしたの！

イジー あんなすごい飛行機を目のあたりにすれば――だれだってむずむずして来ますよ、母さん。母さんには分かりませんよ。いいですか、自然と呼びよせられるんです――その飛行機がひとりでに話しかけてくるんです――

（ノックの音）

父 （自分の肖像画の下の電気を消す。深い闇となる）くよくよするな、母さん。

母 あたしのイジー！ あんなに丈夫な子だったのに！ なぜなの――なぜ――

イジー （声を落したまま）母さんには分かりませんよ。母さんには、分かりっこありません――

（ノックの音）

オンドラ（ささやき声で）冷静にならなくちゃだめですよ、母さん。しっかりしなくちゃ。

父（ささやき声で）それじゃ、おまえ！

（ノックの音）

母（立ち上る）はい。

（真昼の光を一杯に受けたドアのところにコルネルが立っている）

コルネル　ごめんよ、母さん。邪魔して悪いんだけど……ちょっと……言いたいことがあるんだ。

母　そう。

コルネル　たった今、知らせを受けたんだけど、いい？……うちのイジー兄さんが……何か飛行機事故にあったんだって。でも、びっくりしないで、母さん。そんなに悪いことではない……

母　……その通りね。

コルネル　イジー兄さんは、つまり……母さんたら！　もう知ってるの？

―幕―

第二幕

同じ部屋。しかし、箱型のラジオが加わっている。トニはラジオのそばに膝をつき、ダイヤルを廻している。軍隊マーチが聞えてくる。トニは不快そうに顔をしかめ、ダイヤルを廻し続ける。アナウンサーの声が聞えてくる。

ラジオの声　みなさん、みなさん。

トニ　コルネル兄さんみたいな声だな。

ラジオの声　みなさん、只今より、当局からの通告をお知らせいたします。「全市民諸君、当局は、平安と秩序の維持を全市民諸君に要望する。街頭における集会は、とくに、これを禁止する。違反するものは、警察並びに軍当局の厳重なる取締りを……

トニ　ああ、いやだ！（ダイヤルをさらにまわして行く。きれいな音楽がかすかに聞えてくる。トニ膝をついたまま耳を傾け、手で拍子をとる）

（半ば軍服姿のコルネルが入ってくる。長靴、乗馬ズボンに襟章のついた上衣）

コルネル　やめとけって、トニ。母さんったら、そいつをいじられるのがいやなんだよ。イジー兄さんの形見だからな

トニ　――コルネル兄さん、聞える？　とてもきれいじゃない！

コルネル　まあな、けど、いまはきれいだとかなんとか言ってる場合じゃないんだぜ。止めろよ、トニ。おれはそんなもの聞いてられる気分じゃないんだ。

トニ　（ラジオを消し、膝をついたまま）おしいな。あれはきっとぼくの知らない外国からのだよ。ぼくの想像じゃ、あれは北の方の……どこかの国で演奏してたんだ。あんなに雪が降るような響きだったんだもの――

コルネル　おまえはいつもなんか想像してるんだな。（タバコに火をつけ、じっとしていられない感じで、部屋中を歩きまわる）ばかばかしい、何だっておれが家にいなきゃならないんだ――（腕時計を見ながら）もう工員たちが工場から出てくる頃だぞ。ひと騒動起きそうだな――ちくしょう！　おれもあそこへ行けたらなああ！（窓のそばに立ち、聞き耳を立てる）

トニ　――兄さん？

コルネル　なんだ？

トニ　ペトル兄さんはどうしたの？

コルネル　知るもんか。どっかに閉じ込められてるのさ。あんなことに首をつっこむのが悪いんだ。

トニ　兄さんだって首をつっこんでるじゃないか。

コルネル　そうさ、でも、別の側だ。ここが肝心なとこだ。

トニ　どう肝心なの？

コルネル　おれたちは国家の秩序と――繁栄を願っている。おまえにゃまだわからんだろう。その方が幸せだけどな。

トニ　ペトル兄さんだって人民の幸せのためだったんだ。でも兄さんたちはペトル兄さんをとらえてしまった。

コルネル　というのはだ、やつは幸せというのをちがうふうに想像したのさ。やつは、卑しい下層民どもに、おれたちが支配できると考えたのさ――そんなこと、そうやすやすといってたまるかってんだ！　現に何ができるってんだ。もう、とっくにお見通しさ。略奪に復讐さ――（タバコをもみ消す）そんなことにでもなったら、祖国は崩壊だ、トニ。

トニ　でも、ペトル兄さんは略奪されるのに反対して立ち上ったんだよ！

コルネル　そんなら、もっと悪い！　ペトルはそんな貧民共で政府を作ろうってんだからな。われわれは絶対そんなこと認めるわけにはいかん。

トニ　われわれって誰のこと？

コルネル　おれたちの側さ。われわれ、国家さ。もしやつらが、例の空想的なお題目……つまり、平和だとか、平等だとか言っておれたちを支配しようってことになったら……それこそ大混乱だぜ、トニ！　ちえっ！　やつらの望んでることは、まさに国家にたいする、まごうかたなき裏切りだ！　軍隊の解体――政権の交替――工場の接収だと？　冗談じゃない！　そんなことになったら、文明もへったくれもあったもんじゃない。いいか、ペトル。われらが国家はそんな退廃を許すわけにはいかん！　――いまこそ、そんな妄想や叛逆を根こそぎにするいい潮どきだ――だが、そういつまでもおまえに説教をたれてるわけにもいかん、な、トニ。
トニ （立ち上がり）兄さん――
コルネル なんだい？
トニ ペトル兄さん、どうなるかしら？
コルネル （肩をすぼめ）どうもなりゃしないさ。待つしかない。仲間があいつをつかまえて――目下、拘留中だ。
トニ 罪人として？
コルネル 人質としてだ。心配ない、何もありゃしないよ。ま、黒軍派の連中が、また、街頭で銃撃をはじめたら、そのときは――どうなるかわからない。
トニ そしたら、ペトル兄さんを……兄さんたちは銃殺するの？
コルネル おれは、せんさ、トニ。しかし、どっちみち、戦争は戦争だ。ペトルだってあんな運動、はじめなきゃよかったんだ。おまえにだってわかるだろう。万一……あいつに何かあったら……それゃ、おれだって、ひどく悲しいよ。だけど、もう、おれたちの力ではどうにもならないところに来ているんだ――あの下司どもに武器を放棄させれば、おれたちだって、ペトルを――他の人質だって釈放する。そんなとこさ。
トニ （目を見すえて）考えてもみてよ、コルネル兄さん……ペトル兄さんがいまどんなだか！　きっと兄さんはドアの方を見つめながら、待っている。じっと待っている……そのとき、ドアが開く……おれたちと一緒に来い……どこへ？　――出ろ、いまにわかる！
コルネル 待て。（聞く）静かだ。いいあんばいに、どこも撃ち合っていない。もし、またどっかで撃ち合いがはじまったら、ことだぞ、トニ。こんどこそ、おれたちは容赦しないからな――だけど、おれの考えじゃ、やつらはとっくに退散したと思うな。やつら臆病者ばかりだからな。ペトルにしても、少しは肝に銘じるだろう、やつの仲間がどんな連中だったかな！　やつらに機関銃を向けて見ろ、くもの子を散らすみたいに、一目散だ――ほら？　外は静かだぞ。和解交渉でもしてるのかな。あんなギャングどもと和解を計るなんて、信じられんがね。
トニ 兄さん、そのときは、みんな手は縛られてるの？
コルネル 誰が？　いつ？
トニ 処刑しに連れてかれるときさ。
コルネル そりゃそうさ。縛られるのがあたりまえだ。どうして、そんなこと聞くんだ？
トニ （縛られているように、手をうしろに組み）ねえ、ぼくもその様子がすごくはっきり目に浮かんで来るんだ……鉄砲をもった兵隊たちの前に……こんな風に立たされる、その人の様子がぼくには手にとるように見える。その人はじっと見つめている……兵隊たちの頭を通りすぎて、ずっと向う……冷たい風が髪の毛の中を吹きぬけていくのを感じている。まだ……まだその一瞬は来ない……。狙え！　――ああ神様！
コルネル 止めろ！

トニ　こんちくしょう！　人殺し！
コルネル　トニ！
トニ　撃て！（よろめき、膝からくずれおれる）
コルネル（トニの腕をつかんで、ゆさぶる）もうたくさんだ！　トニ、おまえの想像力は少し病的だぜ！
トニ（目をおおったまま、立ち上がる）兄さん、人間って、どうしてこんなにひどく憎みあえるんだろう！
コルネル　おまえにはわからんだろう。おまえはまだ、とことん信じることを習ってはいないからな。
トニ　何を信じるの？
コルネル　自分の真理をさ。人間というのは、自分のためだったらやらないことでも、自分の信じる旗じるしのためだったらやるのさ。そう、ビクビクするなって。母さんがおまえを駄目にしてるんだ。
トニ　何のこと？
コルネル　おまえのしつけ方さ。そんなこっちゃ、何か目的のために戦う男には絶対なれんぞ。平和、愛、同情――それが、より美しいことなくらい、おれにだってわかる。だが……いまは、そんなことにかかわっている場合じゃないんだ、トニ。いまは、そんなことより、もっと深刻で……重大な問題をかかえこんだ時代なんだ。母さんにはそこんとこがわかっちゃいない。おれたちは……つまりいろんな問題に立ち向かう心構えをしていなくてはならないんだ。たとえ、ペトルがどうなっても――トニ、ペトルのことは、どんなことになっても、母さんに言っちゃだめだぞ。ただ牢にぶち込まれているんだとだけ言っておけ、な？　それにしても、本当におわったのかな。黒軍の野郎どもは、すでに降伏したのかもしれん……妙な静けさだ――外に出ちゃだめだぞ、トニ。
トニ　じゃ、兄さんは？
コルネル（肩をすぼめ）おれもあそこの仲間のところに行かなくちゃならなかったんだ。もし何かがおっぱじまったとしても、どうか万全を期してくれ！　家のなかで、母さんのそばで、くすぶってなきゃならないなんて、まったく馬鹿げた話だ。だがな、ちょっとでも何か事が起ったら……母さんは心臓が悪いからな――あの下層民どもときたら手がつけられん。あっという間に、略奪がはじまるだろう――誰かがここにいて、おまえたちを守ってなくちゃな。（トニに背を向け、引きだしからレボルバーをとり出し、弾をこめ、もとへもどす）おれがいるべき場所がどこか、もちろんわかっている。でも、母さんに事態がこれほど深刻だなんて知られないようにしろよ、トニ。だから、おれは家に……いることにしよう。母さんのためだ……それに、おまえのな。

（母が入って来る）

母　コルネル、ペトルはどこなの？　どうしてまだ帰って来ないの？　今朝、おまえ、きっと何か、ほんのちょっとした間違いだろうって言ったじゃないか……夜には帰されるって……どうなの、コルネル？

コルネル　そうさ、母さん。でも……そんなことって、そう簡単にはいかないのさ。なにしろ何百人という人間がつかまってて、おまけに、そいつらを取り調べるんだからね——まぁ、ざっと……一週間はかかるかも知れないね。

母　まる一週間もかい？　コルネルや、ひょっとして、うちのペトルにひどいことするんじゃあるまいね？　いや、いや。そんなことさせませんよ。あたしがあすこへ出かけていって、言ってやるよ——

コルネル　そりゃ無理だよ、母さん。だいいち、母さんをそこへ入れてくれやしないよ。

母　母親を入れないなんて、まさかそんなことが！　あたしはペトルのところへ衣替えと食べるものを持っていくのよ——何たって母親を追っぱらうはずはないさ、え、おまえ。母親にはその権利があるんだから。

コルネル　待つしかないよ、母さん。だって、通りは、きっと、軍隊が封鎖してるし——街のなかへは誰も行けやしないんだよ——

母　でも、母親は通すわよ！　わたしゃ、あの人たちに言ってやるよ。息子にちょっとばかり、持って行ってるんですって——わたしはペトルを一目見なきゃ気がすまないんだよ、コルネル。あの子がどうしているか確かめなくちゃ。ペトルは絶対にちがいます。あの人たちが捕えてもいいような罪人じゃありませんよ。だから、わたしは言ってやります。何がなんでも、言わずにおくもんですか。あんたたちに、あたしの息子をひっ捕える権利はありませんって！

コルネル　無理だろうね、母さん。彼らはその権利をもってるんだよ。

母　こりゃ、おどろいた。ペトルが罪人だとでも言うのかい？　誰に、何をしたっていうの？

コルネル　罪人……じゃありませんよ、母さん。誰もそうは言ってない。

母　ほら、ごらん！　だから、なんの理由もなくあの子を閉じ込める権利なんかありゃしないのよ！

コルネル　母さん、このことはね、たぶん母さんにはよく理解できないだろうけど——

母　わかっています——行きなさい、トニ、お行き。これはおまえには関係のないことよ。おまえの母さんがなんて馬鹿かって話、聞きたいかい？

（トニ、いやいやながら、のろのろ出て行く）

母　わたしはね、これでも、なんでもわかろうと努力はしてるのよ、コルネル。でも、できないんだよ、どうしても。誰にも悪いことをしていないのに、なんであたしの息子が捕えられなきゃならないのか。そんなことわかれって言う方が無理じゃないのかい？

コルネル　かんべんしてくれよ、母さん。相変らず、母さんはわかろうとしないんだから。現実に、ぼくたち……市民戦争をやっているんだよ。

母　なるほど、それで？　母さんたちも、もしかして、それをしなくちゃいけないっていうのかい？

コルネル その通りさ。どうしてって、国民は二つの陣営に別れている。そしてその一方だけが支配することが出来るからさ、わかるかい？　だから戦争で決めなきゃならないんだ、母さん。誰がぼくらを支配するのか。

母 そして、そのために撃ち合っているのかい？

コルネル そうだよ。これ以外にしようがないんだ。

母 それにしても、そんなにまでして、支配というのをしたいのかい。その人たちにゃ家族はないのかい？　みんな自分の家族の心配でもしてればいいのに！

コルネル でも、家族がすべてじゃない。

母 すべてですよ、コルネル。あたしにとってはそうですよ。それにペトルが誰かを支配したがってるなんて言わないでちょうだい。あたしはあの子をよく知っています。仔犬一匹ぶてやしないんですからね――おまえならやりかねないけどね、コルネル。でも、ペトルにゃだめさ。あの子は人に強制するようなことのできる子じゃない。

コルネル そんなことは関係ないんだよ、母さん。ただ、あいつの仲間はね、誰にでも強制しようとしてるんだよ。やつらの流儀で、何でもかんでもひっくり返そうとしてるんだ――そんなことは国家全体にとっては迷惑な話だろう、わかるかい？　はっきり言って、やつらは犯罪者と謀叛人の寄せ集めなんだよ、母さん！　何もかもぶち壊して、ひっさらうんだ――

母 違いますって、コルネル。そんなことは言わないで！　あたしはペトルのことなら、よく知っています……ペトルはそんな人たちの仲間じゃありません。おまえだって犯罪人や謀叛人の仲間になりゃしないでしょ、コルネル。

コルネル 残念ながら、ペトルは民衆をあまりにも盲目的に信じて――

母 若いからでしょ！　おまえはこれまでだって、あんまり若々しいってほうじゃなかったし、つき合いのいい方でもなかったしね。どこかの誰かと友だちになるってこともなかった。どっちかというと、少々お高くとまっていた――でも、うちのペトルにかぎって、何か悪い企みに加わるなんてあるはずがありませんよ。

コルネル それじゃ、ぼくがなんだか悪事に荷担してるみたいな言いかたじゃないか、母さん。正義がやつらの側にあるのか、それとも……おれたちか。そのどっちかが地獄に落ちなきゃならない。

母 おまえじゃないよ、コルネル。おまえはどっちかと言うと、おっとりとして、お上品な性格《たち》だったからね。おまえにだって、そんな悪企みとか……恥さらしなことができるはずがないよ。

コルネル そう思うでしょう。そこでもしぼくが、うちのペトルは……間違った側についている、そして、世界に秩序をもたらすためにはその連中を根こそぎにしなければならないのだと言ったら――

母 ちょっと待って。世界に秩序をもたらすために、うちのペトルは捕えられなきゃならなかったって言うのかい？

コルネル ――――そうなんだよ、母さん。一度そこへ足をつっこんだからにはね―――

母　それはあんまりだよ、コルネル！　うちのペトルを捕えるなんて、あの人たちが正しいって言えないよ！

コルネル　母さん、もし立場が変われば、ペトルだってやっぱり……ぼくが引っぱられるのを、そのまま見てただろうよ。

母　ペトルがかい？

コルネル　ぼくが言ってるのは、やつの仲間のことだよ。やつの側の、わかるかい？

母　なんで、皆んなそんな石頭で……役立たずばかりなんだろう！　決して悪くとらないでよ、コルネル。どうしておまえを引っ捕えたりできるのよ？　そんなこと、ペトルをぶち込んだのとおんなじに、不法ですよ。それだって悪い連中ですよ、コルネル。悪党で、残忍で、馬鹿なやつらだよ。ああ、この手でやつらの頬っぺたを一発ひっぱたいてやりたいよ―――

コルネル　やめてよ、母さん！

母　あたしたちゃあの子をあんなとこへほうっておくわけにはいかないよね、コルネル！　なんとかあたしに手をかしておくれ―――あの連中は、あと何日かあの子を引きとめようとしてるって言ったね？

コルネル　たぶんね、母さん。でも、そのあとは、きっと釈放されるよ。もう外は静かだし、明日までには、みんなおわってしまうよ―――

母　そしたら、ペトルを迎えに一緒に行ってくれるかい？

コルネル　もちろんだよ、母さん。

母　それと、今日はもうあの子に何か持って行ってやるわけにはいかないかね？

コルネル　今日は駄目だよ。

（遠くで数発の銃声。暗くなる）

母　あれは何？

コルネル　（神経質に）何でもないよ。どこか街の方だ……止めなさいって、母さん。誰も外へ出ちゃいけないんだ。

母　でも、きっとペトルが待っているよ―――

コルネル　何かと言えば、ペトルだ！　大事なのはペトルだけじゃないだろう、母さん。

母　トニにもしものことがあったらって思ってるのかい―――それとも、おまえにかい？

コルネル　失礼ですけど、母さん。ぼくが考えてるのは、わが国家のことなんですよ。

（遠くの方で数発の銃声）

母　ペトルに何もなければいいんだけど！

コルネル　（窓のそばで聞き耳を立てる）ぼくたちの国家がなんともなければいいんだよ、母さん。―――どこか、この向こうの方に、待機中の部隊がいる。母さんは知らないだろうけど、優秀な連中なんだ―――エリート部隊といってね、選り抜きの狙撃兵で、真先きに出動するんだ。彼らはその時を待っている、そして、互いに顔を見合わせながら、「コルネルはどこだ?」って。――ここだ、戦友。おれは行けない。おれは……家にいなきゃならないんだ。何かあるといけないんで、誰かがここに残らなきゃならないんだ。皆んな、がんばれ。しかし、おれは……おれのことはないものと思ってくれ。

母 コルネル、どうしたの?

コルネル なんにも、母さん。気にしないで、ぼく……ここに残る、母さんと……トニのそばに。実際、街中が騒ぎになったら、どんなやつが出てくるかわからないからね――母さんは心配することないんだよ。ぼくが家にいるんだから。(銃架の方へ行く)

母 何を探してるんだい?

コルネル 父さんがアフリカで使っていた銃さ。もう一度手入れをしといた方がいいと思うんだ。(銃架から銃を取る)

母 毎日欠かさず、あたしが塵を払ってます!

コルネル 母さんはわかっちゃいないんだ。銃というのはそれ以上のことをしてもらいたいんだよ。ときにはこいつもぶっ放してやらなくちゃね、そうだろう?(母の肩に手を置き)心配無用、母さん。万事うまくおさまるよ、ね。

母 ペトルはもどって来るかね?

コルネル もどって来るよ、母さん。もどって来るって。

(銃をもって出て行く。夕闇がせまる)

母 (後ろ姿を見送る)あたしは知ってますよ、おまえが本当のことを言ってくれないことくらい、コルネル。(部屋の中を順ぐりにまわって、色々のものを直す)

(遠くの方で、数発の銃声)

母 あっ、ペトルはどうなるんだろう!(肱掛椅子に腰を下ろし、手を合わせる)わが神なるイエス様、どうかペトルをお護り下さい。慈悲深き母なるマリア様、わが上に恵みをたれ給え、わが子等をお守り下さい。イエス・キリストの御名において、ペトルをお返し下さい。主の母なるマリア様、わが子らのために、おとりなしを給わんことを。十字架の上なるイエス様、わが子らにお恵みをたれさせ給え。

(ペトル、ドアのところに静かに現われる。ズボンをはき、シャツの前ははだけている。もうほとんど真暗である)

ペトル ただいま、母さん!

母 (とび上がり)ペトル! もう釈放されたのかい?

ペトル とんでもない! でも、もうぼくはやつらに用がないんですよ、母さん。

母 (彼の方へ進む)おまえのことでは、ずいぶん心配したよ――こっちへおいでなさい、ペトルや!

ペトル (避ける)だめ、母さん。おねがいだから、そこにいて!

母 (彼の方へ手をさしのべる)おまえ、どうかしたの? 上衣はどこへやったの?

ペトル あっち、あっちだよ。たぶん、やつらが送ってくる

母　よ、母さん。上衣とかそのほか全部。やつらひどく几帳面だから。
母　誰のこと？
ペトル　やつら。白軍の連中さ。まだ明かりをつけないでね、母さん。ぼく、母さんに言いたいことがあって、すごく気にかかってたんだ。つまり、そのために、ぼく、母さんのところへやってきたんだからな。ぼくが自分で言ったほうがいいんじゃないかと思ってね。
母　ペトルや、何があったの？（彼に触らうとする）さあ、こっちへおいでったら！
ペトル（身をよける）怒らないでね。だって、本当にぼくのせいじゃないんだよ、母さん。コルネルのせいでもないんだ。
母　何がなの？
ペトル　あっ、母さん、母さんって鈍いなあ！　そんなこと、とっくの昔にわかってたことじゃないか。コルネルなんか、とっくに知ってたよ。とにかく、もう、すんでしまったんだよ、わかった？
母（不安をつのらせながら）何がすんだんだって、ペトルや？
ペトル　だって、もうずっと前のことだよ、母さん。もう、三十分もまえだよ。
母　何があったの？
ペトル　そう、ぼくは銃殺されたんだよ、母さん！
母　ペトルや！（よろめき、床にくずれる）
ペトル　あっ、母さん！　あっ、何てことを――誰か、助けて！　オンドラ兄さん！

（暗闇の中からオンドラが白衣を着て現われる）

オンドラ　どうした？
ペトル　ほら、母さんが――
オンドラ（膝をついて、彼女の脈を診る）さあ、見せてごらん、母さん――

（暗闇の中から、軍服を着た父が現われる）

父　母さんがどうかしたのか？
ペトル　よくわからないけど、急に床に倒れたんだ――
父　気をつけなきゃだめじゃないか！（母の側に跪《ひざまず》く）おまえ、どうした？

（暗闇から飛行服を着たイジーが現われる）

イジー　やあ、ペトル。母さん、具合が悪いのか？（書卓の上のスタンドの照りをつける）
オンドラ（母のそばに膝をついたまま）心臓だよ。脈拍がひどく結滞している――可哀想な母さん！
父　誰かに来てもらえるといいんだがな！
オンドラ　何のために？　ぼくらがここにいるじゃありませんか。もうしばらく意識はないでしょう。精神的ショックですよ。そっとしとくのが一番いいんです。――何かクッションみたいなもの持って来てくれ。
ペトル（クッションを探す）ここにあるぞ。

イジー（クッションを腕一杯かかえて持って来る）さあ、どうぞ。
オンドラ　頭を持ち上げて下さい、父さん。（クッションを下に当てる）さてと、じゃあ、母さん、ちょっと静かに横になっていらっしゃい。（立ち上る）むこうへ行きましょう。母さんをそっとしておかなくちゃ。
父（立ち上がり）いったい、何でこんなに母さんをびっくりさせたのかね、ペトル？　そうじゃ、いったい、なんでおまえがここにいるのかね？
オンドラ　ちょっと失礼。（ペトルを灯の方へ向かせ、その額を見る）やぁ、これは！　ひとつ、ふたつ。（シャツの前を開いて、胸を指で叩く）一、二、三。こいつは心臓の真中に当っていますね。
父　どら？　みごと命中だ！　――不思議なことに、あのときとそっくり同じだ――父さんも昔、アラビア人を銃殺したことがある。――で、どうしてこうなったのかね？
ペトル　銃殺ですよ、父さん。
父　ほほう。兵隊たちがおまえを処刑したのか？
ペトル　そうです、父さん。
父　ペトル、おまえ、もしかして裏切り行為でもやらかしたんじゃないのか？
ペトル　ちがいますよ、父さん。ぼくは立派な……そして正しいことをやったんです。
父　兵隊たちに逆ってかね？　父さんには納得できんな。
ペトル　ぼくたちの側にも兵隊はいるんですよ、父さん。
父　両方の側に兵隊がか？
ペトル　そうです。
父　自分たちが自分たちに逆らうのか？
ペトル　そうですよ、父さん。
父　そんなことは好かんな、ペトル。自分が自分に逆らうか――なんか間違っとらんか、おまえたち。――じゃ、おまえはスパイをやったんじゃな、ペトル？
ペトル　いえ、父さん。ただ、ぼくは新聞に投書したんです。
父　嘘をつくな、ペトル。そんなことで兵隊たちがおまえに銃を向けるか。父さんたちも、スパイと謀叛人だけは処刑していたがな。
イジー　いまはもう時代がちがうんですよ、父さん。
父　そうらしいな。おまえたちは何か知らんが、新しいルールでやっとるというんじゃな。（母の方を向き）どうかね、母さんは？
オンドラ（坐って母を覗き込む）別に。意識がないだけです。人が見たら、眠っているんだと思いますよ。
父　それは良かった。母さんだけだからな、わたしらの声が聞けて――
オンドラ　――話もできるのはね。母さんだけには、まだ、ぼくらの姿が見えるんです。ぼくらとのコンタクトを失っていないんですね。
ペトル（なんとなく、書卓の上の地球儀をまわす）ねえ、ぼくね、母さんにこのことを言わなきゃならなかったときって、なんとも言えないつらい気分だったな――

イジー　おれにも経験あるよ。なんか悪さをして、それを白状するときみたいな、ひどくばつの悪い感じだったな。（書卓の引き出しを開け、中をかきまわす）やぁ、見ろよ、母さんたら、ぼくらのパイプまでしまい込んでるぞ！　母さんらしいや！　生きてたときは、こんなものどっかへもってってちょうだい！　なんて言ってたくせに！（喫煙者の機械的な動作で、空のパイプを口にくわえる）シュ、シュ。とにかく家にいるみたいな気分にはなるな。

（外で銃声）

父　（窓のほうへ行く）どこかで撃ち合ってるみたいだな。パン！　パン！　歩兵銃だな。（耳を傾ける）

ペトル　（意味もなく、灰皿と文鎮を何度も置きかえている）あれはおれたちだ。おれの味方が撃っているんだ。

イジー　それに、おれのノートもここにある！　なんだ、母さんたら、何んでもかんでもとっとくんだな！（ノートをめくる）や、ここにスケッチがあるぞ――こいつは傑作だ！翼の新しい断面図を工夫してたんだ。

ペトル　（戸棚の上から黒人の小像をもって来て机の上に置く）ちょっと、ごめん！

イジー　なんでそんなものここへもってくるんだ。

ペトル　ただ、何となく――ぼくにもわからない。何かやっていたいんだよ。

父　（窓の方からふり返り）ほっときなさい、イジー！　ただ、死んだばかりで不安なのさ。わたしらがここに来てたって証拠を残しておきたいのさ。そのうち、あきらめるだろう。――おい、ペトル。おまえ、立派にふるまったろうな、少くとも……男らしく？

ペトル　（タバコの容器をそのあたりに置いて）ちゃんと、やりましたよ、父さん。

父　よろしい。わが家の名誉をけがしてはならん、いいか？

オンドラ　（母のそばに坐っている）――きっと……すごくいやな気分だろうな、こんなふうに自分が処刑されるんだとしたら。

ペトル　聞くだけ野暮ですよ！　こんなふうに後手に縛られて立たされるんです。目の前には六人のくそったれの兵隊たちが――ぼくにはやつらのほうがあわれな気がしましたよ。ぼくだったら、誰も処刑なんかできないだろうな――

父　目かくしはしなかったんだろうな？

ペトル　ええ、父さん、ぼくにはいりませんよ。

父　えらい。で、誰が号令をかけたのかね？

ペトル　そりゃあ、もう、ひどくちっぽけでキーキー声の中尉でしたよ。自分のほうが不安なくせに、気取《けど》られまいとして、やたらと威張りくさっていましたよ。おまけに、これ見よがしに拳銃に弾丸をこめるんですよ……兵隊たちが失敗したら、自分で止めを刺すんだと言わんばかりにね。

オンドラ　なんてことだ！

父　当然のことなんだよ、オンドラ。ほかにしようがない。

ペトル　ほんとに、あいつには頭に来た！　だからぼく言ってやったんです。失せやがれ、この腰抜け。おれが自分で号令かけてやるって——

父　それゃ、いかん。処刑というのはだな……厳粛なものなんだぞ。父さんにも、一度、経験があるが——まあ、言葉ではちょっと言えんがな。

ペトル　だって、父さん。こんなみじめな状況なんだもの。何かで自分を勇気づけなきゃしようがないでしょう。——兵隊たちはニヤニヤしてるし、ぼくもニヤッとしたんです。そしたら、いくらか緊張がほぐれましたよ。それから、やつは顔を真赤にして、サーベルを抜き、金切声を張り上げたんです。気をつけ！　構え！　——だからね、兄さん——

イジー　なんだい？

ペトル　ぼくは必死だったよ。膝がガクンとなって、ぶっ倒れやしないかって。そりゃもう、足からも……腹からも……こう、力が急に抜けて行くような、ぞっとするような気分だったよ。自分がボロ布になったような気持ちだった。不思議なことに、ぼくはあの野郎が「撃て」って叫んだのも覚えていないんだ。ただ、髪の中に冷たい風が吹き込んだみたいなのを感じたっきりだった。

オンドラ　それは恐怖だ。

ペトル　たぶんね。（また落ちつきなく、そこの物を動かしながら）でも、言っておきますけど……それはほんとうに恐ろしい気分ですよ。

イジー　（ノートから目をはなし）おれに教えてくれなくたっていいさ。

ペトル　いやぁ、兄さんなんか想像もできないよ。いや、ほかの誰だって。

イジー　その気分だったらおれだって知ってるよ。ほら、おれが飛行機で墜落したときさ。

ペトル　でも、あっという間だったんじゃないか。

イジー　そんなことはないさ。二万メートル上空からおっこちるのは、ちょっとやそっとの時間じゃないぜ。いつまでおっこちるのか、まるっきり見当もつかんくらいだ。おれにゃ永遠におっこちるんじゃないかって気がしたよ。いつまでたっても地面がどんどん目の前に迫って来るんだぜ。

オンドラ　そのとき、君は何を考えてたんだい？

イジー　とくに、何って。ただ、ひどく冷めてはいましたがね。これでおしまいかとかなんとか。そんなことを、まったく冷静に、はっきり、そして、意味もなく考えるんですよ。それと同時に、一体どこにおっこちるんだなんてキョロキョロしてるんです。あそこは木があるからだめだとか、こっちの野っ原なら、まあ、なんとかいけるな、なんて——

ペトル　その程度なら、まだ兄さんのほうがましだったよ。

イジー　そんなことあるもんか。この冷めた状態っていうのはだね、そりゃ、もう、ずっといやなもんだぜ……なまじっかな痛みなんかよりゃ……かえって我慢しにくいもんだ。自分のなかで、生きたまま、何かが固くなるんだ。そして、もう身動き一つできない、そんな気持ちなんだぜ——ああ、いやだ。

オンドラ　そりゃ冷めた状態なんてものじゃないよ、イジー。やはり恐怖だったのさ。
イジー　どっちにしろ、二度とご免だな。――フッ、あのゾーっとする気分っていうのは！

（―間―）

ペトル　それから、オンドラ兄さん。兄さんのときはどうでした？
オンドラ　ぼくのときはかなり時間があったよ。ぼくのときは、そう、まる二、三日ってとこかな。
ペトル　死ぬのに？
オンドラ　そう。三日間は、ながくなってなくちゃならないってことは知ってたんだ。そんなとき、人間てのはずいぶんいろんなことを考えたり……それから、思い出したりするもんだよ。まったく！　それで、そのとき……そのときは、ぼくは絶えず自分を観察していたよ。なるほど、いま、おれにはこれこれの症状が出てるぞとか、おまえの肝臓はいかれっちまったぞとか。こんな具合に、だんだんと悪化していったのさ――
父　――それでじゃが、オンドラ。いったい、なんでまた黄熱病なんかにかかったのかね？
オンドラ　実験ですよ、父さん。ぼくらはね、ステゴミアと呼ばれてる、あのいまいましい蚊が黄熱病を伝播させるのかどうか、また、黄熱病の第一期をすぎた患者からも伝染するのかを実験してみたかったんです。つまり、その点がはっきりしなかったもので、ぼくが実験用の蚊を自分に刺させたんです――
父　それで、かかったというわけか。
オンドラ　ええ、しかも正真正銘のやつにね。しかし、実をいうと、これは予想に反したことだったんです。
父　おい、そんな実験に何か値打ちでもあるのか？
オンドラ（肩をすくめる）ええ、医学的にはね。ぼくらは、この病原菌が蚊の体内でどんなふうに繁殖するかを知りたかったんです。このことは、すごく重要なんです。
イジー　それで、その黄熱病で死ぬってのは大変なの？
オンドラ　ひどいもんだよ、君。ラザロの如く横わりだ、悪寒と黄疸と――その他にもまだいろいろだ。恐しい病気だよ。ヘッ！　ぼくは誰にもあんな病気に罹らせたくないな。
ペトル　――じゃ、本当は父さんだけなんだね、きれいな死に方をしたのは。
父　父さんがかね？　どうして、そう思うんだ。
ペトル　だって、戦死したんだから。すくなくとも、あっという間におわっちゃうんでしょう。それに自分を守ることだってできるんだもの――
父　ところが、父さんは戦死しなかったんじゃよ、おまえ！
ペトル　しなかったの？　どうして？　ぼくたちはずっとそう思ってたのに――
父　――つまり、父さんは最後の突撃で戦死したというんじゃろう。知っとるよ。それはな、母さんのためを思ってなんじゃよ。母さんには本当のことは知らされてないんじゃ。

イジー　じゃ、どういう具合だったの――

父　父さんが戦死したなんてとんでもない。父さんはただそこに倒れてただけなんじゃ。

オンドラ　負傷してですか？

父　うん。で、原住民がその父さんを発見したというわけだ。

ペトル　それから――？

父　うん。そこでやつらは父さんを拷問にかけおった。（手を振る）もう、これで十分じゃろう、え？　――オンドラ、母さんの具合はどうかね？

オンドラ　脈拍はだいぶよくなったようです。

父　いいか、みんな。このことは絶対母さんに言っちゃならんぞ。

（―間―）

イジー　（自分のノートを見ながら）でも、よく言うでしょう……何か大きな目的のために死ぬって。科学のため、祖国のため、信念のため、人類救済のためとか、そんなこと。でも、もし自分がその立場になったら――

オンドラ　――そしたら、話は別だってことになるのさ。いざ、そうなったとき、それがどんなものか、人間に想像できたら、誰だって、何かのために死ぬことが……いかに美しいかなんて……たぶん……そんなにぎょうぎょうしく騒ぎ立てることもないだろうよ。美しい！　か。ぼくは自分の死がそんなに美しいとは思わなかったな。

ペトル　ぼくだって、そうです。

（遠くの方で、数発の銃声）

父　まあ、死ぬのは、どっちみち、何かのためなんじゃろうが、そんなことが、いったい、誰にわかるというんだ。しょせん、わかりゃせん。しかし、父さんも一時期、考えたこともあった……もし、わたしが、そのとき大佐か将官で、恩給でも出るような身分だったらとか、おまえたちやら、母さんやらと一緒に住めたらとか――そしたら、父さんは回想録でも書いたり、庭いじりでもしてと……それも悪くはないじゃろうが。まあ、それはそれとして、一生は一生だ。人間、とにかく、なんかくらいはできるもんじゃ。父さんにはわかっとるよ。おまえたちはみんな、なんか、どえらいことのために命をかけたんだ。このオンドラは医学のためだ。それから、イジーは技術の進歩のためだった。それから、ペトル――おまえは一体何のために死んだんじゃ、え、ペトル？

ペトル　（チェスの駒を盤の上に並べている）自由と平等のためです、父さん。

父　ほほう。それから、父さんは国王と祖国のため、それとわが中隊の名誉のためじゃった。それとも、ある連隊長が馬鹿な命令を下したからと言った方がよいのかな。しかし、いまとなっちゃ、それもどうでもいいことだ。美しいことか偉大なことだとか色々言っとるがだな……いいか、このなかじゃ死者としては、父さんが一番古顔だから言うんだが――そんなに、死に急ぐこともなかったんじゃ。父さんはもっと生きていたかった。すごくな。それで、父さんはおまえたちを見ていて思うんだが、もしかしたら、この子たちのうちの誰かは、きっと何か価値のある……立派なことを成し遂げただろうにとな。ところがどうだ、みんな英雄になってしまった。あわれな話だ。わたしらはもっと生きていられたはずなのにな。

オンドラ （立ち上がり、のびをする）何だか手もちぶさただな。人のやることを、ただじっと見てるだけなんて――ぼくら死人にゃ手も出せないんですからね。（書棚の方へ行く）ねぇ、もし、ぼくがいま生きているとしたら、猛烈に仕事をするな。眠り病か、こいつは面白そうだぞ！

イジー （ノートを見ながら）変だぞ！

父 どうした？

イジー この設計図なんですけど。もうちょっとというところなんですよ、父さん。ちくしょう！　もっとまえにやっときゃよかったのにな。えっと、ここはこんな具合にしなきゃいけなかったんだ――（机に坐って書く）これでよし、と。

オンドラ （書棚を開く）おい、ぼくらの母さん、さすがだなぁ！

ペトル （チェス盤を見たまま）どうして？

オンドラ ぼくの医学雑誌をまだ取りつづけているんだ！この新しいのは熱帯病の特集号だ――ぼくもこいつに論文を発表してたんだよ。

ペトル その号のどこかに、兄さんの追悼文が出てましたよ、知ってる？

オンドラ （一冊を抜き出し）そんなら、そいつを見てみなくちゃ。（ゆったりとソファーに腰を下し、まだ切っていないページをめくって眺めている）

父 （母のそばにたたずみ）なぁ、母さん。また、みんなここに来てるんだよ。みんな、ここが自分の家だと思うて来とるんじゃ。おまえにとってはな、母さん、おれたちはいつまでも生きてるのと同じなんだ、そうじゃろう？

ペトル （チェス盤を見ながら）いや、だめだ。うーん、こいつは難かしいぞ！

イジー （図面を見ながら）これでいいだろう。だけど、重心はもうちょっと下で支えなくちゃいかんな。

父 （携帯用蓄音機を開ける）この蓄音機を父さんはずいぶん持ち歩いたもんだ。戦争にも持って行った。（機械的にねじを巻く）こいつは、父さんが一番好きなレコードじゃった。かわいそうな母さんは、こいつを思い出に取っといたんじゃな――（蓄音機をかける）

（蓄音機は静かに鳴っている。父は耳を傾ける。他は自分のことに熱中している）

オンドラ （雑誌を見ながら）へぇ、ハンセン病に効く薬が発見されたのか。こいつはいいや。

（外で銃声）

イジー（設計図を見ながら）向こうじゃあい変らず撃ち合ってるな。

ペトル（チェス盤を見たまま）まてよ、問題はこれからだぞ。父さん、父さんのチェスの問題は引き分けみたいですね。これじゃ勝てそうにないや。黒も白もだ。つまんないな。

（銃声は激しくなる。蓄音機は鳴り止む）

父 こいつはわたしの大好きなやつだ――（ふり返り、耳を傾ける）聞えるか？ タタタ。これは機関銃だぞ、ペトル。

ペトル さあ、戦闘開始だ！（飛び上る）ちくしょう！ ぼくも行きたかったな。さあ、いまだ、同志よ、頑張れよ！

オンドラ（立ち上がり、雑誌を投げ出す）また、英雄の誕生か、えっ？ ――ぼくはそんなもの聞きたくない！

ペトル ほら、まるで音楽だ！ いま、ぼくらは奮戦している。もう、そこまで来てるんだ。いま、攻撃の真最中だ。いま、通りの前方を機関銃で掃討《そうとう》している。前進、前進――まったくすごい！ ほら、ぼくは決して無駄死にしたんじゃない！

（銃声は激しく、大きくなる）

父 あれは速射砲だ。ドン――ドン――ドン――ドン。距離三千メートル。方位――右十五度。

イジー（立ち上り）中心街ですね、父さん。

ペトル（熱狂的に）あれはぼくらの大砲だ！ さあ、いまや、ぼくらは大勝利だ！

父 母さんがビックリしないといいんだが。

オンドラ 母さんは何も知りませんよ。（ポケットから包帯を取り出し、手の上で、機械的に巻いたり、のばしたりしている）通りで撃つなんて、ひどいもんだ。大虐殺になるぞ！

ペトル なればいい！ 新しい世界のために場所を開けなくちゃならないんだ。オンドラ兄さん、イジー兄さん。それだけの価値はあるんだ！ たとえ、千人、二千人の生命を犠牲にしてもね――聞こえますか、あの銃声が？ 美しいじゃありませんか！ ああ、ぼくもあそこへ行きたかった――

父 もう、あっちでも、こっちでも撃ち合ってるぞ――どうも気にくわんな。これはもう戦争なんかじゃない。人殺しだ。

ペトル そうなればいいんです！ ほかにしようがない。いつかは裏切り者と決着をつけねばならなかったんです――白のやつらなんか撃ち殺されればいいんだ！ ほら戦闘がどんどん広がって行くでしょう？ ぼくらは負けない！ 歩兵がぼくらの味方なんです。水兵も、民衆もぼくらの味方です。やつらには将校しかいない。やつらには飛行機も大砲もあるが、町のなかでぶっ放すわけにはいかないでしょう。町を破壊することになりますからね、父さん、そうでしょう？

父 そういうもんかな、ペトル。おまえたちはいまじゃ別のルールをもっとるようだからな。

イジー（ラジオのそばにいる）それで、放送局はどっちがおさえてるんだ？

ペトル　当然、ぼくらさ。かけてみて、イジー兄さん、聞いてみようよ――

イジー　よしきた。（ラジオのスイッチをひねる）さあ、静かに。

スピーカーの声　（コルネルの声に似ている）諸君、こちらは白軍司令部である。

ペトル　（ぎくっとする）そんな馬鹿な！

スピーカーの声　諸君、聞きたまえ！　わが白軍司令官は、黒軍に対し、市街地での殺戮を中止するよう、最後の通告をする。武器を捨てるのだ！　五分以内に以上のことが守られなければ、司令官は、市街地に向けて砲撃を開始するよう命令する。

ペトル　（叫ぶ）そんなこと出来るもんか！　父さん、オンドラ兄さん、そんなこと出来ないよね？　やつら、気が狂ったんだ！

スピーカーの声　市民のみなさん！　白軍司令官は全市民に対し、直ちに地下室へ待避するよう要求しています。黒軍が現地点を撤退しない場合、四分以内に市中心部に向けて砲撃を開始するでしょう。必要に応じて、空軍も投入されるでしょう。

ペトル　野蛮人め！　野蛮人め！　そんなことがあってたまるか！　そんなのは脅しだ。白軍のちくしょうめが――

スピーカーの声　諸君！　市と人命との破壊の責任は黒軍の動向にかかっている。われわれは猶予をもって警告を発した。最後の瞬間にいたるまで交渉をしたが、その間にも、黒軍は卑怯にも、我が方の人質、将校、市民の惨殺を開始し――

ペトル　嘘だ！　おまえこそ始めたんじゃないか！　この犬め、血に飢えた犬めが！（胸を開げ）これは何だ？

スピーカーの声　われわれは今後一切の交渉を拒否する。武器を手にして発見されたものはその場で射殺する。黒軍に加担したものは全て軍法会議にかけられるだろう。諸君、聞きたまえ！　われわれは黒軍に対し、二分後に市中心部への砲撃が開始される。われわれの町を大きな悲しみから救うには、最後に通告する。それしかないのだ。

ペトル　いや、いや、いや！　そんなこと真《ま》に受けちゃいけない！　同志よ！　あきらめてはいけない！　町を破壊するんだったら、さしとけばいい！　なるようになればいいんだ！

オンドラ　なんのために彼らを死なせるんだ？　消せよ、イジー！

（イジー、ラジオを消す）

ペトル　そう、何だってかまいはしない！　黒軍、戦え！　われらの自由のため！　われらの勝利のため！　われらの新しい世界のため！　同志よ！　同志よ！　あきらめるんじゃない！　そのために町が粉々になっても、人民が殺されたって、世界が破裂したってかまいはしない。われわれの目的さえ達成されたら！　白犬どもが天下を取るくらいなら、いっそみんな死んだ方がましだ――

（遠くで大砲の一斉射撃）

父　いよいよ、大砲のお出ましだ。十五サンチだな。ほら、やつらは約束通りやりおったぞ。

イジー　ねえ、みんな。ぼくは、いま、何だかうれしいような気がするんですよ――

父　――死人であることがじゃろう？　そいつは言えるな。ドーン。おい、いまのは二十四サンチだったな。

ペトル　人殺し！　血も涙もない人殺し！

オンドラ　皆んな――静かに。母さん、気がつきはじめた。

イジー　可哀想な母さん、ちょうど、いま――

父　あかりを消せ！

（暗闇。大砲のとどろきと小銃の発射音）

オンドラの声　じゃ、さようなら、母さん。

父の声　心配するな、おまえ。おれたちは、いつだっておまえのそばにいるからな。

イジーの声　ただの嵐だ。直ぐ止むさ。

ペトルの声　人殺し！　人殺し！

（大砲の轟音と銃声。窓に、遠くの炎の赤い影がだんだん強くなる）

母（起き上る）ペトルや！　――コルネル！　――トニ！　――コルネル、何があったの？　ペトルはどこ？　――トニや、コルネルはどこなの？　――コルネル、聞いてますか？

（ドアのところにトニ）

トニ　母さん。お母さん、ここにいたの？（あかりを点ける）探してたんだ――

母（目をおおって）トニ、ペトルはどこなの？　まだ、帰って来ないの？

トニ　まだだよ、母さん。お願い――

母　あれはなんなの、トニ？

トニ　撃ち合ってるんだよ、母さん。でも、ずっと遠くだよ、ね？　恐がることないよ。ぼく、いつだって母さんと一緒だから――（机の引き出しを開け、コルネルが弾を込めた拳銃を取り出そうとする）心配ないって！

母　何を取ったの、トニ？　――その拳銃をそこへ置きなさい！

トニ　ねぇ、母さん……ぼく、ただ、何かあったらいけないと思って……あのコルネル兄さんが言ってたんだもん……

母　コルネルはどこなの？　コルネルを呼んでちょうだい！

トニ　恐がらなくたっていいんだってば、母さん――

母　トニや、コルネル兄さんはどこなの？

トニ　あっちへ行ったよ、母さん。鉄砲をもって、そして言ったの。トニ……母さんに伝えろって。母さんを放っといて行ってしまうけど、怒らないでねって。どうしても行かなきゃならないんだ！　って。

（大砲のどよめきの中で）

――幕――

第三幕

（同じ部屋。ただし、武器の類は一切、壁からも銃架からも取り払われている）

母　（最後に残った数挺の拳銃を取りはずし机の引き出しのなかにしまい込み、鍵をかける。鍵は自分で持つ）これでよしと。あたしは、トニが鉄砲なんかのことばっかり考えてんじゃないかと、心配でね。（見まわす）これも気にいらないわね。（窓の方へ行き、よろい戸を閉める）これで外も見えなくなる。（ドアのところのスイッチをひねる）もう、あと、何もないかな？　――（ラジオの方へ行く）さあ、あんたも、おしゃべりは止すのね。トニは外で何が起っていようと知らなくていいですからね。（ラジオのそばでためらう）それに、あたしだって――あたしは知る必要ないわ。もう、あたしはなんにも聞きたくはありません。あたしには、もう、どうでもいいことです。（ためらう）だからね、もう、あんたは黙ってなくちゃいけないの。ところが、あんたはしゃべりたいんでしょう、え？　また、トニの頭をこんがらがらせたいんでしょう、ね？　いえ、いえ、あんたには、もう、ここでわめかせたりはしませんからね。言いたけれゃ、言いなさいよ――でも、ここじゃだめ。だめよ。ここにはあたしがいますからね。もう、トニには何も吹き込ませませんからね――さあ、あたしの言うことに、何か文句がある？（ラジオのスイッチをまわす）さあ、なに――？

スピーカーの声（情熱的な、切々と訴える女の声）これは犯罪です。あらゆる権利にたいして犯罪がおかされたのです。すべての協定がふみにじられ、残酷きわまりない暴力がふるわれたのです。聞いてください。どうか、聞いてくださ い。宣戦布告もなく、理由もなく、一言の説明もなく、外国の軍隊がわが国土内に侵入してきたのです。なんの警告もなく、なんの理由もなく、宣戦布告もなく、外国の大砲と飛行機がわたしたちの町に攻撃を加えてきたのです。敵は、わたくしたちの国が、不幸な内戦で、自ら疲弊しつくしているのをいいことにして、秩序の回復をするという口実のもとに、わが国にたいし攻撃をしかけてきたのです。誰が彼らにそのような権利を与えたのです？　この介入に、いかなる根拠があるのでしょうか？　いかなる権利も、いかなる根拠もないのです。このマイクを通じて全世界に訴えます。皆さん、犯罪がおこなわれました。言語に絶する犯罪がおこなわれたのです！

ウィ・コール・ザ・ワールド。ヒャー・ヒャー・イット・イズ・アン・アウトレイジー。イット・イズ・アン・オウフル・クライム！　ヌ・ザペロン・トゥ・トゥルマニテ。ヴォエ・ケ・ルクリメ！　ヴィア・ルーフン・ガンツェ・ヴェルト。エス・ヴルデ・アイン・シュレックリッヒェス・フェアブレッフン・ベガンゲン！

わが国は、不幸にして疲弊せるわが国は、虫けらのごとく、とどめを刺されようとしています！

母（ラジオを消す）何をあたしに叫んでるの？　あたしはあんたのことなんか聞きたかありません！　犯罪！　犯罪がどうしたっていうの！　うちのペトルが射ち殺されたのは犯罪じゃなかったの？　それに、コルネルが戦死したのは犯罪じゃなかったの？　あたしのコルネル！　あたしのペトル！　あたしに犯罪の話をしようっていうの！　あたしはたんと知ってますよ。あたしは母親なんですよ。あたしこそ、その犯罪の一番の犠牲者ですよ。どうせ、あんたはあたしの子供なんて知りはしないんでしょうけど。でも、ここが、子供たちでどんなに賑やかだったか、見せたかったねえ――ま、あんたは世界中に向かって叫んでりゃいいさ。あたしだって叫びましたよ。でも、誰があたしに答えてくれたと思う？（スイッチをひねる）

スピーカーの声　――わたしたちは、最善をつくさなければならないのです。最後まで頑張りましょう。心と体のバリケードを築くのです。敵を迎え撃つわが軍は勇気をふるって必死に戦っています。しかし、援軍が来なければ、もちこたえることは不可能です。すべての男性に訴えます。わが軍を援助しなければなりません。男性は一人残らず聞いて下さい。わが国の男性に訴えます。どうか、この呼びかけに応えてください。武器をもってかけつけて下さい。この国の女性に訴えます。あなたたちの夫やご子息の仕事を引き受けて下さい。そして、あなた方の夫やご子息を軍隊へ送り出して下さい――

母（つまみをまわす）いやです、いやです。あなたは狂ってます。あたしは誰も送り出すことはできません。あたしにはもう誰もいないんですからね。トニは無理です。トニはまだちっちゃいんです。幼児を戦争に出せなんて、そんな命令ってありませんよ。そんなの馬鹿げてますよ。いったい、ひと様の旦那さんや子供さんを軍隊に出せなんて、どういう了簡なんです？　あんたには、おありなさらないんですね。そんなら、そんなこと言わないでちょうだい！　お子さんはおありなんですか？　言えるものなら、言ってごらんよ！（つまみをひねる）

スピーカーの声　──もはや人間の声ではなく、祖国自身が叫んでいるのです。わたくし、祖国がすべての男性に呼びかけているのです。あたし、母、祖国が自分の息子たちにお願いしているのです。あたしを護って下さい。あたしの幼いものたちを護って下さい──

母（ラジオを消す）いいえ、あんたは母ではありません！あたしが母です。あたしがですよ。わかりますか？　一体、あたしの子供に、あんたが、どんな権利を持っていると言うんです？　もし、あんたが母親なら、自分の子供を戦争に出すことなんてできやしないでしょうよ！　あたしみたいに子供たちをひたかくしにかくすでしょう。あたしみたいに鍵をかけて閉じこめて、叫ぶでしょうよ。渡さない、渡さない！　って──あたしには、もう差し上げる者がいないんです。わかっていただけるかしら。ここには誰もいません。ここには年をとった、愚かな女のあたししかいないんです。あたしは息子たちをみんな差し上げました。あたしにはもういないんです、もう、いないんです──

（ドアのところにトニが立っている）

トニ　お母さん。

母（ふりむく）なにか用？（恐怖にとらわれ叫ぶ）トニ、おまえもかい──？（トニの方へかけ寄り、触る）違った。ああ、よかった、おまえなんだね、おまえなんだね！　生きてるんだよね？　おまえったら、ほんとに、あたしをおどかすんだから！　──何しに来たの、トニや？　ね、いい。あんたはね……あんな女の言うことなんか聞かなくていいのよ。そんなことしないでね、トニ！

トニ　だって、母さん。あの人、すごく……きれいで、ドキドキするような声なんだもん！　だからね、ぼく、あの人のこと、手にとるように想像できるんだ。あの人は、背が高かくて、青白い顔をしている……そして、こんな大きな目をしてる──

母　お止めなさい、そんな女のことなんか。

トニ　でも、ぼくを呼んでるんだよ！

母　あんたには関係ないことよ、トニ。あんな人、ほうっておき。勝手に言わせておけばいいのよ。だから、もう、こっちへ来てはだめよ、坊や。この部屋に鍵をかけますからね。

トニ　なぜ？

母（腰をおろし）なぜって、別に。ただ、閉めとくのよ。ほら、あたしたちの食べるものしまっとくの。いま、戦争なんだし、あなたが食べるものだって、たくわえておかなくちゃいけないからね。どうせこの部屋は使い道ないんだから——でも、よかったわ。食料品をたくわえること忘れなくて！　あたしたち二人は、地下室に住むのよ。誰にも見つからないように。この家は幽霊屋敷みたいになるわ。

トニ　でも、お母さん——

母　いいかい、トニ。あたしはね、おまえを上手にかくして、おまえが家にいること、誰にも気どられないようにしてあげますからね。おまえは外には出られないけど、我慢するのよ——わたしたちは、騒動がおさまるまでは、なんでも我慢するの。おまえは戦争なんて知らなくてすむのよ。そんなものおまえに向かないから、ね？　なんていっても、おまえは若すぎます。ねずみみたいに地下室にもぐり込んで、おまえは……おまえは、そこで本でも読んでいればいいんだわ。いい？　——そして、外で、太陽が輝いている様子を思い出せばいいのよ。わたしたちには地下室だって結構ですよ、ね？

トニ　お母さん、お願い——どうか、母さん、ぼくを行かせて！

母　おまえったら、何を言うの？　もう、いいかげんにしなさい！

トニ　お願いだから、母さん。ぼくを行かせて。義勇軍に行かせて！　お母さん、ぼく、こんなところにいられない——

母　馬鹿はおよし、トニ！　おまえが行けるはずありませんよ。おまえは、まだ、十八になっちゃいないんだから——

トニ　そんなこと問題じゃないよ、母さん！　いい、母さん。みんな行くんだよ。お願いだから、母さん、ぼくを行かせて！　母さん。ぼくのクラス全員が応募したんだよ、

母　だいたい、馬鹿げてますよ、坊や。そこへ行ったからって、おまえがなんの役に立つっていうのよ？

トニ　そんなことあるもんか、母さん。ぼくだって、他のクラスの連中と同じに、立派な兵隊になってみせる！　ぼく、もう、返事したんだ……

母　誰に？

トニ　学校の友達にさ、母さん。

母　いいかい、トニ。おまえ、友達よりも母さんの方が大切じゃないのかい。

トニ　行かせてよ、母さん。なにしろ、みんな行くんだから——

母　——そんなら、おまえが行く必要はないじゃないか、坊や。あなたは家にいるんです。

トニ　どうして、このぼくに限って行っちゃいけないのよ？

母　あんたはそんなことに向いていないからよ、トニ。軍隊につくには弱すぎます。それに、そんなこと、わたしがいやだからよ。わかりましたか？

トニ　悪いけど、母さん。でも——いい？　このことにはね、ほんとうに、すべてのことがかかっているんだよ……祖国が……それから、国民の運命が……

母　それで、国民をお前が守るのかい？　おまえがいなくては具合が悪いのかい？　おまえが行ったところで、どうにもならないと思うけど。
トニ　母さんがみんなそんなこと言ったんじゃ——
母　あたしはなんとも思いませんよ。だいいち、子供を一人一人とられていくのを黙って見てられると思いますか？　そんなこと勝手にさせとくようなら、いいかい、そんなのは母親なんかじゃありませんよ！
トニ　でも、こんな我慢ならない戦争なんだよ、母さん——
母　あたしのせいじゃありませんよ、トニ。どの母さんの責任でもないわ。あたしたち母さんはね、いいかい、これまで一度だって戦争を始めたりはしませんでしたよ。あたしたちは、戦争のおかげで、子供たちを失ったわ。でもね、あたしは最後の一人の子供まで渡してしまうなんて、そんな馬鹿にはなりません。そうしたい人はするといいんだわ、でも、あたしは別よ。あたしはもう何も渡さないわ。おまえを渡すもんですか、トニ。
トニ　気を悪くしないでよ、母さん。でも——ぼくは行かなきゃならないんだよ。いい、それはね……はっきり言って、命令なんだよ。男は全部行かなくちゃいけないんだ……
母　あんたは男じゃありません、トニ。あんたは、あたしの子供なの。目をつぶるだけでもう十分。そうしたら、何が見えると思う？　ちいっちゃな、アバババくらいしか言えない子供が見えるのよ。地べたに坐りこんで、おもちゃを口のなかへ押し込んで。いけません、トニ、だあめ！　口からそのおもちゃ、お出しなさい！
トニ　ぼく、もう赤ん坊じゃないよ、母さん！
母　そうなの？　じゃ、こっちへ来て、よくお見せ！　そんなら、あんたは、どうしても戦争へ行きたいっていうの？　あたしは、ほんとなら……立派な息子をもってたはずだけど、トニ。でも、その子だったら……ちょっと違うことを……誓ったんじゃなかったかしら、覚えてる？　あたしには息子がいたけど、その子にあたしは……戦争を憎むことを教えたわ。そうじゃなかった？　その子は言ったわ。「お母さん、ぼくたちが大きくなる頃には、もう絶対戦争なんかないよ。ぼくたち、そんなものしたいとも思わないし、もう人殺しもしない。ぼくたちは人を屠殺場に追い込むようなことはしない。だいいち、母さん。人間に対して銃を向けるなんて、とんでもないことだよ」って——こうだったよね、トニ？
トニ　うん、でも——これは全然、別問題なんだよ、母さん。これは、ただの防衛なんだよ、ね？
母　なんてこと、あんたは人を殺しに、平気で行けるっていうの？
トニ　そうだよ、母さん。つまり、こうなったら、誰だって——
母　だから、おまえも行き……たい、のね？
トニ　……ものすごく行きたい、母さん。
母　——ほら、ごらん、トニ。あたしの思った通りだった。もう、おまえはあたしの手に負えなくなったのね、坊や。

あたしはもうおまえの言うことを理解さえしてやれなくなったんだわ。なんてまあ、おまえは変ってしまったのよ!

トニ 母さん、泣いてるの? じゃ、母さんは……母さんは、ぼくを行かせてくれるの?

母 いいえ、トニ。あたしはね、老いぼれの……頑固婆さんなのよ。自分が恨みに思っているものなんかに……おまえをやってたまりますか。あたしはおまえたちの戦争とやらには十二分に尽くさせていただきましたからね。おまえは行ってはいけません。おまえを行かせません。

トニ お母さん、そんなことってないよ! それだったら、ぼく……ぼく、逃げ出しちゃうよ! 黙って、黙って行っちゃう!

母 (立ち上り) ちょっと、お待ち! あたしがわかるかい、トニ! あたしをようくご覧!

トニ お母さんったら。ぼくがこんなにお願いしてるのに——

——

母 あんた、あたしをここへ置いてけぼりにしていこうってのかい、ね? あたしがどうなるかなんて考えてもみないの? おまえと別れて、どうやって生きていけるっていうの? まさか、そんな目に会わせやしないでしょ、トニ。あたしにはもうあなただけしかいないのよ。

トニ ぼくのことだったら、絶対、大丈夫だって、母さん、心配ないよ! ぼく、本当に、そんな予感がするし、ぼく分るんだ——ぼくに何かあるなんて、てんで想像もできないよ。

母 いいえ、あんたにはそんなこと想像できないでしょうけど、あたしにはできるのよ。トニ。あたしにはできるのよ。あんたたちはみんな散歩にでも出かけるみたいに行ってしまった。「心配しなくたっていいよ、母さん。しばらくしたら、またもどって来るからね」って。——あたしには、おまえたちのことは分ってますよ。これ以上、あたしをだまさないで。

トニ 違うったら、母さん。何も、だまそうってんじゃないんだよ。ぼくだって知ってるよ、つまり……つまり、もしかしたら、ぼくも行けば死ぬかも知れないって。いい、ぼくは、そりゃ細かく想像できるんだ——ぼくが……行こうって、決心してからというもの、ぼくはもう何度も戦死したよ……ただし、心のなかだけどね、でも、すごく生々しかった——それとか、クラスの友達が倒れてるのも見える——みんな戦死したみたいになんだよ。折り重なって倒れてるんだ、そして、指はまだインクで汚れたままで——でも、ぼくは平気さ。そんなものちっとも恐くない。わかって。それはぼくが行かなくちゃならないっていうことなんだ。ぼくが行かないなんて、まったく想像もできない……ぼくたち、みんなで確かめ合ったんだ。これは、疑う余地のない義務なんだ……ぼくたち、みんなの義務なんだって。

母 じゃ、分るでしょう、トニ。何があなたの義務だか? あたしのそばにいることよ。あなたはあたしにたいして責任があります……お父さんの代りを務めること……そして、お兄さんたちの代りをすることよ。あなたたちだって、誰かがあたしのために残っていてくれなくちゃ。あたしにだって、多分……やっぱり何かの権利くらいあるはずでしょう、ね！

トニ そりゃ、分るけど、母さん、でも、この場合は、それよりも大きな義務なんだよ――

母 大きい、大きい――いいですよ、あたしはもう、おまえにとって、何でもないんでしょ。どうせ、あたしは、あんたたちみんなにとって……つけ足しみたいなものなんだ。あたしは、あんたたちの大事な、男の義務なんてものだったら、とっくに知ってますよ――でも、あたしにまで、あんたたちと同じに、真面目に考えろって要求することは、誰にだって出来やしませんよ、トニ。それには、もう、あたしは年をとり過ぎてます。あたしはもう、数えきれない位、お婆さんなんですよ。

トニ 母さん、もし、ぼくを行かしてくれないんなら、ぼく――もう――

母 もう、何なの？　あたしをきらいになるのかい、ね？　あたしが憎くなるっていうんでしょ、そう？　あたしも、あんた自身までもいやになるってんでしょ。鎖だってなんだって引きちぎってやりたいでしょう――ようく分ってますよ、トニ。きらいになるんなら、なりなさい。でも、あたしはあんたを離しませんよ！　そして、戦争がおわったら、自分から言いますよ。母さんが正しかったよ。生きていくには、男だって必要だ、なんて。（トニの肩に手をのせ）さあ、どうするの、トニ？

トニ （手をふりほどき）お願い、母さん。行かせて――

母 そんならいいわ。あたしをきらいなさい。あたしはもう、そんなことにはビクともしなくなりましたからね。結局、愛情なんて、意地悪で、つらいものなのよ、おまえ。この世に母性愛ほどひたむきなものってありはしない。――だから、行きたければ行きなさい、トニ。その代り、あんたはあたしを殺すことになるのよ。さあ、行かないのかい？

トニ お願い、母さん。怒らないで。ね、ぼくはうまく言えないけど、あの人……祖国に言わせよう。そしたら、母さんだってわかる……ぼくがみんなのように行かなきゃならないんだってことが……

母 なんにも分かりませんよ、トニ。あたしは涙で目がつぶれてしまってるのよ、それが分らないのかい？　この老いぼれの母さんが、何を見て、何を分かればいいって言うの！　これまでだって、あたしは、あんたたち、子供のことばかり見て来ましたよ。小いちゃな、下着だけの、あんたたちをよ――もしかしたら、あたしは、あんたたちがこんなに大きくなっているのに気がつかなかったんだわ！　よくお見せ、おまえ、こっちへおいで！　まあ、こんなに大きくなったんだねえ！　じゃ、トニ。あんたも、もう、一人前の男として……ふるまわなくちゃいけないわね？

トニ そうさ、母さん。そうしなくちゃ。

母 ほうら、ごらん。だから、年をとって、愚かで、夫やわが子を五人も失くした母さんを置いてけぼりにして、狂い死にさせるようなまねしちゃいけないわ。いい、母さん、何をしだすかわからないわよ。通りに出ていって、大声で、この戦争を呪ってやるわ。この戦争にあんたたちを、つれ出した連中を呪ってやるわ――

トニ　お母さん！

母　母さんに、そんな仕打ちをしちゃいけないわ、トニ。母さんを助けて……護ってくれなくちゃ。あたしにはもう、おまえしかいないんだからね。あたしにだってわかりますよ。それがおまえにとって、大変な犠牲であることくらいは……でもね、男なら、トニ。それくらいの犠牲は覚悟しなくちゃ……

トニ（涙をこらえて、唇をかむ）母さん、ぼく……ぼくがそんなに必要なのなら……ぼく、じゃあ……ぼく、本当に、どうしたらいいんだ……

母（トニの頬にキスをして）ほうらね。母さんにはわかってたんだ。おまえは頼りになるって。おまえはききわけがいい……勇敢な子だ。父さんだって、おまえのこと自慢に思うでしょうよ。いらっしゃい、トニ。何か用意しとかなくちゃ……戦争にそなえて。（トニの肩に手をかけ、外へ導く。ドアのところのスイッチを切る。闇。）

（外から部屋に鍵をかけ、鍵を抜きとる音が聞こえる）

オンドラの声（暗闇のなかで）かわいそうな母さん！

父の声　かわいそうなトニ。

コルネルの声　あいつにしてみれば、耐えられないことだろう。

（間――外から、太鼓の音と兵隊の行進の音が聞えてくる）

ペトルの声　聞こえる？　兵隊たちだ。

イジーの声　前線へ行くんだ。

父の声　勇ましいぞ。おいっち、にっ！　おいっち、にっ！

コルネルの声　すぐにも、一緒に行きたくなるな。

（間――鼓の音、遠ざかって行く）

父の声　イジー、ラジオで何かニュースが聞けるかも知れんぞ……おれたちも、何が起こっとるかくらいは、知っとかにゃ。

イジーの声　そうだね、父さん。（ラジオのスイッチを入れる）

スピーカーの男の声（押し殺したような声で）……わが東部軍は苦戦の末、さらに、後退しつつある。右翼は山岳の稜線によってふみ止まっているが、敵は圧倒的攻撃を続けている。

父の声　背後にまわられなければいいんだが！

スピーカーの声　空中戦において敵十七機を撃墜。わが方の未帰還、九機。

イジーの声　九対十七か。悪くない。

スピーカーの声　わが国の無防備都市に対する爆撃は続けられている。市民の死者の数は八千にのぼるものと推定される。敵機の空襲を受けつつある、ヴィラメディエ市の運命についての詳細は目下のところ不明である。
父の声　止めろ。イジー。誰か来る。
（スイッチを切る音。静寂。鍵の音。暗がりのなかに母が入ってくる）
母（うしろ手にドアを閉める。数歩、前に出て、じっと立ちつくす）わかってますよ。あんた方がここにいるのは。あんた方、またしのび込んで来たのね、ビールに群がるゴキブリみたいに。――このあたしに、何をたくらんでるの？
父の声　わたしら、ただ、おまえに会いに来たんじゃよ。
母　あたしにじゃないでしょう、リヒャルト。（机の上の電気をつけ、あたりを見廻す）
（老人、父、オンドラ、イジー、コルネル、ペトルが部屋のなかに適当に、立ち、坐っている）
コルネル　今晩は、母さん。
母　おや、まあ。皆さん、おそろいですか！
父　おまえ、思いもかけんじゃろうが――ほら、おじいさんも一緒なんじゃよ。
老人（流行おくれの黒い服を着て、胸には勲章をつけ、肘掛け椅子に坐っている）今晩は、娘や。
母　おじいちゃんもここに？　お父さん、ほんとに、お久しぶりですね！
老人　そうじゃな、おまえ。だが、わしゃちっとも変っとらんじゃろうが、うん？
母　お変りないわ。でも、どうして――（二人の顔を順に見つめながら）どうして皆さんここに集まってらしたの？家族会議でもはじめるつもりですか？
オンドラ　そんなんじゃありませんよ、母さん。こんな物騒なご時世だからね、母さんのそばにいてあげようと思っただけですよ。
母　そうじゃないでしょ、オンドラ？　あんたが、そんなにしょっちゅうあたしのそばにいたことがあったなんて、覚えがないわ。――ここで何を話してたんです？
イジー　なんにも話はしないよ、母さん。ただニュースを聞いてただけだよ。
母　そうかしら！　信じられないわ、あんたたちに、そんなことが、まだ、そんなに興味があるなんて。
ペトル　ぼくたち死人にってのかい？　大ありさあ。母さんなんかが想像するよりは、ずっとだよ。
母　でも、もうそんなことに首をつっこむこともできないなんて残念ね。
父　そんなことはないよ、母さん。おまえにゃわからんじゃろう。おまえたち、生きとるもんにゃわかるまいが、おれたちは戦争となったら、目を覚まして――
コルネル　要するに、ぼくたち、母さんが考えてるほどには、死に切れてないってことだよ、母さん。
ペトル　いい、いま起ってることはね、まだぼくらの運命にかかわっているんだよ。だから、ぼくらの仕事さ。

母 あなた方の仕事ね、なるほど。もし、それがよ、あなた方の仕事だっていうんなら、そんなに自慢しないほうがいいんじゃない。

父 しかし、おまえ、とにかく戦争はまだおわっちゃいないんだぞ！ いまからだって、立派に勝利をおさめることができるんだ。ただ、新しい戦力を投入することだ——おれはどうも、その左翼が気になるんだ。おい、おれの作戦地図はどこへやった？

母 （机の鍵をあけ）ここよ。でも、これで何なさるつもり？

父 ただ、ちょっと見るだけさ。どうも。（机の上に地図をひろげる）

コルネル ——主力が分断されてるっていうのが最悪ですね、父さん。それに、将校も少ない。あの内戦で沢山殺されたからね、馬鹿なことしたもんだ。——あれがどんなにひどい殺し合いだったか、いまごろになってやっと思い知るにいたるって始末だ！

ペトル その殺し合いは、おまえたちのせいなんだぞ、コルネル！

コルネル おれたちなもんか、ペトル。おまえたちのせいだ。無政府主義者、烏合の衆、自殺的平和主義者のおまえたち——

ペトル それに、大砲をたのみのお前たちさ。こっちの方がよっぽど罪が深い。

コルネル いいかげんにしろよ。まさか、おまえたちが国家を分裂させようってのを、おれたちは指をくわえて黙って見てろって言うのか、えっ？ 冗談じゃない。あげくの果がこの始末さ！ まあ、軍の中核をおまえらの分裂工作から防いだのが不幸中の幸いだった！

ペトル それに、幸か不幸か、おれたちは人民に戦うことを教えた。その上、死ぬことにも慣れっこになればいいって言うのか！

コルネル だが、言うことはききませんぞ、かい。

ペトル あたりまえだ。彼らは、もう、おまえらの言うことは聞きはしない。戦争がおわればわかる！

コルネル へぇ、戦争がおわったら、おまえらの馬鹿げたユートピアのことを考えるほど誰かが暇になるっていうのかい！

ペトル なるさ！ なるとも！ いいか、人民に武器を与えてみろ——この戦争が何の役に立ったかわかるさ。

コルネル ペトル、この戦争の勝利者があるとすれば、それは国家だけだ。力強く、規律正しく、自信にあふれた国家だけだ。そのためにも、この戦争が、新しい、よりよい世界秩序などという、愚かしいたわごとに終止符を打つことを——

母 これ、これ、おまえたちったら、まだ、喧嘩を止めないの？ 恥かしくないのかい、おまえたち双子は。二人とも、そのおかげで死んだっていうのに、まだ、足りないの？ おじいちゃんに、なんて思われることか！

老人 わしは何も思わんよ、おまえ、まあ、若気のせいじゃろう。

ペトル　ごめんよ、母さん。でも、ぼくらの思想が続くかぎり――ぼくらの戦っている問題が解決されないかぎり――死んでも、止めるわけにはいかないんだ。
オンドラ　ぼくらは、みんなね、母さん、自分の戦いを続けてるんだよ。真理のため、国家のため、人民のために――どんな人だってね。いまでも、ぼくらは願っている。ぼくらの問題が成果を得るようにと。それに、ぼくらは、まだ、失うものを持っている――死んだあとになっても。
父　（作戦地図の上にかがみ込んで）この線が持ちこたえられるといいんだがな。おいこいつは、作戦の古典ともいうべきもんだ。がっちりと腰をすえた中央部と、翼部との間の間隙だ――そこで、やつら豚どもを海の方へ追い込む！
コルネル　どうですかね、お父さん。この間隙には相当の兵力を投入しなきゃなりませんね。
父　そうとも、そうとも。全員、行かにゃ、そうだろう？
母　誰が全員ですって？
父　つまり、全員じゃよ、おまえ。おれ。おれたちもふくめてだ。
母　あなたたちが、そんなところで何かの役に立つって言うんですか！
オンドラ　思いもよらないことでしょうけどね、お母さん。国家は死者とも力を合わせなきゃならないんです。
母　だから、国家は死者をたくさん作らなきゃならないわけね？
ペトル　ねえ、今度はぼくらにも関係のあることなんだよ。もし、この戦争に敗けたら――
コルネル　――そうなったら、ぼくら全員の死が無駄になるんだよ。なんにも残らなくなるんだ、母さん……ぼくらが死んだ後に。
母　リヒャルト。子供たち。あんたたち……あんたたち、本当に行きたいの――？
イジー　行かなきゃならないんだよ、母さん。これは義務なんですよ。いいですか、みんながぼくらを呼んでるんですよ。父さんは、昔の連隊を引きつれて行くんです――
ペトル　ぼくは義勇軍と行きたい。
イジー　じゃ、ぼくは――できたら、飛行隊に入る。
父　もしかして、トニをおれの連隊に入れられるといいな！
母　リヒャルト！
父　あれは優秀な連隊だったんだぞ、おまえ。有名な連隊じゃ。いつも、戦死者は一番多かった。
母　なるほど、ここへ来たのは、そういう魂胆だったのね？思った通りだわ！――でもあたしはトニは渡しませんからね。よろしゅうござんすね？　トニは行かせません！トニは駄目！
父　そいつは大いに残念だな、母さん。おれはあの子が、すごく可哀想だよ。
オンドラ　わかってくれなくちゃ、母さん。家にいなきゃならんとなったら、トニはきっと恥ずかしい思いをするよ。トニは、あんなに敏感だし――あいつにとっては、良心の問題なんですからね。

イジー　とにかく……少佐の息子なんだからね。父親は戦死したんだ……英雄としてね。それなのに、いいですか、その息子は義勇軍に応募しないとなったら、世間さまにはどうなるんですかね！　それは名誉の問題ですよ、え？

コルネル　祖国のための戦いですよ、母さん。そうさせなきゃ。彼の義務ですよ。

ペトル　母さん、ぼくからもお願い。母さんぼくのこと知ってますよね、ぼくが戦争に反対だったこと……そして、いまでも反対だっていうこと。でも、こんな暴力にたいしては防衛しなきゃならないんですよ、母さん。これは信念の問題なんです。

母（せっぱつまって、みんなを見まわす）あんた方は、あの子も死ねばいいっていうのね？　あの子を連れに来たのね？　じゃ、みんな、あたしに反対なのね！　あたしに反対するのね！

父　いやあ、おまえに反対なんかしていない！

母　してますよ！　いったい、何だっていうんですか、名誉だの、良心だの、信念だの、義務だのって、あたしの前でひけらかして！　それで全部ですか？　もう、他に言い忘れたことはない？

オンドラ　なんのことです、母さん？

母「母さんにはわかりませんよ。これは男の問題なんだから」って言わなかったじゃない。

父　そうだよ、ドロレス。これは男の問題じゃよ。

母　そうでしょうよ。だからあたしはそれから……あたしの女の問題を作ったのよ。母親の問題ですよ。あたしたちは、もう、お互いに理解さえできなくなったわね、リヒャルト。それに、おまえたち……おまえたちとの話も、もう、平行線のままのようね。あたしたちこの問題について、これ以上話しても無駄なような気がするけど。

イジー　でも、母さん——

母　無駄よ！　だから、ここから出てってちょうだい！　あたしは……あたしはもうあんたたちの顔、見たくもないわ。（そっぽを向く）

（間——死者たち、処置なしといった感じで、顔を見合わせる）

オンドラ　母さんは、ぼくたちを信じていない——

母　あたしにはその理由があるもの、オンドラ。

オンドラ　ぼくたちはトニのために……悪い見本だっていうんでしょう？　でも、おじいさんが言うんだったら——

老人　わしが、何をかね？

（全員、老人の方をむく）

老人　さてと、こいつは難問じゃぞ。わしゃ軍人でも英雄でもなかったんでな——わしゃ、戦争のことなんか、まるっきり、覚えとらんでな。

母　お父さん、あなただったら、最後の息子まで戦争に出しますか？

老人　なあ、おまえ、なんたって、わしらが生きとったのは古い世界じゃったから——おまえたちは、また別だ。戦争じゃ、なんじゃいうても、ビクともせんじゃろう。一人死のうが、何万、何千死のうが、そんなことは、おまえたちにとっちゃ屁みたいなもんじゃろうが？　ところが、わしらには戦争なんてもんは、まるっきり無縁なもんじゃった——要するに、神話みたいなもんじゃ。実際にはありえないようなもんじゃった。

母　でも、もし、あったとしたら？　ね、もし、あったとしたら——？

老人　まあ、待ちなさい。わしら、ものを決めるのにそんなにセカセカせんかったぞ。わしら、戦争のことは、どっちかといえば本で読んだだけじゃ。それに、お国のために死ぬのが名誉なことじゃいうことも知っとる。わしら、昔の人間はそう信じとった。たしかに、その当時は今みたいに、こんなに沢山は死なかったな——ごくたまにあったが。まあ、わしがいまさら、どうなるというわけでもあるまいがな。お国のために命を捧げる——わしも行きたいよ、おまえ。あえて言うが、わしも行きたい。

母　ごもっともだとは思いますけど、お父さん。でも、自分の息子を戦争へ行かせる気になりますか？

老人　はて、そいつはまた別の問題じゃ。話をこんがらがらせないでくれ。ただ、わしに言えることは、もし、わしがトニのような立場だったら、わしも行きたいじゃろうな。わしは古い人間じゃよ。それに——一生のあいだに、英雄になれるようなことも、ろくにしなかった。それでも、まあ、ある程度の地位まではたどりついたんじゃ。わしゃ、われながら大変な出世じゃと思うとった。こんな高い地位やら、勲章やら、称号やら——ええと、わしゃ何を言おうとしとったんかな？

母　お父さん。わが子を死なせにやりますかってことですよ。

老人　ああ、そうか。よしわかった。いいか、わしゃ天命をまっとうした。なんでも手に入れた……そして、あとによい思い出を残した。幸せな一生じゃった。それでも、わしゃときどき思うとったんじゃ——これで全部だったんじゃろうかとな。さ、いいかな、娘。ま、そんなところじゃ。

母　何が言いたいんですか？　それがトニと、なんの関係があるっていうんです？

老人　いや、何もありゃせん。ただ、おまえに人生のなんたるかがわかればとな。いいかな、おまえが生まれるときのことじゃが、おまえの母さんは死ぬかもしれんような危険な状態じゃった。わしは、あれのそばにひざまずいてな……なんだか、ひどく恥ずかしく感じたもんじゃった。わしゃ、思ったもんじゃ……わしの女房は、子供を産むのに、いまや、全生命を投げだしとるというのに——このわしは何をしとるんじゃ？　とな——わかるかな、そこに人生の意義があるんじゃ、たとえ命をも……賭けられるということにな。女の問題とて……変わりゃせんじゃろうが。このことは、おまえにとっても、みんな当てはまるんじゃ、わかるじゃろう？　もしもじゃ、祖国というもんが命でもって購われたもんでないとしたらじゃ……もし、名誉とか、正義とか、自由とかいうもんが、命を犠牲にして、かち得たものでないならば、途方もなく大きく、尊い値打ちもありゃせんのじゃ、そうじゃろうが？　あの子を行かせてやりなさい、そのおまえの可愛い息子をな。さあ、これで……わかったかな。

母　お父さん、言い分《ぶん》はそれだけですか？

老人　自分でも、ようわからんのじゃが。わしはな、この戦争で、何か役に立ちたいんじゃよ。孫の一人くらい送り出せたらな……一人くらいは。そうしたら、まるっきり役立たずの、ただの死人ではなくなるのになあ！　わしみたいな、こんな昔の死人には、もう、それ以上のことはしてやれんからなあ――

母　お父さん、あなたは、トニなんか一度も見たことないはずでしょ！　それなのに、よくもまあ、そんなことが言えたもんですね？

老人　その通り、わしは見たことはない。しかしだ、あれもわしの血をひいとるからな。わしらに代って行くとも。こんなに古い、立派な血統なんじゃから――

母　お父さん。トニは行きませんよ！

老人　おまえの好きにするがいい。残念ではあるがな。わしら、こんなに立派な血統《ちすじ》だというのに――

（―間―）

父　さあ、おまえ、あの子を行かせなさい！

母　リヒャルト、あなたはトニを全然知らないじゃありませんか！　あの子を抱いたこともなければ、膝の上であやしたこともないっていうのに――もし、あなたが、あの子が生まれたとき、どんなに小っちゃかったかご存知だったらねぇ。わかりますか、あの子の小っちゃな指――もし、あの子をご覧になったら、そうは感じないでしょう。そんなこと言えるはずがありませんよ！　トニは無理です。トニは戦争に行くには弱すぎます。あなたは知ってますよね、オンドラ。あなたは医者だったのだから、話してちょうだい――トニがどんなに虚弱な子だったか！　あなたが自分で薬の処方をしたんじゃないか、忘れたのかい？　オンドラ、あんたは父親代りだったんだから、おっしゃいよ、どうか言ってちょうだい、トニには無理だって！

オンドラ　（黙って肩をすぼめる）

母　言いたくないのかい。じゃ、イジー、あなた言いなさい。あなたが兄弟のなかでは一番活発だったんだから――おまえはトニがうまくやれないとか、いっしょに遊びたがらないといっては、いつも、いつも、いじめてたじゃないの！　おまえはトニのことを、役立たずだとか、女の子みたいだとか、弱虫だとかって口ぐせみたいに言ってたわ――あんたがあの子をどんなに馬鹿にしてたか、ちょっとでいいから思い出しなさいよ！　ねえ、イジー。おまえの口から言ってよ、こんな臆病なやつが戦争なんかに行けてたまるかって。そんなこと、まったく想像もできないでしょう？

イジー　（黙って肩をすぼめる）

母　おまえも言いたくないのね？　じゃ、おまえ言いなさい、コルネル。おまえ、言いなさい、ペトル。おまえたちは、トニが……異常なほど敏感なのを知ってるじゃないの！　おまえたち二人が喧嘩をはじめると、必ず、真っ青な顔をして、泣き出したものよ――いつか、馬がひどく打たれてるのを見たときのこと覚えてる？　ほとんどひきつけを起こさんばかりだったわ……しかも、それだけじゃなくて、何週間たってからも、夜なか、うなされてたじゃないか……お願いよ、コルネル。戦争に行ったからって、あの子に何ができるって言うの？　どうか、ペトル。せめて、おまえだけでも言ってちょうだい――おまえたち二人が一番よく、あの子を知ってるんですからね！

コルネル　――そうはいかないよ、母さん。誰もが行かなきゃならなくなるんだからね。

母　――あんたたちはトニがきらいなんだね！　あんたたちはみんな！

父　そんなことはないよ、おまえ。おれたちはみんな、心底からあの子が好きじゃ。ただな……あの子が、もし、家にいなきゃならんとなったら、死ぬほど苦しむだろう。おれたちは、もう、あの子のために……

母　じゃ、苦しませておきなさいよ！　あの子がそんなに……母親のそばにとどまるのが、あの子にとってそんなに大きな犠牲だというんなら……あのトニですら、もう、あたしを好きじゃないんだわ！

オンドラ　好きさ、母さん。あの子は母さんが大好きだよ。ぼくたち全員、お母さんが好きだよ、ね？

母　うそおっしゃい、オンドラ。そんなこと、あたしに言わないでちょうだい！　あんたたちは愛するってことがなんだか、全然わかっちゃいないんだわ！　あんたたちはいつも、愛のほかに、それ以上に大事なものをもっていたわ。でも、あたしはちがう。あたしにはそれ以上大事なものはなかったのよ、リヒャルト。あたしにはそれ以上大事なものなど、てんで、思いも及ばないわ。あの子があんなに弱くさえなけりゃ――リヒャルト、もし、あなたが、生まれたばっかりのトニを、一目でもご存知だったらね！　そりゃもう、弱々しくって、甘ったれで――おかしなほどうすい毛で、そんなのを御存知だったら――なんでまた、トニなんかが戦争なんかに行けるって考えられるんです！

イジー　トニなら、もう、十分さ。

母　あなたたちにはそうでも、あたしにはそう思えない。やっぱり、あなたたちには何もわかっちゃいない！　トニはね、いい？　あたしがお腹を痛めた子なのよ。あたしの乳で育てた子なのよ。色が変るほどしゃぶった手を取ってあたしが育てた子なのよ――ああ、みんな、あんたたちは気が狂ったんだ！　このような子をいったい、なんで手放すことができるのよ！

コルネル　ぼくたちだって、やっぱり……母さんは手放さなきゃならなかったじゃない。

母　そんなのうそよ！　あたしは手放しはしなかった！　でも、あなたたちが、いつだって、あなたたちが、なにか自分たちの世界をもってて、あたしを、そこへ寄せつけなかったんじゃないか。おまえたちは自分の世界で一人前になったつもりだったんだろうけど……いったい、おまえたちが一度でも、あたしのために、立派な大人として、頼りになってくれたことがありますか？　どうなの？　おまえたちはあたしが、おまえたちが英雄になったと思ってると信じてるのかい？　とんでもないわよ。あたしはね、おまえたちのことが、ただ、殺されてしまった息子、不運に見舞われた、幼い、愚かな子供としか思えないよ——それに、あんたもよ、リヒャルト！　ねえ、あなたはあたしにとってなんだったの？　大口を開いてあたしのそばに寝ている男。あたしは、女は、その男の寝息を聞きながら、この男はあたしのものなんだという実感を体中に感じて幸福にひたるのよ。それが、ふいに、どこか遠くで殺されてしまうのよ！　これがどんなに理不尽なことか、いったい、あなたには、お分かりにならないの？　あなたの馬鹿げた異国のアフリカなんて、あたしにはなんの興味もないし、なんの関係もない！　それなのに、あたしは、あたしは、そんなもののために、自分のかけがえのないものを失わなきゃならなかった——

父　そんなことは、もう、とっくの昔にすんだことじゃないか、おまえ！

母　すんじゃいないわ、リヒャルト。あたしにとってはね。あたしにとっては、全部現在ですよ。あなたもですよ、オンドラ。あたしにとってあなたは、いまでも、気むづかしくて、しかめっ面をした男の子なんだわ。でも、年のわりには、びっくりするほど分別のある子供なのよ。まるで、おまえに寄りかかるみたいに、おまえの肩に手をかけて、おまえと庭を歩いているんだわ。——あんたもよ、イジー。あんたには、ずいぶんとズボンのつくろいをさせられたわ。おまえはしょっちゅう木のぼりをしてた。——覚えてるかい、おまえが次から次に、すりむいたり、引っかいたりしてきたのに、毎晩、ヨードチンキを塗ってあげたのを？　おまえは言ったものさ、「痛かぁないよ、母さん、全然……」ってさ……それに、おまえ、コルネル——

コルネル　それがどうしたっていうの、母さん！　そんなの取るに足りんことじゃない……

母　それがどうしたって？　それごらん、やっぱりわかってないじゃないの。いいかい、あたしにとっては、どんな小さなことでも、その一つ一つが、あんたたちの討伐だとか戦争だとかをみんなひっくるめたよりは、何千倍も、あたしには大事なことなのよ。どうしてだかわかる？　それはね、あたしはね、母さんはね、あんたたちの、その取るに足りないことしか知らないからさ。あたしがあんたたちにしてあげられたことは、その取るに足りない小さなことしかなかったからよ。それがあたしの世界だったのよ。あなたたちはいつか不意にある大きな問題に熱中しだしたと思ったら、とたんに、もう、あたしの手の届かないところへ逃げだしてしまった——何かやましいことでもあるみたいに、あたしと目を合せようとさえしなくなった。「母さんにはわからないよ」だって！　いま、また、あんたたちはみんな、そんな目つきをしている。あんたたちが、また、何か隠しごとをしてるってことはわかってんですから。あんたたちだけの、何か大事なことでもあるんでしょ——

オンドラ　気を悪くしないでくださいよ、母さん。でも、今度のことは、本当に深刻な問題なんですよ——

母　あたしは聞きたくありません、オンドラ。それがトニのことなら、なんにも聞きたくありません。あなたたちにはあなたたちの理屈があるんでしょうよ。でも、あたしにもあたしなりの言い分があります。たしかに、あなたたちにはあなたたちなりに、使命とか、義務とか、栄光だとか、名誉だとか、祖国だとかがあるんでしょうね。それに、あたしの知らないものがまだ——

父　任務だよ、母さん。

母　そう、任務ね。あたしだって、あたしの栄光を持っていましたよ。そして、それはあなたたちだったのよ。あたしにはあたしの家庭があり、そして、あなたたちがいました。あたしはあたしの任務をもち、そして、あなたたち、あなたたち、あなたたちがいたわ。さあ、説明してよ。どうして、このあたしが、どうして、いつもあたしが、この世界の全歴史を通じて、あたしだけが、母親であるあたしだけが、女であるあたしだけが、あんたたちの大事な問題のために、こんなにも辛い仕打ちを受けなければならないの！

老人　そう、みんなに当りなさんな、娘や。

母　あなたがたに言ってるんじゃありませんよ、お父さん。あたしはこの世界に腹を立てているんです。栄光や救済のためだとか、何か偉大なことのためだとかなんとかいっては、次々とあたしの子供たちを死へ追いやるんですよ——それに、ねえ、お父さん。そんなことで、この世のなかが少しは良くなっているんですか？　何かの役に立ったんですか？

老人　立ったとも、おまえ、立ったさ。偉大なる過去というのも、なくちゃならんのだよ。

父　なあ、おまえも辛かったことだろう——しかしだ——こうやって、おまえを見てるとだな——

母　あたしを見ないで、リヒャルト。おまえたちも、あたしを見ないで！　怒ってるときのあたしって、こわいわよ。

父　おまえも案外と激しいんだな、え？　おまえだって、そうしなくちゃならないとなったら、死ぬこともいとわんだろうが。

母　でも、あなたたちのためによ、あなた！　あなたたちのためで、他のことのためだったら、絶対にいやです！　自分の夫のため、家族のため、子供のためならね——それ以外のことが、女のあたしに何の関係があるっていうんです！　いえ、いえ、トニのことだったら、絶対、あなたたちに、渡したりはしませんからね！

（—間—）

オンドラ　ねえ、お父さん。母さんの言う通りかも知れない。トニは、たしかに——体が弱い。虚弱で、未熟な子供ですよ――

イジー　それより、性格的に弱いんです、兄さん。熱狂的かと思うと、すごく臆病なんだ。あんな精気のないやつなんて見たことがない。

コルネル　それはあいつのせいじゃないよ、イジー兄さん。神経のせいだよ。トニは才能はあるが、とにかく神経質なんだ。あいつが、どんなやつになるか、見当もつかないよ。

ペトル　しょうのないやつだよ。あんな役立たずじゃ。

母　やめて、そんなこと二度と言わないで！　寄ってたかって、あの子の悪口を言うんだから！　リヒャルト、この子達の言うこと信じちゃだめですよ。みんなで、あの子を馬鹿にしてるんだから！　トニはただ……感じやすいだけ、でも、他の点では、ずっとよくなりましたよ……あなただって、あの子が、いまどんなに元気で、丈夫になったか知ったら、びっくりしますよ！　言っておきますけど、あの子は自分から兵隊に行きたがったんですよ！　自分から、来て、頼んだんですよ――トニのせいじゃないんです。あたしがあの子を行かせたくなかったの。あたしが行かせないのです。

父　じゃあ、なぜかね、ドロレス？

母　……なぜって、あたし一人になるのがいやだから。こんなこと、あたしの身勝手かもしれないけど――でもあたしには、もう、トニしかいないんですよ、リヒャルト！　お願い、子供たち。お願いです、お父さん、あの子をあたしのそばに置かせて！　そうでないと、あたしには、もう、生きている理由もなければ、世話をしてやる者もなくなってしまう。なんにもなくなってしまう――一体全体、あたしには、あたしが生みだした生命にたいしてすら、なんの権利もないんですか？　何十年ものあいだ、尽くして来た報いは、何も無いんですか？　お願いだから、あんたたち。あたしのために、愚かで、疲れはてた母さんのために、なんとかしてちょうだい。そうして、あんたたちの口から言ってちょうだい。トニを渡さなくてもいいって――さあ、言いなさいって、聞えないの？

（―間―）

老人　やれやれ！　こいつは、やっかいなことになった。そう興奮しちゃいかんよ、おまえ。ひょっとしたら、もう、おまえの息子は間に合わんかもしれん。もう、手遅れじゃろう、それで、わしらは撃ち負かされるんじゃ――

父　（地図の方へかがみこんで）まだ、負けはしませんよ、おじいさん。この前線を守り通せるといいんですがね。全兵力を投入したら、あるいは――

ペトル　ぼくは、わが人民に期待しますよ、父さん。人民が武器をとり……そして、市街戦を展開するでしょう。子供たちも、きっと、行きます。父さんたちが残して行った銃をとり――

コルネル　（あたりを見まわし）母さん、ここにあった銃、どこへやったの？

母　なんですって？

コルネル　お父さんの銃をどこへやったんですか?
母　しまいましたよ。トニの目に触れないように。
コルネル　なあんだ。あのなかには、油をさしてやらなきゃならないのがあったのに。
イジー　(机の引き出しを開け、自分の古いノートを取り出して、めくる)この設計図を完成できなくて残念だな。役に立ったのにな。(ノートを手にして、腰を下す)
父　(地図をのぞき込み)ここだ、この地点だ。わたしならこの地点を確保するんだがなあ、おまえたち。ここは、まさに天然の要害だ。
コルネル　お願い、母さん。あの銃はどこ?
母　世話のやける人ね!(戸棚の鍵を開ける)ほら、ここよ。
コルネル　ありがとう。(銃をとり出し、眺める)こいつはいい。(机の上で、銃を麻くずと油で磨く)

(―間―)

老人　どうじゃね。おまえは、家族のほとんど全員と一緒にいるんじゃぞ。
ペトル　――聞こえる?
イジー　何が?
ペトル　この静かさ。
オンドラ　誰かが話したがってるみたいだな。
ペトル　誰が――?(一人一人の顔を見ていき、最後に、ラジオに目を止める)ああ、分った。
父　(頭をもたげ)なんだ?(ラジオの方へ顔を向ける)
イジー　(頭をもたげ)どうかしたのか?(緊張して、ラジオの方を見る)

(全員、顔をラジオの方へ向ける)

母　聞きたいのね――ほかのことには、なんにも興味ないみたいね。戦争のことばっかり。(ラジオのスイッチを入れる)
コルネル　戦争のときは、戦争をしなくちゃ。
ラジオの男の声　――前衛部隊は河岸へ接近しつつあります。義勇軍部隊は橋を爆破し最後の一兵まで橋頭堡に拠って防衛する覚悟であります。万難を排して敵をくい止めなければなりません。義勇軍兵士はみなさんに告げています。われら死すとも、退かず、と。
ラジオの女の声　みなさん、みなさん、お聞きください。われわれは全男性に武器を取るよう呼びかけます。われわれは全男性に呼びかけます。いまや、われわれはどうなってもかまわないのです。もはや、われわれは自分のために戦っているのではないのです。われわれの父たちの、子供たちの国のために戦っているのです。死に行きしもの、生れ来たらんものの名において、われわれは全国民に武器を取るよう呼びかけます。
母　いいえ、トニは行きませんよ。トニは渡しません!
ラジオの男の声　みなさん、みなさん!　北部軍司令官は引き続く撤退を報告して来ました。一軒の家をめぐる戦いが続いています。村民たちは、わが家を見捨てるのを拒否し、武器を手に防戦に努めています。

敵は余儀なく、個々の村々、孤立せる家屋までも破壊し尽くしています。人命の損失は莫大なものとなっています。

父　仕方ない。それでいいんだ。とにかく、敵の進撃だけは遅らせているんだから。

オンドラ　かわいそうに、そこの人たち――

ラジオの女の声　みなさん、みなさん。ただいま、ゴルゴナ号より、至急電報が入りました。――ラジオの前で、お待ち下さい。わたくしには読み上げることができません。わがゴルゴナ号は……ああ、なんてこと！（声が乱れる）ごめんなさい。わたくしの息子が乗っているのです！（黙る）――みなさん、みなさん、お聞き下さい！　わが練習船ゴルゴナ号は……四百名の士官候補生が乗船せるが……母港に帰投すべく、敵の障害を突破せんとするも、五時七分……敵魚雷を受け、同船は……目下、沈没中である。（ため息）ゴルゴナ号に乗船せる仕官候補生は……祖国に対し最後のあいさつを送って来た。彼らは……最後の時にあたり……国歌の……斉唱を……希望しています。――わが子よ！　わがいとし子よ！

母　なんだって！　じゃ、あんたにも、ほんとに子供があったの？　あんたにも子供がいたの？

ラジオの男の声　みなさん、みなさん。ニュースの放送を中断します。モシ、モシ。モシ、モシ。練習船ゴルゴナ号！　ゴルゴナ号！　――モシ、モシ！　――モシ、モシ、モシ。聞えるか？　――ゴルゴナの士官候補生諸君、どうぞ！　ゴルゴナ号の士官候補生諸君、祖国は諸君に、最後の挨拶を送る。

（ラジオから国歌が流れてくる。死者たち全員、無言で立ち上り、姿勢を正して立つ）

母　――四百人の子供が！　なんてことだろう、こんな子供たちを殺すなんて？

ペトル　母さん、ちょっと黙ってて！

（全員、化石のように立ちつくす。国歌終る）

ラジオの男の声　みなさん！　練習船ゴルゴナ号は、もはや、応答いたしません。

コルネル　さらば、仕官候補生！（壁に銃をかける）

ラジオの女の声　みなさん、みなさん。全男性に呼びかけます。戦いに参加するよう、国民に呼びかけます。祖国が子供たちを呼んでいます。武器を取りなさい！　武器を取りなさい！

母　なんてことよ。まだ、叫んでるの？　まだ足りないの、このお母さん？　まだほかの子を戦争へかり出そうって言うの？

ラジオの男の声　西部軍管区司令部発表。わが軍は全戦線において、優勢なる敵軍と戦闘を交えており、双方とも戦闘は激烈を極めております。わが軍の偵察機の報告によると、新たなる敵の大部隊が投入された模様――

（ドアを叩く音）

トニの声　母さん！　お母さん！
母　（ラジオのスイッチを切る）シーッ！

（ドアを叩く音）

トニの声　母さん、ここなの？
母　そうだよ、おまえ。（誰か電気を消してという合図をする）いま行くよ。

（暗闇　――間――）

母　（ドアの鍵をあけ）何か用、トニ？
トニ　真暗のなかにいたの？
母　つけなさい。
トニ　（ドアのそばの線を接続させて、シャンデリアをつける。部屋は空っぽで、ただ、机の上に作戦地図がひろげられている）母さん、誰と話してたの？
母　誰ともよ、おまえ。
トニ　でも、ここから、あの声が聞えてたけど――
母　それだったら……これさ、おまえ。（ラジオを入れる）
トニ　でも、地図はどうして？
ラジオの男の声　みなさん、みなさん！　総司令部の発表をお伝えします。今朝の敵機による空襲で、ヴィラメディア市は壊滅させられました。八百人を超える一般市民の人命が失われ、その大部分は女、子供でした。わが国の歴史的遺産である古城は灰盡に帰しました。
トニ　聞いた、母さん？
ラジオの男の声　爆弾は病院にも落ち、六十人の患者が死亡。同市は炎上中であります。
トニ　母さん、お願い――
ラジオの男の声　みなさん、みなさん！　世界中のみなさん。ラジオの前にお集まり下さい！　みなさんに報告いたします。敵空軍は、今朝、ボルゴ村を襲い、小学校に爆弾を投下いたしました。逃げまどう子供たちに向って機銃掃射をあびせました。八十人の児童が負傷し、十九名が射殺され、三十五名が爆風で……吹きとばされました。
母　なんて言ったの？　子供たちが？　まあ、誰かが子供を殺したんだって？
トニ　（地図の上で探す）どこなんだ……どこなんだ……
母　（ぼう然と立ちつくす）子供たちが！　小さな、甘ったれの子供たちが！

（沈默）

母　（壁から銃を外し、両手でもって、銃をトニに渡す。大きな身振りで）行きなさい！

――幕――

第2部　チャペック兄弟共著戯曲

共著者

ヨゼフ・チャペック

(1887 - 1945 ベルゲンベルゼン強制収容所)

初等教育を終えた後、ヨゼフはヴルフラヴィーの織物技術学校に入り、その後、短期間ウーピツェの織物工場で働いたが、間もなくプラハの芸術工芸学校に入学して学ぶ。卒業後はいくつかの美術家のグループに参加し、機関紙の編集などに携わる。このような活動を続けながら、きわめて多彩で幅の広い表現領域を示した。

ヨゼフの最も代表的な表現手法はキュービズムであるが、それだけでは規定しえない内容を備えている。一時、社会主義的傾向が作品に表れるが、戦争前夜の時期には反戦的理念を明確にした作品をも発表した。

本来ならば、画家としてのヨゼフを取り上げるだけでも大変なのに、ヨゼフはそれに文学とのかかわりも当然、削除するわけには行かない。文学に関しては弟カレルのリーダーシップについていっただけかというと、そうではなく、芸術家ヨゼフ・チャペックのなかで文学もまた大きな比重を示している。

カレルとの共同作業のなかで最もポピュラーなのは『九編童話』(デヴァテロ・ポハーデク) の挿絵だが、このなかにはおまけの一編としてヨゼフ自身の童話 (『第一の盗賊の童話』) も書いているのである (拙訳『カレル・チャペック童話全集』青土社 2005 参照)。そのほか本の装丁や舞台装置も数多く手がけたし、文学作品としては『羊歯の陰』1930、『びっこの巡礼』1936、『強制収容所からの詩』1945、『雲に描く』1947 (遺作短編集) などがある。

残念なのはドイツ敗北による、収容所解放を目前にして亡くなったことである。

愛・運命の戯れ

アントアーヌ・ワトー「道化役」(ジレス)

1721　油彩　パリ　ルーヴル美術館蔵

人物

前口上語り
ジレス　またの名　ペッペ・ナッパ
トリヴァリン
ドットーレ・バロアール
スカラムーシュ
ブリゲッラ　通称フィケット、フィノケット、またはザネ
イザベラ
ゼルビーネ　その叔母

〔訳注〕同一人物を複数の名で呼ぶと、日本語に訳した場合混乱の恐れがあるので、できるだけ、一つの名前に統一した。

時代は現代
舞台・比較的よい劇場

場面は劇場地区を示している。背景には、もともと多少暗くなっている二人の女性のための東屋がある。側面には、当面、劇には関係していない俳優の休息のためのベンチが置いてある。

同じく衣装についても、まったく歴史的に忠実でないものを工夫していただきたい。これらの衣裳のアイディアは現代的です。ただ、スタイルだけが著しく常識に反しているということである。

ジレスは胸と袖に刺繍のある幅広の絹の上着を着ていて、おしろいをつけ、美しい柔らかな手と、短い羊の毛のような髪をしている。それは熾天使（セラフ）を思わせるデカダントで、好感のもてる風貌。しかしピエロではない。

トリヴァリンは幅広の黒い横じまの絹のヴェスト、絹のベルト、将軍のズボンのような黒い縦縞と黒い縁取りのあるゆるやかな白いズボン、アメリカ製の靴と、首からけばけばしい色の胸当て（プラストロン）をつけ、雄牛の角と角とのあいだにあるような大きな巻き毛。ドーランの色は赤茶色、その態度は英雄的にざっくばらんで、体の各部のサイズはすべて大きめである。

ブリゲッラは細い縦縞の入ったグレーのスーツ、テールのついたコート（モーニング）、黒いマスク、狐の鼻面のような細いエナメルの靴。彼は片方の肩を高くいからせている。つ

まり、二枚舌の男だからである。〔ここでチャペック兄弟は駄洒落を用いている。チェコ語で肩は「ラメノ」、二枚舌の男ないし偽善者は「ラメナーシュ」、直訳すると「肩のいかつい男」とも訳せる――もちろんこの言葉にそのような意味はない〕黄色のメイクをし、長くて、蛇のようにつるつるの頭をしている。だが全体的に見るとこのなかでいちばん市民的に見える。それというのも、彼の努力は共同演技という観点から見ると常に孤立的で、彼は好んでプロセーニアムの壁面の脇に立っているからである。

前口上語りにかんして言えば、彼はごく普通の劇場監督で、太っていて、陽気で、かつて田舎の俳優がそうであったように、まったく通俗人とボヘミアンとの中間のタイプである。

ドットーレは牧師みたいに黒ずくめ、小さなフライパンのような帽子をかぶり、パラツキーふうのカラー、それに黒いケープ〔首の周りでとめる袖なし肩マント〕。彼は権威のない道徳家のすべてがそうであるように、やや滑稽である。

最後の**スカラムーシュ**は革新的に変形された黒い碁盤目の道化《クラウン》の衣裳をつけている。かなり風変りなアメリカ人を思わせる。

女性にかんして言えば、**イザベラ**はピンクのリボンとフリル飾りのついた（ダンス・レッスンのときのような服装）、やや短めの、やや装飾的な衣裳を着ている。そして、手には、ある程度、独立した娘として黒のハンドバックをさげている。彼女はチャーミングで、青い、きわめて罪のない目をし、また、チャーミングで、青い、きわめて罪深い隈が両目の下に見えている。彼女は非常にまずい演技をするが、自分では気に入られたいと思っている。彼女の性格は極端に単純である。

ゼルビーネは教会の女性信者かやり手婆のように見える。彼女の衣裳はフリルと襞と、蛇腹とハトのついた夫人用の帽子（カピジョーン）から組合わせてあり、全体としてはロザリオと手提げ袋、それに靴下もふくめてグレーである。

プロローグ

口上語り

紳士淑女のみなさま方、僭越ながら、わたくし、自ら、みなさま方にここなる紳士方をご紹介いたしましょう。いずれ、自らの演技で自己紹介いたすとはいえ、わたくし自身は彼らの演技によっても、みなさま方に紹介されることはありません。

つまるところは、失礼ながら、わたくしめは口上語りでございまする。

（お辞儀する）

それで、ここなる紳士方は俳優であります。申し上げておきますが、彼らは俳優、そして、わたくしどもの立っておりますものは、ただの板、ごらんのとおり、ゆえに、本物の土の上ではござりませぬ。また、ここにござります樹木は、単なる絵でござります。そして、このかわいらしい娘っ子は、

（イザベラのほっぺたをつつく）

やはり、恥じらいに頬を染めたのではなく、これとてドーランを塗りたくりしもの、そして、ここにおしろいがござりまする。――そこでみなさまに申し上げましょう、ここなる俳優諸氏は紳士でござります。ゆえに、偽りなるを真実と述べて、みなさま方をだまくらかそうとする、あやしげなる大道芸人ごときよりは、いくらかはましなものでござります。

それらのものは、「われはシーザーなり」「われはブルータスなり」「われはアントニウスなり」「われはジュリアスなり」と申し、「これは樹木なり」「これは家なり」「ここは本当の田舎なり」「これは本物の地面なり」と称するとき、そやつらは、みなさま方を欺いておるのでございます。

まあ、そんなことはよしとしましょう、わたしが申し上げますのはここなる俳優諸氏は紳士であり、みなさま方のために演じようと望んでおります。

あなたさま方は何がご覧になりたいのでしょう？　おそらくは、みなさま方は、ここにて、バラ色の甘い愛が演じられますのをごらんになりたい、それとも不倫、それとも犯罪、いずれも、見事に演じられまするゆえ、涙があふれ、みなさま方の目をば洗い清めまする。または、人生の闘いにおきましてご婦人方の貞操の、なんときびしく試されることでございましょう。

または、何やら滑稽なこととか、そのほかどんなことでも、それらのものによってドラマのヒーローを苦しめるのです。ところが、あなたがたには痛くも痒くもない、ま、そんなことはどうでもいいこと。しかるに、これなる者たちは、しかるがゆえに、ここにあり、みなみなさまの御前で、演じまするは、愛の運命的なる、戯《たわむ》れごと――

さーて、俳優紳士諸君、もっとそばまでおいであれ、い

まこそ、諸君をば紹介いたす番となったれば――。

さて、高貴の紳士淑女のみなさま方、
ここなるはペッペ・ナッパ、通称ジレス。
彼こそは天分豊かなる抒情詩人、青白き月の恋人、
その者は、夜、乙女座の宿命に導かれ、
白夜の月が、光り輝くヴィーナス（金星）と
その軌道の上にて出会いし、まさにそのとき
生まれ出でたるものでござります。なるがゆえに、娘っぽく、
とりわけ、何をするにも消極的、そしていつも何かにおびえている。
われらが詩の魂、ジレスよ、汝はわれらにとって、高貴なるものであれ、
汝の美しき魂のために。

わがかけがいのなき観客のみなさま、
ここに立ちいますはトリヴァリン、強きトリヴァリン、
その根源は叙事詩的、嵐のごとき情熱に満たされている、
わがご婦人方、これぞトリヴァリン、これぞ完全無欠の男なり、
ここに立ちいますがごとくに、ほれ、ややうつむき加減のこの額もて、
常に、行動への備えあり、わがご婦人方、トリヴァリンこそ、
古典的男性の雛形なりまする。

さて、ここなるはスカラムーシュ、スカラムッチャとも呼ばれます、
わが紳士方、スカラムーシュはコミカルなるものにおける才能の持主、
こう申すわたくしが、とくに自慢に思いますするのは、
ほかの一座の阿呆役者どもの芝居作りの意識の低さとはことなり、
わが一座のこの阿呆役者は正真正銘の阿呆ということ、
それも、たんに仮面だけではありませぬ、その仮面の裏に隠されたものは、
苦悩か知恵か、社会思想の傾向性か、はたまた福音の伝道か――といったところ、
しかるに真の芸術は、真の阿呆を求むるもの、
そして、かかる者こそ、これなるスカラムーシュが、まさにそのもの。ゆえに、
この者にも、みなさま方の熱きご贔屓をお願いたてまつる。

次に控えましたるは、尊敬措くあたわざる、みなみなさま、
これぞイザベラにござりまする。まあ、山出しとまでは言えずとも、
さりとて、ヒロインでもなければ、策略を弄する女でも

ありません。
　ただ、彼女は恋する女とだけ申しておきましょう。つまり女です、
　それは全体が彼女の芝居。みなさま方は、必ずや、わたくしめに、
　おたずねあろうかと存じます。
　その役は喜劇か、それとも悲劇かと？
　存じませぬ、観客のみなさま方。いつもは、劇の情況、劇を取り巻く環境から申し上げますする。しかしながら彼女本来の魅力から、
　常に愛に値します。ですからね、いずれにもせよ、
　彼女が恋を恋しているのはまちがいない。

　これなるはゼルビーネ
　この老婆はこれなる娘の叔母なりますが、
　自らは演じませぬ。

　さてこそ、ご身分高きみなみなさま、
　このドットーレ〔博士、ドクター〕はバロアールと呼ばれております。
　彼はきわめて学識豊か、あらゆる領域においてすぐれた業績を上げ、
　したがって知恵の塊のごときもの。彼はまず最初に恋人、
　それからやがて、阿呆を演じました。そしていまは老年にたっし、
　ついに賢者となり、別の芝居では、
　おのれの道徳的警句、簡潔なる金言を撒き散らし、
　一座を充実のために、何やらの思想傾向やら
　公衆道徳の代弁者やらとなっております。

　さて客席のみなさま方、ここなるはブリゲッラ、同じくフィケット、
　フィノケット、さらには、また、一時は、ザネとも呼ばれておりました。
　お断りしておきますが、こいつは陰謀家でしてな。
　みなさま方はこの男を悪者視なさいますでしょうが、
　しかしながら、わたしどもには、舞台には悪もまた必要なのでございますする。
　それとも陰謀は、編み物の毛糸のように、
　原則として、情熱から編み上げられるもの、かくして運命が招く、
　かくも複雑なる情景が、たがいにぶつかり合うのです。
　これはザネ向きです——

ジレス（吹き出す）こいつがそんなにぴったりだと？　おお、何たること、わたしがこれほどまでに弱々しくなければなあ！　いまここで、口上語り殿が申されたとおり、もし、わたしがこんなに消極的でなかったら、わたしはあの男を殺していたでしょう！

口上語り　まあまあ、善良なるジレスよ——

ジレス　わたしは善良なんかになれません。失礼ながら、せめて、いましばし、わたしに話をさせてくださいませ！

口上語り　だが、ジレスよ。語るならば、きっと韻文で語られよ！

ジレス　韻文でわたしは語れません。わたしには免除をお願いいたします。

口上語り　おや、なんてことを申される。ジレスよ、せめて公衆の面前で、かかるプライヴェートなことは措きましょう！

ジレス　いや、まさに公衆全員にこそ聞いていただきたいのだ、ブリゲッラがいかなるやつか、しかるのちに、ザネ（ブリゲッラ）についての公衆ご自身の判断を仰ごうではないか！　公衆全員に彼について知ってもらおう。ブリゲッラがポルノグラフィーを描き、書き、それを内緒で売っていることを、そして監督のところでわれわれのことを散々にこきおろしていることを、それにまた、その他のことども知ってもらおうではないか！

口上語り　しかし、最高に親愛なるジレスよ、それは真実ではない。そんなもの打っちゃっておけ。それとも、せめてその訴えを、君にふさわしい詩の形で申し述べてくれ。

ジレス　わたしは、詩では話さない。公衆に知らせよう、ブリゲッラは手数料を取って田舎の紳士をゼルビーネのところに紹介している。そしてゼルビーネはそれらの紳士をイザベラのところに通しているのだ！

トリヴァリン（脅すように）それは本当か、ジレス？

口上語り　そんなの嘘にきまっているよ、トリヴァリン君。ゼルビーネのことをそんなに悪く言うなんて、どうしてそんなことができるんだ？

ゼルビーネ（手を取ってイザベラをつれてくる）まあ、まあ、紳士方、ごらんなさい、この子はまだ子供ですよ！　この子は無垢でございますよ。ごらんなさい、こんなに美しく育ったのですよ！　わたくしがこの子をこんなふうに育てたのでございますよ。わたくしはこの子の叔母でございます。

トリヴァリン　おまえさんはこの子の叔母であるはずがない、ゼルビーネ、おまえはまったくの出鱈目《でたらめ》を言っている。

ゼルビーネ　おお、何をおっしゃいます、トリヴァリン様。わたくしは真実を申しておりまする。正真正銘、イザベラは、まだ、おぼこでございます。

ブリゲッラ　おぼこだ、おぼこだか！　だれがそんなこと信じるもんか。あのドットーレにたずねさせろ。

ドットーレ（とまどいながら）何をおっしゃる、ブリゲッラ君？　どうしてわたしが左様なこと知りえましょうか？

ブリゲッラ　さあね、先生。そんなら誰かに、スカラムーシュにたずねさせましょう。

スカラムーシュ（同様に、とまどう）おお、とんでもないこと。わたしはなんにも知りません。むしろ、ブリゲッラさん、ご自分でおたずねになったらいかがです。

ブリゲッラ　わたしは一切なんにも知りたかありません。あんた方の問題に口をさしはさんだりして申し訳ない。そんなことは、わたしになんのかかわりがあるというのです。

口上語り　なーるほど、紳士方、口論はおわりました。芝居をはじめてくださいい、どうぞ——

ご来客の紳士淑女方、かくも不毛なるいさかいで、
みなさま方をいたずらにお待たせいたしましたること、
ひらに、
お詫び申し上げます。しかるに、いま、いずれの芝居もかくありなんと、
思し召されますとおりに、この芝居もはじまります。それは、失礼ながらお信じあれ、
芝居は波乱万丈、両極端のあいだを行ったり来たり、
苦悩はここで情熱と正面衝突、
悪は善と抗争し、厳粛は冗談と、
夢は現実と、阿呆はドットーレとぶっつかる、
それは、まさに、われらが日常、目にしているような組み合わせ。どうか、みなさま方、
もし、わたくしどものお芝居に感動されるとか、面白いと思し召しなされなば、
それこそ、そわたくしどもの苦心も報われ、わたくしどもの芝居への、
最高の評価をくだされたのでございます——
——さーて、さて、これより、はじめたてまつりまするー。

（口上語り、お辞儀をして退場。他の役者たちは舞台奥へ引き下がる。ただドットーレとスカラムーシュだけが、舞台の真ん中に残る）

第一場

（ドットーレとスカラムーシュ、舞台前へ進む）

ドットーレ　畏敬措くあたわざる、ご観客のみなみなさま！　高貴なるお婦人方、高位の貴族、威厳にみちたる聖職者、誠実にして勤勉なる市民のみなさま！　一座のうちにて最年長の座員として、みなさま方をわたくしどもの一座の舞台に歓迎いたします。

ところでまことにもって僭越ではござりまするが、みなさま方にひとつご質問をさせていただきたいのでございます。そもそも、みなさま方は何ゆえにここへまいられたのでござりましょうか？　もちろん、お楽しみのためでござりましょう。

だが、わたくしの危惧いたしまするのは、ここにおいでのみなさま方が、猿の檻の前に立っておられるときよりも、心ゆくまでお楽しみではないのではないかということでござりまするる。わたくしどもが最高の演技を披露いたしましたとしても、わたくしどもが人間であることをお忘れなきよう。ですが、わたくしどもが芸術家であることだけは、

どうか、お忘れになっていただきたい。
そこで問題は、みなさま方、何ゆえにここへまいられたかでござりまする。そもそも、わたくしどもは、何ゆえに、みなさま方を前にして演技をするのでございましょう？　その理由とやらを、わたくしの口から申しましょう。それは、みなみなさまが、わたくしどもの出し物から、教訓、道徳的浄化、それに例のカタルシスを得るためでございます。カタルシスについては、ギリシャの哲人アリストテレスがすでに述べておりますことは、畏敬措くあたわざるご来場のご婦人方もご存知のことでございましょう。
この舞台で、みなさま方は、高貴なるものと下劣なるもの、貞節なるものと淫らなるもの、悲劇的なるものと凡俗とが、たがいに負けじと相争う有様をご覧になることでございましょう。善ければ善いで不安を覚え、苦境にあえぐものには同情される。でも、最後には真理と名誉と貞節が勝利するのをご覧になり、舞台も現実もかくあるべきならんと、歓喜されることでござりましょう。
いま一度、みなさまのご来場を心中より歓迎させていただきます。

スカラムーシュ　そこで、わたくしどもといたしましては、みなさま方に、舞台の上でも現実世界でも等しく、楽しき時をお過ごしいただきますよう、努力いたそうとの所存でござります。されば、ここにご着席たまわっておられますあいだは、あなた様の奥方さまが家のなかにて怪しからぬお楽しみにうつつを抜かしておられるのではないかとか、はたまた、あなた様の殿方が奥方様の目を盗んでよからぬことを企んでおられるとか、また、ひょっとして、お宅の召使どもが奥方様のお留守をいいことにあなたさま内々のお手紙を盗み読みしていまいかとか、盗賊どもがあなたさまの家に忍び込もうとしているかもしれないなどというご心配をいささかなりと思い出されること、これなければ、わたくしども無上の光栄でございます。もしかしたら、たったいま、あなた様をつけねらう刺客がベッドの下にもぐり込もうとしているかもしれませんぞー。あなたは家のいたるところに、ちゃんと鍵をかけてこられましたかな？　開けっ放しのところはないと確信がおもちになれますかな？　ひょっとしたら、一度、家に戻って確かめてこられたほうがよいのかも知れませんぞ。わたくしどもは、もう一度上演することもできますゆえ。

ドットーレ　おい、これ、スカラムーシュ！

スカラムーシュ　ただいま、ただいま。（あたりを見渡す）おお、なんと美しい劇場ではありませんか！　こんなすばらしい劇場で、演じるのははじめてでございます。

ドットーレ　スカラムーシュ！

スカラムーシュ　はい、ただいま。おやさしい観客のみなさま。すごい観客。いったい、いかほどいらっしゃるのでございましょうね？

ドットーレ（途方にくれて、非難の視線をスカラムーシュに向ける）

スカラムーシュ　ここはすばらしい。うん、かなりかなり、すばらしい。いい小屋を見つけましたな、ドットーレ、観客のほうもよく見えます。もし観客のみなさまが、この舞台の上もどんなにすばらしいか、ご覧になれるとよろしいのですが――

ドットーレ これ、いいかげんにしないか、スカラムーシュ!

スカラムーシュ（満足げに）ここは実にすばらしい。わたしは大いに満足です。さて、まいりましょうか、ドットーレ？ ありがとうございます。わたしは非常にうれしい気持ちでいっぱいでございます。（観客のほうへお辞儀をする。そして二人は舞台の奥に退く。――同時に舞台の前のほうに、ジレス、ブリゲッラ、それにトリヴァリンの順で出てくる）

第二場

（ジレス、トリヴァリン、ブリゲッラ。その背後にドットーレとスカラムーシュ）

ブリゲッラ 親愛なるジレスよ――

ジレス わたしは君とは演じない。

ブリゲッラ それでは、君、親愛なるトリヴァリン君――

トリヴァリン ほっといてくれ、ぼくは君とは演じない。

ブリゲッラ しかし、諸君、君たちはイザベラ嬢のことで怒っているのかい？ 二人とも？ イザベラ嬢のことで？ 驚いたな、二人ともイザベラちゃんのことでぼくを恨んでいるとは。

トリヴァリン ブリゲッラ、君がイザベラのことで不思議がるのはどうしてだ？

ブリゲッラ ぼくが不思議に思うのは、二人が二人してそうだということだよ、親愛なるトリヴァリン君。

ジレス 二人ともだったら、どうして不思議なんだ、ブリゲッラ？

ブリゲッラ なぜなら、イザベラちゃんのことだからだよ、親愛なる君。しかし、ぼくなら君にもっと別のことを教えてあげたいな。いいかい、イザベラはね、そりゃあ君、とびっきりの美しい脚をしている。君たちはこれまでに、あんなすばらしい脚を見たことがあるかなあ、紳士方？

スカラムーシュ（背後で）いつからイザベラの脚が新しい脚と取っ変えられたのかな？

ブリゲッラ しかし、ぼくはまったく別の情報をもってきたのだがね。つまり、イザベラちゃんはわたしに言ったのだよ。今後は――どう言ったらいいか？ ――つまり、彼女は一人の男性にたいしてだけ身を許したいとね。

トリヴァリン それは誰だ、ブリゲッラ？

ブリゲッラ さーてね、わたしも存じませんな。要するに一人の男性にです。誓って申しますが、それが誰だか、わたくしは知りません。しかし、わたしとしてもその男性の身になってみたいですなあ。イザベラちゃんはたしかに美人です。

トリヴァリン　それじゃ聞きますが、イザベラ嬢はどうして唯一の男性にしか体を許さないのです？

ブリゲッラ　知りませんなあ、紳士諸君。たぶんゼルビーネが彼女にそうするのを許さないのでしょう。それと申しますのも、ゼルビーネが、どの殿方にも、まず、金を見せるよう望んでいるからです。つまりゼルビーネ婆さんは、紳士方をイザベラのもとに案内する見返りとして巻き上げた金を利子を取って貸し付けているのですよ。

ジレス　慈悲ぶかき神よ！　あのやり手ばばあめ！（顔をうつむけその場にすわりこむ）

ブリゲッラ（ジレスのそばに尻をついてすわる）どうなされた、ジレス殿？　ドットーレを呼んで瀉血でもしてもらったほうがいいのでは？

トリヴァリン　放っておきなさいって、ブリゲッラ。どうせ、息切れしたかどうかしたんですよ。ザネ（ブリゲッラ）さん、あんたはイザベラ嬢が一人の男性に身をささげたいと望んでおられるとかなんとかおっしゃったが？

ブリゲッラ　ええ、言いました、トリヴァリン君。それにしても、親愛なるジレス君、どうされました？　もしかして、どこか具合がよろしくないのでは……？

ジレス　わたしのことは構わないでください！　ええい、あの女に呪いあれ！

ブリゲッラ　イザベラ嬢のことかな？

ジレス　いいえ、ゼルビーネのことです。イザベラさまはあの女のいけにえです。イザベラさまは聖女です。イザベラさまが聖女にあらずなどと、いったい、どこの誰に言えるでしょう？

ブリゲッラ　誰にも言えません、ジレス殿。イザベラは気立てのよい女。悪いのはゼルビーネ、この女がすべてを取り仕切っているのです。

ジレス　わたしは知らなかった、金がこんなふうなものだとは！　これほどの恥、これほどの苦しみがこの金に染みついていようとは！

ブリゲッラ　女から金を借りると、あんただってそうなりますよ。わたしはあんたに同情はしませんがね。

トリヴァリン（暗い調子で）じゃあ、ゼルビーネが悪の根源か。

ジレス（立つ）ぼくらの一座から、はやく、ゼルビーネを追っ払いましょう！

ブリゲッラ　それはぼくらだけではできないね、親愛なるジレス君。それよりは、そんなやり手婆みたいな恥さらしなことをやめないなら、うちの座長がおまえさんを追い出すだろうと言ってやればいい。座長がわたしにそんなことを言ったことがある。

トリヴァリン　ジレスよ、それを彼女に言ってやれ、ゼルビーネはきっと仰天するぞ。

ブリゲッラ　そうだ、そうだ、ジレス君、余計なことをうじうじと思い悩んでいないで、いますぐ行動するんだ。さもないと、ぐずぐずしているあいだに、ゼルビーネがここの観客のなかから誰か高貴なお方をイザベラのために引きずり込んでこないともかぎらないぞ。さあ、早くやれって！

ジレス（しぶしぶ出ていく）

第三場

（ブリゲッラ、トリヴァリン）

ブリゲッラ　これで、善良なるトリヴァリンよ、あることを君に話すことができる。実はだな、イザベラがこの人のために身を捧げたいと願っている殿方とはきみのことだよ。彼女自身がそうぼくに打ちあけたのだ。

トリヴァリン　嘘つくな、ザネ、それは本当じゃない。

ブリゲッラ　ぼくの名誉にかけて言う。彼女はそう言った。ぼくが嘘をついてなんの得があるのだ？　ぼくにはそんなこと痛くも痒くもない。

トリヴァリン　おお、わが善良なる友、ブリゲッラ、しからばイザベラに伝えてよ、われ、御身を愛すと。

ブリゲッラ　承知した、彼女を喜ばせてやろう。それと、もう一つ、イザベラが言うには、そのためにはゼルビーネ婆さんに取り入る必要があるそうだ。

トリヴァリン　じゃあ、どうやってゼルビーネ婆さんのご機嫌を取ればいいんだ？

ブリゲッラ　そんなことは知らん。たぶんゼルビーネに何かプレゼントでもすればいいんじゃないか。そうすりゃ、ゼルビーネ婆さんは喜ぶだろう。

トリヴァリン　おれには金がないよ、ブリゲッラ。

ブリゲッラ　だけど、そんなことは大したことじゃない。いいかい、ぼくはねぼくの文学活動で稼いだ貯えが少しばかりある。ぼくは君を信用しよう、どうだい？　トリヴァリン君、ぼくたち友達になろうよ。だから、君に五百ばかり三十パーセントの利子で貸してあげよう。こんなのはたいした額じゃない。たとえばゼルビーネだったら、もっと高い利子を要求するぜ。おい、イザベラの笑顔が目の前に浮かんでくるじゃないか。

トリヴァリン　おれはちょっと高すぎだと思うがな、ブリゲッラ。

ブリゲッラ　だけど、トリヴァリン君、君はたしかに一座のなかでいちばん風采がいい。英雄的性格というのはいまや観客に大いに受けるのは間違いない。一年もしたら君はどこかの常設の小屋に雇われるかもしれないぞ、そう思わないか？

トリヴァリン　そう言われれば、たしかにそうだな、ブリゲッラ。

ブリゲッラ　ついでに言っておくけど、トリヴァリン君、ジレスはゼルビーネに四百ばかり借りている。すまんがね、あの着ている絹の服にレースの飾りはあいつの給料だけではとてもまかなえまい。いいかね、やっこさん、それでイザベラに取り入ろうとしているんだよ。

トリヴァリン　まさか、イザベラに？

ブリゲッラ　ところが、どうしてどうして、君、目をくらまされちゃいかんな。こういうことは知る人ぞ知るだ。たとえば、いま、ジレスとゼルビーネが仲たがいをしていることだってそうだ。ゼルビーネはすごく怒っている。だからジレスに貸した金を返せと迫っている。そんなわけで、ジレスは、今度は、助けてくれと、わたしのところへ泣きついてきた。申し訳ないが、わたしの有り金を、別の誰かに貸したということを、いますぐにも証明しないかぎり、わたしはこの借金の申し入れを断ることはできない。

トリヴァリン　よし、もうわかった。ぼくにその金を回してくれ。

ブリゲッラ　とりあえずは、書類だ、親愛なるトリヴァリン君。今日、すぐにもジレスに見せられるように、証文に署名をしてくれたまえ。保証人としての署名をするために、ドットーレとスカラムーシュがここに来る。ドットーレは自分でもいくらか金をもっているようだ。それにスカラムーシュは生まれ故郷に屋敷をもっている。さあ早く片づけよう。金はあとで渡す。わたしはそのあいだにジレスを相手に一芝居打つことにしよう。さあ、さあ、トリヴァリン君、ジレスが戻ってくるまえに、早くしてくれ。

トリヴァリン（ドットーレとスカラムーシュをともなって退場）

第四場

（ブリゲッラ、独り）

ブリゲッラ（手帳に書きつけ、それから）さあて、独りでどう演じるべきか？　しかれども、われに言うべき言葉もなし。われと語らんと欲する者は、誰にも見られぬように、こっそり、わたしを探してくれ。わたしは無駄な話はしたくない。

ゆえに、ここで人を楽しませる理由はわたしにはない。わたしは誰も必要ではない。わたしは自立した人間だ。わたしには言うことがない、失礼。

（ジレス、力ない様子でもどってくる）

第五場

（ジレス、ブリゲッラ）

ジレス　ゼルビーネがわたしに言いましたよ。監督が自分を追い出すことができるはずはないって。だって、監督自身があの女からいくらかの金を借りているって言うんですからね。ああ、なんてことだろう！　トリヴァリンはどこです？

ブリゲッラ　ちょっと夜間預託金庫まで。何か彼に話でも？

ジレス　別に。ブリゲッラさん、ここだけの話、ぼくに五百ばかり貸してもらえませんか？　ぼくはゼルビーネから少しばかり借りているのです。しかし、いま、あのやり手婆の汚い金をあいつの足元に投げ返してやりたいのです。なぜなら、イザベラにたいするわたしの愛が、あの卑しいはした金で汚されるような気がするからです。

ブリゲッラ　だがねえ、わたしは、いま、文無しなんだよ、親愛なるジレス君。君のそのデリケートな感情はしばらくのあいだ、苦痛にさいなまれなければならないね。

ジレス　ブリゲッラさん、ぼくに五百貸してください！　ゼルビーネはもうぼくに金を貸すことを拒否して、明日の朝までに返すように言ってきたのです。

ブリゲッラ　だがねえ、きみい、ぼくにはいま金がないのだよ、本当だよ。

ジレス　ブリゲッラ、ぼくはもう破滅だ。明日の朝までに、どこで金をかき集めればいいんだ？

ブリゲッラ　さあねえ、わが親愛なる友よ、わたしにはわからん。どうすりゃいいか、その算段は自分で考えるんですな。

ジレス　ブリゲッラさん、あなたはわたしがどんなに不幸か理解しておられないようですね？

ブリゲッラ　わかってますよ、でもね、そんなことは些細なことです。親愛なるジレス君、わたしはね、もっと悪いニュースも知っていますよ。トリヴァリンはお金をもっています、そしていまやイザベラと一緒になろうと望んでいます。話によれば、ゼルビーネがその手配をもうしているそうですよ。

ジレス（愕然とする）そんな馬鹿な！

ブリゲッラ　ゼルビーネは金次第でどうにでもなることをご存じですよね。トリヴァリンはイザベラをものにしたと、わたしには断言できます。

ジレス（絶望的に）ありえない！

ブリゲッラ　誓ってもいいですよ、親愛なるジレス君。それは本当です。しかも今晩にも決まるだろうということです。

ジレス（絶望的に）信じられない！

ブリゲッラ　トリヴァリンは、君のことを恐れて、急いでいるそうです。彼にはイザベラが、実際よりは、ずっと君のほうに傾いているように思われるんでしょうね。

ジレス　実際よりはですか、ブリゲッラさん？

ブリゲッラ　さあねえ、親愛なるジレス君。でも、君はイザベラがひょっとしてトリヴァリンを好きになるなんて信じられますか？　あの無骨者の、力だけが自慢の唐変木、しかも、あんなに横暴で、下品なトリヴァリンを？

ジレス　ああ！

ブリゲッラ　ジレス君、君は女性が精神によってのみ魅惑されるものだということを知らないのかい？　女性は詩人に憧れを抱いている。女性はリュートの音に魅せられ、愛の虜になることに、感情の大きなリラの響きに魅惑される。

君は女性が詩人を愛していることを知らないのかい？

ジレス　ああ！

ブリゲッラ　女性は精神の力によって圧倒されることを望んでいることを知らないのかい、ジレス君。思想を身にまとい、高雅な身振りをそえ、詩人のように輝くのだよ、ペッペ・ナッパ君！　君は知らないようだね、女性が精神に献身していることを？

ジレス　ああ！　それは本当だな？

ブリゲッラ　さあ、どうかな、親愛なる友人よ。自分でそれを確信することだ、探すんだ、そして見つけるんだ。そして幸福をつかみたまえ。イザベラよ、来たれ、こちらへ、ジレス氏が君と話したがっている——（観客のほうへ）ジレス氏がイザベラと言葉を交わすでしょう。（退く）

（イザベラ、近づいてくる）

第六場

（イザベラとジレス）

イザベラ　ああ、ジレスさま、わたくしは——

ジレス　ねえ、君、イザベラ、君もですか？　ぼくだって、君を探していたのです。それに、ぼくはお願いがあって、君を探していたのです。同じですよ。ぼくはお願いがあって、ぼくがこの痛む心臓を、その、あなたが手におもちの手提げ袋のなかにおし込まないように見張っていてください。——ぼくははっきりとそれが起こった夢をみたのです。

イザベラ　いいえ、あなた、そこじゃないわ。

ジレス　あなたは、そこはだめだとおっしゃるのですか？　お願いです、ちょっと見てください、たぶん、あなたはそれをご覧になるでしょう。

イザベラ　いいえ、あなた、ほんとうよ、ここには、わたしのお化粧道具と、香水があるだけ。それに、ここにはハンカチもあります。

ジレス　それは、あなたのハンカチですか？　ほんとうに、柔らかい。その手提げのなかに顔を押しつけるのを　ほんのちょっとのあいだお許しください。あゝ、なんといい香り！　それはなんです。

イザベラ　ああ、あなた、ハンカチですわ。

ジレス
いいえ、それはハンカチではありません、
イザベラ、それはとっても広い庭園です、
ぼくにはニセアカシアが見えます、花咲き、におってい
ます、
そして庭園には月《ルナ》が照り、そこに小道があります、
その小道は奇妙に曲がりくねってのび、散策をする人は
夢心地になります、
ジレスはその道を独りで進み、ハンカチをもっています、
そして、月《ルナ》がそこを照らしている。

イザベラ
ああ、ジレスさま、いけません、
そのハンカチ、わたくしに返して。

ジレス
これはハンカチではありません、
これは白い服を着て、窓際に立つ美しい女性、
たぶん、愛を想っているのでしょう、
そしてジレスのことを夢に見ている、
ジレスは窓の下に来て、バイオリンを弾いている、
そしてルナはその白いハンカチを照らしている、
そのハンカチは、いま、涙を飲み干している——
昨日、夢がぼくをとらえました。
それは眠れる少女の寝息のように、あまく軽やかでした。
ぼくは、君のことについて、イザベラ、君のために死ん
だ夢に見た、
君の水晶の涙は、ぼくの体の口を開いた傷口に、
痛ましげに流れ込む、そしてぼくは両手を大きく開いて、
叫んだ。ぼくは死んではいない、君がすでに、
ぼくを愛してくれているのだから！
いや、ぼくは別の夢を見たのだ、
ぼくは、イザベラ、君と一緒に、
古い馬車に乗って旅していた、太った馬たちが
夜の夜中に小さな町をいくつも抜け、
でこぼこの石畳の上をがたごとと、長い並木道をとおり、
眠りについて森閑とした村の縁にそって走っていた。
すると、月《ルナ》は吠えかかる犬に向かって光を注ぎかける、
そして、ぼくたちは走り去った——
いや、そうじゃないんだ、
ぼくはまさしく君の夢を見た、それにぼくは君の夢はこ
んなんじゃなければならないんだ。
ぼくは有名になった、そして、ぼくは詩人になった——
——
おお、イザベラよ、ぼくの言葉に耳傾けてよ、ぼくはい
ま幸せだ。
ぼくのほうをちょっと見てごらん、そして言ってごらん、
ぼくがいま微笑んでいるかどうか。

イザベラ

ジレス　おお、微笑んでいらっしゃるわ、ジレスさん。
つまり、ぼくはいま幸せなんだ。

ブリゲッラ　親愛なるご両人、ご免をこうむりまして、必要の命ずるところにしたがって、あなた方のおじゃまをいたします。

イザベラ　親愛なるイザベラさん、ちょっと失礼をします。ジレス君、君に少し話がある。

（観客のほうにお辞儀をして、後ろに退く）

第七場

（ジレス、ブリゲッラ）

ブリゲッラ　すまなかった、ジレス君。しかし、いまは抒情的心情吐露などにつぶす時間はないのだ。イザベラにかかわる問題であることを忘れないでくれたまえ。

ジレス　ああ、ぼくは彼女を愛している。なのに、涙はあふれ、ぼくはこんなに不幸だ。そしてまた、ぼくの愚かな目から喜びが湧き出し、そして、苦しみに涙するときも、ぼくは幸せだ！

ブリゲッラ　そんなの止めてくれよ、ジレス君、ぼくは抒情詩など理解できん。

ジレス　ぼくが言いたいのは、ただ、心の痛みに涙するときさえも、また幸福《しあわせ》だ。そして彼女を愛していること、それゆえに、また、ぼくは不幸なのだ。

ブリゲッラ　よし、わかった、ジレス、また今度やってくれ。むしろいまは、トリヴァリンが君のイザベラを手に入れないように、あるいは、むしろ買わないように気をつけるんだな。

ジレス　ブリゲッラさん、ぼくは何をしたらいいんです？

ブリゲッラ　親愛なる詩人ペッペ君、君はイザベラを手に入れることはできないよ。いいかい、君は人生の落伍者だ。だから、まったく確固たる拠りどころをもっていない。

ジレス　そんなことはありませんよ。ぼくの俳優としての将来性はどうです――

ブリゲッラ　おいおい、自分を買いかぶるのはよせよ、親愛なるペッペ君、まさに最悪だ。はっきり言って、観客は抒情的なドラマには飽き飽きしている。そして舞台の上に情熱、行動性、ヒロイズム、悲劇的人物を望んでいる。

ジレス　ぼくの悩み方が足りないとでも？　ぼくはまるで悲劇的ではないとでもおっしゃるのですか？

ブリゲッラ　しかし、君には行動性が欠けている、親愛なるジレス君。観客は行動と、英雄と、力強い性格を見たがっているんだよ。行動だ、ジレス君、舞台には行動こそが求められているんだ。

ジレス　ぼくはダンサーになりたいんです。

ブリゲッラ　君はひたすらイザベラのみを望むべきだ、ジレス君！　君はこの公演の期間中に彼女を誘拐すべきだ。

ジレス　誘拐するか！

ブリゲッラ　勇気を出すんだ、親愛なるジレス君。ゼルビーネに金を返すか、イザベラを誘拐するかのどちらかだ。君は、もしかして、明日まで待つつもりかい？

ジレス　誘拐だ！

ブリゲッラ　イザベラにたいする君の愛にかけても、ジレス君、彼女を誘拐したまえ！　道徳の名においてもだ、ジレス君。彼女を、買春斡旋者のやり手婆の手から救済するためにも、イザベラを誘拐しろ、ペッペ・ナッパ！

ジレス（熱狂的に）

ぼくたち、一緒に行こう

古い馬車に乗って、そして太った駄馬が

ぼくたちを夜、古い町々を通って運んでいく――

ブリゲッラ　もちろんそうなるさ。イザベラを誘拐しろ、ジレス！

ジレス

――でこぼこの石畳の道を越え、暗い並木道を過ぎ、

森閑と眠りに沈んだ村の縁を通る。

するとそのとき、月《ルナ》が、吠える犬に向かって月光を投げかける。

月あかりの夜のとばりのなかを、ぼくたちは駆け去っていく、

そして、ぼくが夢想したように、すべては実現する、

ぼくは幸せだなあ、ブリゲッラ！

ブリゲッラ　そうとも、ジレス、ぼくは君のためにそうなることを願っている。そしてこのことをよく覚えておくんだな、トリヴァリンにたいする君の勝利は、抒情詩とインスピレーションの精神による、野蛮な力の克服だということをな。

ジレス　ブリゲッラさん、ぼくは自分のなかに感じるんだ、ぼくは詩人であり、名声を得ることなしには死なないぞって。

ブリゲッラ　まったく同感だな、親愛なるペッペ君。わたしも君がそうなることを祈っているよ。それにだ、親愛なるジレス君、この誘拐によって君は注目され、英雄的俳優として有名になる。そしてそれによって君の物質的立場も改善されるだろう。

ジレス　ぼくは英雄的俳優になりたい。給金なんてぼくには二次的な意味しかない。

ブリゲッラ　それだって必要になるさ。じゃあ、行動だ、ジレス君。行動に移りたまえ！

ジレス　そのことをイザベラに話してこよう。

ブリゲッラ　成功を祈る。君がヒーロー役の役者になろうと思うなら、力ずくでもイザベラを誘拐しなければならない。

だが、いまは行きたまえ。そして太った馬が引く馬車を調達したまえ。
ジレス　ああ、それはできない。トリヴァリンがぼくを見ているだろう、そしてぼくがどうして出かけるのか疑うだろう。
ブリゲッラ　それじゃあ、君はあまり目立たないように出て行かなければならない。病気だとかなんとか理由をつけて。いずれにしろ君の体質は弱いからな。見ろ、トリヴァリンがもう戻ってきたぞ。

（トリヴァリン、ドットーレ、スカラムーシュ、やってくる）

第八場

（ジレス、トリヴァリン、ブリゲッラ、ドットーレ、スカラムーシュ、そのあとからゼルビーネ）


トリヴァリン　なんて劇場だ！　劇場中探しても羽ペンもインクもありゃしない。

スカラムーシュ　ほほう、そんなら、知りたいもんだ。一体全体、ここの座付き作者は、何を使ってあの台本とやらを書き散らかしているんじゃろうな！

ブリゲッラ　爪楊枝ですよ、スカラムーシュさん。おや、ジレス君、どうしたんです？　顔が真っ青だよ！

ジレス
ああ、こいつはひどい、助けてくれ！　苦痛がぼくを締めつける。

だから、息もできないくらい、心臓が締めつけられている。

すべてを生かしている空気よ、ここはすごく息苦しい。

おお、神よ、お助けください！

ドットーレ（彼を抱き起こし、観客のほうに見せる）

つまり、心臓の欠陥、ヴィティウム・コルディスと称するもの。

その原因は、恋、ダンス、自慰。

わたしなら、ある種の「エクストラクタ・レクテ・ララ」を処方しますな。

これこそ、さる高貴の方がご推奨になったもの、ここにわたくしの出番はございません。

第九場

（ドットーレとスカラムーシュ、ジレスを連れ去る）

（トリヴァリン、ブリゲッラ）

トリヴァリン　ジレスのやつめ、わたしには不愉快千万。あいつはただの弱虫です。

ブリゲッラ（トリヴァリンの手から手形を取る）なに、弱虫だ？　トリヴァリン君、言っておくがね、今晩中にジレスが実行しようとしているんだよ――イザベルの誘拐。

トリヴァリン　なんだと？

ブリゲッラ　いいかい、君には、女心は秋の空とだけ忠告しておこう。

トリヴァリン　イザベラがわたしを愛していないと？

ブリゲッラ　君を愛しているよ、親愛なる友人。君にたいして熱い情熱の炎を燃やしている。彼女は愛に狂っている、君にたいする思いに焦がれている。しかし女の意識は朦朧としていて、風にそよぐ葦のごとしだよ、親愛なる若紳士。それにジレスは彼の口当たりのよい、お追従の言辞をもって魅惑する能力をもっている。君が彼の恋敵役を演じるからといって、君にたいしてブーイングするように、なみいる観客のみなさま方を再三にわたって説得していないと言い切れるだろうか？

トリヴァリン　じゃあ、イザベラは？

ブリゲッラ　女心は風のなかの羽根のようなもの。女のことは許してやろうよ。だって、不安定で弱いものだからだ。生まれたときから、すでに恋患いにかかっているんだから――

トリヴァリン　イザベラはジレスを愛しているんですか？

ブリゲッラ　しょせん、弱虫だ、気にするな！　わたしが知っているのはジレスがイザベラにのぼせ上がっているということだけだ。

トリヴァリン　ええい、こん畜生！　イザベラがジレスを愛しているなんて！

ブリゲッラ　やれやれ困ったお人だ、トリヴァリン君！　君は、まさか、イザベラが本気でジレスに恋をするなんてことがあると思っているんですか、あのサトウキビ頭の、その舌先から吐き出される甘い言葉、娼婦のように顔に化粧を塗りたくる、頭のおかしな色男を、しかもその内側は完全に病気であるような、そんな男を？

トリヴァリン　ありえない。

ブリゲッラ　あんな芸術家！　あの癲癇病み！　あのおしゃべり、気の触れた道化役者！　イザベラが、仮にも、こんなジレスをイザベラが愛するなんてことが考えられますか？

トリヴァリン　イザベラが？　もちろん「ノー」です。

ブリゲッラ（用心深く）わたしは、イエスともノーとも言えませんよ、親愛なるトリヴァリン君。わたしとしては、たとえばの話、ジレスを愛するなんてできはしません、が、しかし仮に、イザベラを誘拐したとしましょう、そしたらイザベラは彼にたいしてきっとある種の尊敬の気持ち――こいつは恋の触媒、仲介者です――を感じるかもしれませんな。なぜなら、このような誘拐は行動ですからな。

トリヴァリン　行動？

ブリゲッラ　左様、親愛なる友人。女性はこんなのが大好きです。行動、勇気、暴力。その上、ジレスはその点でややあんたの上を行っております。そして女性は常に勝利者を愛していますからな。

トリヴァリン　ジレスがぼくに勝ったというんですか？

ブリゲッラ　女は、非常にそれを愛していますからね、トリヴァリン君。（トリヴァリンにたいする興味をなくす）というのはだ、女性は支配されるように作られていますから、少なくとも勇者から支配されるのを望んでいるのですよ――親愛なるトリヴァリン君、女性が英雄を愛するというのが自然の法則でね、その点を変更することは、君にだってできはしないさ。

トリヴァリン　おお、ジレスめ！

ブリゲッラ　どうした、何か言ったか？

トリヴァリン　ジレス、貴様に呪いあれだ！　いまに見ていろ！

ブリゲッラ（非常に熱を込めて）親愛なるトリヴァリン君、女は弱きものだ。だからこそ英雄的行為に身を捧げるのだ。女は、親愛なる友よ、血まみれの男の腕を愛している。そして、何よりも自らが生贄になることを望んでいる。生贄は勝利者の手に落ちる。これはすごく大きなことではあるまいか？　わたしなら、細《こま》いとは言うまい。

トリヴァリン　イザベラはどこです？

ブリゲッラ　なんだと？　生贄か？　わたしはそれを誰が獲得するかは知らない。たぶん、言葉を巧に操り、ハンサムで、リラを弾き、女たらしで……、そんなやつ、なんでわたしが知っているのだ？　わたしにはどうでもいいことだ。

トリヴァリン　もうたくさんだ、ブリゲッラさん！　イザベラはどこです？

ブリゲッラ　イザベラ、お嬢ちゃん、こっちへおいで。トリヴァリンさんがおまえさんと話したいそうだよ――
　ご婦人方のみなさま、ここなるはトリヴァリンでございます。強いトリヴァリン、
　英雄的男性のタイプ、行動にたいしては常に心身ともに準備ができている。

（引きさがる）

第十場

（イザベラ、トリヴァリン）

イザベラ
ああ。トリヴァリンさま！（お辞儀をする）

トリヴァリン（お辞儀をする）
わたしはあなたと、お話がしたい。
いえ、話したくはない。なぜなら言葉は、

嘘をつく道具だから。たしかに誠実な人なら、
白い歯の奥で生み出される、女心をとらえる甘言と、
欺瞞を伴う技巧の言葉なくしても、たぶん、
愛のみをもって、理解できるだろうに。しかし、女心をとろけさす、
かかる言葉にこそご用心、細きこと蛇のごとく、ぬるぬるとした、
糸の結び目となって、網にかかった小鳥のように、狡猾にも、
女心を絡《から》め取る——これは誠実といえるでしょうか、

イザベラ
誠実という言葉に値すると言えるでしょうか？

トリヴァリン
ああ、値しませんわ、トリヴァリンさま。
ほかのやつらには嘘偽りの睦言を言わせておきましょう。
そしてドーランを塗りたくった口から、紅色を吐き出すまで、
甘ったるく語らせておきましょう。わたしは辞を低くして、
単刀直入に申しましょう、「われ、御身《おんみ》を愛す」と。

イザベラ
わたくしも、トリヴァリンさま、同じですわ。

トリヴァリン
なんと、あなたもわたしを愛していると？

イザベラ
おお、そのとおりですわ。

トリヴァリン
おお、なんということだ！　わたしはかくも、
おお——御身を愛している——えーい、言葉よ、この役立たずめ、
おまえたちは、下劣な召使どものように、わたしを裏切る、
おまえたちは、空虚な響きにすぎぬ、それとも、おまえたちは、
わたしの口をついて出てくるもの、わたしが必要としているものの意味をとらえず、
その意味を表現しようともしない。おまえたち、
つかみ所のない言葉よ、たとえおまえたちが単に束の間のものであり、
わたしが舌で捕らえ、つなぎとめるには、
あまりにも滑りやすいものであったとしても、わたしの舌は、
歯と歯とのあいだをまさぐり、おまえたちを探し出そうと躍起になっている。
そのあとで、わたしは言うだろう。「わたしのイザベラよ、聞いてくれ、
わたしは御身を愛している。それはこの劇場全体を、
震撼させ、天井の梁が、ここなる紳士淑女のみなさま方の上に落っこちてくれば、

いいと思うほどだ」

イザベラ　おお、そうですの！

トリヴァリン（彼女にキスする）

あらゆる種類の男らしさは女性の手からの贈物。

愛された男のみが、本当に強いのです。

そして女性の弱さは、男性と結びついたとき、

力に、巨大な行為へと変化するでしょう。

このわたしに武器をください。わたしはいま行動したくなりました。

生きること、人を殺すこと、精力を使い果たすこと、この激しい緊張を、

粉々に粉砕してしまうこと――わたしに武器をください、なぜなら、

わたしは行動を渇望してやまないからです！　もし、愛に満たされたなら、

あなたは吐息とともに愛をいつくしみなさい。しかし、男は熱き情熱のなかで、

愛を行動への衝動に変えるでしょう――いま、このわたしに武器をください！

この客席に座を占める敬愛する紳士方、

どなたかを、舞台の上に登場させてください。この女性をめぐる決闘の、

相手となるために。ここにおいでではないのですか、

彼女を自分のものとしたい方、この女性が気に入られた方は？

では、舞台の上に、わたしは準備万端とといました、

さあ、名乗り出ておいでなさい、しからばおのれの力を試しましょう、

わたしは、その男を戦いにお招きする。

ブリゲッラ　しからば、ジレスは？

トリヴァリン

観客のみなさま、あなた方のなかから、どなたかイザベラを求める方は、

どうぞ、登場おさせなさい。

その方を、これで三度、ここにお呼びいたします！

ブリゲッラ　しからば、ジレスはどうだ？

トリヴァリン（イザベラを腕のなかに抱く）

今日はわが最初の日、おのれの力を覚える、わが最愛の人よ、

御身の愛に、われ力を得る――（イザベラにキスをする）

ブリゲッラ　わが淑女方、トリヴァリン、

彼はつねに行動への準備に怠りなし――

トリヴァリン

――――――わたしに武器を与えてください――

ブリゲッラ

ほら、あの情熱に酔った様子は、まさに女性方のすばら

しいアイドルだ。
どうか、お信じください、彼こそ真のトリヴァリンです。
（ドットーレとスカラムーシュ、戻ってくる）

第十一場

（トリヴァリンとイザベラ、ドットーレ、スカラムーシュ）

トリヴァリン（熱にうかされたように）
一座のなかにイザベラを欲せらるる者はあられるか？　あられるならば、いざいざ、名乗りを上げられよ！

スカラムーシュ　在り、トリヴァリン殿、わたしだ、いや、ちがった、わたしではない、彼、ドットーレ・ブールダロン殿だ。
わたしは、バロアールと申し上げたい。すなわち教養深き紳士であり、
しかも、通常は一度でよいところを、三度までも学位を授かったれっきとした藪医者であります。
ドットーレ・ベロラーン、わたしはブールダロン殿と申し上げたい。
この方はあらゆる病を治されることができる。患部を切除し、
子供から大人まで助けられざるはなし、ドットーレ・ボレラード、
わたしはバロラード殿と申し上げたい。彼はイザベラを望んでおられる、
いや、彼ではない、彼ではなく、わたしである。彼はイザベラを治療したいと望んでおられる。
つまり、彼の老齢を勘案すれば、不道徳であると思われるのである。

ドットーレ
老人を笑うなら笑うがいい。昔、小学校の読本にあったように、
悪ガキどもが、「毛のないもの出て来い！」といって笑ったら、反対に毛むじゃらの熊が出てきて、悪ガキどもを食ってしまったと――

スカラムーシュ　そして、食いおわって言いました。
「この悪ガキどもは実にうまかった」と、
しかし、それに反して、毛のない老人は、誓って申しますが、紳士方、
まったく食えたものではありませんからね、だからわたしは放してやったのです。
したがって、読本はそのことを知らない者たちに、

すべての熊はスマートに見える、
また、同時に、高齢の老人たちは、原則として、
毛がなく、かつ子供たちにも無害である、ということを
教えるのです。

トリヴァリン

君、ぼくを愛しているかい、言ってごらん？

イザベラ（彼の腕のなかで）

おー、もちろんよ！

（二人キスを交わす）

ドットーレ

彼らはなんと幸せなんだろう！
だから、ごらんなさい、自然は自分の行き先を自ら発見する。
自然であることは不道徳ではない。
ゆえに、自然のなかにこそ、自分の幸せを見出そうではないか。

スカラムーシュ（舞台の前で）

わが観客のみなさま、お聞きください、ただし、驚かれないこと、
静かにおとどまりください。たしかに、トロイの大火のごとく、
またはソドムの破滅のごとき大惨事が、
こうしてお話しているあいだにも、すでに起こっているのであります。
ほれ――劇場が焼けております！　すでに棟木は火を吹いて、ぱちぱちと鳴り、
煙は天に立ち上り、目も鮮やかなる炎は
早くも、ほれ、われらが頭上の漆喰の丸天井を舐めています。
つまり、ゆっくりと立ち上がり、そろりそろりと劇場の外にお出ましあれ、
とにかく、落ち着いて、紳士方、あなたがたの各々がご夫人をお支えになり、
そしてご自分の胸のほうへぐっと抱き寄せ、ゆっくりと外へ避難なさりませ。
この奉仕をなさりながらご自分も十分堪能されることでございましょう。
ただし、わたくしめがお示しいたしますように、
そろりそろりとお願いいたしまする。

（お辞儀をして、大げさな身振りで退場する）

ドットーレ

いずこへ参られるか、スカラムーシュ？

スカラムーシュ（立ち止まる）

ちと、そこまで。

ごらんのとおり、自然はおのれの道を自ら探し出します。
自然であるものは、けっして不道徳ではありませんぞ、
しかして、自然なるもののなかにこそ、われわれはおのれの幸福を見出すのです！

ドットーレ　スカラムーシュ！　それは問題だ――――

スカラムーシュ　わたしは別に脇（トイレ）へ行こうというのではありませんよ、ドットーレ、わたしはあの二人を彼らだけにするために、ちょっと脇へ外そうと思ったのです。ゆえに、わたしは、また、観客のみなさま方にも脇へ行っていただこうとしました。観客のみなさま方は俳優たちが舞台の上で愛しあっているのをご覧になっても、トイレに行こうなどというデリカシーはおもちあわせではありませんでしょうから。（舞台装置のかげへ出て行き、そこから語る）観客のみなさまは、端的に、劇場のなかで社会的面子を失うかのような行動をとっていらっしゃるのです。わたしは演じません。（舞台の背景から出てくる。左手には大きな旅行用のトランク、旅行用のひざ掛けを肩にかけ、右のわきの下にはヴィクトル・ユゴーの『レ・ミゼラブル』完全版をはさみ、右手には短剣をもっている）

ドットーレ　どこに行く、スカラムーシュ、どこへ行くのだ？

スカラムーシュ　ご存じのはずではありませんか、オシッコです。（振り返る）日記をもってくるのを忘れていた。（不意にかかとの上でくるりと身をまわし、出口のほうへ駆けていき、そこでジレスと出くわす）ジレス、すぐにぼくの役を引き継いでくれ！（駆け出していく）

（ジレス、舞台まえに登場）

第十二場

（ジレス、トリヴァリン、ブリゲッラ。その背後にドットーレ。しばらくしてスカラムーシュが戻ってくる）

ジレス
どうしたのです、トリヴァリンさん？　その娘をわたしによこしてください。
そしてどこかに姿を隠してください。

トリヴァリン（イザベラを自分のほうに引き寄せる）
あいや、ジレス、本気で言っているのか？
わたしには恥じて身を隠さねばならない理由はない。
すまんが、わたしは盗みを働いたことはない。それとも、わたしなら、
女性をだまくらかして、かどわかし、
女性の弱みにつけこんで、卑劣な手段で自分のものにする、
かくのごときをこそ唾棄にも値せぬ破廉恥漢と言おう。
正々堂々と戦い取ることこそ、男の究極的目的なのだ。
へっ、ジレスめ、恥を知れ！

ブリゲッラ
わが友ペッペよ、言いたまえ、

ジレス
馬車の用意はできたのか？

そこなる娘を、早く放してください、
それとも、あなたが彼女を買ったのか？　そして恥ずかしくもない、
男が力で勝ち取るものを、金で手に入れておきながら、
恥ずかしさで体中が熱くほてることもないのか？　あなたがいまここで商人になったのなら、
この舞台の上で何をしようというのです？　この舞台の下に降り、
観客になればいいのです。そもそも舞台というものは、
俳優のもの。ここなる舞台こそは、
悲劇的感情と、偉大なる行為のための場所、
だから、あなたはこの舞台の上から、公衆に向かって
この商売があなたにどれほどの値段についたか、それを現金で払ったか、
値引きでか？　――それをはっきり、告白するがいい！

トリヴァリン（イザベラを放し、ジレスの足元に金の入った袋をなげる。しかし、それが落ちたとき、それが空であることをみんなが知る）

これがわたしの全財産だ！
その金で買うがいい、極上の靴下か、
ピンクのドーランか、甘い香りの香水か、
クリーム、石鹸、それに君独特の小道具、
スペイン風のあごひげ、君にお似合いの娼婦をたぶらかすのに、
必要なものすべてをだ。だが、ジレスよ、このトリヴァリンには
愛を得るのに、そんな小細工は無用の長物、
トリヴァリンはあるがままのトリヴァリンで愛を得る。
ところが貴様はつつもたせの、女衒《ぜげん》ではないか！

ジレス　なんと、つつもたせの、女衒だとか？

トリヴァリン　さあ、行け、
行って、平土間の、女性が群をなしてすわっている場所を探すがいい、
さあ、自分で慰めるか、恋病みに苦しめ、そして酔っ払って
絹のスカートのまわりを踊りまわれ、語れ、嗅げ、魔法をかけろ、
崇拝を示すために、平土間へ降りていけ！　それとも、
ここにおられるすべての女性、
それに、おまえが出会った女性、一目見た女性、または、
まったく見たこともない女性、これらの女性のすべてを
おまえは恋している、
そしてこのすべてにたいして身を捧げている、この世のすべての女性にたいして、
たとえ、それが男の視線の前にたじろぐおぼこ娘であれ、
自分の体験から、男の前で恥じらいを示す女であれ、
おまえはこれらのすべての女性に献身する。女に飢えたる者、行け、平土間席へ、

その美しい目のゆえに、おまえの願いはたぶん聞きとど
けられるだろう、
そしたら、そこで言うのだ、舞台の上にトリヴァリンが
立っている、
彼は強いぞ！　と。

ジレス

そんな力自慢はサーカスへ行け、
自分の力をそこで見せればいい。もう君を待っているよ、
さあ、サーカスへ行って、大きな玉でももちあげろ。
だが、くれぐれも、女性だけはもちあげないでくれ！

トリヴァリン

私は彼女を寝かせたままにしておく！　そんなことは嘘
つきの仕事だ、
やつは女を抱え上げて、どこか偽りの祭壇に
女をまつりあげるだろう。おお、みじめな嘘つきども、
偽りの言葉は彼らの口から這い出し、けばけばしい色に
塗りたくられ
やがて、生きた虫のように地面の上を飛び跳ねる、
そして女の耳元に止まり、甘い言葉をささやきかける、
そして女たちはこれはけっして虫けらではなく、まさに
言葉だと思い、
その言葉に耳を傾ける。やがて
女の心は汚される。こんなことは、わたし以外の人間に
お任せしよう、
嘘をつく、詩で語る、崇拝する、香水の匂いをぷんぷん
させるなんてことは。
しかし、わたし自身は誠実だ。

ブリゲッラ

観客のみなさま、トリヴァリンは
古典的男性のタイプです。

ジレス

嘘をつく、詩で語る、崇拝する。
おまえはこのすべてを理解していない。おまえの脳は空
回りしている。
軸受けの上で愚かにも回転する旋盤のように、「もつ」
という言葉のまわりを
ぐるぐる回っている。もつというのは所有者であるとい
うことだ、
自分よりも高いものを理解し、尊敬し、うやまうことで
もない、そうではなく、
簡単に言ってもつこと、単純に言ってもつこと、
もつこと、所有者であること、そして手で触り、
そして「これはおれのものだ」と言うこと、そしてすべ
てを、そのなかにあるすべての、
自分のものを引っぺがすこと。だから、女をもつという
のは、
わたしがこのガラス、鏡の破片をもっているように、
それは恐ろしいことだ！（床の上に鏡を投げつける）
驚くべき愚行、それは、女をもつこと、
「これはおれのものだ」と言うこと、そして言う、

「これはおれのものだ」と。そして彼女の魅力のすべてを数え上げる、そして「これはおれのものだ」と宣言する。おまえのものはなんだ、この愚か者？

何もなし、プロマイドでもない、鏡のなかの女の影でもない、

何もない、彼女の髪にこもった香りでもない、

彼女の身振りでもなければ、最高に幸せな夢でもない、

彼女の秘密でもない。女をもて！　金で買え、

それでもおまえのものではない。じゃあ、彼女を百回買え、

だが、そのときすでに、彼女はおまえが初めて会う美しい未知の女性以上のものではない。

見ろ、トリヴァリン、見ろ、

この下には、世界がある。ここに（足で示す）

あるのはおまえの金だ。

行け、また買いに、しかし、分別をもって買え。

行け、ネクタイを買え、だが言っておこう、プラストロン（胸当て）は、

今年ははやっていない。行け、そしてネクタイを買え。

トリヴァリン　この蛇め！

ジレス　行って、ネクタイを買え。

トリヴァリン　ジレスめ！

ジレス　おれはなんだか疲れた。イザベラよ！　ネクタイを買え、言っておくぞ。イザベラよ！

トリヴァリン　このー！（ジレスにつかみかかろうとする。だが、ドットーレとスカラムーシュがトリヴァリンの腕をそれぞれ両方からつかみ、このようにして次の場全体に続く）

ドットーレ

やれやれ、みなさん、このわきまえのなさというのが若者の特徴でしてな、

わたしのほうがいくらか世事にたけておる、てな具合で、

みなさん方に、親父風を吹かせますかな。

あんまり激情にまかせて話をせんことじゃ、激情はスクリーンのようなものでな、

理性の目をふさいでしまう、と、キケロが言ったそうな。

スカラムーシュ　ジレスよ、ちょっとここに来て、トリヴァリンをつかまえていてくれ、わたしは、そのあいだに、ある別の場面に出るからな。

ゼルビーネ　みんな、喧嘩をするのかい！　取っ組み合いをするつもりかい？

第十三場

（ジレス、トリヴァリン、ブリゲッラ、イザベラ。ブリゲッラ、イザベラを舞台前面に連れてくる）

トリヴァリン　ジレスよ！

ブリゲッラ　君たち、口論はやめてくれ。（イザベラのスカートをめくりあげる）ジレス君、むしろこっちを見てくれ、イザベラの脚はなんと素敵ではないか！　君はこれまでにこんなかわいらしい靴を見たことがあるか？

イザベラ（お辞儀をする）ああ、ジレス様！

ジレス（お辞儀する）ああ、イザベラ殿！

トリヴァリン（荒々しく）イザベラを連れて行け、ブリゲッラ！

ブリゲッラ（イザベラをトリヴァリンの方に向けて、彼女のスカートを高く上げる）見たまえ、親愛なるトリヴァリン、なんと魅力的なことか！　なんたる優雅さ！

イザベラ（お辞儀をする）ああ、トリヴァリン様！

トリヴァリン（膝を折って、身をかがめる）ありがとう、イザベラ！

ジレス（叫ぶ）イザベラから手を離せ、ブリゲッラ！

ブリゲッラ（イザベラを正面に向かせ、彼女のスカートをさらにもちあげる）紳士方、ご両人、ようくご覧あれ、いかがかな？　このふくよかさ、このしまり具合、完璧なレッグ・ライン！（不意にスカートを放す）親愛なるイザベラよ。（彼女に向かってお辞儀をする）あなたの役目はおわりです。

イザベラ（観客に身をかがめてあいさつし、後ろにさがる）

第十四場

（ジレス、トリヴァリン、ブリゲッラ）

トリヴァリン（じっと我慢している）ジレスよ、いったい、いつまでおまえの白いのっぺり顔がおれを悩ますのだ？　おれの目の前からきえてくれ、この道化め！　おれの心臓は貴様を殺せと催促している！

ジレス　殺すなら殺せ、おまえはわたしを恐れているのだから。なぜならイザベラを支配できるのは精神のみだということをおまえは知っている。それに、イザベラはリュートの音にあこがれている。トリヴァリンよ、彼女が求めているのは才能のある恋人、大きな感情のリラ〔楽器名〕だ。君は知らないのじゃないのか、女性が詩人にあこがれているのを？

トリヴァリン　女性は移り気だし、言い寄ってくる男たちを斜《はす》に見ながら聞いている。だが、いいか、ジレスよ。イザベラは英雄を愛している。イザベラは行動を、勇気を、暴力を、そして男の手についた血を愛している。なぜなら、いいか、ジレス、女は生贄になりたいという欲求をもっているからだ。

ジレス　だが、おまえはな、彼女を買うがいい！　おお、これはいっそう大きな恥さらしだ――ヘッ、トリヴァリンよ。（トリヴァリンの足元に唾を吐く）英雄とはそういうふうに振舞うものなのか？

トリヴァリン（ジレスの足元に唾を吐き）もしかして、抒情詩人は盗人なのか？　ペテンによって女をたぶらかし、ものにするほど下劣なことが他にあろうか？　まさしく盗人同然ではないか！　おれの視野から出て行け、この臆病者！　さあ、夜だ、おまえの月が照っている。雉《きじ》でも盗みに行って来い、忍び歩きのテンよ！　さあ、すぐに逃げろ。おれがトリヴァリンでなくなったとでも思うのか？

ジレス　おまえはトリヴァリンではない。おまえはカピタンとも呼ばれ、スタントレットとも呼ばれていた。さらに、バスコリエーゼ、または、ジャングルゴーロとも名乗っていた。いたるところで、おまえは別の名前で呼ばれている。しかもいたるところで酔っ払いのいかさま賭博師、自分の行いを大げさに吹聴する大法螺吹きとして知られている。その上、悪党のくせして臆病で、前科者で、どの酒場からもつまみ出される嫌われ者だ。おまえの手には脂肪のどろどろしたオートミールがつまっている。おまえは酒の飲みすぎではれぼったい顔をしている。おまえの体は風船玉のようにふくらみ、力はまるでない。

トリヴァリン　そしてジレス、おまえはマルコ・ペッペとも呼ばれる道化だ。それに癲癇病みだ。貴様のおでこの下はこんがらかっている。貴様は他人の詩を盗み、キジを盗む、貴様の言葉の一つ一つが偽りだ。それに貴様の顔からその塗りたくったドーランを引っぺがしてみろ、いかに色あせ、しぼんだ面が現われることだろう。

おい、淫売！　ゼルビーネ、イザベラをどこへ隠した？　おまえはまったく干からびたくしゃくしゃ婆だ。腐った魚のような目をしている。イザベラをつれて来い、ゼルビーネ！

ジレス　おお、イザベラよ、いずこ？

トリヴァリン　イザベラはおれのものになる！

ジレス　トリヴァリンよ、わたしの才能、わたしのリラ、わたしの心臓にかけて、（叫ぶ）イザベラはわたしのものだ！

ブリゲッラ　諸君、いいかげんにおわきまえなさい。もちろん、あなた方のどちらの方も手を引かれない。となると、（用心深く）イザベラを半分にお断ち切りください。

トリヴァリン　この悪党！（手袋をブリゲッラに投げつける。しかしブリゲッラは身をかわす。手袋はジレスに当たる）

ジレス（雄々しく）承知した、お受けいたそう、トリヴァリン殿！

ブリゲッラ（こっそりと、脇へ逃げる）なんだと、決闘するっていうのか？

トリヴァリン　それでは決闘だ！　武器は当方はピストルであれ、なんでもかまわん！（観客のほうに進み出る。厳かに）みなみなさまの御前にて、武器をもって決着をつけてご覧に入れまする。

ジレス　わたくしは、みなさまの御前にてトリヴァリンと戦う決意を固めました。

ドットーレ　だが、恵み深い神さまにかけて、ジレス殿よ、そういうことはなさいませるな、どう見ても、あんたのほうが弱そうだ。それに、もともと、抒情詩人としても、それほど名誉がどうのこうのというほどではない。そんな決闘なんてことわったたって、あんたの名誉にはなんの関係もない。
ジレス（プライドを傷つけられて）みんなはどうして、わたしに英雄的行為ができないと言うのでしょう？　わたしに武器をください、わたしは勝ちます！
ドットーレ　トリヴァリン君、まあ、そんなわけだ。だから、ここはどうか手を引いてはくださらんか。ジレスにここで何か起こってはまずい。（彼を脇へ連れて行く）君がジレスと闘うのは、君にとってはどうもふさわしくない。何しろジレスは軍人ではないのだからな。
トリヴァリン（彼に背を向ける）イザベラはおれのものだ。
スカラムーシュ　ジレスよ、喧嘩はよせ、君は鉄砲の弾さえろくに撃てんではないか。
ジレス　スカラムーシュ殿、イザベラと愛がわたしの手を引いていています。
ドットーレ　ほっとけ、そんなもの、ジレス君。君には決闘は当然ながら、向いておらん。君は叙情的性格だ。君は詩を作るべきだ、悲しくもまた悩ましい。だからといって、ここで死んでしまうというのは、まったく君の役柄に合っておらん。
ジレス　ドットーレ殿、わたしはイザベラのために死にたいのです。恋する女性の涙に見送られるほど美しい死が外にあるでしょうか。いいえ、ありません、ドットーレ。

ドットーレ（手をもみしだく）おお、なんたる禍《わざわい》。愛は運命をもてあそぶ！
ブリゲッラ　――かつ、また、死よりも強し。
トリヴァリン（手を差し出す）スカラムーシュ殿、ピストルを！
スカラムーシュ（ためらいがちに、ピストルを取りに行く）

第十五場

（ジレス、トリヴァリン、ブリゲッラ、ドットーレ）

ドットーレ　なんたるひどいことを！　ジレスよ、まだ、間に合うからトリヴァリンと仲直りしなさい。
ブリゲッラ（陰鬱に）そうするべきだ、ジレス、すぐに仲直りしろ。
ジレス（断固たる決意を示して）ぼくは闘います。たぶん、今日、わたしは死ぬでしょう。そして二度とこのように立つことはないでしょう。しかし（お辞儀をしながら）わたしは闘います。

ご来場のみなさま、わたくしはジレス、またの名はグラツィオーゾ、
そして、同じくペッペ・ナッパとも呼ばれております。

わたくしは夜、
慈悲ぶかき月がまさにその軌道上にて、光り輝くヴィーナス星〔金星〕と
出会うたとき、生まれました。わたしは銀のリュート、月の蒼白の恋人、そして詩作をたしなんでいる。
そして、わたしはこれまで二十六年しか年を重ねていない。
そして、わたしはどこで演じようと、熱い恩顧によって迎えられている、
そして、そのことをみなみなさまに御礼申し上げる。ご来場のお客様、
わたくしはジレス、ゆえにすでにご存知のはず。わたしは、ここで死ぬでしょう、
みなさま方、ご覧の御前で、ゆえに、わたしはもはや演じることも、
みなさま方を感動させることもありますまい。ただ、みなさま方のお心に、
愛が、わたしの苦しくも悲しい思い出を、聖なる記憶として刻み込めればと願うのみ。

トリヴァリン

わたくしめ、トリヴァリンと申します。わが淑女のみなさま、トリヴァリンと。
わたくしは真昼間の生まれ、齢《よわい》、三十に達します。
幼時より闘技場にて育ち、おのれの体を鍛えました。

ごらんください、このがっちりとしたからだ、同時に健やかなる成長。
わたくしは叙事詩の役柄で、英雄の主人公を演じております。
それがわたくしに似合ったものかどうかはどうか、みなさまご判定ください。
しかしながら、わたくしが死ぬとしても、
それは神の手のなかにゆだねられたもの、ゆえに、みなさまどうか、ご認識ください。
強き男も死ぬること、トリヴァリンもまた死ぬることを。

ジレス（ため息をつき、手をもみしだきながら、静かに朗読する）

わが観客のみなさま、わたくしはジレス、またの名をグラツィオーゾ、
さらにはペッペ・ナッパとも称しまする。わたくしは夜に生まれました。
それは蒼白き月の、まさに光輝にみちたるヴィーナスの星とその軌を一つにするとき——

（半ば声を落としてさらに朗読を続ける。それと同時に）

ブリゲッラ

そしてわたくしはブリゲッラでございます。同じくフィケットあるいは、
フィノケットとも、またあるときはザネと呼ばれていたこともあります。

わたくしは、パルドン（失礼）、陰謀家でありまして、で、そのことはご容赦願うといたしまして、
と申しますのも、わが国、いや、わが舞台では、悪もまた効用あるもの、
しかしながら、さらに有効なるのは実人生においてでございます。
すべての方々の真っ只中におきまして、つまりみなさま方と高貴なる方とのあいだにおきましても、同様でございます。
したがって、みなさま方、わたしをご存じのはず、わたくしはまったくあなた方のご同類、
失礼ながら、わたくし、陰謀家、そしてブリゲッラと称しております。（お辞儀をし、後ろへさがる）

第十六場

（全員、前に出てくる、スカラムーシュも。スカラムーシュはピストルをもってくる、ドットーレはよく調べてから、弾を込める。——スカラムーシュは二度舞台の上を往復して二十歩の距離を測り、チョークでマークをつける。沈黙——ドットーレは一丁のピストルをトリヴァリンに、もう一丁をジレスに渡す）

スカラムーシュ　さあ、では、それぞれ自分の位置に立ちたまえ、お互いに背を向けて。わたしが、「いち、にい、さん」と数えるから、「さん」を聞いたらすばやく向き直り、両者同時に発射したまえ。言っておくが両者同時にだぞ。
トリヴァリン　よろしい、はじめよう。

（両者、所定の位置で、互いに背を向けて立つ）

スカラムーシュ　ジレスよ、神が君とともにあることを祈る！（身震いする）いち——
ジレス　ちょっと待った、スカラムーシュさん！　イザベラはどこにいるのです？
スカラムーシュ　彼女は奥の場所です。あなたを見つめていられますよ。
ジレス　わたくしが死んだなら、スカラムーシュ殿、イザベラの君へご伝言ください。「われ、御身を愛せり」と。そして言ってください、今後、君は、君のために死んだものの愛よりも大きな愛に出会うことは二度とあるまい——と。
スカラムーシュ（感動して）伝えるとも、ジレス君。
ジレス　わたしはもう、これ以上、彼女を愛しているとは言いません。ぼくが死んだらすぐに伝えてください、スカラムーシュさん。そしてぼくは彼女のために死んだんだと言ってください。ぼくは彼女のために死んだ、そして、ぼくの最後の想いは彼女にたいして支払われたと。ぼくは死んだ、彼女の名前を口にしながらと伝えてください。
スカラムーシュ　任せておきたまえ、ジレス君。

トリヴァリン　はじめよう！
ジレス
　昨晩、夢がわたしに現われた、
　それは乙女の寝息のように甘美で、取りとめもないものだった、
　イザベラのためにぼくが死んだという、
　そして、彼女の甘い涙が、痛々しくもあふれ、
　ぼくの大きく口を開けた傷口へ流れ込んだ。それでぼくは叫んだ、
　両の腕を大きく開き「ぼくは、もはや、死んだのではない、
　なぜなら、君がぼくを愛しているからだ！」と。
スカラムーシュ（ため息をつく）
ジレス　あなたは、まだ、ここにいらっしゃったのですか？むしろ、いますぐこれをイザベラに伝えてください。ぼくは彼女のために死のうとしていると。
スカラムーシュ　たぶん、それは君が死んだあとでのほうがいいんじゃないかなあ。
ジレス（ため息をつく）それじゃあ、あとで。ドットーレ殿、もし、わたくしが死んだら、わたしがいつも持ち運んでいる、貝殻象嵌の箱を開けてください。そのなかにある原稿が入っています。ですからそれを、ヴェラム紙に印刷して、ワトーの手になる銅版画のぼくの肖像を挟み込みにして、ピンクの絹張りの表紙に綴じて出版してください。この銅版画を忘れないでください。
ドットーレ（感動する）いいとも、親愛なるジレス君、心配は要らん。
トリヴァリン　さて、それでは、もう、よろしいかな？
ジレス　いますぐだ、いますぐ。ドットーレさん、紙の切り口は金にしてください。金の切り口を忘れないで。
ドットーレ　忘れるもんか、忘れはせんよ、ジレス君。
ジレス　なんだったかな、もっと言いたいことがあったんだが？　スカラムーシュさん、あなたはぼくの衣裳を着る気ありませんか？　ぼくはあなたにぴったりだと思うんだけど。
スカラムーシュ　ありがとう、お人よしのジレス君。ぼくは着るよ。
ジレス　舞台で？
スカラムーシュ　そう、舞台でだよ、ジレス。
ジレス（振り返る）ぼく、最後にもう一度バイオリンを弾きたいな。
トリヴァリン　おまえの場所に、とどまっていろ！
ジレス（素直に、また、振り返る）イザベラにお別れを言うことはできないでしょうか？
ドットーレ　それは無理だな、ジレス君、彼女のデリケートな神経のことを思いやってくれ。
ジレス　ああ、そうですね。じゃあ、せめてゼルビーネとは？
トリヴァリン　さあ、はじめよう！

第十七場

（ゼルビーネが先に出てくる。そのあとにブリゲッラが続く）

ゼルビーネ（舞台裏から出てくる）みなさん、聞いてちょうだいよ、ここで二人で殺し合いをするなんて、そんなことはできませんよ。ジレス様はいくらかの借金を残しておられます。ですから、この人が殺されたら、誰からその金を取り戻せとおっしゃるのです？　わたしはジレス様が殺されるようなことになるのは絶対に許しません。

ジレス（途方にくれる）ごらんなさい、わたしは殺されることさえできないのです。

トリヴァリン（叫ぶ）ゼルビーネ、ここから消えろ、このごうつく婆。さもないとおまえを撃つぞ！

ゼルビーネ　まあ、なんてことよ！　この泥棒たち、あんたら、このみじめな老婆をだまくらかして、お金をまきあげようと言うのだね！

ジレス　ゼルビーネ婆さん、ぼくは三日以内にあんたに金を返すよ。

ゼルビーネ　死んでから三日後にかね？　わたしゃね、トリヴァリンさん、ジレスさんを殺すことは絶対に許さないからね。ひょっとして、あんたがジレスさんの借金の肩代わりするというのかい？

ブリゲッラ（舞台装置のあいだに立っている）ゼルビーネ、たしかにジレスは彼の原稿、つまり詩の出版権をあんたに譲渡することはできるよ。

ゼルビーネ（疑わしげに）あんた、それでいくらか儲かると思うのかね？

ブリゲッラ　それを質の悪い紙に、庶民向けの廉価版のように、厚紙の表紙などつけずに、ペーパーバックの小型本で印刷させる。今時は大衆向けの本しか儲けにならない。それがなくても、やつの衣裳は借金のかたに取ることもできる。

ゼルビーネ　そうだね、あいつの絹の衣裳はイザベラが、自分でよそ行きにでも縫い直せるかもしれないね。でも、それ以外のものは？

ブリゲッラ　売るがいいさ！　ほかにどうする？　彼の持ち物のなかから、小物、骨董品などを少し買う。わたしはその手配をしてくる。（退場）

ゼルビーネ　そんなもの大概は高がしれてるよ！　あたしゃ、自分の金が欲しいんだよ。ジレスのやつ、訴えてやる。

ジレス　おお、ぼくはいったいどうすればいいんだろう？

スカラムーシュ（犠牲的精神に駆られて）わたしはたくさんはもっておらんが、もっているものはわたしと同じく、ジレスのものでもあるとしよう。わたしは彼の保証人になる。

ドットーレ（高貴なる精神の虜になり、姿勢を正す）いや、ゼルビーネ、わたしこそが彼の保証人になろう。

ジレス　ああ！　ぼくはそんなもの受け入れません。
ゼルビーネ　だがね、あたしゃあ受け入れますよ、若い旦那。あんたにはその件に関して発言権なし。（奥に退く）もし、ここの床が血で汚れることがあったら、洗うのは誰か人を雇うんだね。わたしゃ、床の血を洗い流すなんて、そんな労働をするには、もう、年を取りすぎているよ。いちばんいいのは血で汚れたところに塩をまくことだね、それからよく沸かしたお湯をもってくる。昔は、あたしもしょっちゅう血を洗い流していたがね、いまじゃそんな重労働には年を取りすぎている。（舞台奥の丸椅子にすわる）それはそうともうはじまるのかね？
ブリゲッラ　（舞台袖から）こっちへ来てくれ、ゼルビーネ。

第十八場

（ゼルビーネとブリゲッラを伴わずに登場）

スカラムーシュ　ジレス君、もう、号令をかけていいかな？
ジレス　もうちょっと待ってください、スカラムーシュさん。ぼくは、ただ、少し水が飲みたいのです。どなたか少し砂糖の入った水をください。
トリヴァリン　もう、うんざりだ！　スカラムーシュ君、号令をかけろ！
ジレス　すぐ済む、ほんのちょっとだけ。ぼくはまだ何か言いたいんですが、何をでしょう、スカラムーシュさん？　ドットーレさん、ぼくはこの期に及んでまだ何を言いたいんでしょう？
スカラムーシュ　いちっ！
ジレス　だめだ、もうちょっと待って。ぼく、観客にもう一言二言、お話ししたいんだけど、いいだろう？
スカラムーシュ　にっ！
ジレス　だめだよ、まだだめだ！　人生とはなんと不可解なんだ！　ああ、スカラムーシュ——
スカラムーシュ　さん！（自分の目をおおう）

（トリヴァリンはすばやく振り返り、発射する。それにもかかわらず、ジレスは振り返るのを忘れている。そして背中に弾を受け、ドットーレの腕の中に背中から倒れこむ）

第十九場

（俳優たち、前に出てくる）

ドットーレ　手伝ってくれ、ジレスが負傷した！（彼をゆっくりと床の上に寝かせる）

スカラムーシュ （膝をつき、ジレスを抱き上げる） ドットーレ、彼はどんな具合なんです？　なんとか、彼の命を救ってやってくださいよ！
ドットーレ （彼の傷を調べる） おお、神よ！　慈悲深き神よ！（ジレスの心臓が鼓動しているかどうか、聞き耳を立てる）
ブリゲッラ （舞台袖から、旅行帽をかぶった頭を突き出す） 何か起こりましたかな？
ドットーレ （ジレスのそばに膝をつき、心臓の音を聞く） ジレスが死にかけている。
ブリゲッラ （消える）
トリヴァリン （ジレスに背を向け、顔を隠す）
わたしは、はたして、正しかったのか。もしかしたら、わたしの行為は不当であったと、
誰が責められる？　たった一つしかない生命のゆえに、唯一の生命のゆえに、しかもさらに、移ろいやすく、かくももろくつくられた。ゆえに生きることができなかった！
いや、彼はいつも苦しみに耐えなければならないほど、いつも病んでいなくてはならないほど、
弱くはなかったのではないだろうか？
ジレス ここの明かりを消してください。どうしてぼくの頭上にライトがつけてあるのです？
ドットーレ ジレス君、まだ、何か望むことはあるか？
ジレス ぼくは家で横になりたい。ぼく、もう一度、観客にごあいさつできないでしょうか？
ドットーレ だめだ、親愛なるジレス君、やめたほうがいい、静かに横になっていたまえ。
ジレス わかりました。ぼくはすごく静かに横たわっています。でも、どうしてぼくは背中を撃たれたんでしょう？
スカラムーシュ なぜなら、君が体をふり向けなかったからだよ、ジレス君。
ジレス ああ、それでか。スカラムーシュさん、ぼく、胸のポケットにイザベラのハンカチが入れてあるんです。それを取ってくれませんか。（スカラムーシュ、ハンカチを引っ張り出す。ジレスは不満である） どうしたんです、これ、血がついているじゃありませんか？　ぼくは、たしか、背中を撃たれたんじゃありませんか、胸ではありませんよね？
ドットーレ そんなに長く話しちゃいかん、ジレス君、疲れるぞ。
ジレス
いや、イザベラ、ちがう。これはハンカチではない――
これは大きな庭だ。ぼくはそのなかにバラが見える。
そのバラは白い、そしてたくさんの赤いバラもある。
ジレスは道を通り、そしてハンカチにキスをする。
それはハンカチではない、それは白い貴婦人だ、
彼女は愛のことを思っている――そして、そこにはたくさんの貴婦人がいる――
たぶんそれはエンジェルだ。なんと大勢のエンジェルだろう――
そしてジレスはその真ん中にいる、そしてみんなを数え

合わせると、
三百にもなる——そしていまや、もう八百だ——
そして、彼らはさらに数を増やしている——

ゼルビーネ（ジレスのまえに立ち）善良なる神よ、この人はハンサムで、かわいそうな若者でした！　どんな女の子だって彼を愛したでしょう。どうしてこんなに早く死ななきゃならなかったんでしょう？　わたしはこの人に、どの子が気に入ったかい？　と言ってあげることもできたのに。

トリヴァリン（鋭い目つきで観客を見渡す）わたしが彼を不当な理由で殺害したなどとは言わせませんぞ。そうなるしかなかったのです。どうして、わたしが旅に出るのかと？　どうしてイザベラを欲しがるのかと？　イザベラはわたしのものだからです。

ゼルビーネ（彼のほうに近づく）トリヴァリンさん、わたし、これを安く手に入れましたのよ。

トリヴァリン　わたしに寄こせ！　ブリゲッラはその証文にたいしていままでのところ一文も金を寄こしていないのだ。

ゼルビーネ　それはわたしには無関係。それを証明することはあなたにはできませんことよ。ブリゲッラ様はあなたの荷物と衣裳も一緒にもっていかれましたわ。

トリヴァリン　どんな荷物だ？　ブリゲッラはどこにいる？

ドットーレ　静かにしてください。ジレス君、ご臨終間近です。

ジレス

ご来場のみなさま、わたくしはジレス、またの名をグラツィオーゾ、
そして、同じくペッペ・ナッパとも呼ばれております——
その先はなんだっけ？
———

スカラムーシュ（静かに）——わたくしは夜、
慈悲ぶかき月がまさにその軌道上にて、光り輝くヴィーナス星と、
出会うたとき、生まれました。わたしは銀のリュート、
月の蒼白の恋人、そして詩作をたしなんでおりまする——
———

トリヴァリン　それはそうならざるを得なかったのだ。もしかしたら彼がイザベラを得たかもしれないと？　イザベラはわたしのものではないと？　イザベラがわたしのものになるのは運命の定めだったのです。（腕を組み、体をしゃんと伸ばす）わたしは正当に彼を殺しませんでしたか？　イザベラがわたしのものであるというのは正当ではありませんか？　だって、わたしは勝ったではありませんか。イザベラはどこだ？

スカラムーシュ　ジレスは死にました。

ドットーレ（立ち上がり、両手を上げる）月《ルナ》よ、おまえの恋人は死んだ！

トリヴァリン（頭を上げ、ホッと息を吐く）イザベラはどこだ？　イザベラを連れてきてくれ、ゼルビーネ！

ゼルビーネ（お辞儀をする）トリヴァリン様、馬車が待ってお

ります。ブリゲッラ様とわたくしはお別れをいたしました――おお、ブリゲッラ様は気前のいい紳士でいらっしゃいますわ！

トリヴァリン　イザベラはどこだ？

ゼルビーネ　行きましたわ。わたしは、あの子の見張りをするための叔母なのですかね？　イザベラはブリゲッラ様と旅に出かけました。

――幕――

虫の生活から

プロローグとエピローグをともなう三幕からなる喜劇

人物

プロローグ
浮浪者
えせ学者

第一幕　蝶々たちの生活から
アパトゥラ・イリス
アパトゥラ・クリティア
フェリックス
ヴィクトル
オタカル

第二幕　略奪者たちの生活から
蛹《さなぎ》
オオタマオシ・コガネムシ（雄）
オオタマオシ・コガネムシ（雌）
ほかのオオタマオシ・コガネムシ
スズメバチ
その幼虫
コオロギ（雄）
コオロギ（雌）
パラジット（寄生虫）
略奪者の一隊

第三幕　蟻たちの生活から
第一の技師——独裁者
第二の技師——総司令部の司令官
盲目の蟻
発明家
伝令
輜重隊長
記者
慈善家
電報局員
黄色軍司令官
黄色軍の労働者と兵士、事務職員、伝令、将校、
衛生兵、負傷者、その他。

エピローグ——生と死
第一の
第二の　｝かげろう
第三の
かげろうのダンシング・チーム
第一のカタツムリ
第二のカタツムリ
きこり
小母さん
小学生
浮浪者

虫の場合の衣裳はほぼ人間に近い。蝶々の場合はサロン風、略奪者たちの場合は市民風、アリたちの場合は黒または黄色の体にぴったりあったベルト付の労働着、かげろうはガーゼのヴェール（ヤシュマク）。虫たちの性格は主としてパントマイムで表現される。しかし、現実の人間が虫の性格をもっているいると思わせるくらいに常に人間にとどまっている。

序言

この喜劇は日の目を見てからそれほど長い年月を経たというわけでもないのに、なんと多くの好意ある言葉や、辛らつな批評が書かれてきたことだろう。その結果、共著者にとってはこのピントはずれな、大合唱のコンサートにさらに何かを書き加えることがほとんど不可能に思えるまでになった。

それによると「愛、富、戦争にたいする峻烈な風刺に唖然とした」とか、また「醜悪で、皮肉でペシミスティックなドラマだ。惜しむらくは真実のみが欠落している」（クリスチャン・サイエンス・モニター）、「福音者ヨハネの黙示録的戯曲だ」（フリー・シンカー）、また、「象徴主義の残酷で汚らしい作品だ」（シェッフィールド・デイリー・テレグラフ）、「軽挙妄動に走りがちな観客の開眼者である」また「ノアの洪水以前の寓話だ」。

「やつらを抹殺しろ」とベルリンの批評家はその共著者について述べている。その一方で、ケルは「第一級の兄弟だ」と心からの挨拶を送っている。等々。こういった国の内外で焼き上げられた批評のイースターケーキから干しぶどうをみんなかき集めたら、大変な量になるだろう。

さて、結局のところ二人の共著者は、これらのあらゆる批評にたいしてさらにつけ加えるべき言葉をもっていない。ただ一つだけ私たちを弁護したものがあった。「彼らのコメディーはたぶん醜悪と言える面もなくはないが、ペシミスティックではない」と。

一人のアメリカ人の批評家は、「この劇の観客は、自分の首を切り落とすようなことをしなくてもいいのではないか、現実の世界は、この劇に描かれているようにひどいのかと疑問を呈するだろう」と書いている。

そこで作者たちは観客や読者のみなさんに、どうかそんなことはしないでいただきたいとお願いする。作者の意図は人々を切り殺すことではなかったからだ。あなた方が蝶やコガネムシ、コオロギや蟻、それにカゲロウと自分を同一視するよう、いったい誰が強制したというのです？　これらの登場人物たちが浮浪者、エゴイスト、悪党、美食家、軍国主義者、寄生虫として描かれているからといって、どうしてこれらの連中が人間を意味しているということになるのです？　財産家の、家族の、あるいは国家のエゴイズムはちまちまとした、虫けらのような、残酷で、不潔なものだという比喩的な一例を提示したら、それはすべての人間が不潔だということを証明することになるのでしょうかね？　虫たちに対立して少なくとも一人の人間、浮浪者が、すべてを見て、判断し、正道を探す人物として提示されている。

どんな観客も、どんな読者もさまよえる浮浪者のなかに自分自身を見出すことができるはずだ。そうでなければ――不安か、怒りかを覚えながらも――舞台上に見る虫たちの群のなかに――たしかに不公平感を意識しながらも――ある悪の張本人にされた自分の姿ないしは、自分たちの社会の現実を見たような気になる。すると、この視覚的な錯綜は、作者がその「醜悪で皮肉」な風刺劇を書いたことも無駄ではなかった証拠であろう。

もともと共著者たちが意図したのはリアリスティックなドラマを書くことではなく、むしろ、まったく古い、素朴な意味での神秘劇《ミステリー》を書くことだった。そして中世の神秘劇で吝嗇、利己主義、さらにはまた貞節が化身となって登場したように、私たちの劇のなかには一定の道徳的概念が虫によって擬人化されている。端的に言って、きわめてわかりやすくするためである。

もちろん、この劇では貞節が欠落している。もし作者がミツバチを「忠誠」の化身としてか、あるいは、蜘蛛を「謙虚」の化身として登場させていたら、彼らの作品のペシミスティックな性格も幾分は中和されていたかもしれない。

この共著者たちがそれをしなかったのにはそれ相応の理由がある。人間の生活に向けられた鏡は意図的に、偏向的にゆがんでいて、最も公正な人間的であるべき「貞節」の口をもゆがませている。ですからごらんなさい、意地の悪いトリックが予想以上の効果を上げたのです。

大勢の人々が、通常は見るはずのないところにも、なにか醜悪で、残酷で、無益なものがあることを知った。私たちは人間について書いたわけでも、野っぱらの虫の群について書いたのでもない。私たちはある種の悪について書いたのである。たとえ、そこに、いやらしく、みじめっぽいものを見たとしても、それはけっして汚らしいペシミズムではない。もちろん、それは高尚なものでも、オリジナルなものでもないかもしれない。しかし、ここでは、その点はそれほど重要なことではない。

そしてまた、むしろこのコメディーを「使い古されたアレゴリー〔寓話〕」と命名した人がいたとしたら、むしろその人のほうが正しいのである。誓って言うが、この劇は思いっきり使い古された粗悪品で、さらに裏返しにして使われた。しかし、正直のところを言えば、道徳なんてものはタキシードを着ては語れない。タキシードの道徳は、私たちがこの劇で観客に語ろうとしたものとは本質的に別物であるように思われるのである。

プロローグ

森の中の緑の空き地

浮浪者（舞台装置の陰からよろめきながら出てきて、つまずき、倒れる）ははは、ははは、ははは、こいつは傑作だ、じゃないか？　怪我も何もなかった。あんたがた、笑っちゃいけませんぜ。つまり、自分で勝手にころんだんですからな。（肘を突いて）あんた――おい――あんた、あんたわたしが酔っ払ってると思っとるんだろう？　とんでもない。わたしゃどっしりと地面の上に腹ばいになっとるんだぞ。わたしがどういう具合にまっすぐ倒れたか見ただろうが。まるで大木のように。まさに英雄のようにだ。わたしは、人間の倒壊を演じて見せた。どうだ、ちょっとした見物《みもの》だっただろうが！（上体を起こす）

　わたしがよろめいただと？　とんでもない。ほかのみんなが酔っ払っているとしてもだ、私は酔っちゃあおらん。みんながよろめいていても、わたしはよろめかん。そこらじゅうのすべてがぐるぐる、休みなく、回っとるがな、わたしは、全然、まわっとらんぞ――はは、もういい、わたしにはそんなこたあ、どうでもいい！（あたりを見まわす）

　あれーっ、どうしたことだ？　わたしのまわりのものがみんなまわっとるぞ。地球全体が、宇宙全体がまわっとる。

こいつはちょっとばかし、やりすぎじゃないのか?（上着をなおす）失礼の段、お許しを、わたくし宇宙の調和の中心に位置を占めるにふさわしい風体をしておりません。（地面に帽子を投げつける）そうれ、これが宇宙の中心だ。わたしの帽子のまわりをまわってくれ。そうしたからって帽子が傷むわけでもない。ややっ、わたしはどこで横道にそれたのかな?

ああ、そうだ、わたしは自分の十字架の下に倒れたんだった。なあ、かわいいお花ちゃん、わたしが酔っ払っているように見えるかい?　ヴェロニカちゃん、クワガタソウちゃん、自分が酔っていないからって、そんなにふくれっ面するの、やめてくれよ!　ヴェロニカちゃん、君の葉っぱは、いま、ひどいショックを受けたね。まてまて、クワガタソウちゃん、おまえのなかにわたしの胸をうずめよう。

わたしは酔っていないとは言わないよ。もし、わたしにおまえのような根があったら、根なし草のように世界中を歩きまわったりしないさ。そういうこと。そして、もしわたしが世界中を放浪してまわらなかったら、こんなにたくさんなことを知らなかっただろうな。たしかに、わたしはなあ、あの大戦にも行ったよ。それにラテン語だってできたけれども、いまじゃなんでもできる。馬小屋の糞の始末だって、通りの掃除だって、見張りだって、お茶の子だい、ビールを注ぐことだって、そのほか何でも来いだ。ほかの人間が嫌がることだって何だって。そうら、わたしが誰だかわかったろう。ありゃりゃ、どこまで話したんだったっけなあ?　――

ああ、そうか、もうわかったぞ。そうとも、それはわたしだ。いたるところで知られている――つまり、わたしは人だ。わたしをほかの呼び方で呼ぶものはいない。みんなはわたしのことを「おい、そこの人、わしは貴様を逮捕させる」とか「そこの人、掃除をしろ、それをやれ、それを取ってくれ」とか「とっとと消えろ、そこの人!」と言う。わたしは人だからね、そう言われたからって、わたしは別になんとも思わない。

ところがもし、わたしが誰かに「おい、そこの人、わたしに二十ハーレシュ恵んでくれよ」と言ったとしたら、その誰かさんはきっと怒るだろうな。その人がいやなのなら、それはそれでいい。わたしはその人を人とは思わず、蝶々と思うことにしよう、それともコガネムシかな、または蟻だ、まあ、何でもかまわん。わたしには人であろうと、虫であろうと、どっちにしろ同じことだ。わたしは誰かを善くしようとは思わない。虫だろうと人だろうと。わたしは、ただ、見ているだけ、見ているだけだ。

もしわたしに地中に張った根か球根があったら、わたしは天を見つめていただろうな（膝つきの姿勢になる）、天の中まで!　わたしは生涯、まっすぐ天を見ていただろう!（立ち上がる）だけど人である以上、人を見ていなければならない。（あたりを見まわす）おおっと、もう見つかったぞ。

えせ学者（捕虫網をもって舞台に駆け込んでくる）ほうら、ほい、ほほーい、ほい、おお、これは見事な標本だ！　アパトゥーラ・イリス、コムラサキ蝶のイリス、羽の色が虹色に変化する！　こちらはアパトゥーラ・クリティア、コムラサキ蝶のクリティアだ！　虹色ないしは玉虫色に輝く羽をもった蝶！　ようし、このすごいやつを捕らえてやらなきゃあ！　おっとっとっと、ほうらもうつかまえたぞ！　あれっ、また逃げやがった！　——ははあ、注意が肝心、しーっ、用心用心、そうっとそうっと、えっへっへっ、落ち着け、落ち着け——アハー、オッホー、用心の上にさらに用心、そうらほいっ！　——オホ、オホ、オッホー——

浮浪者　おい、何のためにあの蝶々をつかまえるんかね？先生。

えせ学者　しっ、しっ、静かに、気をつけて！　動かないでくれよ！　君に止まっているんだから！　羽の色が変幻に変化する虹色の蝶と玉虫色の蝶だ。じっとして、動かないでくれよ！　臭いのするところならどこにでも止まる。泥であれ、糞であれ、腐った肉の上であれだ。用心だ、君の上に止まっている。ようし、いまに見ろ、やっ！

浮浪者　放っておきなって、楽しそうに遊んでいるじゃないか。

えせ学者　なにー、遊んでいるだと？　遊びは単なる交尾の前触れだ。ははっ、いまは交尾の季節なんだ。オスはメスを追いかける。お目当てのメスは逃げる。メスは匂いを発して誘惑する。追跡者は触角でなでまわしてメスのご機嫌を取るが、疲労困憊して倒れる。メスはさらに飛びつづける。新たな、より強い、たくましいオスが来るが、メスは逃げていく。挑発し、匂いを発する。恋人のオスはメスの後を追う、ふう、ふう言いながら！　もう、わかったろう？　これが自然の掟だ。永遠の愛の闘争。永遠の求婚、永遠の、絶えることを知らぬ、とこしえの愛の戯れ！　しっ、しっ、静かに！

浮浪者　あんた、それを捕らえて、どうしようというんだね？

えせ学者　なんだって？　蝶は特定され、日付をつけ、コレクションのなかに加えられる。しかし羽の粉を払い落とさないように気をつけなくちゃいかん！　捕虫網は柔らかな繊維から作られなくてはならん！　蝶は用心深く胸を圧迫して窒息死させなくてはならない！　それから虫ピンで刺し、短冊状の紙に刺して固定する！　そして収集した標本のなかに加えるのだが、ちゃんと乾燥させてだ。埃と衣蛾《いが》の害に要注意。ガラスケースのなかにシアン化合物の薬品を吸い込ませたスポンジを置いておくといい！

浮浪者　なんでそんなに手間ひまかけなくちゃならんのかね？

えせ学者　自然にたいする愛のためだよ。ねえ、君、君は自然にたいする愛をもっておらんのかね！　——あれ、あそこにまたいるぞ。はは、用心用心、静かに、ほれ、ほれ！もう、わしのところから逃げるなよ、おほ、おほ、えい、やっ、えい——（駆け去る）

浮浪者　永遠の求愛か、永遠の愛の闘争、

たしかに、そのとおりだ、交尾のための永遠のとき、
まさに、あの学者先生が言ったとおりだ。申し訳ありませんがね、
わたくし、酔っておりましてね。たしかによくわかりますよ、
どいつも、こいつも、寄り添い、連れ添い、カップルだ。
ここにも、そこにも、あっちにも、こっちにも、いたるところときてござる、
みんながペアーになっている。雲も、ハエも、木々たちも、
みんなが抱き合い、いちゃついて、世辞で挑発、追いかける、
木々の小枝の小鳥たち、わたしはおまえら、見ているぞ、見ている、見ている、
見ているぞ、何もかも。そこの木陰のカップルさん、
指をからませ、熱くなり、静かに静かにもみ合っている、
わたしがここから見ているのを疑う者はいはしまい。
やーれ、やれ、永遠の愛の戯れか。ちょっとご免こうむりますよ、
わたしはちょっと酔っておりましてね、でも、心やさしき酔っ払いでさあ。
(目をおおう)　何もみえないよ。
好きなようにするがいい。目から覆いを取ったら、叫ぶぞ。——

(闇)
——生きとし生けるもの、誰もが番《つがい》になりたがる。暗闇に立つおまえだけが、
独りぼっちで、とぼとぼと、ジグザグ道を歩いていく、
愛を求めて両の手を、大きく開いて、差し伸べる。が、
空しく、空しく、愛は去り、
応えるものとて、何もなし。おれにはそれで十分だ。だからおまえたち、心ゆくまで愛し合え。
わたしはおまえたちを、褒め称えてやろう。それはとってもいいことだ、
そして、あのえせ学者が言うように、それは賢明なる自然の掟だ。
——みんなが番になればいい。わたしは、花をいっぱいに敷きつめた、
甘い愛の庭園を夢見ていよう。
(舞台奥の中幕上がる)
そこには若いカップル、美しい番がいる、
蝶々が愛の風に運ばれて
まるで戯れてでもいるかのように、至福の飛行を楽しんでいる、
果てしない、永遠の求婚を続けている。
そうか、みんなが番になりたがっているんだな。
(目をおおっていた手を離す)
(舞台が明るくなる)　ここはどこだ?

第一幕　蝶々たちの生活から

（空色に輝く空間。花が敷きつめられ、ろうけつ染めのクッション。鏡、小テーブル、その上には冷たい飲み物を入れ、ストローを差した派手な色のグラスが置いてある。バー用の高いスツール）

浮浪者（目をこすり、見まわす）うへー、こりゃなんと美しい！　きっとエデンの園にちがいない——まさしくパラダイスだ！　絵描きだって、こんなにうまくは描けんだろう！　それになんといい香りだ！

クリティエ（笑いながら舞台に駆け込んでくる）

オタカル（彼女を追いかける）愛してるよ、クリティエ！

（クリティエ、笑いながら駆け去る。オタカルも続いて去る）

浮浪者　蝶々か。ああ、蝶々。戯れ合っている。わたしはそうはいかない以上、その様子を見ていよう。——（服を払う）わたしを追い払うなら、その時はその時だ、ここに横になっていよう。（クッションを引き寄せる）さて、寝るとするか。わたしは寝るからな。（舞台の縁にベッドをしつらえる）もしこいつが気に入らなきゃあ、目をつぶって、お行儀よく、ねんねといきましょう。（横になる）これでよし。

（フェリックス、登場）

フェリックス　イリスはどこだ？　ぼくは彼女が花の香りを飲んでいるところを見たんだがな――　――イリス！　イリス！　少なくとも君に韻の合う言葉を発見できたらいいんだがな！（クッションの上にすわる）「かぐわしきイリス、純潔の炎」――ああ、だめだ。何か別のものはないかな。「――わが心の愛はダイアモンドの鎧《キリス》で装っている――」。キリス対イリス、これは貴重な韻の一致だ。ただ、このまえに何かすごく絶望的な状況がこなければいけないな。身の破滅、苦悩、それに死だ。やがて、運命の急変。そこで「わが心の愛はダイアモンドの鎧《キリス》で装っている。そして天使がわたしに力を吹き込んだ――イリス、イリス、イリス」これならいい。――それにしても、イリスは今度はどこに行ったんだろう？　どうしてあんなヴィクトルなんかと、いつもいつもくっついていられるだろう、おー！「汝の神々しき唇の上の、イリスよ、勝ち誇れる微笑の、ときおり、苦渋にゆがむのも、破滅の苦痛の刻める――」よし、これをもとに厳格なアレクサンドリン韻律で悲歌《エレジー》を書こう、彼女に嫌気が差すまでは。ああ、詩人の宿命は苦しむことだから。

（舞台の奥で笑い声）

フェリックス　あれはイリスだ。（登場口の方に背を向けて、優雅な悲しみのポーズを取る。手で頭をかかえるようにして。）

（イリスとその後からヴィクトルが駆け込んでくる）

イリス　フェリックスの坊や、あんたここに独りでいたの？それに、女心をくすぐる悲しそうな顔をして？

フェリックス（ふり向く）イリスさん、あなただったの？　ああ！　ぼく思いもしなかった――

イリス　どうして外で遊ばないの？　あそこには女の子がたくさんいるわよ！

フェリックス（勢いよく立ち上がる）イリスさん、あなたご存じでしょう――女の子たちにぼく、興味がないのを。

イリス　あら、それはお気の毒！　どうしてなの？

ヴィクトル　まだ、いやなのかい？

フェリックス　もう、いやなのです。

イリス（クッションのあいだにすわる）あなたも聞く、ヴィクトル？　この人、それをね、あたしに、直々に話したいんだって！　いらっしゃい、ここへ、むずかり屋の坊や。ここにすわって、あたしのそばにいらっしゃい、もっとそばによ！　さあ、話して、坊や、あなた、もう、娘さんたちに興味がないんですって？

フェリックス　ええ、ぼく彼女たちとたっぷりつき合いましたから。

イリス（すごく大きなため息をつく）まあ、あなた方、男の方って、ほんとに身勝手なんだから！　楽しむだけ楽しんだら、そのあと、誰もが言うわ、もうたくさんだって。女であるっていうのは、すっごく損なことだわ！

ヴィクトル　どうして？

イリス　あたしたちにはね、けっして、もうたくさんってことがないからよ。――フェリックス、あなた以前、どんな人とつき合ってたのよ！　初恋はいくつのとき？

フェリックス　もう、覚えていません。あんまり昔のことだから。それに、それだって初めてだったかどうか。当時、ぼくはギムナジウムの学生でしたから――

ヴィクトル　なんだ、それじゃあ、君はまだ幼虫だったんじゃないか。木の葉っぱを食うミドリ色の毛虫だったのか。

イリス　フェリックス君、その子、ブルネットだった？　きれいだった？

フェリックス　ええ、きれいでしたよ、真昼のように、青空のように、まるで――

イリス　――まるで、誰のようだった？　はやく言って。

フェリックス　あなたのようにきれいでした。

イリス　フェリックス君、かわいい坊や、その子はあなたを愛していたの？

フェリックス　わかりません。ぼく、彼女と一度も言葉を交わしたことがなかったんです。

イリス　まあ、なんてことよ、じゃあ、あなたその子と何をしてたの？

フェリックス　遠くから彼女を見ていました――

ヴィクトル　――緑の葉の上からかい――

フェリックス　――そして詩を書いていました。それに手紙。はじめての小説――

ヴィクトル　こいつは驚きだ。そんな幼虫が木の葉をそんなふうに消費していたとはな。

イリス　あんったって、ほんとに嫌味な人ね、ヴィクトル！　ごらんなさい、フェリックスは目にいっぱい涙をためているわよ。これって素敵じゃない？

ヴィクトル　涙が？　そんなの目に唾がたまったようなもんだ。そんなんじゃ、何も見えんだろう――

イリス　まあ！　フェリックスちゃん、じゃあ、あんた何も見えないの？

フェリックス　ぼくが目に涙を浮かべているなんて、そんなの嘘ですよ。ぼくの良心にかけて、そんなんじゃありません！

イリス　見せてくれる？　わたしの目をまっすぐ見てごらんなさい、すぐに！

ヴィクトル　いち、にい、さん、しい――そんなに長く見ていられるもんか、おれにはわかっている。

イリス（笑う）すぐに言って、フェリックスちゃん、わたしの目どんな色？

フェリックス　空色の、青。

イリス　あんたはいい人ね。茶色よ。ああ、誰かがあたしに言ったことがある、あなたの目は金色だって――　――あたしには青い目なんてぴんとこないわ。その目は冷ややかで、情熱がないわ。ほんとよ、あんた、クリティエが青い目をしているわよ。あんたあの人の目が好き、フェリックス？

フェリックス　クリティエですか？　知りませんね。そうだ、美しい目をしている。

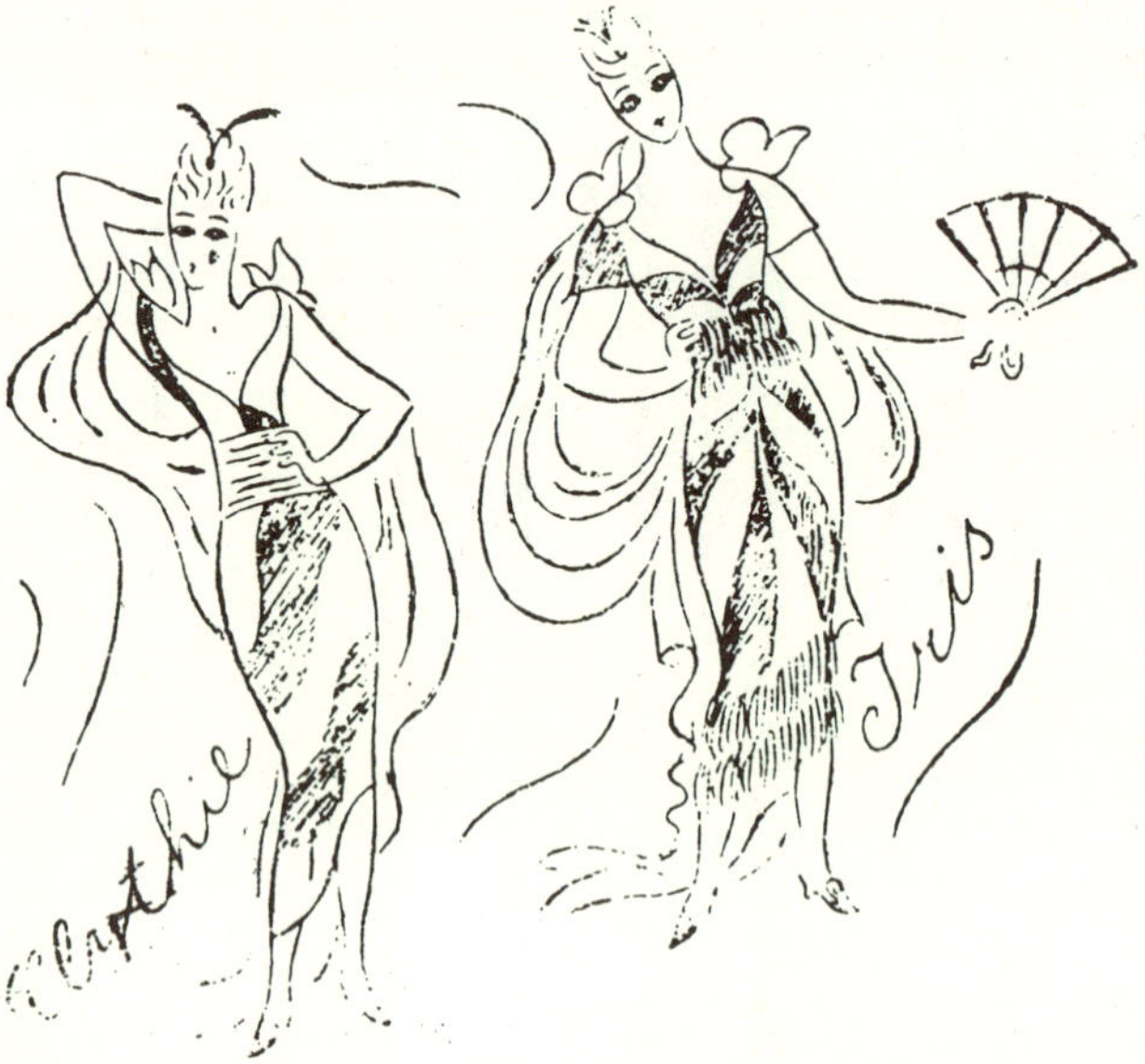

イリス　なに言ってるのよ、たしかに、あの人はすごくほっそりした脚をしているわ！　ああ、あなたって女性にたいする認識が甘いわよ、それでもあなた詩人なの？

ヴィクトル　あなたフェリックスのいちばん新しい詩をお読みになりましたか？（ポケットから冊子を取り出す）その詩

は詩の年鑑「春」に発表されたのです。

イリス　じゃ、わたしにその詩をすぐに読んでよ！

フェリックス　だめです、ヴィクトルさん、その詩を読んではいけません！（立ち上がろうとする）それはまずい詩だし、それにもう古いんです！　ぼくはもう、とっくにその域から抜け出しています。

イリス（フェリックスを引き止める）おとなしくすわってなさい、フェリックスちゃん！

ヴィクトル　その詩のタイトルは『果てしなき落下』というのです。

フェリックス（指で耳に栓をする）でも、ぼくはその詩を読んでもらいたくないのです！

ヴィクトル（誇張して読む）

「ひたすら下へ、ひたすら低きへ堕落する、
これぞ、わが願望の究極の目的なのだ。
世界は半世界（デミ－モンド）〔高級娼婦の世界〕になることを望み、〔＊〕
女性は――娼婦になることを望んでいる――」〔＊〕

〔＊訳注・三行目の「半世界」(polosvět) はフランス語の demi-monde に相当する。
四行目の「娼婦」(položena) チャペック流の言葉遊びがあり、二つの意味をふくみうるこの語を日本語に訳すときにはどちらかの意味を犠牲にせざるをえない。
（1） polosvět, polo-svět（直訳・半世界）。polo は半分 (half) の意味。
（2） položena, polo-žena（直訳・半女性）。しかしこの語は正式には動詞の受動形から変化した po-lozena（女が寝かされる）と訳すのが文法的には忠実であるが、チャペックの言葉遊びの意を汲んで、このような訳にした。（イリスの次のせりふで「ちょっと気が利いている」という理解には、このような解釈も含んだ上でのことであろう）〕

イリス　それ、ちょっと気が利いているじゃない、ヴィクトル、どうお？　それにしてもフェリックスったら、いったいどうやってこんなアイデアを思いついたの？

ヴィクトル

「夢は実現されることを、しかして
愛は愛の成就〔＊〕を願望する。
すべては退廃に向かって永遠に堕落するのなら、
娘よ、ともに、奈落の底まで堕落しよう。」

〔＊訳注・成就＝原文はラテン語 consummata（コーンスマータ）〕

イリス　落下するねえ、あたし、これは理解できるわ。でも愛が「成就」するってのはどういうこと？

ヴィクトル　それはねえ、へっへっへっへっ、それはねえ、愛が本来の自分の目的を果たすことですよ。

イリス　どんな目的？

ヴィクトル　そりゃあ、言うまでもなくそれ自体の、つまり、あれですよ。
イリス　まあ、いやだあ！　フェリックスちゃん、あんたそんなことを書いたの？　あたし、あなたが恐くなったわ！　あんたって、ひどい不良なのね！　ラテン語にはいつもこんなに不道徳なことが書いてあるの？
フェリックス　お願いです、イリスさん！　それはとってもひどい詩なんです！
イリス　どうしてひどいの？
フェリックス　そのなかにはまだ、そのう……それ……そこには真実が述べられていないからです。
イリス　そうだ、ヴィクトル、庭からあたしの扇を探してきて！
ヴィクトル　はい、はい、お邪魔はしませんよ。（去る）
イリス　早く、フェリックス！　その真実というのを聞かせて。あたしにだったら、なんだって言うことできるわよ。
フェリックス　イリスさん、ねえ、イリスさん、どうしてあんなやつを身近に置いておけるのです？　あんな年寄りの伊達男を！　去年以来の老人を！　あんな女たらしの好色じじいを！
イリス　ヴィクトルのこと？
フェリックス　あんなにいやらしい目つきであなたや、愛や、その他すべてのものを見ているんですよ！　あんなに厚かましく！　あんなに……あんなに下品な目で！　どうしてあなたにはそんなことが我慢できるんでしょう？
イリス　あわれなヴィクトル！　あの人はね、あの人なりにいい人なの！　そんなことより、詩のことを話して。あたし、詩はとっても好きなのよ！「夢は実現されることを欲する……」（クッションのほうへもたれかかる）フェリックス、あなたってすごい才能の持主よ！「娘よ、ともに、奈落の底まで落下しよう！」ああ、なんと情熱的な言葉でしょう！　ねえ、言って、フェリックス、詩人って、すごく、すっごーく情熱的なのね、そうでしょう？
フェリックス　おお、イリス、ぼく、もうそんな詩、とっくに卒業したんです。
イリス　もし、そのラテンの詩がそんなに卑猥でなかったらよかったのに！　あたし、なんでも、なんでも我慢する。でも、あのいやな呼び名だけはやめてね。フェリックス、女性にたいしてはデリケートでなくちゃならないのよ。もし、いま、あなたがわたしにキスしたら、やっぱりそのこともそのいやな、いやな言葉で呼ぶの？
フェリックス　そんなことできませんよ、イリスさん――あなたにキスするなんて！
イリス　何も言わないで、あなたがた男性はどんなことでもできなきゃいけないのよ。フェリックス、わたしのほうにおいでなさい。あの詩、誰のために書いたの？　クリティエ？
フェリックス　いえ、違います。断言します――――
イリス　それじゃ、誰よ？
フェリックス　誰でもありません。誓います、誰のためでもありません。要するに地球上のすべての女性のためです。

イリス（ひじを突いて身を起こす）まあ、ひどい、あんた、そんなに大勢の女性とコン……コン……、ええっと、なんて言ったっけ？　それしたの？

フェリックス　イリスさん！　ぼく、誓いますよ――――

イリス（クッションのなかに身をうずめる）フェリックス、あんたってすごい女たらしね！　言いなさい、あなたの恋人、誰だったの？

フェリックス　イリスさん、このこと誰にも言いませんね？本当にですよ？

イリス　言いません。

フェリックス　じゃあ、言いましょう――誰もいません。

イリス　誰もですって？

フェリックス　これまでのところは一人もいません。誓います。

イリス　まあ、あんたったら、この大嘘つき！　これまでに何人の女とあそこまでたどりついたの、この無邪気なお坊ちゃま！　フェリックス、フェリックス、あたしあんたがわかってきたわ！　あんたって危険人物よ！

フェリックス　イリスさん、ぼくのこと笑っちゃだめですよ。ぼく、空想のなかで恐ろしいことを体験したんです。恐ろしい幻滅。無数の愛。でも夢のなかだけでです。夢は詩人の生命です。あらゆる女性を知りながら、そのなかの一人もはっきり確信できないのです。誓います。本当です。

イリス（ひじを突き）じゃあ、どうして女なんか、もう飽き飽きだって言うの？

フェリックス　ああ、イリスさん、誰もができるだけ多くの女性を愛したいと夢見ているんです。

イリス　ブルネットの女でも？

フェリックス　いいえ、夢です。永遠の夢です。

イリス「夢は実現されることを……望む」んだわ。あなたはすごく情熱的な目をしている！　あなたはすごい天才よ、フェリックスちゃん！（クッションに寄りかかる）今どんなことを思っている？

フェリックス　あなたのことです。女性は謎です。

イリス　じゃあ、その謎を解いて。でも、お願いだから、フェリックス、やさしくね。

フェリックス　ぼくにはあなたの目の奥底が読めません。

イリス　じゃあ、ほかのところからおはじめなさい。

フェリックス　ぼくは……イリスさん……本当に……

イリス（不意にすわりなおす）フェリックス、あたし、今日はすごくハイな気分なのよ！　女でいるなんてつまらない！　あたし、今日は男になりたいな、そして征服して、誘惑して、キスをする……。フェリックスちゃん、どうせなるのなら、すごく情熱的な男がいいな。あたしは……えーっと……誰も彼も荒々しく引きちぎってやる、情け容赦なく……。あなたが女の子でないのが残念だわ！　あたしたち、ちょっと遊びをしない、どうお？　あなたがイリスになって、あたしがあんたに、フェリックスになるの。

フェリックス　無理ですよ、イリスさん。フェリックスになるというのは、あまりにも大胆なことです。そのわけはね、欲しがること、何かを欲しがること……なんですからね。
イリス （息も絶え絶えな声で）ああ、フェリックス、すべてのものをよ！
フェリックス すべてをほしがるよりも、それはもっと大きなものでなくてはならない。
イリス じゃ、それは……
フェリックス 不可能な何かを望むこと。
イリス （がっかりして）あなたが正しいわ。あんたはいつでも正しい、あわれなフェリックス坊や。（立ち上がる）どうしたんでしょう、ヴィクトルがこんなに長いこと戻ってこないなんて？ あなたは彼を呼ぶのがいや？
フェリックス （飛び上がる）イリスさん、何か気に触ること、ぼく言いましたか？ どうも、しゃべりすぎたみたいだ！
イリス （鏡の前で一回転する）たくさんあるのは、ないのと同じよ。
フェリックス 手に触れることのできないものを望む！ イリスさん、あなたにこんなこと言うなんて馬鹿でした！
イリス そうかしら、ま、いくらか、失礼だったとは言えるかもね。坊や、あたしたち、どんな仕事を一緒にするか、考えただけでも絶望的だわ。あたしが女性社会の一員である以上、現実に存在しないものにあこがれているなんて顔、とてもできたもんじゃないわ。
フェリックス アンタッチャブルなものがここにあります。
イリス （あたりを見回す）どこにいるのその人？
フェリックス （鏡に写ったものを差す）あなたの写し絵ですよ、イリスさん。
イリス （笑う）あたしの写し絵？ あなたはあたしの写し絵に惚れてるの？ （鏡に手をのばす）なら、わたしの写し絵はあなたのことばを聞いているわよ。さあ、彼女をだきなさい！ そしてキスをしなさい、すぐによ！
フェリックス あなたと同じに、鏡のなかの彼女に触ることはできません。
イリス （彼のほうに振り向く）要するに、あたしには手がだせないということね？ どうしてそんなふうに決め込んでしまうの？
フェリックス もし、あなたがぼくの手の届くところにあるとしたら、ぼくはあなたを恋しなかったでしょう。
イリス あたしがそんなに高嶺の花だっていうこと、すごい悲劇だわ！
フェリックス ああ、イリス、手の届かないところにある愛以上に真実の愛というものがあるでしょうか？
イリス そう思う？ （手で彼の手をつかみ、そしてうたう）『娘よ、落ちるのならいっしょに落ちよう』
フェリックス その歌を蒸し返すのはよしてください。
イリス じゃあ、わたしのために一つ作って、すぐによ！ 何かすごく情熱的なのをお願いするわ！
フェリックス
もし、究極の瞬間にわたしが叫んだら、

おお、死神よ、わたしの呼びかけを聞いてくれ、
以前、心臓があった場所に、手を差し込むんだ、
そしたら、一つの傷跡を見出すだろう——
そこで、愛がわたしの心臓に
ダイヤモンドの胴鎧《キリス》を着せ、
天使の力を、わたしに吹き込んだ——
イリスよ、イリスよ、イリス！

イリス　イリスにキリスねえ！　なんてすばらしい韻でしょう！

クリティエ　（舞台装置の裏から）イリス！　イリス！

イリス　もう嗅ぎつけてきたわ！　おまけにあの不愉快な花婿まで一緒だ！　ちょうど、わたしたちが……

クリティエ　（笑いながら駆け込んでくる）ねえ、思っても見てよ、オタカル君たらね、言うことがいいじゃない……。あ、あなたフェリックスと一緒だったのね。お元気、坊や？　イリス、あんた、この坊やを悩ましているんじゃない、そうなんでしょう？　ほら、こんなに赤くなっている！

オタカル　（駆け込んでくる）今度こそ捕まえたぞ。クリティエ……。あっと、これは失礼！　今日は、イリスさん。やあ、どうだい、お坊ちゃま。

フェリックス　（クッションの上に腰をおろす）ふん！　——

イリス　でも、あんた息を切らしているわね、クリティエ。

クリティエ　オタカル君があたしを追ってくるからよ。

オタカル　クリティエさんが飛んでいくもんだから、ぼくも彼女のあとに従わないわけにはいかなかったんだ。

ヴィクトル　（入ってくる）おーや、いい仲間が集まってるな。（クリティエにあいさつする）こりゃまた、仲のいい新婚さん。

クリティエ　うっふ、のどが渇いた！（花の杯からストローで飲む）

イリス　あんた、少し、節制したほうがいいんじゃない。ごらんなさいよ、ヴィクトル、彼女、またやせたんじゃない？　なんだか恐いみたい。

クリティエ　ありがとうよ、親友。あんたってそんなに母性的だったかしら。

ヴィクトル　君たち、昨晩、野っぱらでのお祝いをしたんだろう？

クリティエ　うはっ、昨晩だって！　あなたは完全無欠の歴史だわ。

オタカル　すばらしい、いい天気だった。

イリス　（クリティエのほうに）ちょっとお待ちなさい、大甘ちゃん。（クリティエのボディスをなおす）これどうしたの？　ボディスのここ、破けてるわよ。

クリティエ　たぶん、オタカルが踏んづけたのよ。

イリス　踏んづけた？　ほとんど襟のところよ？

クリティエ　ごらんなさいよ、あの人。脚ばっかりって感じだわ。どうお、足ながさん？

オタカル　えっ、なんのこと？

ヴィクトル それじゃあ、わたしは何です？
クリティエ あんたは舌ばっかりよ。あんたがわたしを見ると、なんだかぺろぺろ舐められているみたいな気がするわ。ふっ！
イリス まあ、クリティエったら！ じゃあ、フェリックスはどうなの？
クリティエ あわれな少年、だってあんなに憂鬱そうなんだもの！（クリティエ、彼のまえにひざまずく）王子様、いかがなされました？
フェリックス 考えているんです。
クリティエ まっは一！ なんのために、いつもいつも、お考えになっていますの？
フェリックス 男性は魂をもっています。男性はそれを用いるのです。
クリティエ じゃあ、女性は？
フェリックス 悪い目的に使うためにです。
イリス 上出来だわ、フェリックス坊や！
クリティエ（立ち上がる）この天才馬鹿はわたしを憎んでるわ。
ヴィクトル まあ、注意して見ててごらん、クリティエ、それはね、恋への第一歩さ。
オタカル どういうことです？
イリス フェリックスと恋？ あなたの思いつくことってそんな程度ね！ フェリックスはたしかに女性のことについて書いたわ、まって……
フェリックス イリスさん、どうかお願いです！
イリス
「ひたすら下へ、ひたすら低きへ堕落する、
これぞ、わが願望の目的なのだ。
世界は半世界（デミ－モンド）〔高級娼婦の世界〕になることを望み、
女性は——娼婦になる〔寝かされる〕ことを望む——」
クリティエ 何になる？
イリス 娼婦になること。
ヴィクトル 聖人面したフェリックス、君はこれまでに何人くらいの女性を寝かせたのだ？
オタカル ははは、寝かされる女か！ こいつはいいや！ ぼくは娼婦のことばかり思っていたけど、ははは、寝かされる女ね！
イリス（朗読を続ける）
「夢は現実となることを望む……」
クリティエ まって、オタカル君はまた笑うだろうな。
フェリックス その詩の朗読を禁止する！ ぼくはもうそんなもの卒業したんだ。
オタカル ははは！
イリス フェリックスはものすごい才能をもってるわ。だってあなた方の誰もが「イリス」という言葉と韻の合う言葉をさがせなかったでしょう？
クリティエ「イリス、広いよ、チュティリス〔チェコ語としてはとくに意味のない言葉〕のように」
フェリックス おお、なんてことです、もう、やめてくださ

い！

オタカル　ははは、こいつはすばらしい！　イリスに、チュティリスか！

イリス（自制して）ねえ、あなた。あなたは詩にかんする一風変わった意見をおもちのようね。

ヴィクトル　何をおっしゃりたいのかな？　クリティエの詩はすべて言葉に束縛されていないのだよ。

イリス　おっしゃるとおりだわ、ヴィクトル。

オタカル　ははは、束縛されない言葉か！　こりゃあ、すげーや！

クリティエ　フェリックスさん、あなたはイリスを束縛された言葉でがんじがらめにしたのよ！　あたしそんなもの、くしゃくしゃにしてしまうべきだと思うわ。

イリス　ほっといてよ、フェリックスのこと！　彼が私の名前に合うどんな美しい韻をふくんだ言葉を発見したか信じられる？

ヴィクトル　わたしはお手上げだな。

クリティエ　はやく言ってったら、イリス！　でも、それ詩的なんでしょうね。

イリス（勝ち誇ったように）キリス〔胴鎧〕！

ヴィクトル　なんだって？

イリス　キリスよ。

クリティエ　まあ、なんて野蛮人なの！　フェリックス君、あなた本当にそう言ったの？

イリス　その言葉、何か悪い意味でもあるの？

クリティエ　思い出してごらんよ、キリスが何か！　胴鎧《キリス》をつけた女の竜騎兵ってことなのよ！

オタカル　ははは、イリスが女竜騎兵か！　こいつは傑作だ！

フェリックス（飛び上がる）でも――ダイヤ飾りの胴鎧をつけてるんだぞ！

イリス　もう、おやめなさいって！　あんたって、まあ、どうしてそんなに気が利かないの！　あんたなんか、でくの棒よ。ああ、（い）やだ、（い）やだ。あんたなんか、もう、うんざりよ。聞いてるの？

ヴィクトル　フェリックス、君はねヴェリック(velik)なやつってことさ！〔veliky=大きい、偉大なという意味の形容詞の叙述形。ここではFelix と velik 母音の一致をおもしろがっている〕

イリス（手を叩く）うん、うまいわよ、ヴィクトルの小父さん！　あんたって、すごく機知に富んでるのね。

クリティエ　おお、善良なる神よ、ヴィクトルがもっと詩的な韻を踏めますように！

オタカル　ははは、フェリックスにヴェリックスだ！　これならいいだろう！〔Felix → Velix〕

ヴィクトル　クリティエ殿、お許しくだされ。詩はどうもわたしにはブロンドの娘のように高嶺の花でして。

クリティエ　へえ、この小父さん、目を潤ませているわよ！　あたしのほうを見ないで、そのうち、あたしまでずぶ濡れになっちゃうわ。

オタカル　詩を作るなんて、そんなの大したことじゃないよ。

ヴィクトル　詩を作ることは、嘘をつくことか楽しむことかだ。

イリス　おお、違うわ。感情を高めることよ。あたしはすごく感情が好きなのよ。

オタカル　出来た。

クリティエ　何が出来たの？

オタカル　オタカルにもとづいた韻文さ、ははは！　いいぞ、どう？

ヴィクトル　いわゆる男性的韻だ。

オタカル　ははは、ぼくはそれが男性だからそういうのさ！

オタカルの「おー」！

クリティエ　ヴィクトル小父さん、何か男性的な韻文を作ってよ。

ヴィクトル　どうして？

クリティエ　せめて一度くらいは男性的なことをあなたがするようによ。

オタカル　灼熱の愛〔ラースキ・ジャル〕。これはオタカルをもとにした韻だよ、ははは！

イリス　あなたはすごい才能の持主よ、オタカル。いったい、どうして詩を作らないの？

オタカル　ぼくが？　ああ、うーん！　どんな？

イリス　愛の歌。あたしは詩を崇拝してるのよ。

オタカル　生気ある表情〔ブィニー・トヴァル〕。

イリス　どんな表情だって。その言葉、誰のことを意味しているの？

オタカル　ははは、韻さ！

イリス　オタカルさん、あなたって驚くべき詩心の持主だわ。

クリティエ（あくびをする）いいかげんに文学の話はやめてよ。もう、あたし、心から飽き飽きしているのよ。

イリス　心からですって？　聞いてよ、かわいそうなクリティエは、どこかに、別の心臓をもってると思い込んでるみたい。

クリティエ　放っといてよ。その代わり、あんたは心臓そのものね。ねえ、あなた、あなたは心臓の上にすわってるのよ。

オタカル　ははは、心臓そのものね！

クリティエ　おまけに、ふわふわしてるのよ。

イリス　気にしないわ、かわいい人。少なくとも、あたしはそんなに——誰かさんほど尻軽じゃないわ。

クリティエ　あんたの言う通りよ。あんたは重い心臓の症例ね。

イリス　クリティエ！　あんた、気をつけてたほうがいいわよ！

ヴィクトル　でも、イリス、彼女にそれをお願いしろよ！　心はクリティエが見せることのできる唯一のものだからね。

イリス（手を打つ）すばらしいわ、ヴィクトル！

クリティエ　ヴィクトルさん、あたし、もっとたくさんのものを、もう、あなたに見せたわよね。

ヴィクトル　そんな馬鹿な！　それで、何だよ？

クリティエ　背中とドア。
ヴィクトル　ただの板切れじゃないか、へん！
イリス　ははは！　ヴィクトルさん、あんたって、とっても素敵なパートナーだわ！　すぐにも、あんたにキスしたい！　あたし機知に富んだ人って大好きよ。いらっしゃい、あたしをつかまえないの？（駆け去る）
ヴィクトル　待て―待て―まーて、待ってくれ！（イリスを追って駆け去る）
クリティエ　なによ、馬鹿なガチョウ！　いやらしい蛾！　デブの大樽！
オタカル　へっ、ふん！
クリティエ　ねえ、あんた！　あんたってまったく能なしね！　フェリックス君？
フェリックス（飛び上がる）はい、なんでしょう？
クリティエ　あんたって、どうしてあんな女に熱を上げられるの？
フェリックス　誰のことでしょう？
クリティエ　あの旧世代の女よ。あの胴鎧の女。
フェリックス　誰のことをおっしゃっているのです？
クリティエ　イリスよ。
フェリックス　ぼくが？　まあ、なんてこと思っていらっしゃるんです！　あんな人に惚れるなんて、もう、遠い昔の話ですよ！
クリティエ　わかったわ。イリスはおっそろしく脳タリンなのよ。ええ、あなたには言うわ、おっそろしくよ。足はビヤ樽みたいだし。ああ、フェリックス君、あんたみたいな若さじゃあ、女ってものにすごく幻想を抱いているんでしょうね！（クッションのあいだにすわる）
フェリックス　ぼくがですか？　はっきり言っておきますがね、クリティエさん――ぼくはそんなもの、もう、とっくに卒業したのです。誓ってもいいですよ！
クリティエ　いいえ、フェリックス君、あんたに女なんかわかっちゃいないわ。わたしのそばにおすわりなさい。いやなの？　あんたは女がどんなものか想像もできないわ。女たちの意見！　女たちの地平線！　女たちの体、ブルルル！　あなたはこんなに若いのに……
フェリックス　そんなの、嘘です！　ぼくはもう若くはありません。ぼくはいろんな体験をしてきました！
クリティエ　あなたはね、十分な若さを保っていなければならないの。それはすごくモダーンなことよ！　若いこと、蝶であること、詩人であること、それはね、この世で何かとってもすばらしいことと思わない？
フェリックス　いいえ、クリティエさん。青春の使命は苦しむことです。そして詩人の使命は――百倍苦しむことです。ぼく、誓います。
クリティエ　詩人の使命はすごく人生をエンジョイすることよ、そして人生を謳歌すること。わかる？　慈愛に満ち、気前がよく、緑色の人生をよ。ああ、フェリックス、あんた、わたしの初恋のこと思い出してくれない。
フェリックス　誰のこと？

クリティエ　誰も。わたしの愛はどれ一つとして初めてではなかった。ふっ、あのヴィクトル！　男の人ってみんな、あたしには不愉快なの！　あたしたち、女の友達同士になりましょうよ、フェリックス君、どうお？
フェリックス　女の友達同士ですか？　あなたはたしかに恋なんてもの興味がない。
クリティエ　恋なんてすごく低俗よ……。ああ、あたし何かすごーくユニークで、純粋なものが欲しいのよ！　なにか特別なもの！　何か新しいもの！
フェリックス　詩ですか。
クリティエ　それもあるかもね。わたしがどんなにあなたを好きか見ているの。
フェリックス　待っててくださいよ！（興奮して飛び上がる）
　彼女は、わたしの心のなかに飛び込んできた
　光の筋が
　子供の瞳のなかに飛び込んでくるように。
　わたしが彼女と会ったとき、真っ赤な炎を発し
　すべての花が花咲き
　そして、彼女の恥じらいの贈物をわたしにくれた。
クリティエ（立つ）それは何？
フェリックス　詩です。『はじまり』です。
クリティエ　で、その先はどうなるの？
フェリックス　すぐにもってきますよ、結末の部分を。（飛んで、去る）いまでは、ぼくはこれまでに書いたすべてのものを越えたのです。（消える）
クリティエ　うっふ！（オタカルのほうを向く、彼はその間、大きな体を横たえながら、鼻ひげを捻り上げていた）それでどうした、あの足太さんは？　あの情報屋の触角たちを、もう、追っ払ったの！
オタカル　君はぼくのものだ、最後にはぼくのものになる！
クリティエ　手を離してよ！
オタカル　ぼくのものになる！　だって、ぼくたち許婚だぜ！　ぼくは……ぼくは、もう……
クリティエ　オタカルちゃん、あなたはハンサムね！
オタカル　ぼくは君をすごく愛しているよ。
クリティエ　わかってるわよ。あんたの心臓の鼓動はすてきだわ。「はーっ！」て言ってごらん。
オタカル　はーっ！
クリティエ　もう一度。
オタカル　うん、はーっ！
クリティエ　あなたの声って、胸で共鳴するのね！　まるで雷鳴みたい。オタカル君、君ってすごくつよいんでしょう、ね？
オタカル　クリ……クリ……クリ……
クリティエ　また、何なの？
オタカル　ぼくのものになってくれ！
クリティエ　退屈な男は願い下げよ。
オタカル　ぼくは……君を……
クリティエ　わたしも、やっぱり、あんたを……
オタカル（彼女をつかまえる）ぼくのものになってくれ！

クリティエ（逃げる）あなたはきっと、あたしが卵を産むの、きっといやだとう思うわ！
オタカル　ぼくは熱烈に君を崇拝しているんだ！
クリティエ（逃れる）だめよ、何にもならない。おかげであたし、スタイルが悪くなるかもよ！
オタカル（クリティエを追う）ぼくは……ぼくは……ぼくは欲しいんだ……
クリティエ（笑いながら、外へ飛び出す）待ちなさい、もうちょっと待つのよ！　しょうがないわねえ。少しは、我慢したらどうなの！
オタカル（飛びながら彼女のあとを追う）クリティエ、ぼくのものになってくれ！

（飛び去る）

浮浪者（起き上がる）
しっ、しっ、しっ。もう飛んでいった、けばけばしい色をした愛の虫。
あの虫たちがどんなふうに戯れているか、ちゃんと見とどけましたぞ。
笑わせるじゃないか、あの果てることのない追いかけっこ、あの虫どもの足、
ははは、それに絹のような羽の下に隠された蠱惑的な器《うつわ》、
もう、そんなことでおれの静かさをかき乱さないでくれ、なあ、おまえたち、
わたしらも、そんなこたあ、もう、とっくにご存知さ。
そんなものを称して愛とか恋とか言うのだ！
クリティエ（反対側から飛んできて、鏡のまえに立ちおしろいを塗る）ウッフ！　やっとあいつをまいてやったわ。ははは！
浮浪者
はははは っ、あれがお上品な方々のサロンの集いか、ははは、それに詩ときた、
もっとも細いストローで命の糧の蜜を吸う、
快楽の深い襟ぐり、感情と甘美なる愛撫、
永遠に満たされることのない、永遠の恋人たちの、永遠の欺瞞、
たしかに、虫どもは悪魔にでも食われろだ！
クリティエ（彼のほうに飛んでくる）あなたは蝶々？
浮浪者（帽子をクリティエのほうへ投げる）しっしっしっ！
クリティエ（飛び退る）あんた蝶々じゃないの？
浮浪者　おれは人間だ。
クリティエ　それってなあに。それ生き物？
浮浪者　もちろん。
クリティエ（飛んでくる）その生き物も愛するの？
浮浪者　愛するか、愛するのは蝶々の話だ。
クリティエ　なんておもしろい人なの、あなたって！　どうして黒い粉をつけてるの？
浮浪者　これは汚れだ。
クリティエ　ああ、とてもいい香り！
浮浪者　汗とあか。

クリティエ　あたし、あなたの臭いに酔ったわ。こんなのってはじめてよ！
浮浪者（帽子を彼女のほうへ投げる）ちぇっ、この恥知らず！
クリティエ（飛び退りながら）つかまえなさい！　つかまえなさい！
浮浪者　プレイ・ガールの尻軽女め——
クリティエ（彼の近くへ飛んでくる）ちょっと、臭いをかがせて！　ほんのちょっと、味見だけ！　あなたって、すっごーくオリジナルだわ！
浮浪者　おれも以前、おまえみたいなやつと会ったことがあるよ、このあばずれ！　そもそも、おれがそいつを好きになったかだ。（クリティエをつかまえる）あのとき、こんなふうに虫の足をつかんで、おれの目の前で笑ってくれと頼んだんだ。そのときは、おれはそいつを放してやった。おお、あいつを殺しておけばよかったんだ！（クリティエを放す）勝手に飛んでいけ、悪夢のような蛾よ、もう、二度と見たくもない！
クリティエ（飛び離れる）ふっ、あんたって変な人！（鏡の前でおしろいを塗る）
浮浪者　この香水の臭いをぷんぷん放つあばずれ、お引きずり、やせこけたヤギ、強欲女——
クリティエ（彼のほうに近づく）もっと！　もっと！　とってもすてき、とっても野蛮、とっても力強いわ！
浮浪者　どうしたんだ、うるさくまつわりつくやつ、おまえには何が不足でそんなに青い羽をしているんだ？　おまえの背中に塩でもふりかけてやろうか、え、どうだ、青羽蝶。青葉に塩というからちょうどいいんじゃないか？
クリティエ　あんたを愛しているわよ！　ああ、あなたを崇拝しているわ！
浮浪者（クリティエの前から後ずさりする）行け、行け、さあ、行くんだ！　おまえなんか見てると胸が悪くなる！
クリティエ　野暮なやつ！　あんたなんてアホよ！（鏡の前で髪をとかす）
イリス（体を暑くして戻ってくる）ああのどが渇いた、すぐに飲みたいわ！
クリティエ　どこに行ってたの？
イリス（細いストローですする）外よ——あーっふー！　外は暑いわよ！
クリティエ　ヴィクトルをどこに置いてきたの？
イリス　ヴィクトル？　ヴィクトルって誰よ？
クリティエ　あんた、一緒に出かけたじゃない——
イリス　ヴィクトルと？　そんなことあったかしら……ああ、思い出した。（笑う）そう、そりゃあ、まあ、傑作な話よ！
クリティエ　ヴィクトルのことで？
イリス　そう。いい、あんたきっと大笑いするわよ！　そんなわけで、彼はわたしの後から追ってきてたの。ひっきりなしに「まて、まて、まーて……まて、まて」って、ははは、ねえ、あんたちょっと思ってもみてよ！
クリティエ　どこかに止まっていたの？
イリス　あたし、言ったでしょう。あたしの後から気が狂ったみたいに飛んでいたって、そしたらね、突然、ははは、鳥が飛んできて、あいつを食べちまったのよ。
クリティエ　そんなこと、信じられない！
イリス　誓ってもいいわよ！　あっという間の出来事だったわ、ブルルルル、そしておしまい。わたし、笑いに笑ったわ……（クッションのなかに倒れこみ、顔をおおう）
クリティエ　どうかしたの？
イリス　ははは！　あの——あの——あの男たちったら！
クリティエ　ヴィクトルのこと？
イリス　いいえ、オタカルよ。ヴィクトルは鳥の餌になったわ。思ってもみてよ、そのすぐ後、あんたのオタカルが飛んできたのよ。まるで燃えるような目をして。そして、すぐ、ははは——
クリティエ　すぐ、どうしたのよ？
イリス　そして、すぐ、あたしの上よ。ぼくのものになってくれ！　ぼくは君をすごく愛しているだって。ははは！
クリティエ　イリス、あんた、何てことしたの？
イリス　ははは、させろ——ぼくにさせてくれ！　あああ愛してるよ、君を、すごく！　君は、きっと、きっと、きっと、ぼくのものにならなくちゃあならない——
フェリックス（詩を書いたものをもって飛んでくる）クリティエさん、とうとう出来たよ！　聞いて。（大げさな感情を込めて読む）
ぼくの心臓まで飛び込んできた
まるで子供の視線のように
光の条《すじ》が。
イリス（頭をクッションのなかに突っ込んで、ヒステリックに笑っている）ははは！
フェリックス（詩の朗読をやめる）どうかしたんですか？
イリス（すすり上げる）いま——いま、あいつの卵を産むだなんて！　あのならず者！　卵を孕んでいるのよ！　あたし、恐いわ！　あいつ——あいつ——あいつ——ははは！
フェリックス　ねえ、いいから聞いてくださいよ、クリティエさん。これはまったく新しい傾向なのですよ。
ぼくが彼女に出会ったとき、真っ赤な炎が燃え上がった、
すべての花が、花ひらいた
そして、おのれの羞恥心をわたしに贈ってくれた。
彼女は語る。「あなたはわたしをご存じない、
わたし自身が、自分が何者か、理解できないのだから。
わたしは子供、そして花咲く。わたしは命、そして小声でささやく、
わたしは女、そして誘惑する、わたしは、ああ、こんなに取り乱している——」
イリス（立ち上がる）あたしの髪、すっごく、くしゃくしゃでしょう？
クリティエ　ええ、すごくね。ちょっと待って、直してあげる。（イリスの髪を直す。小さな声で）めす豚！
イリス　あんた、このことで怒ったのね、そうでしょう？　ははは！　オタカルはすっごく愛してくれたわよ！（飛び去る）

フェリックス　さあ、クリティエさん、いよいよそこに来ましたよ。

「わたしは子供で花ひらく、わたしは命、小声でささやく、
　わたしは女、そして惹きつける、わたしは、ああ、こんなに取り乱す――」

クリティエ　そんなもの、自分用にしまっておきな！　あのめす豚め！（飛び去る）どこかに新しいカモはいないかな？

フェリックス（クリティエの後を追う）ねえ、待ってくださいよ！　ちょうどいま愛を感じたんだから！

浮浪者　馬鹿め！

フェリックス　ええっ？　ああ、ここに誰かいたのか。それはうれしい。ぼくあなたに最後のところ読んであげますよ。「わたしは女、そして魅惑する。わたしは、ああ、こんなに取り乱して、
　おまえ、大きな世界よ、それはどういう意味なのか……」

浮浪者（帽子でフェリックスを追い払う）こんちくしょうめが！

フェリックス（飛び立とうとしながら）
　それはどういう意味なのか
　今日わたしが血の色に赤く染まるのは？

浮浪者（追い払う）しっしっしっ！

フェリックス（少し飛び上がりながら）
「わたしは女、そして恋をする！　わたしは命、花ひらく
私は子供、そしてはじめての恋！」
おわかりでしょう、これはクリティエです、クリティエ、クリティエ！（飛び去る）

浮浪者（客席のほうに両手を突き出し）ははは、あれが蝶々の生き様だ！

―幕―

第二幕　略奪者たちの生活から

舞台は丸太のように大きな草の茎がまばらに生えた砂山を見せている。左手の斜面にはスズメバチの家の廊下がある。右手の斜面にはコオロギの廃屋の穴がある……。プロセニアムの内側では浮浪者が横になって、寝ている。

一本の茎に蛹《さなぎ》が縛りつけられている。虫の略奪者たちの一隊が蛹を襲う。左手から小型のカブトムシが駆け込んできて、蛹を茎から解き放す。右側からもう一匹が出てきて最初のカブトムシを追い払い、蛹を引っ張っていこうとする。三匹目がプロンプターボックスから飛び出してきて第二のカブトムシを追い払い、蛹を引きずっていく。

蛹　ぼくは……ぼくは……ぼくは！

（第三の略奪者カブトムシは頭からプロンプター・ボックスに飛び込む。左手から第一のカブトムシ、右手から第二のカブトムシが駆け込んできて、蛹をめぐって争う。プロンプター・ボックスから第三のカブトムシが飛び出してきて、他の二匹を追い払い、自分ひとりで蛹を引きずっていく）

蛹　地球全体が破裂する！　ぼくが生まれるのだ！

浮浪者（頭を上げる）なんだこりゃ？

（第三のカブトムシ、プロンプター・ボックスに飛び込む）

蛹　いまに、大きな何かが起こるぞ！

（間）

浮浪者　そうかい、それはよかったな。

（頭をおろす）

男の声（舞台裏から）どうやってそれを転がすんだ？

女の声　あたしが？

第一の声　おまえがだ！

第二の声　あたしが??

第一の声　おまえがだ!!

第二の声　あたしが???

第一の声　おまえがだ!!!　この、おたんこなす！

第二の声　この、野蛮人！

第一の声　この、あほんだら！
第二の声　この、脳たりん！
第一の声　この、ぐうたらの、尻軽女！
第二の声　この、くそったれ！
第一の声　玉に注意しろよ！　注意だ！
第二の声　そろりそろり！
第一の声　あっ、よ、用心しろ！

（舞台上にオオタマオシ・コガネムシの夫婦に押されながら、大きな糞の玉が現われる）

オオタマオシ・コガネムシの夫（以下、夫）　玉は無事か？
オオタマオシ・コガネムシの女房（以下、女房）　ほれ、これごらん！　何ごともあるはずないさ！　でも、まあ、いやになっちゃう、もう驚いたの驚かないのったらありゃしない！　ねえ、クソ玉ちゃん、あんたは無事だよね？　おまえさんはね――おまえさんはわたしたちの大事なお宝だからね！
夫　はは、わしらの財産だ！　わしらのクソ玉だ！　わしらの黄金だ！　わしらの全てだ！
女房　まあまあ、すてきなウンコちゃん、あたしの宝物、最高のお玉ちゃん、わたしたちの黄金の財宝ちゃん！
夫　おまえはわしらの愛だ！　それに唯一かけがえのない喜びだ！　わしらは節約に節約を重ね、集めに集め、肥やしを運び、腐った臭いのするパン屑までも拾い集めて溜め込んできたんだ――
女房　――それに、あたしたちは足をすりへらして、大きな塊は小さく切って運んできた。そのあげくこんなに見事に練りあげ、そして作り上げたんだ――
夫　――それからまん丸にし、へこんだところはつけ足した。おまえは、わしらの大きな太陽、おー、ソレ・ミヨだ！
女房　ああ、わたしの宝石ちゃん！
夫　おまえはわが命！
女房　おまえは完璧にわたしたちの創造物よ！
夫　ちょっと匂いをかいでごらん、かあさん！　こいつはまたとない美しさだ！　もちあげてごらん、どれだけ重いか！　わしらはすごいものをもっているんだぞ。
女房　神さまからの贈物だわ！
夫　神さまからの賜りものだ！
蛹　世界の手かせ足かせは弾けようとし
新しい生命がはじまろうとしている。
わたしが生まれるのだ！
浮浪者　（頭をもたげる）
女房　ねえ、あんたあ。
夫　何かね？
女房　ははは。
夫　はは、はは！　かあさん！

女房　なーに？
夫　ははは、何かをもつというのはすごくいい気分のものだな。自分の財産。自分の生涯の夢。
女房　自分の玉ね。
夫　自分の労働の実だ。
女房　ははは！
夫　わしは喜びのあまり気が狂いそうだ。わしは……わしは……わしは自分の心配で気が狂う。正直のところ、わしは気が触れている。
女房　なぜ？
夫　心配でだよ。いま、わしらは自分の玉をもっている！　だから、そのことではうれしい。そして、それを所有しているいま、新しいものを作らなければならない。あのつらい労働！
女房　また、どうして新しいものがいるの？
夫　ばかだなあ、おまえは。おれたちが二つもつためにだよ。
女房　ああ、二つね。たしかに、そのとおりだわ。
夫　ははは、思ってもみろ、玉が二つだぞ！　最低でも二つ。あえて言うなら、むしろ三つだ。いいかい一つの玉をもうすでにもっているやつは、新しいのを作らなければならない。
女房　二つもつために。
夫　もしかしたら、三つかもしれんぞ。
女房　ねえ、あんた！
夫　うん、何かね。
女房　あたし、心配なんだけどね。あたしたちの玉を、後になって、誰かが盗みゃしないかとね。
夫　誰が？　何を？
女房　あたしたちの玉をよ。あたしたちの喜び、あたしたちのすべてをよ。
夫　わしらの、た……玉を？　ばかばかしい、おどかすなよ！
女房　もし……もし……もし、二つ目のが出来るまでこの玉をわたしたちと一緒に押してまわることが出来ないとしたら。
夫　どこかに置いておけばいい、だろう？　どこかに、置いておく。隠しておく。ちゃんと穴を掘って埋める。待てよ、どこかに穴はなかったかな、細い穴でいいんだ、安全な、そうだろう？　そいつを保管しておかなきゃならん。
女房　すぐ、誰にも見つけられないようなところよ！

夫　そうとも、そうとも、それそれそれ！　もう口を利くな！　いったいどこのどやつが、わたしらの宝の玉を盗むとは！　わたしらの玉を！　わたしらの黄金を！　わたしらの小さな円い財産を。

女房　わたしたちのすばらしいウンコ玉ちゃん！　わたしたちの命！　わたしたちのすべての生きがい！

夫　おい、待った。母さんはここにいて、見張るんだ――玉をちゃんと見張ってろよ――警戒を怠るな！（駆け出していく）

女房　また、どこに飛んでいこうって言うの？

夫　穴をさがしにだ……小さい穴……深い穴……その玉を埋めるんだ……この大事な……わしらの財宝を……安全なところに……（消える）気をつけるんだぞ……

女房　あんたったら！　ねえ、あんたったら、戻ってきてよ！　待って！　あそこにねえ……ねえ、あんた！　もう、聞こえない。あそこにすごくいい穴があるっていうのに！　あんたったらあ！　もう、行っちゃった。あそこにはあんなにすてきな穴があるというのに！　あのぶきっちょの、とんまの、おっちょこちょい！　ほんのちょっとでもあそこをのぞけたらいいのに！　だめ、あたしはどこへも行かないよ、お玉ちゃん。もし……ほんの瞬きするあいだだけ……ね、大事な大事なお玉ちゃん。ほんのちょっとだけ待ってね、あたし、すぐ、すぐに戻ってくるからね、ほんの瞬きするあいだだけ、そしたら、あたしはもう、ここにいるからね……（舞台奥へ駆けていき、振り返る）お玉や、おとなしく待ってるのよ、いい子にしててね。あたしはすぐに、あっという間に――（スズメバチの巣穴へ入っていく）

蛹　生命の誕生！　生まれる！　新しい世界！

浮浪者（起き上がる）

別のオオタマオシ・コガネムシ（舞台袖から顔を出し、様子をうかがう）夫婦ともいないな。チャンス到来。（玉をさらに転がしていく）

浮浪者　おい、おい、びっくりさせるなよ。

別のオオタマオシ・コガネムシ　道から出てきた市民さん！

浮浪者　おまえ、何を転がしているんだ？

別のオオタマオシ・コガネムシ　ははは、玉だよ、財産だ、資本だ。

浮浪者（尻込みする）おまえの資本は臭うぞ。

別のオオタマオシ・コガネムシ　資本に臭いがあるもんか。さあ、行くぞ。財産よ、自分から回るんだ！　回れ！　もってるものが所有者だ。ははは、そうだろう、市民の旦那。

浮浪者　なんだと？

別のオオタマオシ・コガネムシ　なるほど、何かをもつということはすばらしいことだ。（玉を転がして左手へ行く）汝、わが財産よ！　うるわしき資産よ！　わが宝石！　わたしのすべて！（消える）何がなんでも所有せよ！　財産を保存しろ。ちゃんと埋めろ！　ご用心！　ご用心！（消える）

浮浪者　何かをもつこと？　望まぬやつがあるか？　だれもが自分の宝石玉をもちたがっている。

女房（スズメバチの穴からもどってくる）おやー、おやおや、誰かがここに住んでいるのかい。スズメバチ、蛹。ありゃ、宝の玉はどこ行った。わたしら、ここに置いたはずなのにな！　どこだい丸い玉は？　どこ、どこ、どこ、あたしの宝は？　どこだいわたしらの大事な金の玉子は？

浮浪者　それなら、たったいま……

女房（浮浪者につかみかかる）泥棒！　泥棒！　あたしの大事な卵をどこへやったのよ？

浮浪者　おれは、それなら、たったいま……と言っただけだぞ。

女房　この人殺し、あれをここにちょうだい！　あれをわたしに返して！

浮浪者　たったいま、どこかのオオタマオシ・コガネムシがここからそれを転がしていったよ。

女房　どんなやつ？　誰、それ？

浮浪者　でぶで、太っちょで、風船玉みたいな……

女房　うちの旦那だ！

浮浪者　足の曲がった田舎もので、人一倍うぬぼれやの野暮なやつだった……

女房　そりゃ、あたしの旦那だわ！

浮浪者　そして言ったぞ、何かをもつというのはすばらしいことだ、その何かを隠さなきゃいかんとか……

女房　やっぱり、うちの人だ！　きっとどこかの穴を見つけたんだわ！（叫ぶ）あんたあ！　うちの旦那あ！　――あのアホはどこにいるんだろう？

浮浪者　ここから玉を押して出ていった。

女房　あの間抜け！　あたしを呼ぶって知恵は働かなかったのかねえ？（左手へ駆けていく）あんたあ！　うちの旦那、待ちなさいよ！　大事な――大事な――お玉ちゃん！（消える）大事な――お宝の――金のお玉ちゃーん！

浮浪者

これはちょっと話が違う、それはすぐにわかる。
これは堅実な人々から出てきたものだ。
失礼ながら、わたくしは少し酔っております。
わたしには、もう、すべての生き物が蝶々のように見える。
美しい、少しばかり擦り切れている蝶々は、
あらゆる生物の性の営みを大っぴらに見せてくれる世にもまれな大イヴェントだ、
おもしろおかしい淑女たちと、その小姓たち、
はは、これはほんのちょっぴり、快楽を求める、虫たち

のあがきじゃないか、
こんな見世物は願い下げだ、わたしをちょっと静かにさせといてくれ。
これらの連中は少なくとも、誠実な人間的労働の臭いがする。
それを使おうとするな、ただそれをもっておくようにしろ、
そいつらは貴族ではなく、これまた人間だ。
分別をもって土地をもっていろ、在りつづけるものだけを信じろ、
たとえ、それがわずかな賃金だったとしても、それで謙虚に自分の幸せを築け。
快楽は一瞬、低賃金は持続的に実感しうる。
あのクソ玉にしても何かではある。つまりクソ玉は作品なのだ。
たとえ仕事は臭わなくても、稼いだ金はいい香りだぞ。
自分のために愛せよ。みんなのために建設しろ、
他人のために働け、そして貯めろ。そうとも、
貯め込むことも、それが家族のためなら、美徳になる。
家庭はおのれの権利をもっている、家庭はすべてを神聖化する、
たとえ、それが盗みであったとしても、たしかにここには子供という聖域がある。
すみませんがね、問題の本質はここに、
家庭を守るために、人はそれをしないという点にある。

蛹　世界にもっと場所を準備したまえ！
何かすごいことが起ころうとしている！

浮浪者　（蛹のほうを見る）なんだって？

蛹　わたしが生まれるのだ！

浮浪者　それはいい。で、君はいったい何になるのかね？

蛹　知らない！　知らない！　何か大変なものだ！

浮浪者　ははあ。（蛹をつまみ上げ、草の茎の上にのせる）

蛹　ぼくは、何かすごいことをやってやるぞ！

浮浪者　なんだと？

蛹　ぼくが生まれるんだよ。

浮浪者　そりゃあ、いい。で、そのあとはどうなる？

蛹　知るもんか！　わからない！　何か偉大なものだよ！

浮浪者　はあーん。（蛹を起こして、茎によりかけさせる）

蛹　ぼくは何か、とてもすごいことをするよ！

浮浪者　何のことだい？

蛹　ぼくが生まれるのさ。

浮浪者
よし、蛹よ、ほめてやろう。熱い衝動のなかで
地球上のすべてのものが、自分の誕生のために働いている、
存在することを求め、生きることを望み、生きながらえようとする、そして感じるのは
ただひとつのこと、存在することの、身震いしたくなるような喜びだ。

蛹　全世界に告げ知らせよ、偉大なる瞬間が、そこにあるわたしが……わたしが……

浮浪者　なんだい？

蛹　何もない。わたしにもまだわからない。何か偉大なることがしたいのだ。

浮浪者　偉大なこと？　偉大な何か？　いいだろう、その言葉に酔っておれ。

宝の玉をもった善良な人間は、たぶん、おまえのことを理解しまい。

小さくて、中身のつまったもの、それが重要な玉なのだ。大きくて、空っぽなもの、それは約束……

蛹　何か途方もないもの！

浮浪者　たしかに、おまえの身の上に起こるなんとやらは、蛹よ、なんとなくわたしも気に入った。

偉大なる何ごとかよ、起これ！　ただし、偉大なるものであることが肝心だ！

そこから、なあ、蛹よ、いったい、何が出てくるのだ？　どうして早く立ち上がらないのだ？

蛹　わたしが生まれ出るとき、世界は驚愕するだろう。

浮浪者　じゃあ、早くそうしろ。おれは待ってるからな。

（すわりこむ）

スズメバチ　（後ろ向きになり、大またで、そっと歩きながら、自分の巣の廊下のなかへ死んだコオロギを引きずり込む）これこれ、幼虫嬢ちゃん！　父さんが、おまえにどんなご馳走をもってきたかわかるかい？（巣穴のなかに入る）

蛹（叫ぶ）

この痛み！　産みの苦しみだ！

全宇宙が裂ける、

わたしを産み落とすために。

浮浪者　さあ、生まれろ！

蛹

さがっていてください！　さがっていてください！

ぼくが生まれるときの爆風で

あなたを吹き飛ばしたくない。

浮浪者　生まれろ。

スズメバチ　（自分の巣穴からもどってくる）だめ、だめ、だめ、娘よ、食べていなさい。外はだめだよ、かわいい子、それに、外に出てもなんにもならない！　さあさあ、かわいい子、父さんはすぐに戻ってくるからね。おまえにおいしいものもってきてあげるよ、いいね？　何がたべたいかね、え、この食いしん坊ちゃん？

スズメバチの幼虫〔以下幼虫〕（巣穴の前で）あたし、ここで、すごく退屈しているのよ。

スズメバチ　はは、それはいいことじゃないか、うん？　さ、キスしよう、わがままちゃん！　お父さんはね、おまえのために何かカリカリ砕けやすいものを取ってきてあげよう……。どうかな、またコオロギはどうかな？　はは、おまえさん、その思いつき悪くないぞ。
幼虫　あたしがほしいのはね……あたし、わかんない。
スズメバチ　おや、おまえは賢いな、わがままちゃんや！　そういわれちゃ、おまえに何かもってこんといかんからな。とうさん、こども、親父は働きにいかなきゃならん。自分の家族を養わなきゃならない、かわいいわが子をな……。さあ、行きなさい、行きなさい、お嬢ちゃん。おなかいっぱい食べなさい。
幼虫　(引っ込む)
スズメバチ　(大股で浮浪者のほうに行く) あんたは誰かね？
浮浪者　(びくっとして、後退する) わたしだ。
スズメバチ　あんた、食えるのかね？
浮浪者　いいや──わたしは食えないと思うがね。
スズメバチ　(浮浪者のにおいを嗅ぐ) あんたはあまり新鮮じゃないようだな。誰かねあんたは？
浮浪者　わたしはルンペンだ。
スズメバチ　(軽く浮浪者に寄りかかる) わたしはスズメバチだ。あんた子供は？
浮浪者　ない。たぶん、ないと思う。
スズメバチ　ああ、そう！　見たかね、あの子？
浮浪者　誰？
スズメバチ　わたしの子供だよ、まだ幼いが。なかなかかわいいもんだぞ、そう思わないか？　賢い子だぞ。それになんとよく育ったことだろう！　それによく食う、はは！　子供というのは、大きな喜びだぞ、どうだい？
浮浪者　どこでもそんな話を聞くよ。
スズメバチ　ほう、そうかね？　少なくともわたしらの種族のものは、誰のために働いているかをよく心得ている。子供をもつ、世話をし、働き、戦う！　それこそが現実生活だ、どうかな？　子供は成長しようとする、食い、しゃぶり、遊ぶ、違うかな？　わたしは間違っているか？
浮浪者　こどもはたくさんのものを欲しがる。
スズメバチ　わたしが毎日コオロギを二三匹運んでいるということを信じてもらえますかね？
浮浪者　誰に？
スズメバチ　わが子にですよ。かわいいもんですよ、どうです？　それに賢い！　その餌を全部たいらげてしまうなんて、考えられますか？　ただし、いちばんやわらかいところだけね、まだ、生きているうちに、はは！　実に達者な子供だ、どうです？
浮浪者　そうだね。
スズメバチ　わたしは自分の子供を誇りにしています。実際、すべての父親がわが子にたいして鼻高々なのです。血統ですよ、あなた！　はは、わたしとしたことが、働きもせずにこんなところでむだ話をしている。餌探し！　見つけた餌への突進！　だけど、これはね、それをするべき誰かがあればこそであってね、違いますか？
浮浪者　たしかに、そのとおりだ！
スズメバチ　あんたが食えないとは残念だな。まったく残念な話ですよね？　そのおかげで、あの子のために何か探してこなきゃならないんですよ、そうでしょう？（蛹にさわる）これはなんだ？

蛹（叫ぶ）わたしは、世界の再生を宣言する！

スズメバチ　まだ、育ってないのか。じゃあ、なんにもならん、そうだろう？

蛹　わたしは何かを創造するぞ！

スズメバチ　子供を育てるのは、たしかに、苦労のいる仕事だ。そう、大変な苦労だよ、わかるかい？　これは重要な使命だよ、え、旦那。家族を養っていくこと、思ってもみてください。かわいい子供たちにたらふく食わせ、世話を焼き、将来のことも考えてやらねばならない、え、そうでしょう？　これが些細なことですか？　さあ、もうその辺をひと駆けしてこなきゃ。じゃ、ごきげんよう。失礼しますよ。（駆け去る）父さんはねすぐに戻ってくるからね、かわいいお嬢や！（消える）

浮浪者　面倒を見て、安全を保証し、食わせてやる。飢えた喉を満たしてやる。

それを家族が求めている。だから、彼らに生きたコオロギを運んでやるんだ。

ところが、コオロギだって、殺されずに、生きたいだろう。

このお人好しは、そのささやかなメロディーでもって生命を賛美している。

こんなややこしいことは、おれの頭で理解するのは無理だ。

幼虫（巣穴から這い出してくる）パパ！　パパ！

浮浪者　じゃあ、おまえは、さっきの幼虫か？　どうれ、見てみよう。

幼虫　あんたって、なんていやらしいんでしょう！

浮浪者　どうして？

幼虫　さあね。おお、なんて退屈なんでしょう！　あたし……あたし、いっそのこと……

浮浪者　まだあるのかい？

幼虫　わからない。何かを引きちぎってやりたい。何か生きているものを……ああ、あたし身をよじりたい！

浮浪者　どうかしたのかい？

幼虫　いやな人、いやな人、いやな人！（這いながら穴のなかに消えていく）

浮浪者

こんなふうにして家族をやしなっていくか……どうもこいつがおれの頭から消えそうにないぞ。

人間は虫のそばにたたずみ、そのことで思い悩んでいる。

（オオタマオシ・コガネムシの夫がもどってくる）

夫　引越しだぞ、婆さん、おれはもう穴を見つけたぞ！　どこにいるんだ、おまえは？　おれの宝の玉はどこだ？　おれのカミさんはどこだ？

浮浪者　君のおカミさんだと？　こんな年寄りの女じゃないのか？　こんな脂ぎった、不細工で、ずうずうしい――

夫　そいつだ！　おれの玉はどこだ？

浮浪者　――怒りっぽくて、薄汚い、すべたか？

夫　それ、それ、それがおれのカミさんだ！　あいつ、おれの玉を見張ってたはずだがな！　おれの貴重な玉をどこへやったんだろう？

浮浪者　そいじゃあ、あんたのベター・ハーフはあんたを探しに行ったよ。

夫　じゃあ、おれの玉はどこだ？

浮浪者　あの大きな、ウンコ臭い玉のことか？

夫　そうだ、それだ、おれの宝物だ！　おれの財産！　おれのすべて！　おれの美しい玉はどこだ？　たしかにおれはあの玉のそばにカミさんを置いていったんだ！

浮浪者　一人の男がここから転がしてもっていってしまった。まるで自分のものであるかのように扱っていたぞ。

夫　おれのカミさんのことなら好きなように扱ってくれ！でも、おれの玉はどこだ？

浮浪者　いま、言ったじゃないか。その玉ならある紳士が転がして運んでいったと。おまえさんのカミさんはちょうどそのときいなかった。

〔訳注・「カミさん」と「玉」はいずれも女性形で、代名詞で指示されるときには同じ形。そこで夫はカミさんと玉とを取り違えて言っている。本訳ではその紛らしさを避けるために、代名詞の部分を普通名詞にして示した。蛇足だが、ここでは自分の妻より、財産の玉のほうを重視している夫の態度をも風刺ないしジョークとして扱っている〕

夫　どこへ行ったんだ？　どこにあるんだ？

浮浪者　おカミさんはその男と玉を追って行ったよ。彼女がその男をあんたと思ったんだ。あんたの名前を呼んでいたから。

夫　わしの玉か？

浮浪者　いいや、あんたのカミさん。

夫　あいつのことなんか聞いてはいない！　わしの玉はどこだと聞いているんだ、どうなんだ？

浮浪者　その紳士が転がして行ったよ。

夫　なんだと、転がしていった？　わしの玉をか？　おお、畜生！　そやつを捕まえてくれ！　泥棒！　人殺し！（地面に身を投げる）そやつを捕まえてくれ！　泥棒！　人殺し！（地面に身を投げる）わたしが正直に働いて貯めた財産を！　おれを殺そうというのか！　あの金のクソ玉をやるくらいなら、おれの命をやったほうがましだ！（飛び起きる）助けてくれー！　やつを捕まえてくれ！　この人殺しどもー！（勢いよく左手へ飛んでいく）

浮浪者　ははは、泥棒！　人殺し！　はよかったな。玉を盗まれて、
　夢が破れた！　あんなに怒り狂うことのなかに
　唯一の救いがあるのだ。だってオオタマオシ・コガネムシの玉は

ふたたびオオタマオシ・コガネムシのものにしかなるまいからな。

（脇に寄って、腰をおろす）

声（舞台裏で）気をつけるんだよ、わたしの奥さん、つまずかないように注意するんだよ。さあ、もうついた。もう、そこだからね。ぼくたちのスイート・ホーム、ぼくたちの新しい家だ！　ほら、気をつけて！　けがはなかったかい？

女性の声　ないわよ、あなた。あなたは少し変よ。

男性の声　だけど、ぼくのかわい子ちゃん、君はもっと気をつけなくちゃあ。君のおなかには子供がいるんだからね……（コオロギとコオロギ夫人が幸せいっぱいの様子で登場する）

コオロギ　さあ、目を開けてよーく見てごらん。そうら……ここだよ！　どうだい、気に入ったかい？

コオロギの妻　ああ、あなた。あたしずいぶん疲れたわ！

コオロギ　すわりなさい、すわりなさい、おまえや、すわりなさい。ちょっと待った、ほらね。

コオロギの妻（すわる）こんな遠いところに！　引越しだなんて！　ねえ、あなた、少しは道理というものがわかってるの？

コオロギ　ヒッヒッヒッ、ママちゃんや、これこれ、こっちをごらん！　かあさん！　かあちゃん！　おかあちゃま！

コオロギの妻　まあ、あなたって、そんなへんてこな顔しないで、滑稽だわ！

コオロギ　ヒッヒッ、うん、わかった、これでもう、口をつぐむよ。ぼくは、ただちょっとね。コオロギの奥さんは子育てはなさらないなんて、本当ですの？　とんでもない！なんてことおっしゃるのです！

コオロギの妻（涙ぐんで）あなたって意地悪ね、このことまで冗談の種になさるなんて！

コオロギ　なに言うんだい、かわいい奥様、ぼくがこんなに有頂天だというのに！　考えてもごらんよ、あのちっちゃな赤ん坊たち、その叫び声、その鳴き声、ヒッヒッヒ！　奥さん、ぼくはうれしさで気が狂いそうだよ。

コオロギの妻　あんたって……あんたって……おばかさんよ！　いないいない、ばー、お父ちゃん、フッフッフッ！

コオロギ　ヒッヒッヒッ！　どうだい、ここ、気に入ったかい？

コオロギの妻　すてきだわ。これがわたしたちの新しい家なの？

コオロギ　ぼくたちの愛の巣、ぼくたちの別荘、ぼくたちのお店、ぼくたちの、ヒッヒッヒッ、御殿さ。

コオロギの妻　ここ、湿気はどうなの？　誰が建てたのかしら？

コオロギ　奥さま、ここにはほかのコオロギが住んでいたのでございますよ。

コオロギの妻　じゃあ、どうしてここから出て行ったのかしら？

コオロギ　ヒッヒッヒッ、そう、そいつがね出ていったの

さ！　やつは出ていった！　どこへだかわかるかい？　当てっこ、当てっこ、当ててごらん！

コオロギの妻　わからない。ああ、いやだ。あなたが何かいうまで、あたし考えていなきゃならないじゃない！　ねえ、すぐに言って！

コオロギ　じゃあ、言うよ——きのうモズがそやつをぐさりと棘に差した。そりゃあなあ、おまえ、誓って言うが、ぐっさりとだ。いいか、ちょっと思ってもみろよ！　あっちで、足をぴくつかせているんだ、こんな具合に、わかるかい？　ヒッヒッ、まだ生きているんだよ。だけどな、おれは、すぐに、ぴんときた、うん、こいつはもっけの幸いだ。やつの住居に引越しできる！　とな。おお、なんてラッキーなんだ。ヒッヒッ、おまえ、どう思う？

コオロギの妻　まだ生きてるんですって？　おお、こわ！

コオロギ　そうかい？　ああ、おれたちはなんて運がいいんだ！　トララ、トラ、トラ、トララ、トラ。待ってろ、いまここに看板を掛けるからな。（包みのなかから『コオロギ・楽器店』と書いた看板を引っ張り出す）どこに掛けるのがいいかな？　大体この辺かな？　もっと右のほうか？　もっと左？

コオロギの妻　もう少し高く。あなた、足をぴくぴく震わせていたと言ったわね？

コオロギ（看板を打ちつけ、示す）そういうふうに、言ったよ。

コオロギの妻　ブルルルル。どこ、それ？

コオロギ　おまえ、それ見たいのか？

コオロギの妻　見たいわ。いえ、見たくない。恐いんでしょう？

コオロギ　ヒッヒッヒッ、そりゃ、あたりまえだよ。どうだい、これでいいかな？

コオロギの妻　いいわ。あなた、あたし、すごく変な気持ちよ——

コオロギ（妻のところへ駆けていく）おまえや、たぶん、もう……その時が来たんじゃないかな……

コオロギの妻　まあ、あなたったら！　ウーフッフッ、あたし、恐いわ！

コオロギ　だけどな、かあさん、そんなことに、恐がるなんて、聞いたことないよ。ヒッヒッヒッ、だってどこの奥さんだってちゃんとできるんだから！
コオロギの妻　あんたって、よく、そんなこと言えるわね！（泣き出す）あなた、あなたあたしのこと、いつも愛している？
コオロギ　当然じゃないか、かわいいこちゃん！　ほらほら、泣くのはおやめ！　な、おかあちゃん！
コオロギの妻（しゃくりあげる）どんなふうに足をぴくつかせていたか、やって見せて？
コオロギ　こんな具合さ。
コオロギの妻　ヒッヒッ、それきっと滑稽だわね。
コオロギ　ほらほら、ほら、ごらん。涙なんか飛んでいけっだ。（彼女のそばにすわる）さあてと、ここのインテリアをどういうふうにするかなあ。ちょっと豪華に見えるようにしたいな。ここにあれを置いてっと……
コオロギの妻　……カーテン！
コオロギ　カーテンも、もちろん。ヒッヒッヒッ、カーテンなんか当然だよ！　なあ、おまえってとてもおりこうだよ！　さあ、ぼくにキスしなさい！
コオロギの妻　まあ、放してよ！　あんたって、まったくわきまえってものがないんだから！
コオロギ　あたりまえさ、ないよ！（飛び上がる）ぼくが何買ったか当ててごらん？
コオロギの妻　カーテン！
コオロギ　いいや、もっと小さいもの。（ポケットのなかを探る）これをどこに……しようかな？
コオロギの妻　ねえ、はやくう、見せて、見せて！
コオロギ（全部のポケットから幼児のおもちゃガラガラを取り出し、両手に持って鳴らす）ガラガラ、ガラガラ、ガラガラ。
コオロギの妻　まあ、とてもかわいいわ！　あなた、ちょっと貸してよ！
コオロギ（鳴らしながら、うたう）

生まれる、生まれる、コオロギちゃん
かわいい、かわいい、コオロギちゃん、
小さなベッドのすぐわきに、
お父ちゃん、母ちゃん、立っている
両親、頭を寄せ合って、
頭を突き出し、のぞいてる、
ゆっくりおやすみ、かわいい子
ガラガラ、チリリ、トン、チリリ。
ヒッヒッヒッ。

コオロギの妻　ねえ、貸してよってば、はやく！　ああ、お父ちゃん、あたしもう、いまから楽しいわ！
コオロギ　ほうら、じゃあ、聞きなさい、奥様……
コオロギの妻（ガラガラを鳴らしながら、うたう）

生まれる、生まれる、コオロギちゃん
かわいい、かわいい、コオロギちゃん
……

コオロギ　ぼくはねちょっと近所を一回りしてくるからね、

いいかい？　あっちこっちトントンとドアを叩いて、ぼくたちがここに引っ越してきたこと知らせなきゃ……

コオロギの妻（ガラガラを鳴らしながら、うたう）コオロギが鳴いた、コオロギが鳴いた、みんなそろって、きれいな声で……

コオロギ　……ちょとばかり印象をよくするとか、ご近所とのおつき合いがうまくいくようにしたり、この周りがどんなところか見てこよう……。ちょっとガラガラを一つ貸してくれ、そこらを回りながら鳴らすから。

コオロギの妻　まあ、じゃあ、そのあいだあたしどうなるの？（涙ぐんで）あんた、あたしを置きっぱなしにするんじゃないでしょうね？

コオロギ　ぼくの後ろからそのガラガラを鳴らしなさい。な……で、もしかしたら、だれか近所の人がやってくるかもしれない、な？　そしたら——その誰かさんともう少し待ってばいい、わかったね。ぼくが帰ってくるまで。

コオロギの妻　あんた、ずるい！

コオロギ　ヒッヒッヒッ！　バイバイ、おまえ、用心するんだよ。ぼくはすぐもどるからね、ほんとにすぐにね。（出かける）

コオロギの妻（ガラガラをならす。コオロギ、遠くで答える）生まれる、生まれる……コオロギちゃん……。あたし、恐い！

浮浪者（立ちあがる）恐いことなんか、なんにもないよ。ちっちゃな子供は、安産だ。

コオロギの妻　そこにいるの、誰？　ね、カブトムシ。噛まない？

浮浪者　いいや。

コオロギの妻　じゃあ、お子さんたちはお元気？

浮浪者

子供はいない、子供はいない。夫婦のベッドの掛布下に感動的な家庭の愛は実らなかった、

自分の上の屋根さえも心温まる幸せは生まなかった、

それどころか、他人の失敗を喜ぶほのかな温かみさえなかったよ。

コオロギの妻　まあまあ、なんてこと、あなたにはお子さんがおありじゃないの？　それは残念（ガラガラを鳴らす）コオロギちゃん、コオロギちゃん！　あら、もう答えもしないわ。でも、どうしたのあなた、カブトムシさん、結婚なさらなかったの？

浮浪者

わがままですよ、奥さん、利己心が強くてね。わたしはそのことを恥じるべきだった。

孤独のなかに居心地のよさを求めるエゴイストだった。

それほど愛する必要もなかった。そんなに憎む必要も。

それに、ほかの人からその人たちの居場所を奪う必要もなかった。

コオロギの妻　はい、はい、あの人だわ！（ガラガラをならす）コオロギちゃん、かわいいかわいい、コオロギちゃん……

蛹（叫ぶ）わたしは未来をもたらす。わたしは……、わたしは

……
浮浪者（そばに行き）生まれろ！
蛹　わたしは一発、派手なことをやらかすぞ！
女房（駆け込んでくる）ここにうちの主人いません？　あのトンマどこへ行ったのかしら？　あたしたちの宝の玉はどこ？
コオロギの妻　まあまあ、奥さん、あなたって玉っころでお遊びになりますの？　見せてくださいません？
女房　その玉はね、遊びに使うもんじゃありませんよ。それはねあたしたちの未来です、わたしたちの財産、わたしたちのすべてなのよ！　あたしんちの主人たら、あのトンマは玉をもって、どっかへ消えちゃった！
コオロギの妻　ああ、お気の毒に、たぶん、あなたから逃げたんですよ！
女房　はあ、そう。あんたの旦那はどこよ？
コオロギの妻　商売に行っていますわ。（ガラガラをならす）コオロギちゃん、コオロギちゃん！
女房　ということは、あんたをこんなふうに、独りぼっちにしていったわけね！　もしかして、あんた、かわいそうな奥さん、子供が出来るんじゃない！
コオロギの妻　ウー、フッフッフ！
女房　こんなに若い身空で！　あなたはいったいどうして宝の玉を作りませんの？
コオロギの妻　なんの役に立ちますの？
女房　玉ですよ、それは家族です。それは未来です。それは全生涯です。
コオロギの妻　おお、とんでもない！　生活とはマイ・ホームをもつことです。そうスイート・ホーム、それに自分のお店をもつこと。それにカーテン、子供、そして自分の夫をもつこと、自分の家事。それこそが人生のすべてですよ。
女房　でも、宝の玉なしにどうして生きていられますの？
コオロギの妻　その玉で何をなさいますの？
女房　いたるところへ転がしてもっていきます。申し上げておきますけどね、若奥さん、この玉をおいてほかに惹かれるものはありませんわよ。
コオロギの妻　何をおっしゃいます、マイ・ホームですわよ。
女房　玉です。
コオロギの妻　マイ・ホームです。
女房　まあ、まあ、あなたとお話しているととっても楽しいわ！　あなたはこんなにかわいらしいんですもの……
コオロギの妻　それであなたのお子さんは？
女房　あたしはね、あのわたしの大切な玉さえあればたくさんなの！（去る）あたしのかわいい、おタマちゃーん！
コオロギの妻　なんだ、ただのお引き摺りじゃないか！　それにあのひとのご主人逃げたんだわ、ヒッヒッ！（ガラガラを鳴らす）コオロギちゃん、コオロギちゃん、かわいい――。どうしたのかしら――すごく変な気分……（戸口のところで片付け物をしている）ヒッヒッヒッ、あの突き刺されたコオロギが、あそこで脚をぴくぴくさせているんだって！
スズメバチ（舞台裏から飛び出してくる）ははあ！（大股で静か

にコオロギの妻に近づく。燕尾服のとがったすそからドスを取り出し、すごい速さでコオロギの妻を一突きに突き刺す。それから彼女を引き摺って、自分の巣穴に帰る）おみやげだぞ！

浮浪者（後ずさりする）おお……おお！　殺した！

スズメバチ（自分の巣の穴の奥へ）おいで、おいで、かわいいお嬢ちゃん！　すぐに来て、パパが、また、何のおみやげもってきたか見てごらん！

浮浪者　彼女を刺し殺した！　そしておれは……呆然と立ち尽くした！　それに、なんとしたことだ、一言も発しなかった！　おまけに恐怖におののき、誰一人声を上げるものもなかった！　だれ一人助けようともしなかった！

寄生虫（舞台奥から登場）ブラヴォー、友人よ。まったく同感だ。

浮浪者　かくも、抵抗の暇《いとま》もなく殺されるとは！

寄生虫　ぼくもそう言いたいね。ぼくもその瞬間を見ていたのだよ。だけど、ぼくにも助けることはできなかっただろうな。いやあ、ぼくにはそんなことはできないな。だれもがみんな生きたいと思っている、違うかい？

浮浪者　君は誰？

寄生虫　ぼくかい？　とくに何者でもない。ぼくはあわれな存在だ。孤児だ。寄生虫《パラジット》とぼくのことをみんな呼んでいる。

浮浪者　あんなふうに殺されるなんてあっていいことだろうか？

寄生虫　まさにそのこと。あなたはあのスズメバチがそれを必要としていたと思われますか？　たとえば、ぼくのように腹を空かしていたとか？　とんでもない！　保存のために殺したのですよ。蓄えるために。ひどい話だ、ね、そうでしょう？　こんなのが平等と言えますか？　どうして彼は余分の蓄えもたねばならないのです、ほかに腹を空かせた者がいるというのに？　なぜなら彼は武器（ドス）をもっているのに、ぼくはごらんのとおり空手だからですか？　どうです？

浮浪者　わたしも同感だ。

寄生虫　ぼくもですよ。まったく平等なんてこの世には存在しないのです。たとえば、ぼくは誰も殺しません。そのためにはぼくの顎はすごく弱いのです。ぼくはあえて言いたいのです。ぼくはあまりにも柔らかな良心をもっています。ぼくにはそのう、動かすというか、そう運搬の手段がないのです。ぼくがもっているのは空腹だけです。この世に秩序というものがあるんでしょうか?

浮浪者　いや——いや、殺されるのはよくない。

寄生虫　それですよ、それこそが、ぼくの言いたかったことですよ、相棒。それとも、貯めこんではいけない。たらふく食え、それでたっぷりもつことになる。貯め込むこと、それは貯め込むことのできない者にたいする盗みだ。がつがつと食え、それだけだ!　そうすることで、すべてのものはすべてのものにとっても、たっぷりとなる。どうです、違いますか?

浮浪者　わたしには、わからん。

スズメバチ　それはこういうふうにも言えますよ。

寄生虫（穴のなかから出てくる）さあ、食べなさい、娘よ、むしゃぶりつけ。自分の好きなのをとっていいんだぞ。おまえは、やさしいお父さんをもっているな、おまえ。

寄生虫　旦那様、心からごあいさつを申し上げます。

スズメバチ　おお、こんにちは。おまえ、食えるのか?（寄生虫の臭いをかぐ）

寄生虫　へへへ、ご冗談を。わたしが食えるはずないじゃありませんか!

スズメバチ　なら、消えろ、この薄汚い野郎!　ルンペン!　ここになんの用があるんだ?　失せろ!

寄生虫　へへ、わたしも同じことを言おうとしていたのですよ、旦那。（後ずさる）

スズメバチ（浮浪者へ）ごあいさつを申し上げます。どうです、いまのそれご覧になりましたか?

浮浪者　見ましたよ。

スズメバチ　見事な手腕でしょう?　はは、あれはだれにもできるという技ではありませんぞ。いいですか、あなた、それのためには（額をゆびでつつく）高度の専門性を必要とします。つまり企業心、リーダーシップ、それに先見性です。それと、まあ、その仕事にたいする愛ですかなあ。

寄生虫（近づいてくる）まったくわたしが言わんとしたことそ

のものです。
スズメバチ　いいですか、君、生きんと欲する者はなんとなく忙しく動きまわっていないといかん。そこに未来がある。そこに家庭がある。そこに、いいかね、こう、なんと言うか野心だな、もなければならん。強烈な個性が発揮されなければならんと言うことだ。どうだ、違うかね？
寄生虫　わたしも、まさに同じことを行っておるのですよ、旦那。
スズメバチ　まさしく、そのとおり。自分の仕事をきちんとやる、新しいスズメバチ世代を養育する、そして自分のなかにある才能を有効に用いる。わたしはそれを有効な人生と呼ぶのだ。どうかね？
寄生虫　まったくそのとおりです、旦那。
スズメバチ　チェッ、クソッたれ、きさまとなんか話しちゃいない。
寄生虫　ご同感、旦那。
スズメバチ　そして、自分の使命を全うしたときは、そりゃもう、全身が熱くなる！　おまえもちったあ自分の仕事をやってみろ！　無駄には生きていないと実感できる！　それは高貴なことだ、だろう？　そこでっと、わたしは早速ながらまたひとっ走りしてきますわ！　では、失礼！（駆けていく）おい、子供や、お父さんは仕事だからな！（去る）
寄生虫　あの老いぼれの人殺しめ！　信じてくださいよ、ぼくはもうちょっとのところであいつの首につかみかかるところでしたよ。ねえ、旦那、わたしだって切羽詰まったら、働きますよ。でも、ほかのやつらが自分で食える以上のものをもっているというのに、なんでわたしが働かにゃならんのです？　わたしだって働く意欲がないわけじゃないんです、はは、ただしここにね。（自分の腹を指す）わたしは腹を空かせています。空腹です。おわかりですか？　それは何らかの社会状況と関係ありますかね？
浮浪者　すべては一切れの肉のためのことさ！
寄生虫　まったく同感です。すべては、たった一切れの肉のためにしかすぎんのです。そしてもただざる者、あわれなるかなです。これは自然に反しますよ。みんなが何か食うものをもっているべきです。そうじゃありませんか？
浮浪者（ガラガラを取り上げ、鳴らす）あわれなるコオロギの妻よ、あわれなり、あわれなり！
寄生虫　ついでに言いますとね、誰もが生きたいのですよ。

（舞台裏からコオロギが答える）

コオロギ（舞台に駆け込んできて、ガラガラを鳴らす）おい、おまえや、わたしはここだぞ。ここ、ここ、ここ！　どこにいるんだよ、カミさんよ？　おまえの夫が何を見つけたか当ててごらん？
スズメバチ（その背後に現われる）やや！
浮浪者　気をつけろ！　用心しろ！
寄生虫（浮浪者をおさえる）やらせておけって、市民よ！　そんなことにかかわっちゃだめだ！　物事はなるようにしかならん。

コオロギ　どうした、かあさん？
スズメバチ（大きな腕の一振りでコオロギを刺し、運び去る）娘や、幼虫ちゃん、やさしいお父さんが何をもってきたかわかるかい？（巣穴に下りる）
浮浪者（こぶしを振り上げる）おお、創造主よ！　あなたにはあれが見えないんですか？
寄生虫　わたしにも言わせてもらおう。あの人殺しめは、もう三匹もコオロギを殺したんですよ。それなのに、わたしはなんにもなしだ。こんなことをわたしらは見ていなきゃならないんですか？
スズメバチ（穴から飛び出してくる）だめだ、だめだ、おまえの相手をしてる暇はないんだ。お父さんはね、また仕事に行ってこなくちゃならないんだ。あむあむして、お食べ！おとなしくするんだぞ、一時間したら、また帰ってくるからね。（飛び出していく）
寄生虫　ぼくの身中でははらわたが煮えくり返りそうですよ。あの悪党爺め！（穴の方へ近寄る）こいつは不公平だ！　これは非道です！　ぼくはあいつに思い知らせてやる！　待ってろ！　やつは、もう、行ったな？　よし、おれはあそこを見てこなきゃあ。（穴のなかに下りていく）
浮浪者
　殺人、また、殺人！　心臓よ、そんなに強く打つのはやめてくれ。
　それは、たかが虫じゃないか、たしかに、あれはただのコガネムシだ、
それは草の茎のあいだの、ただのちんけなドラマじゃないか、
そうとも、たしかにただの虫の争いにすぎない、そうとも、それは単なるコガネムシの生活倫理だ、
ある意味で、それは虫の生き様だ。だが待てよ、見方によっては、人間も同じような生き方をしているのじゃないかな。
ああ、同じことが人間にも当てはまるとは！　だが、人間は自分たちは
あの虫どもよりはましな何ものかであると、思い込んでいる。
食うことのみを欲しない人間は、造ることを欲し、建てることを望む、
いわば、まあ、なんらかの目的、自分の体面という玉をもっている、
おや、すると、あのオオタマオシ・コガネムシと同じじゃないか、なんてこった！　そのことがどうも、おれには引っかかるんだ！
コガネムシには玉だが、人間にとっては人間的理想だ。
足りるを知る人間は、生涯にわたって、生活を賛美する。
幸福のためにはほんの少しでいいのだ！　たとえ小さくても自分の家をもつこと、
誰をも傷つけず、細かなことに気を配り、子供を育てる、
たしかに、命は命のみを欲する、そして隣人がどのように生活しているかを

目にするのはいいものだ。隣人がどのように……脚をピクつかせているかを……
いかん、こりゃまたコオロギだ！　ともすると、わたしはいつもコガネムシと混同してしまう！　それは細長い、小さな生き物、
コオロギの馬鹿げた幸せでは人間は満足しない。
人間は反芻動物が、腹いっぱい、感謝して、満足げに口をもぐもぐさせて食う以上のもっと多くの幸せを欲しがっている。
人生は男を欲している、人生は英雄を欲している、人生は闘争を欲している。
もし人生を支配したければ、強い手で人生をつかみ取れ、もし完全に人間でありたければ、小さく、弱くてはだめだ、
もし生きたければ、支配しろ、もし食いたければ、それなら……殺せ……
いやあ、それでは、またもやスズメバチだ！　静かに！
どうしておまえには聞こえないのだ、
世界中で無言の顎が熱心に働いているのが、
もぐ―もぐ―もぐ、まだ生きている反芻動物をまえにして、
血の滴るような舌なめずりだ……人生とは略奪者の人生だ！

蛹（揺れながら）何か偉大なものを感じる！　何か偉大なもの！

浮浪者　何が大きいのかね？

蛹　生まれること！　生きること！

浮浪者　蛹君、蛹君、わたしは君を見守っていてあげるよ！

寄生虫（穴のなかから転がり出てくる。異常に膨らんでいる、そして、しゃっくりをする）はははは、ははは、ふっ、ははははは！　ふっぷ、つまりだな――ははは、ふっぷ、あの欲張り爺め、あいつ青――ふっぷ、あおじろい娘のためにたっぷり貯め込んでいやがった！　ふっぷ、ははははは、ははは、ふっぷ！　あんまり腹いっぱいになって気分が――ふっぷ！　ああ、おれは破裂しそうだ！（げっぷをする）しかし、まあ、ふっぷ、ふっぷ！
　このしゃっくりのくそったれめ！　旦那、わたしも、やっぱり誰かさんですよ。こんなこたあ誰にもできんでしょう、そう、わたしもこれまでありませんでしたな、ふっぷ！　こんなにたらふくくったこたあ、ねえ、でしょう？

浮浪者　それで、幼虫はどうしたのかね？

寄生虫　ははは、ははは、ふっぷ、つまり、はははは、わたしのここに、ふっぷ、わたしもやりましたよ、ぱくりとね。自然のテーブルはすべての人に準備されているんですな。ふっぷ、ふっぷ、ふっぷ！

―　幕　―

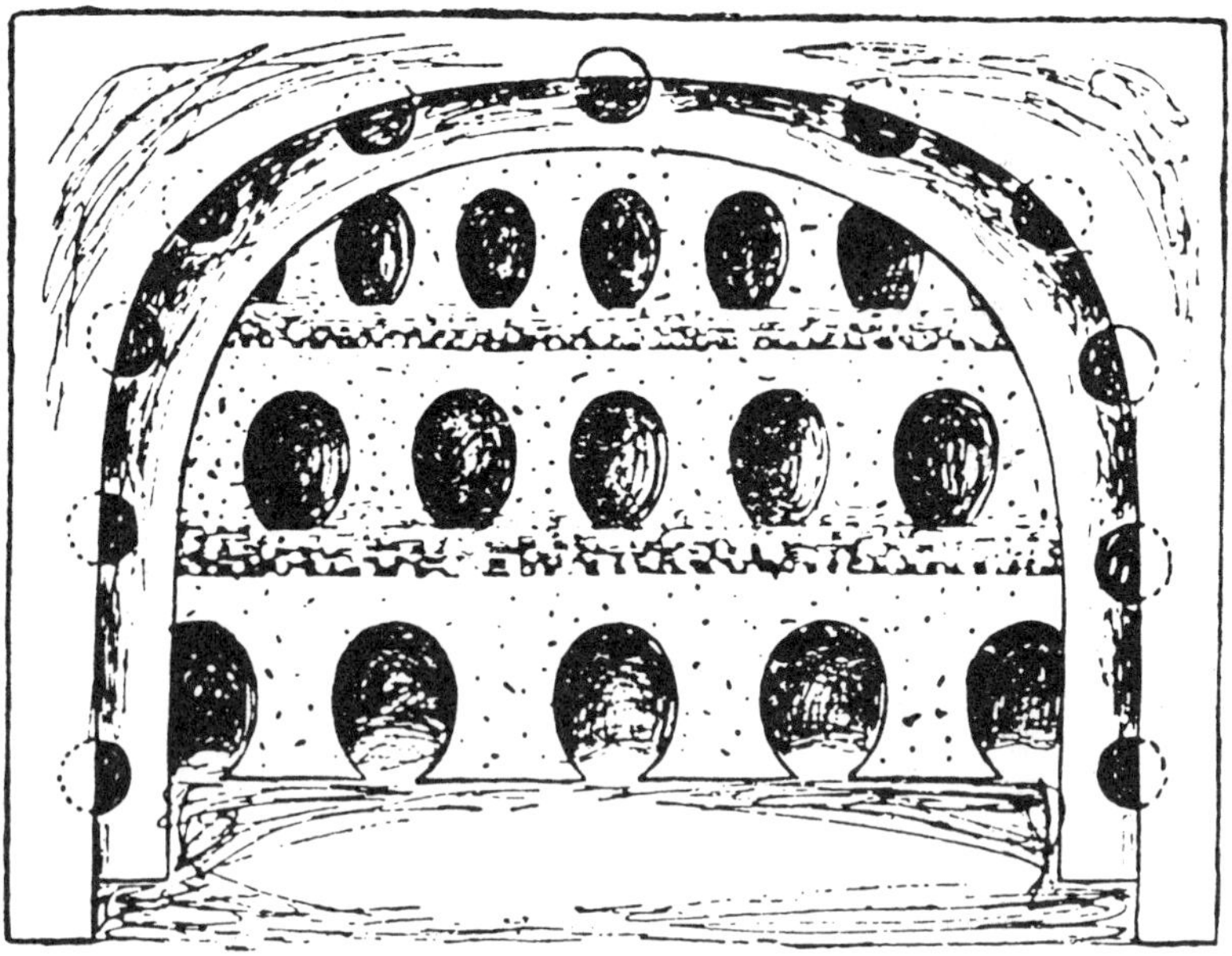

第三幕　蟻たちの生活から

舞台は緑の森。

浮浪者（すわって、考え込んでいる）
わたしは、もう、たっぷりと、たっぷりと見てきた。あらゆる生き物が
大きな体に取りついたシラミのように、生命を吸い取り、
恐ろしい飢えにあえぎながら自分の所有物を他者から奪って
増殖させようとするのを見た。生きること、それは奪うことを意味する、だから、そう、おまえも奪え。
いや、もう、こんなものを見るのはうんざりだ。

（間）

そして、おれ自身が他の虫たちと違うのは、
おれはゴキブリで、他人が捨てたパンくずを、
ほこりのなかでかき集めているということだ。
それがおまえの人生だ、
何の役にも、何の役にも立たない。
いっそのこと、おまえは誰かに食われたほうが
気が利いている。

蛹（叫ぶ）

場所だ、場所だ、おれは生まれる、
この監獄から、おれが全世界を解放する！
なんと偉大な思想でろうか！

浮浪者
おのれの小さな自我を得るための、永遠の闘争、
この貪欲な奪い合い、おのれの小さな自我をその血族のなかに
永遠化しようとする虫たちの配慮。
おれはいやになった。もう、いやだ！
この呪われた魔術め、
おれはもう一度人間の道へもどりたい。
ああ、人間の道か！　おれの放浪のあいだに、
また、みんなはおれに挨拶するだろう、人間の文字で
村や町、県や国の名を記した標識。
国家だ！　おれの頭よ、目を覚ませ！　最初が村だ、
次に町が来る、それから国、民族
そして祖国、人類。
そしてそのどれもが、個々の自我よりも
大きい。そう、そうとも、問題はここだ。
虫のエゴイズムは自分だけしか知らない、
そして、もっと大きいものがあることを理解しない、
村や町、共同社会があることを……。

蛹
おお、創造の苦しみ！
偉大なる行為への
焼きつくような渇望！

浮浪者（飛び起きる）
社会の全体だ！　いま、おれはやっとおまえを捕まえた、
おまえ、人間の思想よ！
おれたちは、おれたち全員のものである
収穫のなかの一粒の穀物にすぎないのだ。
小さな自我よ、おまえの上にあるものは、
民族、人類、または国家と呼ばれている。
それをなんと呼ぼうとかまわないが、ただし、奉仕しろ。
おまえは何ものでもない。生の最高の価値は
自己犠牲の生だ。

（腰をおろす）

蛹
救済の時、至れり。
偉大なる徴候と偉大なる言葉が
わたしの到来を告げる。

浮浪者
人間の偉大さは、その人間が果たす
使命の大きさで決まる、
全体の部分があるところ、そこにのみ、全体はある。
人間は、自分より大きなもののために生があるとき、
人間的に生きる。おまえがそのために努力するなら、
それをなんと呼ぼうがおまえの勝手だ。

蛹（体をゆらす）

ぼくがどんな羽をもっているか、見てくれ！
どんなに見事な羽か！

浮浪者　どっちに行けば、いちばん近い村に着けるかわかればなあ！　おれを噛むのはなんだ？　おまえか、蟻か？　あ、ここにもう一匹！　そして三匹目！　おや、なんと、おれは蟻塚の上にすわっていたのか！（立ち上がる）この馬鹿たれども、どうやっておれの中にもぐりこみやがったのだ？　見ろ、あそこにもおれのほうに向かって走ってくるぞ。一、二、三、四。あ、こっちにも一、二、三……

（その間に舞台奥の幕が上がり、蟻塚の何階もある赤い建物の入口が現れる。入口のところに盲目の蟻が座って、絶えず数をかぞえている。蟻たちは道具袋や、材木、シャベルなどをもって登場し、盲目の蟻が決めるテンポに従って、建物の階に入ったり、横切ったりしている）

盲目の蟻（絶え間なく）一、二、三、四、一、二、三、四……

浮浪者　ここは何なんだ？　親父《おやじ》さん、いったい何を数えているんだい？

盲目の蟻　一、二、三、四……

浮浪者　これはなんだ？　なんかの倉庫か工場かい、え？　おい、なんの工場なんだい？

盲目の蟻　一、二、三、四……

浮浪者　なあ、親父さん、なんの工場だね？　どうしてこの盲目の蟻は数えているんだろう？　ああ、そうか、テンポを刻んでいるんだな。全員がこの親父さんが数える速さにつれて動いている。一、二、三、四。まるで機械だ。ちぇっ、おれまで目が回ってくらあ。

盲目の蟻　一、二、三、四……

第一の技師（舞台に駆け込んでくる）もっと早く、もっと早く！　一、二、三、四！

盲目の蟻（早く数える）一、二、三、四！　一、二、三、四！

（全員早く動きはじめる）

浮浪者　これはなんです？　おたずねしたいんですがね、技師さん、これはなんのための工場なんです？

技師　そこにいるのは誰だ？

浮浪者　ぼくですよ。

技師　どこの蟻集団の者かね？

浮浪者　人間集団の者ですよ。

技師　ここはアリメリカ国だ。なんの用かね。

浮浪者　ちょっと見物をしようと思ってね。

技師　仕事を見物するのかね？

浮浪者　できれば、それもね。

第二の技師（駆け込んでくる）新発見、新発見です！

第一の技師　何かね？

第二の技師　新しい能率向上法です。イチ、ニイ、サン、シと数えるのではなく、イニッ、サン、シと数えるのです。イニッ、サン、シ！　こっちのほうが短いでしょう。時間の節約です。イニッ、サン、シ！　さあ、目の見えない爺さん、やってみろ！

盲目の蟻　イチ、ニイ、サン、シイ……
第二の技師　違うって！　イニッ、サン、シだ！
盲目の蟻　イニッ、サン、シ！　イニッ、サン、シ！

（全員、動きをさらに早める）

浮浪者　そんなに早くするのは止めてくれ！　目が回る！
第二の技師　そこにいるのは誰だ？
浮浪者　外国人だ。
第二の技師　どこから来た？
第一の技師　人間の国からだ。人間の蟻塚はどこにある？
浮浪者　なんだと？
第一の技師　人間の蟻塚はどこにあるのだ？
浮浪者　そうだな。あそこにも、あそこにも、いたるところだ。
第二の技師（甲高い声で叫ぶ）はっ！　はっ！　いたるところに気が狂ったやつがいるということか！
第一の技師　大勢の人間がいるのか？
浮浪者　大勢いる。世界の支配者と言われている。
第二の技師　はっはっ！　世界の支配者が聞いてあきれらあ！
第一の技師　われわれこそ世界の支配者だ。
第二の技師　アリメリカ国。
第一の技師　最大の蟻国だぞ。
第二の技師　世界の強国。
第一の技師　最大の民主主義国。
浮浪者　どういうふうに？
第一の技師　全員が服従しなければならない。
第二の技師　誰もが働かなければならない。すべてのものは彼のためにある。
第一の技師　彼のみが命ずる。
浮浪者　誰が？
第一の技師　全体。国家。民族。
浮浪者　なんだい、それじゃ人間と同じじゃないか。たとえばわれわれは代議士というものをもっている。代議士、これこそ民主主義だ。君たちの国にも代議士はいるのか？
第一の技師　そんなものはいない。われわれがもっているのは全体だ。
浮浪者　じゃあ、その全体を代表してものを言うのは誰だ？
第二の技師　はっはっ！　こいつ、なんにもわかちゃいないな！
第一の技師　命令するのは、その全体だよ。全体は命令だけを出す。
第二の技師　全体は諸法律のなかに在《まし》ましておる。それ以外のどこでもない。
浮浪者　では、君たちを指導しているのは？
第一の技師　理性だ。
第二の技師　法律だ。
第一の技師　国家の利益だ。
第二の技師　そうとも、そうとも、そういうわけだ！
浮浪者　それはおれにも気に入った。なるほど、すべては全体のためか。
第一の技師　その大きさのためだ。
第二の技師　そして敵に対抗するためだ。
浮浪者　なんだと？　誰に対抗するためだ？
第一の技師　すべての国にたいしてだ。
第二の技師　われわれは敵に取り囲まれている。
第一の技師　われわれは黒蟻国を滅亡させた。
第二の技師　それから赤蟻どもも抹殺した。
第一の技師　それから白蟻どもも征服した。残るは黄蟻国だけとなった。われわれは黄蟻族を抹殺しなければならん。
第二の技師　われわれはすべてを抹殺しなければならない。
浮浪者　なぜ？
第一の技師　全体の利益のためだ。
第二の技師　全体はより高い利害だ。
第一の技師　種族の利益。
第二の技師　企業の利益。
第一の技師　植民地の利益。
第二の技師　世界の利益。
第一の技師　全体の利益。
第二の技師　まあ、まあ、まあ、そんなわけだ！
第一の技師　全体は独自の利益をもっている。
第二の技師　全体と同じ利益をもつことは誰にもできない。
第一の技師　利益は全体を団結させる。
第二の技師　そして戦争がそれ（全体）を養う。
浮浪者　ああ！　君たちは――君たちは戦争蟻なのか！
第二の技師　とーんでも、こいつ、なんにもわかっちゃいない。
第一の技師　アリメリカ国の国民はもっとも平和を愛好する蟻だ。
第二の技師　平和な蟻族だ。
第一の技師　労働の国。
第二の技師　ただ、世界支配をひたすら望む――
第一の技師　――だからこそ、世界平和を望むのだ。
第二の技師　平和な労働のために。
第一の技師　そして進歩のために。
第二の技師　おのれの利益のために。世界の空間を支配したとき――
第一の技師　――時間を支配するだろう。われわれは時間の支配を望んでおる。
浮浪者　なんのために？
第一の技師　時間のためだ。時間は空間よりも大きい。
第二の技師　時間は現在のところ、主人をもっていない。
第一の技師　時間の支配者は、あらゆるものの主人だ。
浮浪者　待ってくれ、もうちょっと、ゆっくり頼む！　ちょっと、おれに考えさせてくれ！　時間を支配するのか？　時間の主人となる？　ただ、永遠のみが時間の主人ではないか。
第一の技師　時間の主人は速さだ。
第二の技師　時間を飼いならすこと。
第一の技師　速さを命じるものが、時間によって支配する。

第二の技師　イニッ、サン、シ！　イニッ、サン、シ！
盲目の蟻（さらに早く）イニッ、サン、シ！　イニッ……
（全員、前よりも早く動く）
第一の技師　テンポを速めなければいかん。
第二の技師　生産のテンポ。
第一の技師　生命のテンポ。
第二の技師　あらゆる動きを速くしなければならない。
第一の技師　短縮する。
第二の技師　計算する。
第一の技師　秒の単位まで。
第二の技師　百分の一の単位まで。
第一の技師　時間を節約するために。
第二の技師　生産効率を上げるために。
第一の技師　あんまり遅く、あまりにものろい仕事では、蟻たちは退屈して死んでしまう。
第二の技師　浪費は禁物。
第一の技師　超人的スピード。いまでは、蟻は速さによってのみ死ぬ。
浮浪者　で、何のためにそんなに急ぐのかね？
第一の技師　全体の利益のため。
第二の技師　生産の問題。国力の問題。
第一の技師　平和はある。平和は競争だ。
第二の技師　平和の戦争をはじめよう。
盲目の蟻　イニッ、サンシ。

（両技師のほうに、蟻の役人が近づいてくる。そして何かを報告する）
浮浪者
イニッ、サンシ！　もっと早くだ！　イ！
鞭を鳴らして、ゆっくりと進む、古い時間を急がせてくれ、
鞭で打て、前方へもっと早く飛んでいくように、せきたててくれ、
たしかにスピードは進歩だ。世界はより早く突進することを望んでいる、
自分の目的まで飛んで行こうと欲しているのだ。そして飛んでいく先が滅亡であったとしても、
せめてスピードだけは落とすな！　盲目の音頭とりよ、さあ、数えろ。イ！　——
盲目の蟻　——ニッ、サンシ……
第一の技師　もっと速く！　もっと速く！
一匹の蟻（荷物の下敷きになって倒れる）ウフッ！
第二の技師　どうした？　立て！
他の蟻（倒れた蟻のほうにかがむ）死んでる。
第一の技師　おまえとおまえ、運び出せ！　急げ！
（二匹の蟻、死んだ蟻を担ぎ上げる）
第二の技師　なんと名誉なことか！　スピードの戦場で倒れるとは！

第一の技師　なんだ、その担ぎ方は？　もたもたしすぎだ！　時間の浪費だ！　放り出せ！

（二匹の蟻は死体を放り出す）

第一の技師　頭と脚を同時にもつ。一、二、三。だめだ。放せ！（二匹の蟻は死体を放す）頭と脚。イニッ、サンシ！　運んで行け、まええー、進め！　イニッ、イニッ、イ――

第二の技師　――ニッ、サンシ！　もっと速く！

浮浪者　少なくとも、かなり早く死ぬのはたしかだな！

第一の技師　働け！　働け！　多くをもっているものは、多く働かなければならん。

第二の技師　もっと欲しがれ。

第一の技師　多くのものを守らなければならん。

第二の技師　そしてもっと多くを獲得しろ。

第一の技師　われわれは平和の民族だ。平和とは労働を意味する。

第二の技師　仕事は力を。

第一の技師　そして力は戦争を。

第二の技師　そうだそうだ。

声　注意、ああ、注意しろ！　後退しろ！

（発明家、手探りをしながら登場）

第二の技師　やあ、これは発明家殿！

発明家　用心、用心！　わたしの頭を打たないでくれ。わたしの頭は巨大で、ガラスからできている、だからもろいのだ――それはわたしよりも大きい――どいてくれ、砕けるぞ、粉々に――ごつん！　気をつけろ、おれは頭を運んでいるんだぞ！　ぶつかるなよ！　――さがれ！

第二の技師　ハロー、どうなさいました？

発明家　痛い、割れそうだ――壁にごーんとぶつかる！　だめだ――だめだ――わたしは両手で頭を支えられない！　いや――だめだ――わたしはもう堪えられない！　おい、聞いているのか？　ふー、ふー、ふー！

第一の技師　なんです？

発明家　機械だ、新しい機械だ。わたしの頭のなかにある。聞こえるか、どんなに働いているか？　わたしの頭が壊れる！　おお――おお――おほほほ……おっふ……おっそろしい機械だ！　そこ退け！　そこ退け！　わたしは機械を運んでいるんだ！

第一の技師　どんな機械です？

発明家　戦争のだ――強烈な、いちばん早い、最も効果的な生命粉砕機だ！　最も大きな進歩！　科学の頂点！　ふー、ふー、ふー、あれが聞こえるか？　一万、十万の死人だ！　ふっ、ふっ！　絶え間なく働いている！　二十万の死人！　ふ、ふ、ふ、ふ！

第一の技師　あなたは天才だ、どうです？

発明家　おほっほーっ、おお、この痛さ。頭が割れそうだ。退いてくれ、退けって！　わたしにぶつからないように気をつけてくれよ！（退場する）ふっふっふ――

第一の技師　偉大なる人物。最高の学者だ。

第二の技師 科学ほど国家に奉仕するものはありませんな。
第一の技師 科学は偉大なるかな。戦争になるぞ。
浮浪者 どうして戦争なんだ？
第一の技師 なぜなら、われわれは新しい戦争の機械をもつことになるからだ。
第二の技師 なぜなら、われわれにはもう少し世界が足りないからだ。
第一の技師 樺の木と松のあいだの世界のほんの少しだ。
第二の技師 それに二本の草の茎と茎とのあいだの道。
第一の技師 南へ下るわれわれの自由になる一本の道だ。
第二の技師 国家の威信にかかわる問題なのである。
第一の技師 それに商売の問題だ。
第二の技師 最大の民族的思想。
第一の技師 われわれのものか、黄蟻国のものか。
第二の技師 これほど忠節で、必要不可欠な戦争はこれまでなかった——
第一の技師 ——その戦争の準備をいましているのだ
第二の技師 もう準備はおわった。
第一の技師 じゃあ、戦争の口実を待つのみだ。
盲目の老人 イニッ・サンシ。

（ゴングが鳴る）

第一の技師 なんだあれは？
声 伝令！ 伝令！
伝令 （駆け込んでくる）報告。南方面軍の歩哨兵であります。
第一の技師 了解。
伝令 命令により、わが軍は黄蟻国との国境を越えました。
第一の技師 続けろ。
伝令 黄軍はわたしを捕らえ、司令官のところへ連れてゆきました。
第一の技師 続けろ。
伝伝令 これがその司令官からの手紙です。
第一の技師 見せろ！（手紙を受け取り、読む）「黄蟻国政府はアリメリカにたいして、カバノキと松の木のあいだに展開せるその軍を、三分以内に、二本の草の茎のあいだの道路まで撤退させるよう要求する」
第二の技師 聞いたか！ 聞いたか！
第一の技師 「この領域は歴史的にも、生活圏の視点からも、産業基盤の上からも、軍事的拠点としての視野からも、神聖なるわが国家の利害にかかわっている。ゆえに国際法に即して見てもわが国の領土に属するものである。」
第二の技師 これは不当な言いがかりだ！ 絶対に許さん！
第一の技師 「同時に、防衛体制の強化のため、一個連隊を配備する。」（手紙を放す）戦争だ！ ついに戦争だ！
第二の技師 ついに、われわれに押しつけられた戦争だ！
第一の技師 戦闘準備！
新しい伝令 （駆け込んでくる）黄蟻国軍はわが方の国境を越えて進軍しています。
第一の技師 （蟻塚のなかに駆け込む）戦闘準備！ 戦闘準備につけ！

第二の技師（別の廊下の穴へ）動員令だ！　戦闘準備につけ！

（あわただしいサイレンの音。あらゆる方向から蟻が蟻塚に集まってくる）

盲目の老人　イニッ・サンシ。イニッ・サンシ。

（蟻塚内の騒音、いっそう激しくなる）

浮浪者

戦闘準備！
武器を取れ！
なるほどね、二本の茎のあいだの道路は
たしかに危機にさらされている！　ほら、聞こえますか？
茎と茎との裂け目、
草と草とのあいだの二十センチばかりの土地、
おまえたちの聖なる権利、
国家最大の関心事、世界で最重要な問題、それはすべてお芝居のなかでの話です！　蟻どもよ、戦闘準備！
もし雑草ふた株のあいだの世界が他の蟻国に属していたら、生きていくことなどできはしない！
もしそこに他の蟻たちが荷物のバッグを運んで
他の蟻の蟻塚にやってきたら、目に物言わしてくれん！
ふた株のあいだの土地は十万匹の生活には
あまりにも狭すぎる！　わたしも戦争に行ったことがある。おお、
たしかにそれは虫どもにとっては生きるための職業なのだ。塹壕を掘れ、
土のなかにもぐり込め、白兵戦に備えろ。
死人の山をこえて、前進、銃剣構え、
野営便所の二十歩の長さを占領するために、
死者、五万匹だ！　フラー、戦闘準備！
たしかにそれは全体の問題だ、あらゆる歴史の遺産だ。
いや、それ以上のもの、祖国の自由、世界支配の問題、
いや、それ以上に、ふたつの株の問題だ！
死をもってのみ、解決可能なくらいの重要問題なのだ！
戦闘準備！　戦闘準備！

蛹

世界中が身震いしている！
なにか大事件が起こるぞ！
わたしが生まれる！

（太鼓の嵐のなかをアリメリカ軍の連隊が銃、銃剣、機関銃をもち、頭には鉄兜をかぶり、整列する。総司令官の服装をした第一の技師、その参謀部員、参謀長の服装をした第二の技師、その他将校の一群）

浮浪者（隊列のそばに来る）演習を見なきゃいかん。気をつけ！　集合！　兵士たちよ、祖国が君たちを戦場におくる、戦死するために。二株のあいだの隙間から君たちを見ているぞ。

第一の技師（やや高いところから）兵士諸君！　われわれは敬虔なる軍旗の下に集合したる諸君を目にすることになった。凶暴なる敵は、われわれが進めている平和建設の準備を出し抜こうとして、だまし討ち的に襲ってきた。この重要なる時期に、わたしは総統に任命された。

第二の技師　総統、万歳！　兵士諸君、称えたまえ、それとも……

兵士たち　総統、万歳！

総統・第一の技師（答礼する）ありがとう。諸君は時代の要求を理解してくれた。兵士諸君、われわれは、自由と正義のために戦おう――

第二の技師　――それとわが国の版図拡大のために……

総統　――そうだ、国家の版図拡大のためだ。われわれは文明と軍人の名誉のために戦おう。兵士諸君、わたしは血の最後の一滴まで君たちとともにある。

第二の技師　われらが敬愛する総統閣下、万歳！

兵士たち　万歳！

総統（答礼する）わたしは自分の部下、兵士をよく知っている。究極的勝利まで戦うだろう。われらが勇猛なる兵士、万歳、フラー！

兵士たち　フラー！　フラー！

総統（第二の技師・参謀長へ）第一、第二師団戦闘開始。第四師団は松を迂回し、黄蟻塚に突入。雌蟻および幼虫は、まとめて殺せ。第三師団は予備軍として待機しろ。誰も生かすな。

第二の技師・司令部付参謀長（敬礼する）直ちに命令を実行いたします！

総統　神のご加護を。兵士諸君、右翼部隊、進軍！

（小太鼓の連打）

司令部付参謀長　右翼部隊前進！　イーニッ、イーニッ、イーニッ！（蟻軍の先頭に立ち、左翼軍に合図する）

総統　イーニッ！　われわれは戦争を強制された！　イーニッ、イーニッ！　正義の名において！　一人も生かすな！　祖国の火を絶やさぬために！　イーニッ、イーニッ！　われわれは自衛しているだけだ！　世界争奪戦争！　より大きな祖国のために！　イーニッ！　ともに天を戴かぬ宿敵！　民族の意思！　戦闘開始、やっつけろ！　歴史の要求！　すばらしい軍人魂！　イーニッ！　イーニッ！

（小太鼓の連打に合わせて、あらたな兵隊が次々にくり出されてくる）

総統　兵士たちよ、健闘を祈る！　われもまた、汝らに続く！　第五連隊、万歳！　松かさの脇での勝利！　偉大なる時！　勝利に向かって進め！　世界を支配しろ！　すばらしい飛躍！　イーニッ！　イーニッ！　第七連隊、フラー！　やつらを倒せ、兵士たちよ！　黄蟻はろくでなしだ！　撃て、斬れ、英雄たちよ！

伝令（駆け込んでくる）黄蟻軍は松の根と岩のあいだの平地に侵入してきました。

総統　すべて想定内のことだ。兵士たちよ、急げ。イーニッ！　この仕掛けられた戦争はわれわれの正義と名誉が懸っている。国家のためならすべてを犠牲にするとの正義の理念を忘れるな。われわれの勝利こそが世界史最大の瞬間なのだ。前進！　前進！　前進あるのみ！

（遠くで鈍い砲声。どかん、どかん）

総統　戦闘がはじまった。第二の遭遇戦だ。（双眼鏡で戦場のほうを見る）

盲目の蟻　イニッ、サンシ、イニッ……

（地鳴りのような音が高まる）

蛹（叫ぶ）

地面はすでに破裂した。わたしの合図を聞いてくれ！
世界の深淵は
わたしの誕生のために、苦痛のなかで働いている！

総統　第二の遭遇戦！　第三の遭遇戦！　銃を取れ！　銃を取れ！（司令部付当直士官へ）情報を伝達しろ！

当直士官（叫ぶ）好天のあいだに最後の戦闘が開始された。わが勇士たちは、高揚せる戦意をもって戦っている。

（新しい小隊が、小太鼓の連打のあいだに、蟻塚から飛び出してくる）

総統　右翼、前進！　イーニッ！　イーニッ！　兵士たち、もっと速く！

伝令（駆け込んでくる）わが方の右翼は後退を始めました。第五連隊は全滅です！
総統 作戦どおりだ。その場所を第六連隊で補強せよ。
伝令 （駆け去る）
浮浪者 ははあ、作戦どおりか！　死神自ら司令部で将軍として仕え、命令を遂行しているのなら万事、間違いのあるはずがない。つつしんで報告いたします、第五連隊、全滅。作戦どおり、命令に従いました。おお、わたしもこんなことを知っている、しかも、かつてこの目で見た。
広い原野一面に、死体が散乱しているのを、雪のなかで半ば凍った、ちぎれた人間の肉を、大きな大本営、羽根で飾った勲章を胸いっぱいにつけ、たて縞の入った将校ズボンをはいた死神その人が戦死者たちを記入した地図を見渡しながらはたして作戦どおりに倒れたかどうか、戦死者たちの情況を
確認している。

（担架に負傷兵を載せた衛生兵が、急いで近づいてくる）

負傷兵 （わめく）第五連隊！　われらの連隊！　全員、戦死！もう止めてくれ！

（無線電信のキーが鳴る）

通信将校 （電文を読む）第五連隊の戦闘領域は第六連隊が引継ぐ。
総統 第五連隊、全滅。命令を待つ。（当直士官に）戦況を発表せよ。
当直士官 （叫ぶ）戦況は成功裏に展開している。敵のすべての攻撃を勇敢に撃退した第五連隊の奮戦はとくに銘記すべきである。なお、同戦略地点は第六連隊に引き継がれる。
総統 ブラヴォー。私は君に名誉大勲章を授与するだろう。
当直士官 ありがとうございます。わたくしはただ自分の任務を遂行しているだけであります。
脚の悪い従軍記者 （メモ帳をもって近づく）記者であります。わ、わ、わが軍は、しょ、勝利したと報道してもよろしいのでありましょうか？
総統 そのとおり。作戦は大成功だった。それもはるか以前に、準備していたおかげだ。わが兵士の勇敢な士気は驚嘆に値する。果敢なる奮戦。敵は士気を喪失した。
脚の悪い従軍記者 ここここ、これは……こここここ――
総統 何か言っておるのか？
脚の悪い従軍記者 ――これは、すべて、新聞に発表いたします。
総統 いいだろう。われわれは報道機関との協力に負うところ少なからずだからな。だが忘れないでくれたまえよ、わが軍兵士の驚嘆すべき士気に触れることを――
脚の悪い従軍記者 新、新聞も――おの……おのれの任務を遂行いたすであります。（駆け去る）
慈善事業家 （かゆ入れ用の容器をもって）負傷兵のために援助

を！　負傷兵のために浄財を！　すべてを負傷兵のために！　負傷兵のために与えたまえ！　傷つきしものたちのためにすべてを！　負傷せるものに援助を！

総統（将校たちに）第二師団、突撃！　なんとしても中央突破をはからねばならん。いかなる犠牲を払ってもだ！

慈善事業家　われわれの英雄のために！　兄弟に救いの手を！　負傷兵のために援助を！　すべての犠牲者のために！

浮浪者　すべてを、負傷兵のために！　負傷兵のために戦争を！　彼らの傷のためにすべてを！

慈善事業家　五体不満足の人のために援助を！　負傷者に与えてください！

浮浪者（ボタンを引きちぎり、それを募金箱に放り込む）すべてを負傷者へ！　最後のボタンを戦争のために！

他の負傷兵（担架のなかでうなる）おう、おう、おう、おう、おれを殺してくれ！　おう、おう、おう！

慈善事業家（退場）負傷兵に援助の手を……

（電信機カタカタと鳴る）

電信員　黄蟻軍の右翼、退却。

総統　追跡だ！　最後の一兵まで打ち倒せ！　捕虜にも容赦の必要はない！

当直士官（叫ぶ）敵は混乱して逃走。わが連隊は死をもものともせず、逃走中の敵を急追している。

総統　第四連隊招集！

当直士官（司令部を出て、蟻塚のなかに駆け込む）

電信員　第六連隊、最後の一兵まで壊滅。

総統　作戦通りだ。第九連隊、所定の場所につけ。第四連隊、招集。

（武装した新しい部隊が登場）

総統　速足《はやあし》！

（蟻たちは速足で戦場へ駆けていく）

電信員　第四連隊は松の木を迂回し、黄蟻軍の蟻塚の後部に突入。守備隊を排除。

総統　徹底的に破壊しろ！　女子供も殺せ。

電信員　敵軍の中心部に一大恐慌が起きている。木賊《とくさ》の谷間部は完全に掃討された。

総統　わが軍の勝利だ！（ひざまずき、ヘルメットを脱ぐ）偉大なるかな蟻の神よ、あなたは正義に勝利を与えた！　あなたを大佐に任命しよう。（飛び上がる）第三師団を敵陣営に向かわせろ！　すべての予備軍は彼らの後に続け！　一人も生かすな。捕虜も不要！　前進！（ひざまずく）公明正大なる力の神よ、あなたはご存知だ、われわれの聖なるものが――（飛び上がる）目指すはやつらだけだ！　やつらを！　攻撃！　やつらを追っ払え！　皆殺しにしろ！　世界に冠たる政府が決心をしたぞ。（ひざまずく）蟻の神よ、この偉大なる瞬間に……（静かに祈る）

浮浪者（彼のほうに身をかがめ、静かに）世界に冠たる政府だと？　あわれな蟻よ、おまえが世界と称しているものは、泥と草のちいさな塊にすぎんことを知っているのか？　みじめな、汚らしい地面の一角であることを？　おまえの蟻塚全体を、おまえもろとも踏みつぶしたところで、おまえの頭上の木の梢一本そよぎはしまい、このあほたれが！

総統　おまえは誰だ？

浮浪者　いまは単なる声だ。昨日はたぶんほかの蟻塚で兵隊だったろう。おまえはどうなんだ、世界の征服者？　自分ではすごく大きいと感じているのか？　おまえには死体の山が小さすぎると感じないのか、その上におまえの名誉が君臨しているんだ、このあわれなやつ。

総統（立ち上がる）どうでもかまわん。わたしは皇帝であると宣言しよう。

（電信機、カタカタと鳴る）

電信員　第二師団が救援を求めています。わが軍は疲労困憊の極にあります。

総統　なんだと？　死守せよ！　やつらに鞭を食らわせろ！

電信員　第三師団は大混乱のなかにあります。

一匹の蟻（部隊を横切って逃走）急ごう！

総統　総動因令発令！　全員戦闘準備！

叫び声（舞台裏で）止めてくれ！　いやだ、いやだ！　戻ろう！

甲高い叫び声　退却だ！

総統　総動因令発令！　負傷兵も前線へ！　全員、戦場だ！

兵士（左手から逃げてくる）殺されるぞ！　急げ！

二人の兵士（右手から駆けてくる）包囲されたぞ！　逃げろ！

兵士（左手から）西だ！　西の方向に逃げろ！

兵士たち（右手から）西のほうも包囲された。東へ走れ！

総統（わめく）もどれ！　自分の持場を離れるな！　前線へ！

右手からの一群（大混乱している）逃げよう！　火が飛び散っているぞ！

左手からの一群　西だ！　逃げよう！　退け退け！

右手からの大群　逃げろ、おれたちを追跡しているぞ！

左手からの大群　西だ！　退け退け！　ここにいるぞ。

（二つの大群はパニックにおちいり、つかみ合い、殺し合いをはじめる）

総統（彼らのほうに飛んでいき、彼らに向かって鞭を振るう）戻れ！　悪党ども！　家畜ども、我輩は汝らの皇帝なるぞ！

一人の兵士　黙れ！（なぐり殺す）逃げろ！

第二の技師・司令部付参謀長（負傷して駆け込んできて、台の上に飛び上がる）彼らは町を占領した！　そして灯火を消した！

黄蟻軍（舞台、左右両方から、じわじわと侵入してくる）フラー！　フラー！　蟻塚はわれらのものだ！

（照明が消える。闇、大騒動と大混乱）

第二の技師の声　戦闘を続行。あーあ！

黄蟻軍司令官の声　彼らを追って坑道へ！　誰も生かすな！
　男性全員を殺害しろ！
殺された男たちの断末魔の声　あーあーあーあーあー！
盲目の蟻　いーにっ！　いーにっ！　いーにっ！
黄蟻軍の司令官　女子供も殺せ！
女性の声　いーいーいーいーいーいーいーいー！
盲目の蟻　いーにっ！　いーにっ！
黄蟻軍の司令官　やつらがおわったら、こいつも殺せ！　一
　人残さず殺せ！

（絶叫の声が遠ざかる）

盲目の蟻　いーにっ！　いーにっ！　いー、あああーっ！
黄蟻軍の司令官　明かりをつけろ！

（明るくなる。舞台前方は空。黄蟻軍の兵士たちは坑道のなかに突入し燃えている階からアリメリカ国の蟻を下に放り投げる。いたるところに死体の山）

黄蟻軍の司令官　よくやった、黄蟻軍の兵士たち！　すべてのものを葬れ！
浮浪者（死体の山のあいだでよろめいている）将軍よ、もう、たくさんだ！
黄蟻軍の司令官　黄蟻国の勝利だ！　正義と進歩の勝利だ！　二本の茎のあいだの道はわれわれのものだ！　世界はわれわれ黄蟻民族に属する！　わたしはここに宇宙の支配者であることを宣言する！

（騒音が坑道の奥にとおざかる）

蛹（体ごと揺れている）それは、おれだ……おれだ……おれだ！
黄蟻軍の司令官（ひざまずき、ヘルメットを脱ぐ）最高に公明正大なる神よ、あなたはわれわれが正義のためにだけ戦っていることをご存知だ。われわれの歴史、われわれの民族的誇り、われわれの経済的利害……
浮浪者（司令官を足で蹴り倒し、ころがし、踏みにじる）へっ、この蟻め！　愚かな虫め！

――幕――

エピローグ——生と死

森のなか、真っ暗な夜。舞台前方で浮浪者が寝ている

浮浪者（夢からさめて）もう、うんざりだ、将軍！（目を覚ます）なんだ、おれは眠っていたのか？　おれはどこにいるのだ？　こりゃあ、また、真っ暗闇だな！　おれには、まったく——まったく——なんにも見えない。——目の前の自分の指まで見えない——蛹よ！　蛹よ！（立ち上がる）いったい、また、なんて暗さだ？　おれには一歩先も見えない——しゃべっているのは誰だ？　そこにいるのは誰だ？（叫ぶ）そこにいるのは誰だ？　違う、それはおれだけの声ではない。それにしても、どうしてなんにも見えないのだろう。（あたりを手探りする）ない……ない……ない……（叫ぶ）何かないのか？　まったく、なんにもなしか？　地割れだ、いたるところにこんな恐ろしい裂け目があるのか！　どちらの側に落ちはじめたのかな？　何かにつかまることができればいいのだがな！　何もない、何もない！　おお、神よ、わたしは恐ろしくなってきました！　——天はどこへ消えたのだろう？　せめて天が残っていてくれたらよかったのに！　それとも鬼火でもいい！　人間のマッチでもいい！　もしかして——せめて——何かの方向でも残っていたら！　おれはどこにいるのだろう？（ひざまず

く）おれは恐い！　明かりをくれ！　もし、一筋の光でもあれば！
声（闇のなかから）光ならある。光ならたっぷりある――
浮浪者（地面の上に長くなる）一つの人間の光よ！　一本の光線でいい！
他の声　おまえの飢え！　おまえの渇き！
別の声　わたしがおまえを呼んでいるのだ！　来い！　わたしがおまえを探しているんだ。こっちへ来い！　と呼んでいるのだ。
細い声　飲む、飲む、飲む――
浮浪者　おお、どうしたらいいんだ、火花さえないのか！　これはなんだ？　おれはどこにいるんだ？
オオタマコロガシ・コガネムシの声（遠くで）おれの玉よ！　おれの玉はどこだ？
浮浪者　光を！
声　この渇き！　この飢え！
断末魔の声　おれを殺してくれ！　殺してくれ！
他の声　もう、こっちのものだ！
別の声　なに言うのよ！　あたしがもらうわ！
浮浪者　明かりを！　ここにあるのはなんだ？　なーんだ、石か。
声　この渇き！　この渇き！
他の声　お慈悲を！
浮浪者　せめて火打石の火花でも！（石で石を打つ）ただ一つの火花！　最後の火花！

（石から火花が飛び散る。森のなかが不気味な光で照らされる）

浮浪者（起き上がる）光だ！
複数の声（逃げながら）逃げろ、光よ！　急いで逃げろ！
浮浪者　ああ、この美しさ！
複数の声（舞台裏で近づいてくる）光よ！　光よ！
蛹　わたしを呼ぶのは誰だ？
浮浪者　おお、光よ！

（強くなる明かりと静かな音楽）

蛹
ひざまずけ！　ひざまずけ！
われは――われは――選ばれたり！
われは世界に来臨せり！
複数の声（近づいてくる）見てくれ、光よ！
蛹
産みの苦しみのなかで
わたしの監房は破裂する。
かつて見たことも聞いたこともないことが
現実となって起こる。
わたしが来るだろう！

（光の当たっている輪のなかにかげろうの一群が飛び込んできて、踊る）

浮浪者 透明なハエよ、おまえたちはどこから来たのだ?

第一のカゲロウ (他のカゲロウたちの群から抜け出して、ぐるぐる舞う)

おー、おー、おー!

(停止する)

闇のなかから光の筋があふれ出したように
輝ける、永遠の、驚くべき、
カゲロウの生命が生まれ出たのよ!
踊りましょう、姉妹たち! おー、おー、おー!

(回転する)

カゲロウの合唱

生命を巡回しましょう!
生命を踊りましょう!
わたしたちは生命そのものよ!
生命よ! 生命よ!

第一のカゲロウ (止まる)

わたしたちの羽は光の音から紡がれたもの、
星々から星々へ、光の糸で、
太古の織工の神が編んだのよ。踊りましょう宇宙のなかを
わたしたちは、光から生まれた命の魂、
神の似姿、その姿を——

(倒れて死ぬ)

第二のカゲロウ (登場し、回転する)

——自分のなかに見るのよ。
おー、おー、おー! 生命は永遠、えいえんなのよ。

浮浪者 (ふらふらと彼女のほうによろめく) どんなふうに……、じゃあ、どんなふうに永遠なんだ?

第二のカゲロウ

生きること、まあるく円をえがくこと、渦巻きのように回ること!
宇宙の深みから、わたしたちに答えるの、
カゲロウの羽の創造的で、巨大な渦巻きが。わたしたちに与えられた
秘密の課題は永遠に旋回し続けること、
わたしたちの羽から、宇宙の調和が降ってくる、
おお、なんという使命、それになんという創造の悦びだろう
カゲロウであることは! 生きること、それは回転すること!
おー、おー、おー。

(回転する)

カゲロウの合唱

永遠なり、永遠なり、生命は!

浮浪者　おお、（カゲロウたちのあいだに入り）どんな使命、それに、どんな創造の悦びだ？

カゲロウの合唱

——回ることよ！　姉妹たち、このあたりを回りましょう！

第二のカゲロウ　（止まる）

人生をひもとくのよ！　わたしたちは
思想や創造の精神よりも、もっと柔らかい糸で織られた
別の何かなのかしら？
わたしたちは透きとおっている！　重さも破壊もない！
わたしたちは生命そのもの！　神の炉の火花のように
わたしたちは弾け、祝福するだろう——

（倒れて死ぬ）

浮浪者　おい、何てことだ、死んでいる！

第三のカゲロウ　（群からはなれて、舞う）

おー、おー、おー！

（止まる）

世界中がわたしたちと一緒に回り、感謝し、賞賛し、
祝福し、跳躍し、舞っている
あなたのまえに、大きな、恵みあふれる、無限の、
カゲロウの命の贈物よ！
息もできないほどの歓喜、汝、永遠の陶酔、
祝福されてあれ、生命の踊りよ、
火の踊り、それにおわりはない、
さあ、わたしたちと一緒に

（倒れて、死ぬ）

浮浪者　（両手を上げ、回転する）おー、おー、おー、——

カゲロウの合唱

祝福されよ、祝福されよ！

浮浪者　命よ、命よ、おまえはわれわれに魔法（呪い）をかけた！　たしかに、わたしだって年寄りの、くたびれ果てたハエにすぎない。わたしは回りながら叫ぼう、人生は……

カゲロウの合唱

祝福されよ！　称えられよ！

（カゲロウたち次々に倒れて死ぬ）

浮浪者　どっちみち、おれたちもみんな、おまえの後から行くぞ！　すべてのハエ、すべての人間、それに、思想も、作品も、水の中の生き物も、蟻も、草も、すべてがおまえと結びつく！　しかし、そのまえに、われわれが、生きとし生きるもの全員が一つになる必要がある。そうしたら、全能の生命よ、おまえがわれわれを導いてくれ——

カゲロウの合唱

生命に祝福あれ！

蛹（キーキー声で叫ぶ）場所だ！（自分を覆った皮膚を裂き、カゲ

ロウのように飛び出す）われ、ここに在り！

浮浪者（よろよろと近づいていく）おまえ、蛹か？　よく姿を見せろ！　おまえ、とうとう生まれたのか？

蛹（飛び出してきて、回りはじめる）

おー、おー、おー！

浮浪者（その後から）なんだ、おまえより大きなものはどうした、ないのか？

蛹――**カゲロウ**（きりきり舞いをする）

おー、おー、おー！

（止まる）

われ、生命の政府を宣言する。われは創造主に命令する。生きろ、さもなければ生命の帝国が到来するだろう。

（回転する）

おー、おー、おー！

最後に残った数羽のカゲロウ

生命は永遠、永遠！

（倒れて死ぬ）

蛹――**カゲロウ**（止まる）

全世界が膨張する、予を産まんがために、そして、苦痛によって弾ける。聞きたまえ、おお、聞いてくれ、聞けば驚かずにはいられないニュースをもってきた。ものすごい問題をお伝えしよう。静かに、静かに、われ、偉大なる言葉をもたらす。――

（倒れて死ぬ）

浮浪者（そのそばにひざまずく）起きろ、羽虫め！　どうしておまえは倒れたのだ？（抱き起こす）死んでいる！　死んでいる！　ああ、なんとかわいらしい頬っぺただ、ああ、目ははっきりとして、澄んでいる！　死んだ！　聞いているか、蛹よ？　おまえは何が言いたかったんだ？　もっと話せ！（死んだその虫を腕に抱きかかえる）死んだ！　なんという軽さだ、おお、神よ、なんと美しい！（虫の体を地面の上に置く）死んだ！（地面に腹ばいになり、死んだカゲロウたちを見渡す。彼らの頭をもちあげながら）おまえも死んだのか、踊り子よ？　おまえもか、おまえは歌をうたっていたな！　おまえも、こんな若さで！　ああ、この唇が声を発することはもうあるまい！

死んだ！　聞いてるか、緑のハエよ！　もし、おまえが目を開けたらなあ！　見ろ、まるで生きているかのようだ！　目を覚ませ、そして、もっと生きろ！　命よ――祝福――されてあれ！（四つんばいになり、まえに進む）

祝福を！　うむ！　誰だ、おれに触ったのは？　行ってしまえ！（明かりが消え、ただ、ピンスポットの照明だけが、浮浪者に当たっている）そこにいるのは誰だ？　むむっ、放せ。なんだか冷たく感じる！　おまえは誰だ？（腕を空中に突き出す）その冷たい手を放せ！　おれはいやなんだ……（立ち上がる）触るな！

　おまえは誰だ？（身を守る）おい、放せよ、どうしておれの首を絞めるんだ？　ははあ、おまえは、待てよ、おれはおまえを知っている。おまえは……死神だな！　今日は、貴様を何度見たことか！　だが、おれはいやだ――気に入らん――放せ、骸骨め！　がらんどうの目！　胸くそが悪くなる！　おれは、まだ、死にたくない……（空にむかって格闘する）止めろ！

（何もないところから二匹の蝸牛がはい出してくる）

第一の蝸牛　止まれ。何かごそごそと音がするぞ！

第二の蝸牛　このうすのろ、そんなら避けて通ればいい！

浮浪者（格闘している）これでも食らえ、出っ歯の骸骨め！どうだ、まいったか！（殴られて、膝をつく）放せって！そんなに首を絞めるな！　ゆるめてくれ！　おれはまだ生きていたいんだ。どうして長生きしすぎなんだ？（立ち上がり、腕を振り回す）おまえなどにこの命を渡せるか、死神め、渡すもんか！（倒れる）おお、貴様、足までつかんでいるのか！

第一の蝸牛　おい、相棒よ。

第二の蝸牛　なんだい？

第一の蝸牛　あいつ、死神と争っているらしいぞ。

第二の蝸牛　じゃあ、見ていようじゃないか？

浮浪者（体を起こす）おれを生かしておいてくれよ！　おまえに都合の悪いことでもあるのか？　今度だけ、頼む！　せめて、明日まで！　ちょっと……息をさせてくれよ！（格闘する）放せ、首を絞めるな！　おれは死にたくない！　おれは、ほんのわずかしか、いい思いをしていないんだ！（叫ぶ）ああーっ！（顔から倒れる）

第一の蝸牛　こいつ、おもしろいと思わないか？

第二の蝸牛　おい相棒よ。

第一の蝸牛　なんだい？

第二の蝸牛　やつはもう死んじゃったよ。

浮浪者（頑張って、膝の上に起き上がる）おまえも倒れたものを踏みにじったんじゃないのか、この弱虫？　放してくれ、おれが――みんなに――話ができるように。おれはもう少し――生きていたいんだ――（たちあがり、ふらふらする）生かせて――くれ！　生きるだけでいい！（叫ぶ）いやだ！　行ってしまえ！　おれにはまだ話すことがあるんだ！（膝をつく）おれは、いま―

—いかに生きるべきか——が、わかったところなんだ。

(仰向きに倒れる)

第一の蝸牛(ゆっくりと前方にはっていく) ふむ、もう逝ってしまったな。

第二の蝸牛 イエスさま、イエスさま、これはショックです。ああ、いやいやいや、なんと痛ましいことだ! どうしておまえさん、わたしらを置いていったんだ?

第一の蝸牛 何をそんなに嘆いているのだ? やつの死なんて、おれたちにゃ関係ないことじゃないか。

第二の蝸牛 なんだ、知らんのか、誰かが死んだときには、こんなふうに言うもんだ。

第一の蝸牛 なるほど。じゃあ、ここらで一休みだ。

第二の蝸牛 そうだな、そういうことはもうとっくの昔からあることだからな。

第一の蝸牛 ただ、願わくば、蝸牛が多くならないこと、キャベツがたっぷりあることだ。

第二の蝸牛 おい、相棒、見ろよ。

第一の蝸牛 何を?

第二の蝸牛 ここにはずいぶんたくさんのカゲロウの死体があるな。

第一の蝸牛 それが、まあ、せめて食い物になるのならいいんだがな。

第二の蝸牛 じゃあ、休もうか?

第一の蝸牛 ま、おれたちが生きていることを願うのみだ。

第二の蝸牛 いま、ふと思ったんだが。あのなあ、相棒……

第一の蝸牛 なんだ?

第二の蝸牛 生きているっていいもんだな。

第一の蝸牛 そらそうさ! 人生万歳だ、なあ、相棒。

第二の蝸牛 じゃあ、横になるか。(装置のかげに消える)

第一の蝸牛 ちょっとした余興だったな、どうだ?

第二の蝸牛 うん、そうだな。ただし——おれたちの命に——

—別状がないかぎりはな。(消える)

(間——明かりが入る。小鳥たちが目を覚ます)

きこり (肩に斧を担いで舞台奥から登場。低木の陰に浮浪者の死体を見つけ、そのほうにかがむ) これは誰だ? 親父《おやじ》さん、わかるか? おい、親父さん、起きろよ。どうかしたのか? (立ち上がり、帽子を脱いで、十字を切る) もう死んでいる。気の毒な老人だ。(間) まあ、こいつは——少なくとも——おわったことだ。

小母さん (左手から来る。洗礼につれていくために新生児を抱えている) おはようございます。そこに何があるのかね、親父さん?

きこり おはよう、小母さん。誰かがここで死んでいるんだ。浮浪者だろう。

(——間——)

小母さん かわいそうに。

きこり で、あんたは、小母さん? 洗礼かね? 洗礼か?

小母さん これは妹の息子でね。ふっふっふっ。

きこり　一人が生まれ、一人が死ぬか。
小母さん　そして、いつも人間がいっぱい。
きこり（子供の顎の下をくすぐる）これ、これ、坊や！　早く、大きくなるんだぞ！
小母さん　でもねえ、小父さん、この子が大きくなったころには、いまよりよくなっているといいんだがねえ。
きこり　何を言うんだい。人間、絶えず何かする仕事があればいいのさ。
小学生（背中にバッグを抱えて右手から登場）おはようございます。
小母さん　おはよう。
きこり　おはよう。（小学生、去る）今日はいい天気だな、え、おばさん？　人間はそんなことさえ言い当てられないんだからな。
小学生たちの声　おはようございます……
男の声（舞台裏で）おはよう。
小母さん　確かに、いい天気だね。
巡礼（左手から登場）こんにちは。
小母さん　こんにちは。
きこり　こんにちは。今日もいいことがありますように。

―　幕　―

［演出家のための補足］

〔訳注・チャペック兄弟は初版の「あまりにも厭世的」との批評に応えて、このヴァージョンを書き加えた〕

エピローグの巡礼は浮浪者と同一人物である。もし演

出家がもう少し救いのある結末を望むならば、このヴァージョンを使ってください。(蝸牛たちの退場以後)

(間。明かりが入り、小鳥たちが目を覚ます。木を切る斧の音)

浮浪者(目を覚ます)ドン! ——ドン! ——ドン! 神さまがお怒りだ!(体を起こしすわる)なんだ、あれは? ——

(静寂)

ああ、おれは重苦しい夢を見てたんだった!

(斧が木を打つ音)

最初の声 ああ、何てことだ!

第二の声 でも、何よ、ただの生きてる人間じゃないの。

浮浪者 ただの生きてる人間か……じゃあ、おれは死んだんじゃないのか?

それじゃ……もともと……何も起こらなかったということか?

おれは見たものを見たか、

ただ、夢を見ただけなのだろうか?

そして、もしそれが本当だったとしたら、

人間が生き続ける以上、

何も起こらなかったし、何も変わらなかったのだ。

おまえも依然、生きている。

(——間——)

たとえカゲロウのごとき生命であったとしても、

生命がここにあるからには、何とも仕様がない。

何が起ころうとかまわない、生命はふたたびそこにある。

そして、誰も、何ものも生命を抹殺することはできない。

それなら、それに堪えるしか仕方あるまい。

第一の声 そうとも、それはひどい苦労だ。

第二の声 だが、黙れ、人間が常に何かすべき仕事を持っているかぎりはだ。

浮浪者

常に、なすべきことがある! そうとも、そのとおりたしかに、生命そのものも、絶えず何かをなすべきだ、

完成されない何かがあるかのように、

次々に何かのために続けなければならないかのように、

そして、人間であれ、コガネムシであれ、

世界中が生きるために、生きている、

そして、絶えずなすべきことがある。

(二人のきこり、登場)

第一のきこり こんにちは、おじさん。

第二のきこり あんた、仕事を探しておられるのかね?

浮浪者 なんだって?

第一のきこり それ、もし仕事を探しておられるのなら。

浮浪者　みなさん、わたしはいつも探していますよ、わたしはずっと以前から探していました。
わたしは生活のなかに意味を探し、生命はわたしを見ていました、
ごらんなさい、この長い、密集した列を
しかも、みんなが生きているのです。
そして、おそらく生命そのものが自分のなかに何かを探していています、
だからこそ、死ぬことができないのです、
もし仮に、自分で自分を殺したとしたら、自分自身どうしたらいいかわからないでしょう。
そして、自分自身を荒廃させ、それが絶え間なく続く、まるで、自分自身に何かが、何かよりよいものが降りかかってくるのを
待ちかねているかのように。たぶんわたしは仕事を待っているのかもしれない。
第一のきこり　あなたはわたしらに手を貸してくれる気はありませんか？
浮浪者　何ですって？
第二のきこり　つまり、わっしらが木を切るのを手伝ってくれませんかということですよ。
浮浪者　手伝うですか？
第一のきこり　そうですよ、人が自分では手に負えなくなったとき――

浮浪者　あなた方はそれを「イエス」とおっしゃるのですか！助けが要ると！
そして助けが可能なときは、損失は何もないと。
それに、おまえ自身は失うものは何もないのだ、
人生は堪えるか、放浪するかしかないということがわかったいま、
人の助けになるかぎり、
それをためらう理由はない！
第二のきこり　さあ、それじゃ、行きますか？
浮浪者　一緒に行きましょう。

（巡礼、登場）

巡礼　おはよう。仕事へ？　仕事へですか？
第一のきこり　そうです、仕事へです。
第二のきこり　いつものように。
巡礼　それはすばらしい。
浮浪者　そうだ、このよき日はわたしらのために作られた。
巡礼　じゃあ、このよき日を祝って！
第一のきこり　このよき日を！
浮浪者　幸せなるこの日を祝って！
全世界　幸せなよき日を！　幸せな――よき――日を！

― 幕 ―

創造者アダム

七景からなるコメディー

人物

神の声
アダム
アルテル・エゴ（アダムの分身エゴ）
超人間ミレス
エヴァ
リリット
アルテル・エゴの妻（女）

〔アダムによって創造された人物たち〕
レートル〔演説家〕
ポエタ〔詩人〕
ヴィエダートル〔学者〕
ロマンティク〔ロマンチスト〕
ヘードニク〔快楽主義者〕
フィロゾフ〔哲学者〕

〔アルテル・エゴによって創造された人物たち〕
第一のＡＥ（アー・エー）
第二のＡＥ
第三のＡＥ
第四のＡＥ
第五のＡＥ
第六のＡＥ

ズメテク
酔っ払い
大司教
若い司祭
赤の布告人
黒の布告人

舞台裏の他の人物、群衆、および、コーラス

第一景

町の郊外。舞台奥の右手にも左手にも新しい、それでもすでに汚れの目立つアパートの裏側の壁と、新しく建築するための足場が見える。舞台前面には、高い土手のある未建設の土地。泥の山の前にはキャンバスで覆われた何かわからない物が立っている。その上方には、赤と黒の文字で「世界は滅亡させられなければならない！」と書かれた大きな看板が吊り下げられている。

（覆われた物のそばにアダムが立ち、時計を見ている）

アダム　正午まであと六分だ。わたしはこのことを看板やパンフレットで市内全体に通達した。ところがどうだ、人っ子一人来やしない。いいとも、君たちがいなくとも、起こるものは起こる。（時計を見る）いいとも、世界を救済しようと欲する馬鹿やペテン師はこれまでにだってたくさんいた。だが、世界を滅亡させようと欲する人間を、もはや犬でさえ真面目にとりはしない。

　そうですとも、紳士淑女諸君、唯一無二の見世物がはじまりますぞ。十二時の時報を合図に、「この世の終わり」と題しますところの、初めてにして最後の奇にして異なる物語をば上演いたしまする。この物語を脚色し、舞台化いたしましたのは、無名の大作家にして発明家アダムであります。（お辞儀をする）

　偉大なる人間は常に孤独であります。わたしにはどうでもいいことですがね。（時計を見る）私はここに小さくて、みじめな人類全員を立たせたい。そして彼らの面前で恐ろしい告発と判決を言い渡したい。それでも、あんたがたはひざまずき、哀願するだろう、「アダム様、どうかお助けください！」とね。しかし、わたしは、わたしは、この大砲のそばに立ち、「万事休す」と言うだけだ。世界は破壊せられねばならぬ。（時計を見る）来ないな。彼らにとって事態はいっそう悪化する。世界は救済されるに値しない。否定のカノン〔大砲〕には口からあふれんばかりに火薬が詰め込まれている。（否定のカノンにかぶせた布を取る）

　わが麗しのカノン砲よ、人間的「否」を攻撃するための火薬とはなんだ？　わたしはあらゆる否定をかき集め、あらゆる理性を出しおしんでちまちまとため込んだ！　わたしはすべてのものを読み、議論をおこない、ついに否定の王者になった！（時計を見る）

　はじめよう！　しかし、そのまえに、この点について、すでにわたしが書いたからには、わたしの宣言文を読み上げることにしよう。（ポケットから折りたたんだ宣言文を取り出し、咳をしてから、読む）

　「唯一、人間解放の無政府主義《アナーキズム》の名において――」

――こいつはけっこう耳ざわりがいい。それに簡潔だし、力強さもある。

「——世界の滅亡が宣言される。理由——いかなる秩序も強制である。宗教は詐欺である。プライヴァシーは偏見。法律は奴隷の鎖。いかなる政府も専制。この状態にたいする唯一の回答は絶対的『否！』である。われわれ——」

——ここは、本当は『私は』と言うべきかもしれんな。なぜなら、わたしはあの俗物たちのなかに、一人の有能な門弟も見出せなかったからな。しかし『われわれ』はいつの場合でも具合よく聞こえるようだ。

「われわれはあらゆる秩序、あらゆる慣習と制度を百害あって一利なきものと宣言する。われわれは、世界の秩序を改善しようとする努力も、転覆させようとする努力も臆病なる妥協であると宣言する。すべては悪である。生活は悪しき習慣である。人間愛は柔弱。忍耐は罪悪であると宣言する。なかでも最悪なるものは同情と寛容である」

巡査 （そのあいだに、ゆっくりと近づいていた）おい、そこのおまえ！

アダム （顔を向けて）なんです？

巡査 そんなに大声で叫ぶな。さもないと、あんたをしょっ引くことになりますぞ。

アダム 失礼ながら、自由なる人間として、わたしには言いたいことを言う権利があります。実を申しますと、わたくしはこのことを何千回となく書き、説教してきたのでありますす。だが、無駄でした。無駄でもくり返したいのです。（くしゃくしゃに丸めた宣言文をポケットに突っ込む）

巡査 言うことはできるでしょうよ、でも、叫ぶのは、だめです。そこにあるのはなんです？

アダム 否定のカノン（大砲）です。

巡査 許可証をおもちですか？

アダム なんのために？ 否定なるがゆえですか？

巡査 いえ、そうではなく、あんたがそこの土地に、それを据えるという許可です。

アダム そんな許可証なんか屁とも思っちゃいませんや。

巡査 それじゃ、そいつを片付けて、ここにあんたを見ないで済むようにしていただきたいですな。でなければ、罰金を払うことになりますぞ。一時間後には、そのガラクタを取り払ってください！

アダム 一時間後だと？ 三十秒と言いたまえ！ 一分後にはすべてが終末をむかえるだろう、世界中の巡査諸君！ それが何を意味するかなど聞かないでくれたまえ！

巡査 あんた、家にお帰りになったほうがいいんじゃありませんか！（退場）

アダム 世界の最後の瞬間だ。そんなふうに世界を壊滅させてやる！ ふっ！ せめて何かすごくでかいことを言ったらよかったのに！ すべてがまずい！ まずい！ まずい！ わたしはすべてのものを否定する！（時計が鳴る）正午だ！ ビン！ バム！ いまこそおしまいだ！ いま、それが爆発する！ ひとつ！ ふたつ！ こんどは押すぞ——ビン！ ちょっと待て！ バム！ ——（とまどう）もう時計は打ちおわったか？ だから、わたしは大砲を発射させられなかったんだ！ どうも、うまくない！

（ほかの時計が打っている）

アダム　栄光ぞ来たる！　世界よ、貧窮せる世界よ、いまぞおまえの最後の時が来た！　ビン！　バム！　そして、今だ！（大砲のスイッチを押す）

（ものすごい爆発、轟音と衝撃。アダムは地面に倒れ、完全な闇となる。爆発音と何かが壊れる音が入り混じって長いあいだ余韻を響かせる。すべての劇場の音響機能が効果を発揮する）

アダム　おお、神よ！　わたしは死にました！　どうか、お助けを！

（轟音は静まり、急に止まる。間。うすいグレーの明かりが差し込んでくる。白々としたうす明かりのなかで、すべての舞台装置がなくなっているのが見える。そこには荒地と、高い土手と絶望的に荒涼とした地平線が見えるだけである）

アダム（すわっている）おれは死ななかったのか？　じゃあ、世界のおわりではなかったのか？（立ち上がる）おれはどこにいるのだ？　ここには否定のカノンがある……しかし、ここには以前、家が建っていたじゃないか！　ここには布がたれていた！　家もなくなっている！　何もかも……何もかもなくなっている！　それじゃ、やっぱり世界が終わったんだ。だけど、おれは生きているんじゃないのか？　あはー、おれは自分自身を否定するのを忘れていたんだ！　だが、そうでなければ世界の終わりだったんだ。それは明らかだ。（ひざまずく）わたしは世界を救済しました、なぜなら、わたしは世界を破滅させたからです！（間）ばかな、まるで自分から祈らなきゃならないみたいに見えるじゃないか。（立ち上がる）むしろ、世界が終わったあと……世界がどんなふうに見えるか、見てやろうじゃないか！（あたりじゅうを見回す）なるほど！　これでみんなか？……たしかに、ここには悲劇的に黒煙を吐く、破壊の狂気のイメージが欠けている。

おまえが待っているのは、暴風か大洪水か彗星か溶岩か——なあ、君——

正直のところ、そっちのほうがもっと大勢の叫びと嘆きを聞くことになるぞ。

思うに、どんな壮大なものになるかは、神のみぞ知るだ、その結果、猛烈な恐怖のなかで世界は消滅する、それは、当分、火が消えたかのように見えるだろう。世界の終末でさえ、わたしはもう少しましなものと想像していた。

こんなふうに破滅させるなんて！　消えてしまえ——そしてもう二度と現われるな。

世界の終わりが、お祭のように少しばかり着飾るのにも値しないのか？　こんなんじゃ、まるで恥さらしだ！

わたしはだね、君、もう少し違う演出をねらっていたんだ。
わたしはこの場面に驚愕と恐慌と悲劇的気分、
強力な閃光や何か紅蓮《ぐれん》の炎のようなものを発散させる花火を加えたかった……

（見渡す）


だからねえ、わたしは考えていたのだ、何か知らんが
倒壊した家の破片や瓦礫や、燃えている梁の煙、
赤さびた機械の残骸、あるいは、寺院の円柱などを。

ところが、いまのところ、ない、ない、ない、まったく何もない空っぽ――

チェッ、それでも人は、もっとたくさん何かがあるように期待していたのだろうに！

これからはっきりわかったのは、無からは何も生じないということだ。

もし、何かから何かが生じたとしたら、そしたらそれはそのままに在りつづけるだろう。

どうだ、わたしは間違っているか？


（見回す）

あたり一面、荒れ果てた空虚だ、
かけらもない、灰もない、ぼろっ切れどころか、死体もない、
どこにも、問いかけ、嘆き訴える人間的なものの気配さえない。

なあ、君、何がいったい、われわれに起こったのだ？

じゃあ、わたしがあえて言おう。そうだ、それをやったのはわたしだし、そのことに責任があるのもわたしだ。

私は世界を否定した。わたしは恐ろしい大砲《カノン》で世界を壊滅させた。

そして、それはしかるべき、当然の理由から起こったはずなのだ――

残念ながら、ここにはこのことを語る相手がいない。

この広大無辺の「無」は、それでもなんとなくけち臭い、
もともと、わたしは、もしかしたら人類のあとに、たぶん、何かが残ると期待していたのだ。

たとえば、せめて寄りかかるための柱一本でも、
それとも、またもや否定するために、人間らしいものが少しでも残っていることを――

フーッ、この空っぽの灰色の空間にいると、凍えてしまいそうだ。

わたしの「否定」は、事前にわたしが想定していたよりも、たぶん強かったのだろう。

実際のところ、広い意味をもったスラヴ語の「否」（Ne）がこれほどの大事を引き起こすとは、通常の人間には予想さえできなかったろう。

それは勇気だったのだろうか？ ――おーい、聞こえるか、おーい！ ――

誰も来ない！ おわりだ！ 大勝利！ 人間不在の大宇宙！

ただなあ、惜しいのは、この事態がいかに瞬時の間に起こったか、誰も見ていないことだ。
こんな事件は毎日見るというわけにはいかんのだからな。
——おーい、おーい！　だめだ、誰もいない——これがほかの人間ならどんなに自慢したことだろう、
見ろよ、おれは世界を否定してやったぞ、ごらんのとおり、おれは世界を壊滅させた。
おーい、それをやったのは、このおれだ。君たちは聞いているよな、おい！
あーあ、人はこのスペクタクルの見物人さえ呼べないのか。
そんなものは小さな問題だ。鈍感な世界、空っぽで、なまけものの世界だ。
じゃあ、おまえはなんのために超人的な大事業をしなきゃならんのかね？
おーい！　だめだ、誰もいない。世界は死んでいる。
「否定」は完了した。
もともと、そんな言葉を馬鹿正直に、文字通り受け取るなんて愚の骨頂だった。
世界は死んだ。細工は流々《りゅうりゅう》とはいかなかった。おれの失敗だ。
結末がちょっと悪すぎたことだけが残念の極みだ。
（舞台上方で神の目に明かりが入る）

神の声　アダムよ、おまえは何をしたのだ？

アダム　えっ、なんですって？　——誰です、しゃべっているのは？　そこに誰かいるのですか？

神の声　おまえは、なんてことをやらかしたのだ。

アダム　（誇らしげに）たしかに、あなたはご覧になった……でしょう？　わたしは世界を打ち消したのです。

神の声　おまえはなんてことをやらかしたんだ、アダム？

アダム　（上のほうを見上げる）なんてことだ、神が話している！（ひざまずき、顔をおおう）

神の声　どうして、おまえはこんなことをしでかしたのだ？

アダム　わたくしは……思ったのです……

神の声　アダムよ、どうしてこんなことをしでかしたのだ？

アダム　なぜなら、あの世界は悪く、そして不公平に作られていました！　たとえば……

神の声　世界を新しく作るがいい、おまえが思うとおりに。

アダム　わたくしがですか？　どのようにして？　なぜ？

神の声　おまえに何ができるか、見せてくれ。

アダム　どうして、このわたくしが創造しなければならないのです？

神の声　罰だ。

アダム　創造する？　でも、どうやって？　それに何から？

神の声　おまえが膝をついている、その土からだ。

アダム　わたしは恐ろしくなりました！

神の声　創造とは恐ろしいことだ。立て！

アダム　主よ、お憐れみを！

（雷鳴とともに、明かりが消える）

アダム　どういうことだ？（立ち上がり、膝をはたく）神は、新しい世界を作れと言われた。しかし、どうやって？　おーい、どうして世界を作ればいいのです？　――答えはない。もう、どこかへ行ってしまわれた。――ふむ、多くは語られない。もともとが、わたしは世界をまったく違うふうに想像していたのだ。わたしは単純になくなればいいと思っていた。しかし、いま一度、あるということが決まったからにはもう少したくさん注文をつけなくてはな。わたしは神に、この世でいったい何が悪かったのかを何から何まで見せてやらなくてはならんかったのだ。おーい！　われらが神よ！　行ってしまった。

やってきて、ああだこうだと説教するなんてことは誰にだってできる。じゃあ、今度はおまえが新しい世界を作れといって、イギリス風っていうのかさっさと消えちまった。それを作るために、おれがここにいるっていうのはどういうことだ？

すみませんがね、わたしは世界を判定し、拒否するために来たのだ。それはわたしの権利だ。そのためにわたしは頭のなかに理性をもっているのだ、そうじゃないか？　しかし創造することは、また別の話だ。わたしの頭がどうかしていないかぎりはな。当然のことだが、わたしは土台から違った、もっとよい世界を作りたい！　あるべき世界とはこういうものだということを、一々細かく、噛んで含めるように神に説明しよう。

しかし、神が耳を貸そうとしないなら、いいだろう。何もないということは、わたしの好みに完全に合致している。

（土の塊の上に腰をおろす）

ナンセンスだ。わたしはただ、何かの夢を見ただけだ。それが単なる幻覚であったということは、言うまでもない。それに、だいいち、土から生命が作れるはずがないではないか！　これからわかるのは、神は近代生物学の知識のかけらも、おもち合わせがないらしい。

土からはいかなる生命体も発生しえない。ほこりのなかから蚤が生まれないのと同じだ。そんなもの婆さんどもの迷信だ。待った、ちょっとした実験をやってみよう。（両手に土をにぎり、魔法使いのようなジェスチャーをする）

チャラリン、ポラリン、ハ・ヘ・ヒ・ホ・フッ！（にぎりこぶしに息を吹きかける）土から生まれて、蚤になれー！

（にぎりこぶしを開く。蚤が跳ねている）

あいやいやあ、こりゃあ、なんだ？　――蚤だあ!!!　きっと、おれの服の下にもぐりこむにちがいない！（にぎりこぶしを閉じると、自分の体からできるだけ遠くへこぶしを突き出して、叫ぶ）わたしのためににぎりこぶしいっぱいの蚤を創造なさるとは、神さまも悪い冗談がお好きなんだな！

さてと、こいつをどうしたらいいもんかな？　おーい――答えはなしか。うふあー、てなことになるとすると、おれは蚤を自分で創造したことになるじゃないか！（手を叩く）おれは創造することができる！　おれは生きた蚤を創り出した。（体を掻く）

　もはや、かくなる上は、まずもって、わたしが「無」であるわけにもいくまい。

　わたしは創造者になったのだ！　おのれの意思と力によって！　すべてを無化する力をもつものは、創造することもできる。（掻く）みんなが幸せにならなければならない。大雑把に見ても、これらの蚤は創造の驚異だ。びっくりするくらいよく跳ねる――さあ、わたしにならって、誰かやれるものならやってみるがいい！

　いいか、思っても見てくれ、わたしは何でも思い通りに創造することができるんだぞ！（土の塊の上に立つ）わたしが蚤を創り出すことができるということは、ほかのものだって、ハエやネズミや象だって創り出せるということじゃないか――それとも、メガテーリウムか！（訳注・南北アメリカに化石として見出される、中新世から最新世に生息した、体長六メートルから七メートルもある草食動物）メガテーリウムは足は何本あったのだ!?　まあ、そんなこたあ、どうでもいい。そいつが十三本の足をもっていたとしても、わたしには創ることができるんだ。それとも、羽のついた牛にするか。それとも、作ることができるとしても……ああ頭がくらくらする！（掻く）創造主であるということは、まったく、すごくいい気分だ。

（全身の神経を集中する）アダムよ、よく考えろ！　おまえがこれから創造するものはかつてあったがらくたよりはましなものでなくてはならん。それがいかなるものであるべきかを示してみろ！（天に向かって）主よ、何を創るべきか、教えてください。答えない。どうやら、もう、口出しはしないというわけか！　もし、わたしにもっと大量の土を与えてくれたらなあ！　こんな程度の土塊《つちくれ》では、わたしが創りたいと思うものすべてを創るにはすくなすぎる。ああ、ただ、何を創ればいいかわかればなあ！

　いやいや、人間は要らん！　そうとも！　わたしは人間を否定したのだ、それでおしまい！　人間のことは解決済みだ。何か、もっと高度なもの！　何か新しいもの！　たとえば、それは……、だめだ。人間に似ていないものを何か考えよう。霊感に身をゆだねよう。目を半ば閉じ、無限の創造力によって、みじめったらしい人間ごときではない、別の何かの姿を思い浮かべよう。さあて。

（目を閉じ、円柱のように立ちつくす。間）

　これは変だぞ。わたしの頭のなかを絶え間なくカンガルーが駆け抜ける。本にまたがったカンガルーがいるかと思えば、今度は自転車だ。ちぇっ、これじゃ、まるでサーカスだ、世界の創造主が、芸をしこんだ手飼いのカンガルーと一緒に登場している、取って置きの出し物。違う、こんなんじゃまるっきりダメだ。もう一度、やりなおそう。用意！

（間）

……よりによって、こんなものとは。なんだ、今度は、アザラシだ。台の端でバランスを取っている。そしてボールだ。サーカスのことなど思い出すんじゃなかった。何かほかのものよ、出て来い！……

（間）

何か新しいものを創造するというのは、まったくひどい宿題だな！（地面を蹴る）土よ、自分で何かを創れ！　どうだ？　おれは、おまえのなかから何が這い出してくるか、ただ、見ているだけにしよう。――何も出てこない。ピクともしない。ミミズさえ出てこない、あわれなる不毛の土よ！

（不意に霊感をおぼえ）

よし、もうわかったぞ！　人間の猿的段階を克服しよう！　われわれはもっと高度なものを創ろう。そうだ「超人間」だ！　弱さも、同情心も知らすな。先入見もなければ、拘束もなく、恐怖もなければ、奴隷的屈従の本能もない、そんな人間を創ろう。ええい、こん畜生、こいつはものすごい瞬間だぞ！　たとえ強力だろうが、超絶だろうが、鷹のような鋭い視線を太陽に向け、最上級にあるものの貴公子であり、もはや下層階級出の人間ではない！　さあ、出でよ、アーメン！（土の塊の前にひざまずく）

本当は、これはただの実験なんだ、だろう？　少なくとも何ができるか見てみよう。（仕事に取り掛かる）

働け！　働け！　これは歴史的瞬間なのだ。

超人の高みへ！　おお、何たる神業だ！

人間の低級で、動物的、かつ、奴隷的役割を克服しろ！

高みへ！　より高く上れ！　過去の一切を克服しろ！

人間は人間に飽き、神々を創りはじめた！

――ただ、どういうふうにして彼の脚を作ったらいいかわかればなあ！

おまえは、偉大にして、自由になるだろう。神を拒否する。力強きてのひらにて

おまえは、古い生活の排他的で狭い社会の輪を破壊する。

おまえは、おまえの上に君臨する政府を誇りをもって、

なんのためらいもなく転覆させる。

（仕事の手を止める）

――それにしても、まあ、いったい、どうして、それが男でなくちゃならんのだ？

わたしだって男になることはできるさ、少なくともはじめのうちはな。

そのうちほかの男が必要になる、そのことを人間はまだ知らないがな。

女性の創造によってわたしは自分の創造的祝祭日のはじまりの日としよう。

われ新しきアダムは膝をついてエヴァの創造に取りかか

る。

（上着を脱ぎ、土で人の形を作る）

陶然とした創造的性欲に駆られて、
己《おの》が手を粘土のなかに突き刺し
「超人的、超生命」をわたしは創る。
おお、これこそ創造主の快楽の極みなりだ！
生命の奇跡そのものは、なんと、
土のなかに彫り込まれる、
みじめなる性的操り人形ではなく、
たとえ女神とはいえど、女ではない。
おまえは男に服従しない、
おまえは自分みずから主婦となるだろう、
おまえは略奪され、男に捧げられるのではない、
そうではなく、崇拝の対象となるのだ――
――ここのところは土をたっぷり盛りつけよう、そして
なでまわして滑らかにする。
ありゃりゃ、こりゃ尻だ。女の尻はこんなふうになる！
欺瞞に満ちた老婆たちのモラル
ちっぽけな、わずらわしい絆を断ち切れ、
性欲のくびきを拒否しろ、
奴隷のように盲従するのはやめろ、
子どもの養育などするな、
大きく、ゆたかなオッパイで、
偏見の盾をふりまわせ――

――そうだ、それが超人間のオッパイであることが、容易に見分けがつくように
少し大きめに造っておかなきゃならんな。

おお、男たるもの、そして創造主のエクスタシー！

美の神聖なる豊かさのなかで、
驚きのなかで発見した、創造をしつつ、
より高き秘密の秩序を――

ほうら見ろ、かつての、女性との駆け引きは、なんの役に立ったと言うのだ。

人間はいま、少なくとも、女神にどんな特徴を与えるべきかを知っている。

雌ライオンのようにブロンドにするか、トウモロコシのような赤茶っ毛にするかだ。

――少なくとも、わたしにはブロンドのほうがずっと好みに合う。

おまえには、拘束も弱みもない、瑕も誤りもない、そういうものであれ。

完成だ！（立ち上がる）エヴァよ、立て！　――この女はわたしの気に入った。

――女神よ、目を覚ますのだ！　立て、新しき、これまでとはことなる女よ！

創造がかかる労苦を要するものとは、人間にはとても信じられまい。

おい、さあ、立ち上がれ、土の像よ！　――なんの反応もない、身じろぎもせずに横たわっているだけだ。

ああ、わたしは生命の息吹《いぶき》を吹き込むのを忘れていた。
(コートを着て、膝をつき、彼女に息を吹きかける)
エヴァよ！　美よ！　力よ！　女よ！　神の奇跡よ！
創造主が生命の息によって、おまえにキスをした。生きろ！
(荒涼とした風景が太陽の光を受けて輝く)
エヴァ　(体を起こす)おお！
アダム　(驚いて)彼女は、なんと、生きている！　たしかにわたしにはそれができた！　エヴァよ、おまえは本当に生きているのか？
エヴァ　(背を伸ばす)わたしを呼ぶのは誰？
アダム　わたし、創造主だ。ひざまずいて、おまえに挨拶しよう、神聖なる創造物よ！
エヴァ　そのままひざまずいていなさい。
アダム　わかった、おまえを驚嘆の瞳で見つめよう。おまえはなんと美しい！
エヴァ　あなたは誰なの？　あなたは地面の汚い泥にまみれているわ。
アダム　これは創造の粘土だ。わたしはアダム、生命の父だ。これはものすごい瞬間だ。エヴァよ、わたしに手を差し出しなさい。
エヴァ　あなたがきれいになったらね。ちょっと、離れて！
アダム　(とまどいながら、立ち上がる)なんだって？　おまえはわたしに言うべき言葉もないのか？
エヴァ　(手で差しながら)お日さま！
アダム　太陽の上に何を見ろと言うのだ？
エヴァ　空高く。
アダム　そんなことはとっくの昔に知っている。
エヴァ　あんたはあたしたちが目を向けるのには向いていないわ。
アダム　すまんが、それは誰のことかね？
エヴァ　わたくしに、そして、お日さまに、きまってるじゃない、かわいそうな怪物。
アダム　かわいそうな怪……――エヴァよ、おまえはわたしを誰だと思っているのだ？
エヴァ　何かしらん、不潔な動物だわ。あなたは曲がった脚をしているし、手も汚いわ。あんた、たぶん、どこかの奴隷ね。
アダム　それでは、聞くが、おまえは何ものかね？
エヴァ　わたくしは生命の奇跡よ。
アダム　おまえにそんなことを言ったのはだれだ？
エヴァ　内面の声。わたくしは女神です。
アダム　なんだこりゃあ、その内面の声だってわたしから出たものじゃないか！
エヴァ　あんたの声って、いやな声ね。わたしの内面ではもっと高い声でうたってるわよ。
アダム　それで、何をうたっているんだい？
エヴァ　あんたみたいな、たかが下賤なる奴隷ごときに理解できるわけないわよ。わたしは雌ライオンのように金髪、穀物のように赤毛ってうたっているの。
アダム　こりゃあ、なんと！
エヴァ　それから、こうよ――わたしには拘束もなく、弱いところもない。瑕《きず》も誤りもない。
アダム　こりゃあ、驚きだ！
エヴァ　わたしは子どもを産むこともなく、ボロッ布を身にまとうこともない。偏見の固い殻を、開けっぴろげの豊かなおっぱいで叩き割る。
アダム　そうだ、そのようなおまえを、わたしは求めていいたのだ。エヴァよ、わたしの妻になれ！
エヴァ　下がれ！　わたしはおまえのためにここにいるのではない。
アダム　なんだと？
エヴァ　わたしは男に仕えない。わたしの主人はわたしである。わたしは誰からも略奪されない。ただ、崇拝のためにのみある。
アダム　すまんがなあ、そんなことをおまえに吹き込んだのは誰だ？
エヴァ　内心の声。
アダム　まさにそのとおり。しかしなあ、それを言葉どおりに理解しちゃあいかんよ、わかったか？　わたしはおまえを自分のために創ったのだ。おまえはわたしの妻だ、エヴァ。
エヴァ　わたしは性欲のくびきを受け入れない。
アダム　そんなもの、くびきでもなんでもないよ、このお馬鹿さん。よし、おまえを両腕で抱いて運んでやろう――
エヴァ　私は性的操り人形ではありません。
アダム　いや、いや、わかっているって。エヴァよ、わたしたちは地球上でたった二人だけなんだ。孤独は恐ろしいぞ。わたしにもう少しやさしくなってくれ。どうかしたのか？
エヴァ　わたしには心の痛みとか、同情などわからないわ。
アダム　わたしだってもさ。(胸を張る) 世界を滅亡させたのが誰かわかるか？　わたしだよ！　おまえを創り出したのが誰か、知っているか？　わたしだよ！　いま、世界の主人は誰かわかるか？　わたしだよ！　わたしはおまえに、単に、命令をすることができるだけだ。そして、おまえはわたしのものになる。いやいや、待て、待て！　わたしにはこういうふうに言うことしかできん。わたしはおまえが自由であることを知っている。こんな見方もできる……わたしはおまえに命を与えた。そのことはおまえを拘束するだろう。でも女は、そんなことにたいしても、いとも簡単にお返しができる！
エヴァ　あたしは新しい、別の女なのよ。
アダム　よし、もうその話はやめだ！　言ってみたまえ、今度は何がお望みか？　わたしはおまえと何をなすべきなのだ？
エヴァ　あなたはわたしに辞を低くして、わたしに仕えなさい、この奴隷！
アダム　はい、はい！　それで、おまえは何をするのだ？
エヴァ　頭が高いぞ、わたしは山へ行く。

アダム　山へ？　山の上で何を？　そこでおまえは何を探そうという魂胆だ？
エヴァ　頂上をきわめ、自由を得るのよ、平地の俗物よ！
アダム　だめだよ、頼むからここにとどまってくれ！　わたしはいま山に行くことができないのだ。わたしは、ここにいなくちゃならない、わかるだろう、あの土の塊から創造しなければならない。おまえはわたしのそばにすわって見ていろ、わたしが望むものを創造する様子を、蚤に女神、おまえの心に浮かぶヒーローと、何でもござれだ。そしておまえがわたしに霊感を与えたもの——それは女性の最高課題だ！　おまえのために何を作り出してやろうかな。注文を言ってみろ！
エヴァ　あたし、あんたの半端《はんぱ》な汚らしい泥細工なんかに興味ないわ。
アダム　汚らしい泥細工だと？　いいか、創造すること以上に偉大なものが何かあるというのか？
エヴァ　自由であること！（去る）
アダム　おい、待てったら！　どこへ行こうってんだ？
エヴァ　頂上へよ！（消える）
アダム　ふん、頂上なんて悪魔に食われろだ！　わたしのところにとどまれ、わかったか？　そう簡単に、わたしをこんなところに置き去りにするな！　まて、わたしはここで、世界を創造せねばならんのだ！　エヴァよ！　この罰当たり女め！　このいまいましい泥をこねくりまわすがいいといわんばかりに、わたしをここに置き去りにして、自分だけ行ってしまった！　人間は創造するとき、こんなに孤独なのだな！　——でも、じゃあ、わたしを待っていろ、エヴァよ！　わたしもおまえのあとから行くぞ！
エヴァ　（舞台裏で）高くよ！　もっと高く上がるのよ！
アダム　どこへ行きたいのだ！　わたしを待っていろ！　エヴァ！　わたしはもう駆けだしたぞ！（彼女のあとを追って、駆けていく）

—　幕　—

第二景

同じ場面。日没前。

アダム（非常に憔悴して戻ってきて、腰をおろす）

うっふ、あの女、わたしのものになったぞ！　――彼女のことは問題ない。――ぶふっ、あの女、山の頂上で、勝手に威張りくさっていやがれだ。

わたしはあの女を、この手で練りあげたのはたしかだが、あの女のなかにあるものは大言壮語ばっかりだ、そのことではお許しを願いたい。だが、あの女、わたしにたいしても傲慢な態度で振舞うのです！

だから、彼女のそばで、男はそれに耐えねばならん！

たしかに、蚤までがあの女には取りつかんのだ。

見ろ、人間は青の女を好かん！　――馬鹿な女神だ！

どうやら、彼女を創った土に何か間違いがあったらしい。

それとも、もしかしてわたしの誤りかな、

わたしが、彼女を「否定」の言葉からだけ作ったなんて、誰にわかるものか。

だから彼女は「ノー」という言葉と、いくつかの反発の言葉しか知らんのだ。

――ええい、こうなったら、あの女を追って、後から上まで這い上がる者はいないのか！

――どこで、わたしはこの仕事を止めたのかな？　ああ、わたしはもっと創り続けようと思っていたのだった。

あの女が仕事を中断させたのだ。わたしはここにとどまり続けなければならない。

（立ち上がる）

こうなったら、新たにもう一度、もっと気の利いたものを作り続けよう。

しかし、いまは、純粋なサンプルだけを作ろう。

（上着を脱ぐ）

うふ、あの女はわたしのものになった！　もう、女とともに仕事を始めるのはよそう。

今度は別のやり方でやろう。肯定的原理、つまり男だ。

次の世界の、そして新しいより高度な秩序の基礎は、力、若さ、意思だ。それは行動と肯定の男であれ。

彼は力以外のものは知らない、そして、言ってはならぬことは……なんだと、ならぬだと？

ほうら見たことか、あの呪うべき否定が、またもや、わたしの舌の上に忍び込んできた。

何がしたいのだ、言ってみろ、ここには常に一片の否定が存在し続けている。

概念自体がその定義のなかに、すでに、否定を含みこんでいるのだ。

人間が語るかぎり、「否」と言うだろう。

世界を拒否するだけでは足りない。言葉をも拒否しなければならない。

創造主よ、もはや語るな、創れ。存在の真の秘密は、死滅せる概念のごみ屑のなかには、けっして見つからない。

熱烈な沈黙のなかで創造しろ、言葉によって欺かれるな、
精神を統一し、秘密の深みへ降りていけ。

おまえの最も内奥の夢のなかに究極最高の目的を探せ。

わたしは自分がなりたいと望むような男を創る。

（無言のうちに仕事を続ける）

おれはいったい何になりたいんだ！　わたしがまだ子どもだったころは、
騎士か屈強の大男になりたかった、

——えーい、そんなものは馬鹿げている！

（無言で仕事を続ける）

　やがて、わたしが憧れるようになったのは
頭に月桂樹の冠をかぶり、レスラーのような筋肉をした、
古代オリンピック競技に出場した若い、裸の人物だった
……

いつも好感をもって古代世界を思い出していた。

彫刻師よ、創れ！

（無言で働く）

　これも悪くないな
海のような青い澄んだ目をしている、ヴァイキングの若者よ、
彼は風になびく髪から、北海の海のしずくをしたたらせている……

たしかに文化はもっていないが、これもまた一つの人種にはちがいない。

（黙々と仕事を続ける）

こいつには土をもっと盛りつけてやろう！　それにしても、善良なる天よ、
人間が、自分自身の理想像を作ろうとするとき、なんでけちけち倹約するなんて必要があるのです。

——よし、完成だ！　こいつは若者だ！　あと、手に武器をもたせるかな——

（彼に息を吹きかける）

ややあ！　もう、動いたぞ。——未来の男よ、立て！

創造された人間（槍を手にして飛び起きる）そこにいるのは誰だ？

アダム　これは驚いた。わたしにしては上出来だ。若者よ、よく見せてみろ！　おまえは古代の戦士ににているな。おまえの名はミレスだ。

ミレス（槍を突き出す）おまえは誰だ？

アダム　わたしにたいして、そうびくびくするな。おまえを

創造したのはわたしだ。
ミレス　おまえはおれと決闘するつもりか？
アダム　わたしが？　なんで、わたしがそんなことをせにゃならんのだ？
ミレス　おれたちのどちらが強いかはっきりさせるためだ。さあ、来い、駆けっこをして勝負を決めようじゃないか。
アダム　貴様ときたら、何を考えているんだ！
ミレス　貴様は腰抜けだ。
アダム　（憤然として）おまえはなんてことを言うのだ。
ミレス　おまえは老いぼれで、髪ぼうぼうの野蛮人だ。
アダム　落ち着け、若者よ！　わたしはおまえの生命の生みの親だぞ。わたしは創造主だ。
ミレス　そうかい、貴様はみじめな臆病者だ。びくびくするな、おれはおまえに何もしない。おれに仕えろ。
アダム　わたしが、おまえに？　なぜだ？
ミレス　なぜなら、おれが望むからだ！　――おれがこうして、ぴんと背を伸ばして立っていると、おれが支配者だという気がする。
アダム　何のだ？
ミレス　すべてのだ。ここに立っている。すると、風がおれの胸に寄りかかってくる。
アダム　そして、それがおまえのできることのすべてだ。
ミレス　それはおれの使命だ。おれは強い、そして若い。
アダム　じゃあ、おまえは、それで万事こと足れりと思っているのか？
ミレス　おれは思うなんてことはできない、野蛮人。
アダム　なぜだ？
ミレス　なぜなら、おれは立っているからだ。おれの立っているところは、つまり、そこが頂点だ。

（エヴァが入ってくる）

エヴァ　あたしは山々の頂上にいたわ。でも、あたしに肩を並べられる人は誰も見つからなかった。だあれ、この金髪の男？
ミレス　誰だ、あの金髪の雌ライオンは？
エヴァ　あんたこそ、どこから来たの、白い色の英雄さん？
ミレス　おれは支配するために来た。おれはここに立っている。そして地面はおれの足もとにある。
エヴァ　この若い優勝者、そして解放者はどなたですの？
アダム　いやあ、こいつは粘土で作ったただの人形だよ、エヴァ。本当はわたしの失敗作なんだ。
エヴァ　この人のこと別に気にすることないのよ、若いヒーローさん。こいつはただの老いぼれの不潔な奴隷なのよ。
ミレス　そうかい、臆病なろくでなしか。
エヴァ　そのとおりよ。土に彫物をしてるわ。
ミレス　武器さえもってないじゃないか。
アダム　黙れ！　わしはおまえの創造主だぞ。
エヴァ　あいつの声って、がらがらしてて、不愉快だわ。
ミレス　おい、くたばりそこないの、あほじじい、おれと勝負しないか？

エヴァ　あの人と話するの止めなさい。あの人はあたしたちに、かないっこないんだから。
ミレス　そのとおり。おれたちにかないっこない。
エヴァ　あたしたちって、いろんなことですごく意見が一致するのね！
アダム　こん畜生め！　わしは——
ミレス（槍を構える）口を閉じろ、このよそ者め！　おれたちはお互いに相容れない！
エヴァ　そのとおりよ、勇士さん。あなたは裸で、そして、強いわ。
ミレス　そうとも、それがおれの使命だから。
エヴァ　わかるわよ。なんと多くのことがわたしたちを結びつけてることでしょう！
ミレス　おれたち二人だ。
エヴァ　なんとしてもあいつを馬鹿にしてやりたいわ！
アダム　いかなる権利においてだ？
エヴァ　なぜなら、あんた、みっともないからよ。
ミレス　それに他種族だ。
エヴァ　それに老いぼれだわ。
ミレス　それに英雄ではない。
アダム　もう、たくさんだ！　わしはおまえのなかに吹き込んだ生命の息を取り消す！　倒れて、死ね、泥の阿呆よ！
ミレス　おまえはおれに戦いをいどもうというのか？
アダム　わしは自分の創造行為をもとに戻そうとしているのだ！　さあ、どうだ！　——何も起こらんと？　これはどうした、人間は自分で仕出かしたことを、もう、取り返すことはできんのか？　やつから離れろ、エヴァ！　恥ずかしくないのか？　わしはやつと口をきいてはならんと言っておるんだぞ！
エヴァ　誰がわたしに命令することを許したの？
アダム　わたし、創造主だ！
ミレス　じゃあ、こっちへ来い、彼女をものにするのが誰か、勝負をつけようではないか！
エヴァ　戦いなさい！　あたし見ているわ。
アダム　わたしとしたことが、なんて馬鹿だったんだろう！　エヴァよ、おまえが見るに値するものはなにもない。
エヴァ（ミレスに手を差し出す）あんたは勝ったわ、若い英雄さん！
ミレス　これはおれの最初の行為だ。
エヴァ　あんたの最初の行為はわたしよ。いらっしゃい！
ミレス　よし、おまえと一緒に行こう！
エヴァ　頂点を目指して！
ミレス　そして、さらに高く。いこう！　あばよ！
エヴァ　やややー！

（上へ登っていく）

アダム　どこへ這い上がろうとするのだ？　エヴァ、そいつと行ってはならん！
エヴァ（見まわす）なんて、醜いんでしょう！
ミレス　もう、おれたちのずっと下だ！　あややー！

エヴァ　ばい、ばい！　ハリホー！

（消えていく）

アダム　エヴァ、ここにとどまれ！　――へん、あいつら、悪魔にでも食われろだ！　あのミレスというやつは、馬鹿者だ！　もし、エヴァがいなければ、否定のカノン砲で打ち落としてやったのに――エヴァ、どうして、おまえはあんなキザ男と行く気になったのかね？　おまえがあいつになんの関係があるというんだ？　――上へ上へと這い上がっている。馬鹿者どもが！　怠け者！　貴族ども！　あの女の手に箒と、泣き喚く子どもの二三人押し付けるといいんだ、あの思い上がりもはなはだしい女に！　たしかに、わたしは彼らに比べれば見場もよくなければ、若くもない！　それがわたしの責任とでもいうのか？　わたしは、わたしが自分で創造したのではない。人間はすべてのものを創造することができるが、自分だけは自分で作り変えることができない。わたしをこれまで誰一人として好きになったことはない、母以外は……。だから、人間は世界を否定するべきではなかった！　独りぼっちだ、またもや独りぼっちになった！　もし、せめて誰か、ほんのちょっとでもわたしを好きだというものをもちたければ……、そうなんだよ、君、そのうち創造できるだろうよ！　人間はそれぞれが自分の幸福のひとかけらでももたねばならぬ。そしたら慰められる、それは当然のことだ。誰かのために創造する。そして誰かが彼とともにあるために――エヴァ！　エヴァ、戻っておいで！　もう、聞こえないのか。よし、わたしはもう彼女には頼まない。――そうなると、今度創る女は、女神である必要はない。ただ、単純で忠実な女の道連れであればいい――（飛び上がる）こいつはいい考えだ！　たしかに、わたしにはそんな女を自分で創ることができるはずじゃないか！　わたしは好きなだけ女を創る！　しかし、私はそのなかの一人だけが欲しい。そしてエヴァが戻ってきたら、言ってやろう。おまえは自分のヒーローについていけ、ここでは暖かい人間の幸せが住んでいる。彼女は怒るだろう！（土の塊のほうに膝をつき、腕まくりをする）世界には何が必要かが、いま、やっとわかったぞ！　これはすばらしい発見だ。いまこそ、もっとよい、もっと明るい世界を、愛と喜びの世界の創造に取りかかろう。はじめっ！（土をこねる）しかし、ミレスが、また、わたしから彼女を横取りしないようにするために……あっ、そうだ、彼女を小さく作ろう。やさしい、愛に満ちた家のなかにすわらせよう。小川のせせらぎのような音がし、花をいっぱいに咲かせよう。早く、早く！　こんな孤独はわたしを押しつぶしてしまう。彼女は……、彼女は……、わたしの初恋の人のようにしよう。その娘は、たしかにほかの男を好きになったが、しかしおまえはわたしを愛するだろう。おまえの名前はリリットにしよう。（彼女に息を吹きかける）リリットよ、起きろ！　クックックッ、かわいい子ちゃん！

リリット　（自分で動く）クックックッ！

アダム（手を打つ）やあ、なんてかわいらしい！

リリット（体を起こす）あたし、髪がくっしゃくしゃじゃない？ キスしてよ！ みんなはあなたのこと、なんて呼んでるの？

アダム アダムだ。汝に祝福を、女よ！

リリット アダム。これちょっと変ね、アダム。ねえ、ほかの呼び方のほうが、わたしにはもっと気にいると思うわ。待って、あたし、あんたの髪を梳かしてあげる。櫛もってないの。あっ、何かわたしを刺したわ。

アダム ああ、それはただの蚤だよ、リリットちゃん！

リリット ほら、どんなに跳ねるか見てよ！ ねえ、あなた、やってみて、あなたも跳ねられるんでしょう？

アダム なあ、かわいい子ちゃん、創造主が跳ねるなんて、沽券《こけん》にかかわる。

リリット まあ、あなた、あたしが好きじゃないのね！（甘え声で）ちょっと聞いただけじゃない。それなのに、そんなに怒ることないでしょう？

アダム いやあ、怒っちゃいないよ、おまえ！

リリット（涙を浮かべ）怒ってるわよ。あたしに怒鳴ったじゃない！

アダム わたしが怒鳴ったなんて、嘘だ！

リリット 怒鳴ったわよ！

アダム ど・な・っては・い・な・い!!

リリット ほら、ごらんなさい、怒鳴ってるじゃない！

アダム ごめんよ、おまえ。わたしは、少し、働きすぎかもしれん、そう見えないか？

リリット 働きすぎだなんて、なにをそんなにすることがあるの？

アダム わたしは美しく、完璧で、立派なものを創造した！

リリット で、それ何？

アダム リリットさ。

リリット 放してよ、あたし、あたしが着ている服がいやなのよ。そのほかに何を作ったの？

アダム 何も。エヴァという、ある女を創った。

リリット どんな人？ あたしより美しい？ どんな服を着ているの？ わかったわ、その人って、わらしべみたいな色のあせた髪でしょう！

アダム そりゃあ、違うよ、リリット。おまえは彼女とは会ったことさえないのだからね。

リリット 同じことよ。あんた、その女の人を庇うようなこと言いっこなしよ！ そして彼女は棒っきれみたいに痩せている。

アダム いやあ、おまえ、彼女は痩せてはいなかった。

リリット 痩せてた！ その人にかんすることはみんな嘘なんだから！ そのあげく彼女はあたしよりもきれいだったって言うんだわ！ そんならその女の人を追っかけて行けばいいでしょう！

アダム ところが、わたしは彼女のほうが美しいなんて一言も言った覚えはないぞ！

リリット 言ったわ！ 言ったわ！ あの人は痩せっぽち

じゃないって言ったじゃない！
アダム だが、まあ、いいか。じゃあ彼女は痩せっぽっちだ、な、おまえ。彼女は死んだ猫みたいに痩せていた。
リリット そして、色の抜けた、藁みたいな髪をしていた。
アダム そう。それから入れ歯。すべて、おまえのお望みどおりだ！
リリット あなた、リリットが好き？ あたしをどんなに好きか証明しなさい！
アダム するよ、するよ。おまえのためにすばらしいものを創造してあげよう、どうかな？
リリット たとえば、ちょっと考えさせて、いいでしょう？
アダム いいとも、おまえ！ 創造するということはとても興味深いものだぞ、リリットや。それができるのは、わたし以外にはいない、わかるか？ あんなミレスにできるなんて、とんでもない！
リリット ミレス？ それ、誰？
アダム いや、誰でもない。いまはな、おまえ、泡のように静かにしていなきゃならんのだよ。創造するときは話をしてはだめだ。では、はじめるぞ、気をつけて！

（泥のなかに何かを形作る。間）

リリット ねえ、あなた！
アダム 何かね？
リリット なんでもない。あたし、黙っているわとあなたに言いたかっただけ。
アダム そうか、おまえはいい子だ。
リリット それじゃあ、そこから何が出てくるの？

（間）

アダム 驚きだ。
リリット そう。（間）でも、なんにもない！ あんた、もう、ここに灰色の髪をもってるじゃない！
アダム リリットや、わたしが何かを創ろうとしているときは、少なくともほんの少しのあいだは静かにしていなきゃ。
リリット わかった、わたし黙ります。

（間）

リリット アダム！ あんた、あたしのほうに目もくれようとしないのね！ あんた、もう、あたしを好きじゃないんだわ！
アダム ああっ、このや……。ふむ、ああ、好きだとも、おまえ！
リリット じゃあ、あたしのそばにすわって。それで、あんた、ずーっと、創り続けられる？
アダム 続けられる。いいかい、かわいい子ちゃん、わたしはね、新しい世界を造らなければならないんだ。おまえに何かお話をしてあげようか？ じゃあ、むかし、もうすでに、一つの大きな、古い世界があったと想像してごらん――
――
リリット ねえ、あたしどんな足してるか見てよ。あんたもやっぱり足に指があるの？
アダム　もちろん。で、その世界は、リリットよ、悪かった。だから、わたしはその世界を否定したのだ。
リリット　まあ！　で、どうしてあなた、そんなことしたの？
アダム　じゃあ、言ってあげよう。なぜなら、その世界は悪かったから、わかったな！
リリット　いいえ。
アダム　そんなら、こうだったらどうだ、なぜなら、そこにはリリットがいなかったから。
リリット　あら、そーお。じゃあ、お話、続けて。
アダム　それで、わたしはその古い世界を否定した。そして、ボンだ。なくなってしまった。そんな力を、わたしはもっているんだ。そして、いま、わたしは新しい、もっとよい世界を造っているんだ。そこには新しい、完璧な、賢い人間たちが——
リリット　で、そこにはリリットちゃんはいるの？
アダム　当然さ。おまえ、そこにいるとも！　たしかに、わたしは、もう、リリットをもっている！
リリット　あんたがリリットをもっているんだとしたら、じゃあ、なんのためにほかの人たちが必要なの？
アダム　赤ん坊ちゃん、世界にはもっとたくさんの人間が必要だからさ！
リリット　ほら見なさい、あんたはもうリリットだけでは満足できなくなったのね！
アダム　いや、満足してるさ、このお馬鹿さん、泣くのだけは止めてくれ！　男は創造しなくてはならない、わかるか？　それは使命だ。創造の喜びがどんなものか、おまえにわかったらなあ——
リリット　創造の喜びですって？　何よ、それ？
アダム　それは言葉ではとても言い表せない快感だよ、リリットちゃん。
リリット　じゃあ、あたしにキスするときは、まったく快感じゃないの？
アダム　快感だとも、え、かわいこちゃん、快感だよ！　快感でないことがあるもんか。
リリット　ほら見なさい、じゃあ、あなた、なんのために創造がしたいの？
アダム　わたしに何ができるか、おまえに見せるためさ。待ってなさい、やがて、おまえはわたしを尊敬するようになるだろう！
リリット　でも、あたし、あんたを尊敬なんかしたくない！あんたはわたしのもの！　さあ、あたしにキスをしなさい！
アダム　リリットちゃん、おまえはなんてかわいいんだろう！　え、かわいい子ちゃん！
リリット　あんたわたしの服をくしゃくしゃにしたわね！
アダム　それはおまえをもったことの喜びから出たことだ。おまえはわたしの宝物！　わたしはこんなに幸せだ——待った、ほんのちょっと！（ポケットから手帳を取り出す）黄金の時代！　これはすばらしい！

リリット　何をもってるの？

アダム　いやなんでもない。わたしは忘れないようにちょっとメモをしておこうと思ったんだ、いいだろう？　愛ほど人間に、これほどインスピレーションを与えるものはない。（書く）黄金の時代を創造すること！　これは途方もないアイディアだ！

リリット　ねえ、あんた手に変な毛を生やしているわね！　アダム、どうして、あんた、手なんかに毛が生えているの？

アダム　（書く）なんだって？……いいかい、リリットちゃん、わたしたちは共同で創造しよう。おまえはわたしのそばにすわっている。そしてわたしは書く……次に来る楽園の風景と規約を書く。畜生、これは偉大なる瞬間だ！

（間――書いている）

リリット　アダム？

アダム　なんだい、かわい子ちゃん？

リリット　あんたこの土から、あたしに何を造ってくれるの？

アダム　なんにも、わたしはもう覚えていない。おまえに仕える誰か、黒人か何かだ……お願いだ、ちょっとのあいだ静かにしててくれ。いま、わたしの頭のなかにすごい壮大な創造的計画が浮かんだところだ……（書く）愛は生命の基礎なり……家庭の竈は祭壇なり……至福に満ちた楽園のような世界……これはすばらしい！

リリット　聞いてるの、アダム？

アダム　そいじゃ、なんてこった……人間はなんで一瞬にして次の世代を造れないのだ？

リリット　あんた、あたしに、全然、目もくれないわね。

アダム　静かにしろって！　わたしは次なる黄金の時代を創ろうとしているのだ！

リリット　あたしは何をすればいいの？

アダム　知らん。好きなことをしていろ。

（間――アダムは書いている、リリットは自分で髪を結っている）

リリット　見て、こんな髪、あたしによく似合う？　見てよ！

アダム　（見ようともせずに）絶対だ。

リリット　（手帳を取り上げる）あたし、これ、破くわよ！　こんなの、あなた、気に入った、それとも気に入らない？

アダム　気に入ったよ、リリットちゃん。だから、その帳面をこっちにくれよ！

リリット　じゃあ、聞くけど、あんた書いているときと、あたしにキスするときとどっちが好き？

アダム　そりゃあ……おまえにキスしているときだよ、リリットちゃん。（彼女を腕のなかに抱きしめる）でも、こうやって次のすばらしい世界の秩序を考えているときは――

リリット　リリットちゃんを大好きってことね？

アダム　えっ？　そりゃそうだよ、この上もなく。そしてこうやって考えているとき、次のすばらしい――

リリット　あんた、幸せっていうわけね、坊やちゃん？

アダム　うん、そうだ！　しかし、もちろん、ものすごく幸せだよ！　そりゃ、もう、気が狂いそうなくらい！

――幕――

第三景

同じ風景が喜びの照明のなかに見える。舞台奥右手にはアダムの掘っ立て小屋。

アダム（あくびをする）うっへー、わたしは幸せだ！　リリットはかわいらしい女だ。人が目を覚ます――アダム、あんた、あたしを愛してる？　外に出る――アダム、いつもどこへ駆けていくの？　わたしが何かを創りたくなる――アダム、あたしにキスしてよ！　わたしが横になり、眠ろうとする――アダム、あたしが好き？　好きだとも、かわいい子ちゃん、いつどこにいようとも、好きだよ！（あくびをする）人間がこれほど際限もなく幸せになれるなんて、わたしでさえ想像もしていなかった。あははは、こいつは中毒になりそうだ！

そうだ、ここに否定のカノンがすえてあったのだ。わたしはここに穴を掘ってそいつをうまい具合に隠しておいたんだ。リリットはかわいい女だ。しかしあいつがこれをやってみんとも……遊び半分に、それとも好奇心からか……そんなわけだな！　それともわたしが自分で発射しないともかぎらない。わたしがこんなに幸せだとしてもだ。たしかに、それは大いにありうる。たとえば、まさしく、わたしがこの上もなく幸せだからこそ、わたしが発射することだってありうるだろう。あれはここに永久に埋めておかなければ。楽園の生活のはじまりだ。（顎が外れそうなほど、大あくびをする）さて、また、少しばかり創造をせんといかんな、何にするか？

――いまは眠っている、リリットちゃん、愛しいやつ。ちっちゃな子どものように眠っている。そのあいだに、創造されるはずの黄金の時代のわたしの基本原理を見ておこう。（すわり、手帳を引っ張り出す）第一巻、第一章、第二節、なんだ、わたしはまだこの先に手をつけてないのか？　わたしがこんなに幸せだったせいなのだな。そうすると――なんとなく、リリットの気に入らなかったのだな。わたしが彼女の前でこれを書きはじめると、口をとがらせて言うだろうな。あんたわたしが好き、アダム？　ああ、好きだよ、ああ、こん畜生、好きだよ！　こんなんじゃ、人間、気が狂わないではいられまいよ！

さてと第二節、「黄金の時代は束縛されないだろう――」いったい何に？　ここでわたしはやめたのだ。何者によっても束縛されない、それは当然だ。わたしの原理以外の何ものにもだ。いったい、どんな原理だったかおもいだせたらなあ。（額をつつく）さあ、どうだ？　何も思い浮かばんのか？　こん畜生、なんだか頭のなかが空っぽになったようだ。せめて相談をする相手が誰かいればなあ！　人間は議論しているうちにいろんなことを思いつく！　議論なしには創造することはできない。おまえが言い負かす誰かがいなければならない。そうとも。しかしどこからその男を連れてくるかだ。

残念ながらリリットは議論を好まんな、いや、やっぱり彼女は寝かせておいて、先を書こう。「黄金の時代は拘束されない――」（飛び上がる）なんてこった――わたしにはそのもう一人のやつを創造することができるはずじゃないか！　リリットが目を覚まさないうちに、そいつをとっくに完成できるだろう。そのあとでリリットには山から来たか、天からおっこって来たとか言えばいい――（土の塊に向かって膝をつく）こいつはいい考えだ！　自分の徒弟、自分の使徒を創造する。それはわたしを理解する最初の人間となる。それは、かつてあった思想家のなかでも最大の思想家であり、最も大胆な精神の持主となる……とまあ、当然、そういうものとなる！

やがて、わたしよりも賢いと思い込むようになる！　いや、いや、きみい、それはいかんと思うがな。まあ、きみがわたしのようになるならそれでよしとしよう。寸分たがわず、わたしのようになる。わたしのように思索的で肯定的に。すべての点で、わたしに肩を並べうる。ただし、わたしは主人で親方となる。なぜなら、わたしは、いいかね、世界を否定したし、「創造の土」をもっているのはわたしだからだ。それに、否定のカノンだ。だから、おまえはわたしの精神的相棒になってくれ。

おまえの外見はわたしと同じに、そして、わたしとして考えろ。おまえは「アルテル・エゴ」（Alter Ego＝もう一人のわたし）になる。だから、われわれ二人がいれば、あらゆる世界のなかで最良のものを創造するのに十分だ。創造の土よ、わたしと同等の能力を有する男を造り出せ！（土に息を吹きかける）友よ、立て！
アルテル・エゴ（身を起こす）あややや！　ぷふっ、ぷふっ、ぷふっ！　てへへっ！　とぅへへっ！　こりゃ、ひどい！
アダム　やあ、いらっしゃい、友よ！　わたしはおまえを、わたしの姿、形に似せて創造した。
アルテル・エゴ　ぺっ、ぺっ、ぺっ！　ほんとだ、嘘じゃない、わたしの口のなかは泥でいっぱいだ！　ぷっふ、こいつはいい思いつきだ、人の口のなかに泥を詰め込むとはね！　これはなんかの衛生処理ですか？
アダム　すまんな、だが、おまえさんを創造するのに、土を使わなかったとしたら、おまえさんを何から創ればよかったというのかね？
アルテル・エゴ　じゃあ、まえもって手を洗っておくべきだったんじゃないのか？　土を消毒するとかしたか？　しない？　ほう、それは恐れ入ったな！　創造するというのは、不純物を排除もせずに、創造するということか！
アダム　すまんがな、わたしだってどのように創造するか知ってるつもりだがな！
アルテル・エゴ　わたしもだよ、きみい、わたしもだ。創造は近代的な原則を守って、無菌状態で、ゴムの手袋をして行われなければならない。でなきゃ、そんなものは素人仕事で、とても創造なんて言えたもんじゃない！　ちぇっ！（見回す）なんだい、あまりたくさん造ってはいないな。これが、なにかこう、世界だとでもいうのか。ここにゃ、まるっきり、なんにもなしじゃないか！
アダム　わたしは仕事をはじめたばかりなんだよ、相棒。世界はまだ完成していない。
アルテル・エゴ　ははあ、まだ完成していないか！　そして人間は千年も、よりよき世界の到来を待つというわけか、え、そうなんだろう？　そんなことのためにわたしを呼び出すのは勘弁してくれよ、きみい。あるものは在る。嘘はつかない。ややっ、なんだ、おれを咬んだのは？
アダム　たぶん、蚤かなんかだろう。
アルテル・エゴ　蚤だって？　どっから蚤なんかが出てきたのだろう？
アダム　要するに、蚤は……ほこりから生まれると言うじゃないか、知らんのか？
アルテル・エゴ　馬鹿ばかしい。そんなのは婆さんどもの迷信だ。蚤はほこりからは生まれない。でも、地球上に蚤がいるというのはスキャンダルだぞ！　どこの馬鹿が蚤なんかもってきたんだ？
アダム　それは、ただのちょっとした実験だった。いわば科学的言葉遊びというか、それ以上の意味はなかった。
アルテル・エゴ　やれやれ、実験か！　何かもっと気の利いた実験はできなかったのか？　なんかこう、機械工芸的なものとか？　それとも血清学研究所とか？　ところが、そのお馬鹿さんときたら、こともあろうに、蚤の創造からはじめやがった！

アダム　待てって、おまえはなんにも理解しちゃいないんだな。世界は最初から創造されなければならない。

アルテル・エゴ　はじめからか！　そしてそれは助手ではなく、よりによって蚤からときた。なあ、きみい、もしわたしが世界を造るとしたら、まず最初に、世界創造研究センターというのを造りたい。

アダム　それこそまさに古い文明だ！　君、それはな、とうの昔にもう克服されている！　いままではまったく新しい世界の創造は、まったく新しい、単純で自然な土台の上においてはじめられる。そういうことだ。黄金の時代、わかるか？

アルテル・エゴ　じゃあ、どこにその新しい土台はあるのだ？

アダム　手帳のなかだ。待て、いますぐ、それをおまえに読んで聞かせよう。

アルテル・エゴ　ブハッ、理論に計画か！　そんなものがなんになる？　その新しい世界というのを、実際に実現させて見せてくれ。さあ、何を創る？　また蚤か！

アダム　それは違う。わたしはもうはるかにたくさんのものを創造した。

アルテル・エゴ　たとえば、なんだ？

アダム　たとえば……たとえば、わたしの妻のリリットだ。

アルテル・エゴ　女房を作ったのか？　こりゃどうだい！　そんなものがどうして新しいものになるのだ？

アダム　おまえはまだ彼女を見ていない。そりゃあ、もう、かわいい女だ。

アルテル・エゴ　そんなもの、新しくもなんともないじゃないか。

アダム　彼女と一緒にいると、わたしはものすごく幸せを感じる。

アルテル・エゴ　それだって、新しくはない。彼女はどこだ？　そしたらわたしが彼女を見に行く。

アダム　そっとしておけ、彼女はいま眠っている。

アルテル・エゴ　それがおまえに何か関係あるのか？　わたしだって彼女にたいして、おまえと同等の権利があるはずだ。

アダム　そんな権利は願い下げにしたいな！　彼女はわたしの妻だ。それともおまえのか？

アルテル・エゴ　そんなこと、どうでもいい。婚姻関係なんてとっくに無効だ。

アダム　誤解のないように言っておくが、わたしの婚姻関係は有効なのだよ。

アルテル・エゴ　じゃあ、それはなんらかの新しい世界のものでなければならんのじゃないか？　おまえさんにはあって、わたしにはないという権利を正当とみなすために、その点をよく検討してみたいものだな！

アダム　大きな声を出すな！　彼女が目を覚ますじゃないか！

アルテル・エゴ　どうしてわたしが大声を出してはいけないのか、そのわけを知りたいもんだな！　おまえさんは、わたしが誰かからの命令を受け入れると思っているのか？　そうなったら、なおさらのこと叫んでやる。恥だ！　死ね！　こん畜生！

リリットの声　アダム！　アーダーム！

アダム　ほら見ろ、起こしてしまったじゃないか。——はいよ、おまえ、わたしはここだよ！

アルテル・エゴ（急いで服の汚れをはたく）なんか、ブラッシみたいなものもってないか？　おまえさんはもうちょっとましな服を着たわたしを創造することができたはずだぞ！　これじゃ、まるでルンペンだ。

アダム　これ以上、また、何がお望みだ！　おまえはわたしと、まったく、そっくりじゃないか。

アルテル・エゴ　それは、たしかに、そうだ！　わたしならまったく別の姿に、はるかに見てくれのよいわたしを造っただろう。

リリット（小屋のなかから出てくる）アダムったら、どうしてあんなに叫んでいたの？

アダム　わたしが？　わたしじゃないんだよ、おまえ——ほら、見てごらん、リリット、うちにお客さんが来たんだよ。

アルテル・エゴ　こんにちわ、奥さん。

リリット　フッ、その人、醜いわ！　なんの用なの？　どうする？

アルテル・エゴ　失礼ながら、この方がわたしをこんなに見苦しくつくったのです！　私は抗議します。

アダム　だけど、たしかに、君はわたしにそっくりだよ！　ねえ、リリットちゃん、彼はわたしの生き写しみたいに見えないかい？

リリット　いいえ、あなたはあたしのアダムよ。でも、あの人は醜男だわ。あなた、あたしが好き？　あたしにキスしなさい！

アダム　リリットちゃん、よその人の前で——　——　——

リリット　この人、なんて名？

アダム　アルテル・エゴ。

リリット　なんですって？　アルテルゴ？　さあ、アルテルコ、バケツをもって、水を運びなさい。

アルテル・エゴ（困惑する）わたしが？……つまり……はい、わかりました。（小屋のほうへ行く）

アダム　リリットちゃん、おまえに注意しておかなきゃならんと思うんだが……つまりだ、彼にたいしてあいうふうな命令をしてはいけないということだ。

リリット　でも、あの人、ちゃんと言いつけに従ったわ！

アダム　そうだな、でも、しなくてもいいことだ。彼は自由な人間だ、わたしと同じにな、リリットちゃん。

リリット　あんただって水を汲みに行くじゃない、そしてリリットちゃんの言うこと聞くわ。

アダム　そこにはだね、基本的な違いがあるんだよ、おまえ。わたしはおまえの言うことに従うことができる。なぜならわたしはここの主人だからだ、わかるか？　それにたいして彼はただの……。要するにおまえはもうすこし用心深く彼と接しなければならない。

リリット　そうだわ、たしかにあの人はただの黒人だものね。
アダム　どんな黒人だ？
リリット　あんた、わたしに仕える黒人を造ってくれるって言ったじゃない！
アダム　彼は黒人ではないよ、リリットちゃん。彼はね……えーっと、彼は、つまり、なんと言うか……要するに、わたしの友人ということだ、わかったかな？
アルテル・エゴ（ぷんぷん腹を立てて戻ってくる）ところでだ、わたしはここで下男なのか、それとも何かなのか、いまここでわたしははっきりさせておきたいんだ。失礼ながら、これは基本的な質問だ！　そういう身分なら、わたしは基本的に断る！
リリット　でも、どうしてそんなに叫ぶの、アルテルコ？
アダム　なぜなら基本的に話しているからだよ。親愛なる友よ――
アルテル・エゴ　その名称は願い下げにする！　わたしはいかなる友人でもないのだからな！　わたしはあなたのためなら、なんでもいたしましょう、リリット夫人。しかし、あの男のためにはお断りだ。あなたのためなら何回でも水を汲みに行きます。あなたのためなら世界中からなんでもおもちしますよ。
アダム　わたしもお願いする、どうかわが家の家庭内事情については干渉しないでいただきたい。
アルテル・エゴ　わたしは何にも干渉していない。わたしはただ原則的に抵抗しているにすぎん。リリットの奥さん、彼はあなたのために温かいお湯や、冷たい水を創造しないのですか？　どうしてあなたはガス・コンロをおもちじゃないんです？　それに、何らかの新しい世界というのなら、その程度のものはもっているべきです。あなたは女奴隷のようにこき使われなければならないんですか？
リリット　あなたのおっしゃるとおりだわ、アルテルコ。
アダム　ナンセンスだ。言いなさい、リリット、何か不足でもあるのか？　おまえは幸せではないのだな？
アルテル・エゴ　だがな、ここでは幸福が問題なのではなく、原理が問題なのだ！　幸福なんかクソ食らえだ。いまここで問題なのは進歩とは何かだ！　リリットの奥さん、もしわたしがその問題にかんして何か言ってもいいということになれば、ここはまったく見違えるようになりますよ！　それで、あなたがどんな地位につくべきかということを考えますとき――
アダム　そんなことは自分のカミさんに言え、だが、そのことにかんしては、わたしの家内はそっとしておいてくれ！
アルテル・エゴ　どうして、そんなものがわたしにあるんだ？　一方は、妻も家も思い出もすべてをもっている。で、他方はといえば、なんにもなし。これが、何か、平等と言うものですかね？　私はアダムがわたしを創造する権利をもっていたということを基本的に拒否する！　それだけだ。
アダム　何がそれだけだ！　待てって――
アルテル・エゴ　真理はまたず。禁圧することもできず。
アダム　だが、おまえに説明しよう――

アルテル・エゴ　わたしはすべてを知っている。わたしにだって目もあれば、理性もある、そうじゃないか？　そして、口は自ら詰め込むことはできない。話すこと、それはわたしの最大の権利だよ、先生！

エヴァの声（山の上から）おーい、おい、おい、おい！

ミレスの声　おーい、おい、おい！

リリット　あれは誰、アダム？

アダム　あれは……それ、なんでもない。あれはただの山彦だ、わかるか？

（高みに、エヴァとミレスが現われる）

アルテル・エゴ　あの二人は誰だ？

アダム　わたしは、もう、言ったぞ、なんでもないって。あれは単なる実験だ。単純に言って失敗だった、だから……

アルテル・エゴ　じゃあ、彼らはなんの姿になるはずだったんだ？

アダム　そう、なんかこう、超人間のようなものだ。

アルテル・エゴ　超人間だと？　いったいなんで超人間なんだ？　で、彼らを創ったのは誰だ？

アダム　わたしだ。

アルテル・エゴ　おい、もうこんなもん創るのは全面禁止だ！　わたしはいかなる超人間であれ、その存在を基本的に拒否する！　それは特権階級だ！　それは反動だ！

エヴァ　ヘイヤヤー！

リリット　見て、アルテルコ、あの女、大きいわ！　彼女には合わないんじゃない？

アルテル・エゴ　大きい！　あんなに大きくならなくてもよかっただろうに、なぜだ？　あれじゃ、あなたみたいに家のなかの仕事をしたり、雑巾がけをしたりすることもできない、そうでしょうリリット夫人、超人間だなんて！　これは、当然、物笑いの種だ！

ミレス　ヘイヤヤー！　ハリッホー！

リリット　まあ、あの人、ハンサムじゃない！

アダム　この手のつけられない恥知らずめ！（石を拾って、投げようとする）行ってしまえ、この役立たず！

リリット　アダム、あんたどうしてあの人に似ていないの？

アルテル・エゴ　それに、どうしてわたしは彼に似ていないのかな？　どうしてあっちの男は超人間なのに、わたしはただの貧しい人間なのだ？　いいですか、リリット夫人、彼はね、嫉妬から、わたしが自分よりもハンサムにならないように創ったんですよ！　それにあなたは彼の髭もじゃらの顎に満足していますか？　彼よりももっとましな、若い男を見つけることができなかったんですか？　あなたがあの男を自分の夫にしなければならなかったことに、わたし、心からご同情申し上げます。

リリット　あの人はね、昔はすごくひどかったのよ、アルテルコ……（涙声で）あたしとても不幸なのよ……

アダム　わたしはね、もう、そんなこと聞き飽きたよ！　わたしは、君がわたしの家庭生活に介入することを禁ずる！

アルテル・エゴ　おや、あんたはわたしに何か命令でもしようっていうのかい？

アダム　わたしはそんなこと望まんよ、きみい。わたしは望まん。しかし君のために君の妻を創造することにしよう。君の好きなようにやりたまえ。そうして幸せになるんだ。アルテル・エゴよ、わたしは君に女中をあげよう。君は結局それには満足だろう？

アルテル・エゴ　なんだ、それで満足だろうと？　わたしが女中をもつことなんか、そんなことはわたしにとっては当然の権利だ。だから、わたしとしてはあんたがさらにわたしから女中にたいする権利までも取り上げようとしていると考える！　わたしが権利をもっているそのものを受け取ったからといって、なぜ、わたしが満足しなければいかんのかね？　いやいや、そんなものじゃわたしは不満だな。

アダム　どう思うかね、リリットちゃん、わたしは彼の妻を創造すべきかね？

リリット　わからない。あたしもあの山の上の彼女のように大きくなりたかったわ。

アルテル・エゴ　ごもっとも、彼女をもう少し大きくしたまえ、適切なおおきさにな。さあ、はじめろ。

アダム　ちょっと、手を洗いたい。

アルテル・エゴ　いや、だめだ。それではブルネットの髪の女が出来るかもしれん。さあ、急げ！　言っておくが、わたしはいかなるめん鶏みたいな賄い婦も要らない！　彼女は魅力的で、細身で背が高くなくてはいけない――

アダム　（土の山に向かって膝をつき、創造をはじめる）まて、そう急かすな！　女よ、分別のある、静かで、貞節であれ――

アルテル・エゴ　おい、そんなのはだめだよ！　とんでもない話だ！　おれは女家庭教師なんか欲しかないんだからな！

リリット　その人、どんな服なの？　ライラックのよう？

アルテル・エゴ　見目うるわしく、情けあれ！

リリット　粘土の素焼きの色か！　それとも、ダイヤ模様か、アルテルコ、言いなさいダイヤ模様だって！

アダム　強い女であれ！　重々しくあれ――

アルテル・エゴ　わたしはそんな元気の塊のような女はいやだな。むしろ、こう、蒼白い顔で、大きな目をした女がいい――

リリット　それだったら黒い服じゃないとだめだわ。襟元は切り込みの浅いものよ、わかる？

アルテル・エゴ　わかってるさ。深いカットに、顔の色はどんよりとした象牙色。

リリット　そんな馬鹿なこと言わないでよ、その人あたしみたいに、年中、うちにいる人なのよ！

アダム　リリットや、おまえはこの問題には余計な口出しをしてはいかん！

アルテル・エゴ　おまえこそ、気の回しすぎだ！　彼女はむしろ細身で――

アダム　リリットちゃん、おまえはね、このことにあんまり口を挟むんじゃない！

アルテル・エゴ　あんたこそ余計なことに気をまわすなって！　むしろ、痩せ気味がいい――

アダム　すまんがな、その彼女を作っているのはわたしか、それとも、君か？

アルテル・エゴ　じゃあ、その女はわたしの女房になるのか、それとも、あんたのか？　それから襟ぐりはものすごく深いのにしてくれ！

リリット　あたしみたいな奴隷になるのに、そんなの正気の沙汰じゃないわ。たしかにあたしは何も使っていないし、どこにも行ったことがない――

アルテル・エゴ　陳腐な女はだめだぞ！　指は細くしてくれ、君！

アダム　それに頑固ではない！

アルテル・エゴ　そんなふうに一々言わなくてもいい！　彼女の声は低いアルトだ。それに機知と、長い背筋。

アダム　貞節であれ！

リリット　そんなの馬鹿げてる！　それが彼女のなんになるの？

アダム　従順であれ！

アルテル・エゴ　わたしは好かんな！　どうなりたいかは自分で決めさせろ！

アダム　おまえが取り消したんだぞ！　こうなったら、どんな女が出来上がるか、わたしにもわからんな。

アルテル・エゴ　そんなことはどうでもいい。わたしは自分の妻をいかなる点においても制限したくない。自分で気に入るような自分になればいい。

アダム　そうはいかんよ、友人！　創造主はしかるべき人間たちを創るのが仕事だ。だが、彼らが勝手に望むような人間に創るのではない。いまにわかる。

アルテル・エゴ　それは人間、いかにあるべきかの模範になるような美しい自由であるにちがいない！　私はまさに、彼女が自ら欲するような彼女であることを望んでいるのだ！　いったいどうしてわが家の家庭の事情にまで介入するのだ？

アダム　いいかね、たぶん、わたしには自分がつくる物について知る権利はあるはずだ！

アルテル・エゴ　そうはいくかい！　もし創造主が何を創るか知ったら、そんなもの打っちゃってしまうだろう。こんなものにかかずらわっていずに、創造しろ！

アダム　じゃあ、何かをわたしが創るとき――――――手の下に何か恐ろしいものが生まれ出たとしたら？

アルテル・エゴ　そうなったら、あんたを非難するのがわたしの役割となるだろう。創造主はもう何かかわいらしいものを創らねばならない。さあ、やれ！　なんだ、こんなものがなんらかの仕事と言えるのか？

アダム　わたしは、君とはもう議論はしない。欲しいものを取るがいい。（土に息を吹きかける）立て、女！　おまえのしたいことをしろ！

アルテル・エゴ　どうも不審だな、何だ、そもそも……

（女、背をぴんと伸ばしてたつ）

アルテル・エゴ　どうだ、こりゃあすばらしい！

女　どうして起こしたの？　せっかく、とってもすばらしい、パープル色の夢をみてたのに！

アダム　生命がおまえを目覚めさせたのだ――えーっと、わたしらは彼女に名前をつけるのを忘れていた。彼女をなんと呼ぶといいかな？

女　わたしをハーダンカ〔謎々〕と呼ぶといいわ。

アルテル・エゴ（アダムへ）さあ、彼女に何か言えよ！　わたしを紹介しろ！

アダム　こいつはアルテル・エゴです。ハーダンカさん。

女　あたしのこと、ハーダンカなんて言わないでよ。あたしはキメラよ。とっても変なのは、わたしを見た人は、わたしに何か秘密があるって感じるのよ。誰もがそう言うのよ。

リリット（不安そうに）おはよう、奥さん。

女　まあ、なんてかわいいの！　どうしてそんなにへんてこな衣裳を着てるの？　あたしたちお互いに仲良くならなきゃね、でしょう？　男を軽蔑している？

リリット　わたくしが？　いいえ、でも、どうして？

女　なぜならあなたが女だからよ、かわいこちゃん。あたしたち二人だけになったとき、いろんなこと、あなたにたくさん話してあげる！

リリット　でも、あたしアダムを愛してますのよ！

女　まあ、あなたって純真素朴なのね！　あたしあなたにキスしなきゃ！

リリット　いやよ、あたしあなたが恐いわ！　アダム、家に帰りましょう！

女　あたし、あなたから彼を取りはしないわよ、赤ん坊ちゃん。あたしが男を支配する力をもっているってこと、すごいことなのよ。あたし、どれだけ体験してきたことか……

リリット　でも、あなた、たったいま生まれたばかりなのよ！

女　わたしはね、とても疲れてるのよ！　どこか遠くへ行きたい、新しい土地へ、新しい感動を求めて……あなたここに鏡もってない？　わたし、簡素な生活に憧れてるの。ここはすごく魅力的な寂しさがある……あたしは一日中、一本の草の茎を見つめていられたらいいなと思う。

アルテル・エゴ　これはおっそろしい女だ！

リリット　アダム、家に帰りましょうよ！

アダム　うん、いいけど、リリットちゃん、おまえは帰っていいよ。

女　あなた方、運命を信じていますか？　人々のなかにはお互いに宿命で結びつけられているということを信じますか？　その人たちは……一目見ただけで……お互いに引きつけあう。わたしを愛した人は、死ななければならないなんて、変ですわよね。

リリット　でも、どうして？

女　よくわからないけど、わたしのなかに、何か運命的なものがあるのよ。それはね、あなた、あたし、誰にでも、びっくりするくらい感応するのよ。ここにはひどい倦怠感がある。あなた感じない？　あたし暴れ狂うみたいに踊りたいわ！　そんなふうなものが、わたし欲しいのよ！
アルテル・エゴ　何だ？
女　わからないけど、何か大きなもの。わたしのなかに、何か満たされないものがあるのよ。誰かわたしを理解してくれる人いないかしら？
アルテル・エゴ　わたしがいる！
女　誰がエルザを解き放ったの？　誰がわたしを支配するの？
アルテル・エゴ　わたしだ！
アダム　それは事実に反する！
リリット　家に帰りましょう、アダム。この人たち放っておきましょうよ！
アダム　放しなさい！　言っておくが、誰もこの女を支配できない！
アルテル・エゴ　じゃあ、君ならできるのか？　君はこの女を理解していると思うのか？
アダム　彼女を創ったのはわたしだ。それともおまえか？
アルテル・エゴ　おれだ！　彼女が自ら欲するようなものになれと言ったのはわたしだ。
アダム　そんなものは創造でもなんでもない！
アルテル・エゴ　いや、まさしく創造だ！　それは新しい女性の創造だ！
リリット　アダム、行きましょうよ！（泣き出す）
アダム　だが、絶対に――おい、そう泣くなって、リリットちゃん！　わたしはこんなことには、もう我慢がならん！
リリット　あたしをうちに連れてってよ、ねえ、ねえってばあ！
アダム　もう行く、こん畜生！　この問題については、あとで決着をつけよう、君！（リリットを連れて行く）
女　あれはあの人の奥さん？　どうして彼女を連れてったの？
アルテル・エゴ　知らん。わたしは――
女　でも、あの人ってすごくおもしろい人ね、そう思わない？　あの人の目には何かこう独特のグリーンの、抵抗しがたい……
アルテル・エゴ　わたしは感じないな。でも、わたしは――
女　あれ、見た？　彼って、わたしにぞっこんみたいよ。あんた、リリットがすごくやきもち焼いているのに気づかなかった？
アルテル・エゴ　そりゃ、わかったさ。でも、わたしは――
女　わたしは、わたしは！　あんたたち男っていつもいつも自分のことしか話さないのね。
アルテル・エゴ　ぼくは君を愛しているよ、エルザ！
女　わたしはエルザじゃないわ。わたしはラウラ。あたし、詩人を愛せるといいな。でも、そのことはみんなあの人次第なんでしょう？
アルテル・エゴ　あの人って誰？
女　アダムさんよ。ここではあの人が支配者なんでしょう、違う？　だからこんなに冷たいのよ。冷たい男の人って、あたしすごく引きつけられる。あなたあの人の手に気がついた？　まるで王侯貴族の手よ！

アルテル・エゴ　ラウラ、わたしは君を愛している！

女　あたしは強い男の人とだけ恋ができるといいな、それが願いよ。わたしの足元に世界のあらゆる富を置いて、いい、「これはおまえのものだ、マルツェッラ、わが妻よ！」って言うような男の人たち。

アルテル・エゴ　わたしは君を崇拝している、マルツェッラ、わが妻よ！

女　お黙り！　あなたがわたしを愛しているのなら、あんなリリットがわたし、イゾルデよりずっと優遇されているのが我慢ならないはずでしょう、わかる？

アルテル・エゴ　君のほうが何千倍かすばらしいよ、イゾルデ！

女　何よ、あんた見なかったの、わたしを見るあの女の目つき。こんなふうに、すごく高ぶって、まるで、あんた、この女乞食、ここにあるものはみんなあたしのものなのよって言ってるみたい。

アルテル・エゴ　そんなこと、彼女、言ったか？

女　なんて人なのあんたって、聞かなかったの？　そう言ったわよ！　それに、まだ言ったわ。「アダムはすべてのものの主人よ、あなたの求婚者なんかなんにもなしじゃない、なんにも、なんにも、なんにもなし！」だって。わたし、あの人が大嫌い！

アルテル・エゴ　本当か？　あのリリットがそう言ったのか？

女　そのあとで彼のほうも言ったわ。すべてのものはわたしに帰属しているって。もしわたしが望めば、ザイラもわたしのものだ。——ザイラ、それはわたしなのよ。そして、そのあいだ彼はわたくしをじっと、赤く燃えるように見つめていた——そこには生まれつきの支配者が見えたわ。

アルテル・エゴ　（激しい語調で）支配者の地位は彼にくれてやる！　わたしが無かどうかあいつに見せてやる！　アダムよ、出て来い！　臆病者の暴君め！

（アダムは出てくるが、見るからに憔悴しきった感じ。家庭内のいざこざがあったにちがいない）

アダム　何が望みだ？

アルテル・エゴ　存在するすべてのものは、誰のものか言ってみろ？

アダム　誰のものでもない。地球は、今後生まれ来る者すべてに属している。それは「黄金の時代」だ。

アルテル・エゴ　じゃ、いまは誰のものだ？

アダム　いま、現時点で存在している者の物だ。

アルテル・エゴ　分け前は同じか？

アダム　同じ分け前だ。

アルテル・エゴ　それじゃ、わたしの分け前はどこまでか示せ！

アダム　おまえの持ち分はいたるところにある。まて、おまえに読みあげてやる。

アルテル・エゴ　おまえの手帳なんてしまっておけ！　われわれの取り分をわたしに寄こせ。読むならそのあとで勝手に読むがいい。私はわたしのやりたいとおりにやる、わかったか、ザイラ？

アダム　君はわたしをよく理解していないようだな！　すべてのものは共有だ！　基本原理には次のようにある——

アルテル・エゴ　あんたは自分の原理をもっている。わたしも、わたしの原理をもっている。わたしだって君のリリットちゃんの尻を追い回すようなことはしないよ。

アダム　おい、ちょっと待て。真っ先にお互いに意見の一致を確認しておく必要がある——

アルテル・エゴ　意見の一致なんてクソくらえだ。私は世界のわたしの半分を受け取りたい。そのあとで、柵越しに意見の一致を見ることができるかもしれん。

女　たったの半分？　こんなにちょっぴり？

アダム　わたしたちは、黄金の世代をいかにして創るかで同意しなければならない。君のほうがいい意見をもっているなら、いいだろう、わたしは手を引く。しかしそんなことがありうるはずがない。なぜなら正しいのは、わたしのほうだからだ。

アルテル・エゴ　何をもって正しいと言うのだ？　わたしはそんなもの端的に拒否する。それだけだ。

アダム　君はそれがどんな正しさか知りもせずに、どうして拒否できるのだ？

アルテル・エゴ　わたしはそれを基本的に拒否する。絶対否定、例外なし。おまえが正しくなるようにおこなわれるだろうさ。だが、わたしは「ノー」だ、わかったな、ザイラ？

アダム　まて、わめくな！　わたしたちの黄金の時代は——

アルテル・エゴ　おれには、おまえの黄金の時代なんてお呼びじゃない。おれは、おれ独自の、もっとよいものを作る。だから、いいから黙れ！

女　あたし、あそこも、ここも欲しいわ！　それはわたしたちのものよ！

アルテル・エゴ　それにそこの土の山もだ。

アダム　その創造の土はわたしのものだ！

女　あたし土はいらない。わたし、欲しいのは花。それから雲も欲しいわ。

アルテル・エゴ　わたしが立っているこの場所にいたるまで、すべてわたしのものだ。ここがわれわれの境界線だ。

アダム　わたしは世界を二分するのを許すわけにはいかない！

女　あたしは地平線のむこうにあるものを望みたいわ。わたしはそのもっと青い面が欲しいの。

アルテル・エゴ　わかった、わが妻よ、そのすべてはおまえのものだ。それで満足したか？

女　あたし、すごく足が痛いわ！

アルテル・エゴ　椅子をもってきてあげよう。（アダムの家のほうへ駆けていく）

アダム　むこうへ行ってはいかん！　何か探しものでもある

のか？（彼のあとから行こうとする）

女（アダムをつかまえる）ここにいなさい！

アダム　何がしたい？

女　どうして、あなた、あたしのことを理解しなかったのよ！　はじめてあなたを見たとき、あたし、何かすごく宿命的なものを感じたのよ……アルテル・エゴはあたしにぞっこんよ。見たでしょう、あたしに嫉妬していること？

アダム　そう、たぶん……待っててくれ、わたしは家にもどらなければならない！

女　誰かが嫉妬していると、あたし、すごく興奮するのよ。あたし勇敢なことがものすごく好きよ。

アダム　しかし、あそこのわたしの家で何をしているのだろう？

女　そんなこと考えるのおやめなさい。人生って、こんなに魅惑的なのよ！　愛すること、ほかのことはなんにも気にしないこと……。いらっしゃい、ここからずらかるのよ！

アダム　放せ、わたしは……わたしはここにその土をもっている……それにリリットも……それとカノン……――わたしはここから去るわけにはいかん！　放せって！

女　あなた、何かを盗まれるのが恐いんでしょう？　あんたって、なんて気の小さい人なの！

アダム　気が小さいだと？　女よ、これはすごく大きな思想だぞ……。すべてのものが共有されなければならない……すべてのものがすべての者の所有となる……

リリット（家から飛び出してくる）アダム、あの人ったら、あたしたちの椅子をもっていこうとするのよ！

アダム　こらっ、その椅子を放せ！（小屋のほうへ飛んでいく）これはわたしらの椅子だ、この泥棒め！

女　わたしが欲しいのよ！　わたしが欲しいのよ！

アダム　この盗人め、これはわたしらの椅子だ！　わたしらのだ！　わたしらのだ!!!

――幕――

第四景

同じ舞台背景。ただ、奥のほうにアルテル・エゴの住居が加わっている。世界が二分されたのは明らかである。

アダムは自分のサイドで手帳に何か書き付けている。

アルテル・エゴは不機嫌な顔をしてすわっている。

アダム　ふむ。よし、こいつはある。(―間―)ふむ、ふむ。しかし、ずいぶん寒いな。(さらに長い間)どうだ、これを読んでやろうか、聞きたいか?　そのあとで、これが良いか悪いか言ってくれ。

アルテル・エゴ　いやだ。(―間―)

アダム　おまえは自分の思想を記録しないのか?

アルテル・エゴ　しない。(―間―)だから、おれが何を考えているか、おれが書く気になるなんて期待しないでくれ。

アダム　書けばいいんだ、そしたら、気が楽になる。

アルテル・エゴ　どうして、おれは気が楽になる必要があるのだ?　そういう、個人的な当てこすりはやめてくれ!

アダム　すまんが、わたしが言った何が、個人的なあてこすりなんだ?

アルテル・エゴ　悪意に満ちた、野暮なあてこすりだ。おれのカミさんが逃げたという、婆さんどもの噂話だ。あいつは端的に出て行ったのだ。念のために言っとくが、おれの了解を得た上でだ。

アダム　だがな、おまえは彼女に許しを与えるべきではなかったよ、友人。

アルテル・エゴ　許しを与えるべきではなかっただとは、よくもまあ言えたものだ!　それじゃ、あの女を引き止めることができるかどうか、自分でやってみろ!　ついでに言っておくが、これはおまえの罪だ。そもそも、おまえはその超人間を、なぜ創ったんだ?　おれは、そのわけが知りたいもんだ!　創った後でおまえはさらに意地悪なあてつけを言った、おれの妻がその超人間を追っかけて逃げていったと……!

アダム　出て行った。

アルテル・エゴ　それがどうしたって言うんだ?　おれはむしろ独りのほうがいい。いずれにしろ、家庭などというのは時代遅れだ。世界の進歩は家庭といったような、お猿さん好みの制度なんかに執着はしない。まったくのところ、ここじゃあ、まるで――

アダム　おい、おまえには何か、こう……たとえば、欠けているというか、ほころびているというか、そんなところがあるぞ、リリットちゃんがおまえのほころびを縫い合わせてくれるだろう。

アルテル・エゴ　いや、ありがとう……だが……願い下げだ。リリット奥さんは何をしている?

アダム　知るかい。いいかい、わたしにはな、自分の仕事で手一杯なんだ――

アルテル・エゴ　おまえがやっている、そんなものが仕事ってのか？　たえず、その辺を歩きまわり、何かを見張ってる――そんなものが、何か仕事ってでも言うのか？　おれにはわからんが、要するに、おまえ、何かおれに隠しているものがあるな。

アダム　そんなものはない！　まったくない！　わたしがおまえに何を隠さなきゃいけないんだ？　わたしは書くために歩いているのだ。おまえにもわかるだろう、人間は家では落ち着かないのだ……

アルテル・エゴ　そもそも、おまえはどうして彼女を創ったのだ？

アダム　誰を？　リリットちゃんか？

アルテル・エゴ　いや、そうじゃなくて、もう一人のほうだ。

アダム　おまえのカミさんか？　彼女を欲しがったのは、おまえじゃないか！

アルテル・エゴ　おれがあの女を望んだだと？　創造主よ、おれはまったく別の彼女を想像していたんだ！

アダム　わたしだってだよ、きみい、わたしだってだ！　わたしは彼女のことをよく知らなかったのだ。まだ古い世界で……わたしが知っていたある女のことを、わたしに思い起こさせたのはおまえじゃないのか？　あんなふうな興味深い女性タイプ、古い世界の女のことをな――

アルテル・エゴ　おまけに、誰かのあとを追いかけて、亭主のもとから逃げていく女か？

アダム　たぶん、そうかもな。

アルテル・エゴ　あはー、じゃあ、おまえ、以前知っていたある女をモデルにあの女をおれのために創ったのか？　で、それから次に新しい世界を創造しようというのか、古い世界がおまえの頭のなかにあるというのに！　おまえの創造すると称しているものはすべて、すでにあったものを手本にしているにすぎんじゃないか！　創造主は何も知っていてはいけないのだよ、きみい！　何か新しいものを造ろうと望むものは、すでにあったものに目を向けてはならんのだ！

アダム　すると、おまえさん、かなり思い違いをしているな。創造をするためには、そのことについて、十分な知識をもっていなければならない。

アルテル・エゴ　ばかばかしい。創造するためには、はっきりと、科学的に思考すれば十分だ。

アダム　だがな、考えるためには、ものすごく多くの経験がなければならない。

アルテル・エゴ　ナンセンス。経験は古いごみだ。経験はそれがすでにあったものという、たったそれだけで手足まといになる。アダム、おまえは古い世代の人間だ。おまえには新しいものは何も生み出せない。そのためには、何かこう、ピリッとした精神に目覚めなければならんのだよ。

アダム　結局、それに該当するのはおまえだけだと言いたいんだろう？

アルテル・エゴ　あたりまえだ、おれだけだ！　どうしてそれがおれだといけないのだ？　おれが何を創るか、興味しんしんなんだ！　おまえはどうしてもう創造しなくなったのだ？　なぜなら、恐いからだ！　なぜなら、もう、なんにもひらめかなくなったからだ！　だから、ここでのらくらすごし、おまえの創造の土を誰かが盗んでいかないように見張っているだけなんだ――おまえは恐いんだろう、ほかの誰かが創造しはじめるのが、違うか？

アダム　そりゃ、違う！　おまえは創造することを何か気晴らしみたいに思い違いしているようだな？　創造するというのは、それは一種の拷問だぞ、きみい。それはだな意思を砕くことよりももっと重労働だ！

アルテル・エゴ　じゃあ、それをやれよ。

アダム　それができないのだ。アルテル・エゴよ、創造はわたしに課せられた使命なのだ。

アルテル・エゴ　じゃあ、それをおまえに課したのは誰だ？

アダム　最も高いところの声だ。

アルテル・エゴ　それじゃあ、証拠があるのか？　――はあー、なしか。単純に言って、おまえはその仕事をべつの誰かにゆだねるのがいやなんだな。おまえは新しい思想を怖れている、ただそれだけの話だ。

アダム　わたしが恐れていると？　ふん、それならおまえの言う新しい思想というのを、このわたしに話してみろ！

アルテル・エゴ　おれは口先だけの言辞はきらいだ。おれは創造したいのだ。誰もが創造する権利をもっている、そうだろうが？

アダム　じゃあ、やってみろ！　創造だ、それは実験ではないのだぞ！　誓って言うが、友よ、そんなことを頭で考えるんじゃない。創造を望むなら、書け、書け。だが、それを実現させることを望んではいけない。おまえはそれを美しく書くことができる。望むものを書くことができる。しかし、それが実現しはじめるやいなや――

アルテル・エゴ　いいから、おれにそれをやらせてくれ、そして見ていろ！

アダム　だが、ちょっと待て！　おまえが創造をはじめたら、おまえが想像していたのとまったく違うものが現れる。いっとくが、最善の策は、世界はどうあらねばならないかを思索し、それを書き留めることだ。私はすでに五つの異なる種類の世界のあり方についての企画を書き留めた。そのいずれもがすばらしい。ただ、目下のところはどれが最もいい世界か、どの世界に進むべきかがちょっと……

アルテル・エゴ　五つの思いつきを持つこと自体がまさにナンセンスだ！　何かを造ろうと欲する者は、唯一つの思想のみをもつべきだ。

アダム　じゃあ、どれだ？

アルテル・エゴ　このおれのだ。おれに一度だけ創造させてくれ！　アダム、その土をわたしにくれ！

アダム　おまえは働きたいのか？　友よ、それは辛いぞ、ええ？　ああ、人間はなんとしばしば、自分の苦しみを抑え付けるためにだけ、創造をしてきたことか！　アルテル・エゴよ、おまえはあまりの苦痛のゆえに、何が出来るかも忘れてしまうくらい……

アルテル・エゴ　それがおまえに、何の関係があるというのだ？　おれに土をくれ、さもないと――

アダム　――さもないと？

アルテル・エゴ　――さもないと、おまえの古い世界をぶっ壊すぞ！　見せしめのために。

アダム（棒立ちになる）古い世界だと？　ということは、この世界がもう古いというのか？　――さーてと。ぶっ壊されるよりはましか……。まったく、おまえ、何でそんなことを言ったのだ。アルテル・エゴよ、おまえの好きなものを造れ、ただし今度だけだぞ、いいな？　もう一度だけ、おまえの願いをかなえてやる、さあ、創れ！　創ることはすごい責任を負うことだぞ、創られたものもだ。いいか、おまえは世界を滅亡させることもできる！

アルテル・エゴ　わかっている。さあ、はじめよう、創造主よ！　おれに創造させてくれるのか？

アダム　そう！　そう！　破壊するよりも創造するほうがいい！

アルテル・エゴ　さあ、よし。（山盛りの土のほうに向かって膝をつく）それで、どうやったら出来るんだ？

アダム　ただ、泥人形を作る。それからその人形に生命の息を吹き込む。

アルテル・エゴ　ああ、それだったら、まえから知っていた。頭から創るのか、足からか？

アダム　どこからでも、好きなところからはじめろ、しかし――

アルテル・エゴ　ご助言ありがたいが、誰かがわたしにアドヴァイスするなんて不要だな。行ってくれよ、創造主！余計な手出しはしないでくれ！（土をこねる）

アダム　アルテル・エゴよ、何が出来るのだ？

アルテル・エゴ　いまにわかる。（無言で仕事をする）

アダム　そいつは足は二本あるのか？

アルテル・エゴ　それが、おまえになんの関係がある？

アダム　聞けよ、そいつもまた女なんじゃないだろうな？

アルテル・エゴ　たのむから、そんな馬鹿面してのぞき込むのはよしてくれ。

アダム　わかった、もう、邪魔はしない。（頭を振る）だけど、やっぱり今度も、ただの人間みたいだな。（去る）

アルテル・エゴ　やっと行った。さて、今度こそ仕事だ！

わが大きな思想よ、わたしは、いま、おまえをこねている、

たとえ疲れようと、忘れさせてくれ！

男の努力は世界の発展に――

（愕然とする）

それとも、むしろ女を創るべきか？

（ふたたび仕事に没頭する）

ナンセンス！　土よ、いま、わたしはおまえをもっている

そしててのひらと、膝でおまえを押している！

男になれ、そして創造しろ！　強くあれ、そして孤独！

（腕をたらす）ああ、ばかばかしい、女なしの男なんて！

アルテル・エゴの女（舞台奥から出てきて、ためらっている）アルテル・エゴ！

アルテル・エゴ（ふたたび仕事にとりかかる）わたしに、暇はない。

女　あたしよ、マグダラのマリア〔改心した娼婦〕よ。

アルテル・エゴ　なんだと？（立ち上がる）おまえがか？　どこから来た？

女　戻ってきたのよ。

アルテル・エゴ　消えろ！　ここにおまえの探すものはない！

女　アルテル・エゴ、でも、あたしはどうなるの？

アルテル・エゴ　やつと一緒にいればいいだろう、あの超人間と！

女　あんなやつ、あたしもう見るのもいやよ！……あいつ、あたしを理解しないのよ！

アルテル・エゴ　ほほう。じゃあ、何であいつのあとを追っかけていったんだ？

女　あたしをあんな神聖な目で見たからよ！　もしあなたが、彼の鋼のような目を知ったらいいのに！　そして、彼の英雄のような腕を！　アルテル・エゴ、あたしはこんなに不幸なのよ！

アルテル・エゴ　おれの手には余ることだな。それに、いったいぜんたい、どうしてここに戻ってきたんだ？

女（身を投げ出すように膝をつく）あなたに殺されるためによ！

アルテル・エゴ　おれが？　なんてこと考えているんだ！

女　あたし、あなたがあたしを殺すのがわかったのよ。だから、ねえ、あんたがあたしをどんなに愛していたかをはっきり知るために、あんなことをしたのよ、ただそれだけのために！　わたしを殺しなさい！

アルテル・エゴ　いやだね、ちょっと静かにしてくれないか！　おれは忙しいんだ。ほれ、立てよ、なんでそんなにひざまずいているんだ？

女　あなたの前にひざまずいているのよ！　あなたは善人で、大きいわ！　あなたがわたしをゆるしてくれること、あたしにはわかっていた。あたし誓ってもいい。あたしがあんなことをしたのはあなたが、あなたのやさしさを示すことができるためだったのよ！

アルテル・エゴ　やさしさだと？　おれはおまえを突き刺したかも知れないんだぞ！

女　あなたがそんなふうに悪ぶるときって、すごく素敵！　あたしをぶって！

アルテル・エゴ　おいおい、頼むよ、茶番は止めてくれ！

女　ほら、あなたはわたしを理解できる唯一の人よ。あなたの罪深いアンナに手を差し出して。アンナはあなたと別れようとしているのよ。

アルテル・エゴ　どこへ行こうというのだ？

女　聞かないで。深い水が流れているところを、わたし、知っているの。そこは山脈の向こう、真っ暗な大峡谷の底――

アルテル・エゴ ふむ、家に帰ったほうがいいよ。

女 あたしすごく疲れてるのよ！ それにねえ、エヴァはアダムの奥さんだったんでしょう？ おもってもみてよ、あのひとったら、例の超人間と一緒にアダムのところから逃げたのよ。

アルテル・エゴ もう、いい、行け！

女 エヴァは逃げた。そして、いい、戻ってこなかったのよ。賭けてもいいわ、リリットはそのこと知らないのよ。でも、あたしあの人にこのこと言ってあげるわ。言ってごらんよ、あなた、さまよえるルイザのことが恋しくないの？

アルテル・エゴ ノーでもあり、イエスでもある。わたしには、そんなこと考える暇がないのだ。

女 わたしも、また家に帰れてうれしいわ！ あなたにだって家に帰るのは素敵なことよ。あたし、ふけて見えない？

アルテル・エゴ いいや。でも、もう立ってくれ！（彼女に手を貸す）

女 ねえ、あんた、あたし、足がすごく痛いの！ 見て、これあなたにたいする愛に原因があるんだわ。

アルテル・エゴ おれにだと？

女 あなたによ。だって、あたし、帰りの道の途中で痛み出したんだもの。

アルテル・エゴ じゃ、すぐにおいで。わたしはここに手をつけたばかりの仕事があるんだ。（彼女を連れて行く）

女（彼によりかかる）リリットがわたしたちを見ていないのが残念ね、そう思わない？ あの女、覗いているかもね！

アルテル・エゴ 来いって！

（二人、姿を消す。反対側からアダムがやってくる）

アダム なんだ、こりゃ、おまえ仕事、おわったのか？ ――ははあ、あいつ、途中で投げ出したな！ どうかね、友人、創造するというのは、そうそう簡単なものではないんだぞ。新しいものを創造すると簡単に言うがな――（はじめられたばかりの作品の前で）たしかに、わたしも考えたよ、まず手始めに女を造ろうとな！ 若い連中ときたら、いつも世界に混沌をまき散らしたがる。そのくせ頭のなかにあるのは女のことだけだ。だが、あの「否定」のカノンを掘り出さないよう願うのみだ。わたしはいまからもう恐ろしくなってきた……。おお、なんとしたことか、わたしともあろうものが、なす術を知らずか？ おまえは見ておれ！（創造の土の前にひざをつき、腕をまくる）どうやったらそれが出来るか、手本を見せてやる！ しかし、あいつは、わたしにはもう新しいものはなんにも出来ないと言ったが、なぜだろう。よし見てろ！

新しい何かをすぐにも創り出してやる！ だが、それをどこから取り出せばいいのだ？

土はそれ自体のなかに、何か新しいものを蓄えているのだろうか？……

創造主が自分自身を、ほんのちょっとでも

疑い始めたら、それでおしまいだ。

（仕事に没頭する）

おれにそれができないと？　いまにわかる！

自分のことは考えるな。ひとえに創造に集中しろ！

（ぎくりとする）

だがな、創造主自身だって、もともと新しいものなんてまったくないのだとしたら、自分で調達しなければなるまい？

（飛び上がる）

思想よ、下がれ！　おまえはわたしをみじめにする！　創造主はあらゆる苦難に遭遇してもかまわぬが、懐疑におちいることだけはだめだ！

アルテル・エゴ　（『世界は滅亡させられなければならない！』という宣伝文句の書かれたアダムの古い看板をもってくる）ほうら、おまえのなすべきことが、ここに書いてあるんじゃないのか？

アダム　なにもない。わたしは創造している。

アルテル・エゴ　ここにはおまえが創造すべきものはない！　退け、こんどはおれの番だ！

アダム　どんな「番」だ？　たしかに、おまえはここで創造したじゃないか。何を創ったか見せろ！

アルテル・エゴ　ちょっとのあいだ、この場所を離れただけだ。おれはおれの好きなときに創造する。それともだめか？　退いてくれ、おれは急いでいる！

アダム　ばかに急ぐじゃないか、新しい女でも創ろうというのか？

アルテル・エゴ　第一におまえには関係ない。第二におれは女など創ることを望んでいない。

アダム　あれれー、おまえのカミさん戻ってきたのか？　これはたまげた！

アルテル・エゴ　彼女は来た。どうして彼女が来ていけない理由があるのだ？　それがそんなに変なことならその理由を聞きたいもんだな。

アダム　もちろん、そんなものはないさ。で、彼女に何を言ったんだ？

アルテル・エゴ　おれが彼女になんと言ったかって？　おれは「お帰り」と言ったさ。気が向いたら、いつ来てもいいし、いつ行ってもいい。おまえは自由な人間だとも言った。

アダム　へえ、おまえ彼女にそんなことを言ったのか？

アルテル・エゴ　おお、もちろんだ。いまはな、創造主よ、男と女の関係もまったく変わったんだ。おまえはもう、新しい生活様式を理解できないのだよ。

アダム　悪いがな、誰かのカミさんが旦那を置いて逃げ出したなんて話は全然新しくも何ともない！

アルテル・エゴ　そこには基本的な相違がある。新しい女は逃げない。新しい女は行きたいところへ行く。さあ、退いてくれ、今度、創造するのは、おれだ！

アダム　それで、何を作るつもりなんだ？
アルテル・エゴ　おまえ以上のものだ！
アダム　それは、結局、人間だということなのか？
アルテル・エゴ　人間以上のものだ。
アダム　そうすると、それは神だということになるな？
アルテル・エゴ　神なんかであるもんか。もっと進んだもの！　もっと新しいものだ！
アダム　新しいものか、そんなものがありうるのか。
アルテル・エゴ　おれがそれを言ったら、おれにそれを創造させるか？
アダム　させるとも、だが、そのまえに言ってみろ――
アルテル・エゴ　ようし、やったー！（創造の土の上で飛び上がる）アダム、おれが何を作りたいかわかるか？　群だよ！　これはおれの発明だ。群衆を創造する！（上着を脱ぐ）
アダム　人間の群か？
アルテル・エゴ　人間なんかであるもんか。人間とは克服された位相だ。いまは群衆の上に集団がある。（腕まくりをする）
アダム　どんな群衆だ？　群衆はたしかに人間から構成されているじゃないか！
アルテル・エゴ　ナンセンス。群衆は人間からは創れない。いいから行ってくれよ、アダム！
アダム　じゃあ、いったいぜんたい、何から群衆を作ろうというのだ？
アルテル・エゴ　これはなんたる愚問！　単純に、土からだ。じゃあ言ってやろう、おれは創造のためのまったく新しい方法を発見したんだ。おまえは暖炉の隅っこでうずくまっていろ、この不器用ものの爺！　それともおれたちのどっちがたくさん創るかやってみろ！　じゃあ、賭けだ！
アダム　どっちがたくさんやれるかか？
アルテル・エゴ　どっちがたくさん創造するかだ！
アダム　いやだ、わたしは賭けない！
アルテル・エゴ　はっ、恐いのか。
アダム　なーんの！
アルテル・エゴ　じゃあ、よし、おれと張り合いたいというんだな？
アダム　よかろう。
アルテル・エゴ　よーし、受けた。（てのひらに唾を吐く）古い世界と新しい世界との試合だ！　世界記録の創造をかけての競争だぞ！（土の塊の上から飛び降りる）よしだな？
アダム　よし、受けた！
アルテル・エゴ　じゃあ、がんばれよ！（もってきた看板をもちあげ、創造の土のほうへ運ぶ）
アダム　そのもっているものは何だ？　なーんだこりゃあ、どっから拾ってきたんだ、そんなもの？
アルテル・エゴ　だって、あそこの茂みのなかにあったのを見つけたんだ。（その板を創造の土のそばに立て、創造の様子を見られないための仕切りのように立て、土台を固める）
アダム（読む）「世界は――滅亡させられなければ――ならな

い！」わたしのプラカードだ！　――そんなもの、おっぽっちまえ！　そんなもの、ここで何に使おうというんだ？

アルテル・エゴ　おれの仕事を覗かれないようにだ。これだって、公正な競争のために、おれが発明したんだ。

アダム（自分に、独り言）世界は破滅させられなければならない！　――これは悪い前触れだ！　――アルテル・エゴよ、その看板をこっちにもってくるな！

アルテル・エゴ　なぜだ？　板切れは板切れに過ぎん。

アダム　しかし、その標語がここにはふさわしくない！

アルテル・エゴ　ふさわしい。それにまさにそれにふさわしい十分な大きさがある。――さて、出来た。（アダムのほうへ出かける、そしてアダムに手を差し出す）さあ、ご老人わたしに手を貸してごらん。生は闘争だ。

アダム（いくらか感動して）ありがとう。成功を祈る！

アルテル・エゴ　心配ないって。さあ、出かけようか？

アダム　いや、まだ、だめだ！　わたしは準備をしなければならない。行け、自分の領分へ、そして、わたしが「いまだ」と言うまで待つんだ。

アルテル・エゴ　よし、了解。じゃあ、続けろ。（仕切りの向こうに消える）

アダム　さあてと、いまこそ、やつに見せてやる！　――だが、これじゃまずいな、聞こえてるか？　おまえはまだはじめていないということが、わたしにわかるように、手を叩いていなければならない！

アルテル・エゴ　うん、わかった、ただし、急げ。（手を叩く）

アダム（独り言）いまこそ、最良の物を創ることだ！　最高の思想のなかでも最高の思想を選べ……だが、どの思想だ？

アルテル・エゴ　じゃあ、はじめるか？

アダム　すぐだ！　すぐだ！　――精神を集中しなければならない――しかし、そんな不愉快な拍手でわたしの邪魔をしないでくれ！

アルテル・エゴ　おれが手を叩くように望んだのはおまえ自身じゃないか。

アダム　そうだ、そうだ、手を叩いていろ！　すぐだ！　何かおおきなもの！　たしかに、すでに、多くの大きな思想はあった！　どうしてわたしには何も浮かんでこないのだ？　――あらねばならぬ何かだ！（木製のプラカードに驚く）世界は破滅させられねばならぬ！　このいまいましい板切れめ！　こんなものを前にしてどんなふうに創造すればいいのだ？

アルテル・エゴ　じゃあ、もう、いいのか？

アダム　まだ、だめだ！　こんちくしょう、次はなんだ？

アルテル・エゴ　おめでとう！

アダム　なんだと？

アルテル・エゴ　つまり、とうとう言ったじゃないか、「次は」と。

アダム　だが、わたしは「次」などとは言っていない！　それは有効ではない！　そこでおまえは何をしている？

アルテル・エゴ　創造している。

アダム　しかし、そんなのは無効だ！　わたしはまだはじめていない！
アルテル・エゴ　そんなら、はじめろ。そして何も言うな。
（口笛を吹きはじめる）
アダム（自分の領域で土と格闘している）はじめろと言うのか！　だが、何を？　完全なものとはなんだろう？　人間的なもので欠陥のないものというのはあるだろうか？（仕事を放り出す）ヘイ、そこにいるやつ、なぜ、口笛なんか吹くのだ？
アルテル・エゴ　仕事が順調に進むためにだ。
アダム　よくもまあ、創造のときに、口笛なんか吹けるもんだなあ？
アルテル・エゴ　どうして口笛を吹いちゃあいけないんだ？おまえも吹けばいいじゃないか。
アダム　いいか、創造すること、それはまさに宗教的儀式なのだ！　ところがおまえときたら、靴職人みたいに口笛を吹いている。私の仕事の最中に口笛を吹かれて、どうやって創造をしろというのだ？
アルテル・エゴ　じゃあ、創造しろ。そして老いぼれの七面鳥のように、年がら年中、ガラガラ声でぶさくさ言うのは止めろ！
アダム　わたしがなんだと？
アルテル・エゴ　老いぼれの、羽の抜けた七面鳥。
アダム　その称号は願い下げにしたいな！（憤慨して叫ぶ）おまえさんだって、わたしみたいにたくさんのものを創造したら、やっぱり、老いぼれの七面鳥になるだろうよ、この新米め！
アルテル・エゴ　おまえはもう完了したのか？
アダム　まだだ。（仕事にかかる）へそからはじめるか。それがなんになったとしても胴体はなくちゃならん。そのあとはそこから出来る……。ようし、もう出来たようなもんだ！　だが、まてよ、どうしてこれがバルザックでなくちゃならないんだ？　むしろ、何かの行動の天才であってもいいじゃないか。それともアインシュタインのほうがいいかな！　――おーい、おまえのほうはもう完成したのか？
アルテル・エゴ　それどころじゃないよ！
アダム　ははあ、うまく行ってないらしいな！　しかし、アインシュタインのことはどうするかな？　世界にアインシュタインが一人だったら、世界は正常に保たれない！わたしが人間しか創らないのを、あいつはどうして笑うのだろう？　あいつは何か社会秩序をつくるとか言っていたな！　そうだ、わたしは手帳をもっていたんだった！　わたしは世界の次の秩序のために、五つの提案をもっているのだった！　急げ！（手帳を引っ張り出し、興奮してめくる）黄金時代――？　いやだめだ、むしろ第二番、「プラトンの共和国」。そんなものプラトンがもっているはずがない！しかし、彼は言っている――どこかへ行け、それはきっと、何か新しいものかもしれんな？　むしろ社会的国家だ！くそくらえだ、どこにそんなものがある？　どうか、わたしの思想のなかのどれかを選ばないようにひたすら祈ります！（めくる）バクーニン——マルクス——だが、口笛はやめろ！
アルテル・エゴ おれは口笛を吹けるというのに、どうして吹いちゃいけないんだ？
アダム じゃあ、せめて、ほかのにしてくれ！
アルテル・エゴ なんのためだ。誰にだって自分のお気に入りの歌があろうってもんだ。
アダム アルテル・エゴよ、聞け。世界の運命は、おまえの創造するものに依存しているということを忘れるな。おまえがいま犯しているどんな間違いも、アイディアも——おい、聞いているのか？
アルテル・エゴ いいからしゃべっていろ、おれの邪魔にはならん！
アダム おまえがやっていることを、よく考えるんだぞ。どうだ、おまえの言い分はあるか？ もし、おまえがほんの少しでも疑念の影を感じたら、誓って言うが、その仕事を中止しろ！ 先延ばしにしろ！ いいか、疑うことを知らんのは、愚か者だけだ。考えろ、そして、疑え！
アルテル・エゴ おれは愚か者かもしれん。もし、人間がなんらかの考えをもっているのなら、考える必要はない。
アダム 私はおまえの良心に訴える！
アルテル・エゴ 自分の考えをもっているのなら、人間は良心など持つ必要はない。（口笛を吹く）
アダム あいつが何を創っているか見れたらなあ！ そしたら、わたしはその正反対のものを創ろう。原理的に正反対のものを造るのは、常に、いいことだ。すぐに取り掛かろう。何を創るべきか？ それで、そもそも、なにゆえに創るのか？ 頭が割れそうだ！
アルテル・エゴ ははっ、うまく行ったぞ！
アダム あっちでは何が出来たんだろう？（不意にひざまずく）神よ、わたしのかわりに何か創ってください！ あなたの証を、もう一度、あらわしてください！ 何か創ってください！ 常にあなたは創造主と呼ばれています。だから何か大きなものを、それとも、せめてそれに変わる何かを！
アルテル・エゴ 出来た！
アダム（飛び上がる）そんなものは無効だ！ わたしはまだはじめていない！ 待て！
アルテル・エゴ 時は待たず。（腕に、なかは空洞の人形を抱えて、自分の仕切りから出てくる）
アダム おまえが造ったそれはなんだ？
アルテル・エゴ これですよ、先生。（人形をとんとんと叩く）これをわたくしが造ったのです。おわかりですか？
アダム なんだ、そりゃ？
アルテル・エゴ 人体のモデル。創造の新しい手法《メソード》だ。大きなスケールの創造。アダム、アダム、おれはおまえを追い越したぞ！
アダム そんなものがなんの役に立つ？ それは何を意味するのだ？

アルテル・エゴ　おれの専売特許だ！　このなかに土を詰めて、息を吹きかけろ、それで一丁上がりだ。また、土を詰めて、息を吹く、また一丁出来上がり！　連続〔シリーズ〕生産！　五分で一ダース！　こういうふうにして造ればいいんだ、創造主の先生！　見てくれ！

（仕切りの看板を引き倒す。その向こうから十二体のシリーズ生産の被造物が、飛び出してくる）

アダム　おお、天なる神よ！　おまえはなんてものを造ったんだ？

アルテル・エゴ　アダム先生、あんたのまえに立っているのは集団ですよ。

アダム　どうしてみんなこんなに同じなんだ？　どうして一ダースなんだ？

アルテル・エゴ　そいつは大きい、創造主の先生。これこそ、まさに超人間だ。おれは集団を創造したのだ！

アダム　そいつらは人間ということか？

アルテル・エゴ　人間なんかじゃない。群衆だ。どういうことかわかるか？　どれもこれも同じ。しかも、みんなが同じ思想をもっている。

アダム　どんな？

アルテル・エゴ　そんなことは自然にわかる。思想は同一性を好む。集団の思想は何か荘厳ですらある。

第一の被造物（土を掘りはじめる。その他の全員が彼に続いて同じ場所を掘る）

アルテル・エゴ　わかったか？　おれの言ったとおりだろう？　群衆は目を覚ましている！

アダム　だけど、どうしてあそこに、ああいうふうにして立っているんだ？　どうして何も言わないのだ？

アルテル・エゴ　静かに静かに、彼らのなかに思想が生まれているんだよ。群衆が意識に目覚める。群衆の精神がそこへ集まってくる。ほら、ほら、いま、頭を上げたぞ！　いまに口を開くぞ――聞け――

群衆（ユニゾンで口笛を吹きはじめる）

アダム　口笛で何を吹いているんだ？

アルテル・エゴ（馬鹿みたいな喜びようで）これがおれの歌だ！　おれの歌を吹いている！　創造主よ、おれはおまえを越えたぞ！　おれは彼らの指導者だ！　おれは指導者になった！

アダム　どうしてそんなに叫ぶんだ？

アルテル・エゴ　なぜなら、指導者であると言うことは創造主であることよりも千倍もいいことだからだ。この、おばかさん！

―　幕　―

第五景

同じ舞台場面。しかし両方の家のかわりに、ホリゾントの左手には、なんとなくマンハッタンを思わせる、アルテル・エゴの大きな町がある。右手にはアダムの町の塔を思わせるロマンチックな建築物が建っている。以前、創造の土があったところはいまは、深い穴になっている。門柱は花輪や花綱で飾られている。

アダム

おおなんと、第七日目で、作品は完成した。

いまこそ、創造主よ、土のなかで腕組みができる。

見ろ、作り上げられたものは、いい出来だ。

ただ、土が底をついた。もうわたしらには土はない。

わたしは土を均等な二つの分量に分けた、
それぞれ自分の考えにしたがって、創れるようにだ。
わたしたちは創造したが、言葉は話さなかった。
私は個人を創り、彼は群衆を創った。

わたしは満足している。いまは創り上げた作品を
評価したり、解剖したりする時ではない。
ただ、わたしとして黙認できないのは——全体的に見て

あのアルテル・エゴは土をあまりにも無駄に使いすぎたと言うことだ。
創造したのは、わたしだけだ。彼の造ったものといえば
そうだな——口にするのも好まぬが、あんなものは、何の役にも立たん、猫のおもちゃだ。
しかもまったく創造的仕事ではない、鋲製造機から吐き出されてくる頭でっかちの鋲のようなものだ。

神よ、あの男のことをなんとかしてください。わたしはまた独りになりたいのです。

これまで彼と一緒にいて、私は退屈でした。

わたしたちは、ロトとアブラハムのように別れたいのです。

彼が左をえらべば、わたしは右へ行きます。


私は今日ここに彼が来るかどうか、ちょっと興味があるのです。

気の毒なことに、彼はここで何かを見るはずです。

わたしの善良にして、かけがえのない人々がわたしのために、特別の祝典を準備しているのです。

それは、創造主にたいする何らかのマニフェストとなる

でしょう。
この偉大なる日への感謝の表明。これらの人々は非常に献身的で、熱烈です……
私は隠れていなければならない。わたしは驚かされるべきなのです。

力がわたしを裏切るのではないかと、とても怖れています。
こんな瞬間に人間は弱々しくなるものです。
彼らがわたしを愛したとしても、それはわたしの責任でしょうか？
アルテル・エゴが仮に怒りを爆発させるなら、爆発させておけばいいのです！

（立ち上がり、手をもむ）

これはなんという日だ、ぎらぎらと輝く炎に満ちている！
何かが準備されている。たぶん、ここにプラカードが運ばれてくるだろう。

（アルテル・エゴが入ってくる）

アルテル・エゴ　ほほう、ご老人、何をお探しで？　昨日という日をですか？　それともなにか、お仕事をですか？　それとも四葉のクローバーですか？　あなたは何もなさることがないんでしょう？　あなたは終了なさった、ははー！

アダム　友よ、おまえさんと同じだよ、おまえさんと同じ。われわれの仕事はおわった。

アルテル・エゴ　なんの用もないのか！　おれは、これからがはじまりだ。

アダム　創造をか？

アルテル・エゴ　組織する。創造すること、それは組織することだ。より高い全体を創造する。おまえがおわったということはわかっている。人間をていねいに創ったんだろうが、その人間たちと、もう、何もすることがない、絶対に。もちろん、おまえがそれで楽しめるのなら、動物園でも作ってもいいんだぜ！　だが、失礼、おれにはまだやることがあるのでね。

アダム　すまんがな、わたしにもおまえの無駄話を聞いている暇はない。

アルテル・エゴ　そうかい、おれだっておまえさんを引き止める気はない。

アダム　その必要もないってとこだ。（できるだけ威厳を保ちながら去る）

アルテル・エゴ（彼の後姿を見ている）

お気の毒さま。しかし簡潔に言おう。
あいつはそれを創るのに苦労していた。しかもそれというのが猫のおもちゃ［何の役にも立たないもの］だ。
そんなものまったく清潔な仕事と言えたもんじゃない。
そのどれもがクリスマス・ケーキみたいにべたべた貼り

つけるだけだ。

（腰をおろす）

わたしはあいつは好きじゃないが、悪い爺さんじゃない。彼のために平安とすばらしい千年の年を祈る。彼はできることをしたけれども、そのひどさといったらきりがない。

彼は自分自身の世界を持つようにつとめればいいのに、どうしてそれをしない？

アダムよ、おまえの世界とおれの世界をどうすれば一緒に治めていけるか言ってくれないか？　そのことについて、おまえならなんと言う？

友よ、これはもはやわれわれの力の及ぶところにはない。われわれが創造したものは、われわれよりも強いぞ。

ふむ、もしここにさらに長くとどまるとしたら、おおくのものが、すべてのものが、広範な集団のなかどういうふうに有効に作用するかを見ることができただろうに。

彼らはここで厳かに、おのれの創造主を敬いたいと思うだろう……

もう、プラカードを運んできたぞ。ここらでわたしは消えたほうがよさそうだ。

（退場する。舞台は一瞬、空になる）

舞台裏の声（左手から）用心しろ。よい――さっ！　よい――さっ！　よい――さっ！　休憩だ！

舞台裏の声（右手から）おおい、それを放せ！　――いや、そうじゃない、もちあげろ！　――トラムタラーラ・ラッタッタ！　――こりゃまずいな！　――そこ、退け！　――アー・ズム・アー・ズム・アー・テイドリタドリ！　――おい、それを壊すなよ！

舞台裏の声（左手）気をつけー、よーいさっ、よーいさっ！　よーいさっ！　よし、出来上がり！

舞台裏の声（右手から）なんて突っ込みかたしやがるんだ？　――おまえたち金テコをもってこい！　――車だ！　――皮ひもだ！　――ジャッキだ！　――気をつけろ、そいつおっこってくるぞ！　――気をつけろ!!　――危ない!!!　――さあすぐに！　ゆっくり！　――前へ！　――後ろへ！　――

舞台裏の声（左手から）用心してー、よーいさっ！　よーいさっ！（左手からアルテル・エゴの人民が登場する。簡潔に「アーエー」と呼ばれている。彼らは皮ベルトの上に大きな板をのせて運んでいる。その板には『ここで創造の仕事が行われた』と彫られている。全員が同じ服装をしている。全員がカーキ色のオーバーロールをつけ、全員が同じ顔をしている。それは一定の標準的思想化の結果で、やや表情に乏しい）

舞台裏からの声（右手から）もう少しだ！　――これをここに

置こう！ ――もっと右だ！ ――もっと左！ そりゃまずいな！ ――引っ張れ！ 差し込め！ ――放せ！ ――おれはこいつを一人でやったぞ！（舞台の上にアダムが創造した人間たちが大きな板を引いたり押したり、引きずったりしながら運び込む。その板には『ここで創造の仕事が行われた』と彫ってある。みんなは花飾りをつけている。あるものはバッカス神の杖〔thyrsus〕をもち、ある者はリュートをもっている、他のものは教科書、他のものは詩集の綴じ本を振っている。各自それぞれことなる服を着ている。この男は古代ギリシャのキトン〔肌にじかに着るガウン〕、別の一人はイギリス中世の吟遊詩人《ミンストレル》、別のはエフゲニー・オネーギン、別の一人は近代的な衣服、さらに一人は現代的な服、こっちの男は禿で、あっちのは豊かな頭髪、第三番目はふさふさとした髭。彼は金髪、あっちは赤毛、さらにもう一人は黒髪。要するに非常に彩り豊かで、活気のあるグループである）さあ、急げ！ ――そこじゃない！ ――そいつを切り離せ！

第一のAE（アー・エー） おい、君たち、何をもち込もうというのだ？

アダム方の第一の男（いろんな特徴から察すると、この男はレートル〔演説家〕である）なんだと？ ――おい、見ろ、ここにAEがいるぞ！（アダム方の人々のあいだで、叫びと笑いが起こる）

第二のAE ここで何をしようというのだ？

アダム方の第二の男（詩人のように見える）それが君たちになんの関係があるのです？

アダム方の第三の男（たぶん学者だろう）君たちこそここで何をしているのだ？

アダム方の第四の男（ロマンチストの風貌）ここから出て行けばいいんだ！

AEの全員 ここから出て行け！

アダム方の第五の男（おそらく快楽主義者であろう）金輪際、や（否）、だね！

アダム方の第六の男（たぶん哲学者だ）僭越ながら、わたしが彼らに説明しよう！ 諸君――

演説家 アダム民族の名において――

ロマンチスト 言っても無駄だ！ みんな放り出せ！

学者 失礼だが、一言！

詩人 わたしたちはここでお祝いをすることになってんです！

演説家 善良なる諸君――

ロマンチスト 君たちはわれわれを挑発しにきたのだ！

（アダム人民の叫び）

演説家 隣の国の諸君、われわれはプラカードの開示をここに要求するゆえに――

詩人 ――朗読によって――

哲学者 ――および、講義によって――

演説家 ――われわれは諸君に、遠のいてくれるよう要求する！

ロマンチスト 出て行け！

（叫び、ラッパと口笛の音）

ＡＥ　諸君！（騒音は静まる）ＡＥ集団はＡＥ宣言をするためにここに来た。
演説家　おや、それはまた。どんな宣言で？
第一のＡＥ　ＡＥ人類は記念碑をすえつけるためにここにきた。
ＡＥの全員　この場所で、かつて創造の仕事が行われた！

（驚愕の間）

科学者　だが、諸君、君たちをアダムが創造したんでないことは明らかな事実だ！
第二のＡＥ　そうさ。われわれを生み出したのはアルテル・エゴだ。
哲学者　創造するだと？　君たちを誰かが創造したということか？
ロマンチスト　彼らは自分で、勝手に、創造されたと思いこんでいるんです！
快楽主義者　君たちは何の目的で一ダースなんだ？

（叫びとヒヤ、ヒヤという嘲笑の野次）

演説家　だが、諸君。それは誤りだ！　君たちは絶対に創造されたのではない！
詩人　君たちは大量生産されたものだ！
ロマンチスト　君たちはまったくオリジナルなものがない！
快楽主義者　君たちは、ただの、数にすぎん！
科学者　われわれは君たちとまったく口もききたくもない！
ロマンチスト　君たち、家畜の群よ！
詩人　きさまたちは泥をこねて作った素焼きのマグ・カップだ！
哲学者　君たちは模造品だ！
第一のＡＥ　もう、たくさんだ！　君たちこそ何様のつもりなのだ？
詩人　われらこそ、正真正銘の人間様だ。
ロマンチスト　個性。
哲学者　魂。
詩人　神の似姿。
第一のＡＥ　あんた方はほこりをかぶった古色蒼然たる過去の遺物だ。
演説家　なに、わたしらがなんだ？
第一のＡＥ　案山子だよ。
すべてのＡＥ　正気の沙汰ではない。
第一のＡＥ　古物だ。
すべてのＡＥ　いかさまだ。
第一のＡＥ　われわれは新しい世界だ。
すべてのＡＥ　われわれを創造したのはアルテル・エゴだ。
第一のＡＥ　われわれは革命の創造主だ。
すべてのＡＥ　われわれは集団だ。
第一のＡＥ　アダムは葬られる。
すべてのＡＥ　かつ、永遠に呪われる！

（アダム人の側でものすごい叫び。その叫びは「やつらを襲え！」「野蛮人！」「やつらをぶっ殺せ！」と叫んでいるように聞こえる）

演説家（みんなの叫びを圧倒するように）静かに！　友人たちよ、われわれにたいする恐ろしい侮辱が加えられた。ここなる、未成熟児たちよ——

詩人（演説家の声をさらに圧倒して）アルテル・エゴはへぼ職人でペテン師だ！

科学者　アダム、万歳！

すべてのAE　アルテル・エゴ、万歳！

ロマンチスト　やつらを切り刻め！　やつらをこねて団子にしろ！

演説家　諸君、どうか、お静かに願いたい！　われわれはわれわれの看板をすえつけに来たのだ——

第二のAE　ここはわれわれの看板の場所だ！

すべてのAE　われわれの看板だ！

科学者　アダムの看板だ！

哲学者　そして、他のいかなるものでもない！

快楽主義者（地面を踏みつける）とっとと消えろ！

すべてのAE（地面を踏みつける）とっとと消えろ！

ロマンチスト　アダム万歳！

すべてのAE　アルテル・エゴ万歳！

超人間ミレス（彼らの上空に姿をあらわす。胴には穴居人の毛皮を巻きつけ、手には槍をもち、軽騎兵の制服を着て、羽根が風に揺れている将軍の帽子をかぶっている）いまだ！　進め！

すべてのAE（アルテル・エゴの歌を口笛で吹きはじめる）

アダムの人々（混乱した闘争心を丸出しにした騒動のなかで）それ、行け！　攻撃だ！

（両陣営はお互いに襲いかかる。AE軍は最初は密集陣形をとって口笛を吹いていたが、やがてアダム軍は勝利の叫びをあげながら、常に一人ずつ突進していく。大混乱が起こり全員が地面の上でのたうち、ころげまわり、大声で叫びながら、お互いに相手の首を絞めている）

超人間（その様子を見ているが、明らかに不快そうな表情が見える。ホイッスルを取り出し、吹く）最低だ！　あんなものは戦いなんてもんじゃない！　やめー！

（戦っている者たちはこの介入にびっくりして、手を離して立ち上がる。全員それぞれの陣地に戻っていく）

第一のAE　あれは誰だ？

演説家　あれは何の意味だろう？

（うなり声と、喧騒）

超人間（彼らの上方から）静まれ！　まったく、ひどいもんだ、諸君。残念ながら我輩は言わねばならん。こんなものはまるっきり戦争じゃない。ただの喧嘩だ。あきれて、ものも言えん。

ロマンチスト　それがおまえに何の関係がある？

超人間　すまんが、口を開くのは止めろ。一列に並べ、諸君！　整列！　なんだ、君たちは整列を知らんのか？　それで、祖国の御旗の下で戦おうというのか？
詩人　おれたちは兵隊じゃない！
超人間　だから君たちは何も武装をしておらんのだな。君たちは軍服をもらわなきゃならん。そして武装をするのだ。
科学者　でも、わたしらはここに看板を建てるために来たんです！
超人間　ここには別の看板を建てなさい。勝利の記念碑。たおれし者たちのための墓碑。彼らはこの戦場で名誉の死を遂げた、とか何とか似たようなこと書けばいい。そしたらそれなりのものになるだろう。
ロマンチスト　たしかにその通り！　急いで武装をしよう！
詩人　銃を構え！　突撃！
アダムの人々　（大きな叫びとともに）フラー！　われわれは彼らに鉄砲玉を食らわせよう！　武器を取れだ！（自分の町のほうに駆けていく）
超人間　（ＡＥへ）で、君たちは何もなしか？　君たちも武装をせにゃいかんよ。十番目の男は班長になる。平等は破られる！　わかったのか？
すべてのＡＥ　わかりました！
超人間　それでは、回れ右！　左向けー、左！　行進！

（すべてのＡＥ、左手へ行進）

超人間　（一人残る）ふん、何か臭うな。（服の下のほうから扇を引っ張り出し、あおぐ）蒸し暑い。嵐になるかな。わたしは力のメッセージをもってきたのだ。

（遠くでのざわめき）

アダム　（右手から戻ってくる）どうしたのだ、あの美しい日が曇るなんて！　黒雲が天をおおい、雷鳴までがごろごろと鳴りはじめた。わたしの民はどこにいるのだ。どうして、わたしを探さないのだ？　ああ、あの板をここにもってきたのか、わたしの大切な子供たち。わたしはそれを待っていた。（読む）「ここで――創造の――行為が――おこなわれた」なんとうるわしく、簡潔な表現であることか！　それから、これはなんだ？　もう一つの看板がある。わたしのために二枚の看板を建てようとしたのか？（読む）「ここで――創造の――行為が――おこなわれた」――これはおかしい！
超人間　ここで戦争が創造された。
アダム　なんだと？
超人間　その二枚目の板はおまえのためのものではない。
アダム　じゃあ、誰のため？
超人間　それをもってきたのは、もう一方の連中だ。
アダム　もう一方の連中？　それはナンセンスだ。そうとも、もう一方の連中がわたしのために、記念碑を建てるわけがない！
超人間　おまえのためではないさ。だが、もう一人のほうだ。
アダム　誰？　アルテル・エゴか？　それは馬鹿げている。

アルテル・エゴは、ほんとは何も創造していない！　おまえは誰だ？　どうしてここに、踏みにじられた花輪があるのだ？　何があった？

超人間　創造の仕事が行われたその日に、戦争がはじまった。わたしは歴史の入口に立っていた。わたしの足下の、わたし自身の視野のなかで歴史が生まれた。

（雷鳴）

アダム　それはどういう意味だ？

超人間　始まりだ。おまえの民たちはひどいやられようだった。なんの訓練もなく、なんの規律もない。とりあえず戦死者はいなかった。

アダム　なんだ？　わたしの民が衝突したというのか、その……例のもう一方の連中と？　ある種の戦闘になったというのだな？　誰の責任だ？　どっちが正当なのだ？

超人間　正当なのは勝った方だ。もう一方のほうはもちろん優勢とはいえ、ほんのわずかの差だ。それに武器も少しすぐれていた。

アダム　嘘だ！　わたしの民がすぐれている！　私の民のほうが能力もある！　それに完璧だ！

超人間　隊列も整えない。各人、思い思いの姿勢で立っている。おまけに、各人が自分の意見をもっている。

アダム　なぜなら彼らの一人一人に個性があるからだ！

超人間　それだったら矯正できるよ。彼らに制服を着せるのだ！　彼らに共通の思想を与える！　彼らの手に旗をにぎらせる！　彼らは武器を手に取り、号令だ。それで出来上がり。だから、創造主よ、それをやらなければだめだ！

アダム　君はそれを創造というのか？

超人間　わたしはそれを教練という。民族が創造されねばならん。国家が創造されねばならん。政権が創造されねばならん。それがこの戦争の意味だ。

（雷鳴）

アダム　どんな戦争だ？　そもそも、おまえは誰だ？

超人間　力のメッセージを運んでいる。

アダム　ははー……おまえは……なんという名だ？　ああ、もう、わかった。ミレスだ。

超人間　ミューラー。超人間ミューラーがわたしの名だ。行動の男。英雄主義の教師だ。

アダム　もう、わかった。で、どうしている……エヴァは？

超人間　身体的訓練。リズム体操だ。

アダム　なら、わたしの民たちがあの狂信的なやつに襲われたというのか？　たぶん、それはあのカインがわれわれにけしかけたのだ！　しかしわたしが彼らとの問題を解決する！

超人間　（槍の穂先で、爪の汚れを取る）できないだろうね。

アダム　そんなら、やつらのところにわたしの民を送る！

超人間　それを戦争と言うんじゃないか！

アダム　いや、それは防衛と言うんだ！　わたしは戦争は好まぬ！

超人間　それが戦争だ。君は家に帰ってもいいよ、創造主君。

（雷鳴がいっそう激しくなる）

アダム　それで、おまえさんは、わたしがそれを許すと思っているのかね？

超人間　創造主はここでは命令することはできないね。おまえの言葉などに誰も耳を貸しはしまいよ。

アダム　それじゃ、ここでは誰が命令することになるのだ？

超人間　ここを支配する者だ。勝負に勝った者だ。世界を創造することなんて、クソの役にも立たん。世界は征服されなければならん。誰が何になるか見せてみろ！　さあ見せてみろ、おまえに何ができるか！

アダム　わたしに何ができるだと？

超人間　なんでもない。創造主であるということ、それは受身の、克服された役割だ。おまえは解決済みの、古代の遺物だ！　古代にでももぐりこんでいろ、この創造主よ。いままさに歴史の幕が切って落とされるのだ。

アダム（怒る）なんだとー？　わたしが歴史というものを、おまえに見せてやろう！（飛び上がり、超人間の手から槍をもぎ取り、彼を突く）わたしが処理済だと？　わたしに何ができるか見たいのか？　ほらみろ！　さあ！（彼の後ろから駆り立てる）わたしに提案するべきことがないと？　このぐうたら！（後ろからせきたてる）わたしは貴様にたいして戦争を仕掛ける！　さあ！　さあ！　ほら、一発食らわせてやる！（叫びは遠ざかる）

（嵐が吹きはじめる。雨も降りはじめる）

アダムの声（ふたたび近づいてくる）やあ、ごきげんいかがかね、エヴァ、この道化者！

（雷鳴）

アダム（戻ってきて、槍にもたれている）ウッフ、やったぞ！　誰かを打ちのめすというのは、なんと気分のいいものだろう！　これは変だぞ、わたしはこれまで創造のときにこんなに強く感じたことはなかった。（雨のなかで腰をおろし、息を吐く）アルテル・エゴのための碑だと！　わたしの民は襲われた！　そして、わたしはそれをなすがままにさせておいたというのか？

（雷鳴と閃光）

アダム

――なんだと！　それは戦争だったのか？　わたしは頭
が割れそうだ。
わたしの額を冷やしてくれ、このやさしい雨よ！
自分の創造した人間《ディーロ》たちが、屠刹場に送られるというの
は。
創造主にとって、それはたしかにある種の拷問だ。

（雷鳴）

わたしは創造主だ、そうとも。だがな、自分の作品をす

べて
破壊されないように守るというのは困難だ……だが、わたしに何ができる？
たとえ、神のためといえども、そんなことはできない。

（雷光と雷鳴）

もし、わたしが、名誉を気にしているとしたら、わたしは勇敢に戦うことができるだろう。
国家を倒し、歴史を創造することもできる。
しかし、わたしには、創造主の慎ましやかな役割で十分なのだ。
前かがみになり、無言で、土から創造する……
嵐よ、わたしをいたわってくれ！

（雷鳴と嵐）

アルテル・エゴ（舞台上に駆け込んでくる）どこだ？ 彼らはどこにいる？ ――ああ、ここか！ それに武器をもっている！ 今こそわかった、誰が戦争の準備をしていたか！ 誰がはじめたかの証拠がここにある！
アダム（立ち上がる）アルテル・エゴよ、おまえはわたしの無実の民を襲ったと訴えてやる。わたしの民はここに記念碑を建てるために来たのだ――
アルテル・エゴ　それは嘘だ！ わたしの民衆はここに記念碑の板をもってきたのだ。そしておまえの群衆が彼らに襲い掛かった――
アダム　それは嘘だ！ おまえこそ自分の奴隷の兵士どもをわたしたちにけしかけたのだ――
アルテル・エゴ　アダムよ、おまえさんは老いぼれのいかさま野郎だ！
アダム（槍をアルテル・エゴの足元に投げる）これこそわが民族が調達したものだ！
アルテル・エゴ　おれたちは貴様らをはたき出してやる。
アダム　貴様たちを切り刻んでやる！
アルテル・エゴ　こうなったら宣戦布告だ！
アダム　こっちにとってもおんなじだ！ 雷にでも打たれろ！

（落雷、土砂降りの雨）

アルテル・エゴ　アダムよ、いまこの時をもって、おまえとは絶交だ！
アダム　おれもだ。そしておまえのせいで、ここで濡れねずみになるのはごめんだ。（駆け、以前には創造の土があった場所の地面のなかに、そのままになっていた穴のなかに飛び込む）
アルテル・エゴ（アダムのあとを追う）その穴はおまえのではない！ おれはその穴にたいしておまえと同じ権利を有する！ 出て行け！
アダム（穴の中で）あかんべえだ！
アルテル・エゴ　出ろ！ おれは隠れていたいんだ！
アダム　それがわたしに関係があるのか？ かってに隠れていろ！

アルテル・エゴ　ここに穴が一つしかない以上、おれたちのどちらかが外に出なければならん！
アダム　ここに一つの穴があるなら、そのなかに二人で入っていることができる。
アルテル・エゴ　二人ともか？　どうやって？
アダム　ここには隙間がまだ十分ある。
アルテル・エゴ（穴のなかにもぐり込む）おれがおまえを恐れていると、勘違いしないようにだ。

（稲妻と雷鳴と豪雨）

アダム　これはまた暴風雨だ！
アルテル・エゴ　まさしく。

（やや長い雷鳴）

アダム　こんなのはいままで、なかったな。
アルテル・エゴ　しかし、もう、長いこと準備していたからな。

（強風と豪雨）

アダム　そこに座れよ、そこは乾いている。
アルテル・エゴ　しかし、そこはもうおまえの領分だからな。
アダム　関係ない、ま、すわりたまえ。
アルテル・エゴ（すわる）おれはあんたに迷惑をかけたくない。
アダム　ばかばかしい。おまえは全然わたしの邪魔をしていないよ。

（雷鳴、弱まる）

アルテル・エゴ　しかし、まあ、なんてひどい土砂降りだ！
アダム　そうだな。だが、ライ麦にとってはいいことだ。
アルテル・エゴ　ナンセンス。大麦はもうたくさんある。しかしビートは必要だな。
アダム　ビートなんか要らん。じゃがいもだ。
アルテル・エゴ　じゃがいももだな。
アダム　それにビートもだな。

（嵐は遠ざかっている）

アダム　ふむ、で、君のほうはどうかね？
アルテル・エゴ　ありがとう。まあ何とかやっている。

（嵐の音、遠ざかる）

アダム　だがかなり冷えたな。
アルテル・エゴ　ところがもうむしむししてきた。
アダム　そいつは神経に触る。だから、おまえはそんなにまで人をいらだたせるのだ。
アルテル・エゴ　悪かった、おれはそんなに気に触るということだな？　はじめたのはおまえじゃないか！
アダム　うるさい！　わたしはお前にたいして何も反対するつもりはないのだ。
アルテル・エゴ　それはうれしい。いいか、わたしは思っていた――みろ、もう、陽が差しはじめた。

（小鳥のさえずる声）

アダム　ちょっと、外へ出てみないか？
アルテル・エゴ（立ち上がる）おまえのあとからな、アダム。
アダム（穴から出る）見ろ、アルテル・エゴ、虹が出ている！
（地面に突き刺さった槍を足で退ける）
アルテル・エゴ（槍をさらに遠くへ押しやる）天には虹！　見ろ、二つの虹がお互いに重なり合っている！
アダム（アルテル・エゴの板の前で）じゃあ、これはおまえの板か？（その板をまさぐる）これは硬い。何から作った？
アルテル・エゴ　みかげ石だと思う。しかし、おまえのは趣味がいい、なかなか芸術的だ。
アダム　だが、おまえのはながもちがする。それも作品だ！　おまえは自分の民から喜びを得ることができる、な、アルテル・エゴよ。
アルテル・エゴ　それは本当にうれしいことだよ、アダム。おまえのような、こんな専門家が言うのなら……
アダム　いいかね、わたしもよく言うのだが、すべての人間を同じように作るのは悪いことじゃないとね。もしそれが一度にもっとたくさんなら、そりゃあ、望みなきにあらずだ、いいか？　で、今度は生産のスピードを上げる。そのこと自体、悪くはない。
アルテル・エゴ　そうとも。しかしだな、各人、別々のものとして作るということだって、悪くはないぞ。そのなかにはすごく多様性があると同時に、思いつきもある……。おまえはもともとが芸術家だよ、アダム、それはそれとして、おまえはすばらしい仕事をした！
アダム　なんだ、そのことなら、おまえの標準化もまた、それなりの美を有している。そのなかには秩序があり、実用性もある。それにモダーンだ。おまえは、要するに、科学的方法によってそこに到達した。そうとも、それが進歩だ。
アルテル・エゴ　だが、おまえの理想もまた、きわめて文化的じゃないか、だろう？　おれなら古代的と言うだろう。おまえは、本来、人類永劫の夢を充足させた。わたしも、そのことがおまえなりにうまくいったことを喜んでいる。
アダム　わが親愛なるアルテル・エゴよ！
アルテル・エゴ　わが畏敬措くあたわざるアダムよ！（二人、抱き合う）
アダム　待て、おれはちょっとおまえに言っておくことがある。
アルテル・エゴ　いやー、おれのほうこそ、おまえに言う。おれたちは本当は結合すべきだったのだ。
アダム　まさしく、われわれは協力して創造すべきだったのだ。
アルテル・エゴ　おまえこそ、かかる芸術家、詩人にして彫刻家、真の創造主だ――
アダム　そして、おまえはそんな科学的な頭脳をもっている。それにオーガナイザーだ！　思ってもみろ、おれたちが何を創れるか――
アルテル・エゴ　――もしわれわれがそのことをお互いに語

り合っていたらよかったのに！
アダム　それはそうだ。ディスカッションはすべてのものの土台だ。
アルテル・エゴ　だが、なあ、重要なのは相互管理《コントロール》だ。
アダム　まず最初にわれわれは共通のプログラムでなければならない。
アルテル・エゴ　馬鹿げている。真っ先に、われわれは契約でなければならない。それで十分だ。
アダム　すまんがな、わたしらは議論をしていたのか？　それとも合意に達していたのではなかったのか？　わたしは言う、われわれは一緒に、合意の上で、協調して創造すべきであると。
アルテル・エゴ　それこそ、まさにおれが言ったところのものだ。おまえは創造する――
アダム　――そしておまえは組織する――
アルテル・エゴ　――おれとおまえの共通の世界を。
アダム　わが善良なるアルテル・エゴよ！
アルテル・エゴ　わが畏敬措くあたわざるアダムよ！（抱き合う）いいか、おれたちはもう一度、試みてみるのはどうだ？
アダム　共同で創造するということか？　できるだろう。ただし、わたしはもう土をもっていない。
アルテル・エゴ　おれだってもっていない。これっぽっちもだ。
アダム　残念だ。
アルテル・エゴ　そうだな。いいかい、もしわれわれがせめて一人でも人間を、共同で創造することができたらな。
アダム　二人の、共通の作品だ。
アルテル・エゴ　まさしく。おまえから何かを、おれから何かを付与されるために。
アダム　おまえの世界と、わたしの世界との仲介役になるように。
アルテル・エゴ　彼がおまえのところでも、おれのところでも気兼ねなくいられるために。おれは彼がおまえの目をもつよう希望する。
アダム　そして、わたしも彼が、君の歌をうたえるようになることを望む。
アルテル・エゴ　あまりにもお人好しの、アダムよ！（抱き合う）愛の天使とは、かくなるもののことだったのだろうな、どうだ？
アダム　そして、平和の使徒もまた、アリエル（シェークスピアの『嵐』のなかの精神性を象徴する登場人物）のごとく美しかった――
アルテル・エゴ　彼を創造するための土がわれわれにないとは！　本当に土のひとかけらももっていないのか？
アダム　ない。洞窟のなかにそんな残りがあるかも。いいかい、そこの塊だ、おまえがその上にすわっていた。
アルテル・エゴ　おまえなら、それで小さめの人間を作ることができるんじゃないか？
アダム　わかっちゃいないんだな！　それだけじゃ、三分の一弱にもおよばない。見に行こう。

（両者、洞窟のなかを覗き込む）

アルテル・エゴ　おまえの言うとおりだ。これだけの土からじゃ、犬でさえこさえられまい。（土の塊を蹴る）

土の塊（わめく）アウッ！

アルテル・エゴ（飛びすさる）これはなんだ？

アダム（後ずさりながら）そいつは誰だ？

ズメテク（土のなかから起き上がる）そいつは、ただのわたしですよ、旦那。（くしゃみをする）

アルテル・エゴ　誰だおまえは？

ズメテク　わたし、おなかすいているんです。

アダム　おまえはどこから来たのだ？　誰がおまえを創造したのだ？

ズメテク　誰も作っていません。すみませんがね、わたしは自分でわたしを創造したのです。

アダム　あつかましいやつだ！　誰も自分で自分を創造できるはずはない！

ズメテク　わたしのせいではありませんですよ、旦那。あの方の蹴が痛みを与えたときです。

アルテル・エゴ　だが、生命の息はどこからもらった？

ズメテク　ここです、旦那。（腹部に傷がある）腹んなかがグーグー言ってまさあ。こんなふうに。腹へってるんです、どうもすみません。

アダム　それにしても哀れな未熟児だな！　こやつをおまえが引き取れ、アルテル・エゴ。これはおまえのものだ。

アルテル・エゴ　ありがとよ、だがな、そんなもの放っておけって。いずれにしろ、おまえの土のなかから這い出してきたんだからな！

アダム　そうかもしれん。だがな、おまえがそいつの土の上に乗っかっていたじゃないか！　おまえがそいつを創造したんだ！

アルテル・エゴ　そんな類の当てこすりは、願い下げにしたいな！　それに、だいいち、おれは誰かさんみたいに蚤とか、ばらばらの個人を創造したことはない！　ズメテクよ、おまえはここにいるこの主人と一緒に行け、わかったな？

ズメテク　よろしくお願いします、旦那様。

アダム　もっと厚かましくなれ、このズメテク！　おまえはあいつと行け！　あいつはおまえの主人だ。なぜなら、おまえを最初に足蹴にしたのはあいつだからな。

ズメテク　まさに、このあばら骨にです、旦那様。

アルテル・エゴ　おまえに見合った場所に行かないなら、おまえは二発目を食らうぞ！　おれはあいつとは関係ない。それから、別の当てこすりが言いたければ、アダムよ、おれたち、別の方法を考えよう！

アダム　仰せに従いますよ、旦那様！　おまえの破廉恥さにたいしては、もう愛想が尽きた！（右手に去る）

ズメテク（独りで）じゃ、あたしにはなんにも食わしてくださらないんですか？（掻く）ズメテクよ、おまえは孤独のうちに老いていけ！

――幕――

第六景

（同じ場面。地平線上に二つの町がある。舞台前方に地面に掘られた、創造の土があった穴。しかし、穴は人が住んでいたという痕跡が明らかに見られる。紐に掛かったわずかな布切れ、地上に落ちている汚れ物。穴のそばにはヤギのための仕切りの囲いがあり、その壁の一つは「ここで創造がなされた」という記念碑の板であり、もう一枚は「世界は滅亡させられなければならない」という文字を刻んだアダムの板である。朝日が昇る前の最初の曙光が射してくる）

アルテル・エゴ（左手からスーツケースをもって登場）おれは誰にも見られなかったな。（見まわす）おれはもうずいぶん長いあいだここにはいなかった……

アダム（スーツケースをもって右手から登場）やれやれ、わたしはふたたびここにやってきた。世界中がまだ眠ってござる。創造主のみが目覚めている――

アルテル・エゴ　ほら、見ろ。ここに誰かいるのか？

アダム　止まれ、そこにいるのは誰だ？

アルテル・エゴ　もしかして、おまえではないのか、アダム？

（スーツケースを背後に隠す）

アダム　アルテル・エゴ？　こんなに早い時間に、ここで何

を探しているのだ？（同様にスーツケースを背後に隠す）
アルテル・エゴ　うむ、ちょっとね。少しばかり、空気をたっぷり吸いたくてね。で、おまえは？
アダム　わたしは、よく眠れなくてね。だから、ちょっと、その辺を歩こうと思ってな――（間）おまえはもう家にもどるのか？
アルテル・エゴ　（スーツケースの上に腰をおろす）いやあ、とんでもない。ここは空気が新鮮だからなあ……

（間）

アダム　（同様にスーツケースの上に腰をおろす）要するに、わたしはだな、ここで……孤独を探していたのだよ。（大きく息を吸う）
アルテル・エゴ　（少しあとにさがる）おれは、おまえの邪魔をする気はない。（間）アダムよ、おまえ、何か心配事でもあるんじゃないのか？
アダム　いいや、あるもんか。万事、順調だ……（深呼吸をする）リリットちゃんが、わたしのところから去っていったことは、もう、知っているだろう？
アルテル・エゴ　聞いている。心から同情するよ、アダム。それで、彼女に何かおこったのか？
アダム　とくに、ない。ただ、彼女は痩せたかっただけだ……。彼女はいつも、わたしがあまりにも肥満体に彼女を創ったと思いこんでいた。どうだ、彼女は太りすぎだったか、それとも、そうじゃなかったか？
アルテル・エゴ　けっして、太りすぎじゃない。その反対だ。
アダム　ほら、そうだろう。だが、彼女は信じようとしなかった。痩せて、痩せて、そのあげく、ある日、消えてしまった。
アルテル・エゴ　（ため息をつく）人間は永遠に満足を知らない。おれの妻も……やっぱり出て行った。
アダム　死んだのか？
アルテル・エゴ　いいや、生きている。

（間）

アダム　なあ、おい、たぶんそれはわたしたちの運命なんだよ。どの創造主も、最後には独りぼっちだ。
アルテル・エゴ　まさにな、アダム。独りぼっち。損な仕事だ。
アダム　まさに、おまえの言うとおりだ。人間は感謝することを知らん。
アルテル・エゴ　それに、移り気だ。あるとき、これを望んだかと思うと、もう別のときには、正反対のものを欲しがる――
アダム　（近づいてすわる）――それにだ、大事にされることもない。それが最悪だ。おれが嘆くのは不当かも知れんが……
アルテル・エゴ　おれだって大事にされたことなんかないぞ。その反対だ。
アダム　いいか、わたしは、わたしの民のあいだでは、ものすごい人気者だ。おまえには信じられまいが、火のなかにまで追っかけてくるぞ。それがわかるのはおまえだけだ。わたしの民はおまえの群衆と何度戦ったことか……しかもそんな情熱をもってだ……

アルテル・エゴ　もちろん、最後に勝ったのはおれたちだったがね。

アダム　おんなじことだ。以前は、またわれわれだったが、別のときには今度はおまえたちだ。おまえはいつも五分五分勝負だ。結局、それじゃ勝つ者もないかわりに、負ける者もいない。ただ人間だけが、何かの犠牲になって殺される。

アルテル・エゴ　そして、いつも、なにか大きなもののためだ。名誉のため、信仰のため、おまえ［アダム］のため、祖国のため……

アダム　何かのために殺されるのなら、その何かによって認めてもらえるだろう。そういうことだ、アルテル・エゴよ。だから、彼らが戦闘開始のラッパを吹き鳴らそうが、わたしは止めないのだ……

アルテル・エゴ　止めるどころではない。それは大きな瞬間だ。

アダム　（大きく息を吸い込む）黄金時代だ。だが、おまえはなにが欲しい？　世界は進歩しなければならない。そして、いま、何か別のものが求められるとしたら、それもよし、それこそが歴史の論理だ。

アルテル・エゴ　いいかい、もともとそれが進歩なのだ。最初、おれたちの民族は争った。それから友人になることを望んだ。しかし、どうしておれたちの背後で、こそこそやらにゃならんのだ？

アダム　まあ、それはそれ。わたしらはそのとき彼らの邪魔をしたか？　結合するというのは、たしかにわたしらの古い考えだった！　覚えているか？　あれは、まさしく、ちょうどここだった――

アルテル・エゴ　覚えていないはずないよ、善人アダム！

アダム　それでだ、彼らはそれを革命として実行するために、いま、集まってくる！　ついでに言っておくと、そのとき彼らはおまえの地位を、なんだか、引きずりおろすという話だ。

アルテル・エゴ　つまり、おまえはいろいろと情報を得ているとしても、おれは知らん。それはとくにおまえのことらしいぞ。

アダム　それは間違いだ。わたしはもうずいぶんまえに隠遁生活に入っておった……もちろん、自分の意思でだがね。わたしは創造主として、彼らの進む道の邪魔はしなかった。

アルテル・エゴ　まったく、おれとおんなじだ。それから、また、おれには原理原則が問題なのだ。たとえやつらがとどまってくれと頼もうともだ、私は言う。だめだ、自分たち自身で治めるがいい。おれは、自分のやるべきことはおわった、とね。

アダム　まさしく、正論だ。しかし、わたしはただ一つ、わたしらがそこに行かないかぎり、あらゆる権威というものが、失墜するのではないかと、それを怖れているのだ。そこには何かが残るべきだろう。

アルテル・エゴ　そうとも。彼らを縛る何かだ。

アダム　何か畏敬の念をいだくべきもの。

アルテル・エゴ　やつらが集まってきたら、おまえやつらに話したくはないか？

アダム　いや、わたしは彼らに姿を見せるだけでいい。

アルテル・エゴ　選挙の立候補者としてか？

アダム　いや、ただの創造主としてだ。ここに、洞窟のなかに、創造の聖なる土の上で！

アルテル・エゴ　念のために言っとくが、おれもその準備はしていた。それを一緒にもってまわっている。

アダム　なにか祝辞みたいなものか？

アルテル・エゴ　いや、服だ。着替えだ、わかるか？　おれは彼らの前に創造主の衣裳を着て現われる。まだ一度も自分でまとったことはない。

アダム　どんな生地を選んだ？

アルテル・エゴ　青い絹だ。それは簡素だが、威厳がある。あちこちにいくつかの銀の星がついている……で、おまえは？

アダム　赤のブロケイド（錦織）だ。金に紫。それは一種の祝祭的なものだ。その次には、何か、こう生命を象徴する色。

アルテル・エゴ　そいつは悪くない。青に銀では、たぶん、ちょっとばかり悲しげな感じがするかもしれん。

アダム　だが、そのかわり、かなり超俗的だ。おまえがその格好で先に出ろ、うん？

アルテル・エゴ　さあね、むしろあとのほうがいいかも――

アダム　そうだ、おれたち同時に彼らの前に現われたほうがいい！　連合世界の連合創造主としてだ！

アルテル・エゴ　お互いに手をつないで。

アダム　そしてわたしは言う。諸君とともに平和をと。

アルテル・エゴ　そして、おれは、われら二人は君たちに恒久平和をもたらすだろう、と。

アダム　これぞ創造の最後の行動だ。世界は統一さるべし！

アルテル・エゴ　創造の仕事は完成さるべし。人類は購われた。

アダム　アーメン！　――アルテル・エゴよ、これはきっと荘重なものになるぞ。思うに、やがて……まさに……寺院の建立ということになるかもしれんし、また、そうなるべきだろう。

アルテル・エゴ　創造の神殿か。

アダム　そして、われわれは、そこで平安のうちに、おのれの天寿をまっとうする――

アルテル・エゴ　――そして、ときどき、われわれは彼らの前に姿を見せる――

アダム　――だが、遠くからだけだ、な？　近くからだと、それほど――何と言えばいいのかわたしにもようわからん。

アルテル・エゴ　そうだ。おれたちは彼らから遠ざかれば遠ざかるほどそれだけ彼らには偉大なる者に見えるだろう。

アダム　それから、この場所は聖域となし、立ち入り禁止にしなければならない。ここには、一定の認められたものしか近づけない――

アルテル・エゴ　――それと、一定の儀式のとき。

アダム　だからといって、もちろん彼らが司祭でなければならないとは考えていない。わたしは坊主どもが好きじゃない。

アルテル・エゴ　おれだってきらいさ。でも、なんとなく似たようなものになるだろう。

アダム　そして、われわれはより高い、超世俗的存在のようなものにならなければならない。もちろん、だからといって神になるべしと言っているわけではない。

アルテル・エゴ　それはそうだろう。しかし、何か神に似たようなものでなくてはならない。

アダム　まさしく。だがな、言っとくが、何か個人的なひとりよがりのものであってはいけない。

アルテル・エゴ　おれも、そんなつもりはない。単純に人類の利益のためだ。

アダム　その通り。彼らがそれに向かって礼拝できるようなものだ。

アルテル・エゴ　そして神の子となることができるように。しかし、もう、そろそろ集まってくるぞ。われわれは着替えをしなければ。

アダム　あの洞窟のなかで着替えよう。それから、次に、洞窟の口から姿を現そう――

アルテル・エゴ　――手に手をとって。こっちへ来い、着替えを手伝おう。

アダム　そして、わたしはおまえの着替えを。

(洞窟のほうへ行く)

アルテル・エゴ　それにしてもここは何かいやな臭いがするぞ。

(二人、なかへ入る)

アダム　(なかから) ここに誰かいるぞ！

アルテル・エゴ　(なかで) どやつだ！

アダム　(なかで) こいつは人間じゃない！

(二人、なかから急いで出てくる。明らかに取り乱している)

アルテル・エゴ　見たぞ、おれは、何かものすごくでかいものを。それはたぶん人間の七倍もありそうなやつだ。

アダム　火の上に群がっていた。わたしは七つの頭を見た。それは恐ろしい姿だ。

アルテル・エゴ　おれはそいつの目から火花が噴出しているのを見た。

アダム　(叫ぶ) おい、化け物、おまえが何ものかは知らんが、とにかくそこから出て来い。

アルテル・エゴ　おいこら、地獄のモンスター、這い出して来い！　出ろ、怪物！

アダム　（低い声で）聞いたか？　あそこで何かが動いているぞ！
アルテル・エゴ　よし、いまに転がり出てくるぞ。——日の光のなかに出てこい、お化け！
（ぼろをまとった子供が出てくる）
アダム　こいつはわたしが穴のなかでみたものとは違う。おまえは何ものだ？
アルテル・エゴ　おまえ、口が利けんのか？　名前は？
（第二の子供が出てくる）
アダム　なんだ、こりゃ？
（第三の子供が出てくる）
アルテル・エゴ　まだ、一匹、いたのか？
（第四の子供、出てくる）
アダム　おい、もう、いいかげんにしろ！
（第五の子供、出てくる）
アルテル・エゴ　これで終わりにしてもらいたいな！
（第六の子供、出てくる）
アダム　おい、そこにまだ誰かいるのか？
声　わたしです、旦那様。
アダム　どんな「わたし」だ？
声　ズメテクです。（ズメテク、洞窟の中から出てくる）おっ早うございましゅ、旦那様方。子供たち、鼻の下をよく拭いて、ごあいさつしな。
アダム　こいつ、貴様か、ズメテク？　生きていたのか。ここで、何をしている？
ズメテク　することがあるのです、旦那様方。餌を食らっておったんでございます。
アルテル・エゴ　それで、これはなんだ？
ズメテク　ガキどもでござぇいます、旦那様方。
アダム　何人いるんだ？　どこから拾ってきた？　で、おまえの女房はどこだ？
ズメテク　失礼ながら、貧乏人の子沢山、で、ござぇいますよ。
アダム　たしか、おまえのカミさんを創った覚えはない！
ズメテク　旦那様、誰も貧しい者を創造しないって言いますがね、とんでもない！　当たっているとも、当たっていないとも、ま、いわく言いがたしです。
アルテル・エゴ　それにしても、おまえは、どこでカミさんを見つけたのだ？　ここの子供たちにしたところで、女なしで作れるわけはない！
ズメテク　そう、子供たちは何かを借り集めてきます。そして私も何かを探すんでございますよ。
アルテル・エゴ　哀れなやつだ、こいつは低脳だ。
ズメテク　すぐにです、旦那様、このガキどもの整理をします。（すばやくゲンコツを二、三発食らわせる）それじゃあ、おまえ、そいつをもって、それからジャガイモ掘りに行け。おまえはそいつを見張っていろ、それからおまえはヤギのための草を刈ってこい。おまえは茸狩りだ。それから、おまえは薪拾いだ。さあ、行け!

（子供たちは、大声ではしゃぎながら散っていく）

アダム　ズメテクよ、こんなにたくさんの子供を、どこから連れてきたんだ?

ズメテク　わたしにだってわかりません、旦那。あそこは真っ暗で。

アルテル・エゴ　どこだ?　この洞窟のなかか?　おまえたち、どうしてそのなかで生活しているんだ?

ズメテク　へえ、あっちでも、こっちでもわたしたちをきらいますんですよ。（両方の町を指す）

アダム　それで、何を食って生きてるんだ?

ズメテク　なりゆきでさあ、旦那。ズメテクは何でもやります。汚物を運びましょうか?　薪を切りますか?　死んだ犬を埋めますか?　すぐにやってしまいますよ。

アダム　いや、わたしらは何も必要としない。それとも、待っていろ、両方の町から人間が集まってくるまで、わかったか?　ここを少しばかり掃除してくれ。

ズメテク　承知しました。わたしが掃きます。

アルテル・エゴ　そのあいだ、おれたちはこの洞窟のなかに避難するからな——

アダム　そのあと、この入口のところに出てくる——

アルテル・エゴ　——そして、その瞬間、いいか、ズメテク、おれたちの前に火薬を一握りまいて火をつけてくれ。ま、ちょっとしたこけおどしにすぎんがな。

ズメテク　そいつあ、効果満点ですわ、旦那方。

アルテル・エゴ　もちろんだとも。おれたちの荷物を洞窟のなかに運んでくれ。

ズメテク　へい。（両方のトランクをもちあげ、洞窟のなかに運び入れる）

アダム　なんてひどい。あんな下賤のものがこの世界に何の役に立つというのだ?

アルテル・エゴ　何の役にも立たない。あいつは創造の作品にも属さない。

ズメテク　（洞窟のなかから戻ってくる）もう、あそこんなかです。

アルテル・エゴ　よし。人間どもが集まってきたら、この洞窟のなかに隠れろ?　わかったな?　——さあ。来い、アダム!

（両者、洞窟のなかに姿を消す）

ズメテク　（箒を取る）きれいにしろ。掃け。運べ。消えろ!　ズメテクはたしかに何でもできるわい!（掻く）ここにこんなに蚤がいなけりゃなあ。——あれ、もう、出てきた。ズメテク、消えろ!（洞窟のなかにもぐりこむ）

（右手から、断固たる決意も固く、登場してくる）

第一の男（演説家）さあ、時間だ。
第二の男（学者）どこにいる？
（左手からアルテル・エゴの民衆登場）
第一のＡＥ　時間だ。
第二のＡＥ　われわれはここにいる。
アダムの民衆　いよう、仲間たち、成功を！
ＡＥ全員で　成功を！
演説家　きみたちはそれで全員か？
第一のＡＥ　そうだ、全員だ。はじめようじゃないか。
演説家　よし。（地面の高くなったところへ上がる）諸君全員に革命の成功を！
全員　成功を！
演説家　諸君！　代議員たちよ！　われわれはこの歴史的集会をはじめるにあたって、通常の方式に則って、たとえば、集会成立のための全参加者数の確認、議長選出、その他の手続きを必要とするかどうかを、質問したい。
アダム派の代議員たち　必要なし！
すべてのＡＥ　はじめろ！
演説家　私も諸君の意見に賛成だ。諸君、われわれは議論をするために集まったのではない。われわれは新しい世界創造のために来たのだ。すべての議論は尽くされた。あとは行動あるのみだ。
第一のＡＥ　境界線を排除することを提案する。われわれ二つの解放された民族が結合されることを。また、われわれを隔てるすべてのものが排除されることを。
全員　賛成。
学者　提案。創造主として知られているアダムはその地位を剥奪される。彼はいかなる創造主でもなくなる。世界創造の寓話は馬鹿げた、婆さんどものたわいもない作り話だと宣言さるべきである。また、世界は自然の法則に従って発生したものであるとの公式見解を発布、宣言されるべきである。
全員　賛成。
第二のＡＥ　さらなる提案を上程する。創造主と称されているアルテル・エゴの資格を停止し、彼のあらゆる地位、権限は剥奪さるべきこと。しかして、国外退去を申し渡すべし。
演説家　事実に即して申し上げる。あらゆる国境はたったいま排除されたから、誰かを国境の外へ追放することは不可能である。親愛なる代議員君、何か別の提案をしていただきたい。
第一のＡＥ　逮捕すべし！
第三のＡＥ　絞首刑に処すべし！
第二のＡＥ　監禁すべし！
演説家　かつての創造主は監禁すべしとの提案がなされた。
全員　賛成。
演説家　この瞬間において、古い体制は壊滅した。そこに記念碑を建てていただきたい！

（粗い筆跡の文字で「ここで創造の成果が否定された」と書かれた、大きな、黒い板が建てられる）

演説家　これは差し当たっての一時的記念碑である。いずれここに永久に残る記念碑が建立されるであろう。

学者（厳かに）これより理性の時代がはじまる。理性は迷信の迷妄を暴き、暴力を打ち砕く。理性はすべてのもの価値を転覆させる。

第三の男（哲学者）わたしは提案する。堅固なる、不可侵の誓いをもって、永久平和がわれわれの統一理念、ないし統一見解として宣言されんことを望む。

全員　賛成！

演説家　みなさん誓いますか？

全員　われらすべて、誓う！

洞窟のなかの声　ズメテク、火をつけろ！

（その瞬間、洞窟のなかではベンガル花火が燃え上がり、アダムとアルテル・エゴが現われる。二人はきらびやかな衣裳を身にまとい、お互いに手と手を取り合っている）

演説家　何のご用でしょう？　あなたがたは呼ばれてはおりません！

アダム　静かにしたまえ。

第一のAE　どうか、邪魔をしないでいただきたい！　少し離れていてください！

学者　ここにあなた方の発言の余地はありません！

アルテル・エゴ　君たちに永久平和をもってきたのだ。

第二のAE　こいつらを放り出せ！　彼らは追放だ！

（ざわめき）

演説家　市民アダム、および市民アルテル・エゴよ、わたしは諸君に宣言する。二分された両世界の代議員による執行委員会は二分された諸君を合一し、諸君の創造せる作品、ならびに諸君の要求、地位、身分等は閉鎖され、無効化され、もはや効力を失したものとみなすものと宣言する。この件にかんして意見を有するものは在りや、否や？

アダム（興奮して洞窟のなかから歩み出る）在り！　君たちはわたしとともに何でも望むものを創ることができる。君たちはわたしを殺すことも、十字架に磔にすることもできる。しかし、わたしが諸君を創造したという事実を否定することはできない！

学者　それは迷信だ！

第一のAE　われわれはまったく反対の宣言を採択したばかりだ！

アダム　真理は採択できるものではない！

第二のAE　嘘だ！　真理とは、採択されたもののことだ！　何でもいい、大多数の賛成があれば、それが真理になる！

アルテル・エゴ（前に進み出る）わたしの言うことを聞け。この世界を創ったのはアダムであることを、わたしが証言する！

哲学者　それは嘘だ！
アルテル・エゴ　それじゃ、世界を創ったのは誰だ？
哲学者　誰でもない。わたしは猿から進化した。
全員　われわれもだ！　われわれもだ！
演説家　静粛に。市民アダム君、君はまだ世界を君自身が創造したとの主張をし続けるつもりか？
アダム　わたしが君たちを創造した！
演説家　よし、君のその言葉について論じよう。君はどうしてそんなことをした？　君にそれを依頼したのは誰だ？　もし、君が世界を創造したとしたら、われわれは君にその責任を問わざるをえない。それならば再度、君にたずねよう、君は世界の創造主か？
アダム　そうだ。わたしが世界を創造した。
演説家　しからば、わたしは、汝が世界創造の犯罪を犯したものとして、世界の代議員に告発する。あなたはなぜ、もっとましな世界を創らなかったのだ？　なにゆえに、汝はわれわれに四本の足を与えなかったのだ？　何ゆえにわれわれを毛で覆わなかったのだ？　何ゆえにわれわれは羽も、水かきももっていないのだ？　われわれはなぜ死ぬのだ？　われわれはなぜ働かなければならんのだ？　この恥さらしな、前代未聞の創造の手抜き作業をいかにして取り返すのだ？　市民アダムよ、三度目の、そして最後の質問をする。汝は世界の創造を告白するか？
アダム　いや、いや、いや！

（喚声と笑い）

演説家　よし、それでこの問題はおわった。もう行ってもらって結構。（アダムは横によろめく）市民アルテル・エゴよ、われわれは汝に問う。汝は世界を創造したか？
アルテル・エゴ　した。ほんの少し。
第一のＡＥ　なぜ、もっとましなわれわれをつくらなかったのだ？　むしろ、わたしたちを鉄で造ってくれたほうがよかった！　どうしてわれわれは機械のように完璧ではないのだ？
アルテル・エゴ　機械の完璧さは、人間には不相応だからだ！
演説家　罪状軽減のために、何か言っておくことがあるか？
アルテル・エゴ　もちろん。わたしは君たちを創造したことを後悔している。
演説家　よろしい、とりあえずはむこうへ言ってもよい。
アルテル・エゴ　心底からの反感の表情をもって！（アダムのあとから去る。二人ともプロセニアムのところにたたずむ）
演説家　この件については、後ほど再度答えていただく。──次の提案は？
第四の男（以前、詩人だった男）あらゆる種類の創造的の力と創造の権利は至高の、自由なる民族に移管さるべきである。
全員　賛成。
第四のＡＥ　今後は、創造局の業務は来たるべき世界の首都に召集される議会に付託されるものとする。

全員　賛成。

詩人　もちろん、その首都になるのがわれわれの都市となるだろうという条件付でだがな。

第四のＡＥ　反対！　その首都になるのがわれわれの都市となるだろうという条件でだ！

哲学者　諸君、聞きたまえ。（アダムの民衆の叫び）一言、述べさせていただきたい！

第三のＡＥ　わたしも一言！

学者　一言！

（全員が叫ぶ）

詩人　静粛に！　われわれの都市が首都になるか、また、首都なんてものがそもそも、まったくないかだ！

第三のＡＥ　君はこのこの話し合いをぶち壊そうという魂胆なんだな！

（会場、騒然となる）

アダム（まえに進み出る）われわれの発言を聞きたまえ、われわれは君たちに平和をもたらすために来た。

演説家　あなた方はこの問題に干渉しないでいただきたい！

第一のＡＥ　われわれは貴様らと話し合っているのではない！

詩人　オッホー！　われわれも貴様らとは話し合わない！

第二のＡＥ　われわれとて同じことだ！　貴様ら、とっとと家に引き上げろ！

（叫びと威嚇）

演説家　静粛に願いたい。（叫びは静まる）ここに、二つの提案がなされた。われわれはその提案にたいし投票によって賛否を問うまえに――

（赤色の布告人が駆け込んでくる。たぶん以前のロマンチストと思われる）

赤の布告人　市民諸君、革命のごあいさつを申し上げる！

演説家　市民よ、会議の邪魔をしないでくれ！

赤の布告人　静粛に！　――市民諸君、世界の両陣営の代議員からなる執行委員会はすべての問題を以下に述べるような方向に誘導しようとしている。まず第一に――

演説家　君はここに何の用事があるのだ？　われわれはまさしく執行委員会だ！

赤の布告人　すっ込んでろ！　われわれの方こそ執行委員会だ。

演説家　われわれは民衆によって選ばれた。

赤の布告人　そんなもん、われわれには取るに足りん。われわれは自分で自分を選んだ。

演説家　君たちは合法的な代議員ではない！

赤の布告人　あたりまえだ。われわれは革命的代議員だからな。われわれはわれわれの党の代議員だ。

詩人　こいつを追放しろ！

第一のＡＥ　逮捕だ！

（大きな叫び）

赤の布告人（その叫びを圧倒するような声で）静かにしろ！　まず第一に最初に「創造主は排除される」という声明の発表。世界はわれわれによってはじめて創造されるだろう。

学者　それは真実ではない！　われわれによってだ！

第二のAE　われわれによってだ！

（叫び）

赤の布告人　もう、いいかげんにしろ！　われわれは今後の創造についてすべての責任を取る。古い世界は死ななければならない。執行委員会はあらゆる創造の権利を少数派《マイノリティー》の名において取得する。革命、万歳！

（黒の伝道者駆け込んでくる）

黒の布告人　革命だ！　革命だ！

演説家　どんな革命ってんだ！　貴様はいったいどこのどやつだ？

黒の布告人（高台の上に駆け上る）市民よ、分断せる両世界の代議員執行委員会はコメントを発表した――

演説家　われわれが執行委員会だ！

赤の布告人　われわれが執行委員会だ！

黒の布告人　ならば、われわれは君たちを射殺する。（二挺のピストルを取り出し、群衆のほうに狙いを定める）それに加えて宣言する。これまでの創造主たちは追放され、両者は法律の定めるところによって裁かれるであろう。執行委員会はわたしを創造主として指名した。この件にかんして同意しないものはいるか？　いるならば射殺される。どうかな？

（押し殺したような沈黙の間）

アダム　この血に飢えた犬よ！　この人殺しめ！

黒の布告人（お辞儀をする）ご忠告、感謝いたします！　立場はよく心得ております。

群衆の中の一人　悪魔の創造物こそこの世界だ！　神は世界を呪い、火をつけて灰にし、また荒涼とした荒地に変えるだろう！

赤の布告人　ナンセンス！　われわれが地球をを荒廃させる！

詩人（AEの民衆に）われわれが地球を荒廃させる！

第一のAE　われわれがそいつを荒廃させよう。

黒の布告人　静かに！　諸君、ここに、たぶん、世界を荒廃させたくないやつがいるようだぞ？

赤の布告人　われわれは世界の救済を望んでいる！

黒の布告人　それはおんなじことだ。君たち全員が世界の救済を望んでいる。君たちの全員が世界の破滅を望んでいる。貴様たちの叫び声にはうんざりだ。ぶさくさ言いたいやつがいるのなら、おれが撃ち殺してやる。（ピストルをもった手を伸ばす）どうするかな？――（深い沈黙）――ああ、この沈黙はわたしの神経になんと心地よい効果をもたらすものか！　貴様らは叫びながら飛び回る猿だ。貴様たちがいなくなれば地球上はなんとすばらしくなることだろう！　ただ、星のみが荒野の上で鈴の音を奏でるだろう。海は潮騒の音でざわめき、と、まあこんな具合だ。貴様たちは家畜のように腐る。私は貴様らが息を吐くことを禁ずる！　誰も独裁者に面と向かって息をすることは許されない！

（墓場のような静寂。そこへ鐘の音と遠くのほうで銃撃の音がとどいてくる）

黒の布告人　聞こえるか？　わたしを祝砲と鐘の音によって迎えている。皇帝万歳と！

数人の声　独裁者、万歳！

舞台裏での声　ひっひっひ！　はっはっは！　ひっひっひ！

（二人の酔っ払い、舞台の上でよろめく。一人はＡＥで、もう一人は快楽主義者である）

酔ったＡＥ　そいつは愉快じゃないか、な？　うっぷ！　わしがどうして四つ足で歩きたくないか言ってやろうか？　誰だって自分の好きなことができる、そうじゃないか？　するとやつは言いやがった、おれを蹴っ飛ばせって！

快楽主義者　ヒッヒッヒ、そいつはまったく上出来だ！

酔っ払い　諸君、向こうじゃ大騒動だ！　だから、おれはやつらに言ってやった、彼だけだ！　やつの鼻をそぎとってやれ！　とな。バイバイ、若者たちよ！　そして、あそこも燃えている。あっちもだ――

快楽主義者　ヒッヒ、そんなにすごく燃えているのか？

演説家　なんだと？　どこが燃えていると？

アダムの全員　われわれの町が燃えている！

ＡＥの全員　おれたちのところも燃えている！

（全員、燃えているそれぞれの自分の町の方を向く）

赤の布告人　あれはわたしらの同志がしたのだ！　革命だ！

群衆のなかの一人　この世の終わりだ！

数人の声　燃えている！　消しに行こう！　略奪にいこう！　逃げよう！

（群衆はみんな叫び声を上げながら、駆けていく）

快楽主義者　すばらしい！　すべてのものが、かくもすばらしいとは！

酔っ払い　はっは！　はっは！　あそこへ行こう、きっとおもしろいぞ！

（快楽主義者を引きずり、うたいながら去る）

黒の布告人　思うに、この大火事の背後には、すごく大きな原因があるように思われる。わたしの印象は正しいかな？

アルテル・エゴ　貴様は誰だ、この、ど阿呆者め？

黒の布告人（黒いマスクをとる。なんとそれは超人間ではないか！）わたしが、ウッフ、その悪臭の元だ！　わたしには、人間どもは気に入らん。やつらがわたしの気分をひどく害した。残念ながら、超人間はどれもこれも少々神経過敏でな。しかし、わたしはこいつをじつに見事に演じたろう、な？　わたしは自分の嫌悪感の力によって情況を支配した。
アダム　このくたばりそこないめ、何の用事だ？
超人間　わたしが？　わたしはほんの一言だけ。だが、大いにためになることだぞ。（高みから飛び降り、アダムのほうへ近づく）唯一つのことだぞ、この瞬間には……ほんのちょっとの問題。少なくとも、このことだけだ、創造主、ただ一言、大きなあいだ……あんたの、あの裸んぼの像だけはどっか、人目につかないところへやっていただけませんかね。（黒い衣裳をふたたびかぶり、去る）

（ホリゾントのほうで火事と鐘と銃声が聞こえる）

アダム（読む）「ここに――創造の――作品が――拒否された」そのすべてが残っている。
アルテル・エゴ　そして地平線の彼方では煙ただよう。そもそも、わたしらは、なぜ、ここで自ら創造せるものによって、痛めつけられねばならんのだ？　ことの起こりはおまえからだ！　アダムよ、気分はどうだ？　これをおまえはどう思う、創造主よ？　さあ、答えろ！
アダム　呪いあれ！　われ、創造の力を呪う、創造の苦しみを呪う、呪われしわれらが創造物、呪われしわが手！　おまえこそ呪われた人間であれ！　だからわたしはその人間のことで悩んでいるのだ。彼らは究極的には、わたしの息のかかったすべてのものを払拭するために、あの人間と称する狂気の破壊者が、わたしを否定し破壊する――
アルテル・エゴ　――その悪ガキこそ、その悪ガキこそ、恥と忘恩と、革命と、戦争と混乱のもととなり――
アダム　――あの悲劇的不器用者は、自分では創造したと思い込んでいる、彼が創りもしなかった世界が、彼もろとも崩壊し、火災になればいい！
アルテル・エゴ　おお、その罰として、彼に創造を続けさせよう！　人間どもにはいい見せしめだ！　アダムよ、わたしはやつらには驚かざるをえない。われわれは膝をついて高揚した精神で彼らを創造した。それも彼らが行き、そして生命を永遠に継承させるためだ……それにしても、アダム、彼らのなかにある、あの破壊本能は、アダムよ、いったいどこから来たのだろう？
アダム　どこからでもない！　彼らのなかにあるのだ！　わたし

には覚えがある！　わたしがそうだった、わたしがそうだった。
　わたしはすでに一度、世界を否定した。わたしは世界を破滅させた。
　わたしはどうすればできるか、世界を破壊し、抹殺することが、そして、
　いかに安価なものか知っている……

アルテル・エゴ
何によってだ？

アダム
おまえにそれを言うべきか？　駄目だ！　それによって、おまえは何をしようというのだ？　それは地中に隠されている。
　このことについては話すのは止めよう！　それとも、おまえは……世界を……

アルテル・エゴ
そうだ！

アダム
……世界をまた滅亡させようというのか！

アルテル・エゴ
そうだ！　ゆえに、瞬時もためらうことなかれ。
おれたちが創造したすべてのものを破壊し、転覆させ、板切れの上に書かれた汚れを拭って、きれいにする。
　打って、打って、さらに打って、打ちまくること、これぞ偉大なる創造の打撃だ。そしてそれは一度ではなく、百回くりかえされるほうがいい！

アダム
百回でも少なすぎる、
　この場で、われわれ二人が起こしたこと、また、彼らがしでかしたことにたいして償うには！
　おお、彼らを、父として罰せねばならん！

アルテル・エゴ
しかも、神のごとく復讐をなす！

アダム
そして、彼らのあやまちを、洗い清め！

アルテル・エゴ
借金として彼らを清算する！

アダム
染みとして彼らを拭い取る！

アルテル・エゴ
埃のようにはたき出す！
それは、どこだ、それはどこだ、アダムよ、それはどこにある、
　創造主の恥を一挙に帳消しにできるそのものは？
アダムよ、どこだ、どこにあるおまえの否定のカノンは？

アダム
哀れなるかな、このわれよ！　わたしは言ってはいけないのだ、聞くな、わたしは言わない！
　いやだ！　あの恐ろしいカノンと何かをしでかすことを、

私は欲しない！

アルテル・エゴ　いまいましいやつ！　それじゃ、おれにまかせろ、おれが自分でそいつをぶっ放してやる。

ゆっくりと残酷に、彼らにしかできない方法で、戦争であれ貧困であれ、真理によってか、あるいは空腹によってか——

どこだ、おまえのカノンはどこにある？

アダム　放っておいてくれ！

（力なく）

おまえはその上に立っている。

アルテル・エゴ（勝ち誇ったように叫び声を上げ、膝をつく）ここか？

アダム　哀れなり！　不幸なる人間よ、わたしがどれほどおまえたちを愛していたことか！　いまここでおまえたちに引導をわたす。慈悲の一発をおまえたちに与えよう！

ズメテク（洞窟のなかから出てくる。鉄のやかんの中身を匙ですくって食べている）

アルテル・エゴ（土を掘っている）ええい、見てろ、おれがいまにやってやるからな。

アダム　放せ、熱い血のみなぎる心をもって、わたしがやる！（地面に膝をついて掘る）

ズメテク　旦那様、わたくし、お手伝いするべきでしょうか？　そんなものすぐにできますよ。

アルテル・エゴ　静かにしろ、ズメテク！（石を叩く）やはー、ここにあるぞ！（石を転がしてくる）

アダム　そっちへ行かせてくれ！

アルテル・エゴ　だめだ、わたしだ！　わたしだ！

ズメテク　じゃあ、わたしがお手伝いいたしましょう。

アダム　おまえには関係ない。（立ち上がる）アルテル・エゴ！　決定したことなのか？

アルテル・エゴ（同様に立ち上がる）決定した。

アダム　それでは、世界は破壊されるだろう。

アルテル・エゴ　世界は滅亡しなければならん。

アダム　それによって、創造されしものたちは終末を迎える。

アルテル・エゴ　よせ。

アダム　もう少し待て。アルテル・エゴよ、それはな、恐ろしいことなんだぞ、世界を破壊するのは！「否定」のカノン砲が轟音を立てるや否や、太陽の光は消え、天は暗くなる。生けるものすべては灰と化し、草木は倒れ、あらゆる種類の葉は焼けてしまう。

アルテル・エゴ　それはいい。じゃあ、お説教は止めて、さっそく、かかれ。

アダム　待て、わたしはおまえに、その結果がどうなるか、警告だけはしておこう。闇となり成長し、呼吸するものはすべて無に還る。

ズメテク　じゃあ、あたしのヤギもですかい？

アダム　そうだ、ズメテク。おまえのヤギもだ。何も残らない。

ズメテク ジャガイモもですかい？
アダム ジャガイモもだ。
ズメテク じゃあ、あたしのガキどもはどうなりますんで？
アルテル・エゴ いなくなるだろう。
ズメテク じゃあ、あたしはどうなりますんで？
アダム 心配するなって、痛みもなくくたばる。そして、もはや、ふたたび空腹を感じることもなくなり、また軽蔑されることもなくなる。
ズメテク でも、あたしゃ、いやだな。
アルテル・エゴ 何がいやなんだ？
ズメテク わたしゃ死ぬのはいやでさあ。生きていたいですよ。
アダム 哀れなる者よ、どうして生きることを望むのだ？
ズメテク あたしが生きていたいのは、幸運がめぐってきて、いい生活ができるかもしれないからでさあ。そしてあたしはできるだけ長生きがしたいです。
アルテル・エゴ 貴様と話すことなんぞ、おれにはない！
さあ、やろう、アダム！
ズメテク 止めてくれ！ そいつに触ってみろ、そいつの頭を、このやかんでたたき割ってやる。
アルテル・エゴ なにー、この悪党！ このおれが貴様を切り刻んでやる！
ズメテク じゃあ、切り刻んでもらおうじゃないか。だがな、あたしゃあこの世界をあんたにやるのはお断りだ！（やかんを攻撃的に振りまわす）ガキどもはこれから水を飲んでるんだ！ 旦那、ご用心、ご用心！ ここから消えていただきたいですな！（石で蓋をする）さあて！ わたしがあなた方に、世界を破壊して差し上げましょう。ここにあるこのやかん、これなるはわたしのカノンでございます！ そしてこれはわたしの世界、これですべてです！（勝ち誇ったように石の上に立つ）あんたがたは自分の大きな思想のために、世界を破壊したいんでございますね。ズメテクには大きな思想なんてものはございません。ズメテクはただ生きたいだけでございます。ですから、あんたがたにこの世界を渡しません。ズメテクにはこの世界だって十分満足のいくものです。（指笛を吹き鳴らす）
アルテル・エゴ アダムよ、あいつをおっぽり出してくれ！
アダム わかった、ただな……あのやかんがやつの手にあるかぎり、わたしよりも強いぞ。
ズメテク なぜなら、このやかんのなかに、わたしらの生命の糧があるからなんですよ。ここへ来い、働く者よ！（あらゆる方向からズメテクの子供たちが集まってくる。一人は枯れ枝の束、次は腕いっぱいに草、そのほか魚をもったもの、籠、布の包み、第五の子供は背中に六番目の子供を背負っている。石の上に車座になってすわる）
ズメテク これでわたしら全部ここにいます。貧乏人のやかんは誰にとっても十分です。
アルテル・エゴ おまえは誰にそんなことを言っているのだ、無作法者？
ズメテク ここのお二人さんでさあ。どこの誰にも好かれない。なら、ここへ引っ越してきてもいいですよ。

アダム　だれだと？　わたしら二人か？　どこへだ？

ズメテク　あなた方、おふたりです。もしわたしたちがちょっとばかり詰め合えばこの穴のなかにも、十分な隙間が出来ますさあね。

アダム　ズメテクよ……おまえはわたしらを招いてくれるというのか？

ズメテク　どこへおいでになろうというおつもりで？　わたしはあのヤギとともに八人を養っているんです。それに神さまが二人加わったところで、貧乏人ならそんなことはとっくに耐えてきたのです。

——幕——

エピローグ

（同じ場所。ただ、その背景いっぱいに天まで届きそうな建築用の足場が組まれている。大司教と新入りの司祭とが登場する）

若い司祭　いずれにしろ最も古い記録は相互に矛盾しておりますです。

大司教　どんな記録も相互に矛盾しておる。まさに、さればこそ、真理は制定されねばならんし、強制されねばならん。信仰の条項には、二人は髭を生やしておらず、超自然的な美のなかで輝いていた、そして、まさしくこの場所で世界を創造され、天上におのぼりになったとある。かつて創造主のお二方はごわごわの髭を生やしておられたと説く宗派があったが、この教義は、いとしき息子よ、封じられ、きびしく否定された。

若い司祭　火と血によって根絶されたということですね。

大司教　その通りだ、息子よ。それは妄信と流血の時代であった。彼らが本当に創造主であるというのなら、神の類はそうであったという経典を謙虚に受け入れるべきであろう。

若い司祭　彼らが本当にそうであったらですって？

大司教　そうだ。神学者のなかには二人の神の外見は象徴的に理解されなければならないと言う者もいる。彼らは創造主などまったく一度も存在したことはなく、存在のかりそめの形を、単に、超自然的に受け入れたにすぎんと言っているのだ。

若い司教　でもわたしたちは創造主たちはいた、そしてまさにこの場所に姿を現したと、民衆に向かって説教していますよ！

大司教　まさしくその通り。経典の文章はいろいろに解釈する余地を残している。それだけにいっそう二人の創造主アルタルとアダメゴをたたえる聖なる儀式も厳格に行わなければならない。この寺院のたたずまいを見てごらん！　この寺院の建築によって創造の仕事も完結するだろうとも言われている。神たちがいたかどうかについては問わないことにしよう。究極的には自分の寺院をもつだろうということだ。こうして世界の神聖なる秩序は完成される。おお、今晩はなんと美しい夜だろう！

若い司教　そうですね。創造主の祝日の前夜祭です。

大司教　そうだ。今日はじめて彼らを称えるために鋳造された鐘が音を響かせた。わたしが立っているここの地面から、鉄の筒やカノンの砲身が掘り出され、それを熔かして鐘を鋳た。われわれはそれをカノンと呼んだが、その意味するところは法典と言うことだ。

若い司教　天から落ちてきたというのは本当ですか？

大司教　みんなはそう言ってるようだ、わが息子よ。地面のなかに突き刺さったその深さから言っても、それが非常な高さから落ちてきたにちがいない。その声はきっと世俗を超えたものだろう。おーい、建設現場の見張りの者よ！

見張り（鉄パイプで組み立て、板を渡した足場のなかから出てくる）今晩は、大司教様。

大司教　見張りの者よ、もう、夜は寒くなった。あの聖なる洞窟に誰も忍び込むことがないように見張っておるんだぞ。

見張り　ご心配には及びません。

大司教　わたしの耳にしたところでは、冬になると、ここにいろんな種類の老人や浮浪者がやってきて夜を明かすそうじゃ。わたしは気の毒には思うが、それを許すわけにはいかん。そんなことを許せば、これほど神聖な場所に……、口にするのも恥ずかしいことだが……これほど神聖な場所に、蚤がいることを宣伝するようなものだ。

若い司教　父上、蚤までが創造主の作り出されたものなのでございましょうか？

大司教　たしかに蚤もまた創造主の推し量りがたい賢明さの作品であるのだ。だが、あのルンペンどもがここへもち込んできたというのでは具合がよくない。寺院の見張りよ、いささかの怠りもなく、見張っているのだぞ。

見張り　やつらなんぞ、わたしがとっ捕まえてやりますよ、大司教様。

大司教　うん、それでよし。創造主の寺院は浮浪者どもの木賃宿ではないのだからな。息子よ、祈りをあげに行こう。

（退場）

見張り（二人の後ろ姿を見送る）ふん、寺院か。（唾を吐く）よくも言ったもんだ！　創造主なんて、かつてこの方、いたためしがない、それだけだ！（掻く）このいまいましい蚤め！

（ズメテク、アダム、アルテル・エゴ登場。アダムとアルテル・エゴはぼろ切れのようになった聖衣をまとった、みじめな姿で乞食の杖とトランクを下げている）

ズメテク　さあ、わたしら、冬のあいだの住まいにつきましたよ。——やや、ここに何をおっ建てようてんだ？

見張り　おまえ、ズメテクか？　それに、そこの連れはおまえの爺さんか？　おまえのガキどもはどこにやった？

ズメテク　食うところろくらい、世界中、いくらでもあらあね。見張りの旦那、ここに何を建てようとしているんかね？

見張り　寺院だ。

アダム　どんな寺院だ？

見張り　創造主たちの寺院だそうだ。

アダム　創造主たちの寺院だと？

見張り　そうだよ、だがな、わしにもわからんのだが、創造主たちはいったい何のためにこんな寺院が必要なんだろうな。（唾を吐く）どうもこいつはペテン臭いな。それに金と大理石からどんなものが出来上がるやら！

アダム　創造主たちをまつるための寺院か！　聞いたか、アルテル・エゴ？　わたしたちのことを思い出したのだぞ！

アルテル・エゴ　アダムよ、おれはまったく信じられん……。見ろ、なんと言う巨大な建物だ。

アダム　わたしはこれを待っていたのだ！　わたしにはわかっていた、人間たちはわたしたちに恩返しをすると！　どうだい親愛なるアルテル・エゴよ！

アルテル・エゴ　わが善良なるアダムよ！（二人抱き合う）

ズメテク　それで、見張りの旦那、わたしらのことはどうなります？

見張り　うん、おまえたちは二度とここへ足を踏み入れてはならん。ましてやこんな集団でなんてとんでもない！

ズメテク　あたしもね、そのことをすぐに思った。あの洞窟、惜しいことしたな！

見張り　だから、さあ、ここからすぐに出て行きやがれ！　さっさと消えろ！

アダム　わたしらのことか？　見張り役人よ、それは間違いだ！　それは創造主たちのための寺院ではなかったのか？

見張り　これはお二方の石像とお二方に仕える司祭さまのものだ。だからおまえさんたちは自分にお似合いのところへさっさと行きな！

アダム　寺院の見張りよ、じゃあ、そこに立て。わたしらはアダムとアルテル・エゴなるぞ！

アルテル・エゴ　われらこそ両創造主だ！

アダム　下がりおろうぞ！　わたしらとともにこっちへ来い、ズメテク！

見張り　どっちへだ？

アダム　寺院のほうへ、これはわれわれのものである！

見張り　まてって、親父さん、もちろんあんたらがお気の毒ではありますがね、でも、あたしは鞭を振り上げてあんたがたを追い出さなければならなくなりますよ。爺さんたち、どっかの馬小屋でも見つけて、そこで一晩、おやすみなさい。（足場のなかに去る）

ズメテク　さあ、これで万事休すでさあ。こうなってみりゃあの洞窟のなかもまんざら悪くもなかったですよ。

アルテル・エゴ　万事休すだとよ……アダム、どう思う？

アダム　わたしはそれを待っていた！　わたしには、たしかに、わかっていた、つまり……つまり……（よろよろとして地面に倒れ、泣きじゃくる）神よ、創造主であるということはなんと恐ろしいことでございましょう！

（暗くなる）

アルテル・エゴ　アダムよ、おまえにはまだ「否定」のカノンがあるじゃないか。それはここ、おまえが膝をついているところ、手を伸ばせば届くところだ。手を伸ばせば届くところに罰が、手を伸ばせば届くところに罪の購いもある。アダムよ、どうする？

アダム　わたしをそっとしといてくれ！　どうか、わたしを一人にしておいてくれ！

アルテル・エゴ　なんだと、おまえの苦しみはまだ終わらないというのか、おまえの苦痛はまだ終わらないのか？　＊**アダムよ、おまえはこの仕打ちを、このままにしておくのか？**〔＊以下原文は大文字〕

（見張り、金鎚と赤いランタンをもって出てくる）

見張り　おれはまだ鉤をなおさなきゃならんのか！　このクソいまいましい人生よ！

ズメテク　おおなんとひどい寒さだ！

見張り　このクソいまいましい仕事め！

アルテル・エゴ　アダム、放せ！（地面に伏せて、見る）

見張り　このクソいまいましい世界。

ズメテク　何もかもがいまいましい！

見張り　こんなもの、もう、いいかげんにしてくれ！

アルテル・エゴ（石をおし転がす）アダムよ、アダム！「否定」のカノンがなくなっているぞ！

（大きな鐘の音が響く）

見張り　ああ、新しい鐘だ。

アダム（背を伸ばす）あれがそれだ！　あれがカノンだ！　わかるかあの音が？

アルテル・エゴ「否定」のカノンか！

アダム　わたしには、音を聴いただけでわかる。わたしのカノン砲だ！　わたしのカノン砲だ！　どんなふうに響いているか聞こえるか？

ズメテク　ビン！　バン！　と打っている。

アルテル・エゴ　否（いな）、否！　と打っている。

アダム　諾（だく）、諾と打っている！　諾、諾と打っている！

アルテル・エゴ　否！　否！　否！　否！
アダム　諾！　諾！　諾！　諾！
ズメテク（スプーンで自分のやかんを叩く）ビン！　バン！　ビン！　バン！
見張り（かなとこの上の金具を金鎚で打っている）おいっち！　にっ！　おいっち！　にっ！

（無数の鐘の音が鳴り渡る）

ズメテク　これはわたしのやかんが鳴っている音だ！
見張り　これはおれの鎚の音だ！
アルテル・エゴ　これはわたしの否定の響きだ！

（神の目が光りだす）

神の声　これは世界中のすべての鐘をわたしが鳴り響かせているのだ。
ズメテク　ビン！　バン！
アダム　諾！　諾！
アルテル・エゴ　否！　否！
アダム　神よ、これは諾でしょうか、それとも、否でしょうか？
アルテル・エゴ　へーイ、これは諾でしょうか、それとも否でしょうか？
神の声　よーく、聞け！（男と女の無数の声。叫びと笑い）よーく、聞け！（声はだんだんと大きなコラールに変化していく）
舞台裏の合唱　栄光なれ！　栄光なれ！　栄光なるは創造主の賜物！
見張り（帽子を取る）人々はお祭騒ぎだ。

（鐘の音と歌声が静まる）

神の声　創造主アダムよ！
アダム　アダムはここに。
神の声　おまえはこれをこのままにしておくか？
アダム　はい！　はい！　はい！　はい！
神の声　わたしもだ。

（大きな鐘の音）

―　幕　―

訳者あとがき

このたび、八月舎からカレル・チャペックの戯曲集を出版することができた。カレル・チャペック独自の作品は五作、兄ヨゼフとの共作が三作。本編ではカレル・チャペック独自の作品五本を第一部とし、共作による三本を第二部として、一冊にまとめて刊行することにした。それはカレル・チャペックの戯曲ないし作品を系列的に見るとき、共作作品もカレル・チャペックの文学にとって、決して欠かすことのできない重要性をもっているからである。

　また、これらの作品を見ていくとき、カレル・チャペック単独の作品と、カレル、ヨゼフ兄弟の共作作品とを別の系列の作品として見るよりも、一連のカレルの戯曲作品として見たほうが、カレル・チャペックの作品を考えるときにも、その変遷がわかりやすいし、カレルの作品を系列的に見ていく場合、この方が連続性を保てると思う。したがってチャペック（一部はヨゼフとの共作）作品を著作年代順に並べると次のとおりになる。

一九一〇年代の作品

①　愛・運命の戯れ（一九一六）カレル、ヨゼフの共作。
②　愛の盗賊（一九二〇）カレル単独。

一九二〇年代の作品

③　ＲＵＲ（一九二〇）カレル単独。
④　虫の生活から（一九二一）カレル、ヨゼフの共作。
⑤　マクロプロス事件（一九二二）カレル単独。
⑥　創造者アダム（一九二六）カレル、ヨゼフの共作。

一九三〇年代の作品

⑦　白い病気（一九三七）カレル単独。
⑧　母（一九三八）カレル単独。

　私がチャペック（兄弟）の戯曲作品を著作年代に即して三つのグループに分けて並べたのは、各十年ごとに時代の様相が変化し、それによってチャペック戯曲の性格が極めて典型的と言いうるほど変化しているからである。最初のグループ①愛・運命の戯れ（一九一六）と②愛の盗賊（一九二〇）は一九一〇年代の作品。第二のグループ　③ＲＵＲ（一九二〇）～⑥創造者アダム（一九二六）は一九二〇年代の作品。そして最後の⑦白い病気（一九三七）と⑧母（一九三八）は一九三〇年代の作品である。

　同じ一九二〇年に発表ないしは上演された『愛の盗賊』と『ＲＵＲ』を別のグループに分けたのは、その作品の性格および成り立ちの違いからである。

　この当時、時代はまさに十年の区切りに即して変化している。一九一〇年代は第一次世界大戦によって象徴され、一九二〇年代は独立国としてのチェコ（スロバキア）の一人歩きがはじまり、生活の安定を求める小市民的傾向と同時に、国家主義、ファシズムが台頭する時でもあった。

一九三〇年代はドイツにおけるヒトラーの国家社会主義（ナチズム）による独裁主義の確立によって象徴される時代であり、カレル・チャペックが強く反発した傾向であった。そのあおりはチェコスロバキア（当時）が最も強く受けることになる。チェコ北部のズデーテン地方の割譲を求めるヒトラーの要求に始まり、とどまること知らぬ欲望は、チェコの占領にまで発展し、ついに第二次世界大戦へと突入するという、チャペックが最も危惧していた事態にまで状況は発展する。

それでは、チャペックの作品を時代順に見ていこう。

一九一〇年代のチャペックの戯曲『愛・運命の戯れ』（Lásky hra osudná；1916、カレルとヨゼフ共作。チャペック兄弟の作品集『輝ける深遠』に収録）は、一種のコメディア・デラルテの形式を模した戯曲作品であるが、衣装などは現代風を容認している。（この点に関しては『虫の生活から』にも同様のことが言える。つまりチャペックないしチャペック兄弟は登場人物の衣装などについては、人物自体との同一性ないしは類似性を求めていない）

この劇の筋、人物の性格等は、もともとのコメディア・デラルテの登場人物の性格を借用しているが、本来のコメディア・デラルテがある程度の筋展開の約束事は守られるものの、それ以外のせりふは当意即妙のアドリブで進められるのにたいして、チャペック兄弟の『愛・運命の戯れ』は、その即興性を許さず、せりふとして文字に定着させている。そこが本来のコメディア・デラルテと異なる点であり、定着された文字のせりふをいかに即興劇風に語らせるかの意図が、ある程度、読み取れる。

一九二〇年と年代的には『ＲＵＲ』と同年の作である『愛の盗賊』Loupežníkを一〇年代の作品に分類したのは、『愛の盗賊』の成立が多く一〇年代のチャペック兄弟の文学活動にかかわっているからである。この作品はチャペック兄弟のパリ遊学中（一九一一年・第一次世界大戦前）にほぼ完成されていたものだが、それを発表直前になって（世界大戦後、しかも共和国として独立した時期）結末部分をカレルが書き加え、カレル・チャペック作として発表した。

カレル・チャペックが書き加えた結末部分にはいろいろと戯曲解釈上の問題が提示されている。そこにはこの十年間に体験した第一次世界大戦という歴史上の重大事件が関連している。それまでのチャペックは兄の画家ヨゼフとともにチェコの前衛芸術（チェコ・モダニズム）の信奉者でもあり、ある部分では旗頭でもあった。そして現代（二十世紀初頭）の機械文明の発達を大いに称揚していた。

ところがその機械文明が実は人間虐殺のすぐれた道具にもなりうることを第一次世界大戦が証明したのを目の当たりにして、機械文明に疑問を持つようになる。そして古き伝統のなかにも、よいものもあるのだという心境にいたる（このあたりはチャペックの相対主義とも関連している）。カレルが『愛の盗賊』終幕において書き加えたものはまさにそのことであった。古い世界観（ここでは教授によって象徴されている）にたいしても一定の敬意を払うという姿勢が示される。

この作品はカレル・チャペック作として出版され、一九二〇年三月二日にプラハ国民劇場で初日を迎えた。

この一九二〇年春には戯曲『ＲＵＲ』が完成された。正式名称は「Rossum's universal robots＝ロッサムズ・ユニヴァーサル・ロボッツ」で、タイトルの表記はチェコ語ではなく英語である。本国ではもっぱら「ＲＵＲ」〔エル・ウー・エル〕というイニシャル表記の名称で通用している。

この劇ではチャペックの支持する古きよき時代の価値観は乳母ナーナによって代弁される。だからといってチャペックは新しいものすべてを悪しきものと言っているのではない。人間を苦役（ロボタ）から開放するためにロボットの製造を進展させる。それによって出来た余暇を人間は自己向上のために用いればよいという。その限りではロボット製造会社の社長ドミンの考えはまちがってはいない。

だが、労働から解放された人間はどうなったか。チャペックは苦役から解放された男については書いていない。女は子供を生まなくなる（または、産もうとしなくなる）。出産率０％、出生数０の日が続く。いったいこれは何を意味しているのか？（日本でも今年から人口減少化の時代に入ったという）

やがてロボットが世界中にあふれんばかりに行き渡ったとき、ロボットの反乱が起き、人類は滅亡する。あとには一人の人間アルキスト（建築技師）だけが残る。理由は彼がロボットと同様に手で仕事をしていたからだという。ところがまたもや思いがけない災難が起こる。

ロボットの寿命は二〇年しかない。しかしロボットたちは自分自身を自分たちの手によって製造する方法を知らない。その製造法を記した膨大な書類は、ロボットをこれ以上作ってほしくないと願う社長夫人ヘレナによって焼却されていた。そこでロボットたちは一人生き残った人間アルキストにロボットの製造法を再発見するよう、強要するが……。

ところで、いま、普通にロボットといえば人間以上の速さと正確さで仕事をし、人間とは比べものにならないくらいの能力を発揮する機械のことである。その機械的な能力の点ではドミンが断言したような能力をロボットは発揮する。ドミンのロボットの能力は機械的には実現された。それでも、現代のロボットはただの優秀な機械にすぎない。自己を再生産するどころか、生殖することもできない。

チャペックといえども、まさか将来人間が生きた人間を生産することができるようになろうとは想像もできなかっただろう。ところが、いま、クローン技術によって、生殖によらずして人間が人間を再生産することができるようになった（もちろん、まだ、単なる可能性、ないし理論の限界内においてだが、人間の倫理観という恐怖心がそれを抑制している）。だが、はたして人類は将来、チャペックが考案したような生き物のロボットの援助なしに生きていけるのだろうか？ それは千年、二千年といった遠い未来のことではなく、百年か二百年か先にそんな事態が起こってくるかもしれない。

それでも、ロボットが機械である限り、どんなに優秀なロボットが出現しても人間は恐れる必要はないだろう。しかし生きた人間のロボットが出現したとき、われわれは安心していてもいいのだろうか？　チャペックの空想的予言は一つの科学的時代を飛び越えて、ここでも見事に言い当てている。

朝日新聞はBe版の「『愛の旅人』プリムスとヘレナ――チャペック『ロボット（R.U.R.）』」のなかで「機械（ロボット）がどんなに人間に近づいても問題はない。怖いのは人間が機械になることです」というイヴァン・クリーマの言葉を引用している（『愛の旅人』　朝日、Be、2005.10.15）。

『虫の生活から』Ze života hmyzu（一九二一）この戯曲はチャペック兄弟の共作である。この劇は、虫たちの生き様のなかに、人間の幸福や欲望の本質を照らし出しているといえる。ところでこの劇の解釈のうえで注目すべき登場人物は、先ず浮浪者だろう。彼は虫たちの生活の第三者的目撃者である……いや、あればよかったのである。しかし、最後に劇中の行動に自ら干渉して（隊長蟻を踏み殺す）、虫の世界に入り込む。それによって、宿命的に自らの生命も虫同様の死を迎えることになる。

当時の劇評はこの劇をペシミズムとみなすかどうかで議論を喚起した。それにたいする回答として、もう一つの幕切れをチャペックは書いた。劇中の浮浪者の死がドラマの性格をペシミズムであると決定付けるほどの意味があるのかどうか問題であるが、そのような批評に応えて、別の終わり方、仕事を得たことによって生きる希望を取り戻すという結末も書いた。

当時のチェコの文化世界では、ペシミズムという言葉にきわめて神経質だったように思われる。ペシミズムは否定されるべき思想だったし、芸術作品の評価として、一種の殺し文句の作用をもたらした。チャペックはしばしばペシミスティックというレッテルを貼られていた。そしてチャペックは文章のなかでしばしばこういう決めつけに憤慨し、反論を書いていた。

この『虫の生活から』はプロローグと三幕およびエピローグから構成されており、それぞれに「蝶々たちの生活から」「略奪者たちの生活から」「蟻たちの生活から」に分かれている。この劇のなかで興味があるのは、この三種類の虫たちに属さない登場人物、浮浪者（人間）と蛹とパラジット（寄生虫）で、明らかに時代の傾向的思想にたいするかなり辛らつな風刺であると、私（訳者）は思う。

次は『マクロプロス事件』Věc Makropulos（一九二二）チャペックの作品のなかにはどのジャンルに入れればいいのか、よくわからないものがある。通常はごく普通のリアリスティックな劇としてはじまるが、だんだん劇が進行するにしたがって、次第にわからなくなってくる。それは観客にしても登場人物にとっても同じなのだ。唯一つの鍵がわかれば、あとはなんでもないと言えそうなのだが、それがそうはいかないのがチャペック流である。

事実、ヒロインの歌手は若くは見えるが実は三百数十歳なのであるということに納得すれば、きわめて簡単なドラマであるが、やはりチャペック流の非現実を押しつけられながら、観客はいつしかチャペックが提示する不条理（三百歳という長寿）を当然のものとして受け入れ、登場人物たちとともに、この長寿の議論に巻き込まれる。

結論（劇の結末ではない）は舞台の上で演技をしている登場人物よりも、客席のほうが、もう、とっくにわかっている。でも観客は知らないふりをして右往左往している登場人物たちを楽しんでいるのである。

謎は、通常、解けてしまうとたんに興味が失われるものものだが、この『マクロプロス事件』の場合、謎（三百歳の長寿）が解けたあとも、まだ、興味津々、どういうことになるのか、観客は固唾をのんでいる。

そして究極的場面を迎えたとき、観客は安堵するか、悲しくなるかいろいろの反応を生むに違いない。そして非現実な事実にもとづいて作り上げられた芝居を見たあとも、チャペックさんに一杯食わされたと悔しがる観客はいないだろう。

劇中、ヒロインのエミリア・マルティの「歴史は嘘をつきます」という言葉がある。では、ここで「芸術（ドラマ）は嘘をつきます」というのはどうだろう。芸術は嘘であるがゆえに人を納得させ、自分（ドラマ）自身の存在をも確かなものにしているのである。

『創造者アダム』Adam stvořitel（一九二七）この劇はチャペック兄弟の最後の共作ドラマとなる。チェコ国内では、社会的にも政治的にも左右両派のせめぎ合いは激しくなる一方で、ヒューマニズム的中立の立場を貫く相対主義者カレル・チャペックは左右両派からの攻撃の狭間に立たされていた。この戯曲は左右両派から否定されたカレルおよびヨゼフ・チャペックの「否定のカノン（砲）」による反撃だった。

「世界は滅ぶべき」であった。地球上の万物を「無」に帰せしめる大砲（カノン）の一発でこのドラマははじまる。地球上には何もないはずであった。しかし、自己否定を忘れた、アダムのみがこの世に生き残る。「ブルジョアの制度を打倒し、そこに新しい労働者による理想社会を打ち立てる」という、今世紀のある時期、一定の人類の理想のお題目を実現するはずであった「否定のカノン」は、たった一人の人間を生き残らせたために、その後には、なんだか革命とは、似ても似つかぬ世界が現出する。あるいは、時の支配者が革命によって絶滅させられたあとに、はたして労働者たちの手によって理想的な世界は実現するだろうかとチャペック兄弟は設問する。そして自己否定を忘れて生きのこったアダムは、神との問答のなかで創造の力と創造の土を与えられる。そして、いろいろと思索しながら、そして、それなりの理論的裏づけのもとに、よきものと思われるものを創造しようと思う。そして、その彼の最初の創造物はノミであったというのは、冗談もきついという手合いのものだが、その後に作り出すものといっても、創造主アダムの意に反するものばかりだった。

この劇の舞台に紹介される人物や、状況や、事件などは、同時代者が観れば、すぐに理解できたであろうが、もうずいぶん（一世紀近く）時間が経過している。登場人物の台詞の端々に出てくる揶揄など、同時代であればこそ面白いのだろうが、いまや、内容を理解したうえでの面白さだ。でも、そのおかしさ、滑稽さのなかにはまだ現代にまでつながっているものがあるのもたしかである。

三十年代に入ると、時代はさらに危機の様相を強くしてくる。金融恐慌、国家主義の熱狂、そして軍国主義化、戦争。それが求める生贄となるのはチェコである。まさにチェコの隣国でのことだ。一九三三年のヒトラーの政権奪取。そしてチェコ（とくに北部のズテーテン地方への利害関係）への言葉による、文字による、政治的謀略による圧迫は耐えがたいまでに強化され、チャペックの精神的安定にも影響を及ぼした。（チャペックの生まれ故郷もこの地域に含まれる）
『白い病気』Bílá nemoc が書かれた背後にはこのような政治・社会的な背景があった。このドラマのなかで『白い病気』の特効薬を発明した医師ガレーンはさして裕福でもない町医者だが、貧しい患者のみを治療し、金持ちへの治療は絶対に受付けなかった。この点に関しては患者にたいする差別であり、医学の良心を冒涜するものだという批判も出た。だが、それでも、チャペックはガレーンに断固としてその姿勢を守らせ、自分の主義を貫かせた。
この戯曲は明らかにナチス・ヒトラーへの当てこすりだ。そういう批判があることを承知の上で、このような戯曲を書いたのにはそれなりの理由があった。事実、公演直前になってドイツはプラハ駐在大使を通じて、この劇のなかのドイツ人を連想させるクリュークという軍需産業の統率者の名前の変更をするよう申しいれてきた。このままだときっと何かが起こるにちがいないという予感のもとに幕を開けたこの芝居は、最後の幕が下りたときには、劇場はチェコ愛国者のプロパガンダの場と化していた。そして、その後の拍手は三十分も鳴り止まなかったという。

カレル・チャペックの生涯最後の完成作である戯曲『母』Matka は『白い病気』が書かれ、上演されてから（一九三七年一月二十九日初日）、ほぼ一年後の一九三八二月十二日に初日の幕を開けた。劇場も同じスタヴォフスケー劇場だった。その一年のあいだにチェコを取り巻く状況がいっそう緊迫の度を加えていたのはもちろんである。

チャペックはこの一九三八年という没年に文学作品や戯曲はもとより、新聞掲載用の短い文章、コラムやエッセイなど百本以上も書いている。そして内容も、言葉もいっそう直接的に、明確に、辛らつになっている。そして自分を励まし、同胞を励ます文章を書いた。

たとえば『発展はどこへ向かうか』（一九三八年一月五日）『歴史の講義』（同年四月二十七日）『おとぎ話と現実』（同年

六月十二日）そして最後のエッセイ『ごあいさつ』（同年十二月二十五日・チャペックが没した日。民衆新聞に掲載）など（もちろんこのほかにも沢山の文章を書いている）いま読んでも、いまだからこそ、チャペックの意図は明確に伝わってくるし、十分に説得させられる。そしてその先見性（ドイツはまさにチャペックの予言どおりになった。そして『ヨーロッパ』という文章では、現代のEUさえ予言していた）は以上の文章などをお読みになれば、チャペックの作品はもっともっといまの日本でも読まれるべきだと、皆さんも思われるだろう。

チャペックは四十八歳という若さで亡くなった。でも、そのあとに展開された歴史をいまの時点から振り返ると、チャペックの死はそのあとに続く地獄を見ず、また、兄ヨゼフのように体験せずにすんだだけでも幸せだったのかもしれない。そう思うことで、わたしたちはチャペックの早世を悼み、冥福を祈るしか仕方あるまい。

二〇〇六年一〇月

田才 益夫

〈お断り〉
作品中、現在では不適切とされる表現がいくつかありますが、原文を忠実に翻訳した結果であり、作品の時代的背景・芸術性を考慮してそのままとしました。何卒ご了解ください。

訳者紹介
田才 益夫（たさい ますお）
1933年、福岡県生まれ。
九州大学文学部卒業。現在、演出家、翻訳家。
カレル・チャペックの作品を中心に、現代のチェコ文学にも関心をもって、そのほうの紹介にもつとめている。

訳書：
カレル・チャペック『クラカチット』（楡出版）『カレル・チャペックのごあいさつ』『童話の作り方』『童話全集』『カレル・チャペックの愛の手紙』（いずれも青土社）
イヴァン・クリーマ『僕の陽気な朝』（国書刊行会）、
同クリーマ『カレル・チャペック』（評伝・青土社）、
パヴェル・コホウト『プラハの深い夜』（早川書房）、
パヴェル・ヘイツマン『鋼鉄の罠』（実業之日本社）
など

チャペック戯曲全集

カレル・チャペック
ヨゼフ・チャペック
田才 益夫　訳

発　行　2006年11月15日　初版1刷

発行者　田中秀幸
発行所　八月舎
〒113-0021　東京都文京区本駒込2-9-21
Tel.Fax: 03-3947-2221　郵便振替 00130-3-86804
E-mail: webmaster@hachigatsusha.com
URL: http://www.hachigatsusha.com/

落丁・乱丁等ございましたら小社宛お送りください。送料当方負担にてお取り替えいたします。

印刷・製本　株式会社シナノ

ISBN 4-939058-09-3
Printed in Japan